星海社
FICTIONS

ジョーカー　旧約探偵神話　新装版

清涼院流水

星海社

Book Design　円と球
Font Direction　紺野慎一＋三本絵理

ジョーカー

旧約探偵神話　新装版

清涼院流水

Ryūsui Seiryōin

☆星海社FICTIONS

ジョーカー　旧約探偵神話　16

あとがき　885
新装版あとがき　896
講談社文庫版　解説　大塚英志　898
新装版　解説　坂嶋竜　904

Are you ready?

Welcome!

to……

「ジョーカー（JOKER）」

Ⅰ☆道化師。

Ⅱ☆冗談を言う者。悪戯好き。

Ⅲ☆うぬぼれ屋。嫌われ者。

Ⅳ☆策略。ペテン。

Ⅴ☆トランプゲームの万能札。

切り札となる最凶のカード。

占いでは……不幸の暗示。

言葉ガ崩壊シタ時　人ハ　イカニシテ生キル道ヲ見出ダスカ？

We will not stop reading fictional stories,
because it is in them that we seek a formula
to give meaning to our existence.
Throughout our lives, we look for a story of
our origins, to tell us why we were born and
why we have lived.

僕らは、虚構の物語を体験するのをやめないだろう。
……なぜなら、僕らの存在に意味を与えてくれるような何かの形式を
探し求めることは、物語に耳を傾けることによってなされるからである。
生の路《みち》を歩み続けているかぎりずっと、
僕らは自らの起源に関する物語を探り続ける。
なぜ僕らがこの世に生まれ、なぜこれまで生きてきたのかを
教えてくれる物語に耳を傾け続けるのだ。

（1995年度京都大学英語入試問題より抜粋）

訳＝清涼院流水

読者への

挑発状

—— 謎宮の入口にて——

予言する。

『読者』であるあなたは、

冒頭一行目から『作者』の術中に

はまることになるだろう。

もし、あなたが注意深い

『読者』であれば——

最後の一行を読み終えるまでに

『真相』に気づくことが

できるかもしれない。

—— 健闘を祈る。

from Ryūsui Seiryōin

WANTED

幻影城に住むものたち	推理作家ならびにその家族
○ 平井太郎(幻影城の主人)	× 葵健太朗(主人公)
◎ 平井玄次(行方不明の男)	○ 虹川良(旅行団長・大作家)
△ 平井華(双子姉妹の姉)	× 虹川恵(虹川良の娘)
△ 平井麗(双子姉妹の妹)	△ 風紋寺光世(推理作家)
○ 小杉寛(執事)	◎ 星野多恵(風紋寺の妹)
× 小杉勝利(執事の息子)	○ 魅山薫(中性的な美人)
○ 間宮てる(客室係)	△ 水野一馬(嫌われ者)
△ 那須木武彦(料理長)	△ 柊木司(陰気な男)
× 使用人C(???)	○ 氷龍翔子(まとめ役)
× 使用人D(???)	◎ 濁暑院溜水(記述者)

JDCの名探偵チーム	警察精鋭捜査陣
◎ 鯊斯太郎(老練な名探偵)	○ 料所拓治(捜査主任)
○ 霧華舞衣(消去推理の貴婦人)	△ 玄矢孝志(料所の部下)
○ 九十九音夢(ファジイ探偵)	△ 有馬みゆき(料所の部下)
◎ 龍宮城之介(黒衣の推理貴公子)	× 榊一郎(佐藤の相棒)
△ 鴉城蒼也(JDCの有望株)	× 佐藤一郎(榊の相棒)
× 九十九十九(JDCの切り札)	○ 鮎川哲子(敏腕警部)
△ 氷姫宮幽弥(統計マニアの少年)	△ 佐渡九冬(鮎川の片腕)
× 刃仙人(JDCを代表する探偵)	
× 鴉城蒼司 (JDCを束ねる総代)	

◎=かなり怪しい。犯人かも?	○=ちょっと怪しい。要チェック。
△=犯人でも別に意外じゃない。	×=もし当たりなら、意外な犯人。

以上が主要な登場キャストである。
この表の中の一人が幻影城殺人事件の犯人である。
もちろん単独犯で、共犯は考える必要はない。
読者は、真相を見抜くことができるだろうか?

RYŪSUI SEIRYŌIN PRESENTS

最初の詩

変わり続ける世界を彷徨《さまよ》う時の旅人
流離《さすら》う「君」は　ふと立ち止まり
いつまでも忘れない「僕」の物語を聴く
——人とは儚《はかな》い夢物語——

……ねえ、「世界」を視ている「僕」は誰？
物語のみが夢の跡に遺《のこ》され　どこまでも積み重ねられる
語り継がれ　築かれた物語の山は　やがて「世界」となる
ここは「君」と「僕」だけの「世界」
さあ「君」の物語を聴かせてくれ
さあ「僕」の物語に耳を傾けてくれ

ここは「世界」で唯一流れが溜まる場所
「君」は何も知らなくていい
心を裸にし「世界」を感じて……
自分を無にして頁《ページ》をめくって……

ほら物語が始まる
耳を澄ませて——

……曲りくねった山道を歩いている初老の男がいる。
彼は今、幻影の城を目指して歩いている。
まもなく物語が始まる。
「僕」は「君」に語り始める……

序章

煩《はん》雑《ざつ》なる序幕

九重《ここのえ》の空のひろがりは虚無だ！
地の上の形もすべて虚無だ！
たのしもうよ、生滅の宿にいる身だ、
ああ、一瞬のこの命とて虚無だ！

1　華麗なる幻影城

九十九折《つづらお》りの坂道は、まだ先が長そうである。

初冬。十月二十五日。

葉を失った枝と幹だけの木々たちは、寒風にあおられ、カラカラと寂しげに体を震わせている。

——やはり、タクシーで来るべきだったか……。

吹きつける冷たい風に首をすくめながら、螽斯太郎《きりぎりすたろう》は、悔恨の情に縛られつつある自分を感じていた。荒涼《こうりょう》たる長い道——蓬生《よもぎう》の中を進むごとに、自分は永遠に続くメビウスの道を歩いているのではないか、と錯覚する。……きっとそれは、彼が失うものを何も持っていないからだろう。

彼は今年、五十九になった。長年勤めたＪＤＣ（日本探偵倶楽部《にほんたんていくらぶ》）を定年退職するまで、あとわずか一年である。高齢者雇用対策が進んだことにより、ＪＤＣでも定年後、仕事を続ける枠を用意してはいる。だが螽斯は、六十を越えてからも探偵として生きていくつもりはなかった。

人生は長い。彼が今歩いている道のように、延々と前へ伸び、先の知れないものだ。何も考えずに歩いている時はいい。その先に目的地が待っていることを信じ、無邪気に歩を進めている間は……。

だが一度でも歩くことに疑問を持てば、あたかも枷《かせ》をはめられたかのように足並みは鈍くなる。本当に自分は目的地に向かっているのだろうか。そもそも、目的地などというものは本当に存在しているのか——？

螽斯は立ち止まり、深く溜め息をついた。足を休め、雲一つない天空を見上げる。

――空はあんなに清々《すがすが》しいのに。このわたしの心は渇いている。冷たい風が吹いている。

額には深く皺《しわ》が刻まれ、彼がこれまでに乗り越えてきたのであろう人生の荒波の壮絶さを感じさせる。眼光は未だ鋭さを保っていたが、頭髪のほとんどは、既に九十九髪《つくもがみ》（白髪）だった。

服のセンスはお世辞にもいいとは言えない。肩口からぶら下げた旅行鞄も、時代遅れの、ひどく地味なものだ。冴えない格好との感は拭いようもないが、それでも、蠡斯太郎という初老の男には、何か形容し難い『強さ』があった。体の奥底から生命力を発散しているような、そんな何ともいえない『逞《たくま》しさ』を備えていた。

――わたしは華乃《かの》の代わりとなる存在を探しているのだろうか？

生きていく過程で、人生の目的は様々な形に変化した。蠡斯に子供はいなかったが、それでも、数年前までずっと一緒に生きてきた妻、蠡斯華乃との夫婦生活は素晴らしいものだった。互いに助けあい、励ましあい、寄り添うようにしてここまで生きてきたのだ。

夫婦で生きているうちに、人生の目標は華乃を守ることになった。華乃さえいればそれでいい。そこまで思っていたからこそ、蠡斯は華乃と共にどこまでも歩き続けていきたかった。どこまでも、命ある限り進み続けていきたかったのだ。それが――

自らの能力を過信したせいで、華乃を凶悪事件に巻き込んでしまった。あげくの果てに、華乃というかけがえのない自分の半身を狂人の凶刃に奪われてしまった……。

それから後の蠡斯は、廃人も同然の存在だった。人間らしく生きているように見える木偶《でく》人形、退屈な日常をひたすら繰り返すだけのロボット。

華乃を喪《うしな》った時のことを回想すると、自然と無念がこみあげてくる。過去のことは今となってはもうどうしようもないのに、何ともいえないもどかしさに、押し潰されそうになる。

華乃が死んだら、自分は生きていけないだろう。あの事件の前は、そんな風に考えていた。自殺するまではいかなくとも、自《おの》ずと憔悴《しょうすい》し、枯れきって死んでしまうだろう、と。

自然死ではない。華乃は殺害されたのだ――それも、蠡斯自身の責任で。それなのに、彼はまだ、生き続けていた。それが蠡斯には我慢がならなかった。凶悪犯罪と闘い続けていたせいか、蠡斯の内には、芯の通った生命力があった。その生命力という厄介な代物は、蠡斯の意識が廃人のようになっても、蠡斯太郎という肉体を生かし続けた。決して、簡単に殺してはくれなかった。

酒と煙草に逃避しても、そんなことでは迷いは晴れない、ケジメをつけることはできない。六十の大台まであと一年となった今、蠡斯は深刻に考える時間を欲していた。この時機を逃したら、自分は一生、だらだらとケジメをつけることなく生きていくだろう――そして、彼は休暇をとり、この地へとやってきた。

幻影がたたずむ静かな世界へ……。

●

京都府押田市《おしだ》門城町《もんじょうまち》にある尾根箕山《おねみやま》の狭道は、道の両側に整然と立ち並ぶ裸木の群によって視界を遮《さえぎ》られ、人気はまったくない。森閑《しんかん》としたただ物寂《ものさび》しいだけの山道が、いつまでも、いつまでも、長々と続いている。

ふたたび歩き始めた蠡斯は鞄《かばん》からパンフレットを取り出すと、値踏みするかのような眼でそれを凝視した。

地図を信じるならば、目的地はもうすぐそこのはずなのだが、彼の前方には枯木が肩を並べるばかりで旅館らしき建物の影すら見えない。

人生と同じで、今さら後戻りするわけにもいかないので、螽斯はげんなりしながらさらに歩き続ける。歩みとともに、彼の両脇を単調な風景が流れ去っていく……新緑の季節にはまだ遠いが、人の手がほとんど入っていないこの簡素な道は大自然の息吹《いぶき》を体で感じさせてくれる。

快晴の空が、初老の男の行く末を見守っていた。

●

さらに十五分ほど歩いた頃、変化は唐突に螽斯を襲った。坂道を下りきり、枯木林の角を曲がった刹那《せつな》、視界が大きく開ける。

絵画から切り取ったかのような、一つの壮麗な空間……螽斯は思わず驚きの声を漏《も》らした。

男の視界全体に、枯木の林に囲まれた巨大な湖が広がっていた。澄みきった水をたたえた清涼な湖——美奈湖《みなこ》である。

雄大な自然の中に拓《ひらか》れた幻影の地。そのスケールに圧倒されつつ、螽斯はおずおずと足を進める。

美奈湖の岸から湖心の小島へ、真っ直ぐに橋が伸びている。橋のたもとの石盤には、『巨泉大橋《こぜおおはし》』と刻まれていた。

螽斯の視線は石盤から横にそれ、橋をすべるように辿っていった。橋の途絶える彼方——、湖心の小島に聳《そび》え立つ荘厳な建造物。その威厳に満ちた迫力は、巨泉大橋をへだてた螽斯のところまで圧倒的な量感で迫ってくる。

昭和の建築家二大巨匠が精美を尽くして設計、建築した大芸術——それが、この幻影城なのである。

中世ヨーロッパの古城を彷彿させる、というのは陳腐な形容であろうが、幻影城はあまりにも華美であり、勇壮であり、芸術的だった。

その外観はルートヴィヒ二世生誕のニュンフェンブルク城を連想させる。流血を思わせる鮮やかな紅を基色とした典型的な平城である。長くのびる両翼城壁のラインは完璧なる美の曲線を形成していた。

——わたしは何か『答え』を見出だすことができるだろうか？　いや、見つけなければならない、この場所で……。

蠡斯太郎は、幻影城に吸い寄せられるかのように、巨泉大橋を歩き始めた。乾いた風が老探偵の体を撫でていく。蠡斯は、一瞬、全身を走った悪寒に体を震わせた。

——何だ今の感じは……。

誰かに見られているような錯覚。男は、漠然とではあるが、何か大いなる存在を感じた。何かが自分を通りすぎていくのを確かに知覚した。

——今のは？　橋を守護するという玉姫《たまひめ》か？

わけがわからない。しかし、彼は足を踏み入れた。幻影の棲《す》む、非日常の世界に。

……こうして物語は始まる。空前の惨劇の幕が、ゆっくりと上がっていく。幻影の物語が、少しずつ語られる。

——また、これは葵《あおい》健太朗《けんたろう》と星野《ほしの》多恵《たえ》の出会いの物語でもあった。

2　濁暑院溜《だくしょいんりゅうすい》水と葵健太朗

濃密な静寂が部屋を包むなか、

「さて――、誰から殺そうかな」

不謹慎な呟《つぶや》きを耳にし、葵健太朗は読んでいた本から顔を上げた。髪は短く刈り込んでおり、爽《さわ》やかな顔だちをしている。スポーツマンのような雰囲気だった。作家、というイメージからかけ離れた容姿である。

「何とも不謹慎な発言だな。他人が聞いたら、どんな顔をするやら……」

やれやれ、といった感じで、葵は向かい合って座る相棒と視線を絡めた。

「常識論を口にするとは、葵らしくない」

「そうかな。読者への配慮のつもりだったが……、次回作の構想でも練っているのか、溜水？」

「ああ。もう、書き始めている。合宿中に完成させたいんでね」

濁暑院溜水は、肩口を越える長髪を首筋で纏《まと》めていた。細い黒縁眼鏡の奥に覗《のぞ》く瞳《ひとみ》は、深い闇をたたえていて、理知的な印象を受ける。

大学時代から交流のある二人のつきあいは、早いものでもう五年になる。ともに二十四歳。『関西本格の会』という推理作家団体に所属する作家である。

「で、溜水。物語《プロット》の構成はまとまっているのか？」

「九十九パーセントは完成しているよ。この幻影城を舞台にした、連続殺人ものになりそうだ」

溜水は楽しげに微笑んでみせる。余裕の笑みか？

「ずっと推理小説《ミステリ》を書けなくなっていたお前も、ようやくスランプから脱したというわけか」

濁暑院溜水の作品群は、自らの命名により流水小説と呼ばれている。流れる水のように自然体のエンターテインメント——ごく簡潔にまとめるならば、大体そういった意味らしく、その基本にさえ忠実ならばジャンル分けにはこだわらず精力的に執筆を続けている。彼の創作はミステリはもとより、ファンタジー、アクション、ホラー、ＳＦ、ロマンス……と多岐にわたっているのだが、この一年ほどの間、他のジャンルの作品を次々と執筆しているにもかかわらず、いわゆるミステリに属するものは一作品も発表せず、推理小説界から、濁暑院溜水は極度のミステリ・スランプではないかと心配されていた。

溜水は、綺麗に中央で分けられた長い前髪をかき上げると、机の上の和菓子をつまんだ。

「——失礼な。それを言うならプラトーだろ。スランプほど深刻なものじゃないさ」

プラトーとは『高原』の意味で、スランプの前段階を示す言葉である。葵は溜水の発言に苦笑すると、二人しかいない室内を見回し、自分も和菓子をつまんだ。

「『松風《しょうふう》』はいけるな」和菓子を頬張りながら溜水。

「——『松風』？」和菓子の袋を開けながら葵。

「この和菓子の名前さ……」

溜水は卓上の急須《きゅうす》から湯呑みにお茶を入れ、口に運んだ。葵は甘いものが苦手らしく、一口かじった『松風』を卓上の盆に戻してしまった。

●

一年前、濁暑院溜水名義で発表された原稿用紙一五〇〇枚の大作推理小説『永遠《とわ》の輪廻《りんね》』は、精緻な構成が冴える意欲作だった。物語の冒頭と結末が連鎖し、しかも読み終えてからのどんでん返しで犯人が入れ替わるという斬新な内容で、ミステリにまったく疎《うと》い読者でも読了すればかなりのミステリ通になるというミステリ入門書的な一面も備えていた。評論家やマニア、推理ファンから一般読者まで、幅広い層の支持を集めて「濁暑院の代表作」と騒がれたのは記憶に新しいところである。

だが、大成功をおさめたその日から、溜水の苦悩の日々は始まった。

物語に限らず、すべての創作家にとって、傑作を生み出した後は一番辛い時期である。周囲の期待は自ずと高まるし、自分自身にも過酷なノルマを課すことになるからだ。この一年、ミステリという枠の中に限ってではあったものの、溜水のアイディアが枯渇していたのも、まさにそこに起因していた。

「『永遠の輪廻』からもう一年か……早いものだな」

茶を飲みながら、葵が感慨深げに言葉を吐く。

「去年、俺が『永遠の輪廻』を完成させたのは十月三十一日だった。まあ、縁起をかつぐわけではないが、自分の仕事にはっきりした締切を設定する意味で、今度の作品も十月三十一日には完成させるつもりだ」

葵と溜水が参加している、『関西本格の会』の幻影城秋合宿も十月三十一日までである。

「今日が十月二十五日か。溜水、今日を含めてあと一週間しかないぞ。本当に完成できるのか？」

「創作をする時、俺は常に命懸けの勝負をしたいんだ。――それに、やるしかないだろう。読者の方々をお待たせするのは俺の趣味じゃない。たとえ書けない状況になっても、作品を待ってくれる人たちがいる限り、命を削ってでも書く。それができないんなら、創作家とは言えない」

――必ずや、やり遂げねばならない。

溜水は、体内で燃え盛る炎のごとき情熱を感じていた。自己にハードなノルマを課し、なおかつそれを

作家としても、着実にワンランク成長できるのである。

乗り越える。……実現には多大なる困難が伴うだろう。だがしかし、それを実現してこそ、人間としても、

●

『関西本格の会』は、関西在住の推理作家によって構成される団体である。推理作家とはいっても、誰もが皆、推理小説ばかりを書いているわけではない。濁暑院溜水のように、他の幾つかのジャンルと並行して執筆しているものがほとんどである。

団体とはいってもそれほど大所帯ではない。現在執筆中の作品の締切の都合などもあって、今回の合宿に参加しているのも八人という少人数だった。

『関西本格の会』では、毎年、春と秋に合宿を行うことが慣例となっている。春の会場は毎年不定であったが、秋合宿はここ三年連続して幻影城で行われ、秋の幻影城合宿はほぼ恒例化しつつあった。

幻影城は、推理作家の江戸川乱歩《えどがわらんぽ》の本名と同姓同名の大富豪・平井太郎《ひらいたろう》が私財を投じ、半生をかけて建造した大旅館であり、京都府押田市門城町の近郊、美奈湖の湖心の小島にどっしりと聳《そび》えている。

江戸川乱歩の本名と同じ名を持つだけのことはあり、平井氏は大のミステリマニアである。その趣味が高じてか、幻影城には様々な趣向を凝らした部屋が多々あり、訪れる客たちには大好評を博していた。

現に、今、葵と溜水がくつろいでいるその部屋も、『静寂の間』と、それらしい名称がつけられている。

暖炉、大理石のテーブル、安楽椅子、豪奢な絨毯……部屋を構成する室内の調度品の一つ一つに平井氏のこだわりを窺《うかが》い知ることができる。どこを見ても高級感と趣味の良さが溢れていた。聞くところによると、この部屋の壁は、静寂を保つために他の部屋の三倍の厚さになっているらしい。室内で耳にする音といえば、パチパチッと威勢よく暖炉の火がはぜる音ぐらいであろう。

――頭上に目をやると、天井からは豪壮なシャンデリアが吊り下がっている。王宮の天井を飾るほど大きくはないものの、それでも優に二〇〇キログラムはあると思われた。いずれにせよ、一般的な『旅館』というイメージとは相容《あいい》れないものだが『ホテル』ともまた違う。ここは、ありふれた言葉では表現できない秘境、『幻影城』なのだ。『旅館』とは、とりあえずの呼称にすぎない。

雑音のない、厳粛《げんしゅく》な静謐《せいひつ》は心地よいものだ。葵と溜水は、落ち着いて雑談にふけることができる『静寂の間』を利用する機会が多い。二年前、初めて合宿で幻影城を訪れて以来、この部屋は彼らの安息の場所となっていた。

世間話や様々な方面の雑談を挟みながら、葵は巧みな話術で会話を溜水の新作へと誘導していった。濁暑院溜水、この希代の天才は次にどのような離れ業を見せてくれるのか。それは葵の関心であるとともに、推理小説界の関心であり、また、読者の関心でもあった。

「……わかったよ。今晩にでもみんなに発表する」

しばらく続いた舌戦は、溜水のその言をもって休戦となる。

――と同時に、木目の美しい扉からノックの音が二回響き、まるで推理小説のようなタイミングの良さで執事の小杉寛《こすぎかん》が姿を見せた（『旅館』に『執事』とはいかにも妙な話だが、それも『言《ことば》』の問題で、要は平井氏の趣味なのである）。

夕食の時間である。

3　螽斯との出会い

『関西本格の会』の他のメンバーたちは食堂に顔を揃えていた。軽く一同と会釈を交わしながら、葵と溜水は空いている二つの席につく。

卓上には、既に料理が並んでいた。見慣れぬ料理ばかりだが、それは幻影城料理長の那須木《なすき》武彦《たけひこ》がオランダ仕込みのコックであるからに他ならない。……この普段、あまり馴染みのないオランダ料理の数々も、幻影城合宿の魅力の一つだった。

「それでは、――いただきましょう」

旅行団長の虹川良《にじかわりょう》の号令で、各々がナイフとフォークを手にし、食事にとりかかる。

ささやかな金属音が食卓に静かに響く、平穏なる一時《ひととき》……。

虹川良は先日、四十三歳の誕生日を迎えたばかりである。本格推理に真正面から取り組む創作姿勢で、本格派の旗手と呼ばれている。その緻密な構成と論理展開の鮮やかさには定評があり、昨年度、濁暑院溜水の『永遠の輪廻』をおさえて、『サオシュヤントの殺意』で推理作家協会賞を受賞していた（『サオシュヤント』は、ゾロアスター教用語で『救世主』という意味である）。

虹川良は二年前、妻に病死され、今は娘の恵《めぐみ》と二人暮らしである。二年前は合宿に不参加で、昨年は、恵を親戚に預けての合宿参加だった。したがって、娘を幻影城に連れてきたのは今回が初めてということになる。

虹川恵は小学五年生であるから学校を休んでの参加となるが、恵の担任の金八《かねや》先生も虹川家の家庭事情には同情してくれているので、そのあたりは問題がない。恵にとって、この合宿は日常生活から離れた新天地でのささやかな休暇《ヴァカンス》だった。

虹川良を見ていると、テーブル・マナーを無視する娘の世話に大わらわのようである。

——父一人・娘一人というのは大変なんだな。

虹川親娘を観察しながら、溜水は自分と妹のことを考えていた。

濁暑院溜水の双子の妹もまた、作家だった。水無瀬《みなせ》なぎさという筆名《ペンネーム》で、推理ものはほとんど書かない。純文学的な雰囲気を持つ、独特のエンターテインメントを創作する女流作家である。研ぎ澄まされて鋭敏になったというわけではなく、生来の純粋《ピュア》な感性で勝負しているという文体で、叙情的《リリカル》な文章が売りの虹川良などからも一目置かれている。昨年の合宿では兄とともに幻影城を訪れたのだが、最新作『REBIRTH』の仕上げもあるということで、今回、なぎさは合宿に参加していない。

濁暑院溜水と水無瀬なぎさの双子兄妹も片親で育った。物心ついた時に、既に父親はこの世の人ではなく、高名な芸術家でもあった母親の女手一つで二人は育てられた。

あらゆる創作でそこそこ成功していたので、生活には特に不自由はしていなかったと記憶しているが、それでも、母には迷惑をかけたな、と溜水は時に思う。溜水となぎさが作家として成功した時には、母親は既に夫の元へと旅立っていた。子供二人の行く末を心配しながら、芸術の何たるかを子供に伝えきれずに彼女は逝《い》ってしまった……。

結局、親というものは子育てに生涯を縛られる。子供を創っている時点で、それは自らが選んだ道なのだということはたやすいが、それにしても、一人の人間を育てていくというのはどれほど大変なことなのだろう。未婚の溜水などは、虹川良を見ているとそんな気になる。RPG《ロール・プレイング・ゲーム》でキャラクターを育てるのとはわけが違う。ゲームよりはるかに楽しいだろうが、同時にやり直《リセット》しできないというリスクも背負《しょ》っているのだ。

●

……食事は順調に進んでいった。

適度に会話を交えながら、皆、じっくりと料理を賞味している。さすがに料理長が那須木というだけのことはあり、茄子《なす》の使い方は絶妙であった。料理にワン・ポイントのアクセントを加えるために茄子を使い、見事に小味をきかせているあたりが、いかにも職人芸といえる。

——後で厨房に行って、料理のコツをこっそり教えていただこうかしら。

料理を上品に口に運びながら、調理を最高の趣味としている星野多恵などは本気でそう考えていた。多恵は作家ではないが、今回、兄の付き添いとして『関西本格の会』と旅路を共にしている。

風紋寺《ふうもんじ》光世《こうせい》は、星野多恵の六歳年上で、今年、三十になる。風紋寺は作家歴三年の新進作家で、社会的問題をメインテーマに据えたいわゆる社会派ミステリと、トリック重視の本格ミステリを理想的な形で融合することに挑戦しており、今のところその試みは大成功をおさめている、と周囲の評価も高い。

星野家はかなりの資産家で、兄妹は何不自由なくこれまでの人生を順風満帆に過ごしてきた。——しかし、生活は充足していても、兄妹は本当の愛を知らぬままに成長した。身の回りの世話をしてくれる家政婦や使用人たちの親切心は、肉親の愛情とはかけ離れた感情だった。両親は、財産を育《はぐく》むことにばかり一所懸命で、いつも本当の愛を育むことを忘れていたのだ。

……そんな中、幼少の頃から、風紋寺はよく多恵の面倒をみてくれた。面倒見のよい、優しい兄から多恵は愛を受けて育ち、自らも愛を返した。多恵にとって風紋寺は、世界に一人しかいない、他人に誇れる大事な存在だった。

星野多恵は、今時珍しい古風な雰囲気をまとった大和撫子《やまとなでしこ》だった。飾り気のない出で立ちではあったが、美しく長い黒髪が他人の眼にはまぶしく映る。なかなかの容姿である。――ただ、ずっと籠《かご》の中で育てられたせいか内気な性格で、そのため、顔色にはいつも、どこか怯えたような陰《かげ》りが浮かんでいた。

ふと、多恵の視線が食卓の端へと向けられる。

そこでは、彼女らと同じように、一人の男が食事をしていた。頭髪の大部分が九十九髪で、鋭い眼光が印象的だが、その顔にはなぜか虚脱感のようなものが感じられる。気のせいだろうか？

『関西本格の会』のメンバーではない。だが、幻影城の使用人でもなさそうである。すると……、客？

季節外れのこんな時期に『関西本格の会』以外の客がいるとは、甚だ意外な話だった。

●

「――ねえ、あのおじいさん、誰かしら？」

葵健太朗の耳元に囁きかけてきたのは、隣席に座る氷龍翔子《ひりゅうしょうこ》だった。日本屈指のトリック創り手《メイカー》たる彼女は、推理小説界の若き女王と呼ばれている女性で、短めの髪をカールさせている。彼女は、葵と溜水の大学のサークル『創作会《そうさくかい》』の先輩でもあった。

翔子が『あの人』と軽く指差したのは、多恵も注目していた男である。しかし、そんなことを問われても葵が答えられるはずもない。

「さあ？　俺は知りませんけど」

「こんな時期に変よねぇ。もしかすると、アブナイ人かもね」

「あぶない人？」

「殺人鬼とか……」

プッ、と葵は口の中の物を吐き出しそうになった。推理作家という職業柄であろうか、彼の先輩はいささか想像力が豊かすぎるようである。葵は咳き込みそうになるのを必死でこらえると、

「翔子先輩、それはないでしょう」

かろうじて、それだけを口にした。

「でも、さっきあの人、平井さんに『キリギリス』とか呼ばれていたみたいだし、やっぱ、なんかあやしいわよ」

「キリギリス――?」

名前にしては、あまりにもうさん臭い。ニックネームだろうか? 何かが葵の心に引っかかった。

その後も氷龍翔子はしきりに『キリギリス』なる男のことを気にしていたようだったが、彼が食事を終えて席を立ってしまうと、推理を断念して食事に専念した。

「キリギリス、か……」

ナプキンで口のまわりを拭いながら、葵はその単語を頭の中で、何度も何度も反芻していた。

この胸騒ぎは何だろう……。

4　鬱屈《うっくつ》した二人の作家

食後のデザートが運ばれてくると、料理長の那須木武彦が姿を見せた。コック帽をとり、「いかがでしたか」などと、虹川良らと談笑している。彼は風紋寺と同じくまだ三十歳だった。三十歳でこの腕前とは大したものである。

那須木は整った顔立ちで、きびきびとした態度をとる好青年だった。彼と会うのも三年めということで、皆、親しげに口をきいている。

デザートは、大きく透明な歪型の器に盛られていた。様々な種類の果物は、どれもまだ水滴がついており、各人の唾液腺を刺激するのに充分な魅力を有している。

「あら、これって……」

果物をとろうと器に手を伸ばした星野多恵が驚きの声をあげた。那須木は満足そうに微笑すると、(礼を失しない程度に) 得意げに解説する。

「お気づきになりましたか。そう、これは氷の器なんですよ。フルーツの新鮮さを保つための工夫です」

ざわめく一同。皆、珍しそうに器を手でなぞり、口々に驚嘆の声をあげている。すかさず自分の作品に取り入れようと思っている者も何人かいることだろう。

「――でも、これってどうやって作ったんですか?」

好奇心に突き動かされ、溜水は我知らず、気がつくと疑問を口にしていた。

「それを作るための専用の型《かた》があるんですよ。もちろん、特注品《オーダーメイド》ですが……いかがです、気に入っていただけましたか？」

そこには、賞味者を喜ばせる技法を研究し続ける料理人、那須木武彦の真摯《しんし》な姿勢が窺える。

いろいろと得るところの多い晩餐《ばんさん》だった。

●

「あの……濁暑院さん」

食堂を出ようとしたところで、溜水は呼び止められた。聞き覚えのある心地よい美声。この声は……

振り返ると、魅山薫《みやまかおる》がそこに立っていた。

短い髪。女性的な秀麗な顔。水無瀬なぎさの親友でもある薫は、いかにも女流作家、といった読み易い文体で大衆受けしている二十二歳の若い作家だ。

「今日のこれからの予定はどうなっているのですか？」

「十一時から、僕の部屋で茶話会《さわかい》ということになっています。まあ、飲み会みたいなもんですけどね。それまでは自由時間です」

普段は『俺』だが、丁寧語を喋る時、溜水は『僕』という一人称を使用している。

溜水は幹事として、旅行中の行事を定めるという重要な役割を担《にな》っていた。本来、彼のような二十四歳の若輩《じゃくはい》が任される役職ではないのだが、それだけ『永遠の輪廻』――延《ひい》ては彼自身の評価が高いということだろう。

魅山薫は丁寧にお辞儀をすると、静かに去っていった。他のメンバーもひとまず自室に戻ったようで、食堂にはガランとした、何とも言えない虚無的な雰囲気が漂い始めていた。

茶話会までの三時間をどう過ごす（原稿を書く？）か……それはこれから考えるとして、とりあえず溜水は食堂を後にした。

●

葵健太朗と氷龍翔子は、幻影城内をあてもなくブラついていた。

食後の運動を気取るつもりではないが、せっかくの休暇旅行で自室に籠って読書をしているのも馬鹿げているし、幻影城内には退屈を紛らわせてくれる興味深い部屋が多々あるのだ。部屋巡りをしている方が理に適った行動といえるだろう。

歩きながら、話題は自ずと二人の共通の親友である溜水の新作の話へと流れていった。

「へぇ……溜井《ためい》くんも、いよいよミステリの新作にとりかかったのかぁ。あたしもがんばらなくちゃね」

溜井、というのは濁暑院溜水の本名である。デビュー前から、葵、溜水と交流のある翔子は、未だに二人を本名で呼んでいた。もっとも、葵自身としては、氷柱木真二《つららぎしんじ》という恥ずかしい本名よりも、やはりペンネームの葵健太朗で呼んで欲しいところなのだが。

「あいつも、この一年はミステリを書いていませんしね。今回の作品は、けっこう気合いが入っているんじゃ——」

葵の言葉が不意に中断された。翔子は足を止め、親愛なる後輩に怪訝《けげん》そうな視線を向ける。葵の眉の角度は、彼の緊張を物語るものだった。

「どうしたの、氷柱木くん?」

「——しっ!」

人差し指を唇にあて、沈黙を促す葵。通路のわきにある扉にそっと歩み寄る。翔子もそれに従って耳を澄ますと、僅かに開いた扉の隙間から二人の男の口論する声が聞こえてきた……

「――まさか、お前が他人の話のネタを盗用するような奴だったとはな。俺の眼は、どうやら節穴だったようだ。人を見る眼には自信があったつもりだったんだが……」

「そんな！　いったい、なんのことです？」

「先月出たお前の新刊、あれは俺が以前お前に話したネタだろうが！」

「水野《みずの》さん、それは違う。あれは私が自分で……」

どうやらネタに関することで二人は言い争っているようである。推理小説はネタが命。とりわけ、本格ものではその傾向が強い。小説としてはくだらなくても、トリックが優れていれば絶賛される、そういった風潮さえあるのが実状だ。ネタで勝負する作家にとっては、ネタの所有権は死活問題といえるだろう。言い争っているのは、柊木司《ひいらぎつかさ》と水野一馬《かずま》。いずれも、『関西本格の会』に属する地味な作家である。先程の夕食の際、葵は隣りあって座っている二人の間に奇妙な緊張を感じていたが、それにはこのような裏《わけ》があったのか。

その部屋の扉には、『知識の間』と記されたプレートが貼ってある。要するに図書室のことなのだが、ネーミングにこだわるのは、幻影城の主人、平井氏の性格なのだろう。

扉から耳を離し、ふたたび廊下を歩き始めた葵を翔子が声を殺して呼び止める。

「ちょっと氷柱木くん。あの二人、ほっといていいの？」

「――他人のことですよ」

このままでは彼らの友情に亀裂が生じるかもしれない。いや、そもそもあの二人の間には、友情などというおめでたいものは存在したのか？

ミステリの他にファンタジーやホラーを得意分野とする葵は、ネタよりもあくまでストーリーの面白さで勝負するタイプの作家である。彼は、普段からネタ漁《あさ》りに目の色を変えて、小説の本質を見失っているような輩《やから》は軽蔑していた。それゆえに、二人の口論を耳にしても、そんなレヴェルの討論はいい加減にしてくれ、という思いが強かった。

——ネタの創造に命を懸けている連中からすれば重要なことなのだろうが、それにしても……なあ。

二人とも葵より年長の、立派な大人なのだ。自分のような若輩が僭越《せんえつ》にも彼らのおしめのお世話をして差し上げるなど、出すぎたまねだろう。

葵は辛辣《しんらつ》にも自らにそう言い聞かせると、翔子を促し、その場を後にした。

——自分たちの諍《いさかい》は、自分たちで解決すればいい。現実は推理小説のようにはいかない。まさか、あの口論が殺人にまで発展することはないだろう。

葵のその考えは、極めて自然なものだった。

しかし——

後日になって考えてみれば、この選択がすべての悲劇の発端であったと思えなくもない。

夜がふけていく。

先を歩く葵の後を追う翔子は、おもむろに足を止めた。

「……なに、今の声？　猫？」

遠く、どこかで猫の鳴き声らしきものが聞こえた。

……それは、華麗なる惨劇の序曲だったのかもしれない。

第一章

任地は幻影城

この幻の影が何であるかと言ったっても、
真相をそう簡単にはつくされぬ。
水面に現れた泡沫のような形相は、
やがてまた水底へ行方も知れず没する。

5　ノックスとヴァン・ダイン

濁暑院溜水の部屋――『客室V』は、今や宴会場と化していた。

部屋の床には菓子やつまみが散乱し、ジュースやビールの缶、その他各種酒瓶が所狭しと並べられている。……皆、楽しそうに雑談にふけっていた。

今晩の茶話会《さわかい》の出席者は、葵健太朗、氷龍翔子、星野多恵、魅山薫、濁暑院溜水の五人である。

水野と柊木は先程の口論が尾をひいているのか姿を見せず、虹川良は、「恵もいるので今晩は遠慮する」とのことだった。風紋寺光世も、今晩は、今月末に出る溜水の新作『ジグソーパズル』のゲラ（校正刷り）を読むことに没頭したいらしく、出席はパスしている。

作家八人に、その家族である星野多恵と虹川恵の二人を加えた十人が、今回の『関西本格の会』秋合宿の全参加者である。

「溜水！　そろそろ始めろよ」

ほどよい頃合を見計らって、葵がそう切り出した。茶話会といっても、ただ駄弁《だべ》っているわけではない。担当者がテーマを定めて議論を交える勉強会のような一面もあるのだ。今晩の担当者は、自室を提供している溜水である。

卓上からA4サイズの紙をとり、溜水は、それを一同に配りながら話し始めた。

「まあ、異論もあるでしょうが、エドガー・アラン・ポーの『モルグ街の殺人』でミステリというジャンルが拓《ひら》かれて、もう一五〇年が経ってしまったわけです……。その間、ミステリは多くの偉人たちによって急速なる進化を続け、今日に至っては幾つものジャンルに細分化されてしまっています。もはや、原形をとどめていないといっても過言ではないでしょう。そこで今日は、ミステリの原点に立ち返り、ミステリは何か——何だったのかという点について考えてみようと思います。ここで言うミステリとは、ジャンルが出発した頃の純粋な推理小説のことですので誤解なさいませんように」

独特な、飄々《ひょうひょう》とした語り口である。皆、飲食を忘れ、しばし耳を傾けている。

「——例によって、『十戒』と『二十則』を引用してみました。もうお忘れの方もいらっしゃるでしょうから、まずは、その紙を御覧ください」

一九二八年、アメリカにおいてヴァン・ダインは、探偵小説が遵守《じゅんしゅ》すべき二十の規則を発表した。いわゆる、『ヴァン・ダインの二十則』である。そして、それに呼応するかのように、イギリスではロナルド・ノックスが探偵小説の守るべき十の戒律——『ノックスの十戒』を提唱したのである。この二つは、『十戒』、『二十則』と並び称されるミステリの基本原則のようなものである。しかし、全てのミステリがそれを守っているか、というとそうでもない。逆に、『十戒』と『二十則』を全てクリアしている作品を探し、なおかつ面白い作品を探す方が難しいだろう。

スポーツというものは、細かいルールを定め、その枠の中で真剣勝負をするからこそ面白い。それと同じで、ミステリにおいても、ある程度の約束事がなければ、どこまでもアンフェアなテクニックが許されることになる。あまりにも姑息《こそく》な『騙《かた》り』を容認すれば、面白さも減じてしまうのだ。

有名なのは、アガサ・クリスティの『アクロイド殺し（アクロイド殺害事件）』という作品だ。一読すれば明らかなのだが、あの作品ではクリスティがフェアとアンフェアすれすれの離れ業をやってのける。そのあまりのきわどさゆえに、未だに『アクロイド・フェアアンフェア論争』は完全な決着がつけられず、個人の趣味に評価が委ねられている。

——確かに言えることがあるとすれば、フェアにせよ、アンフェアにせよ、真に優れた作品というものは必ず話題になり、人々の記憶に永くとどまるということである。

褒《ほ》められるにせよ、誹《そし》られるにせよ、最大級の言葉をもって遇されるというのは、それだけその作品に無視できぬパワーがあるということだ。

実際、これまでの歴史を振り返ってみても、周囲のほめ殺しにあった作品よりも、毀誉褒貶《きよほうへん》がはっきり分れる作品の方が後世に遺る可能性は高い。

●

『十戒』、『二十則』は次のようなものである。

ノックスの十戒

1◎犯人は物語の冒頭、初期の段階から登場していなくてはならない。

2◎超自然的要素や魔術的要素を物語に持ち込んではならない。

3◎その存在を推測することが可能であれば、秘密の部屋、秘密の通路は一つに限り許される。

4◎科学上未確定の毒物や、難解な科学的説明を要する毒薬や小道具は使ってはならない。

5◎中国人を重要な役割で登場させてはいけない。

6◎偶然の発見や探偵の直感によって事件を解決してはいけない。

7◎探偵自身が犯人であってはならない。

8◎読者の知らない手がかりによって解決してはいけない。
9◎ワトソン役（事件の記述者）は彼自身の判断をすべて読者に知らせるべきである。そして、その知性は平均的な読者の知性を僅かに下回っていなくてはならない。
10◎双生児や変装による二人一役は、その出現を自然に予測できる場合を除いて登場させるべきではない。

……一つ一つの項目を朗読しながら、必要に応じて溜水は解説を加えていく。

「これは有名な話ですけど、一応確認しておきます。5の中国人を重要な役割で登場させてはいけない、というのは、まあ2とも通じるものですよね。当時、西洋人の間では、中国人は魔術を使ってもおかしくないぐらい、いかがわしい存在でした――今から考えれば笑い話ですね。……他の項目については、特に問題はないでしょう」

続いて溜水は、『二十則』の朗読に移った。

ヴァン・ダインの二十則

1◎全ての手がかりは少しも隠すこともなく読者に示されねばならない。
2◎作中犯人が行うトリック以外に、作者が読者にトリックを使ってはいけない。
3◎作中に大きな恋愛趣味を取り入れてはならない。

4◎探偵が犯人だったという解決はいけない。

5◎偶然の発見や犯人の自白によって事件を解決してはならない。

6◎必ず探偵の役目を務める人物が登場し、その人の推理によって事件が解決されなければならない。

7◎殺人事件が望ましい。それより軽い犯罪では長編を読ませる力が生じない。

8◎心霊術、読心術、水晶体凝視、自動手記などの迷信やお告げなどによって解決されてはいけない。

9◎主人公探偵は一人が良い。そうでないと、読者はリレーのチームを相手にして（こちらは一人で）競走しているようなアンフェアを感じる。

10◎犯人は相当重要な最初からの登場人物の一人でなくてはならない。

11◎使用人など読者が最初から除外しているような人物が犯人であってはならない。

12◎いくつ殺人事件があっても、それらの犯人は一人であることが望ましい。

13◎秘密結社など複数犯人の事件は避けるべきである。

14◎犯罪手段も探偵方法も合理的科学的でなくてはならない。空想科学による非現実の武器を用いてはならない。

15◎犯人が判明したあとで、読者が小説の前の方を読み返してみて、なるほどここに明瞭に手がかりが書いてある、私も作中探偵と同様に注意深ければ犯人を発見することができたのだ、と思わせるように書かれなくてはならない。

16◎雰囲気や登場人物の性格描写などは、推理的興味を妨げない程度にとどめるべきである。余談が入ってはいけない。

17◎その筋によく知られているような常習犯人を主人公とすることは避けるべきである。犯罪などやりそうもない意外な人物が犯人であることが望ましい。
18◎過失致死や自殺であったという解決で読者を失望させてはいけない。
19◎動機は個人的なものが望ましい。
20◎次にあげるようなコンヴェンショナルな手法は避けるべきである。

A●タバコの吸い殻の手がかり
B●催眠術による自白
C●指紋の偽造
D●替玉によるアリバイ
E●犬が吠えなかったから犯人はその家に親しい人物であるという推理
F●双生児または外見が酷似している血縁者による替玉トリック
G●注射針の使用。飲物に麻酔剤の滴下
H●密室殺人で、警官が踏み込んだあとでの殺害トリック（発見者が犯人）
I●言語反応による心理試験
J●暗号の使用

6　推理小説構成要素三十項の回覧

「——でもさぁ、もう今の時代じゃこんな規則、律義に守っている人いないよねぇ」

溜水が『二十則』を朗読し終えたところで氷龍翔子がもっともな意見を吐いた。

その指摘の通り、探偵自身が犯人のミステリ、実は自殺だったという結末のミステリ、犯人に共犯者がたくさんいたというミステリ——などとこれらの規則を破ったミステリは、有名なものから一部のマニアしか知らないようなものまで、それこそ数えあげればキリがないほどたくさんある。

だが、それも仕方がないことである。一五〇年の歴史を持つミステリのネタは、もう出尽くしたといわれているほどである。とすると、そこからさらに発展させようとすれば、今までのネタを効果的に組み合わせるか、アンフェアぎりぎり（あるいはアンフェアそのもの）なことをするしか、もはや手段が残されていないのだ。

「……翔子先輩の言う通りですよ。逆に、これらの規則を全て守ったミステリを書くことの方が、今では難しいんじゃないですか。約束事に従うだけではなく、さらに面白い内容にしなければならないんだから」

葵のその発言には聞くべきところがある。溜水は肯定の頷きを葵に送り、続けた。

「そう——。実は、今書いている作品で僕は、最初そういうことをやろうとしていたんです。定められた枠の中でもがくことによって、なにか新しいものを生み出すことができるんじゃないか、と」

全員の注目がふたたび溜水に集まる。彼の新作の情報は万人の気にするところだ。聞き漏らすわけにはいかない。

「……でも、それは無理だとわかった。いや、正確に言うと、技巧的には可能なんですけれど、これらの規則を守っていたらミステリ本来の面白さを殺してしまうと考えたんです」

深く重い沈黙。皆が溜水の弁舌に聞き入っている。

「そこで考えたのが、あらゆるミステリの構成要素を盛り込んだ大ミステリです。――僕は今までいろんなミステリを読んできて、読了するたびに何か物足りないような、満足しきれないような感じを漠然と抱き続けてきました。優れた作品ではあったが密室トリックが欠けていたり、密室トリックを幾つも組み合わせているのだがアリバイや見立てがなかったり……単に贅沢《ぜいたく》な悩みではあるのですが、一つぐらい、そういう大ミステリがあってもいいと思うんですよ」

「でも、それなら『匣《はこ》』や『虚無《きょむ》』があるだろう」

葵がすかさず指摘する。溜水は軽く首を左右に振った。

「確かに、アンチ・ミステリと呼ばれる作品群――『匣』、『虚無』、『ドグ・マグ』、『黒死館』などは僕の理想とする大ミステリにかなりのレヴェルで肉薄していました……」

溜水があげた四つの名前は、推理マニア間で『四大ミステリ』と呼称される作品の略称である。

☆小栗虫太郎《おぐりむしたろう》・『黒死館殺人事件』
☆夢野《ゆめの》　久作《きゅうさく》・『ドグラ・マグラ』
☆中井《なかい》　英夫《ひでお》・『虚無への供物』
☆竹本《たけもと》　健治《けんじ》・『匣の中の失楽』

……右記の四作が『四大ミステリ』に選ばれるのは、あくまで一般論での話である。坂口安吾《さかぐちあんご》の『不連続殺人事件』や、笠井潔《かさいきよし》の矢吹駆《やぶきかける》シリーズ、さらには濁暑院溜水の『永遠の輪廻』まで、他にもアンチ・ミステリの傑作として一括りにできる傑作は幾つもあるが、一つをつけ加えると、それではあれもこれもとなるため一般的には右記の四作が代表例としてあげられるのである。——そのような理由であるから、余程のことがない限り、今後も、『四大ミステリ』が『五大ミステリ』や『七大ミステリ』、『十大ミステリ』になったりすることはないだろう。そこまで揃ってしまうと、もはや特別な感じがしなくなってしまう。

溜水は一同を見回し、葵に視線を戻した。

「……しかし、あれらの傑作群でも構成要素を完全に網羅しきってはいないんだよ、葵」

「でもなぁ、溜水。構成要素、構成要素と言うけど、構成要素にはどんなものがある？　アリバイ、密室——数えあげればキリがないんじゃないか」

「そこを突かれると痛いな。まあ一応、独断と偏見をもって俺が趣味で選んだ構成要素を三十項ほどあげてみたけどね。ちょっと、さっきの紙の裏を見ていただけますか——」

パサパサッと、皆が紙を裏返す音が響く。

なるほど――、確かに『十戒』と『二十則』が表の面に印刷された先程の紙の裏側には、『推理小説の構成要素三十項』と銘打たれ、三十個の項目が羅列されている。

まさか両面コピーをして用紙を配っていたとは思わなかったのだろう。皆、意外そうな顔をしている。さすがは生来のエンターテイナー、濁暑院溜水。なかなか芸の細かい男である。

「それでは、一つ一つご説明していきましょう。――あ、念のために断っておきますけど、これはあくまで僕が新作を執筆するために作成した独善的な資料のようなもので、他人に強制しようとか、これがミステリ普遍のテーマなどと妄想を抱いて歴史に遺《のこ》そうなんてつもりは露ほどもありませんのでご安心ください。繰り返し言いますけど、これは僕の趣味で選んだもので、完璧なものではありません。僕は逆に、読者の一人一人が、自分の理想の構成要素を作成すればいいんじゃないか、などと考えていまして……」

長々と前口上を垂れ流した後、溜水は構成要素の解説を始めた。

『推理小説の構成要素三十項』

1◎不可解な謎（奇想）
2◎連続殺人
3◎遠隔殺人
4◎密室
5◎暗号
6◎手記（遺書、日記など）
7◎見立て
8◎首斬り
9◎作中作
10◎不在証明（アリバイ工作）
11◎屍体装飾
12◎屍体交換（顔のない屍体、入れ替り）
13◎アナグラム（欧文・和文）
14◎殺人予告状
15◎意外な犯人
16◎意外な動機
17◎意外な人間関係
18◎ミッシング・リンク
19◎ミスディレクション
20◎ダイイング・メッセージ
21◎特殊トリック（氷、鏡など）
22◎物理トリック
23◎叙述トリック
24◎人物トリック（性別、多重）
25◎動物トリック
26◎名探偵
27◎呼称のある犯人
28◎双子
29◎色盲の人物
30◎結末の逆転劇（ダミーの犯人）

「釈迦に説法は承知の上で、念のためご説明いたします。——まずは、やっぱりミステリと言うぐらいですから、１は不可解な謎（奇想）です。別に冒頭になければならないという必然性は感じませんが、あるにこしたことはないでしょう。……２の連続殺人は、問題ありませんね。連続した殺人事件です。連続しているという以上、犯人は同じ人物、グループによるものです。３の遠隔殺人は、犯人が何らかのトリックを用いて、犯行現場から離れた所から被害者を殺害するというもの。４、５、６、密室、暗号、手記はその通りですので特に問題はないでしょう」

溜水はそこで一息つき、ビールを一口飲んだ。今のところ、誰も疑問を口にする様子はない。とりあえず、溜水の解説が終わるまでは静聴しようという姿勢のようだ。

「７の見立てとは、何らかの目的があって屍体の状態に手を加えるというものですね。童謡や俳句の内容にあわせたものなど、テーマを持っているものが多いです。普通は、重要な手がかりとなっている屍体の状態を隠すために用いられます。例えば、何かの見立てで屍体が水の中につけられていた場合、それは屍体の温度変化を錯覚させるためであった、といった感じですね。８の首斬りは、12の屍体交換で詳しくご説明しますが、屍体の顔を隠すことが目的となっている場合がほとんどです。首斬りそのものが目的となっている場合も幾つかあるのでこの項目は敢えて独立させました。

９の作中作とは、物語の中に物語があり、物語の外に物語がある……と、入れ子構造の構成《プロット》を持つ作品のことですね。二重三重の作中作がトリックと直結しているような作品もありますね。竹本健治などがやはりその代表例でしょうか」

そうは言ったものの、当の本人である濁暑院溜水も作中作に取り憑《つ》かれた作家と言われている。濁暑院作品の中には、『小説』こそが主人公であると指摘されるものが少なくない。

「10のアリバイは問題ないでしょう。テレビのミステリドラマや旅情もののトラベルミステリなどでは御馴染《おなじ》みの単語です。11の屍体装飾とは、7の見立てとも通じるものがありますが、何か理由があって、屍体に装飾を施すことです。12の屍体交換は先程、首斬りのところで触れました。焼く、潰す、頭部を隠すなどして、被害者を別の誰かと誤認させるというパターンです。被害者と思っていた人物が実は犯人だったなどというのは、今の時代では陳腐な解決ですね」

氷龍翔子は溜水の解説を聞きながら、ミステリが壊されていくような感じを受けた。溜水は、これまでのミステリの総決算を試みつつ、それによって、今ある退屈極まりないミステリの凡作群を一掃しようとしているのではないか、そんな気さえする。

溜水のこれまでの作品は、常に一作品でジャンルそのものを破壊してしまうようなきわどい構成を持つものが多い。もし、翔子の予想が正しければ……

彼女の後輩は、あまりに挑発的すぎる時がある。その底にある破壊衝動のような猪突猛進的な危険な雰囲気は何に起因するものなのだろう。生来のものか？　それとも、何か理由があって？　溜水は生き急いでいるのではないのだろうか……しかし、なぜ？　何とも言えない不吉な予感とともに、翔子の背中を寒いものが滑った。

溜水はそんな先輩の不安をよそに、淡々と説明を続けている。

「――13のアナグラムとは、綴《つづ》り替えのことですね。例えば、『強請《ゆす》り』という言葉をアルファベットにして並べ替えてやると『溜水』となります」

強請り……YUSURI
溜水……RYUSUI

聴衆から呆《あき》れたような失笑が漏れる。アナグラム――言葉遊びも、溜水が取り憑かれているものの一つだ。新聞や広告、CMなどからも明らかだが、溜水に限らず、日本人とは言葉遊びの好きな人種であるが、それにしても彼の場合は時に病的なまでにその趣味が突き抜けることがある。

「14から17までは、特に説明の必要はないでしょう。18のミッシング・リンク――失われた環《わ》とは、一見、何の繋《つな》がりもないと思われていた連続殺人の被害者たちに隠された共通点が潜んでいた、というものです。19のミスディレクションは、犯人が捜査陣を、あるいは作者が読者を誤った方向へ導くために作る偽の手がかり。20のダイイング・メッセージ――死に際の伝言は、被害者が死ぬ間際に書き留めたメッセージが手がかりとなっているもののことです。エラリー・クイーンという作家は後期、ダイイング・メッセージものにこだわっていました」

エラリー・クイーンは、『Xの悲劇』(バーナビー・ロス名義で発表)という作品の中で、探偵ドルリー・レーンに次のように語らせている。

『彼は、死ぬ直前のほんのわずかな時間に、自分の残すことのできる唯一の手がかりを残したのです。このように死の直前の比類のない神々しいような瞬間、人間の頭の飛躍には限界がなくなるのです』

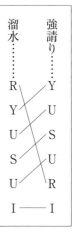

（鮎川信夫訳）

また、笠井潔はその処女作『バイバイ、エンジェル』の中で、矢吹駆の口を借りて次のようなことを語っている。ダイイング・メッセージは犯人を指示する一種の記号《シーニュ》であると考えられるが、それは独断にすぎない。メッセージという事実の中には、権利上同等な無数の意味《シニフィカシオン》が含まれる。探偵は無限にある可能性の中から、その本質直観によって唯一の真実を確信しているのに過ぎない、と——。

●

溜水の説明はなおも続く。

「21の特殊トリックは、氷の凶器、氷を使った密室作成、鏡を用いてのトリックなどを一つにまとめたものです。22の物理トリックは、犯罪の中の物理的な仕掛け。23の叙述トリックは、作者が読者を誤導する『騙り』のテクニックのことですね。一九八七年、綾辻行人《あやつじゆきと》が『十角館の殺人』で衝撃的なデビューを飾る以前、『綾辻以前』はミステリの最後の聖域、タブーのような感じでしたが、『綾辻以後』のいわゆる新本格ブームでは、叙述トリックもかなり開拓されました。代表選手は綾辻行人や折原一《おりはらいち》ですね。叙述トリックを用いたものだけではありませんが、『倒叙もの』などは物語の最初に犯人をあかすミステリです。フランシス・アイルズ（アントニイ・バークリーの別名義）の『殺意』、フリーマン・W・クロフツの『クロイドン発12時30分』、R・ハルの『伯母殺し』、テレビでは『刑事コロンボ』シリーズなどが有名ですね。最近、日本でも『古畑任三郎《ふるはたにんざぶろう》』というシリーズがありました」

長く続いた説明も、ようやく終盤にさしかかった。三十ある構成要素も、あと七つである。

「24の性別トリックとは、登場人物の誰かが理由あって、性別をごまかしていたというもの。あるいは、叙述トリックの一部で、作者が読者に登場人物の性別を誤解させるように仕組んだトリック。また、多重人物トリックとは、登場人物の一人二役や二人一役を示します。25の動物トリックは、実は動物が犯人か、あるいは重要な役割を担っていたという解決。あるいは、これも叙述トリックの一部で、作者が読者に登場人物と動物を錯覚させるものです。……26の名探偵は問題ないでしょう。27の呼称のある犯人は完全に僕の趣味ですね。ただ、犯人という漠然とした呼び名よりも、いかにもそれらしい呼称があった方が犯人をイメージしやすいのは事実だと思います」

溜水は缶に残っていたビールを一気に飲み干した。ずっと喋り続けているせいか、さすがに少し話し疲れたようだ。

「28の双子は、双子を使った入れ替りトリック、あるいは錯覚トリック。29は、色盲の人物が犯人であったり、重要なファクターとなる場合。30の結末の逆転劇——ダミーの解決は、別になくても構わないのですが、あった方が真相の驚愕を増幅させることができるでしょう」

読了してから、真犯人が入れ替る。『永遠の輪廻』で究極のどんでん返しアクロバットに成功した溜水は、ようやく長きにわたった『三十項』の解説を終えた……。

7　感嘆・反論・概言

「それじゃあ——濁暑院さんは、これらの構成要素を全て盛り込んだミステリを書かれるおつもりなんですか？」

茶話会に出席している五人の中で、ただ一人、溜水よりも年下である魅山薫の言葉は、素直な感嘆の響きを帯びていた。薫は、憧憬のまなざしを先輩作家に向けている。

——確かに、溜水の試みが実現すれば、とんでもないミステリが完成するだろう。ひょっとしたら、四大ミステリと比肩しうる作品になるかもしれない。薫だけでなく、誰もが期待に胸を膨らませている。ただし……、それは、あくまで実現できればの話である。壮大な試みであればあるほど、その挑戦は、口で言うほど実現するのは簡単ではないだろう。

「しかし、それは難しいんじゃないか、溜水。……それに、お前もさっきあらかじめ断っていたが、このリストが構成要素を全て網羅しきっているとは言い難いな。俺なら、『華言葉《はな》』や『利き腕のトリック』、それに『交換殺人』なんてテーマも扱いたいところだ」

「『交換殺人』は俺も考えたよ、葵。でもやはり、真犯人を一人に限定するならば、『交換殺人』を入れることはできないだろう。同様の理由で、『便乗殺人』なんかも除外した。まあ先程も言ったように、このリストはあくまで今回の作品を執筆するための資料のようなものであって、完全なものだとは思っていない」

『交換殺人』とは、二人（もしくは、それ以上）の人間が共謀して犯行を行うケースのことである。例えば、被害者Aを殺したい犯人Aと、被害者Bを殺したい犯人Bがいた場合——犯人Bが被害者Aを殺し、犯人

Aが被害者Bを殺す。そして、犯人の二人がお互いに犯行時にアリバイを作っておけば、どちらも疑われずにすむ。

『便乗殺人』とは、連続殺人の渦中にあり、真犯人とは別の人物が本事件になぞらえて犯行を行うようなケースを示す。要するに、他人の犯罪に便乗して自分の犯罪を隠す、という姑息《こそく》なものである。

『交換殺人』や『便乗殺人』を効果的に演出すれば、かなりの離れ業を成功させることができる。しかしながらその性質ゆえに、右記のようなトリックは、禁じ手とまではいかないものの、ややアンフェアよりのネタと見做《みな》される場合が多い。

「――あと、『暗示的な舞台』や『含意のある名前』なんていうものも考えてみたんですけど、今回の作品では僕ら『関西本格の会』のメンバーを登場人物に据え、この幻影城を舞台にする以上、名前や舞台に意味付けをするのはどうかと思って諦めました」

ミステリでは、内容とはあまり関係のないおまけの仕掛けとして、登場人物の名前に秘められた意味が存在する場合がある。作家の『お遊び』のようなものもあれば、そういった趣向がテーマと密接に結合し、効果的に働いているものもある。

「へえ……。溜井くんの新作には、あたしたちも出てくるんだ。実名小説、ってわけね。面白そうじゃない」

氷龍翔子が好奇心を漲《みなぎ》らせた声で賞賛する。――その一方で疑念を呈したのは葵だった。

「俺はけっこう大変なんじゃないかと思うんだけどなぁ……。ほんとにその試みを完成させることができるんなら、俺はその小説の中で、密室で溺死してもいいよ」

葵のくだらないジョークに皆が苦笑いする。それにしても、『密室で溺死』とは……。どこかで聞いたことのある情景だが、強引な物理トリックでも使わない限り、まず実現は不可能だろう。誰もがそんな感想を持った。

「でも……『呼称のある犯人』とか『殺人予告状』って、なんだか乱歩の世界みたいですよね」

場に降りてきた沈黙を破ったのは、先程まで聞くことに専念していた星野多恵だった。遠慮がちに発言しているが、なかなか鋭い指摘だ。無類の本好きで知られる風紋寺光世の妹というだけあって、彼女は読書家である。別にミステリに限定した読者ではなかったが、広義のミステリに分類される作品群もかなりの数を読破しているようだ。

それまで場に溶け込んでいた多恵に関心を持ったのか、葵は、彼女の方を横目で見ながら溜水に質問を飛ばす。

「そうだ。俺もそこんところが気になっていたんだ。『殺人予告状』って、怪人二十面相が使っていたようなもののことか？」

「二十面相は殺しはしないよ。あれは、『犯罪予告状』。この場合は、『黒死館』に出てくるようなやつかな。まあ、あれは予告『状』ではないけど」

小栗虫太郎の『黒死館殺人事件』——四大ミステリ最初の巨峰である。

「黒死館の殺人予告って……どんなものでした？」

薫が疑問の声をあげる。他の連中も、皆、昔に読んだ作品なので、今となってはあまり記憶していないようだ。過剰なまでの衒学趣味《ペダントリー》に彩られた『黒死館殺人事件』は、読み通すのが困難な本の筆頭にあげられる、煩雑な内容の書物である。評価している者ですら、よほどの研究家かファンでない限り、幾度も繰り返して読むことはないだろう。

あらかじめ引用するつもりだったのか、溜水はタイミング良く机の上に置かれていた『黒死館殺人事件』

を手に取り、しおりを挟んでいた箇所を開いて朗読する。

「ええっと……これだ、これだ。被害者とその殺害方法を予告した巻紙があって、その通りに登場人物が殺されていく、という話だ」

溜水は薫から順番に、『黒死館殺人事件』を回した。回し読みしながら記憶の棚を探っているのか、懐かしそうな呟きが順々に聞こえる。

その巻紙は、次のような内容である。

グレーテは栄光に輝きて殺さるべし
オットカールは吊されて殺さるべし
ガリバルダは逆さになりて殺さるべし
オリガは眼を覆われて殺さるべし
旗太郎は宙に浮びて殺さるべし
易介は挟まれて殺さるべし

●

「——なるほどね。あんな感じか……確かに、効果的に使えば面白そうだよな」

「あと、15に『意外な犯人』ってのをあげてますけどね、もう、ミステリで意外な犯人って出つくしちゃってるでしょう。だから、実はそこのところで今悩んでいるんですよ。はたして、本当に『意外な犯人』は必要なのかということを……」

溜水の顔に、一瞬ではあったが、苦悩の色がさした。溜水はネタ云々よりもあくまでストーリーで勝負するタイプの作家であるが、それでも、ミステリという土俵で勝負する以上は、読者は『意外な真相』、『意外な犯人』を求めてくる。……求められている以上はその期待に応えねばならない、というのが溜水のポリシーなのである。

「そうですね――犯人って、意外にしようと思えばどこまでも意外にできますからね」

同情するような困ったような調子で、多恵が言うと、翔子もすかさずつけ加える。

「そうだよねー。でも、あんまりきわどいことをしたり、意外さを演出するために卑怯《ひきょう》なテクニックを使ったりすると、すかさずアンフェアだって謗《そし》られるし、大変よね」

「そこの境界を見極めるのが難しいんですよね。……でも、やはり皆さん、その困難を承知していても、それはクリアしたいハードルでしょう。ミステリって、真相がわかっちゃうと面白くありませんし、期待して読んでいる以上は、犯人で驚きたいでしょうし――」

皆、推理作家らしく、以前から考えていたのであろう『意外な犯人』論を口々に発言し、大いに盛り上がっている。『意外な犯人』というのは、やはり、ミステリの永遠のテーマなのであろうか――？

人は皆、狂気を内に孕《はら》んで生きている。普通に暮らしていた者が、些細なことから道を踏み外してしまうそのメカニズム。狂気の闇の深さ……

あるものは明確に、あるものは暗示的に日常に潜む狂気のシステムを露呈させる。そこには、紛れもない世界の真実がある。単純な読み方もいいが、深読みしてやれば、そんな風にも考えられる。

だからミステリを読んだり創ったりして、この世界の謎《ミステリ》に挑戦するのは面白いのだろう――結局、それが一同の行き着いた結論だった。

8　烏夜《うや》・第一の被害者

「――でも、濁暑院さんの新作、面白そうですよね。楽しみですよ、本当に」

社交辞令を真に受けるほど溜水は自分の才能に自惚れてはいない。世辞が二割か三割は含まれているのは承知の上で……それでもやはり、薫の賛辞は嬉《うれ》しいものだった。

いつしか茶話会は、溜水の新作発表会の様相を呈し始めている。むろん、溜水の新作情報は誰もが興味を持っているので、文句を言う者はいない。

「――で、タイトルは何にするつもりなの、溜井くん？」

翔子のその発言で、場の緊張が瞬時に増した。

問題はタイトルである。タイトルは読者の第一印象、ならびに作品内容への先入観に繋がる。決して無視することのできない、重要不可欠なファクターなのだ。極端な話、タイトルのセンス如何では、いかに作品が優れていても評価がかなり下がってしまうという場合さえある。それも当然のことであり、タイトルというのは作品の看板であり、作品の一部でもあるのだ。

ゆっくりと一同を見回すと、溜水はしばしためらった後、厳かな口調でタイトルを発表した。

「作品のタイトルは……『麗しき華のごとく、没落は夢のように』にしようと考えています」

一瞬の間。その言葉の意味を察した時、喧騒《けんそう》が室内に拡がる。

「まさか、そうくるとはね……」

「『華没《かぼつ》』、か――」

皆、驚きの色を隠そうともしない。素直に感嘆する者もいれば、やられた、と声には出さないものの、先を越された悔しさを表情に漂わせている者もいる。それにしても、『麗しき華のごとく、没落は夢のように』とは……。

『麗しき華のごとく、没落は夢のように』は、現在九十九号まで発行されている『関西本格の会』の会報の名である。長いタイトルなので、会員たちの間では、簡潔に略して、『華没』と呼ばれている。

その出典となったのは、バーネルという詩人が遺した『華の夢』という詩である。

●

ああ麗しき華のごとく、自然な姿で咲いていたい
すべてを感じて、すべてを許しながら……
たった一つのささやかな願いを
——没落は夢のように……
そのあとは、幻のように消えてしまいたい
そんなかすかな希望を夢に描きつづけ……
わたしは今日も咲いている
自然な姿で……そう。まるで、麗しき華のように

●

『麗しき華のごとく、没落は夢のように』——略称『華没』は、『関西本格の会』の先輩作家たちの努力と成功の軌跡を記録したものである。偉大なる先達の汗と涙の結晶、そして、世代を越えて受け継がれる栄光の伝説……。溜水は、恐れ多くもその会報のフレーズをタイトルに使用しようというのだ。

――いや、したたかな溜水のことだ。単に看板として使うのでなく、自己にプレッシャーをかけることによって能力を越えた傑作をものにできれば、と打算を働かせているのかもしれない。

ともあれ。タイトルが『麗しき華のごとく、没落は夢のように』と発表されたことによって、溜水の新作への期待は否応なく高まっていった……。

●

溜水はその後、さらに説明を加え、今回の幻影城合宿を作品の核にすえるつもりであることを述べた。

「今回の合宿ってことは……ひょっとすると、この茶話会の後に殺人が起こったりするんですか？」

薫の言葉は、一同の想像をかきたてた。合宿初日の夜。茶話会の後に勃発する連続殺人――容疑者は、彼らの中に？

実名小説であるだけに、リアルに想像を楽しむことができる。当然、その辺りは溜水の計算の内にあるだろう。

「じゃあ、この茶話会の内容も、その小説の一部になるかもね。『十戒』と『二十則』を復習し、溜井くんが『三十項』を発表する……あたしのこの台詞《せりふ》だって、小説の中に取り込まれるかもしれない」

「幻影城を舞台に選んだのは賢明だな。ここなら、殺人を演出する舞台に事欠かない」

『麗しき華のごとく、没落は夢のように』の可能性を楽しげに語る翔子や葵に、溜水は満足そうに頷いてみせた。

「――で。今、最初の被害者を誰にしようか迷っているんですよ。なにぶん、実名小説ですから。僕が自分で決めると何かその人に含みがあるみたいだし……。翔子先輩、申しわけありませんが、クジを作ったんで引いていただけますか？」

「クジ……？　別にいいけど」

溜水は、細長く切られた白い八枚の紙を取り出す。手で握っている部分に、作家たちの名前が隠してあるのだろう。

それにしても、いくら小説とはいえ、殺人事件の被害者をクジで決めるとはふざけた男である。これも、ジョークのつもりだろうか。

いささか悪ふざけが過ぎるのではないか？　——そんな疑念を抱きながら、翔子はしなやかな手を差し出した。

乙女の指が……破滅の……糸……を……引く！

ぬき取られたその一枚のクジには、こう記されていた。

水野　一馬

「水野さんか——」

かすかなどよめきに続いて、安堵の溜息が次々に聞こえる。いくら小説のこととはいえ、自分がいきなり被害者になってしまうというのは、あまり気持ちの良いものではない。この場にいない水野一馬が選ばれたのは幸いといえるだろう。

ふと、葵の脳裏（正確にいうならば耳元）に、先程偶然耳にした口論がはっきりと蘇《よみがえ》ってくる。『知識の間』で水野一馬と口論していたのは、柊木司だった。さしずめ、柊木は第一の容疑者といったところか……。

想像はあまりにもリアルだった。水野と柊木の激しい舌戦に『殺人』というイメージを重ねてやるだけで陰惨なヴィジュアルが頭に描かれる。

――薄気味悪い――

水野や柊木がこの場にいないせいだろう。もしかしたら、水野一馬は柊木司に殺されてしまったのではないか？

――バカバカしい。何を考えているんだ、俺は？

葵は頭の中に浮かんだ妄想をふり払った。しょせん、溜水の小説の中での話なんだ。実際に殺人が起こるわけではない……。

殺人が起こるわけではない――なぜ、そう断言できる？　虫も殺せないように思われていた人物が殺人に手を染める。想像もつかないような事件というのは、日常生活を見渡せばごろごろ転がっている。絶対に人を殺さないと断言できる人間など、この世に存在しないのに――。

そう考えると、水野と柊木の諍《いさかい》を黙って見逃した自分が後ろめたく思えてくる。翔子が言ったように、あの時、二人を止めているべきだったのではないか。無理にでも茶話会に二人を誘い出して、和解の機会を作ってやるべきだったのではないか？

延々と繰り返される葵の自問自答は、突然、割り込んできた風紋寺の声に中断された。

●

「……なんだ、まだやっていたのか？」

風紋寺の声は、名前の通り、風のように涼しげな感じだった。とても三十とは思えない爽やかさだ。

「濁暑院くんの『ジグソーパズル』を読み終えたので、感想を述べにきたんだが……お前ら、明日からのことも考えて早く寝ろよ」

作家ではなく教師の口調だった。虹川良がいないということで、この中では最年長の彼である。別に偉ぶりたいわけではないだろうが、年長者として、つい常識的な注意をしてしまうのも理解できる。

「――あら、もうこんな時間！」

時計の針は午前一時二十九分をさしている。

翔子や薫は慌《あわ》てて席を立った。睡眠不足は美容の敵、という哲学に忠実に従うつもりだろう。迷信に振り回されるのはバカげているが、先人の遺《のこ》した故事には、傾聴に値するものが多い。たとえ迷信かもしれないとはいえ、他人の忠告を取り入れるのは悪いことではない。

「それじゃあ、溜井くん。『華没』の執筆がんばってね。期待してるわ」

その言葉を最後に、彼女らは早々に自室へと戻っていった。風紋寺も、妹の星野多恵を部屋に送っていくために、ひとまず部屋を後にする。――後には、葵と溜水だけが残された。

「溜水、お前はこれからどうするんだ」

「そうだな……。風紋寺さんに『ジグソーパズル』の感想を聞いたら、さっそく原稿にとりかかるつもりだ。朝まで執筆するよ。あれも持ってきたし」

溜水は親指を卓上の『あれ』――膝の上に乗せる型《ラップ・トップ》ワープロに向ける。葵は微笑した。

「あいかわらずだな。お前のパワーには、毎度のことながら圧倒されるよ」

溜水は常日頃から常軌を逸した発想とパワーで、想像と創造に明け暮れる日々を送っている。その常識からかけ離れた超人ぶりは、時に、薬《ヤク》をやっているのでは？　――と訝《いぶか》られるほどで、常識人たちを閉口させている。

『創作の怪物』、『発想魔王』、『この世で最も理性的な狂人』など、印象的なニックネームを溜水に多く奉ったのは、他でもない、葵健太朗その人である。

「合宿中に完成させたいんでね。この一週間が勝負だ。かなり気合いを入れてかからないとな」

「無茶をするな、と言って聞く奴じゃないしな。だが、体には気をつけろよ。どうせまた、なぎさちゃんに看病してもらうことになるんだからな」

葵は、溜水の双子の妹、なぎさとも知り合って久しい。以前から、三人で創作について語り合うことが多く、気心の知れた間柄である。

瘦《や》せぎすの溜水は体脂肪が少ないため、風邪《かぜ》になると直ぐにダウンし、寝込んでしまう。そんな時、看病するのがなぎさの役目で、見舞いに訪れ病床の友人を元気づけるのが葵の役目だった。

「まあ——、俺も『ジグソーパズル』を楽しませてもらうよ。風紋寺さんも読んじゃったことだし、明日にでも一気に読んでしまおう」

「せっかくの合宿なんだ。読書なんかに時間を使うなよ」

「お前が言うな。創作バカ」

葵は笑いながら腰をあげた。相棒に軽く手を振り、退出しかけたところで足をとめ、クルリと振り返る。

「『華没』のことだが……俺だけに教えてくれないか。今度のやつでは、どれぐらい殺すつもりなんだ？」

葵の爽やかな瞳はしっかりと溜水を見据えている。別に隠すことでもないので、溜水は教えてやることにした。

「死ぬのは十四人。密室は七つだな……」

「十四人？　ってお前——」

作家を全員殺しても八人。虹川恵と星野多恵を加えても十人である。この男は何を考えているのか？　溜水には大風呂敷を広げて読者を煽りに煽る癖があったが、それにしても今回の大風呂敷は特大だ。

「ジョークだろ?」

「残念ながら、大まじめだがね」

この男は余程の詭弁家かそれとも妄想家に違いない。葵は議論を交わすのを諦め、おとなしく自分の部屋に帰ることにした。

深々と烏夜はふけていく……

『麗しき華のごとく、没落は夢のように』――実名小説の執筆開始と時を同じくして、惨劇の幕が上がったことを彼らはまだ知るよしもない。

人々は眠りにつく。睡眠の淵へと落ちていく。

終りのない悪夢を彼らが彷徨《さまよ》うまでには、いましばらくの間があった。

濁暑院溜水は、ワープロのキイを叩き続ける。

もの凄いスピードで、物語が創られていく。

●

……この時。第一の被害者は、既にこの世の生を失っていた。最初の被害者の名前は――

運命を司る者が、戯《たわむ》れに殺人のクジを引く。

9　巨細《こさい》の彫像

窓の外で、小鳥たちのさえずりが聞こえる……快適な目覚めである。昨晩、茶話会で感じた嫌な予感も、睡眠を経て忘却の海へと埋没している。あらゆる可能性が生まれる早朝は、気分を清々しくしてくれる。昨日の不安が嘘のように、心身ともにリフレッシュした心地よさが全身を包んでいる。

午前六時二十分。葵は寝床から出ると身支度を済ませ、食堂へと向かった。

●

ほの暗い廊下には、まだ非常灯がともっている。

中庭に面したガラスばりの廊下をまっすぐに抜けると、急に視界が拡がった。

——広大な、円形のホールである。

綺麗な円を描くホールの壁には、無数の葵がいた。ここにいると、周りを大人数に囲まれたかのような錯覚に囚われる。円形のホールの壁には、長方形の鏡がびっしりと隙間なく張りつけられており、それに映る自分の姿が奇妙な錯覚を引き起こしているのである（このホールが正円形に見えるのも、錯視かもしれない。鏡を張ることを考えれば、ここは正円ではなく、厳密にはそれに近い多角形のはずなのだ）。

教会の聖堂を思わせる高い天井。屋根は半球形に窪んでおり、時計回りに螺旋《らせん》状の刻みがついている。じっと見ていると理髪店の回転灯のように目を回らされる。天井とホール床の石畳は、深海を思わせる濃青色で統一されている。

幻影城の他の空間とは隔離されているかのような、独特の雰囲気を備えた空間である。ここは、『蜃気楼の間』と命名されている。蜃気楼《ミラージュ》と鏡《ミラー》をかけているのかもしれない。……そういえば、平井氏は俳句好きだといっていた。幻影城の使用人たちには、なぜか俳句好きの人間が多いらしく、自分で詠む他にも、古《いにしえ》の俳人の名句を研究することを趣味としているようである。とりわけ、松尾芭蕉などは人気を博しているとのことである。人里離れた景勝の地で暮らしていれば、芸術を嗜《たしな》みたくなるのだろうか。葵には、彼らの気持ちがなんとなくわかる気がした。

スペースそのものは、どこか母胎内を思わせるような包容力のある、安心感を与えてくれるものだ。ただ、『蜃気楼の間』の中央部に固定された三体の彫像の存在が、場の雰囲気を妖しげに歪めているように感じられる。

葵は三体の彫像の方へと歩み寄った。中央の石像は台座の上にどっしりと腰を据えている。ぱっと見ると、兎座りのポーズをとる人間のようだ。しかし、それが人間をモデルとしたものでないことは、背中に生えた翼と頭髪のない頭から突き出た二本の角が証明している。……どちらかというと、人間よりも悪魔といった感じだ。彫像の両手は、先端の尖《とが》った鋭利で巨大な紫水晶《アメジスト》をしかと握りしめていた。この異形の物体の名称であろう、紅梅色をした台座には、鮮やかな毛筆体で『慶徳鬼《けいとくき》』と刻みこまれている。

北東……鬼門の方角を睨む慶徳鬼のその石の瞳は、この幻影城という小宇宙の全ての事象を見透かしているようにすら思える。

——事の委細を承知した者を、巨細《こさい》の者という。ならば、さしずめこの彫像は巨細の彫像とでもいった感じだ。

慶徳鬼に背を向けてその両脇を固めているのは二体の美人像である。白磁の陶器を思わせる清涼感のある純白の石像である。どちらも同じデザインで、頭上に乗せた水瓶を両手で支えている。……ただ、片方の像は水瓶の下の頭部が欠けており、首なし屍体が両腕で水瓶を掲げているように見える。もう片方の像は頭部も水瓶も確かにあったが、水瓶を支えているはずの両腕がない。

どこから手に入れたものなのか、平井氏によると、『羨麗像《せんれいぞう》』、『羨涙像《せんるいぞう》』というのが二体の美人像の名であるらしいが——二年前、初めて目にして以来、葵は『蜃気楼の間』に来るといつも新鮮な感動を覚えてしまう。ミロのヴィーナスとサモトラケのニケを連想させる二体の美人像と、それに挟まれた慶徳鬼。三体の彫像は絶妙のバランスで三位一体の美を完成させており、そのバランス感覚が葵を感動させずにはおかないのだ。

慶徳鬼。巨細の彫像は何を見つめているのか？

葵は、いつしか慶徳鬼の彫像に見入っていた。慶徳鬼の手に持つ見事な紫水晶と怜悧《れいり》な瞳を交互に見比べる。時を忘れ、しばし彫像を観察する……

●

「——おはようございます」

葵を我に返らせたのは、星野多恵の澄んだ声だった。葵がふり返ると、円形ホールの壁面にある全ての鏡の中の彼もまた動く。それは、眩暈感《げんうんかん》を刺激する奇妙な光景だった。

多恵が『関西本格の会』の合宿に同行するのは今回が初めてなので、葵と彼女は昨日が初対面だった。彼女の太陽は雲間に隠れてしまったのか、集団の中の一人として意識している時は、多恵は影の薄い、存在感のない女性だった。それが、個人として、こうして一対一で向かい合ってみると——

何か人を圧倒する雰囲気がある。

清楚な容貌と内向的な物腰……それでも、社会人として要求される最低限の礼節は弁《わきま》えている。口数が少ないのは決して愛想がないわけではなく、ただ無駄なことを言わないだけなのだと葵は気づかされた。外面的なものではない。内面的な強さ（——気高さ？　——）が、彼女からは感じられる。そう認識を改めると、葵は柄にもなく思わずかしこまって応対した。

「多恵さん……おはようございます」

「葵さん——ですね？」

「——はい」

「この彫像を御覧になっておいででしたの」

社交的なものとは違う、純粋な微笑を口元に浮かべて多恵は言った。彼女も、三体の彫像には興味をそそられているようだ。

「——まあ、そうですね」

我ながら芸のない返答の連続だとは思う。彼女の存在感を強烈に感じさせられ、緊張しているからだろうか？　あるいは……葵が彼女の兄に抱いている劣等感《コンプレックス》が彼をそうさせているのかもしれない。

風紋寺光世は、今はまだ『未完の大器』と称される誕生して間もない恒星にすぎない。しかし、その卓絶した文章力に磨《みが》きがかかれば、あの恒星は否応なく光彩を増すだろう。風紋寺は、もの凄いスピードで成長し続ける、紛れもない天才だった。

葵の書くものは、風紋寺の目指しているものと同じ路線のものだ。デビューこそ葵の方が早かったものの、風紋寺はまたたく間に頭角をあらわし、葵の立っている場所を一瞬で通過してしまった。

人生はまだまだ続く。風紋寺のように成長し続けることができればよいが、もし、前進することができなくなれば……いや、そもそも葵は前進しているのか？　デビューしてからずっと、高みを目指す以前に、自分に要求されている水準を維持するのに精一杯だったような気がする。作家は才能で勝負する職業だ。それゆえにリスクが大きい。才能が枯渇してしまえば、もはやこの世界にはいられない。

才能の差を努力で補うことは可能なのだろうか？　スピードも、ヴォリュームも、クオリティも、葵は何一つ風紋寺に及ばない。同じ路線で勝負していく以上、風紋寺を意識せずにはいられない、そして先を行く者には勝てない。とすれば路線転換を図って自分独自の路線を、オリジナリティをもっと際立《きわだ》たせない限り自分に勝算はないだろう。

そういった迷いが風紋寺の才能に対する畏怖と嫉妬を同時に喚起し、ある種の劣等感《コンプレックス》を葵の胸中に生じさせているのは事実なのだ。

……その後二人は、当たり障りのない話題を交わしながら、共に食堂へと向かった。さすがに昨日面識を得たばかりということで、すぐに親和した仲になるとまではいかないが、それでも二人だけの会話を繰り返すうちに、葵の緊張は解け、次第に打ち解けていった。

10　空席は二つ

時計の長針が進むにしたがって、食堂に人影がちらほらと現れ、メンバーは次第に揃っていく。昨日のあの『キリギリス』なる男は、連れがいないのか、客室係と言葉を交わしながら、テーブルの片隅で既に食事を始めている。

ずっと話をしている葵と多恵は、（必然的に？）隣あった席に座っていた。時間が経てば経つほど、最初、彼らの間にあったよそよそしさは失われていく。話題が豊富な葵は、内向的な多恵の心を少しずつではあったものの、開かせていくことに成功していた。

おそらく徹夜で原稿を執筆していたのだろう。眠そうな眼をこすりながら食堂に入ってきて席についた溜水は、少し惚けたような朝顔だった。葵がそれを指摘すると、疲れているのか溜水は黙って肩をすくめるだけだった。

いい雰囲気の葵と多恵に遠慮してか、氷龍翔子は虹川親娘や魅山薫と雑談をしている。風紋寺は、溜水が着席するとすぐに、待っていましたとばかり、『ジグソーパズル』についていろいろと議論を戦わせているようだった。

●

……ほぼ全員が揃ってから、およそ二十分が経過したというのに、依然として空席が二つあった。水野一馬と柊木司が座るはずの席である。

二人はどちらかというと朝が早い方だ。これまで合宿で寝坊したことはない。それが二人とも姿を見せないとは――偶然としても、できすぎているように思える。

「遅いね。僕がちょっと様子を見てこよう」

やがて、最年長者らしく虹川良が席を立とうとしたが、葵が手をあげてそれをとどめた。

「いや、虹川さん。俺が行ってきますよ」

葵は有無を言わさず席を立ち、虹川を制した。多恵に軽く頭を下げ、食堂の出口へと歩き始める。

水野と柊木の不在を先程から一番意識していたのは、実は葵だった。多恵との会話に注意を傾けつつも、彼らのことが気になってしようがなかったのだ。昨夜の口論のこともある。あの時、彼らの口論を見逃したのは葵だ。あれから二人の作家の間で何らかの問題が生じたとすれば、その責任の一端は彼に無いともいえないのである。

「あ、あたしも。氷柱木くん、待ってよ！」

翔子がその後を追う。彼女もやはり、昨晩の口論のことが気になっているようだ。

『知識の間』で激しく舌戦を繰り広げていた水野一馬と柊木司。まさかとは思うが、もしやあの後、口論に火がついて……

ありえないことだと信じたい。取り越し苦労で済めば、ただの笑い話になる。しかし、最悪の可能性を完全に否定することはできない。不安は、葵と翔子の足を自然に速めた。

●

水野一馬の部屋にも、柊木司の部屋にも、鍵はかかっていなかった。どちらの部屋もきちんと整頓されており、乱れはない。――当然のごとく(?)、二人の姿は室内になかった。

「そうだ。翔子先輩、『知識の間』を見てみましょう。ひょっとしたらあそこにいるかもしれない」

「仲直りして、早朝から呑気《のんき》に二人で読書でもしてくれてるといいんだけどね」

「――ですね」

もはや、二人に余裕はない。焦りが歩調を速める。翔子が走り出すと、葵がそれに続いた。廊下をすれ違った客室係が怪訝そうに二人をふり返る。

急げ……『知識の間に』。急げ、急げ！

まるで急ぐことによって水野と柊木の安全を確保することができるかのように、二人は全速力で幻影の城を駆け抜けた。

息を切らしながら、『知識の間』に飛び込む！

そこでは、彼らが期待したように水野一馬と柊木司が本を読んで――いなかった……。室内は大量の本が不気味な沈黙を守っているばかりで、やはり、水野も柊木もいなかった。

考えてみると、葵たちは、昨晩のこの部屋での口論の後、水野と柊木がどのように行動したのか、まったく把握していないのである。彼らは茶話会にも姿を見せなかった。誰も、昨晩、彼らと話すらしていない可能性は高い。

事態がこうなってくると、昨夜、二人の争いを止めに入らなかったことが一層悔やまれた。あの時、二人を止めていれば……そして、茶話会に誘っていれば……

「氷柱木くん、まさか」

葵は、『まさか』の後に続く翔子の言葉を言及したくなかった。表現しがたい不安と恐怖が次第に体内で蓄積されていく……。

走り疲れたことに加えて精神的な緊張で、葵はがっくりと肩を落とした。その肩に手を置き、翔子は後輩を励まそうとするが、彼女自身も増幅していく最悪の予感を払拭《ふっしょく》することはできなかった。

思い起こされる昨晩の情景――。

翔子自身が引いたクジに記されていた『第一の被害者』の名前は、水野一馬だった。……だが、あれは溜水の小説、『麗しき華のごとく、没落は夢のように』の中での話である――はずだ。

頭に浮かぶ恐ろしい考えをなんとかふり払い、二人は食堂へと帰還した。

●

「二人がいないだって？　どういうことなんだ！」

風紋寺は思わず立ち上がると、旅行幹事の溜水を見た。溜水は黙って首を横に振るだけだ。不可思議な表情を浮かべる一同に、葵は、昨晩二人が口論していたことを話した。昨晩の茶話会でのクジ引きのこともあり、食堂全体に動揺した空気が流れる。『キリギリス』と呼ばれる男は食事を終え、既に食堂を後にしている。室内にいる『関西本格の会』のメンバーたちは、皆、一様に漠然とした不安を感じていた。

溜水の小説、『麗しき華のごとく、没落は夢のように』のこと、さらに被害者を決めるクジ引きのことが、茶話会に出席していなかった虹川親娘と風紋寺にも話され、様々な議論が飛び交う。

「バカバカしい！　それは、濁暑院くんの小説の話だろう。お前ら、どうかしてるよ。現実の世界では殺人なんてそう簡単に起こるはずないんだ。……虹川さんもしっかりしてください。ああだこうだと議論する前に、とりあえず幻影城内をみんなで探すべきじゃないですか。本当に二人が見つからないようなら、平井さんたちにも話した方がいい」

誰もが敬遠していた単語――『殺人』を風紋寺が口にしたことにより、一同は逆に落ち着きを取り戻すことができた。

風紋寺の言葉は現実的で、何より説得力があった。人は極限状態における行動でその資質を明らかにすると言われるが、文才だけでなく、その点からいっても風紋寺の資質は本物だった。

頼りになる人だな――溜水などは、自分の実名小説の中で、風紋寺を探偵役にするのも面白いかもしれない、などと考えを巡らせている。

――しかし――

風紋寺によってある程度回復しつつあった秩序も、より強大なショックによって、すぐに崩壊を強いられることとなった。

バタンッ！

勢いよく扉が開かれる。血相を変えて食堂に飛び込んできたのは、執事の小杉寛だった。

ハァハァと肩で息をしている。余程、急いできたのだろう。――場の緊張が爆発し、一同の不安な視線が執事に突き刺さる！

「どうしました、小杉さん。だいじょうぶですか？」

駆け寄る虹川良。この時、全員の脳裏を共通の想像がよぎった。

――飛び散る鮮血！　……骸《むくろ》と化す男の姿。

魅山薫は、食堂にいる九人を見回した。虹川良、風紋寺光世、星野多恵、氷龍翔子、濁暑院溜水、葵健太朗（虹川恵は御手洗《みたらい》にいっている）――視線は、小杉寛のところで静止する。

この場にいるはずの、この場にいない二人。

水野一馬か柊木司のどちらかの身に（――あるいは二人とも？　――）何かよくない事が起こったのは瞭然だった。それは、疾走により紅潮しているはずの小杉執事の顔が極度に蒼ざめていることからも、容易に想像できる。

何かよくない事……それは？

葵が差し出したコップの水を飲み干して何とか一息つくと、小杉は衝撃的な事実を口にした。

「水野さんが……水野さんが、殺されています！」

――空前絶後の奇怪な惨劇の幕が、今……、完全に上がった！

その序曲《オーヴァチュア》は、一同の驚愕の叫び声。

11　人外魔境《じんがいまきょう》・第一の屍体

屍体が発見されたのは、『逆転の間』だった。

執事の小杉寛が幻影城内の朝の点検をしていたところ、『逆転の間』で殺害されている水野を発見したのだ。昨晩、城内の消灯時の点検の際には、屍体は確かにまだ無かったようなので、おそらく夜間の犯行であろうと推測される。

人々が生活している部屋を除けば、幻影城では、『審判の間』と『武具の間』、それに『厨房』以外には鍵をつけていない。したがって、室内に侵入することは誰にでも可能だった。

被害者は、『関西本格の会』に属する推理作家、水野一馬である。……皮肉なことに、昨晩の茶話会でのクジ引きの通りになってしまったわけだが、そのこと以上にさらに奇妙なのは、その屍体の状態だった。

●

「――何だ、これは？」

娘の相手をするために食堂に残った虹川良を除く男性作家陣、それに平井太郎が小杉執事の案内で『逆転の間』に足を踏み入れると、一同はまずその異様な状況に目を奪われた。リアルな屍体を目にする驚きよりも、その異常な光景に対する驚きの方が大きかった。

屍体は、天井から首を吊っていた。

――普通の状況であれば、それは純然たる首吊りとして片づけられるだろう。だが、この部屋は『逆転の間』である。

『逆転の間』のテーマは両儀《りょうぎ》（天と地）の逆転であり、それによって見る者を驚かすのが目的である。絨毯は天井に張りつけられている。タンスなどの調度品は、天井に固定されている（中は空にしているのだろう）。照明具は、床に固定されている。……何も事情を知らない者が、この全てが逆転した部屋にいきなり足を踏み入れたならば、自分が天井に立っているような錯覚――世界が逆さまになってしまったような錯覚に囚われ、思わず立ちすくんでしまうことだろう。

現に、『関西本格の会』の作家たちも、二年前、初めて幻影城にやってきた時には、この『逆転の間』に驚かされたものである。しかし、現在の驚きは、この部屋の奇妙さにではなく、屍体の奇怪さに向けられている。

両儀の逆転した『逆転の間』――ここでは、天井とはすなわち一般的な床（地）のことである。

天井（地）から首を吊った屍体……

不可解な点はそれだけではない。さらに、屍体は膝を折り曲げられ、大きく開かれた口の中に皮を剝《む》いていないオレンジを丸ごと一個含まされ、両腕を体に縛りつけられていた。

見開かれた屍体の眼を見ながら、葵は心に漠然とした感情がこみ上げてくるのを感じた。

――これが、昨日まで普通に言葉を交わしていた人間の成れの果てか。

昨晩、『知識の間』で口論していた男と同一人物とは思えない。今、ここにあるのは、ただの物言わぬ肉塊……。

――なんて脆《もろ》い存在なんだ。人間とは、なんて危うい存在なんだ。

死を強烈に意識させられることによって、葵は体の中に毒が充満していくような沈んだ思いに囚われる。

先程から感じている、体の深奥からの漠然とした感情の噴出は、まだ続いている。

――これは悲哀ではない。いや、悲哀の範疇に属するものかもしれないが、その場合、悲哀の対象は知人を喪ったことではなく、自分という存在の……人の命の儚《はかな》さだろう。

●

「どうなっているんだ、いったい？」

なす術《すべ》もないまま、呆然と場に立ちつくす一同の中から、風紋寺が屍体へと歩み寄った。事件を検証する探偵を思わせる歩調である。

――なぜ、天井（地）から首を吊れる？

リンゴは木から落ちる。地球に引力が存在する限り、屍体は天井（地）に倒れているはずである。万有引力の法則に背いて天井（地）から首を吊り続けるなど、とうてい不可能なことなのだ。

女性蔑視の理論ではないが、女性陣を連れてこなくて良かったな、と溜水などは改めてそう思う。本物の変屍体が持つ迫力は、実際に眼にしたことがある者にしかわからないだろう。現場を撮影した写真などでも、このインパクトはかなり薄れる。変屍体の生々しさといったら……ホラー映画マニアの溜水でさえ吐き気を催すのだ。たとえ、気の強い翔子でも、はたして失神せずにいられるだろうか？

視線を逸らそうとしつつも、つい屍体に眼がいってしまう。屍体の近くにしゃがみ込んでいた風紋寺は、直立不動の見物客の方に視線を戻した。

「なるほどな……。犯人も巧妙なことをする」

立ち上がると、風紋寺は嫌悪感をあらわにした調子で、そう吐き捨てる。その瞳からは、謎と格闘する決意のような力強さが感じられる。彼自身、探偵という役割を演じる気になったのだろうか。

「どうなっているんですか、風紋寺さん？」

葵が場に会する一同の疑問を代弁した。平井太郎や小杉執事らも、複雑な表情で風紋寺を見つめる。

「プランタですよ」

「プランタ？　――」

「おそらくこの幻影城の温室においてあったものでしょう。内側には、まだ少し土が付着しています。これで屍体を支えているんですよ」

風紋寺が指差したので、一同はおずおずと屍体の裏側へと回り込む。さすがに推理小説を書いているというだけのことはあり、現場の状況を壊さないよう、慎重な歩みである。

――確かに、見ると屍体を支えているのは透明なプランタだった（あまり使用されていなかったのか、傷も少ない）。屍体の膝を折り曲げ、直立させたプランタに引っかけるようにして支えているのである。首に巻いてある縄は、おそらく殺してから巻きつけたものだろう。それほどきつく締まっているようには見えない。縄はまっすぐに下方へと垂れ、天井（地）に打ちつけた釘に固定されている。両腕を体に縛りつけているのは、腕がだらりと天井（地）に垂れるのを防ぐためと思われた。……逆立ちして見たならば、普通の首吊り屍体に見えないこともない。

それにしても謎の多い屍体である。

何よりも不思議なのは、屍体が口の中に皮を剝いていないオレンジを一個丸ごとくわえさせられている点だった。被害者が何かを言い残そうとした死に際の伝言《ダイイング・メッセージ》とは、とても思えない。オレンジは皮さえ剝かれていないので、犯人が犯行後にくわえさせたものと（絶対ではないが、一応）判断できる。すると、何かの見立てだろうか？

「濁暑院さん。なぜこのようなことに？」

旅行幹事である溜水を、平井氏が厳しい顔で問いつめる。溜水は、そんなことを訊かれても困るとばかり、激しく首を振った。

「さあ。僕らにも何がなんだか。警察には——？」

「勿論、連絡しました。それに……」

平井氏が何かを口にしようとしたその時、『逆転の間』の戸口に人影が現れた。

「——殺人ですか？」

白髪に厳しい表情が印象的な、あの『キリギリス』なる男である。

12　探偵倶楽部第二班の探偵

「あなたは……」

作家たちは、一様に怪訝そうな視線をその初老の男にぶつける。その一方で、

「おお蟊斯《きりぎりす》さん。ちょうどいいところに来られた」

平井氏の応対は非常に好意的なものだった。この男が、いったい何だというのか？

「間宮《まみや》さんから事情を伺いまして、とり急ぎ参上いたしました」

間宮、とは客室係の間宮てるという女性のことである。てるは、小杉執事から惨事の報告を受けた平井氏の配慮で、蟊斯を呼びにいっていたのだ。

蟊斯は室内を横断すると、変屍体の前で足を止めた。屍体を見てかすかに顔をしかめたものの、すぐに平素の表情を回復する。余程、意志が強いのか、それとも屍体を見慣れているのか？

「――申し遅れましたが、私はこういうものです」

男は胸ポケットから鮮青色のプラティナ・カードを取り出し、作家たちに呈示した。

「それは……犯罪捜査許可証《ブルー・ID・カード》。すると、あなたはＪＤＣの探偵さんだったんですか？」

「二班の蟊斯です。よろしく」

男は軽く一礼した。思いもかけず、殺人事件に居合わせたＪＤＣ（日本探偵倶楽部）第二班の探偵……。探偵という職業を聞くと、作家たちが感じていた蟊斯に対する違和感は綺麗に拭い取られた。どうりで、眼光が鋭いわけである。

巷《ちまた》に溢れる推理小説、ミステリドラマの影響で、最近の犯罪者は極めて狡猾になった。指紋やアリバイが手がかりとなって掴まる犯人は着実に減少しているし、科学的な捜査ではどうしようもない巧緻《こうち》な犯罪は、逆に増加傾向にある。

自殺を装って、あるいは偶然の事故を装って……真の完全犯罪というものは、犯罪そのものを完全に隠《いん》蔽《ぺい》することに成功したものである。幾ら警察の捜査技術が飛躍的に進化し続けているとはいえ、捜査するのは人間なので、どうしてもそこには個人の主観、先入観という厄介な問題が介在してくる。

ひょんなことから事故や自殺の陰に隠されていた完全（未遂）犯罪の存在が暴かれると、人はそこに捜査の限界を感じずにはいられない。

結局、他人のことなど何もわからないこの世界において、他人の人生の延長にある死を捜査することに限界があるのは理の当然というものだ。

幼少の頃から様々なメディアの犯罪教典に触れ、犯罪義務教育を受けて育ったせいであろう、新時代のエリート犯罪者の狡猾《こうかつ》さは、一般人の想像を絶するものだ。

人間の能力には限度があるので、ある程度の犠牲はやむをえない——というよりも、どうしようもない。それが専門家たちの一致した見解であり、見識あるものたちは皆、その事実に首肯している。

——そういった犯罪者天国の絶望的状況下にあり、なかば必然的に登場してきたのがＪＤＣ（日本探偵倶楽部）だった。

昭和四十九年《1974》八月九日（四苦八苦の日）——鴉《あ》城蒼司《じろそうじ》によって旗揚げされたＪＤＣは、時代の要請に従い、急速に躍進を遂げた。明敏なエリート、最高の頭脳集団、犯罪捜査のエキスパート……彼らをたたえる言葉は枚挙にいとまがない。

二十世紀最後の四半世紀《ラスト・クォーター》、それまでの常識を覆す超越した次元《メタ・レヴェル》での新犯罪と歴史の陰で死闘を繰り広げ、勝利し続けてきた実績は絶賛に値する。その功績を無視することはできず、現在では、警察とＪＤＣが協力して捜査を円滑に進めるために、ＪＤＣに所属する全探偵に、法務省は犯罪捜査許可証（通称・ブルーＩＤカード）を発行している。

総代・鴉城蒼司の人徳に加え、組織としてＪＤＣが磐石であることから、毎年、名探偵として成功することを夢見る者たちがＪＤＣに集ってくる。

司法試験並の難易度と言われるＪＤＣ入試、あるいは未解決事件の推理を持ち込む飛び級編入システムをクリアして、探偵たちはＪＤＣに入る。ＪＤＣの中に入れば、その中でまた、新しい競争が待っている。

ＪＤＣに属する三五〇人の探偵は、七つの班に分けられている。班番号が若くなるほど優秀であるが、第七班といえどもＪＤＣの探偵という以上は、やはりそれなりの光るものは持っているので侮《あなど》ることはできない。

上位班の成績不良者と下位班の成績優秀者は、純粋に成績の評価で容赦なく定期的に入れ替えられるので、例え第一班の探偵といえども慢心して捜査を怠ることはない。日々《ひび》是精進《これしょうじん》だからこそ、刺激的かつ能率的にＪＤＣは機能し続けている。

第一班を構成する探偵たち——班長・刃《やいば》仙人《そまひと》、副班長・九十九《つくも》十九《じゅうく》、そして、不知火《しらぬい》善蔵《ぜんぞう》、天城《あまぎ》漂《ひょう》馬《ま》、霧華《きりか》舞衣《まい》、龍宮城之《りゅうぐうじょうの》介《すけ》……。一人一人が強烈な個性と独自の推理方法を持ち、探偵界にその人ありといわれる第一班の猛者《もさ》たちは、世界をまたにかけて縦横無尽に活躍する日本最高の大探偵集団であるが、第二班も、それに準ずる精鋭揃いである。第二班班長・雨霧冬香《あまぎりふゆか》、副班長・螽斯太郎、氷姫宮《ひきみや》幽弥《ゆうや》、九十九音夢《ねむ》、鴉城蒼也《そうや》……その他大勢。恐ろしいほどの探偵層の厚さを誇るＪＤＣであればこそ、第二班といえども、日本探偵界の頂点近くに位置づけられるのだ。第二班の構成員は皆、名探偵といっても過言ではない錚々《そうそう》たるメンバーが揃っている。

……蝨斯太郎は、ＪＤＣ第二班の副班長である。それは、自作の取材などで、ＪＤＣについて大まかにではあるが理解している推理作家たちを信頼させるに充分な肩書きだった。

●

蝨斯は屍体の状況、部屋の様子を観察した後、一同からおおまかな事情を聴取した。それによって導き出された結論は、葵たちが予期していた推理と、とりあえずは同じものだった。

「――となると、現時点での第一の容疑者は柊木司さんということになりますかな……」

腕組みをして、冷静にそう分析する。安直に推理に飛びつくというわけではなく、とりあえず、観察者である自分を事件からつき離したところから事件全体の皮相《サーフェイス》を鳥瞰《ちょうかん》する。高みから事件全体を見下ろし、流れるままに思考を遊ばせて解決を探る蝨斯太郎の推理は、『俯瞰流考《ふかんりゅうこう》』と呼ばれている。

さすがに探偵歴三十五年のヴェテランというだけのことはあり、こういう状況《シチュエイション》にも馴《な》れているのだろう。少しも取り乱した様子はない。

「……容疑者？　蝨斯さん、どうも遠回しな言い方をされますな。この状況ではどう考えても柊木氏が犯人でしょう。早く探さなくては」

平井氏が蝨斯に詰め寄る。自分の経営する旅館でこのような惨劇が起き、動揺すると同時に商売人の本能から苛立っているようだ。しかし、対する蝨斯は名探偵の御多分にもれず、あくまで冷静沈着である。

「平井さん、それは結論を急ぎすぎというものですよ。これだけの材料から犯人を特定するのは危険が大きすぎます。……それに、柊木さんが犯人なら、もう幻影城にはいないでしょう。そうなれば詮索は無意味です」

「では、螽斯さん。あなたは、柊木くんがもうこの幻影城にいないとお考えですか？」

横槍を入れたのは風紋寺だった。本物の探偵が突然登場したことに、彼は見事に肩すかしをくらったようだ。内心、本物の殺人事件の探偵役を務めたい、という願望を抱いていたのだろう。少なからず失望を覚えるのも無理のないことだ。

「そうは申しておりません。あくまで、それは柊木さんが犯人であると仮定しての話です。彼が犯人であるかそうでないかは別にして、むろん、まだこの幻影城内にとどまっている可能性もありますよ」

——はたして本当に犯人は柊木司なのだろうか？

柊木の臆病な気質を熟知している葵にとって、柊木犯人説は容易に受け容れられるものではなかった。

……だが、人類の永い犯罪の歴史の中で、臆病な殺人者は無数に存在する。現時点で偏った考え方をするのは良くないだろう。

「そうだ、螽斯さん。あの、申しわけありません。実は屍体を発見した時、この『逆転の間』のドアにこのような紙切れが貼ってあったのですが……」

思い出したように、小杉執事が礼服のポケットから何やら小さな紙切れを取り出した。屍体発見に伴い、気が動転し、これまで失念していたのだろう。

「どれ、拝見しましょう」

差し出された螽斯の手に、その紙切れが渡る。小杉執事は素手《すで》だったが、螽斯はハンカチで受けとった。初老の探偵の手元を覗きこむ一同。

それは、次のような内容だった。

聖なる眠りにつく前に、我は八つの生贄《いけにえ》を求める。
すべては、(華麗なる没落のために)。

芸術家《アーティスト》

13　連続殺人の予感

「呼称のある犯人……殺人予告状――？」
囁《ささや》きに近いひとりごとだったせいか、その葵の呟きは誰の耳にもとどかなかったようだ。それよりも、風紋寺と溜水の両名は、文面の一フレーズに驚かされていた。

「『華麗なる没落のために』だって、これは……」

風紋寺が溜水の顔色を覗きこむ。そこでようやく、葵もそのことに気づいたようだ。三人の作家たちの間に緊張が走った。

『華麗なる没落のために』――現在、溜水が執筆している実名小説、『麗しき華のごとく、没落は夢のように』と非常に類似している。『麗しき華のごとく、没落は夢のように』は『華没』と略される。『華麗なる没落のために』を省略するとすれば、これもまた『華没』となるだろう。昨夜のクジ引きのこともあり、とても偶然とはいえない暗合である。

『聖なる眠り』、『八つの生贄』、『芸術家《アーティスト》』……実に意味深な単語が並んでいる。恐らく水野一馬を殺害した犯人（――柊木司？――）によるものであろうが、具体的に何を示す内容なのかはまったく不可解だった。

重力に逆らって天井（地）から首を吊る屍体といい、その屍体が口の中にオレンジをくわえさせられていることといい――。『逆転の間』に突如として出現した謎の山。謎が謎を呼ぶとは、こういうことを言うのかもしれない。

「――失礼ですが、何かお心当たりでも？」

作家たちの異様な反応に、螽斯は目敏《めざと》くかみついた。さすがに、ＪＤＣ第二班の副班長である。観察力が研ぎ澄まされている。

風紋寺と葵は、視線をあてどなく彷徨《さまよ》わせながら沈黙を守った。『麗しき華のごとく、没落は夢のように』と『華麗なる没落のために』の繋がりが明確ではないものの、この場で『華没』について口にすれば、溜水が容疑者リストに名を連ねてしまうのは必至だろう。それは、仲間をおもんぱかっての配慮だったが……

「大ありですね」

沈黙の砦《とりで》に亀裂を生じさせる男が約一名いた。あろうことか、溜水本人である。心なしか溜水の語調は怒気をはらんでいるように感じられた。

まったくそのままではないものの、おそらくは彼の代表作となる入魂の一作、『麗しき華のごとく、没落は夢のように』のタイトルを殺人現場の装飾に詐取されたようなものだ。彼が怒るのも無理はない。

「溜水、お前……」

葵は思わず、溜水を落ち着かせようと動いた。この場で不要の発言をすることは、決して賢い選択ではない。

「沈黙を行使してあらぬ疑いを招くぐらいなら、捜査に協力して芸術家《アーティスト》などと称するふざけた犯人を捕えた方がいいだろう、葵。だいじょうぶ。俺自身、身の潔白は承知している。心配するなよ」

溜水の瞳は、芸術家《アーティスト》なる人物に対する敵愾心《てきがいしん》で輝きを増しているように感じられる。螽斯は満足そうに頷いている。

「それでは、伺いましょうか？」

溜水は水野の変屍体にちらと目をやり、頷いた。

「話すのは構いませんが……場所を変えませんか？　知人の屍体の横で話すというのも、あまり気持ちのいいもんじゃないですから」

「その言には一理ありますな。――平井さん。どこか空いている部屋は？」

「この隣の『流血の間』が使えるでしょう」

風紋寺は苦笑した。

――『流血の間』か。平井氏がミステリマニアとは承知しているものの、この幻影城には、暗示的な名前を持つ部屋があまりにも多い。殺人にはおあつらえ向きの舞台だな。

たとえ殺人が起こらなくとも、幻影城は、世俗とは異質な空間なのだ。

「では、そこで」

螽斯と平井氏を先頭に、一同は次々と『逆転の間』を後にする。並んで歩きながら、溜水は風紋寺に小声で尋ねた。

「風紋寺さん、あの屍体がくわえさせられていたオレンジですけど……」

「ん？」

「よく見えなかったんですけど、シールが貼ってありませんでしたか」

「ああ。あれは単に、あのオレンジの生産元のシールだよ。『イサカ』という名前が入っていたな。事件とは何の関係もないだろう」

溜水は立ち止まり、『逆転の間』の戸口から、もう一度、屍体を見た。

イサカ――それを逆転させると？　――カサイ。

言葉遊びを得意とする溜水は、ついそんなことを考える。

笠井潔という作家がいるが、彼は『関西本格の会』のメンバーではない。この事件とは、おそらく無関係だろう。やはり、シールには意味がないのか？

後ろから肩を叩く葵に急かされるように、溜水は『逆転の間』を後にする。部屋を出る瞬間、葵には、溜水がこう呟いたように聞こえた。

「……なぎさ……」

●

最後に部屋を出る葵は、扉を閉めつつ、『逆転の間』の壁にかかった一枚の画を注視した。それは、丸い画だった。正円の中に、赤子を抱いた、モナリザを連想させる女性が描かれている。画のタイトルは、『小椅子の聖母』。水野の屍体と、画の中の女性の柔和な微笑は対照的な存在だった。

先程から葵は、何とも表現できない奇妙な違和感を感じていた。世界が反転した『逆転の間』と、天井（地）から首を吊った屍体と、美人画。

——この奇妙な違和感の正体は何なのだろう。それに、今の溜水の呟きはいったい……？

溜水の双子の妹は、水無瀬なぎさというペンネームの作家である。しかし、この状況で溜水が妹の名を口にする必然性はまったくない。

——まったく、不可解な謎が多すぎるな。

葵は不意に、動き続ける世界から置き去りにされたような錯覚に陥った。全世界の住人は未来へと去っていった。そして、自分だけが過去という世界に残ってしまったかのような孤独感。以前、洋書《ペーパー・バック》で読んだスティーヴン・キングの『THE LANGOLIERS』という中篇が確かそんな話だった。

「——葵さん。どうかなさいましたか？」

一人、『逆転の間』の戸口で考え事をしていると、先に行っていた小杉執事が心配そうな顔をして引き返してきた。

——俺は一人じゃなかった。少なくとも今は、一人じゃない。

葵は食堂で待つ星野多恵の顔を思い浮かべる。そして、小杉執事とともに部屋を後にした。

『逆転の間』の扉は静かに閉じられた。……後にはただ、水野一馬の屍体だけが、暗い部屋に悲しい影をとどめるのみ。

部屋を出たところで、葵と小杉執事はただならぬ絶叫を耳にした。

すぐ近く——これは、風紋寺の声だ！

『流血の間』で、何かあったのだろうか？

●

『流血の間』——扉のプレートには、そうある。

「ここですね……」

年輪を感じさせる年老いた手をドアノブにかけ、螽斯はゆっくりと扉を開ける。鍵はついていない。

扉の向こうに横たわっている光景を、その時点で予期しえたものは、まだ誰もいなかった。そこには、超俗的で凄惨な眺めが転がっていた。

「——！」

まさに奇襲だった。室内から飛んできた衝撃のパンチが、一同を強打し、ノックアウトした。

「うおっ、なんだ？　どうなってるんだ！」

風紋寺が思わず絶叫する。

その声を聞いて急いで駆けつけた葵と小杉も室内の惨状を目にすると、言葉を失って立ちつくす。

魅入られたように、『それ』を凝視する者。

見るに見兼ねて目を逸らす者。

口を抑えて、込み上げる吐気を懸命に堪える者。

最初に視界に入ったのはシャンデリアだった。赤一色で覆われた『流血の間』の床に落ちている大シャンデリア……。

――そして――

シャンデリアの下敷きになって無惨な姿をさらしている柊木司の屍体……苦悶に歪んだその顔……。

屍体は一つではなかった。

最有力容疑者と思われた柊木司もまた、芸術家《アーティスト》によって（？）、既に生を奪われていたのだ。流血の泉の中心で、シャンデリアに押し潰されて死んだ柊木。その蒼面には、死の瞬間の黙視し難い壮絶な形相がはりついたままである。

『八つの生贄』、その言葉が一同の脳裏をかすめる。この二つの殺人は、八連続殺人の序幕にすぎないのであろうか？

その答えを知る者は、今のところ芸術家《アーティスト》のみだ。

14 舞台上の覇者・芸術家（アーティスト）

「完全にやられましたな……」

さすがの蠡斯（げいし）も、この攻撃は予期していなかったようだ。見事に決まった芸術家（アーティスト）の奇襲！　たじろがぬ者は誰もいない。

柊木司も殺されていった。それは、何を意味する？

今、容疑者は無に帰したのである。いや、正確に述べるならば、幻影城にいる全員が均等の容疑を持った、ということになるだろう。

……底知れぬ不安感。『八つの生贄』が八連続殺人を意味するとすれば、芸術家（アーティスト）はあと六人もの命を欲している、ということだ。

今まで——、彼らにとって連続殺人とは紙面上の出来事でしかなかった。しかし今、彼らは現実の連続殺人事件の渦中にいる。それは、俄（にわ）かに受け容れることのできない、衝撃的すぎる事実だった。

生命の灯を消され、ただの肉の塊となってしまった水野と柊木。あの悲惨な表情は網膜に焼きついて離れそうにない。

次は自分があんなるかもしれない。そして……、考えたくはないことだが、自分の横に立つこの男たちの中に、真人間の仮面をかぶった芸術家（アーティスト）がいないとも限らないのである。

風紋寺も葵も、額に脂汗を浮かべている。

これが、殺人事件というものなのだ。

死の重み。自分が殺されるかもしれない恐怖。そういったものを彼らは肌で感じとっていた。この絶望的な感情は、ペンでもワープロでも、文章で軽々しく表現できるものではない。

彼らがこれまで描いてきたミステリでは、鹿爪らしい探偵が登場し、緊張感のかけらもない態度で推理を展開する。

あれは、誤りだったのだ。

このような極限状態にあれば、たとえ探偵といえどもあのように冷静でいられるはずがない。現に、名探偵・鴛斯太郎でさえ、即座には対応に窮している状況だ。論理と推理よりも以前に、ここには悲しみと絶望が漂っている。死に接し、なおかつ自己の死を意識するような状況にあって普段の状態を保てるとすれば、その人物は——自分が殺されないことを承知している犯人だけであろう。

「鴛斯さん……」

視線が鴛斯に集中する。この難局を打開できる人物がいるとすれば、それは彼だろう。

「どうも思ったよりこの事件は奥が深そうですね。平井さん、ひとまず食堂にでも全員を集めておいてください。現場には手を触れないように。私もすぐ参ります」

鴛斯の声も、先程までとは比べものにならないほど緊張に溢《あふ》れている。

幻影城殺人事件は、波乱に満ちた序幕をようやく終えようとしている。……むろん、惨劇はまだ、始まったばかりである。

●

電話の呼出音が耳に入った途端に、相手が出た。

『——はい。ＪＤＣ第一班室でございます』

総代補佐の半斗《はんと》舞夢《まいむ》の声が聞こえてくる。なめらかに流れる、理知的で心地よい響きだ。

第一班室の電話番号を知っているのは、JDCに属する探偵たちの他には、ごく少数の人間だけなので話が早い。螽斯は、沈んだ声を受話器に吹き込んだ。

「二班の螽斯です。総代をお願いします」

凶報が電波に乗って空を駆ける。

そして、JDCに届けられる。

●

京都府京都市中京《なかぎょう》区。交通の大動脈である河原町《かわらまち》通と御池《おいけ》通の交差点の角に、八階建てのJDC本部ビルは聳《そび》えている。

日本を代表する第一班の大探偵たちが集う第一班室は、JDC本部ビルの最上階、八階にあった。班員たちの机が整然と並ぶエレガントなオフィス空間。現在、第一班室にいるのは総代補佐の半斗舞夢ただ一人である。髪は三つ編みにし、肩口から胸元へと垂らしている。化粧は薄めで、淡い口紅の色が健康的な顔色とよく調和していた。コンタクトレンズをはめているせいで、舞夢には眼をしきりにまたたく癖がある。速読と書類整理を得意とする舞夢は、総代・鴉城蒼司《あじろそうじ》の片腕として、その才を遺憾なく発揮していた。

螽斯からの電話を内線で切り換えると、舞夢は隣室――JDC総代室へと向かう。

リズミカルに二回ノックし、「失礼します」と恐縮して入室する。部屋の主、鴉城蒼司の圧倒的な存在感ゆえであろうか、総代補佐について長い舞夢でさえ、総代室に入る時は少し緊張してしまう。自分は日本の犯罪捜査の中心に立っている、その考えが彼女の気を引き締めさせるのだろう。

「……そうか、わかった。すぐに誰かをそちらに向かわせよう。螽斯、援軍が到着するまでのことはよろしく頼むぞ。ああ——それではな」

厳格な面持ちでそう応える。入室してきた舞夢に空いている手をふって挨拶する鴉城は、ちょうど受話器を戻すところだった。

見事なペルシャ絨毯。来客用の大理石のテーブルとクッションの利いたソファ。観葉植物。カレンダー……豪奢な机の上には、三台のパソコンと二台の電話が備えつけられている。

世界探偵界における国連的存在、DOLL《ドール》（国際立法探偵機構）には、世界中の探偵組織の詳細なデータが保管されている。世界各国で起こる凶悪犯罪の事件記録、各国の探偵組織に属する探偵データは、世界随一のものである。

どこかの国で難解な犯罪が起こった時に、直ぐに近隣諸国から有能な人材を援軍として派遣できるように、DOLLでは、世界中の探偵たちをその能力に応じて定期的にクラス分けしている。A探偵を筆頭に、B探偵、C探偵、D探偵……と、K探偵までランクは存在する。A探偵ともなれば、解決不可能な事件は限りなく無に近いが、それではA探偵たちが世界最高の探偵かというとそうではない。A探偵の上位には、冠絶した推理力を有する超絶探偵、S探偵と呼ばれる人種が存在するのである。

JDCでさえ、A探偵と認定されているのは、刃《やいば》仙人《そまひと》、九十九十九《つくもじゅうく》、不知火《しらぬい》善蔵《ぜんぞう》の三人しかいない。だが、JDC総代・鴉城蒼司は、世界に六人しか存在しないS探偵の一人だった。国内での評価はもとより、世界的にも鴉城の能力は珍重されている。ゆえに、鴉城は日本探偵界のトップに位置づけられる存在なのである。

鴉城の元には、毎日、昼夜を問わず日本全国各地から（場合によっては海外からも）、凶悪犯罪に関する情報が集まってくる。それらをすかさずデスクの上のワープロに入力《インプット》、分類して複数窓《マルチ・ウィンドウ》に表示。一瞬で事件を推理して、相手に解決を伝えるというのが鴉城の職務である。いったん入力したデータは、事件が解決するまでは、いつでもボタン一つで引き出せるようになっている。キャッチ・ホンで割り込み電話を受けながらマウスを操作《クリック》し、パソコン画面上のデータを自由自在に操る。同時に複数の事件を解決することも、鴉城にとっては珍しいことではない。旧時代の安楽椅子探偵《アームチェア・ディテクティヴ》（＝他人からの伝聞、外部情報のみを頼りに事件を推理、解決する探偵の呼称）を遥かに凌駕する電話探偵《テレフォン・ディテクティヴ》。情報化社会に相応《ふさわ》しい超絶推理は、鴉城の強靱な精神力、人並外れた集中力、卓絶した推理力が揃って初めて可能な偉業である。

鴉城蒼司の推理方法は、集中考疑と呼ばれている。事件のもつれに推理のメスを入れ、そこを起点として事件のバックグラウンドを切開、縫合する。絶妙のメスさばきで謎を解体していく推理展開の見事さは、時に名外科医の手術《オペ》にたとえられる。

探偵として鴉城の右に出る者は、今の日本には存在しない……そのことが、逆に鴉城の行動を束縛しているのは皮肉な事実である。

鴉城が一日でも総代室を離れれば、多くの未解決事件が山積することになるだろう。それゆえに、鴉城は常に総代室で日本中の謎と格闘することを余儀なくされる。その結果、必然的に出張（海外＋国内）捜査は部下たちに任せるしかなくなるのである。

事件の微細なデータを口頭で充分に伝えられる事件であれば、問題はない。鴉城は、電話口で難無くその事件を解決できるだろう。しかし、巨大なスケールと複雑なバックグラウンドを有する事件の場合は、やはり現場で手がかりを集めなくては話にならない。手がかりを集めるのも探偵に必須の才能である。普通の捜査では見落としてしまう手がかりもあるだろう。重大な手がかりが報告から欠落していれば、いかに鴉城といえども事件を解決することはできない。それゆえに、鴉城は電話による集中考疑だけでは埒《らち》があかないと判断した事件は、信頼した部下たちに捜査を任せることにしていた。

●

「総代。螽斯さんからのお電話——また事件ですか？」

デスクの横から、半斗舞夢が心配そうに質問を発してきた。死神に気に入られているのか、螽斯は何故か悲惨な事件に巻き込まれることが多い。ＪＤＣの探偵の中には、「あの爺さんは、ＪＤＣの疫病神だ」と陰口を叩くものすらいる。

鴉城はその質問には応えずに、愛用のシガレット・ケースからコロンビア産の葉巻を取り出す。ジッポ・ライターで点火し、フーッと一息煙を吐いた後、彼は唐突に口を開いた。

「連続殺人の恐れがある」

「え——？」

無視されたものと思っていた舞夢は、返答に窮してしまった。時間差攻撃、というわけではないのだろうが四十五歳の鴉城と二十五歳の舞夢では、貫禄の差は歴然としている。

「舞夢、すぐに霧華《きりか》と龍宮《りゅうぐう》に連絡。任地は、押田市門城町の幻影城だ」

「二人も派遣されるほどの難事件なのですか？」

絶世の才を有するＪＤＣ第一班の探偵が二人も動員されることは極めて希《まれ》である。

「犯人は八人殺そうとしているようだ。——だとすれば、自分の犯行に相当の自信を持っているのだろう。どうも俺は嫌な予感がするんだ。この事件は、ほっておくと、とんでもないことになりそうな予感が……。犯行を事前にくい止めるために万策を尽くす」

「総代の予感はよくあたりますからね。——わかりました、手配しましょう。ですが、龍宮さんは現在、北海道に出張しておられますけれど……」

北海道で連続雪ダルマ密室殺人事件を捜査中の龍宮城之介だけでなく、霧華舞衣を除く第一班のすべての探偵が遠方に出張中である。刃仙人は、北極圏でイヌイット連続凍殺《とうさつ》事件を。九十九十九は、ロサンゼルスで連続吸血殺人を。不知火善蔵は、沖縄でスキューバ・ダイバー連続螺旋《らせん》斬《ぎ》り事件を――それぞれ鋭意捜査中である。手の空いている探偵が一人しかいないというのは、超多忙な第一班ではよくあることである。

「北海道の事件は、龍宮なら直ぐにカタをつけるだろう。一応、連絡しておくだけでいい。まあ、龍宮は言うなれば切り札のジョーカーだ。とりあえずは、霧華だけでも、直ぐに連絡をとってくれ」

「承知しました」

一礼し、退出しかけた舞夢を、鴉城が思い出したように呼び止めた。

「それから――念のため、天城《あまぎ》の奴にも連絡がとれるといいんだが」

「……努力はしてみますが。天城さんのことです。つかまるでしょうか？」

「こんな時にあいつがいればな。いつも大事な時につかまらない。実力はあるのに、仕方のない奴だ」

天城漂馬《ひょうま》は、第一班の他の班員からは明らかに浮いた存在の不良探偵である。推理の才は鴉城も一目置いているのだが、普段は気のむくままに放浪しているため、なかなか連絡が取れないのが難点である。JDCの中でも、怠慢探偵と彼を軽蔑する者は少なくない。

幻影城殺人事件の報告を受けた時、鴉城は直ぐに天城漂馬のことを考えたのだが、どうせ連絡はとれないだろうと、とりあえず断念した。

天城漂馬のことを誰よりも評価しているだけに、鴉城には漂馬のいい加減な性格が残念でならなかった。

たとえいい素質を持っていても、本人がそれを伸ばす努力をしなければ才能の輝きは薄れていくものなのだ。

そして――。最初に頭に浮かんだ探偵を派遣できないことに、鴉城は不吉な『予感』を覚えていた。悪いことが起こると、全てが裏目に出るものだ。

●

半斗舞夢は、四階のオペレーション・フロアへと去っていった。彼女の消えた扉をじっと見つめながら、鴉城は葉巻をくゆらせる。

――この事件、芸術家《アーティスト》の唯一の誤算は、幻影城に休暇中の蝨斯が居合わせたことだろう。JDCが関与した以上、八連続殺人など起こさせはしない。

ゆらゆらと虚空で踊る煙の中に、鴉城蒼司は亡き妻の顔を見たような気がした。凶悪事件に奪われた妻、水紀《みずき》は、同情するような顔でこちらを見ていた。

――何なのだろう、この嫌な予感は……？

妻が犯罪者に殺される直前も、こんな感じだった。鴉城は、謎めいた闇のような存在を感じずにはいられなかった。

――自分の部下を信じろ！　霧華と蝨斯が二人でかかれば、直ぐに事件は解決できるだろう。

JDC総代は、いつもは決してペシミストではなかった。しかし、今回はどうしても楽観的になることができない。そんな自分に、彼自身戸惑っていた。

鴉城蒼司は、日本最高の探偵ではあったが、超越者ではなかった。自分の身にふりかかる悲劇を、彼はまだ知らない……。

窓の外。上空には、どんよりとした雲が広がっている。十月二十六日は、曇りだった。

15　捜査主任・料所《りょうしょ》警部

警察の捜査陣が幻影城に到着したのは、午前十時を少し回った頃だった。到着直後、蠡斯らから事情を聞かされた料所拓治《たくじ》警部は、「殺されたのは一人ではなかったのか」と驚いたものの、戸惑うこともなく臨機応変に対応し、スムーズに現場検証をすすめていた。料所は、平均的な体軀の持ち主である。身長と肉のつき具合は、風紋寺とかなりよく似ていた。愛嬌のある顔立ちだが、抜け目のなさそうな眼をしている。一癖も二癖もありそうな男だ。

『第1番目の屍体』　10月26日——I

●水野一馬（本名＝礼石和也）
利腕＝右　職業＝推理作家　性別＝男　年齢＝32
屍体発見現場◎『逆転の間』

現場の状況1◎屍体の首には縄が巻きつけられており、その縄は天井（地）に固定されていた。

2◎屍体の両腕は体に縛りつけられていた。

3◎屍体は口の中に皮を剝いてないオレンジを丸ごと一個含まされていた。オレンジには、生産元を示す『イサカ』というシールが付いたままだった。

4◎屍体は透明なプランタを利用して、天井（地）から首を吊っているような状態に保たれていた。

●

『第2番目の屍体』　10月26日——Ⅱ

●柊木司（本名＝梶洋介）
利腕＝右　職業＝推理作家　性別＝男　年齢＝27
屍体発見現場◎『流血の間』

現場の状況1◎屍体は、シャンデリアに潰されていた。死因は圧死である。

2◎殺人に用いられたシャンデリアは『静寂の間』の照明として使われていたものであった。

3◎『流血の間』の天井には屍体発見時、カンテラが下がっていた。

●

螽斯の地味な出で立ちと料所の派手なオレンジ色のコートは並んでいると実に対照的だった。世代の差もあるのだろう、料所の方が螽斯より頭一つ高い。二人は肩を並べて幻影城の廊下を歩いていた。

「――しかし、ＪＤＣの探偵さんが偶然居合わせるとはね。螽斯さんに現場を保存していただいたおかげで、現場検証の方もはかどっておりますよ」

京都府警では、『捜査の鬼』などと呼ばれているらしいが、料所は愛想のいい男だった。気さくで、会話のリズムというものを心得ている。

「事件に遭遇するというのも、探偵の特技の一つでしてね……まあ、それは冗談ですが。死亡推定時刻などは判明したのですかな、料所さん？」

料所は歩きながら首を左右に振った。話す時は、ずっと螽斯の眼を見ている。

「正確なことはまだ……。司法解剖に回して、検屍の結果待ちですね」

「表面的な反応は出ていないようでしたが、薬物が用いられた形跡は？」

「柊木の方は、屍体がかなり酷《ひど》い状態でしたんで、詳しく調べてみないことには何とも。遺体を遺族の方に引き渡すには、もうしばらくかかるでしょうね」

「そうですか……」

螽斯の脳裏に妻の屍体の映像が閃光のように蘇ってくる。

（遺体を遺族の方に……）

――チカッ――

切り刻まれた屍体。そして、解剖された屍体……

――チカッ――

死化粧をしても、生気が感じられない顔……

……棺《ひつぎ》を覗きこんでいる前後の記憶はない。ただ、妻、華乃の屍体の映像だけが、はっきりとフラッシュバックしてくる。ここ数年、よくあることだった。何かのきっかけで、華乃のことを思い出す。

悪夢の中で、妻に責められることもあった。

『どうして、わたしを守ってくれなかったの』

『違うんだ、わたしはできるだけのことは……』

『あなたを信じていたのに。頼りにしていたのに』

『──どうしようもなかったんだ』

華乃の死顔が、蠡斯の責任を追及する。蠡斯はいつも弁解してばかり。夢の中ですら、彼は妻の期待に応えてやることができない。

どうして、わたしがあなたのせいで犠牲にならなければならないの？　──悪夢の中で妻はいつも最後にそう責める。後は、ひたすらその繰り返し──どうしてどうしてどうしてどうしてどうしてどうしてどうして……どうしてなの、あなた？

「──りすさん、……蠡斯さん！」

料所の声で、老探偵は我に返った。

「失礼、少し考え事を」

「さっそく推理を組み立てておられましたか？」

「いや、そんな──私的なことです。ごく個人的な」

蠡斯は現在、直面している問題と向き合い、重く深い溜息をついた。自分が宿泊していた幻影城の同じ屋根の下で、二人もの人間が生命を絶たれたのである。彼の気持ちは複雑だった。

──人が言うように、わたしは本当に死神に魅入られてでもいるのだろうか。しかし、それならなぜ死神の奴は直接わたしを狙わない？　こんなにわたしを苦しめるのなら、いっそのことわたしを殺してくれたらどんなに楽か……。

　妻を喪った時もこんな感じだった。螽斯はいつも身近な人間に不幸をふりまいてしまうのだ。理性的な人なら、そんなのは偶然だと言うだろう。だが、人生でこれだけ周りの人間を不幸にした者なら、そんな軽々しい発言はできないはずだ。

　推理小説などを読んでいると、螽斯は犯人よりも探偵役に憤りを覚えることがあった。こいつらは、行く先々で事件を引き付ける。諸悪の根源は、探偵の方じゃないのか！

　ＪＤＣの場合、一般的には事件が起こってから捜査の依頼を受け、そこで初めて事件と出会う。が、螽斯は、依頼を受ける前に偶然凶悪犯罪と遭遇してしまうケースが異様に多かった。それだけに彼は、自分に類似した虚構の探偵たちを腹立たしく思った。虚構であるだけに彼らには怒りを禁じえない。虚構の存在でさえ、読者をバカにした偶然が多すぎると非難されるのに、リアルに存在しているはずのわたしはなんだ？　わたしも、虚構であればどんなにいいだろう。……そんな風に考えることもある。

「ワープロで書かれた例の紙切れの方は……？」

　沈滞する精神を奮い立たせて、何とかそれだけを口にする。いつまでも、くよくよしているわけにはいかない。やたらと誰かに同情してもらいたがる年齢は過ぎた。それに、これが回避できない自らの宿命なら、せめて能力の全てを傾けて、事件の解決に貢献できれば、と思う。死神が不幸を次々と創り出すなら、こちらはささやかなりとも推理で抵抗を示してやる――。

「むろん、調べてみました。幻影城に宿泊している作家たちの中で、ワープロを持参しているのは濁暑院ただ一人ですね。幻影城にも、幾つかワープロはありますが、どれも、あの紙切れとは書体の異なるものでした」

書体は、ワープロの指紋のようなものといえる。最近では、一つの機種で幾つもの書体が使えるケースが多い。料所は、既に幻影城内で発見された全てのワープロの全ての書体をチェックしていた。人の上に立つ者は、部下の使い方を知っていなくてはならない。料所拓治は、そのことをよく心得ているようだった。捜査陣で手が空く者のない、てきぱきと指示を出し、能率的な捜査を進める『名采配《めいさいはい》』ぶりは、横で見ていた蠡斯が感心させられたほどだ。

「さすがにワープロから足がつくほど、甘くはないようです。まあ、芸術家《アーティスト》を名乗るほどの犯人です。そこらへんは当然、計算しているでしょう」

料所の意見に、蠡斯も同意した。

「おっしゃる通りですな。——しかし、ということはこれは、計画的な犯行ということになりますね。——犯人・芸術家《アーティスト》は幻影城の外であの用紙を作成し、城内に持ち込み、殺害後、現場に貼りつけた」

「ん……、それはどうかな。あの紙切れにどれ程の意味があるのか。蠡斯さんは、連続殺人の可能性を考慮しておられるようだが、わたしはその意見に関しては首を傾けますね。二人も人が殺されたんですよ。それが三人、四人と続いていくなど、現実ではそうあるもんじゃない。推理小説じゃないんだから」

料所の考えもわからないではないが、それはあくまで正論の域を出るものではない。あの殺人予告状。芸術家《アーティスト》という署名《サイン》。蠡斯は、あれは、芸術家《アーティスト》からの挑戦状ではないのだろうかと考えている。行間から感じられた芸術家《アーティスト》の自信……その裏には、綿密に設計された『殺人事件』の構想が隠されているような気がするのは考えすぎだろうか？

この予感が杞憂に終わってくれればいい。料所の予想通り、事件がここで幕を下ろせば、それに越したことはないのだ。

だが、螽斯にはこの幻影城殺人事件がまだ始まったばかりのように思えてならなかった。

どうしても——その悪い予感は消えなかった。

●

廊下の向こうから、見覚えのある男が小走りに近づいてくる。一目でそれとわかる、料理人共通の格好……幻影城の料理長、那須木武彦だった。那須木はコック帽をとると、困ったような顔で言った。

「警部さん……予定の時間を三十分も過ぎているんですが。そろそろ昼食の準備を始めても構いませんか?」

料理人たちも、参考人ということで一人一人事情聴取を受けており、厨房も、捜索のため一時的に封鎖されていた。

料所が腕時計に視線を落とすと、長針は既に正午を三十五分ほど回っていた。捜査に没頭しすぎて、時の経つのも忘れていたようである。

「もう、こんな時間か——失敬失敬。どうぞ始めてください。あー、それから……」

厨房へと引き返す那須木を、料所が慌てて呼び止めた。那須木は微笑すると、先手を打って応えた。

「もちろん、捜査関係者の方々のお食事も、ご用意させていただきますよ。——腕によりをかけてね」

「大いにけっこう」

歴戦の強者《つわもの》というべきか。それとも、これは仕事として割り切っているのか。料所は事件に感情移入することなく、緊迫感とも無縁のようだった。

●

予定より一時間半遅れて、昼食は午後一時三十分過ぎに始まった。食事の時間が伸びたというのに、しかも朝食をろくに食べていないというのに——、いつもは食欲をそそるオランダ料理に、皆、手を出しかねているようだ。屍体を実際に目にした連中はもちろん、現場の状況を漠然と話して聞かされただけの女性陣も、完全に手が止まっている。

虹川恵には、ショックが大きすぎるだろうということで、事件のことは婉曲表現のオブラートで何重にもくるんで伝えただけだ（小杉執事が水野の死を告げに来た時、偶然にも少女が食堂にいなかったのは幸いだった）。それゆえに、少女は食欲に忠実に、料理を口に運んでいる。

大テーブルを囲むように座り、螽斯は、作家陣や平井氏、料所と食事を共にしている。食事をしながらも鋭く視線を走らせ、一同の様子を観察する。

一見したところ、皆、緊張しているように見受けられる。だが、この中に芸術家《アーティスト》を称する人物がいる可能性は極めて高いのである。

幻影城は、いわば巨大な閉空間である。外部犯ということも、まったく考えられないこともないが、推理作家が連続して二人も殺された以上は、作家仲間から疑ってかかるのが捜査の定石だろう。

虹川良、虹川恵、魅山薫、風紋寺光世、星野多恵、葵健太朗、濁暑院溜水、氷龍翔子——事件のショックで恵を除く誰もが意気消沈しているように感じられる。この八人の中に、本当に仲間を殺した芸術家《アーティスト》がいるのだろうか？

ただ一人、快調にナイフとフォークを動かしているのは料所拓治警部だった。「腹が減っては戦《いくさ》ができませんからなァ」と、時代錯誤のもっともらしい意見を吐き、ちゃっかりライスをおかわりまでしている。

さすがの那須木も料所の食欲には驚いているようだったが、一方で、食の進まない一同の分も食べて貰えれば、とも考えていた。

食事と捜査は別個のものと割り切っているようで、料所はひたすら食事に没頭している。彼の奏でるナイフとフォークのかすかな衝突音のみが、食堂にやけにうるさく響く。

それは、諸行無常の響きだった。

16 幽玄なる謎

昼食が終わると、午前中よりさらに本格的な捜査が開始された。

作家たちには幻影城を出ない範囲での自由行動を許可し、捜査員たちが幻影城内を徹底的に調査する。

——そして、改めて二つの現場を検証し直すのが螽斯と料所警部の仕事だった。

屍体は既に運び出されていたが、とりあえず今のところ、シャンデリアはまだ部屋の隅に放置されている。指紋、掌紋を検出する作業を済ませただけである。

『流血の間』に入ると、螽斯は、あのショッキングな屍体発見の瞬間を思い出さずにはいられない。

最悪の可能性は充分に考えてしかるべきことだったのに——不意を突かれたことで、あの時はさすがの老練な名探偵も、うろたえてしまった。まさか、何気なく足を踏み入れた殺人現場のすぐ隣の部屋で、第一の殺人の容疑者が殺されているとは……捜査陣の意表を突くという点で、とりあえず芸術家《アーティスト》の先制攻撃は見事に決まったといえる。問題は、この状況からいかに逆襲するか、である。

『流血の間』は、その名の示す通り、流血を連想させる紅《くれない》を基色としている。城壁や建物の壁など、幻影城の基本色は鮮やかな紅である。平井氏は、余程この色が好きなのだろうか？　黒色と黄色は、天才と狂人の色——人をおかしくする色といわれているが、紅も、ここまで徹底させられるとかなり不気味だった。幻影城内を歩いていると感じられる瘴気《しょうき》のようなものは、ひょっとしたら、紅に囲まれているせいかもしれない。

殺人現場となった室内の壁は赤く塗装されている。絨毯も、天井も紅色だ。絨毯には、べったりと柊木の流血の後が残っている。凝固した本物の血の色は、さすがに絨毯の色よりも濃い。

天井には傘の握りのような突起がついており、そこにカンテラが引っ掛けられている。鉄格子がはまっているだけの、ガラスのない窓から吹き込む微風で、時折、カンテラが振り子のように揺れる。ゆらゆらと乱舞するカンテラの中の炎は、『流血の間』の雰囲気をいっそう不気味なものとしている。今はまだ窓から陽光が差し込んでいるため、室内も充分に明るい。だが、夜中にはこのカンテラだけが唯一の光源である。紅色の装飾もあいまって、さぞかし面妖な雰囲気だろう。殺人がおこってもおかしくないような……

調度品も極めて簡素なものしか置かれていない。部屋の隅には、小さな机と椅子がある。机の上には、灰皿と幻影城のマッチ、メモ用紙、電気スタンドなどが置かれている。別の隅には、窓の高さぐらいの丈がある、細長い木製の小さな棚《サイド・ボード》が備えつけられていた。

先述した通り、窓にはガラスはなく、鉄格子が四本はまっているだけである。ただ、窓の外には大きなひさしがついているので、よほど勢いが強くないかぎり、雨や雪が吹き込んでくる心配はないようだった。

「しかし、奇怪な事件です。なぜ犯人は、わざわざ『静寂の間』にあったシャンデリアで殺人を犯さねばならなかったのか？」

鉄格子のはまった窓に顔を近づけ、中庭の美景を見ていた、料所が言う。蝨斯は、しゃがみこみ、絨毯の血の染みを子細に観察していたが、視線を部屋の隅のシャンデリアへ——続いて、料所の方に向けた。料所は窓の外を見ているので、その表情はわからない。

「——そう。そこがこの殺人のポイントです。犯人の突飛な行動には、重要な意味が隠されていることが多いですからな。常人には理解できないことでも、犯人は必然性を感じているはずです」

蝨斯は立上がり、体ごと料所の方に向き直った。

「なぜ、犯人はシャンデリアを使用したのか？　さらに言うなれば、なぜ、犯人はシャンデリアを『静寂の間』から『流血の間』へ持ってきて使用したのか？　警部さん、あなたは気づいていますか？」

螽斯の眼光が鋭さを増す。そこで、料所がふり返った。二人の眼があう。

「はぁ……何にです？」

「この『流血の間』の戸口の幅ですがね、シャンデリアの横幅、縦幅よりもわずかに狭いんですよ」

「なんですって？」

料所は慌ててシャンデリアと戸口の幅を見比べる。シャンデリアを捜査員がまだ持ち出していなかったので、彼は、今までその事実に気づいていなかったのだ。目測だけでは満足できないのか、料所はシャンデリアに歩み寄り、手測で戸口の幅と比べている。——確かに、螽斯の指摘した通り、『流血の間』の戸口の幅は、シャンデリアの横幅、縦幅よりも狭かった。ということは……

「じゃあ——。いったい、犯人はどうやって室内にシャンデリアを運び込んだんですか」

顎に手をあて、眉をひそめる料所。

「それは簡単でしょう？」

答えは予期せぬ方向から聞こえた。螽斯が応えたのではない。若い女の声だ。螽斯と料所は、ほぼ同時に、はじかれたように『流血の間』の戸口を見る！

声の源……戸口には、いつの間にか二人の女性が立っていた。今、来たところだろう。さっきまでは確かに、そこに人影はなかった。

一人は、女性にしては長身だろうか。艶のあるロングヘアをストレートにしている。鋭角的に整った顔立ちは物憂さを内包していて、なかなか魅力的である。いま一人は、まだ年若い、小柄な少女だ。ポニーテイルがよく似合っている。

幻影城の使用人でも、宿泊客でもない。だが、現在、幻影城は捜査関係者以外出入禁止となっている。どこから侵入してきたのか。二人の女性は、当然のような顔をして、そこに立っている。

ねめつける瞳によって、今にも職務質問を開始してきそうな料所警部のために、彼女たちは犯罪捜査許可証《ブルー・ID・カード》を呈示してやらねばならなかった。

「では、あなたも探偵倶楽部の……」

料所は驚きを隠せぬ表情で、蝨斯と彼女たちを交互に見ている。蝨斯の古風な雰囲気と、彼女たちの若者らしさ。警部の頭の中では、『探偵』という基準でその両者を結びつけることができなかったようだ。

蝨斯は、入室してきた二人の探偵に会釈した。

「舞衣《まい》くんに、音夢《ねむ》くん。よく来てくれた」

「JDC第一班の霧華舞衣《きりかまい》です。蝨斯さん、休暇中のところ、ご苦労さまでした」

長髪の女性は頭を下げると、横に立つポニーテイルの相棒を紹介する。

「この娘《こ》は、助手をしてもらっている第二班の九十九《つくも》音夢ちゃん……蝨斯さんは彼女と同じ班ですから紹介の必要はないと思いますけれど」

「よろしく。九十九音夢です」

ぺこり。音夢が丁寧に頭を下げると、小馬《ポニー》の尻尾《テイル》がフワリと揺れる。

JDCでは、同位班あるいは下位班の探偵を、双方の合意があった場合、相棒（相手が下位班の場合は、自動的に助手と認定される）につけることができる。霧華舞衣は第一班、九十九音夢は第二班であるから、この場合は、音夢が舞衣の助手という立場になる。

相棒（or助手）をつけるというのは、別に強制ではないが、二人でいると何かと便利なことが多く、コンビを組んでいる探偵は多い。彼女たちも、その一例である。

「府警の料所です。どうも、よろしく」

闖入者《ちんにゅうしゃ》に戸惑いながらも、料所は、二人の女探偵の登場を頼もしく思った。霧華舞衣と九十九音夢。彼女たちの瞳からは、謎と格闘することによる高揚感と、闘争の勝者となる自信のような力強さが確かに感じられたからだ。

後世にまで語り継がれることになる、芸術家《アーティスト》とＪＤＣの死闘は、いよいよ本格的に始まろうとしていた……。

霧華舞衣も、九十九音夢も、螽斯太郎も、料所拓治も、すぐ未来で自分たちを待ち受けている闇の存在を、まだ知らない——

この時は、楽観的な予測が未だ可能な事件の初期段階だったから。

●

——本当はまだ、ほとんどなにも動き出していない……

そのことを知る者は、依然として芸術家《アーティスト》のみだ。

17　条件反射としての菫《すみれ》

「スゴイねー♡」

「な、カッコいいだろ？」

少年と少女が幻影城の廊下にかかった大きな画を見ている。虹川恵と、小杉執事の息子、勝利《しょうり》である。勝利は十三歳。恵は十一歳。共に、まだ世界に夢を見られる年頃だ。

恵が幻影城に来たのは今年の合宿が初めてなので、勝利と会ったのも必然的に昨日が最初ということになるが、やはり子供同士は馴染《なじ》むのが早い。同年代の人間が自分たちだけだということも助けて、二人は直ぐに意気投合した。

暗澹《あんたん》たる事件など全く自分たちには関係ない、といった感じで無邪気に幻影城の中を走り回っている。幻影城の住人である勝利に案内され、恵は嬉しそうに、はしゃいでいる。

少年が少女に紹介した繊細なタッチの画は、ミュンヘン王宮の新築を記念して、ヴィルヘルム四世がアルトドルファーに制作を依頼した歴史画、『アレクサンドロス大王の戦い』（の複製）だった。イッソス河畔の戦いの場面が、壮大な景観と細部に及ぶ克明な軍隊の描写によって劇的に再現されている。情感豊かな子供の心をくすぐる、圧倒的な作品である。

「ところでさあ、恵。事件のことは知ってるのか」

画から眼を離すと、勝利は密々《ひそひそ》と恵に尋ねた。恵はキョトンと眼を丸くして首を傾げている。

「事件って、なあに？」

「しっ！　——声が大きい。ほら。今、この旅館の中に、警察の人たちがたくさんいるだろ。なんかさ、作家の人が殺されたらしいよ。二人も……」

「えー。それって、もしかして、水野さんと柊木さんのことぉ。だって、パパは二人は用事があって帰っちゃった、って言ってたのに。殺されたって——あのテレビでいつもやってる殺人事件みたいな？」

「嘘も方便ってやつだろ。大人はすぐ、子供に隠し事をしたがるのさ。オレだって、父さんが警察の人と話してるのを盗み聞きしたんだから」

狡賢《ずるがしこ》い微笑を浮かべ、小声で誇らしげに語る勝利。恵は好奇心に瞳を輝かせて、身を乗り出すように尋ねる。

「ねえねえ、それで。どんな事件なの？　教え——」

恵の言葉が突然、中断された。前方の歩廊から、見慣れた人物がこちらへと歩いてくるのを発見したのだ。

「あ、スミレさんだ。……スミレさーん！」

恵は無邪気な声をあげると、手を振る。

「え？　ああ、魅山さん」

恵の反応に一瞬驚いたものの、勝利も直ぐにそれに気づいて口を閉ざした。

その人影は、魅山薫だった。

薫は昔から虹川家と親交があり、恵とも旧知の仲である。——ただ、恵は未だに『薫《かおる》』という名前を『菫《すみれ》』と勘違いしていた。華好きで、物心ついた頃から、植物図鑑を眺めることを最高の趣味としている恵にとって、『薫』を類似した漢字の植物——『菫』と混同してしまうのも仕方がないことかもしれない。

ここ数年は、薫もいちいち訂正するのが面倒臭くなって、そのまま『スミレさん』と呼ばれるに任せていた。それに……薫自身、いつの間にか『スミレさん』という小気味の良い呼称を気に入っていたのである。

「恵ちゃん。——それから勝利くんも。こんにちは」

惨劇の渦中に突き落とされ、先程までは沈んでいた薫の顔色も、彼らの無邪気な雰囲気に感化され、少し柔らかくなった。

陰惨な空気でも、決して変えられぬ純粋さがある。暗雲たちこめる幻影城殺人事件の中で、彼らの存在は不可侵にして貴重な聖域のようなものだった。接しているだけで心が洗われるような。

この先、どのような悲劇が待ち受けているのかはわからない。だが、少なくともこの瞬間においては、薫も幸せな時間を過ごすことができた。薫は少年と少女に、そのことを感謝した。

●

『流血の間』の室内を、霧華舞衣は子細にチェックしていた。シャンデリアや、絨毯の血の染み、小机の上の電気スタンド、小棚、鉄格子のはまった窓を念入りに調べ、時折、九十九音夢に何事かを耳打ちする。

「——そうかぁ。なるほどね……」

一通り調査を終えたのか、蠱惑的《こわくてき》な微笑を口元にたたえて、舞衣は警部と老探偵に視線を向ける。事件を解決してしまったかのような、意味ありげな視線だった。

「何かわかりましたか？」

これだけの材料で何かわかるのだろうか。そう訝しみながら、料所が尋ねる。

「先程も申し上げましたけど、シャンデリアを室内に入れた方法については問題ないでしょう。この部屋が外と通じているのは一つの扉と一つの窓だけ。鉄格子のはまった窓からシャンデリアを搬入するのは不可能ですから、単純な消去法で扉から運び入れたのです」

霧華舞衣という女探偵は、ＪＤＣでは、『消去推理の貴婦人』として名が通っている。すべての可能性を一つ一つ丁寧に消去していき、最後に真相を事件から露出させる消去推理の達人である。

「しかし、舞衣くん。シャンデリアの幅が……」

反論を試みようとする鱶斯。――もし、扉からシャンデリアを運び入れたのだとすれば、これは謎でも何でもない。しかし、戸口は頑丈で、シャンデリアを無理やり押し込むのは不可能に思えるのだが（たとえ斜めにしても）。

舞衣は右眼をつぶって、ウインクを飛ばした。

「分解すればすむことでしょ」

「分解……？」

料所と鱶斯の声が、見事に重《ハモ》なる。

「ウイスキーの瓶などの中に、小さい船の模型（ボトル・シップ）を入れてあるのをご存じじゃありません？原理はあれと同じで、まずパーツをいったん分解してから中に入れ、また組み立てる。これは、謎《ミステリ》といえるほどの問題じゃないわね」

舞衣が相棒を見ると、音夢は無言で頷いた。

「いや、しかしそう簡単に……」

「確認してみましたけれど、このシャンデリアはドライバーで直ぐに分解できるタイプですよ。つまり、ドライバーさえ持っていれば誰でも、シャンデリアを室内に運び込むことができた、ということですね」

「それはわかった。だが、なぜ芸術家《アーティスト》はそんなにまで苦労をして、シャンデリアをこの『流血の間』に運びこまなければならなかったんだ？　それに、このシャンデリアは……」

鉄格子のはまった窓をじっと見ていた舞衣は、鯊斯の言葉を遮るように続けた。

「それよりも——解決すべき点は、他にもたくさんあるでしょう。例えば、『なぜシャンデリアを用いて殺したのか？』、『なぜ「流血の間」で殺したのか？』、まだ直接見てはいませんけれど、『逆転の間』の事件では……『なぜ屍体は地面から首を吊ったような状態にされていたのか？』、『なぜ被害者の口の中に皮を剝いていないオレンジが丸ごと一個含まされていたのか？』、『なぜ芸術家《アーティスト》はあのような紙切れを現場に残したのか？』——ざっと挙げただけでも、『？《はてな》』は五つあるわ」

二つの殺人事件の疑問点を舞衣が呈示し終えると、すかさず音夢が料所に質問を飛ばす。

「警部さん、動機の方はどうなっています？」

優しい瞳の中にも、捜査への激しい意欲が感じられる。霧華舞衣と九十九音夢のスピーディな捜査に、料所は圧倒されそうになっていた。さすがはＪＤＣの誇る名探偵たちである。鯊斯よりも若いぶん、精力的だ。

「柊木司は内気で、あまり社交的な性格ではなかったようです。憎むほど彼とつきあっていた人物は、今のところ浮かんできていません。——水野一馬の方は、気難しい性格で、いろいろと問題を起こしていたようですが、殺すほど彼を憎んでいた人物は、ちょっと思い浮かばない。作家仲間の証言によると、だいたいそんなところですね」

「動機は無し……というわけね」

「それにしても、霧華さん、鯊斯さん。あなた方は本当にこの後も殺人が続くと考えておられるんですか？

わたしには、どうも信じられない。二人死んだというだけでも驚いているのに」

殺人は世間に溢れているが、連続殺人というのはそう頻繁に起こるものではない。三人、四人……連続する被害者が積み重ねられていくごとに、それが起こりうる可能性はどんどんゼロに近づいていく。料所の言も、もっともではある。

「――少なくとも、ＪＤＣの総代はそうお考えになっているようですわ。まあ、わたし自身は、柊木が水野を殺して自殺した、という説も検討していますけれど」

「柊木が自殺？　しかし、彼はシャンデリアに押し潰されて……」

警部の疑問を解消するために、音夢は舞衣の説明を補足説明した。

「警部さん、舞衣さんがおっしゃったのは事実ではなく、あくまで仮説の一つなんです。それに、シャンデリアの問題は、トリックを用いればどうとでもできますから」

「その通り！　さあ、それでは『逆転の間』の方も調べてみましょうか」

螽斯も、料所も、完全に舞衣のペースに乗せられている。解決へと、この女探偵は調子を持続して驀進《ばくしん》していくのだろうか？　芸術家《アーティスト》が用意する数々のハードルをクリアして、彼ら捜査陣をゴールへと導いてくれるのだろうか？

ともあれ、見通しは幾分明るくなってきたように、螽斯には感じられた。

……それは、華麗なる事件解決篇の予感だったのかもしれない。

第二章

夜想曲《ノクターン》の調べ

法官《ムフティ》よ、マギイの酒にこれほど酔っても
おれの心はなおたしかだよ、君よりも。
君は人の血、おれは葡萄の血汐を吸う、
吸血の罪はどちらか、裁けよ。

18　漠然とした予感

幻影城には東西南北、各方位にそれぞれ円柱形の塔がある。煉瓦《れんが》を積み上げた塔で、一階の扉から入り、壁に燭台のついた螺旋階段を昇って、屋上へと出ることができる。

塔の屋上は、通常の建築物の七階ほどの高さの所にある。城壁で繋がれた四つの塔は、城壁の頂上にある空中回廊で行き来することができた。

それぞれの塔の屋上には、各方位を守護する四神（朱《す》雀《ざく》、玄《げん》武《ぶ》、青《せい》龍《りゅう》、白《びゃっ》虎《こ》）の彫像が置かれている。今、葵と溜水の立っている西塔の屋上には、西方を守護する白虎が備えつけられていた。直径七メートルほどの円を描く塔屋上の中心部に固定された台座。『白虎』と刻みこまれた大理石の台座の上には、今にも動きだしそうな白虎像がどっしりと構え、西の空を睨んでいる。彫像は銀色に輝き、雲間から差す太陽光線を眩しく反射させていた。

「いい眺めだ……」

二メートル大の白虎像の足を撫でながら、そう呟いて沈黙の均衡を崩したのは葵だった。溜水は、屋上のへりにもたれ、城外の景色に目をやっている。

「――ああ。悪くない」

彼らの眼前に横たわる、壮大なる自然の芸術。視界いっぱいに広がる尾根箕山の裸木の林に囲まれ、清涼な美奈湖がそこに在った。

自分という存在がちっぽけに思えてしまう巨大な館、幻影城。その幻影城さえもが微小に思えてしまう、城をとり囲む自然のスケール。入城する時、歩いてきた巨泉大橋は、細い一本の線に見える。その向こうには、九十九折りの坂道の入口が……。

静かだった。かすかな風の音以外は何も聞こえない。城内のあわただしい捜査とは隔離された聖域である。涼しげな風も心地よい。自然が織り成す美の中に身を置いて、彼らはしばしの静寂を楽しんでいた。

「眩しいな。この彫像は、何でできているんだ？」

ふり返った溜水が、彫像で反射する陽光の眩しさに思わず手をかざす。葵は微笑して、他の三つの塔を順々に視る。他の三つの塔の屋上でも、朱雀、玄武、青龍の像が煌々《こうこう》と輝いている。彫像で反射された光は拡散し、それぞれ明後日《あさって》の方向を照らしている。

「さあな。創作家とはいえ、彫像は俺たちの専門外だ。詳しいことはわからんよ。——そう言えば溜水。幻影城合宿は三回目だけど、お前は、たしかまだ、『光の舞台』を見ていないんじゃないか？」

「『光の舞台』……何だ、それは」

案の定そうだったか、という顔をすると葵は肩をすくめ、屋上のへりへと歩み寄る。

溜水を手招きすると、屋上から見える下方——眼下に広がる北西の中庭を示した。北西の中庭の中心には、円錐形の屋根と四本の石柱があるだけの、四阿《あずまや》がある。葵の指先は、四阿を真っ直ぐに示していた。

「あの四阿がそうだ。日の出の直後と日没の直前、一日に二回だけ、その瞬間が訪れる。四神の彫像が陽光を反射する光が一ヵ所に集まり、四阿の円形の石床を照らす——それが、『光の舞台』だ。季節に関係なく、毎日そうなるように設計されているそうだ。嘘のような話だが、まあ、あるんだから仕方がない。……平井さんに聞いていなかったのか？」

溜水はヒューと口笛を吹き、白虎の彫像に近づく。強い力で像を揺さぶろうとするが、白虎はびくともしない。

「なるほどな。この彫像には、そういう意味があったのか……。どうりでしっかりと固定されているわけだ」

たいそう感心した様子で、溜水はしきりに頷いている。葵は、幻影城の全景を一望し、突き放すような調子で言った。

「しかし——野暮《やぼ》な話になるが、これだけの城を創造するには、どれだけの財がつぎこまれているのか。少々気になるな。それに、幻影城は違法建築じゃないのか、と人事《ひとごと》ながら心配になる」

「それこそ野暮だぞ、葵。実際にここに在るんだから、違法建築ではないだろう。我々の世界は、この幻影の城の存在を肯定したんだ。……たとえ、それがどれだけ虚構的なものだとしてもな」

「そうだな。——すまん、つまらんことを言った」

「……それで。わざわざこんな所にまで呼び出した用件は何だ？」

思い出したように、溜水が友に尋ねる。葵は、表情を険しくすると屋上のへりを離れ、無言のまま、ズボンのポケットから四つ折りにした紙切れを取り出した。

手渡され、溜水は怪訝《けげん》な表情を浮かべながらも、とりあえずパサパサと紙切れを開く。

「これは——」

それは、昨晩の茶話会で溜水が配布した『推理小説の構成要素三十項』だった。推理小説の根幹を成す重要なテーマ（と、溜水が個人的に思っている）三十の構成要素が整然と肩を並べている。

「溜水、この紙切れを盗まれたということはないか？」

言いにくそうな調子だ。葵の目つきは、いっそう厳しくなる。その瞳は、溜水の姿をしっかりととらえていた。

「なぜ、そんなことを？」

口ごもる溜水。しかし、葵の眼光には、溜水に黙秘権を行使させない鋭さと真剣さがあった。

溜水は困ったように頭をかき、諦めて認めた。

「実は、昨日。いつの間にか、コピーが一枚少なくなっていたんだが……」

「やはりそうか」

「どうして、そんなことを気にする。葵？」

「盗まれたのはいつだ？」

溜水の疑問を無視して、葵はたたみかけて質問をぶつける。彼の頭の中では、危惧されていたことが徐々に具現化されようとしていた。朝には漠然と抱いた予感でしかなかったが、今やそれは確信に変わりつつある。

抵抗することが無意味だと判断したのか、溜水は正直に告白した。

「正確なことはわからない。だいたい、俺は盗まれたとも思っていなかったんだ。ただ、茶話会の前――夕方チェックした時には既に、一枚不足していた。俺が知っているのはそれだけだ」

葵は無言で眉《まゆ》をひそめた。そうか、と小声で呟く。

「今度はお前に聞こう。お前は何を知っているんだ、葵。なぜ、紙が一枚なくなったことを知っていた？」

溜水の瞳には、自ずと疑惑の色が浮かんだ。彼の記憶が確かならば、彼の友人は予言者ではなかったはずである。

――では、どうして葵はそれを予言できたのか？

「これは朝から懸念していたことなんだ。溜水……お前は、あの二つの犯行現場を見て、何も感じなかったのか」

「やけに、回りくどいな。お前らしくないぞ。葵、何が言いたいんだ」

「連続して起こった殺人。現場に残された不可解な謎の数々。それに、見立てとも屍体装飾ともとれるオレンジやシャンデリア……。さらには、あの思わせぶりな殺人予告状と『芸術家』という呼称のある犯人。蠡斯さんに加えて、午後からは霧華という名探偵まで登場している」

「バカな！　まさか、お前が言いたいのは……」

溜水の頭に恐ろしい考えが閃《ひらめ》いた。

1◎不可解な謎（奇想）
2◎連続殺人
7◎見立て
11◎屍体装飾
14◎殺人予告状
26◎名探偵
27◎呼称のある犯人

「そう――。お前が今、考えた通りだよ溜水。犯人は、その『推理小説の構成要素三十項』を網羅するべく犯行を続けている……今後も続けていくのではないか、というのが俺の考えだ」

「理解できん！　何のためにそんなことを……。それによく考えてみろ、葵。いかに犯人がそのつもりでも、現実の事件では成立しえない構成要素もあるだろう」

溜水は紙面を指差した。

9◎作中作
23◎叙述トリック

「叙述トリックは、ヴァン・ダインが『二十則』の中で禁じている、作者が読者に対して用いるトリック――意図的に、誤解を招くような文章表現を用いることだ。これが成立するためには、まず第一に、事件を記した推理小説がないといけない。作中作も同様だ。作中作とは、物語の中の物語だから、まず物語がなくては話にならない」

溜水のその反論はあらかじめ予想していたのだろう。あらかじめ、葵は回答を用意していたようだ。

「犯人がなぜ、そういった挑戦をしようとしているのか、その動機までは俺にはわからない。一つの芸術作品を完成させようとする芸術家としての性《さが》かもしれないし、誰にもできない推理小説を追求する推理作家のような性かもしれない。――ただ、俺が推理した結果、もう一つつけ加えておくことがある」

葵と溜水の視線があった。溜水は、葵の瞳の奥に闇を感じて身を引き締め、唾を飲み込んだ。

「それは？」

「芸術家《アーティスト》は、お前をワトソン役に指名したのかもしれない、ということさ」

ワトソン役とは、事件の記述者の通称である。シャーロック・ホームズの探偵物語における、ワトソン博士の役割がその由来である。

「俺が……ワトソン役？」

「予告状の中で、芸術家《アーティスト》は何のために『華麗なる没落のために』という言葉を丸括弧で囲んで強調したのか。『華麗なる没落のために』は、『華没』と略することができる。あれは、明らかにお前に対する挑発だ。

──元々、構成要素三十項を網羅するミステリを書くというのは、お前が『麗しき華のごとく、没落は夢のように』という作品の中で考えていたことだし、今回の合宿に参加している作家の中で一番筆が速いのは……溜水、お前だよ」

「『華麗なる没落のために』……確かに、『華没』といえないこともないが」

溜水は消え入りそうな声で、弱々しく呟く。

「それに、構成要素三十項を選んだのもお前だ。──そうだな、こういう言い方もできるかもしれない。お前は芸術家に合作をもちかけられている、と。芸術家《アーティスト》はお前にこの事件を記録させ、その作品の中で、叙述トリックや作中作を使用させようとしているんじゃないか？」

溜水の表情は、当惑の色に染まっている。

──殺人犯人と推理作家の合作──

──構成要素を網羅するという挑戦──

ミステリファン垂涎《すいぜん》の話である。もし、その芸術が完成すれば、ミステリ史に残るような記録となるかもしれない。推理小説を書く者としては、興味をそそられないようにするのは不可能といえる。

溜水はしばらく瞼を閉じて考えこんでいたが、

「よし、やってみるか……」

拳を握りしめ、そう決意の声をあげる。

事件の記述者として芸術家《アーティスト》に生を保証されているのかもしれない――そういった安堵感《あんどかん》のようなものも、決心を助けていることだろう。

推理作家が二人も殺された。芸術家《アーティスト》がなおも六人の生贄を欲しているとすれば、溜水が被害者となる可能性もある。……しかし、芸術家《アーティスト》が事件の記録を望み、溜水が記録者となれば、その命は（――断言はできないが、おそらくは――）安全なのだ。

「実際に殺人事件が起こり、俺も、『華没』の執筆はいったん休止するつもりだった。その代わりに、と言っては何だが、この事件の体験談のようなものを書こうかと考えていたので、ちょうどいい。事件の概要を綴り、整理することによって真相を推理する手がかりとすることができるかもしれないな」

「ほう。それは面白い。では、俺もその原稿を頼りに推理させていただこう。『意外な犯人』という項目を満たしてやるためにも、犯人は捕まえてやらないとな」

「それは、霧華さんや螽斯さんの仕事だろう」

「推理作家が『名探偵』になってはいけない、という法はないさ。まあ、もし事件が本当に続くなら、しばらくの間は、犯人のお手並みを拝見することになるだろうが」

溜水は頷《うなず》きながら、ふたたび『三十項』に視線を戻した。

「ところで、葵。『双子』や『色盲の人物』についてはどう考えているんだ。この条件に該当する者がいるのか？　色盲はわからないが、双子の方は……俺を除けば、作家はもちろん、幻影城の関係者の中にもいたかどうか」

溜水には、水無瀬なぎさという双子の妹がいる。

「さあな。それは、いずれわかるだろうよ。誰も、他人のことなどわかっちゃいないんだ。この場で議論する問題じゃないだろう。それよりも、執筆がんばれよ、溜水。そうだ、どうせならタイトルも考えてやったらどうだ。芸術家《アーティスト》さんも喜ぶぞ」

「タイトル？　例えば、どんな」

「決まっているじゃないか。『華麗なる没落のために』、さ」

「……いいな。それでいこうか」

二人は微笑すると、その後しばらく雑談を楽しみ、塔を降りた。屋上から階段を降りていく溜水の背中を、ひときわ冷たい風が撫でていく。芸術家《アーティスト》の手で背中を撫でられたかのように、溜水はびくっと体を震わせる。

「それにしても。なぜ、『麗しき華のごとく、没落は夢のように』ではなく、『華麗なる没落のために』なんだ？」

溜水にはずっと、そのことが気になっていた。

——何か特別な意味があるのだろうか？

ふり返る。太陽はまた、雲の中に隠れてしまっている。輝いていない白虎の像は、少し古びて見えた。

無限に広がる空に想いをはせる。

風たちは、何も答えてくれないようだ。

19　フロイライン・恵

氷龍翔子は、幻影城の中を彷徨《さまよ》っていた。

——氷柱木くんも、溜井くんも、どこに行っちゃったのかしら？

殺人事件のただ中。このような極限状態で、真に心を許せるのは、本当に気心の知れた仲間だけである。翔子にとって、それは、大学の後輩である葵や溜水だけだった。『関西本格の会』の作家仲間たち、虹川恵や星野多恵らその家族も一応の親交はあるものの、その繋がりは社会人同士の皮相的なつきあいの範疇に属するものであり、プライヴェートなものではない。

年をとるにつれ、社会人としての常識で化粧して人とつきあうようになった。社会にルールがあり、決められた枠の中で生きていかなければならない以上、それは誰もがそうなのだと承知していても、腑《ふ》に落ちないところはある。本質をさらけだすことに危険が伴うとはいえ、仮面舞踏会のような社会を納得して受け容れるのには、どうしてもまだ抵抗があるのだ。

もっと年をとれば、そういったわだかまりも次第に消えていくのだろう。しかし、それでいいのだろうか。若かりし頃の、輝いていた自分を失っていく日々……大人になっていくのだ、と自分を慰めるだけで、はたしていいのか？

目指す二人を見つけ出せずに歩いていると、自然と人生のことなどを考える。時折、廊下ですれ違う捜査関係者と会釈しながら、あまりにも嘘臭い現実に戸惑う。

殺人事件というものは、これまでずっと、虚構のものだった。紙面上に描かれるだけの、想像の産物だと思っていた。実際に日本のどこかで毎日、殺人事件が起こっているのだと承知していながらも、『殺人＝虚構』という妙な図式を頭の中で創っていた。そしていざ、リアルな事件に遭遇しても、その現実的すぎる嘘臭さには、首を傾げずにはいられなかったのだ。

水野一馬と柊木司。二人の人間があっけなく、生命を奪われる。人間が描かれていない推理小説につきものの、あの嘘臭さがここにはある。

悲しみや厳粛な緊張感のような雰囲気は確かに存在する。だが、そのムードそのものが創りものであるかのような感想を、どうしても抱いてしまうのだ。現実世界から虚構世界へと足を踏み外してしまったかのような気分がつきまとう。自分の周囲を漂っている、このリアリティのなさは何なのだろう？

……ふと、こんなことを考える。

これは、溜水の執筆している『麗しき華のごとく、没落は夢のように』の世界なのではないか、自分は溜水に描かれている実名の登場人物にすぎないのではないか、現実の時間はまだ昨晩の深夜で、二件の殺人は、溜水が『華没』の中で創造したものなのではないか、本当は事件なんて起こっていないのではないか？

あまりにも虚構的な雰囲気が、翔子にそのような思考をさせた。行けども行けども、果てのない迷宮を歩かされているような錯覚。葵や溜水の姿は、どこにも見当たらない。――この時、二人はちょうど塔の屋上で話をしていたので城内を探しても見つかるはずはないのだが、翔子には、塔を探そうという発想はなかった。

葵や溜水がもし、そこにいればいい。だが、塔はあまりにも無機的な場所である。塔の屋上や城壁の空中回廊を一人で歩いていれば、今以上に、現実離れした空間の中で鬱になってしまうだろう。それに、塔

（――高い建造物――）は、昔の嫌な事件を思い出させる。思い出したくもないのに、大学生の頃の嫌な事件を思い出す。

――落ちてくる……黒い大きな影。

塔のことに思考がいったことから、連想してあの事件のことが脳裏に蘇ってくる。

――落ちてくる影を……ゆっくりと見上げる。

小さな人形のように見える影がどんどん大きくなって、やがて、それは人間だとわかるほどに近づいてくる。

――落ちてくる……人間が、落ちてくる？

あまりにも虚構的な現場に遭遇してしまった翔子。しかも、落ちてくるその人物は――

「――いやっ！」

誰もいない廊下で、翔子は思わず悲鳴をあげ、頭を抱え込んだ。嫌な記憶を懸命にふり払おうと努力する。

ふらふらと頼りない足取りで、すぐ近くにあった扉をあけ、室内に入る。深呼吸をして、息を整える。

しばらくすると、少しずつ、冷静な思考を取り戻していく……子供のように取り乱してしまった自分が、突然、恥ずかしくなる。

周囲を見回した。

そこは、『知識の間』だった。

●

昨夜、ここで口論していた推理作家が、今は二人とも帰らぬ人なのだと思うと複雑な心境だったが、それでも、翔子には、『知識の間』が心地よかった。

床から天井まで届く書架の列には、大量の本がひしめいている。子供の頃から本が好きだった彼女は、たくさんの本を見ているだけで不思議と落ち着きを取り戻すことができた。圧倒的な量感の本の山――本の壁を前にし、彼女は嫌なことを忘れ、書棚の間の通路を軽快な歩調で進んだ。

黒岩涙香《くろいわるいこう》をはじめ、小酒井不木《こさかいふぼく》、甲賀三郎《こうがさぶろう》。江戸川乱歩《えどがわらんぽ》や横溝正史《よこみぞせいし》はもとより、夢野久作《ゆめのきゅうさく》、小栗虫太《おぐりむした》郎《ろう》、木々高太郎《きぎたかたろう》、久生十蘭《ひさおじゅうらん》、大阪圭吉《おおさかけいきち》、坂口安吾《さかぐちあんご》、高木彬光《たかぎあきみつ》、鮎川哲也《あゆかわてつや》、土屋隆夫《つちやたかお》、松本清張《まつもとせいちょう》、中井英《なかいひで》夫《お》、都筑道夫《つづきみちお》、笹沢左保《ささざわさほ》、泡坂妻夫《あわさかつまお》、連城三紀彦《れんじょうみきひこ》、虹川良《にじかわりょう》、竹本健治《たけもとけんじ》、島田荘司《しまだそうじ》、笠井潔《かさいきよし》、緒華夢彦《おばなゆめひこ》、岡《おか》嶋二人《じまふたり》――。

綾辻行人《あやつじゆきと》の『館』シリーズ以後は、有栖川有栖《ありすがわありす》、二階堂黎人《にかいどうれいと》、濁暑院溜水《だくしょいんりゅうすい》、折原一《おりはらいち》、氷龍翔子《ひりゅうしょうこ》、葵《あおい》健太朗《けんたろう》、北村薫《きたむらかおる》、山口雅也《やまぐちまさや》、風紋寺光世《ふうもんじこうせい》……麻耶雄嵩《まやゆたか》の『夏と冬の奏鳴曲《ソナタ》』まで。おそらくは平井氏の趣味だろうが、いわゆる国内の本格ものを中心とした推理小説の数々が、書架の一番いい場所（――『知識の間』の戸口付近――）に揃えられている。洋書（翻訳＋原書）のミステリや、ミステリ以外の書物の数もかなりのものだ。幻影城、『知識の間』という空間に日本ミステリ史が凝縮されたようにすら感じられる。全国の推理作家たちが、しばしば取材に訪れる、というのも頷ける質と量だった。

しかし――、室内で本を眺めながら静かに佇んでいると、どうしても昨夜の出来事に考えがいってしまう。あの時、二人を止めていれば……そして、二人が茶話会に出ていれば……彼らは殺されずにすんだかもしれないのだ。

過去の事件は、どうあがいてみても変えることはできない。そう承知してはいても、昨晩、偶然二人の口論を耳にしてしまった翔子は、そう考えずにはいられなかった。自己批判の念は、後から後から湧いてくる。

あの時、葵の提案に従っていなければ……先程のこともあり、葵の爽やかな笑顔を思い出すと、嫌なことを思い出す。

葵の顔と、落ちてくる人物の顔が重なる。

あの事件のことを考えると、必ず思い出すのが、葵健太朗こと、氷柱木真二だ。葵がまだ氷柱木だったあの頃、彼女が遭遇したあの事件は……

ふたたびパニックを起こしそうになる。そんな翔子を救ったのは、聞き覚えのある声だった。

「――おや、先客がいましたか。氷龍さん♪」

扉が突然開かれ虹川良が入場してきた。他人を安心させる彼の顔にも、今日はさすがに心労が浮かんでいる。それでも、孤独から解放されたことにより、翔子は安心感を得ることができた。

軽く挨拶《あいさつ》を交わす二人。

だが、彼らは日頃からそれほど会話を交わす仲ではない。他人と一緒の時はそうでもないが、二人だけの時は共通の話題が少ないため、話し込むことはほとんどなかった。

しばらくすると会話が続かなくなり、気まずい沈黙が場を覆い始める。

「そうだ――。ちょっと、気になっていたんですけれど、恵ちゃんってドイツ語がわかるんですか?」

翔子が何とか局面の打開を図った。……それに、その質問は事実、昨日から彼女が抱いていた疑問だった。

「どうしてそのことを?」

「昨日の昼間、この『知識の間』で恵ちゃんがドイツ語の本を読んでいましたから。読書に熱中していたので、本人には聞きそびれてしまったんですよ」

「ああ、なるほど。そういうわけでしたか。昔、僕はドイツで暮らしていたことがありましてね」

「それは、著者略歴で拝見したことがあります。それで、恵ちゃんも？」

「恵も、小学校に入るまではずっとあっちで暮らしていましてね。だから、恵は英語は全く知りませんけど、ドイツ語は一応できるんですよ」

「フロイライン・恵、というわけですね（笑）」

フロイラインとは『お嬢さん』を意味するドイツ語である。くだらない冗談だったが、二人の間の気まずい沈黙を破るには役立った。

それからしばらくして現れた風紋寺も加え、三人の推理作家は、ミステリ談義に華を咲かせた。

20　新たなる謎

午後七時――。

捜査がはかどったので、夕食は予定時間通りである。昼食をあまり食べていないということもあり、霧華舞衣と九十九音夢の簡単な自己紹介の挨拶が終わると、皆、快調に料理を食している。順調に食事は進み、やがて氷の器に盛られたデザートが運ばれてくると、料所警部がさりげなく話を切り出した。

「……検屍の結果が出たので、一応、皆さんに報告しておきましょう。水野一馬の死亡推定時刻は、午前三時から四時。柊木司の方は、午前零時から一時頃です。――柊木は、胃の中から睡眠薬が検出されています」

料所の言葉で、ふたたび食卓を沈痛な雰囲気が覆い始めた。朝の惨劇の記憶が、否応なく呼び醒まされる。

「ちょっと待った！　でも、警部さん。おっしゃる通りだとすれば、水野さんと柊木さんは……」

警部の発言の意味に気づいたのは、ＪＤＣの名探偵三人を除くと、風紋寺だけだった。質問者の風紋寺に、続いて料所に、視線が集中する。

「そう。逆だったんですよ」

「――逆？」

幾人かの声が重なる。一同、怪訝な表情である。

「我々は勘違いをしていました。水野さんの後に柊木さんが殺されたのではなく、水野さんは柊木さんの後に殺されていたんですよ」

どよめきが、食堂に起こる……事件の底から浮上してきた新たなる謎。料所は捜査の状況を報告しつつ、デザートを口に運ぶ作家たちの様子を観察している。誰かおかしな態度の者はいないか、発見しようとしているのだろう。作家たちの会話はあまり弾んでいなかったが、それでも食欲は回復したのか、デザートは全員が平らげている。

かくして、合宿二日目の夕食は終わった。

●

最も信頼する二人の部下、玄矢《くろや》孝志《たかし》刑事と有馬《ありま》みゆき刑事を伴って、料所警部は『安息の間』へと入室してきた。室内で待機していた霧華舞衣、九十九音夢、螽斯太郎の三探偵に軽く頭を下げ、三人と向かい合うソファに腰を下ろす。

『安息の間』という名は冠しているが、その実、部屋を構成する要素《インテリア》は『静寂の間』と大差ない。差があるとすれば、それは壁の厚さぐらいだろう。『安息の間』の壁の厚みは他の部屋と同じで、外を歩く捜査員たちの声がかすかに聞こえてくる。

「有馬くん」

料所が目で合図すると、有馬刑事は手に持つ資料のコピーを霧華舞衣に手渡す。

有馬みゆきは、刑事ドラマに出てきそうな捜査陣紅一点の女刑事だった。ややくせのある顔立ちに、気の強そうな瞳。美人といえば褒めすぎになるが、印象的な、存在感のある容姿であることは確かだ。

平均身長程度の玄矢孝志は、筋骨隆々たる男である。髪は短く刈り込んでおり、柔道着が似合いそうな雰囲気をまとっている。有馬みゆきはなかなか長身で、料所の背後に並んで立つこの二人の刑事は、ほぼ同じぐらいの身長だった。

「さて、ＪＤＣの皆さん。いかがです、推理の方は？」

テスト問題を検討中の生徒に対する教官の口調だった。料所のまなざしは、マジックを魅せる直前のマジシャンを見守る観客のそれだった。ＪＤＣの名探偵三人が、帽子の中から奇抜な推理を取り出してみせると思っているのだろうか。温厚な九十九音夢でさえも、他力本願すぎる捜査主任のその姿勢には、少しながら軽蔑の情を抱いてしまう。

料所拓治という男は、人を扱うのが実にうまかった。それぞれの特質にあった捜査方法を部下たちに指示する才能には、ＪＤＣ総代・鴉城蒼司とも通じるものがある。

……ただ、料所はあくまで指揮者であり、実戦で勝負するタイプではなかった。その一点において、料所と鴉城は決定的に異なっていた。

自分に才能がなくとも、能力のある部下たちをうまく動かせば、手柄をたてることはできる。それは、どの社会でも通じることだろうが、料所はその典型的な見本だった。

しかし、ＪＤＣは警察組織の傘下に属するものではない。探偵たちには、料所の『駒』になる義理はないのだ。

「まあ、いろいろと進展はありますな」

やや気分を害した女探偵二人の隣にあって、螽斯の応対はいたって冷静だった。さすがにＪＤＣに一時代を築いた老練な名探偵である。第一班の重鎮であり、ＪＤＣの至宝と言われる同年代を代表する名探偵・不知火善蔵に今は大きく水をあけられているものの、一時は不知火と肩を並べ、凌駕《りょうが》しそうになったこともある螽斯である。

礼儀を失する輩《やから》との駆け引きを心得ている点は、さすが年の功といえる。舞衣や音夢に推理力では劣っているかもしれなかったが、世渡りに関しては螽斯の方が上手だ。何よりも、彼は落ち着いていた。

螽斯が会話の主導権を握ったことにより、舞衣や音夢も、冷静さを取り戻していくことができた。手柄を奪ってやるという下心が見え見え（意図的なものか？）の男を前にしても、それほど気にならなくなった。嫌な奴につける薬はない。そもそも、他人に不快感を与えることに敏感に気づける者であれば、嫌な奴になってはいないのだから。自覚症状がないのが、嫌な奴に多く見られる特徴である。

「本当に死亡推定時刻がはっきりして助かりましたわ。これで柊木犯人説は完全に否定できるわけですし、二人とも他殺だったとして推理を働かせることができますから」

舞衣の発言に、料所が鋭く反応する。

「ほう……では、水野が柊木を殺してその後に自殺した、という考えはないわけですね？」

嬉しそうにあげ足をとる料所を見ながら、音夢は、彼のひととなりを分析していた。料所は、縦の関係を重視するタイプの人間であるようだった。上司や年長者には敬意をはらい、部下や年下には厳しくあたる。現に彼は、螽斯に対しては紳士的に振る舞っているのに、舞衣や音夢に対しては、言動のあちこちに「この若造が」という軽蔑が見え隠れしている。……ただ、料所は狡猾な男のようだから、嫌なキャラクターを『演じている』という可能性はある。ひょっとすると、こちらを挑発する狙いがあるのかもしれない。人格者が必ずしも有能なわけではない。

――が、あげ足をとるにしろ、料所の推理はいささか安直すぎた。無い知恵を絞りすぎたのか、短絡的な思考を働かせたことにより、彼は逆に恥をかくこととなる。

「その可能性は消去してもよろしいでしょう。プランタに足をかけ、何らかの方法で自分の体を縛り、床から首を吊りながらオレンジをくわえて自殺をする人がいたとしたら、その人はちょっとジョークのセンスがありすぎますわ」

三人の探偵が微笑する。舞衣の声は毒舌の棘《とげ》となって料所の耳に突き刺さった。

――これではまるで、「そんなこともわからないの」と、暗に愚弄されたようだ。

舞衣にそこまでの悪意はなかったが、自分より若く、才能があり、多くの人に認められ、必然的にそれに付随して収入も多い彼女に劣等感《コンプレックス》を感じていた料所は、そう考えずにはいられなかった。

●

それぞれが推理を幾つか提出した後、舞衣の提案で各人のアリバイが整理された。

『柊木・水野殺しに関するアリバイ整理表』

午後十一時	茶話会始まる。 出席者……葵、星野、氷龍、 魅山、濁暑院。
午後十一時三十分	虹川親娘、眠りにつく。
午前零時～午前一時	柊木司、殺害される。
午前一時二十九分	風紋寺が濁暑院の部屋に。
	茶話会解散。
	濁暑院以外の者は眠りにつく。
午前三時～午前四時	水野一馬、殺害される。

（備考）……平井太郎をはじめ、幻影城の使用人たちの中に、しっかりとしたアリバイを持つ者はいない。

「水野殺しに関しては、全員にアリバイがありませんね。午前一時三十分以降は、小説を執筆していたという濁暑院さんの他の方は、皆さん、お寝《やす》みになっていたとのことですから」

手帳のメモを見ながら、九十九音夢がよく通る声でまとめる。霧華舞衣、蠡斯太郎、料所拓治、玄矢孝志、有馬みゆきの五人は、それを聞きながら、各人、頭の中で考えを整理しているようだった。音夢は手帳のページをめくり、さらに続ける。

「葵さん、星野さん、氷龍さん、魅山さん、濁暑院さんは午後十一時から午前一時三十分まで茶話会で一緒だったと証言なさっています。虹川さんは、午後十一時三十分には娘さんと既にお寝みになっていた、とのことですね。──風紋寺さんは、午前一時二十分頃まで自室でずっと読書をしていて、それから茶話会にちょっと顔を出した。風紋寺さんは、濁暑院さんと作品について話をする予定だったようですが、時間も遅かったのですぐに寝てしまったそうです。……平井さんや、幻影城の使用人の方々は、城内の消灯時間（午後十一時）の頃に、皆さん、お寝みになっておられました」

音夢が一度もつまることなく、明瞭にアリバイをまとめ終えると、舞衣は信頼のこもった視線を助手に向けた。ＪＤＣ第一班副班長・九十九十《つくもじゅうく》九は、ＪＤＣにその人ありと言われる超絶探偵だが、その義理の妹である音夢自身も、兄ほどではないものの、有能な探偵だった。

かつて舞衣は、私立探偵時代に遭遇した凶悪犯罪で命を落としそうになったことがある。自らの消去推理を過信しすぎたがために、犯人の狡猾《こうかつ》な罠《わな》にはまってしまったのだ。

……その時、彼女を助けてくれたのが、他ならぬ九十九十九だった。十九はその後、舞衣をＪＤＣへと導いた。総代、鴉城蒼司に高く評価された舞衣は、昇進の階段を異例のスピードで駆け昇った。ＪＤＣとの出会いが彼女の人生を変えた。それまでは私立探偵として孤高の道を歩き、一人、犯罪と闘う日々を送っていたのが、ＪＤＣに入り、良い競争相手、尊敬できる仲間たち——自分を理解してくれる友人と出会うことができた。すべては、命の恩人であり、人生を変えてくれた十九のおかげだった。

十九に感謝する気持ちは、次第に彼を慕《した》う気持ちへと変わっていった。長髪で、いつもサングラスをかけている、絶世の美貌を持つ探偵。十九はあらゆる意味で超俗的だった。手が届きそうでいて、決して届かない。十九のそんなところが、舞衣は好きだった。

しかし、九十九音夢を助手にしたのは、彼女が十九の義妹だからというわけではない。ある事件で偶然捜査を共にし、探偵としての相性の良さを発見したからである。音夢をパートナーとして選んだのは、あくまで彼女が探偵として優れた素質を有していたからだった。

音夢は、ファジィ探偵と呼ばれている。事件の全体像を漠然と包み込むような曖昧《ファジィ》な推理を展開し、事件の核にある真実を摑み取る。女の勘を極めたその才能は、余人に真似のできるものではない。

舞衣は消去推理で行き詰まった時、音夢に助け舟を出して貰う。自分とはまったく別の観点からファジィな推理を続けてもらう。女の勘で真相を何となく察知し、真実にかする音夢のファジィ推理は、舞衣の消去推理に突破口を与えてくれることが多かった。

一方で音夢は、ファジィ推理に優れたものを持ちながらも、まだ十八歳という若さゆえに、どうしても経験が乏しかった。第一線で活躍し続けている舞衣が経験から学んだ、スタンダードに推理を積み重ねていく技術は、音夢にとって勉強になった。

個人的にも二人は仲睦《なかむつ》まじく、消去推理とファジィ推理を駆使する二人の女探偵のコンビはうまくいっていた。

「第一の殺人——柊木の事件で、作家の中でアリバイがないのは風紋寺だけです。あと疑うとすれば、どうしても幻影城関係者になってしまいますね」

料所がそう切り出す。困惑した表情だ。探偵のように推理することには、あまり慣れていないのだろう。先程やりこめられたことで、舞衣や音夢に対して抱いていた劣等感のような複雑な感情は、とりあえず心の片隅にしまいこみ、捜査を進めることに重きを置いているようだ。

両手を組み合わせた上に顎《あご》を乗せ、螽斯が頷く。

「まあ、そうなりますかな。だが、虹川親娘のアリバイにしても、不確かなものでしょう。身内の証言は参考になりませんし、誰かと寝ていたなどというのは、アリバイとしてはお粗末なものですよ。相手が眠ってから行動をすればいいんですからな」

「そうなるとアリバイがないのは、風紋寺と虹川親娘……娘の方は関係ないでしょうから、二人に絞れますか」

「幻影城の関係者は疑っておられないのですか、警部さん？」

音夢がそう尋ねると、料所は首を左右に振った。

「現場の状況、それに犯人が殺人予告状を用意していたことから、これは計画的な犯行と思われます。殺されたのは二人とも推理作家ですから、当然、お仲間から疑ってかかるべきでしょう。——それにしても、わからないのは動機です。柊木と水野の身辺をあたってみたが、殺されるような動機がまるで浮かんでこない」

「でも、この場合、重要なのは動機ではないでしょう。他にも、推理する材料はたくさんあるわ。例えば——」

右手の人差し指を立てる舞衣と料所の目があった。料所が慌てて目を逸らすと、舞衣はおかしそうに微笑みながら、続ける。

「なぜ犯人は殺人の順序を逆に錯覚させようとしたのか？　――ということとか」

「いや、待った。あれは、我々が勘違いしていた――というより、屍体を発見した順序から早合点していただけでしょう？」

「いいえ、料所さん。あれは、犯人の明確な作為だわ。犯人、芸術家《アーティスト》は、『逆転の間』の扉の前にあの殺人予告状を貼ることによって、我々に水野こそが第一の被害者だと誤認させたかったのよ」

それは確かに舞衣の言う通りかもしれない、と料所は納得した。『逆転の間』と『流血の間』は隣りあっている。城内を点検していた小杉執事は、『逆転の間』の扉に貼りつけられている予告状を見て、そちらの屍体を先に発見したのだ。これは、人間の先入観を利用したトリックといえるだろう。もし仮に、柊木の屍体から発見していたとしても、水野の方が先に殺されたのではないかと推理していた可能性は充分にある。――料所は、自らの誤った認識を改めた。彼は、自分の考えに固執するタイプではない。他人から指摘された自分のミスを受け容れることさえできないレヴェルの人間なら、彼は今、ここで捜査陣を指揮していないだろう。性格に欠点はあるものの、そういう点で料所は、割り切った考えのできる人間だった。

螽斯は腕組みをすると、沈んだ唸《うな》り声をあげる。

「わたしも舞衣くんの指摘した点については考えてみたが、結局、模範解答を導き出すことはできなんだ。どちらにせよ、検屍の結果が出れば、殺人の順番はすぐにわかってしまう。それは、芸術家《アーティスト》も承知しているはずだが……なぜ、犯人はあのような小細工を弄したのだろう」

限られた時間だけ捜査陣を誤解させて、いったいどんな効果があるのか。水野が柊木より先に殺された、と誤認させることに、どのようなメリットがあるというのか……？
謎は深まる一方だった。

21　惨劇の黎明期

その声は突然聞こえた。

「――星を見ているの?」

星野多恵が声のした方をふり返ると、氷龍翔子が中庭と城内を繋ぐ階段のところに立っていた。

「氷龍さん……」

多恵は丁寧に頭を下げて一礼した。翔子は階段を降り、中庭の砂利道をつかつかと歩み寄ってくる。多恵のすぐ側まで来ると、翔子はピタリと足を止めた。空を見上げると、翔子は残念そうに呟く。

「なーんだ。曇ってて、全然、星見えないじゃない」

「空を見ていたんです。夜空を見ていると何か吸い込まれそうな感じがして……不思議と落ち着けるんですよ」

「へえ。多恵さんて、ロマンティストなんだ♪」

皮肉るように翔子が言うと、多恵はぶるぶると首を左右に激しく振った。

「そんな――そんなのじゃありません」

暗くてはっきりとはわからないが、多恵ははにかんでいるようだ。

星野多恵は、「深窓の令嬢」という言葉がぴったりの女性だった。もっとも、本人に言わせれば、わたしはそんな素敵なものではありません、ということになるかもしれないが――彼女の内気で控え目なところは、他人に好印象を与える。岩清水の清流を連想させる純真無垢《じゅんしんむく》なひととなり。翔子がとうの昔に置き忘れてきたものを、彼女はまだ堅持しているように思える。経済的に裕福な星野家の庇護下にあったからこそ（——生きていくことは闘いなのだということを知らずに成長したからこそ——）初めて可能だったのだろうが、それでも、翔子の眼には多恵がうらやましく映った。

失ったものは大きい……。

そんなことを考えると、無性に悲しみがこみ上げてくる。自分はいつの間に、こんな場所まで歩いてきてしまったのか。人は成長と共に大事なものを失い続けていくのかもしれない。

「氷龍さん、あの——」

思い詰めたように話しかけてくる多恵を、翔子は手をかざして止めた。

「翔子でいいわよ。わたしだって、名前で呼んでるんだしさ。ね、多恵さん？」

「それじゃあ、翔子さん……。あの、翔子さんは怖くないのですか？」

遠慮がちな口調だ。暗さのため顔色まではわからないが、真っ直ぐに翔子を見つめている。

「怖い、って何が」

「実際にわたしたちのすぐ近くで殺人が起きたことがです。わたしたちのよく知っている人たちが亡くなって……事件は、まだ続くかもしれないのでしょう？」

「怖くない、と言えば嘘になるかな。でも、連続殺人が起こると決まったわけじゃないし。いつまでも怖がっていても仕方がないでしょう」

翔子は嘘をついた。本当は怖くてしょうがないのである。だが、人前で弱気になるのは嫌だというポリシーが、彼女をそう喋らせた。

——たとえ自分の本心に背《そむ》くことになろうとも、人前では常に気丈に振る舞いたいと彼女は考えていた。

大学時代、あの事故を経験して以来、彼女の心は一度完全に防御をはぎ取られ、むきだしの状態になった。小さな恐怖でも自分が崩壊してしまうほどに追い詰められたあの時、彼女は生きていくために強く振る舞うことを学んだ。たとえ表面的にであれ、強い人間のように振る舞い続けることで、自分が本当に強い人間になったと錯覚できる。そうして彼女は世界のいたるところに転がっている恐怖と闘いながら生きてきたのだ。

――落ちてくる……見慣れた人物が。

あの記憶を忘れるためには、彼女は強くならなくてはならなかった。

――落ちてくる……「彼」が、落ちてくる。

そうして、彼女は強くなった。

「大丈夫だって、多恵さん。だいじょーぶよ！」

大丈夫――そう多恵に言い聞かせることによって、翔子は自己に内在する、恐怖を克服しようとする強い心に言い聞かせていた。大丈夫、わたしはしっかりと生きている。これからも、ずっとずっと、生きていける……。

何が大丈夫かはわからないが、とにかく安心した気持ちになった二人は、くすくすと笑った。さらに気を紛らわせるために、翔子は話題を事件から逸らすことにした。

「そうだ。あの、氷柱木くん――葵くんのことだけど……」

「葵さんが何か？」

闇をまとった多恵のシルエットが、敏感に反応するのがわかった。

「彼、たぶんあなたに気があるよ」

「からかっているんですか、そんなこと……」

「こう見えても、彼とのつきあいは長いからわかるんだ。悪い奴じゃないしさ、ま、仲良くしてやってよ」

「…………」

多恵は返答に窮してしまったようだ。翔子が自分をからかっているのかどうか、判断しかねているのだろう。

話題を間違えたかな、と思いながらも翔子は満足だった。オクテの後輩の援護射撃を、というわけではないが、葵と多恵は傍《はた》から見ていてもお似合いの二人だった。どこまでいくかは本人たちが決めればいいが、とりあえず自分たちの相性の良さを試してみるのもいいだろう。

大学時代のあの事件に付随した葵との記憶も、それで捨て去れるかもしれない……そう、翔子は考えていた。

葵は親しい後輩だ。それはいつも変わらない。だが、あの事件の記憶があるせいで、いつもどこかで彼女は葵を男として意識してしまうのだ。自分たちの関係は、本来、男女のドロドロとした関係とは無縁のものなのに——。

葵と多恵がいい仲になってくれれば、何よりも二人にとっていいことだと思うし、彼女も知人の幸福に、くすぐったいような幸せを感じることができる。そして何より、嫌なことを忘れてしまうことができる。

翔子は、二人がうまくいくことを本心から望んでいた。

——この二人なら、わたしと「彼」のようにはならないでしょう。きっと……

「あれ、もう十時じゃない。早く食堂に行かなきゃ」

中庭の大時計は既に十時三分を差している。多恵がどぎまぎして言葉につまっていたため、気まずさを感じた翔子は、これ幸いとばかり砂利道を歩き出した。その後を、多恵が続く。中庭から城内に入る時、多恵には笑顔が戻っていた。

「急ぎましょう、翔子さん」

湿った風が、二人を城内に追い立てる。夜空はどんよりと、今にも雨が降り出しそうなぐらい曇りきっている。

●

捜査主任の料所警部から話があるということで、『関西本格の会』のメンバーたちは午後十時に食堂に招集されていた。

食堂には、翔子と多恵を除く全員が顔を揃えていた。二人が遅刻を謝罪し、頭を下げて空席につくと、料所が起立して話し始める。

「この幻影城で、それもお仲間が二人も殺害されたということで、皆さんがいかにショックを受けられたか、胸中お察し致します。ただ、ここで我々の見解を明確に述べておきますが、警察は、この事件が連続殺人に発展するとは考えておりません……」

数瞬の間……重い沈黙……

「では、警部さん。あの予告状は何です？」

全員の疑問を代弁したのは溜水だった。

「あの予告状については、まだ検討中です。ただ、犯人の稚気か、第三者の悪戯程度に現時点では解釈しています。柊木殺し、水野殺し、いずれもはっきりとした動機はわかっていませんし、犯人は外部の人間――それも異常者である可能性もあるわけです。いずれにせよ、あの予告状だけから、この事件がさらなる連続殺人へと発展すると判断するわけにはいきません。ですから、今夜は、我々はいったん引き上げます」

場内を覆《おお》い始める喧騒《けんそう》。何事においても実績を示さなければ信頼を得られない、この世界のルールが彼らを皮肉っているようだ。殺人犯もまた、実績を示さなければ警察は連続殺人と信じない。

料所は反論の声を黙殺し、話を続ける。

「しかし、この事件がさらなる連続殺人へと発展する可能性はゼロではありません。我々は明朝また来ますが、今晩は、部屋の戸締まりを怠ることのないように。知人であり、不審なところのある人物を一人で部屋に入れないように細心の注意を……」

こいつはバカか？　全員の眼がそう語っている。

このような状況下で怪しい人物を室内に招き入れる者がいるだろうか。戸締まりもしかり。そんなわかりきった注意をするぐらいなら、一人でも二人でも、警備の人員を残してくれた方が余程ありがたいというものだ。

「……では。警察の方は、今晩誰も幻影城にとどまらない、というわけですね？」

風紋寺の口から、溜息まじりの、辛辣《しんらつ》な付加疑問文が流れ出る。それは暗に、「警察の方は我々を見捨てるのですね」と言っているのだ。しかし、料所はその含意を摑《つか》み取るだけのＩＱと思いやりを備えているだろうか？

「皆さんのご心配はわかります。ですが、こうしている間にも、同じ空の下で幾つも殺人が起こっているのです。警察としては、連続殺人の確実性乏しい事件のために人員をさくわけにはいかないのです。……残念ながら」

料所は、申し訳なさそうに頭を下げた。まあ、彼の意思ではなく、警察組織上層部の意向なのであろうが、それにしても……。

この推理小説のような嘘臭さは何だ！

この事件が連続殺人に発展せず、心配が杞憂に終われば何ら問題はない。だが、もし現実に次々と殺人が勃発したならば、彼らはどう責任をとるつもりなのだろうか？

――ともあれ、名警部の演説は終わりである。

捜査陣は去っていった。

JDCの三探偵は幻影城にとどまっているとはいえ、彼らは捜査の専門家であり、警備の面ではあてにできない。芸術家を気取る殺人鬼の魔手から身を守るためには、自分自身が気をひきしめていなければならない。

緊張した面持ちで、皆、散り散りに食堂を去っていった。今晩も一応、午後十一時から葵の部屋で茶話会を企画しているものの、こういった状況では参加者は少ないだろう。自分の部屋に閉じ籠って鍵をかけ、朝まで寝ていれば絶対に安全なのだから……。

絶対に安全——本当に、そうだろうか？

●

風紋寺の前方から歩いてくるのは、夕食で自己紹介をしていた女探偵だった。助手は連れていない。一人である。わずかに躊躇（ちゅうちょ）したものの、そのまま通り過ぎるのも失礼なので、風紋寺は彼女に声をかけることにした。

廊下を横切り、さりげなく声をかける。

「失礼ですが、霧華さん——でしたか？」

彼女も足を止めた。二人の視線が軌道を一つにし、軽く会釈が交わされる。

「風紋寺さんですね。何か？」

秀麗な笑顔と愛想のいい挨拶が返ってきた。食堂で見た時はそれほど気にかけなかったが、なかなかの容姿である。バランスを崩せば、厳しい顔つきととられなくもない鋭さを備えた顔には、漠然とした物憂さが潜んでいる。その物憂さが表情の厳しさにブレーキをかけ、中和し、絶妙のバランスを保っているようだった。風紋寺よりは頭一つ低いが、女性にしてはなかなかの長身だった。適度な曲線を描く体のラインも、きわどいバランスで魅力的である。

それにしても——風紋寺は、違和感を覚えた。

「なぜ、わたしの名を——？」

この女探偵は、どのようにして風紋寺という名を導き出したのであろうか。食堂で自己紹介したのは、彼女とその助手の少女だけである。作家たちは、まだ彼女たちに名を告げていないのだ。

風紋寺は、そら恐ろしいほどのさむけを感じた。

これが、ＪＤＣ第一班の名探偵の推理力なのか……。彼らが想像で創造する名探偵でも、ここまで都合よく名推理を働かせることはない。かのシャーロック・ホームズでも、ここまで大胆に推理を働かせたことはないように思われる。それは、まさに推理を超越した超推理である。

「簡単なことですよ」

余裕のウインクを送る舞衣。彼女の口から明かされた真相は、極めてロマンに欠けるものだった。

「捜査のファイルを見たんですよ。あれには、事件関係者の方々の写真が載っていますから」

「なんだ。そういうことでしたか……」

名探偵の超絶推理も、タネを明かせば簡単なことだ。それは、マジックやミステリのトリックにしても同じことである。ただ、効果的な演出によって、凡人はそれを魔術のようなものと錯覚させられてしまう。その基本さえ承知していれば、トリックを解明することは、大して難しいことではない。

風紋寺は気を取り直し、事件のことを尋ねた。

「あなたはこの事件をどう考えておられるんですか。連続殺人に発展するとお考えで？」

「連続殺人にはなりません――と答えたら、あなた方は安心してくださるのでしょうか」

「は？」

「現時点でそれを判断するには、あまりに材料が不足しています。唯一の解答を知るのは芸術家《アーティスト》のみですわ。わたしには、何の保証もできません」

なかなか食えない女探偵である。

だが、彼女の言うことにも確かに一理ある。連続殺人は起こらないと言われても不安は残るだろうし、連続殺人が起こると言われれば不安は募るのだから。

舞衣は一礼すると、その場を後にした。

●

廊下の角を曲がろうとしたところで、話し声が耳に飛び込んできて葵は思わず足を止めた。

「Ｃ《シー》さん、華《はな》と麗《れい》はどうしたんだ……？」

平井太郎氏の声だった。幻影城では、小杉執事と客室係の間宮てるを除く使用人たちは皆、アルファベットの名札（『Ｃ』）を着用し、それが通称となっている。

「華ちゃんも、麗ちゃんも、食事をとられた後、すぐにお寝みになったようです」

話し相手のＣは、女の声だった。葵には聞き覚えがあったが、顔と声が一致しない。

「そうか。それならいい」

平井氏が去っていく気配がした。

——華ちゃん？　麗ちゃん？

盗み聴きした話の内容が、葵には少し気になった。名前からすると、女の名前であるようだ。「ちゃん」を付けていることから考えると恐らく子供——少女だろう。

しかし、平井氏に娘がいるという話は聞いていない。それに、この三年、連続して幻影城に来ているが、そのような少女は見かけたことがない。溜水が『光の舞台』の存在を今年まで知らなかったように、葵にもまだ知らないことがたくさんあるのだろうか。

もしや、この事件と何らかの関わりがあるのではないだろうか。いったい、二人の少女は何者なのか。葵の心臓の鼓動が激しくなる。是が非でも、ここで確認しておかなければ——そんな衝動にかられ、葵は廊下の角を曲がった。

だだっ広い廊下には、平井氏の姿は既にない。使用人と思われる女性が一人、向こうへと歩いている。

「すいません、Cさん」

葵は彼女に駆け寄った。

突然背後から聞こえた声に驚いたように、彼女はふり返った。白と黒を印象的にデザインした幻影城の客室係の制服には、『C』と名札がついている。ぽっちゃりとした、愛嬌のある顔立ちだ。三十代半ばぐらいか。顔を見てようやく、葵の中で声の記憶と使用人Cの記憶が結びついた。

「あら、葵さん。いかがなさいました？」

三年目の合宿ということで、葵は使用人たちの多くに記憶されているようだ。知名度のある作家ということも助けているのかもしれない。

「いや、実は……今、平井氏とお話しになっていたことで、お聞きしたいことが」

『C』という名札に視線がいくと、奇妙な感じがする。名前というものは、所詮、個人をラベリングする記号だが、記号そのものというのは、どうにも戸惑いがあった。

使用人Cは右手に持っていた箒《ほうき》（――城内の掃除でもしていたのだろうか？　――）を両手で握りしめ、屈託のない笑顔を浮かべる。

「あらいやだ、聞いてらしたの？」

「いえ、そういうわけではなくて……その、そこを歩いているとたまたま聞こえてですね……」

「まあ、そんな弁解なさらなくても。冗談ですよ」

照れ臭そうに、葵は頭をかいて苦笑した。

「あの、それで質問なんですけど、平井さんには、娘さんがいらっしゃるんですか？」

「華ちゃんと麗ちゃんのことですか」

「ええ、そうです」

Cは眼を丸くすると、さもおかしそうに笑った。

「娘ねえ。まあ、娘みたいなものかもしれませんねえ。可愛らしい双子の姉妹ですよ、あの子たちは。平井さまも、実の娘のように可愛がっておられます」

葵は、塔の屋上での溜水との会話を思い出した。

28◎双子

双子は、濁暑院溜水だけではなかった。しかも、溜水の場合は双子の妹、水無瀬なぎさは今ここにはいないが、華と麗という双子の姉妹は、どうやらこの城に住んでいるらしいのである。

意味もなく葵は、暗い牢獄に幽閉された双子姉妹を思い浮かべた。――双子はどこにいるのか？

そして、この事件とその双子姉妹との関わりは？

華と麗について詳しく聞こうとしたところで、唐突に、すぐ近くから琴《こと》の音が聞こえた。

「あら、これは……」

「琴ですね。どなたか、琴を演奏なさるんですか？」

廊下の向こうから、男の使用人が駆けてくる。まだ若い。どことなく溜水と雰囲気が似ている、長髪の青年である。彼の胸には、『D』と名札があった。

「演奏できる者は幾人かおりますけれど、この腕前は間宮さんですね」

「ああ、客室係の間宮てるさんですか」

走り寄ってくる使用人Dを見ながら、葵は間宮てるの顔を思い浮かべた。女性的な細く鋭い尖った鼻は、どことなく魅山薫のそれと似ていたと記憶している。

「間宮さんは、本当にお上手ですよ。『楽奏《がくそう》の間』はすぐそこですから、ちょっと覗いていかれたらいかがです」

使用人DがCに、何かの用件を告げる。使用人Dは、「失礼します」と一言残して去っていった。Cがその後を追うように葵に背を向ける。

去り際に、彼女は葵にだけ聞こえる声で言った。

「葵さん――今度、サインいただけます？」

奇襲だった。葵は一瞬、たじろぐ。

「それは構いませんけれど、俺の本を読まれたことがあるんですか」

「いえねえ。毎年、いらっしゃるじゃありませんか。それで、皆さんの本をこの一年、何冊か読ませていただいたんですよ。葵さんの本、面白かったですよ」

「どうも。では、ミステリに興味を示された、というわけではないんですか。あくまで義理、というか」

「うーん、義理で読んだわけではないのですけれど。実はわたし、ファンタジーの愛読者なんですよ」

「へえ、例えばどんな作家を読まれるんですか？」

「ひかわ玲子《れいこ》さんとか、竹河聖《たけかわせい》さんとか、女の人の感性が好きですね。——おっと、いけない。嫌《いや》だわ、用事を忘れるとこでした。それでは葵さん、わたしはこれで失礼しますけど……今度、本当にサインしてくださいな」

箒を軽く振りながら去っていく使用人Cの後ろ姿を、葵はしばらく立ったまま見送った。

『楽奏の間』に寄っていこうかとも思ったが、まもなく茶話会が始まるということで、葵は自室へと向かうことにした。

今日は葵の部屋で茶話会だ。担当者が遅れるわけにはいかないだろう。

●

間宮てるが演奏を終えると、螽斯太郎は拍手をして賛辞を送った。

『楽奏の間』には、琴をはじめ、尺八、横笛などの和楽器から、グランドピアノ、ギターなどの洋楽器まで、様々な種類が取り揃えられている。使用人たちの中にそれぞれの楽器を使いこなすものがいるのだろうが、客たちにも『楽奏の間』は開放されている。現に昨日は、溜水が『関西本格の会』のメンバーに、グランドピアノでショパンの名曲（『華麗なる円舞曲《ワルツ》』ほか）を提供するという一幕もあった。その席に同席したてるは、「ピアノの鍵盤は、やっぱり重いですね」と溜水が漏らしていたのを記憶している。溜水は昔、エレクトーンやギターで作曲活動をしていたこともあるらしい。

二十人は優に収容できるだろう。かなりの広さの『楽奏の間』には、今、てると螽斯の二人だけである。楽器に囲まれた空間は、二人で占めるには広すぎるスペースだった。

「いやあ、お見事でしたな。今の箏曲《そうきょく》は……？」

「『梅ケ枝』です。ご存じですか」

「ずっと昔に、どこかで耳にしたことがあるような。懐かしい響きでした。もしかすると――」

螽斯は、そこで言葉をつまらせた。間宮てるが、興味深そうに反応する。

「もしかすると、何です。螽斯さん？」

てるの優しい瞳でじっと見られると、螽斯は動揺してしまう。間宮てるという女性は、彼の亡き妻、華乃にあまりにも似すぎていた。どこか似ている、などという生易《なまやさ》しいものではない。酷似しているのだ。生き写し、といってもいいほどに似ている。

それだけに、てるに突っ込んだ質問をされると、思わず口も軽くなってしまう。めったに過去を語ることのない螽斯も、記憶の封印を解く気にさせられてしまう。

「実はわたしは、一度死んだ人間なのです」

ハッと、てるが息を飲むのがわかった。

「悪いことを聞いてしまいましたか？」

「いえ、もう昔のことです。わたしも、今では割り切っておりますから。どうかお気になさらず。どうですか、興味はありませんか。興味がおありでしたら、聞いていただきたいのですが……」

「それは——ないことはありませんが、よろしいので？」
螽斯は頷くと、語り始めた。封印された彼の過去にまつわる物語を。

●

瀬戸内海に、獄門島《ごくもんとう》という孤島がある。横溝正史が小説化したことで有名な獄門島殺人事件のあった忌《い》まわしい島である。

獄門島殺人事件から数十年。一九七三年に、新・獄門島殺人事件は勃発した。最初の事件を解決した金《きん》田《だ》一耕助《いちこうすけ》に代わって新事件を解決したのは、ＪＤＣを創設する以前の、私立探偵・鴉城蒼司だった。祖父の蒼神《そうじん》と協力して、複雑に絡み合った因縁の糸を解きほぐした鴉城蒼司は、新・獄門島殺人事件のダミー犯人に仕立て上げられそうになった哀れな男の命を救った。……その時、助けられた男が螽斯太郎なのである。

螽斯は、断崖絶壁の下にある浜辺で、頭を強く打っている状況で発見された。犯人が自らの犯行を認めて、絶壁から身を投げた——そう解釈できる状況だった。実際、警察は螽斯を犯人と断定し、身柄を拘束したが、鴉城蒼神、蒼司のコンビが彼の無罪を証明、真犯人を摑まえたことで螽斯は釈放されたのだ。そして、螽斯は解放されたわけだが、問題は残った。

頭を強く打ったせいか、螽斯は、浜辺で発見される以前の記憶を全て失っていたのである。

言葉や生活習慣、年齢は覚えていた。が、自分がどこから来た何者なのか、獄門島で何をしていたのかということは、全く思い出すことができなかった。

彼が宿泊していた宿の宿帳には、螽斯太郎という名前と、私立探偵という職業、さらには住所が記されていたが……事件の最中に警察が調べたところ、『螽斯太郎』は偽名で、彼が記載した住所は実在せず、私立探偵という職業も疑わしいということが判明したのである。それゆえに、螽斯は疑われることになってしまったわけだが、疑惑が晴れても、記憶を失った彼は自らのアイデンティティとなるものを何も持っていなかった。

名前も、住所も、職業も架空のもの――

突然、世界に放り出されたかのような虚無感に包まれた彼を救ってくれたのは、二人の鴉城だった。蒼神と蒼司は、真偽はともかく私立探偵と名乗っていただけのことはあって螽斯に探偵の才があることを見抜き、その人柄も信用して、彼らの仕事に協力させてくれた。

どんなにあがいてみても、記憶は戻らない。記憶中枢の一部が損傷してしまったのだろう。浜辺で見つかる以前の記憶を、彼は本当に失ってしまったのだ。

どこの誰とも知れぬ男は、一度、死んだ。

時が過ぎていくにつれ、彼は生きていくために、妥協することを覚えた。失った過去を探ることは諦め、螽斯太郎という偽名をそのまま名乗ることにした。そして、探偵、螽斯太郎として第二の人生を歩むことにしたのである。

この二十年近い年月の間には、いろいろなことがあった。鴉城蒼神は凶悪犯罪の犠牲となり、鴉城蒼司はＪＤＣを創設し、今日の隆盛へと導いた。

螽斯太郎は、ＪＤＣ創設メンバーの一人として、探偵として生きることに生涯を捧げた。もしかしたら、自分は記憶を失う前、本当に私立探偵だったのかもしれない。それは一縷《いちる》の希望だった。過去と現在を繋ぐ、限りなく細い一本の糸だった。

そして、螽斯太郎は探偵人生を歩んできた。華乃と出会い、華乃に惚れこみ、華乃と結婚し――そこでようやく人生の目標が変わった。華乃を守り、彼女のために生きることが人生の目標となった。

……だが、そこで華乃を失ってしまった。螽斯はふたたび、生きることの指標を失ってしまったのだ。

螽斯太郎は螽斯太郎であり、螽斯太郎以外の何者でもない。今では、そう認識している。しょせん、過去の自分という存在は、死に続けていくもの。それは誰でも同じこと。華乃と共に生きていた頃の螽斯は、『螽斯太郎』として輝いていた。華乃と出会ったのも、好きになったのも、愛したのも、それは螽斯太郎だった。どこの誰ともしれぬ名もなき男ではなく、螽斯太郎だった。

しかし、自己のアイデンティティそのものとなった華乃の死で、螽斯はまた、自分を見失おうとしている。

生きる目標を探すために、何かのパンフレットで見たこの幻影城へとやって来た。パンフレットを見た時から、琴線が震えるのは感じていた。人里離れた地に建つこの旅館なら、何かの指標を自分に与えてくれるかもしれない。その予感を信じて、螽斯は幻影城へとやってきた。ここで、華乃と生き写しの間宮てると出会った。自分の選択は少なくとも間違いではなかったことを、彼は知った。

●

「……というわけなのです。ですから、わたしが『梅ケ枝』に聞き覚えがあったのも、もしかしたら、その失われた過去の記憶とも関係があるのかもしれないと思ったのですね」

「そうですか——そんな大変な経験をなさって」

てるはすっかり沈んだ調子である。これだけ暗い話をされたのだ。それも無理はない。螽斯は責任を感じ、話題を逸らす必要にかられた。

「珍しい琴がありますね」

壁際にある琴を指差す。その琴には、弦が一本しかなかった。てるは、その琴に歩み寄ると、螽斯の元へとそれを持ち寄った。

「一弦琴と申します。……お聞かせしましょう。あなたの過去に捧げる曲です」

てるは、直ぐに一弦琴を爪弾き始めた。寂しい音楽が、螽斯の目頭を熱くした。ふと見ると、てるが泣いていた。一弦琴を弾きながら泣いていた。音楽は、てるの慟哭《どうこく》であるかのように老探偵の胸を打った。

「間宮さん、大丈夫ですか？」

涙を拭いながら、てるは演奏を続ける。

「お気になさらず。少し、昔のことを思い出していただけですから」

螽斯の見たところ、てるも何か悲しい過去を背負って生きているように見えた。それを打ち明けて貰えるほど親しい仲になるには、まだ遠いだろうが、それでも螽斯は、逞《たくま》しく生きているてるを愛しく思った。

——わたしは、華乃に似ているという理由から、間宮さんに好意を持っているのだろうか。

華乃を愛していた時、一人の女性をこれほどまでに愛することは、生涯に二度とないだろうと感じていた。だが今、螽斯は間宮てるという女性に惹《ひ》かれている。

——人間は、しょせん一人で生きられない、ということなのか。勝手な生き物だ。

ともあれ螽斯は、この旅行で何かの答えを見つけることができるような、希望的な予感を抱いていた。

23　八人の被害者

予期したことではあったが、今日の茶話会出席者は少なかった。葵と翔子、虹川良の三人だけである。

「もう十一時だね。今日は三人だけかあ……」

腕時計を見ながら、翔子が寂しげに呟く。こんな時間から一人で床に入るのも心細いのでやって来た彼女だったが、これではあまり来た意味がないというものだ。

——まあ、こういった状況下で皆が茶話会に出席しようとしないのも、当然と言えば当然だった。一応、『関西本格の会』のメンバーは信用したいところだが、それでも、彼らの中に血に飢えた殺人鬼がいないとも限らないのだ。

「まあまあ翔子先輩。もうすぐ、溜水の奴も来ると思いますし。元気出してくださいよ、俺と虹川さんの立場がないでしょう」

葵になだめられながら翔子は、虹川を見た。

「そういえば、虹川さん。恵ちゃんは……？」

「寝かしつけてきたよ。部屋には鍵をかけてきたから大丈夫だろう。それに、昨晩、僕は茶話会に欠席してしまったしね。今日は出席させていただくよ」

虹川の温和な微笑は葵と翔子を安心させてくれる。さすがは最年長の虹川である。殺人事件など無かったかのように、彼は落ち着いていた。

とりとめもなく雑談を交わし、ちょうど会話がとぎれたところで、タイミングよく扉が開き、Ａ４サイズの原稿を抱えた溜水が入室してきた。徹夜あけで、さらに午後ずっと執筆していたせいだろう。タフな溜水だが、さすがに憔悴《しょうすい》の色が見える。

「溜井くん。それ、何？」

翔子は、まさかという表情で、後輩と原稿を見比べている。

「『華没』の原稿ですよ」

溜水は絨毯《じゅうたん》の上に横になり原稿を脇にドサッと置いた。原稿用紙にして八十枚分ぐらいはあるだろうか。表紙には、『**華麗なる没落のために**』と毛筆体でプリントしてある。

「えー。溜井くん、まだ原稿書いていたの？」

なかば呆れたような翔子の声である。彼女と同じように呆れた様子の虹川は、原稿をパラパラとめくると、驚きの声をあげた。

「いや、氷龍さん。これは、『華没』じゃない！」

「そうですよ、翔子先輩。よく確認してください。まあ一応、『華没』ではあるんですけど、これは、『麗しき華のごとく、没落は夢のように』ではなく、『華麗なる没落のために』――現実の事件を記録したものですよ。詳しいことは……葵、説明してくれ」

余程、執筆で疲れたのであろう。溜水は、両手をついて絨毯に腰を下ろす。そんな友人のために、葵は昼間の二人の議論を繰り返し、説明しなくてはならなかった。

『推理小説の構成要素三十項』を制覇しようという、芸術家《アーティスト》の試み。溜水に事件を記述させようという挑発。そして、溜水が『華麗なる没落のために』というタイトルで事件記録物語《ノンフィクション・ノベル》を執筆しようと決断したこと――。

虹川と翔子の顔が、次第に驚愕《きょうがく》に歪《ゆが》んでいく。

「なるほどね。芸術家《アーティスト》がそんなことを――」

原稿を手にとり、ページをめくりながら虹川は感心したような吐息《といき》を漏らしている。

「じゃあ、溜井くん。この『華没』は……」

「まあ、ドキュメントみたいなものですね。――というより、ルポルタージュかな？　とにかく、与えられた情報に忠実に、嘘は書かないように努力しています」

寝転んだ溜水は眠そうである。翔子は、半信半疑の視線で疲れきった後輩を射抜いた。

「でも、ほんとなの。芸術家《アーティスト》が『推理小説の構成要素三十項』を網羅するように殺人を計画しているなんて――」

「うーん。しかし、それはおかしくないかな。殺人予告状は、幻影城内の全てのワープロの書体と異なるものだった。要するに、芸術家《アーティスト》は城の外からあれを持ち込んだということになる。それはつまり、殺人が計画的であったということだけど、『構成要素三十項』が公開されたのは昨晩なんだから」

虹川の鋭い指摘に、翔子と溜水は頷いている。一方、腕組みをした葵は、厳しい表情で抗弁を試みるようだった。

「まあ、『三十項』の制覇というのは、あくまで俺の仮説ですけど、虹川さんの意見は正攻法の論理に縛られすぎじゃないかな。これは推理小説じゃないんだし、全てが論理的に説明できるとは限らないでしょう。犯人が臨機応変に殺人計画に『三十項』を組み込もうとしたとも考えられるし、ワープロの書体にしたって、何かトリックを使ったもので、予告状は城の中で書かれたものかもしれない」

「だけどさ、氷柱木くん。もし、本当に犯人が『三十項』を制覇しようとしているんなら、芸術家《アーティスト》は当然、

『三十項』のことを知っていたということでしょう？　ということは……」

　昨晩の茶話会の出席者五人（葵健太朗、氷龍翔子、星野多恵、魅山薫、濁暑院溜水）の中に芸術家がいるということになる？　――翔子のその危惧は、溜水の証言で一蹴《いっしゅう》された。

「翔子先輩。葵が言い忘れてましたけど、実は、昨日の茶話会の前に、『三十項』を記した紙を一枚盗まれたんですよ。夕方、油断して部屋に鍵をかけていなかったもので」

「ということは……」

　翔子の呟きを受け、虹川がまとめた。

「殺人の前に『三十項』の内容を知ることは、誰にでもできた、ということになるね。少なくとも、この幻影城にいた者なら誰にでも」

●

「まあ、僕は葵の推理がたぶん正鵠《せいこく》を射ているんじゃないかと思いますね。それに、事件をリアルタイムに文書として整理しておくだけでも資料としての価値はあるでしょうし。――そういったわけで、とりあえず『華没』――『華麗なる没落のために』とタイトルをつけて書き始めたわけなんですよ。事件が無事解決したらアレンジを加えて発表してもいいですしね。いかがですか、虹川さん？」

　原稿をめくっていた虹川は、手を止めると溜水の方を見て頷いた。

「うん。いいんじゃないかと僕は思うよ。実際、文書としてまとめておいたら事件の捜査にも役立つんじゃないかな。時間が経つと忘れちゃうことも結構あるしね。実は僕も、気づいたことを手帳にメモしているんだけど。……でも、『華麗なる没落のために』も『華没』と略することができるんだね。犯人はどこからこの言葉を持ってきたのか」

「あたしもそれが気になっていたんですよ。どこかで眼にしたような――。また、『知識の間』で調べてみようかな」

「それにしても、濁暑院くんも大変だったんじゃない？　僕、ワープロ使わないから手書きとどれぐらい違うのかよくわからないけど、これだけの分量を今日の午後から打っちゃうんだから」

溜水は速筆で知られる男だが、それにしてもこの量は尋常ではない。彼も実際の殺人事件を経験し、相当気合いが入っているようだ。

「僕にとって、ワープロを叩くという行為は、ピアノを弾くのにかなり近いですね。自分の肉体は物語を紡《つむ》ぎ出す道具の一部で、頭の中からディスプレイへと物語が滑らかに流れ出していくような感覚ですから。だから、キイを叩いている自分は、はっきりいって認識していませんね。自分が完全に『無』になっちゃってるんで、気がつくと何時間も経っていることが多いです」

「アブナイ奴だなあ……でも、確かに執筆している時の溜水の集中力は凄いからなぁ。二十四時間ぐらい、平気でワープロの前に座ってるし」

「そうそう。ほら、以前、溜井くん言ってたじゃない。四日間徹夜し続けて原稿書き続けたって話。あたしも創作は好きだけど、さすがにそこまではねぇ」

「そういう無理ができるのも、若いうちだけだよ。いいことだ。でも、濁暑院くん。あまり無茶をするのは良くない」

虹川の発言で、一同は笑いの輪に包まれた。溜水は憤慨した調子で抗議する。

「葵、それに翔子先輩。人を化物みたいに言わないでください。僕は単なる創作野郎ですよ。……ま、しかし、はっきりいって『華没』の執筆は疲れましたね。何とか茶話会までに今日の朝のところまで書いちゃおうと思って。今、やっと二十ページめを書き終えたところです」

溜水の原稿の書式は、縦二十六文字×横三十一行の一ページ上下二段組である。二十ページというのは原稿用紙で八十枚に相当する。概算しても、既に三万字は越えている。驚異の量だった。

参加者四人という状況では、テーマを決めて討論するのも不相応なことなので、今日の茶話会は溜水の原稿――『華麗なる没落のために』の読書会ということになった。

原稿を読まない者は適当にくつろぎ、翔子から一人ずつ原稿を読み始めた。

●

序章

煩雑なる序幕

九重の空のひろがりは虚無だ!
地の上の形もすべて虚無だ!
たのしもうよ、生滅の宿にいる身だ、
ああ、一瞬のこの命とて虚無だ!

1　華麗なる幻影城

九十九折りの坂道は、まだ先が長そうである。

初冬。十月二十五日。

葉を失った枝と幹だけの木々たちは、寒風にあおられ、カラカラと寂しげに体を震わせている。

――やはり、タクシーで来るべきだったか……。

吹きつける冷たい風に首をすくめながら、蝨斯太郎は、悔恨の情に縛られつつある自分を感じていた。荒涼たる長い道――蓬生の中を進むごとに、自分は永遠に続くメビウスの道を歩いているのではないか、と錯覚する。……きっとそれは、彼が失うものを何も持っていないからだろう。

彼は今年、………


……

……

●

「『序章　煩雑なる序幕』、ね……」

最初の章題を眼にした時、翔子は、脳裏に奇妙な想いが去来するのを感じた。

物語世界は急速に拡がり、現実世界を飲み込もうとしている。現実世界で創られる物語世界が、現実世界とともに創造され続け、世界の垣根を破壊する。創造、破壊、創造、破壊、創造、破壊、創造、創造、

創造、創造、破壊、創造、創造、創造、創造……。

昼間感じたあの錯覚が蘇る。これは現実でも、『華麗なる没落のために』という事件記録の中でもなく、ひょっとしたら、溜水の小説『麗しき華のごとく、没落は夢のように』の中のワン・シーンなのではないか。自分は、溜水の掌《たなごころ》の上で、登場人物として弄《もてあそ》ばれているだけなのではないか――どうしようもなく、そんな気がしてならなかった。

……ここには、序章とある。だが、これは小説ではなく、現実なのだ。翔子は、自分に強くそう言い聞かせた。

だが、現実であるということは、この原稿が何章まで続くかは、今の時点では誰にもわからないということになる。芸術家《アーティスト》の首に縄がかかり、『終章』が完成するのは、いつのことなのだろう?

第二章か、第三章か……それとも、もっと遥かに先? ひょっとしたら、これは物語の迷宮に迷い込み、終わりのない原稿となるかもしれない。

――その時、あたしは生きているかしら。生きて、溜井くんの完成原稿を読んでいるのかしら?

複雑な想いを胸に秘め、翔子は原稿を読み進んだ。

章題の横には、意味ありげな四行詩が引用され、その隣には『1　華麗なる幻影城』と小見出しがつけられている。『九十九折りの坂道は、まだ先が長そうである』という序文で、物語は始まっていた。

自分たちが幻影城に着いたところから始まると思っていた翔子だが、物語は蠡斯の視点で始められていた。何か意味があるのか、冒頭から意外な出だしである。

超高速執筆のためか、誤字、脱字が目立つのは溜水らしくないところだった。しかし、流麗な物語は、事件に関係のあると思われる出来事は全て網羅しているように思われた。溜水自身が関わったことは元より、溜水がいない場所で起こっていることも、聞き込んだ情報を元に、可能な限り緻密に描き込まれている。やはり大急ぎで書いたためか、いつもの清流のような文章ではなく、どちらかといえば速さに頼った濁流といった感じで、作品としては四十五点の出来だったが、事件の資料としては充分に合格点に達しているように思われた。

原稿は、『14　舞台上の覇者・芸術家《アーティスト》』と記された小パラグラフ（――ちょうど、柊木の屍体が発見されたあたりである――）で終わっていた。

一人が原稿を読んでいる間、他の者たちはできるだけ事件の内容に触れないように、あたりさわりのない雑談にふける。今になって考えると、今晩、茶話会をやったのはやはり成功だった、と葵は思う。一人で寝ていたら果てしない不安感にさいなまれ、精神面で打ちのめされていただろう。どうせ眠れないと承知で、孤独な夜を過ごし、恐怖に怯え……

少しでも仲間と話をし、事件のことを忘れることができたのは、彼にとって貴重な収穫だった。

●

「いかがでしたでしょうか？」

最後の虹川が読了したのを見計らって、溜水はおそるおそる、そう切り出した。事件記録物語《ノンフィクション・ノベル》とはいえ、作品は作品である。読み巧者たちの批評は気になるところだった。

「よくできているんじゃないかなぁ。重要と思われることは漏らさずに書いてあるし、ほんとに溜井くん、あれだけの短時間でよくこれだけ書けたなと感心させられちゃったわ」

翔子の論評には世辞が二割ほど含まれていたが、それは作者が知人である以上、常につきまとう問題なので構わない。ほとんどが本音からの賛辞であるというのは明らかなのだ。実際、この量と試みと質が賞賛に値するのは事実だった。

「そうだね、資料としては最高じゃないかな。小説として事件を再確認することができる。それに、さっそく『性別トリック』を使用しているのにも驚かされたよ」

「え？　性別トリックなんてありましたか」

虹川の指摘に驚いたのは葵だ。

――この二十ページの原稿の中に、まさか、既に性別トリックが入っているとは……。

葵は気づかなかった。一読して、特に問題はなかったように思われる。

「なんだ、葵。あれに気づかなかったのか」

「氷柱木くん、あれはすぐにわかるでしょう」

軽蔑とまではいかないものの、皆の冷笑的な視線が葵に突き刺さる。翔子も、当然のように気づいていたらしい。

「あったかなぁ。いったい、どこに……？」

葵は虹川から『華没』の原稿を受けとり、再度チェックし直す。溜水は、困惑している友人のために、道を明示してやらねばならなかった。葵のわきから、原稿をめくり、問題の箇所を指し示す。

「ええと……あった、ここにわざとらしい記述があっただろう。これは、――五ページめだな。『4　鬱屈した作家』の下段のところ」

葵の視線がそこに注がれ、やがて驚愕の吐息が流れた。翔子と虹川は微笑して葵を見ている。

「そうか！　……そうだったのか、やられたよ。どうして気づかなかったんだろう」

「『女性的な秀麗な顔。水無瀬なぎさの親友でもある薫は、いかにも女流作家、といった読み易い文体で大衆受けしている二十二歳の若い作家だ』――狙っているのが見え見えだろ。女性的な部分を強調することによって、魅山くんを女と思わせようという魂胆が」

　魅山薫は、男だった。

「でも、溜井くん。これはそんなに難しい性別トリックじゃないでしょう。氷柱木くんは、先入観があったからトリックの存在に気づかなかったんじゃないかな」

　翔子の指摘通り、葵の抱いている『薫は男』という先入観が、彼にトリックの存在を気づかせなかったのだろう。読者の先入観を利用する『騙《かた》り』は、推理作家の基本的なテクニックの一つである。

「ええ。まあ、これは読者を驚かせようと思って使ったトリックではなく、ごく軽いものにすぎませんし。普通に読んでいても、魅山くんを女だと誤認してくれない読者はたくさんいるでしょうね」

「いや、でも二十ページの間に薫くんを女と思わせてやろうという努力が随所に見られて、読んでいて微笑ましく思ったよ」

「そうですか。そういう読み方をしていただけると、こちらとしても苦労した甲斐がありましたね」

　尊敬する虹川に褒められては、嬉しくないはずがない。思わず頭をかいて照れる溜水だった。

「どこだったかな――」

　虹川は、葵から受けとった『華没』をパラパラとめくる。

「ここだ、十三ページめの上、『翔子や薫は慌てて席を立った。睡眠不足は美容の敵、という哲学に忠実に従うつもりだろう』中略で、『その言葉を最後に、彼女らは早々に自室へと戻っていった』というところだね。氷龍さんは女だから、薫くんとあわせて『彼女ら』と書いても何ら問題はないわけだけど、ここで薫くんを女だと思う読者もいるんじゃないかな。それにもちろん、薫くんのことを『彼女』とか『彼』とかはっきり書いているところはないし、アンフェアなことはやってないよ」

『性別トリック』に関する、ささやかな解答篇が終わった。このような小さなネタでは、犯人当て短篇推理小説すら書けないだろう。芸術家《アーティスト》が準備しているかもしれない壮大なトリック群を想像すれば、それは氷山の一角程度の小規模なものにすぎないのだ。

しかし、彼らにとってはちょうど良い気分転換になったようである。一同はその後、解散するまでの間、小説論を闘わせて大いに盛り上がった。

疑心暗鬼を忘れ、人間同士の触れ合いを楽しむ。輪になってコミュニケーションを楽しんでいると、今朝、殺人事件があったのが嘘のような幸せな気分になる。人間はいずれ必ず死ぬということや、自分たちが芸術家《アーティスト》に狙われているかもしれない、などということを忘れさせてくれる楽しい会合だった。

芸術家《アーティスト》の言う『八つの生贄《いけにえ》』とは、八人の被害者のことか？　――それは、八人の推理作家を示しているのだろうか？

少なくとも今は……幸福な雰囲気に包まれているその瞬間においては、彼らはそうは思わなかった。

幻影の城に、また夜が来る。

ようやく、十ページにわたる茶話会が終わった。

24　雷雨の夜

激しい雨が、先程から降り始めていた。いつ頃から降り出したのか、『華没』に関する議論に没頭していた四人は、まったく気づかなかった。次第に雨足は強くなる。時折、窓の外の闇を切り裂く雷光の刃と、それに伴う雷鳴が室内の四人の作家を威嚇する。轟々《ごうごう》と天が咆哮《ほうこう》している。

『華没』を三人で回し読みするのに時間がかかったせいか、既に午前零時三十七分だった。事件のことを考えると不安と恐怖で寝つけないだろうと考えていた一同だったが、熱っぽく話し込んだせいか、今では眠気が感情を制しつつある。一刻も早く布団《ふとん》に入りたい、そんな気さえするのは、やはり心労が蓄積されていたからだろうか。

「溜水は今日も徹夜か」

葵の声は、質問というより確認に近い調子だ。寝転がった姿勢のまま、溜水は首を左右に振った。

「いや、今後のこともある。さすがに二日連続で徹夜は体にこたえるからな。今日は適当に切り上げて寝《やす》むよ」

眠っている姿を誰も見たことがない溜水は、本当は寝ていないのではないか?、と仲間内で冗談が囁《ささや》かれるほど睡眠と相容れないイメージがある。それだけに、彼の弱気（理性的?）な発言は、葵や翔子には意外だった。虹川は、それがいいというように、しきりに頷いている。

さすがの溜水も殺人事件に巻き込まれ、なおかつ猛烈に執筆し、疲労の極にあるようである。力のない声で挨拶を交わすと、虹川と溜水は早々に葵の部屋を退出した。

「――翔子先輩！」

葵は、最後に部屋を出ようとする翔子を呼び止めた。半分閉めかけた扉の隙間で、翔子は首だけふり返らせる。

「なに？」

「その……戸締まりを、忘れないでくださいよ」

葵の瞳は、真っ向から翔子を見据えている。翔子の身を真剣に心配しているのがわかるまなざしだった。

「うん、わかってる。氷柱木くん、ありがと」

二人は数秒の間、無言で見つめあった。

「あの……」

あの事件の時のことを覚えている？　何となくそう尋ねそうになったが、翔子は自制して質問を封じこめた。――あのような体験を、忘れるはずがないではないか。それに、今になってあの記憶を蒸し返すなんてバカげてる。嫌な過去は、忘却のゴミ箱に捨ててしまえばいい……。

「――？」

怪訝そうにこちらを見る葵の姿が、不意に愛しく思えた。翔子と葵はあくまで友人だったはず、だが、長すぎたつきあいは、二人を家族のような絆で結びつけている。溜水も加えて、三人は最高の創作仲間で、最良の人生の友だった。それでも、秘密の記憶を共有する翔子と葵は、さらに特別な二人だった。

――この感情は、友情の強まった愛情？　それとも、極限状況における本能的なもの？

極限状況に直面すると、動物は、種族維持本能から異性を求める。それは、人間に限ったことではない。大地震の後、動物たちが狂ったように交尾にふけるというのは有名な話だ。

死に接し、死ぬことを意識するから生命の尊さを知る。華はいずれ枯れてしまうから、美しい。しかし翔子は、自分のこの感情の昂《たかぶ》りを『本能』などという簡単な言葉で片づけてしまいたくなかった。生命の神秘は、言葉の物差しで計れるものじゃない……彼女は、そう信じていたかった。

「ゴメン、なんでもない。また明日ね、……おやすみ、氷柱木くん」

翔子は扉を閉めた。閉じていく扉の向こうから、優しくこちらを見つめる葵のその笑顔が、翔子の脳裏に焼きつく。

この時点で彼女が知り得たはずもないが、それは、翔子が生きた葵を見た最後の瞬間だった……。

●

誰もいない廊下を寂しく歩き、室内に入ると扉に鍵をかける。ベッドに腰を下ろして一息つくと、自然とあの事件のことが思い出された。

——落ちてくる……黒い大きな影。

あの日。翔子は、本屋でのバイトを終えて、いつも通り「彼」の住むマンションへ向かっていた。当時、つきあっていた芸術家の「彼」。いずれ映画をとることを夢見て、演劇に明け暮れる日々を送っていた「彼」。誰にでもある小さな衝突を除けば、「彼」との生活は、しごくうまくいっていた……少なくとも、翔子にとっては。

だから彼女は、その瞬間まで、あのような悲劇が起ころうとは夢にも思っていなかった。「彼」のマンションの前にさしかかったその時——、

——落ちてくる影を……ゆっくり見上げる。

小さな人形のように見える影がどんどん大きくなって、やがて、それは人間だとわかるほどに近づいて

くる。

――落ちてくる……人間が、落ちてくる。

最初は、誰かの悪質な悪戯だと思った。人形に服を着せ、マンションのヴェランダから放り投げる。それでも充分に常軌を逸しているが、人間が落ちてくることを受け容れるよりはマシだった。

しかし、それは人間だった。空中で、もがいていた。宙をかき、水中を泳いでいるようにもがいていた。その動作は、滑稽《こっけい》なほどゆっくりだった。そして、落ちてくるスピードは速かった。

――投身自殺――

その単語が脳裏をよぎった時、翔子は気づいた。

落下してくるのは「彼」だと言うことに。

……ショ・ウ・コ……

「彼」の口は、そう動いたように見えた。錯覚かもしれないが、翔子はそう思った。「彼」は不思議と清々《すがすが》しい表情だった。その顔は、今でもはっきりと覚えている。

翔子の眼前で、彼女が愛した「彼」は砕けた！

スイカが割れるような小気味よい音とともに、多量の血の雨が、彼女に降り注いだ。その間、彼女は一歩も動けなかった。

しょせん、創作家がどんな奇抜な物語を想像しても、運命を司《つかさど》る者が創造する物語にはかなわない。彼女が作者であれば、こんなバカげたストーリーは却下するだろう。だが、――事実は小説より奇なり。

「彼」の部屋から遺書が見つかった。

『――お前たちには、何もわかっちゃいないんだ』

短い一文が、「彼」のこの世界への最期のメッセージだった。

●

豪雨が窓を叩く音で、溜水は眼を覚ました。

瞼《まぶた》を開ける。ぼんやりとした視界の焦点があう。眼の前には、ワープロのディスプレイがあった。自分でも気づかぬうちに眠っていたらしい……想像した以上に疲れは蓄積されているようだ。

雨は先程よりもいっそうひどくなっている。巨大なマシンガンのように、水の弾丸が世界を打ちまくる。宙で吠《ほ》えるのは、稲妻という黄金の龍。ドラゴンブレス——雷の轟きが窓ガラスをビリビリと振動させる。強固な礎《いしずえ》の幻影城全体がかすかに振動しているのがわかる。大自然の大いなる力の前では、人間などしょせん卑小な存在だ。立ち向かおうとすれば、跡形もなく蹴散らされるだろう。

時計を見ると午前二時二十六分だった。その数字の並びから『二・二六事件』を連想し、溜水は一人、何だかおかしな気分になる。

——今日は、もう寝よう。今のうちに休養しておかなければ、今後の執筆にも差し支える。

ワープロの電源をＯＦＦにし、素早く寝間着に着替える。倒れ込むように、溜水はぐったりとベッドに沈んだ。

意識がすぐに朦朧とする。世界が溶けていく……。

その時だった——あのなき声が聞こえたのは。

文字で表記するならば、フギャー、とでもすればよいのだろうか。降りしきる豪雨の音に紛れて、尻尾を踏まれたような、猫の悲鳴が確かに聞こえた。幻影城の中でよく見かける黒猫のなき声だろうか。

——何かあったのか？

深夜、幻影の城に響く黒猫の悲鳴。それは不吉なイメージを喚起したが、溜水はまどろみの波に飲まれ、すぐに何も考えられなくなる。

——ピカッ！——

窓の外をひときわ眩しい雷光が疾る。死神の鎌は、何を切り裂くのか？　猫の激しいなき声は、その後、数回聞こえたが、やがて聞こえなくなった。

後にはただ、雨と雷の轟音だけが残される。

——雷は神鳴り。では、死神は何を鳴らす？

いつの間にか、溜水は眠りの淵に沈んでいった。

●

……眠れない。

葵は気持ちがどんどん昂ぶっていくのを自覚し始めていた。既に午前三時を回っているというのに、寝つくどころか、眼は冴える一方なのだ。

寝よう寝ようと、少し寝ることを意識しすぎたのかもしれない。眠ることによって、この陰惨な現実から逃避したかったのだが——。今、これだけ意識がはっきりしているのなら、眠りに落ちるのはまだまだ先のことになるだろう。

天井を見つめるのをやめ、瞼を閉じると星野多恵の笑顔が浮かび、そして、翔子が先程去り際に見せた物憂げな表情の記憶が蘇る。

——意味ありげなあの表情は、いったい何だったのだろう？　あの時、翔子先輩は何を言おうとしていたのだろう。

『あの……』

あの事件の時のことを覚えている――とか？

忘れようにも忘れられない。窓の外の雨音が、室内の闇に横たわる葵の孤立感を増幅させる。自然と、思考はあの夜の記憶へと向けられていく……

『「彼」が死んだの。――あたしの眼の前で』

あの時、翔子は葵の下宿に入ってくるなりそう言った。今でもよく覚えている。はっきりと、記憶している。

●

『「彼」が死んだの。――あたしの眼の前で』

翔子の「彼」が住むマンションと葵の下宿は、徒歩十五分の距離だった。「彼」が砕け散った現場にとどまることなく、翔子は葵の部屋へとやって来た。髪に顔に服にハンドバッグに緋《あか》いものを付着させて、彼女は葵の下宿の玄関でくずおれると、かろうじてそれだけを口にした。

あの時、なぜ翔子先輩は溜水ではなく、俺のところへとやってきたのだろう？

後に葵は、幾度もそう考えた。しかし、本人にそれを尋ねる機会はなかった（尋ねられなかった？）し、納得のいく答えを出すことはできなかった。

たまたま「彼」のマンションと葵の下宿が近かったから？　それは違う気がした。わずかではあるが、翔子は葵に気があった。そういう思い上がった考えも検討しないでもなかったが、それはすぐに却下した。彼らはただの友人だった。

一番説得力のある推理は、溜水の雰囲気があまりにも超俗的すぎたからではないか、というものだった。

溜水は、日頃から、一般の若者たちが興味を示すような『俗な』こと（――恋愛、セックス、ファッション、車、金……睡眠や食事などにしてもそうだ――）に全く興味を示していなかった。葵の友人は、世界をつき離して生きているようなところが感じられた。時《タイム》と場所《プレイス》、状況《オケイジョン》――ＴＰＯによっては冷酷ととられかねない、超越的な姿勢を溜水は貫いていた。

――だから、溜水でなく俺だったのか……？

抱き起こし、翔子を室内に招き入れて座布団に座らせた。彼女の眼は焦点があっていなかった。わけのわからない呪文のような言葉を呟いていた。

場違いな気がしながらも、とりあえず血を拭くタオルを差し出した葵を、翔子は無視した。その姿は病的で、今まさに殺人を犯してきたような危険な雰囲気があった。

葵がコップに入れて差し出した烏龍茶《ウーロン》を、翔子ははじいた。正確には、震える手でコップを受け取ることができなかったのだ。コップからこぼれた烏龍茶は、水色の絨毯《じゅうたん》に茶色い染みを作る。

It is no use crying spilt milk.――こぼれたミルクを嘆いても仕方がない。太公望《たいこうぼう》の言葉で言うのなら、「覆水、盆に返らず」。

翔子は何かを叫びながらうずくまり、頭をかきむしる。葵は、絨毯の染みをタオルで拭こうとしていた手を止め、翔子を激しくゆさぶった。

翔子は泣きじゃくる。葵がどれだけなだめても、彼女の涙は止まらない。今でも後悔しているが、思わずカッとなった葵は、あの時……

パチンッ――

彼女の頬を張った。女に手を上げたのは、それが生涯初めてだった。しかも、あろうことか彼は、その後、こんな言葉を吐いたのだ。

『いいかげんにしてくれ！』

それで、ジ・エンド。彼女の泣き声はピタリと止んだ。葵をじっと睨み上げる彼女の瞳は、野良猫のようにハングリーな光を発散していた。

それからのことは、展開が速すぎて何が何だか、葵もはっきりとは覚えていない。薄いヴェールを通して朧気《おぼろげ》に（——だが、しっかりと——）記憶しているだけだ。

翔子は葵を突き飛ばし、湿った絨毯に突き飛ばした。そして、何を血迷ったか彼の唇に自分の唇を重ねてきたのだ。

わけがわからなかった。

戸惑いで葵は力を出せず、翔子に組み敷かれるがままになった。翔子は、狂ったようにがむしゃらに葵を求めた。本能に突き動かされるがままに、服をはぎ、服を脱ぎ、生まれたままの姿をさらけだし、無意識の欲望の波に身を任せる。

翔子は、獣になることによって、暗黒の記憶を消し去ってしまおうとしているようだった。彼女の体は熱く、皮膚を通して心臓の鼓動が——生命の源が脈打っているのが感じられる。

最初、葵にはどうしようもない抵抗感があった。

条件反射《コンディショナル・リフレックス》で、彼の道具は役に立たなかった。翔子と彼の仲は、あまりにも親密すぎた。そのため葵は、実の姉と近親相姦の関係に及ぶような気まずさに、たまらない罪深さに襲われたのだ。

が。彼女の声を——魂の慟哭を聞き、彼の中でも力強い生命の潮が流れ出していた。熱い想いをたぎらせる。体だけでなく心も、自分のすべてを裸にして、葵健太朗は一個の生命体となった。人間としてのプライドに縛られる自分を捨て、何も考えずに、太古《いにしえ》より受け継がれる聖なる行為にひたすら没頭する。翔子のリズムと葵のリズムは次第に同調し、命の波調が交差し、少しずつ重なり、完全に一本の太くしっかりとしたラインになりムチのようにしなる。

大海原を裸で泳いでいるようだった。果てのない海、果てのない世界、そして果てしない命の脈動。声をあげ、汗を流し、二つの人格が爆発する。原子のレヴェルまで解体された精神《ヌース》。

——葵は、宇宙の彼方に自らを放った——

世界を飲み込む大きな波《ビッグ・ウェーヴ》が二人を通り過ぎ、潮は引き、いったん崩壊した自己が、ゆっくりと再構成されていく……。

儀式が終わった時、二人は肩で息をしていた。

『烏龍茶……あるかな？』

それが彼女の第一声だった。その瞳には、生気が回復していた。タオルで股間を隠し冷蔵庫に向かう葵の背中に、翔子はただ一言、こう呟いた。

『——ゴメン』

……翌朝、翔子を送り出すと、アパートの隣人が戸口に顔を出して葵を冷やかした。

『よお、氷柱木クン。昨日は激しかったな。こんど、俺も混ぜてくれよ』

その男は、同じ大学の応援団員だった。アパートの部屋が隣ということで、幾度か飲み明かしたこともある。ただ葵は、男の下卑たところがどうしても好きになれなかった。

男の言葉で、葵の中で何かがプツンと音を立てて切れた。葵は握り締めた拳を男の腹に見舞った。筋肉質の男の腹は固く、板きれのようだった。だが、拳の痛みなど気にならなかった。男の股間に蹴りを放つ

――はずだったが、それよりも先に男の肘が葵の顔に入った。男は葵の腹を蹴りあげ、顔を殴打した。倒れた葵は、ぼろぼろになるまでサッカーボールのように蹴られた。最後に唾を吐きかけられたところまでは覚えている。……葵は、伸《の》された。

一週間後、下宿を変わった。「彼」の話を聞き、翔子を心配して電話をかけてきた溜水に、葵は、その夜のことを話さなかった。それで三人の関係がおかしくなってしまうのは嫌だった。それ以来ずっと、溜水にはその話はしていない。

次に創作会の部室で翔子とあった時、気まずさが漂ったのは、最初に眼と眼があった一瞬だけだった。後はいつも通りで、翔子は完全に自分を回復していた。二人は事件の前の間柄に戻り、後はずっとその関係が続いている。

翔子は翔子のままで、翔子そのものだった。印象的だった最初の出会いの時と、まったく同じ『翔子先輩』だった。

初めて会ったのは、もう、五年も前のことになる。

『君、新入生。名前は？』

創作会の部室で彼女は唐突に声をかけてきた。翔子特有の眩しい笑顔が、当時の葵には新鮮な衝撃だった。

『氷柱木――真二です』

思わず体を心持ち後ろに引いた。自分でも、声が緊張しているのがわかった。他人を圧倒する迫力、そういったものを翔子は生来備えているようだった。

『氷柱木？　面白い名前だね。でも、一発で覚えられるわ。わたしは成瀬翔子、翔子って呼んでね』

手を差し出され、握手に応じた彼女の感触は今でも忘れられない。ビリビリと電流が走るように、掌を通して、彼女の逞しさが葵の中に流れ込んだ。

そして、二人は親友になった。

彼女との想い出をふり返ると、あの事件の夜の出来事だけが、ぽっかりと抜け落ちているような錯覚に陥る。光に包まれた道の一ヵ所だけが闇に包まれているように、あの夜の記憶は嘘のような、夢のような、頼りないものだった。

――面白い名前だね。

――「彼」が死んだの。あたしの眼の前で。

――名前は？

頭の中で、記憶がグルグル回転する。あらゆる瞬間のあらゆる翔子が、想い出として蘇ってくる。翔子の傍らには、溜水もいる。あの夜以外は、三人はいつも、共に歩んできた。楽しい時も、辛い時も、常に同じ時間を共有してきた。

思えばこの五年、三人でひたすら走り続けてきたように思える。五年の間に、氷柱木真二は葵健太朗に。成瀬翔子は氷龍翔子に。溜井秀鷹《ひでたか》は濁暑院溜水に――それぞれ、大きく成長した。

そして、これからも彼らはずっとずっと……ずっと、一緒に走り続けるはずだった……

時は流れ続ける。

夜が過ぎると、また朝が来る。

25　光彩陸離たる美

光の剣が、闇の空を切り裂いてゆく……。

世界は白み始める。雨は上がっている。滴が、葉をつたって地面へと滴り落ち、母なる大地に接吻したかと思うと吸収される。地面に染み込む水滴を見ながら、風紋寺は北西の中庭を歩いていた。

——自然に抱擁される気分というのは、どういうものだろう?

昨日の雨が嘘のような、爽やかな空気が流れている。心地よい水の匂い。肌を優しく撫でる、冷たい早朝の微風。空を見上げると藍色の天空が、次第に明るくなっていくのがわかる。薄くたなびいている雲が、くっきりと浮かびあがる。鳥たちのさえずりが耳に快い。空は藍色から水色へ、やがて鮮やかな白色に包まれる。

世界が光に染められる早朝は、あらゆる可能性が目醒める神々しい瞬間。だから風紋寺は、この時間帯が好きだ。

砂利道を歩きながら、大きく伸びをする。深呼吸をし、新鮮な空気で体を浄化する。

宇宙は元々は暗黒の広がりだ。そこに、星々の光が希望を運んでくる。太陽は希望の象徴?、空はすっかり明るくなっている。

静かだった。心を洗ってくれる、厳粛な静謐《せいひつ》だ。

屋根と柱だけの四阿《あずまや》が大きくなってくる。砂利道を風紋寺は進む。ジャリジャリと濡れた砂利を踏みしめ、四阿を目指す。太陽光線が、幻影の城を優しく包み込む。砂利がまとった水が、キラキラとまぶしく陽光を反射する。城内から四阿へと続く、整えられた砂利道が輝きを増す。太陽が昇るにつれ、道を包む輝きは強くなる。

四阿へと伸びる、長い一本の……

——黄金の道《ゴールデン・ロード》——

風紋寺は四阿の石畳に立った。遥か上空、塔の頂上にある四神の彫像の方を見やる。

ちょうど良い頃合だった。

陽光を乱反射している彫像から、中庭へと一条の光が伸びる。光の線は、ゆっくりと中庭を辿り、四阿へと向かってくる。周囲を見回すと、東西南北、各方位から光の筋が通過した空間に、幾つか虹がかかる。四本の光の線が伸びてくるのがわかった。

四方を守る四体の彫像が反射する四つの光の剣が、今、風紋寺の立つ四阿で一点に交わらんとしている。

四筋の光が、一点に集中する。

『光の舞台』で、風紋寺は光を感じた。四方から自分を照らす光を——勇気を与えてくれる太陽の贈物を全身で体験していた。

『光の舞台』から幻影城へと伸びる黄金に輝く道を、風紋寺は歩き始める。どんな芸術でも、究極の美を表現することはできないだろう。究極の美は、そのものを体験しなくてはならない。風紋寺は、心底そう思った。

昨日の陰惨な雰囲気は、ここには微塵も感じられない。この場所に存在しているのは……希望だ。

●

広い円形のホールの壁面は、すべて鏡で覆われている——『蜃気楼の間』である。ホールの中央にある三体の彫像は、今日も変わらずそこに佇んでいる。有史以来ずっと、その場所を占めてきたかのように場の雰囲気と融合している。

悪魔のような中央の像は、慶徳鬼。兎座りのようなポーズで、邪悪な表情を浮かべている。頭髪はなく、額からは角が伸び、背中に大きな翼がある。両手には、鋭利な紫水晶《アメジスト》を握り締めている。

その両脇にあるのは、サモトラケのニケを連想させる、頭部のない羨麗像と、ミロのヴィーナスを連想させる、両腕のない羨涙像。……どちらもデザインは共通していて、頭上に乗せた水瓶を両腕で支えるというポーズをとっている。二体の美人像は慶徳鬼を挟んで背中あわせになっており、その間隔は二メートル弱ぐらいだった。

三体の彫像はどれも床にしっかりと固定されており、動かすことは不可能と思われる。『蜃気楼の間』の主たちは、絶妙のバランス感覚で、鏡に包まれたホールを妖しくも魅力的に見せていた。

ホールの中を少年と少女が走り回っている。小杉執事の息子、勝利と虹川良の娘、恵である。二人は鏡に映る自分たちの姿を見ながら、無邪気に戯れている。

鏡の中にいるもう一人の自分とにらめっこをする恵を横目に見ながら、勝利はズボンの中から数珠《じゅず》のようなものを取り出した。

「ほら、恵。これやるよ」

「なあに、これ？」

恵の小さな手の上に乗せられたのは、光沢のある幾つもの小さな珠《たま》を一本の緒《お》で貫き、輪の形にしたものだった。

「髪飾りみたいなものだろ。綺麗じゃないか？」

「ありがとー。でも、どうしたのこれ。男の子が持っているものじゃないでしょ」

「Cさんに貰ったんだよ」

「Cさんって、客室係さん？」

「ああ。椎野木《しいのき》さん……椎野木はじめさんだ」

恵は、髪飾りを掌の中で弄んでいたが、上目遣いに、不審げな視線を二歳年上の友だちに向ける。

「ほんとにもらったのぉ。盗《と》ったんじゃないの？」

「違うって、ほんとに貰ったんだよ。『恵ちゃんにこれをあげなさい。きっと喜ぶから』って」

「なーんだ。プレゼントするのも、椎野木さんの入れ知恵か……」

自分でバラしてしまったとはいえ、勝利は困ったように頭を押さえた。

「ちぇっ、かわいくねー奴。いいから、とっとけよ。どうせオレのじゃないし」

「――勝利くん、恵ちゃん。おはよう」

『蜃気楼の間』に姿を見せたのは、風紋寺だった。恵は、慌てて髪飾りをスカートのポケットに押し込み、勝利と共に頭を下げた。

「おはようございまーす！」

二人の声が、ぴったり重なる。風紋寺は破顔した。

「朝から元気だな。子供らしくていいよ」

風紋寺は、何気なく三体の彫像に注意を向ける。彼の視界の外に出た子供たちは顔を見合わせた。手を真っ直ぐに立てて横から口を隠しながら、恵が囁くように言った。

「これ、ありがとう。嬉しかったよ」

少女の素直な礼の言葉に、少年は照れて顔を彼女から逸らした。
――誰も知らない、二人だけの小さなドラマ。

26　風紋寺の憂鬱

食堂へと通じる通路から『蜃気楼の間』に姿を現したのは虹川良だった。虹川は娘と少年を見つけると、二人に歩み寄り、穏やかな調子で言った。

「恵、もうすぐ朝食だぞ。早く食堂に行きなさい。さあ、勝利くんも」

「はーい」

恵と勝利は、通路の向こうへと競いあうように走っていく。その背中を見ながら、風紋寺は思う。子供とは、何と無邪気な存在か……と。

「おや、風紋寺くん。おはよう」

慶徳鬼の彫像の側に佇《たたず》む風紋寺に、虹川が気づいた。軽く手で挨拶を送る。風紋寺は頭を下げて、それに応じた。

「おはようございます……」

見たところ、虹川の様子に沈んだところはない。いつも通り落ち着いている。

──ということは、昨晩は殺人は行われなかったのだろうか？　殺人があったのなら、みんながもっと大騒ぎしていてもおかしくない。料所警部の推測通り、やはり、殺人は二件だけで完結していたのか？　とりあえず胸をなでおろす。しかし一方で彼は、推理作家として、心のどこかで殺人が連続することを予期していた。それは、期待に近い感情だった。暗示的な二件の殺人と、意味深長な殺人予告状……推理作家の本能は、これで事件が終わるわけはないと訴えている。それゆえに、彼の中には、一抹の物足りなさがあった。

殺人が続けば、ひょっとすると風紋寺自身も被害者となるかもしれない。それは恐ろしかったが、現実の殺人事件に直面するなど、滅多にないことである。おそらく、一生に一度あるかないかだろう。それも、謎の多い壮大な事件となれば、この先の成り行きを見守ってみたかった。

――我々、作家も事件を捜査する機会があるかもしれない。推理作家が名探偵か、実現すれば凄いことだな。

そんなことを考えつつ、風紋寺は虹川と共に食堂へと向かう。

「昨日は何も起きなかったんでしょう？」

どこかで否定されるのを望みながら風紋寺が尋ねると、期待に反して虹川は笑顔でうなずいた。

「そのようだね。殺人なんてものは、やはりそう頻繁に起こるものではないんだなァ。一夜あけると、昨日の事件も嘘のようだよ。――食堂には、もう、ほとんど全員が揃っている。風紋寺くんが来たから、後は、氷龍さんと濁暑院くんだけだ」

全ては杞憂に終わったということか。それにしても――自分の横を歩く虹川に目をやりながら、風紋寺は考えを巡らせる。

――この人は何と堂々としていることか。それに比べ、自分は……。

虹川のような偉大な人物を見ていると、己《おのれ》の未熟さが歯がゆく思えてならない。現実の殺人事件に接し、一番はしゃいでいたのは自分ではないのか。名探偵を気取り、捜査に首を挟もうと、身の程知らずにも考えていた。現実は虚構の物語とは違うのに。

柊木と水野とは、あまり親しくなかった。それは、風紋寺だけではない。柊木と水野は、『関西本格の会』の中では、二人だけ浮いた存在だった。他の者たちと深いつきあいをすることを避け、孤立していた。そして、孤立した者同士でつるんでいた。そのせいか、二人が死んでも一同は、肉親を喪ったような悲しみにくれることはなかった。

——作家としての才能にしてもそうだ。俺は優等生のように、お歴々のご機嫌をとるのが巧かっただけだ。

風紋寺は、デビュー以来、『未完の大器』だの『若き天才』だの、様々な賞賛を受けてきた。だが、それは彼にとって身に過ぎた言われようだった。虹川のような本物の才を持つ人を身近で見ていると、改めて痛感させられるのだ。自分という存在が、いかにちっぽけな存在であるかを……。

星野家は金銭的には何不自由なく、風紋寺は大切に育てられた。今になって思えば、それが彼の劣等感の原因となっているのだから、まったくもって子育てというものは難しい。

両親の影響もあり、彼は少年時代から誇りを持って生きてきた。自分の素顔を隠す『プライド』という仮面をつけて、ここまで歩いてきた。お前は選ばれた人間だ、両親はそう言った。少年は、よく意味も考えずにそう錯覚した。気がつくと、他人に見下されない生き方を身につけていた。

自分の作品のことは、自分が一番よく知っている。風紋寺の作品は、確かに優れているところがないこともない。既存の枠の中で、既存の武器で、既存の感動を限界にまで高めることには長けている。が、要はそれだけのものだ。

愚かなプライドを後生大事に抱えていたから、冒険を恐れる心が生まれた。虹川のように、裸の心で創作と向き合うことはできない。恵まれていたから、堕ちることを知らずに成長した。溜水のように、ハングリーに創作と向き合うことはできない。

一番、彼が嫌悪するのは、風紋寺光世の作品がそこそこ売れていることだった。作品の内容をあまり検討しない、表面的な読み方しかできない読者には受け容れられても、心は渇いていくばかりだ。無難なものを書き続けても、読者はそれでいいと言ってくれる。それがお前の長所だ。リスクを背負って冒険をすることはない——そう言ってくれる。

しかし……これではいけない、と風紋寺は思う。彼のしていることは単純作業とさえいえるものだ。無難な内容のワン・パターンの話を巧く仕上げる。葵などは、そのテクニックを高く評価してくれているが、風紋寺の仕事は、他の誰にもできないものではない。技術というものは、時間の差はあるが、磨き続けていれば一人でに身につくものだ。仮に今の時代に同じようなものを創る者がいなくとも、いずれ風紋寺光世『二世』が必ず現れる。

——それが嫌なんだ。

人類の歴史を通じて、過去も現在も未来もひっくるめて、自分にしかできないことを……風紋寺はやりたかった。彼も芸術家《げいじゅつか》のはしくれだ。創作の野望を捨ててしまったわけではないのだから。

——単純作業を続ける作家ロボットには、なりたくない。だが、どうする？　どうすればいい？　どうしたら、この状況から抜け出すことができる。

彼もまた、メビウスの道に迷いこんでしまった一人。道はどこまでもうねりながら続いている。先へ先へ……果てはない。

最近、ずっと抱えているこの憂鬱な現状を打破してやりたかった。そのために、風紋寺は『きっかけ』を求めていた。あるいは彼は、連続殺人を捜査し、名探偵となることにその『きっかけ』を感じていたのかもしれない。

●

食堂には既に料所警部をはじめとする警察関係者も顔を揃えていた。彼らも、この事件の今後の展開をそれなりに危惧しているようだ。他に、ＪＤＣの三探偵、平井太郎、……魅山薫、葵健太朗、星野多恵、虹川恵、小杉勝利がいる。

風紋寺は一同と挨拶を交わし、虹川と共に席についた。これで、空席はあと二つ――溜水と翔子が座るはずの席である。

食堂を見回すと、昨日の朝の状況を思い出す。ただ、昨日は警察の捜査陣も、霧華舞衣、九十九音夢もまだいなかった。そして、空席の主は、柊木司と水野一馬で、溜水と翔子はこの場にいた。そう考えると、わずか一日で状況がいかに激変したことか。そして、昨日という激動の一日が、何と長かったことか……多恵と談笑しながら、葵はそんなことを考えてしまう。

――昨日、空席に座るはずだった二人は、深夜には帰らぬ人となっていた。だが、溜水と翔子に限って、その状況を再現することはありえないだろう。

葵は二人をよく知っている。二人とも、頭が切れる。そして、抜け目がない。芸術家《アーティスト》の罠にはまるようなタマじゃない。

風紋寺は、そわそわと膝を動かしている。貧乏ゆすりは、彼のクールなイメージにそぐわないものだ。膝の振動で空気が震え、その波紋で風紋寺の不安が一同に拡がっていくような錯覚を、多恵は感じている。

誰も何も言わない。

二人を探しに行こう、と言い出すのは昨日の状況を再現するようで嫌だったのだ。

そのまま、しばらく時が流れた。

——廊下から、足音が聞こえる。
溜水か？　翔子か？
皆の注目が食堂の扉に集中する。固唾をのんで、扉が開かれるのを見守る一同……。
「おはようございます」
入室してきたのは——、濁暑院溜水だった。
これで、空席は一つになった。

27　空席は一つ

安堵の溜息が漏れた後、ふたたび食堂を沈黙が覆う。席についた溜水は、一同の緊張した様子から事情を察し、他の者と同様に食堂の戸口に視線を向けた。まもなく翔子が姿を見せるはずの扉に、多くの視線が集中する。

重く、深い静寂……。

カチッ――カチッ――カチッ――カチッ――

規則正しい柱時計の音が時を刻んでいる。誰かが何かきっかけを作れば、すぐに緊張は崩壊し、混沌へと変化するだろう。そのことを承知している全員が、気まずいムードの中、行動を起こせずにいた。

そんな中、平井太郎は比較的冷静で、自分を失わずにいた。もし、自分の旅館で第三の惨劇が起これば……そう考え始めると気が気ではないので、楽観的に状況を解釈するよう、老いた幻影の城主は努力していた。小杉寛執事が、現在、幻影城の各部屋を点検中である。城内で異常があれば、とっくに判明しているはずなのだ。――ただ、『お客さま』のプライヴァシーに関わることなので、急を要する場合でない限り、客室の点検はしない。つまり、翔子が部屋で熟睡している場合は、小杉執事にはそれを確認する手段はないのだ。

――そうだ。きっとそうに決まっている。何を心配することがある。氷龍さんは、寝坊して遅れているだけだ。昨日の今日ということで、皆、敏感になりすぎている。

平井太郎は、食堂のテーブルの正面に座る捜査主任の様子を窺った。苦虫を嚙み潰した表情ながらも、料所警部はせいいっぱいクールにふる舞おうとしているようだった。苛立ちのためか体を微妙に振動させ、しきりに戸口に目をやっている。

翔子が来た場合は、すぐに足音でそれとわかる。誰もがそうは承知していても、翔子の影を求めて扉に視線を向けずにはいられなかった。

黙っていると、思考が回転する。そして、否応なく、昨日の事件のことを考える。禁断の想像が、頭に浮かぶ。

もしや翔子は、芸術家《アーティスト》によって『第三の生贄』に？

「ちょっと俺が見てきましょう。いくら何でも遅すぎる」

我慢の限界に達したのか、思い切って席を立ったのは風紋寺だった。

無限の時間が経過したと思えたが、実際にはまだ、予定の集合時間七時を二十分ほど過ぎているだけである。しかし、翔子は時間には几帳面《きちょうめん》な性格だった。彼女が二十分も遅れるというのは、考えられないことなのだ。

料所警部は、隣席の霧華舞衣と顔を見合わせた。舞衣はためらうことなく、料所に頷き返す。もう、これ以上待つわけにはいかないだろう。

昨夜、幻影城を去る前、事件はおそらくもう続かないだろうと予想した料所は、つまらない面子《メンツ》から、自分から翔子の捜索を切り出せずにいた。血眼になって彼女を探し、もし何事もなかったら……。何だ、あいつもやっぱり連続殺人を心配していたんじゃないか？　作家が一人寝坊したぐらいで取り乱して見苦しい！　部下を顎で使い、有能な上司面しているが、あいつは単なる低能だ——そう後ろ指をさされるのではないかと愚かな心配をし、結果的にその不安が自分を椅子に縛りつけることとなっていた。

だから料所にとって、風紋寺が捜索を提案したのは好都合だった。

料所は起立すると、食堂の戸口へ向かう風紋寺を呼び止め、相手に譲歩する口調で言った。

「風紋寺さん、あなたはここにいてください！」

「いや、しかし。警部さん、昨日のこともある……」

「あなたは容疑者の一人ですよ。氷龍さんの様子は、有馬くんに見てきてもらいますので」

料所の合図で有馬みゆき刑事が立ち上がり、風紋寺のわきを抜け、颯爽と食堂を後にする。反論する暇を与えず、料所は風紋寺から視線を逸らし、着席する。

一方的に行動を制限された風紋寺は、気分を害した様子を露《あらわ》に着席する。『容疑者』という呼び方は少し露骨すぎるのではないか、作家仲間は僚友を案ずる視線で彼を労《いたわ》る。その中に妹、星野多恵の視線を発見すると、風紋寺の昂ぶった感情も少しずつ鎮静していく。

風紋寺の両親は、彼をエリートとして育てることに教育の情熱の全てを注いでいた。血の通った子供ではなく、ゲームのキャラクターに接するような、目的最優先の無感動な態度。子供心に、親の姿勢に首を傾げることが幾度もあった。

愛情よりも世間体を重視し、エリート街道にレールを敷いてさえやれば子供に幸せを与えられる。そんな勘違いをする親の元で育てられるとどうなるか？　風紋寺は、自分はその結果を示す実験動物《モルモット》だと思うことがある。自分だけじゃない、それは誰もが同じこと。一人一人の人生は一回きりだ。だから、たとえ兄弟姉妹がいても、子育てに『練習』はない。ぶっつけ本番だから、どう育つかわからない。子供たちは、『教育』という冷酷な実験の犠牲者……。

人は、風紋寺を成功者という。だが、それは違うと彼自身は思っている。進めば進むほど、エリート街道の道は狭く、険しくなる。エリートは挫折を知らず、失敗を恐れる人種。ゆえに、いずれ足並みは鈍くなり、停止する。前進も後退もできなくなる。

――そうして、彼は袋小路に迷いこんだのだ。

姉妹愛者《シスター・コンプレックス》というわけではないが、風紋寺は、多恵の存在をいつも愛《いと》しく想っていた。もちろんそれは、異性間の感情ではなく、兄妹愛の範疇《はんちゅう》に属するものだ。……が、共に苦境を乗り越えた同士の絆《きずな》が強固であるのと同じく、彼のその感情は比類なく強固なものだった。

いつしか彼は、自分が実験動物《モルモット》でしかないことを子供なりに悟っていた。彼自身は、インプリンティングされた道徳に縛られ、両親に抵抗することはどうしてもできなかった。だが、妹を守ってやることは、保護者への反逆ほど難しいことではなかった。

二人だけの時間に、風紋寺は妹に優しい言葉をかけ続けた。そして、生きる道を可能な限り自分で選択できるように協力し、相談に乗り続けた。

多恵のことに関しては、自分の努力も無駄ではなかったと風紋寺は満足している。プライドに支配されるつまらない生き方しかできない人間と、多恵は違う。もちろん、それは全てが自分の手柄というわけではなく、多恵自身が兄よりも強く生きることができたということなのだが、風紋寺はそんな妹を誇りに想っていた。

自分を変化させたい。その願望の裏側に常に存在しているのは、多恵を今のまま守り続けたいという考えだった。どちらが表でどちらが裏か、今となっては彼にもそれはわからない。ひょっとしたら風紋寺は、自分よりも妹の幸福を第一に考えているかもしれない……それほどに激烈な想いが胸に在る。

先程から、多恵は明らかに怯《おび》えた様子だった。そんな妹を見て、風紋寺はいてもたってもいられなくなって立ち上がったのだ。

推理作家として、事件の続きを覗いてみたい——そんな希望は、もはや消滅してしまった。多恵があれほどに不安になるぐらいなら、氷龍翔子にどうか無事でいて欲しかった。

翔子は社交的で頭が良く、その人柄は風紋寺にとっても決して不快なものではない。彼女がこの世から完全にいなくなってしまうというのは、考えたくなかった。

死の前では、あらゆる感情が吹き飛ばされる。生まれてきた時から人は、死を約束されているのに、いつまでも死には暗いイメージがつきまとう。宗教に夢を見る者たちでさえ、よほどの狂信者でない限りは、死に絶望を感じている。世界を捨て、自ら命を絶つ道を選んだ者たちも、それは変わらない。自殺者は、自殺する瞬間、死を後悔する。

だから（——常識を超越した概念である死を操り、弄ぶから——）、殺人事件というものは、まったくもって異常な雰囲気を備えている。どんなに意志強固な人間でも、感情のリズムを狂わせられてしまう。

結局、人間とは繊細で脆弱《ぜいじゃく》な生き物なのだ。

●

人気のない幻影城の廊下を走る、走る。

食堂に一同を待たせているから、という理由ではない。不安が、女刑事の足を速めているのだ。

有馬みゆきは、芸術家《アーティスト》という名の巨人が自分を後ろから追いかけてくるような錯覚に陥り、恐怖から逃れるために全速力で駆けていた。

巨人の足音が後ろから響く。巨人の大きな手が、ちっぽけな人間を摑みとろうと伸ばされる。巨人の指先が背中に触れる。さむけで体が震える。巨人の大きな顔が、すぐ後ろにある。鼻息が、耳元で聞こえる。

ふり返るだけでそんな幻覚は消え去るのに、狂気を孕《はら》んだ紅一色の廊下が、怯えを増幅させて彼女にそうさせない。

翔子の部屋につくと、有馬みゆきは力強く、素早く二回、扉をノックした。返事がないので、三回、四回、五回……ノックを繰り返すが応答はない。

ドアノブに手をかける。鍵はかかっていないようだ。思い切って、彼女は扉を開けた。

「失礼します、氷龍さん。おられませんか？」

開いた扉の向こうに広がる閑散とした空間。それは、あまりにもよそよそしい風景だった。きちんと整っているのだが、生活感が感じられない。室内を破滅的に見せるのは、死の匂い？、それとも、彼女の先入観か？

念のためにセパレイトタイプのトイレとミニバスも調べてみたが、猫の子一匹見つけることはできなかった。

い、い、
やはり。

彼女の頭にまず浮かんだのは、「やはり」という言葉だった。悪い予感とは、的中するものだ。

やはり、室内には誰もいなかった。

●

「いなかっただって？　ちゃんと探したのか、有馬くん。トイレは調べたのか。シャワーを使っていたということは……」

報告を受けた料所は、完全に自分を見失っていた。それは、料所だけに限ったことではない。翔子の不在は、最悪の可能性、第三の殺人を一同に連想させ、惑乱のどん底に叩き——落とした。

「いえ、氷龍さんは室内にはいませんでした」

申し訳なさそうに、有馬刑事は事実を述べる。葵、溜水、風紋寺が順々に立ち上がり、料所に歩み寄る。

「警部さん！　早く、手分けして探さないと」

「いや、待った。皆さん、落ち着いて」

食堂に小杉執事が入ってきたので、混乱が一時的におさまった。執事に取り乱した様子がないので、一同の胸の中に一縷《いちる》の希望が芽生える。

平井氏が事情を説明すると、小杉執事は驚いた様子で首を振った。

「どの部屋にも、氷龍さまのお姿はありませんでしたが……客室の方では？」

「客室は既に調べてみました」

有馬刑事が報告すると、小杉執事は困ったように眉をひそめる。

「それでは、氷龍さま以外のお客さまのお部屋はお調べになりましたか？　使用していない客室も、三つほどございますが――」

「それだ！　有馬くん、玄矢くん。手分けして、すぐに各客室を調査してくれ」

有馬みゆきと、その隣に控えていた筋肉質の刑事、玄矢孝志は、頷いてすぐに食堂を走り出ていった。

「警部さん、俺たちも手伝いますよ。この城は広すぎる。あなたの部下たちだけでは時間がかかりすぎるでしょう」

料所は、葵のその提案を却下した。

「いえ、ここは我々にお任せください。混乱を避けるためにも、皆さんには一ヵ所に集まっていていただかないと」

風紋寺が珍しく逆上して、警部に詰め寄った。

「あんた、まだそんなこと言っているのか？　状況がわかっていないのか！」

並んで立つ料所と風紋寺を見ながら、溜水は場違いなことを考えていた——この二人の体型は、少し似すぎていないか？

三文推理小説ではあるまいし、まさか料所と風紋寺が実は双子だった、などというオチはないだろう。それにしても、二人の体格は酷似している。……緊迫した状況下で、溜水がえも言われぬ危機感を抱くほどに、二人の体格は共通する体のラインをもっていた。芸術家《アーティスト》は、いずれこの二人に目をつけるのだろうか？

親愛なる先輩のことは、溜水は心配していなかった。——より正確に言うならば、心配できなかった。彼がよく知る翔子は、用心深い人物だった。その彼女が芸術家《アーティスト》の罠にかかるというのは、溜水の常識から外れすぎていてまともに考えられないのだ。……いや、あるいは。無意識のうちに彼は、最悪の可能性を考えないようにしているだけなのかもしれない。

客室のどこにも、翔子がいなかったら……。

——氷龍翔子は、どこに消えたのだろう——

●

「……まずいことになったわね」

隣に座る九十九音夢にだけ聞こえる小声で、霧華舞衣が呟いた。透明感のあるブラウンの瞳が、ややくすんで見える。

舞衣は、消去推理を駆使する探偵である。消去推理というのは、常にあらゆる可能性を考慮していなくては成立しない。それゆえに、舞衣は当然、連続殺人が続く可能性は検討していた。——しかし、標的になっていると思われる者たちが推理作家ということで、心のどこかに油断があったのは認めないわけにはいかなかった。推理作家という職業は、探偵とは別の意味で犯罪の専門家である。

犯罪に通暁しているから、自らに危険が及ぶかもしれない状況では、用心に用心を重ねるだろう、そう考えていたし、実際、翔子も用心は怠らなかったはずなのだ。

まだ翔子が第三の被害者となったと判明したわけではないが、おそらく生きた彼女にはもう会えないだろうという諦観が、舞衣にはあった。

それにしても、芸術家《アーティスト》はどのようにして翔子を部屋から誘い出したのだろう？　彼女は部屋に鍵をかけていなかったのか？　……いや、それはまず考えられない。だが、それではどのようにして、芸術家《アーティスト》は翔子に鍵を開けさせたのか？

平井太郎、小杉執事に視線を向ける。幻影城の使用人ならば、スペア・キーを持っているだろう。だからといって、芸術家《アーティスト》が幻影城関係者の中にいると断定するのは早計に過ぎるだろうが。第一、翔子を狙う動機は……？

●

「とにかく、もう少し待ってください。まだ、氷龍さんが殺されたと決まったわけでは――」

自分に突き刺さる非難の視線で、料所は自らの失言に気づき、慌てて口をふさいだ。行方不明になったというだけで『殺された』と言うのは、捜査主任としては軽率すぎる発言だ。料所もかなり混乱しているようだ。顔には、焦燥感が漂っている。

警部を無視して戸口へと進む葵、風紋寺、溜水の三人を遮るように、その前に虹川良が立ちはだかった。

「みんな、警部さんのおっしゃる通り、やはりここは動かない方がいい。無用の疑いを招くようなまねは、極力避けるべきだろう。ただでさえ、事態が混乱してきているんだから」

人望のある虹川の言葉は、警部のものよりも影響力があった。とりあえず三人の作家は頷いて自席に戻ることにしたので、爆発しかけていた緊張感は、心持ち穏やかになった。

シャツの下で冷や汗をかいていた料所は、言葉に出さず虹川に感謝して、無言の席を動かない毟斯に接近した。

「毟斯さん、何かご意見はありませんか？」

予想外の事態に、料所は戸惑っていた。明後日《あさって》の方向から奇襲を受けたように、対応に窮していた。捜査主任として、適格な判断を下さねばというプレッシャーと、自分にできることとの限界を感じる憤りの狭間で葛藤していた。部下たちの報告を待つ時間が、もどかしかった。自然に自分に集中する、一同の視線が、うざったかった。

それまで場に溶け込み、腕組みをして沈思黙考を続けていた毟斯は、冷厳たる表情を変化させることなく、落ち着いた口調で言った。

「とりあえず、客室を調べた結果を待ってみないことには、何とも……今の段階で申し上げられることは何もありませんな。残念ながら」

——足音だ！　——

廊下の方から、激しい足音が聞こえた。

食堂全体の注目が、毟斯から戸口へと移る。

誰かが廊下を走ってくる。誰か？　——料所の部下の刑事か？　それとも、氷龍翔子か？

勢いよく、食堂の扉が開かれる！

血相を変えて飛び込んできたのは、料所の部下でも、翔子でもなく、意外なことに客室係の間宮てるだった。

居合わせる全員の注目が彼女に集まるなか、平井氏がてるへと歩み寄った。てるの顔は、これ以上ないぐらい蒼白に染まり、心底怯えきった様子である。

思わず席を立った螽斯とてるの視線が一瞬だけ交差する。息を切らせたてるを何とか落ち着かせようと、平井氏が彼女の肩を優しく叩く。

「平井さま……。あ、あの、あそこのところで」

完全にろれつが回っていない。余程、ショックが大きかったのだろう。翔子が見つかったのか？

「どうした、落ち着いて。ゆっくり話しなさい」

葵と溜水は、同時に拳を強く握り締めた。その瞬間、彼らは最も親しい同志の訃報を聞かされる覚悟を固めていた。信じたくはないが、全ての状況が翔子の身にふりかかった災厄を示していた。

死という奴は、礼儀知らずだ。いつも突然、生者の扉を乱暴にノックする。視線を重ねる葵と溜水。二人の瞳の中で、宇宙が弾けた。悲哀の電流が世界を疾《はし》り、体がひとりでに震えた。

しかし、間宮てるの報告は、場の誰もが予期していなかったものだった。

「華ちゃんと麗ちゃんが……殺されています！」

葵と溜水の肩の力が一気に抜けた。

殺人を創る芸術家《アーティスト》は、こちらの意表を突くのが余程お好きらしい。奴の発想は、いつも常人の斜め上をいっている。

てるの報告で、平井氏は食堂のテーブルに倒れ込んだ。

28　双子姉妹の屍体

テーブルに手をつき、がっくりとうなだれる平井太郎を、小杉執事と間宮てるが両脇から支える。

「平井さま、どうかしっかりなさってください……」

「バカな。なぜ、華と麗が――どこで？」

「平井さま、あの」

「どこなんだ、てる！」

平井氏が理性を失うところを、一同は初めて目にした。しかし、皆、いま一つ緊張感を持てずにいた。ここに至って突然、出現した華と麗という名に戸惑い、状況を把握できずにいるのだ。捜査陣も、三人の探偵たちも、作家たちも、皆、どうしてよいかわからず、ただ、平井氏を見つめている。そんな中、一人、葵だけは昨晩の使用人Cとの会話を思い出し、想像を働かせていた。

――華と麗、双子の姉妹のことをすっかり忘れていた。いったい、華と麗は何者なんだ。Cさんは、平井氏の実の娘のようなもの、といっていた。実の娘ではないとすれば、どういう素性《すじょう》なのだろう？　それに、そうだ……どうしてもわからないのは、彼女たちはどこに住んでいるのか、という問題だ。

いくら広いとはいえ、今年で幻影城合宿も三年めだから、旅館内がどうなっているかは、だいたい承知している。葵の記憶が確かならば、双子姉妹が住んでいるような場所は、どこにも存在しなかった。

翔子が消えたかと思いきや、次は存在するはずのない双子が姿を見せる。登場する前に命を絶たれた双子の正体は、いったい……？

平井氏に迫られ、間宮てるは怯えながら北東の方角を指差した。

「あっちの、『審判の間』がある中庭に」

それを耳にするや、平井氏は老体にムチ打って、食堂を走り出ていった。

「ままま、待った平井さん！　おい、待つんだ！　平井さん、待て！」

料所警部が慌ててその後を追う。霧華舞衣、九十九音夢、蝨斯太郎、葵健太朗、濁暑院溜水、風紋寺光世がその後に続く。星野多恵と子供たちを小杉執事に任せて、虹川良も一同を追いかける。

翔子が殺されたわけではなかった、という安堵感はあったものの、華と麗が殺されたという報告は、いまいちショックを受けなかった。華と麗という名前は、ここにきて初めて事件の表面に浮上した。誰もその存在を知らなかったのだから、悲しみより先に驚きがあったのは当然のことなのだ。

とはいえ、ただならぬ予感が全員の足を速め、中庭に着く頃には、皆、平井氏に追いついていた。さすがに年ということで、蝨斯は一人、少し後ろを走っている。

十字に近い形の幻影城本館で、北東、北西、南東、南西と四つに区切られた中庭のうち、北東の中庭は極めて簡素な造りになっていた。妖しく黄色に塗装された、『審判の間』と名づけられた小屋がある他は何もない。中庭の入口から、『審判の間』へと、白砂の砂利道が伸びている。

一同は、城内から勢いあまって中庭へと躍り出る。

ザッ、ザッと砂利が鳴った。ずらりと横一列に広がって並ぶ人込みの中に、途中で合流した刑事たち数人の姿も見える。

「あぁ……。おおぅっ——こんなことが……」

中庭を走っていた平井氏は、昨夜の雨の湿気が残る砂利道の途中で、不意に膝をついてくずおれた。

白砂の砂利道――『審判の間』に至る道の中間の辺りに、どす黒い固まりが転がっている。赤く見えるのは……血か？

平井氏は七十一歳であるが、いつも威厳に満ちた厳格な雰囲気を備えていた。――しかし今、そこでうなだれている平井氏の後ろ姿からは、生気が全く感じられない。その背中は、弱々しい、老人の背中だった。

平井氏に駆け寄る一同は、老人の眼前に放置されている異形の物体を目にし、口々に驚きの声をあげている。

「これは……ひどい」

幾度か屍体を見て、こういったショックには免疫ができているはずの九十九音夢でさえ、声にならない悲鳴をあげ、目を逸らしている。

「いったい、何のためにこんなことを。これも、芸術家《アーティスト》の仕業か。それとも……」

呼吸を整えながら全員の疑問を総括したのは、ようやく皆に追いついた銹斯だった。突然、出現した予期せぬ惨劇に、料所警部さえもが言葉を失っている。そこに在るのは、何ら必然性のない、理解を超越したオブジェだった。

砂利道の上に重ねられた二つの首なし屍体。その生命を喪った屍《しかばね》が、おそらく華と麗なのだろう。二つの屍体は折り重ねられ、その上に全く同一の二つの首が載せられていた。一同に、動かぬ瞳を向ける二つの首。一つの首は、口に黄色い華《はな》をくわえている。その華が、屍体をいっそう不気味に見せていた。

次々と、芸術家《アーティスト》は『構成要素三十項』を制覇していく……。それは、華と麗――双子の黒猫の屍体だった。

屍体に歩み寄った舞衣は、かがみこみ、片方の黒猫がくわえている華を観察した。音夢と蠡斯も、彼女の両脇から屍体を覗きこむ。雨のせいもあって、さほど強烈な臭いは放っていない。不思議なもので、ずっとそこに在る屍を見ていると、モノとして、あまり違和感を感じないようになる。死というものは、まったくもって他人行儀だった。

人間と動物の差もあるのかもしれない。昨日の二件の殺人には危険なムードがあったが、今日の二件の殺猫は、対岸の火事に似た滑稽さがある。自分とは関係のない領域での他者の悲劇だから、滑稽に映るのだろうか。

正直言って、平井氏を除く面々は、この殺猫にそれほど衝撃を受けていないようだった。むしろ、急に事件のスケールが小さくなったような、安心感のようなものさえ漂っていた。二匹の猫には悪いが、行方不明の氷龍翔子の安否の方が気になるのは人情というものだった。

「舞衣さん、その華は……？」

舞衣が立ち上がると同時に、音夢も屍体を覗きこんでいた顔を上げてそう尋ねた。ポニーテイルがふわりと揺れる。

猫がくわえている黄色い華は、一見して菊のようにも見えるが――。

「ダリアね。それも、ドライフラワーの」

ダリアはキク科の多年草である。本来、夏から秋にかけて咲く華であるから、この時期にあるということは、当然ドライフラワーだろう。硬化した華びらを見ても、それは明らかだ。

舞衣は、探るように螽斯を見た。螽斯は頷き、彼女の言いたいことを代弁する。

「ダリアの華言葉は、『華麗』。華殺しと麗殺しにかけておるのか……それよりも、舞衣くん。君のことだ、当然気づいただろう。あの華びらに？」

その言葉で、音夢は慌ててもう一度屍体を見やる。

「丸い穴が明けられていたわ。錐《きり》ででもあけたのでしょうけれど、どういう意味があるのか」

ダリアの華びらの一枚には、綺麗な丸い穴があけられていた。どう見ても、偶然できたものではない。明らかに、作為の跡が見られる。

それにしても、なぜ、双子猫は殺されたのか？

『推理小説構成要素三十項』に『華言葉』は入っていない。ダリアの華の意味は何か。昨日の殺人犯人と同一人物かどうかはまだわからないが、この殺猫犯は何を考えているのだろうか？

黒猫の屍体を囲むように、人の輪ができる。たかが猫だと軽んじているのか、料所は特に注意もしない。警部は、客室を調べていた刑事たちの報告を受け、それどころではなかったのだ。どの客室にも、翔子の姿はなかったという。

——では、氷龍翔子はどこに消えたのか？

殺人課の警部としては、猫殺しよりも、昨日の事件の容疑者でもある翔子の行方を突き止めることが先決だった。

「け、警部！　——こんなものが！」

『審判の間』の扉の前に立つ玄矢孝志刑事が叫ぶ。その切羽詰まった声に、緊張が戻ってくる。玄矢は、

『審判の間』の扉を指差している。よく見ると、扉には何か紙切れが貼りつけられている。視力の良い玄矢はいち早くそれに気づき、人の輪から出てそれを調べに行っていたのだ。

料所に続いて、一同は砂利道を走る。『審判の間』の前に集合する。

扉には、小さい一枚の紙切れが貼ってある。

……それは、こんな内容だった。

審判は下された。

芸術家《アーティスト》

リックである。

29 閉ざされた扉

華と麗を人間ともとれるように描写をすれば、容易に動物トリックができるだろう。魅山薫の性別トリックと同じく、この場合の動物トリックは、作者が読者を誤解させるように仕組んだトリック——叙述トリックである。

23◎叙述トリック
25◎動物トリック

これで、早くも『推理小説の構成要素三十項』の十二項が出揃った。

——やはり、芸術家《アーティスト》は『構成要素』を網羅《もうら》するつもりなのだ。

葵の抱いていた予感は、もはや確信へと変わっている。今回の双子猫殺しも、溜水に『華没』の中で動物トリックを使用させるためだけに行われた可能性もある。

ただ、気になるのは、『密室』や『アリバイ工作』、『ダイイング・メッセージ』など、ポピュラーでメジャーな構成要素がまだ使用されていない点だった。

芸術家《アーティスト》の殺人計画はどこまで練られているのか？

ひょっとするとこの事件は、本当の意味では、まだ始まったばかりなのかもしれない……猫の屍体を見ながら、葵がそんなことを考えているところに、玄矢の声が聞こえた。

『審判の間』に向かいながら葵は、不吉な予感に体を強張らせていた。

「警部。いったい、これは？」

黄色一色の木造の小屋、『審判の間』を調べる料所のわきから、玄矢が動揺した口調で尋ねる。料所の周囲から、一同が不安げに様子を窺っている。

「くそっ！　鍵がかかっているぞ」

『審判の間』の扉には鍵がかかっていた。押しても引いても、びくともしない。

「――平井さん！」

料所の声にも、平井太郎はわずかに顔を上げただけだった。まだ砂利道の上で呆然としている。しばらくは、あのままかもしれない。彼にとっては、猫の死が余程ショックだったのだろう。

「わたしが、鍵をとって参りましょう」

小杉執事が、城内へと走っていく。その後ろ姿を見送る人々の表情は、複雑に歪んでいる。

「出入りできるのは、この扉しかないようね」

『審判の間』を一周してきた舞衣が、厳しい口調で言う。いったい、この小屋の中に何があるというのか――？　それは、できれば想像したくないことだった。

「虹川さん、まさか……」

風紋寺がすがるような視線を虹川に向ける。だが、虹川は視線を小屋に向けたままで、沈黙を保っていた。会話を交わすことによって、不安が具現してしまうのを恐れているのかもしれない。

どこかで鳥の暗き声が聞こえる。紅の城と城壁に囲まれ、眼の前には黄色一色の不気味な小屋が在る。白砂の砂利道の上には首を斬られた双子黒猫の屍体が……それらの組み合わせが、どうしようもないほどに場の不安を増幅させていく。

一秒が一年かと思える、永い無音の時が流れる。誰も、口を利く者はいない。それぞれが、各々、心の中で様々な考えを巡らせている。

「――お待たせしました」

ようやく小杉執事が鍵束を持って戻ってくると、誰かがホッと溜息をついた。張りつめていた空気が溶け、一瞬だけ世界に秩序が回復する。

しかし、料所警部が差し出された一本の鍵を受けとると、またしてもどんよりとした沈んだ雰囲気が場を覆い始める。

料所の手元に注意が集まる――鍵が、慎重に鍵穴に挿入される。

カチリ……

確かな手応えが返ってくる。無事、扉は解錠された――かに見えた。

が、扉は依然として開かなかった。

「どうなっているんだ、開かないぞ」

料所の声が苛立ちを帯びる。何度繰り返しても、結果は同じだった。扉は、閉ざされたままだ。

「失礼、わたしがみましょう」

小杉執事が歩み出る。執事は、鍵を右に回し左に回し、扉を押したり引いたり、いろいろと試みてはみたものの、やはり結果は同じだった。『審判の間』は沈黙したままだ。

「どういうことなんですか、小杉さん？」

眼鏡を押し上げながら、溜水が聞いた。解錠したのに、扉が開かない。不条理な現象に明確な解答を求める視線が、小杉執事にまとめて突き刺さる。

執事は扉の方を見て、含みのある言い方をした。

「『審判の間』には、室内からのみかけられる鍵がついています。この扉には、部屋の内側から鍵がかけられています。どうやら、中に人がいるようですね……」

鍵のかかった部屋——密室。

密室の中で、芸術家《アーティスト》はいかなる審判を下したのか？

氷龍翔子は、はたして『審判の間』の中にいるのだろうか？

30　第一の密室

「この『審判の間』の外から、何らかのトリックで鍵をかけることはできないのですか？」

「内側にあるのは、どういった鍵です？」

同時に質問を発した舞衣と料所の視線が一瞬だけ交わる。執事は難しい表情で双方の疑問に答えた。

「平井氏のご趣味でつけられた三桁の数字錠です。解除ナンバーは、五・六・四――『殺し(五六四)《コロシ》』になっています。数字錠というのはご存じの通り、それぞれの数字を組み合わせて開錠するものです。室外から、そんな複雑な操作をするのは不可能でしょう」

『審判の間』の扉は、ぴっちりと閉ざされている。扉と壁の間に隙間はない。針や糸を使った陳腐なトリックを駆使することはできないだろう。

「ちょっと、その鍵を貸していただけます？」

舞衣が、執事に手を差し出した。本当に扉に鍵がかかっているのかどうか、調べるつもりなのだろう。鍵のかかった（と思われていた）密室が、実は証言者の狂言だったというくだらないトリックも、過去には幾つも前例がある。そういった場合、捜査を担当する警察と同様に、探偵も責任を問われることになる。作者の道具となり、推理小説の中で茶番を演じる愚探偵たちの轍《てつ》を踏まぬためにも、舞衣が自分で確認するというのは賢明な判断だった。

――しかし――

やはり、どのようにしてみても扉は開かなかった。間違いなく、内側から鍵がかけられている。『審判の間』の出入口はこの扉一つだから、それは自動的に、室内に人がいるということになる。人といっても、事件関係者は全員顔を揃えているので、考えられる人物は一人しかいない。もちろんそれは、氷龍翔子だ。

室内に隠れているのが翔子でないとすれば、その人物（——芸術家？——）は、まったくの部外者ということになるが、おそらくその可能性は少ないだろう。

葵や溜水をはじめ、幾人かが扉を叩き、翔子の名を呼んで室内に呼びかけてみるが……応答はない。ドラマなら、こういった状況で誰かが都合よく体当たりで扉を破るのだが、現実はそう甘くなかった。硬質で厚手の扉は、体当たり程度では到底破れそうにない。一同は、対応に困ると同時に、恐怖に近い不気味な感情を抱き始めていた。

室内から鍵をかけているということは、翔子は生きている可能性が高い。ではなぜ、彼女は扉を開かないのか。……いや、そもそも、彼女はなぜ『審判の間』に閉じ籠っているのか？

——翔子は一人ではないのだろうか？

翔子が芸術家《アーティスト》に摑まり、犯人と一緒に『審判の間』に監禁されているとは考えられないだろうか？

何らかの理由で翔子が一人で隠れているにせよ、芸術家《アーティスト》が翔子を監禁して中に潜んでいるにせよ、どちらにしてもこの沈黙は不気味だった。

中にいる者は、今、どんな心境なのだろう？

途方にくれる一同の背後から、平井氏の声が聞こえた。

「『武具の間』にある鉄斧《てつおの》をお使いください」

よろよろと立ち上がると、平井氏は気を取り直したのか、先程の憔悴ぶりからは考えられないしっかりした歩調で、『審判の間』へと砂利道を進んでくる。その顔色は、かなり良くなっている。ただ、それとは裏腹に、彼の瞳に宿っているのは憎悪鬼気迫る憤りの感情だった。

「しかし、よろしいのですか平井さん。扉を壊してしまっても……」

老いた男の迫力にたじろぐ料所は、思わず低姿勢になってしまう。それは、他の者も同じだ。平井氏に触れるだけで火傷《やけど》するかのように、誰もが老人に道を譲り、後ずさる。

「狂った芸術家に縄をかけるためなら……」

強い調子で、はっきりと言い放つ。苛烈な光を放つ瞳の奥に、燃え盛っている憎悪の炎が見えそうな気さえする。

双子猫を殺されたことだけが原因ではないだろう。自分の愛するこの幻影の城で、我が物顔で犯行を繰り返す芸術家《アーティスト》の狂気の総てを、彼は憎んでいるに違いない。

料所に合図され、小杉執事から『武具の間』の鍵を受けとった玄矢刑事は、筋肉質の体を城内へと走らせた。

●

平井太郎は、人間嫌いだった。

幼い頃から、自我《エゴ》の塊のような人間という動物を、嫌悪していた。そして、自分がその一員であることを、たまらなく罪深く思っていた。

自然の力、世界の摂理の前では、人などほんのちっぽけな存在であるのに、神に選ばれた民だと錯覚し、あげくの果てに自分たちこそが神そのものであると勘違いする、おめでたい生物。

人間にできることなど限られたことなのに、人類に不可能なことなど何一つないと妄想を抱いている猿たち。宗教団体の洗脳を責め、自分たちが社会に洗脳されていると気づかない哀れな子羊たち……。情報化社会とは、つまるところ洗脳化社会なのに、世界に溢れる情報に翻弄されるばかりで、自分で考えるということを知らない連中は、根も葉もない噂を真に受けたりする、ウルトラマンの存在を信じきっている子供と何も変わらない。

——増長するな！　錯覚するな！　身の程を知れ！

若い頃はよく、人類に対してそう叫びたくなったものだ。……もちろん、その基本的な姿勢は今も変わっていないが、いささか長く生き過ぎたことで闘争心は磨滅し、人生哲学は形を変えた。

世界のいたるところに謎が溢れている。そして、人間は謎を解くために生きている。だが、謎に包囲されていることに気づくと、愕然として自分を見失う。何かを信じなくては生きていけない世界で、アイデンティティの所在を確認できなくなるのだ。

平井太郎の友人たちも、昔は、彼と同じように、自分の思考を信じ、流れるままに逞《たくま》しく生きた。既存の宗教や哲学を否定し、自分だけの哲学（という幻想）を信じて——人生の闇へと行進していた。

だが、そういった者の多くは、年月との闘いに敗れ、世界のシステムに組み込まれることを甘受するようになっていった。

同年代の知人が一人また一人死んでいく。次は、ひょっとしたら自分の番かもしれない。その不安が強くなると、友人たちは結局、盲信することを容認し、宗教へと流れていった。そうしていつしか、無宗教を貫き、根無し草のように生きているのは、平井太郎一人だけになった。

平井太郎は、あらゆる『差別』を取り払い、あらゆるラベリングを『無』と考えることで世界の全てを愛するようになった。

使用人たちにアルファベットの名札をつけさせるのも、名前による個人差を感じさせないようにするためのものだった。それとは逆に彼は、友人（彼は決してペットとは言わない）の双子黒猫に『平井華』、『平井麗』という人間的な名前をつけた。

——ある意味で彼は、世の中のあらゆる縛りから逃れようとしすぎるあまり、そのことに固執しすぎていた。縛られないように、という哲学に縛られていた。

だが、そんなことは最早どうでもよかった。

『平井太郎』という名前も、最初は抵抗があった。姓も名も、平凡なものだ。全国に同姓同名が何人もいることだろう。実際、著名人となった推理作家の江戸川乱歩の本名もまた、『平井太郎』ではないか。名前とは個人を示す記号である。しかし、ほとんどの者が、親が勝手につけた名前を一生看板にして生きている……。そんな世界の約束事に理不尽なものを感じていたのは昔のことで、今では、彼はすっかり割り切った考えができるようになっていた。

他人が彼を『平井太郎』と呼ぶのは大いに結構だ。コミュニケーションの上では、呼称は欠かせない。だから、他の者たちが自分を『平井太郎』と認識するのを止めさせる気はない。しょせん、改名しても呼称は必要となるのだから。『あなた』や『彼』にしても、呼称の一種である。他人と生きていくのであれば、呼称の縛りから脱することは誰にもできない。——ただ彼自身は、自分のことを『平井太郎』だとは思っていなかった。

——わたしは、ただの老人？　……人？　……いや違う。わたしは、ただの生物だ。名などいらない。

世間から隔離された陸の孤島に幻影城を建造し、浮世のしがらみを捨て、夢のような世界で彼は暮らしていた。人は一人では生きられない。そして、今の時代は金なしでは生きられない、だから彼は、最低限のつきあいは甘受している。『幻影城』という彼の理想郷を共に守ってくれる使用人たち、ミステリという夜の夢を愛する者（客）たちとのコミュニケーションは（限定されているがゆえに）不快なものではなかった。

……華と麗は、彼のかけがえのない友人たちだった。言葉は通じなかったが、そのことがプラスとなって、老人の猫への愛を強めた。元々、人間が生物の道を踏み誤ったのも、『言葉』という道具を手に入れてからである。言葉がないから、彼はただの生物に戻って、猫たちと戯れることができた。

華も、麗も、平井太郎は自分自身のように愛していた。だから、双子猫が殺されて、彼は悲しみにくれた。——が、やはり。他の多くの者たちは、猫たちが死んでも、大して興味はなさそうな素振りだった。なんだ、動物が死んだだけじゃないか——そんな感じだった。

彼は久しぶりに若さを取り戻し、憤《いきどお》った。華も麗も、彼にとっては人間なんかより余程かけがえのない存在だったのに……自分が動物（ただの生物）であることを忘れ、時に人間は傲《おご》り、他の生物を見下す。彼がこれほど立腹したのは、動物を愛食しているくせに動物愛護協会などと生命の正義を謳《うた》う連中を見て以来、しばらくぶりのことだった。

——増長するな！　錯覚するな！　身の程を知れ！

魂の底からふり絞る、憎悪の叫び。今回のこれは、人類に対してのものではない。全ての諸悪の根源として彼が憎悪するのは、傲慢な人間の象徴的な存在——芸術家《アーティスト》だ。

芸術家《アーティスト》を摑まえるために、『平井太郎』は、身を尽くして警察、探偵に協力する覚悟を固めた。

●

「——では、よろしいですか。皆さん、下がってください」

『武具の間』から持ってきた鉄斧をふりかぶっているのは、玄矢孝志刑事だ。一同は、遠巻きに刑事を見守る。筋肉質の彼には、はまり役の任務だった。

料所が頷くと同時に、鉄斧が猛然と振り下ろされる——グキャッ！　……『審判の間』の扉の破片が飛び散る！

一回、二回——扉はかなりの厚さだ——三回、四回、五回……

樵《きこり》のように、扉を砕くことに専心する玄矢。彼の額に、汗の滴が浮かび始めた頃、ようやく扉に穴があけられた。

全員が、『審判の間』の扉に注目していた。当然ながら、扉に穴をあける間、誰も室内から出てきた者はいない。

料所警部が、壊れた木の板を押し広げるようにして室内に消える。舞衣、蠡斯もすぐにそれに続く。

「——どうなっているんだ、これは？」

室内の光景を目にし、料所警部はそう呟かずにはいられなかった。天井の電灯が、室内の惨状を照らし出している。円形の電灯は、やや弱い光だ。ボワッと、室内の中央にスポットライトがあてられているようにも見える。

彼女は黒く細い布で眼隠しをされ、死の椅子に腰かけていた。スポットライトの中心——『審判の間』の中央に据えられた電気椅子。そこには、感電死した氷龍翔子が座っていた。

室内を見回す。壁には、ミケランジェロの『最後の審判』の複製画がかけられている。その他には、ソファや棚など、簡単な調度が置かれているだけだ。八畳ほどの広さなので、室内を軽く一望して視界におさめることができる。

室内には、彼らの他には誰もいなかった。

出入口はただ一つ、玄矢が鉄斧で壊した扉のみ。そして、その扉は内側から数字錠で施錠されていた。

……にもかかわらず、誰も――いなかったのである。

隠れ場所も……秘密の抜け道も……逃げ出すための僅かな隙間も……機械仕掛けが施してある可能性も……ここには存在しない。

自分たちは、芸術家《アーティスト》の能力を過小評価しすぎていたのではないか？　ひょっとすると、自分たちは、とんでもない敵と対峙しているのではないか？

誰もが、そう思った。

氷龍翔子の死ももちろんだが、それより遥かに驚かされたのは、『審判の間』の中に、生きた人間が誰もいなかったという厳然たる事実だった。

舞衣は、困惑している助手の音夢を見ながら、敬愛する彼女の義兄――九十九十九のことを考えた。超越的な密室の謎と、十九の超俗的な雰囲気が、不思議と綺麗に重なるように思える。常識の理解を超越した、あの超絶探偵なら、この密室トリックをどう解き明かすだろう？

……しかし、ここに九十九十九はいない。不可解な謎を解く責任は、舞衣たちに委ねられているのだ。

鴉城蒼司の予言はあたった。幻影城殺人事件は、二件の殺人では終わらなかった。さらにこれからも、まだまだ続いていくかもしれない。今まで以上に本気で捜査にあたらなければ、芸術家《アーティスト》に勝利することはできないだろう。

霧華舞衣と同じく、その時、「僕」もそう思ったことを「君」に告白しておこう。――後に、事件が終わってから回想してみても、一人の人間が計画、実行した犯罪の中で、この幻影城殺人事件ほど意外な真相へと辿り着いた事件は他にないのではないだろうか？　今でも「僕」はそう思っている。

幻影城殺人事件の犯人、芸術家《アーティスト》は一人の人間であり、既にこの「僕」の物語の中に登場している人物の中にいる。だが……おそらく「君」は、真相を看破することはできない。なぜなら——その理由は、今はまだ述べないでおこう。この後の物語の中で、次第に明らかになっていくだろうから。

とにかく、幻影城殺人事件は、最後の最後の最後まで、気を抜けない事件だった。終幕が完全に降りてしまうまで、推理しながら物語を聴いて欲しい。

——「僕」の物語に耳を傾けながら、「君」は真相を看破できるだろうか？

名探偵としての「君」に期待している。

●

『審判の間』で発見された、氷龍翔子の屍体。

4◎密室

——今、ここに出現した完璧な密室。

……それは、華麗なる殺人芸術の最初の作品にすぎないのかもしれない。

第三章

謎めいた探偵

あしたのことは誰にだってわからない、
あしたのことを考えるのは憂鬱なだけ。
気がたしかならこの一瞬を無駄にするな、
二度とかえらぬ命、だがもうのこりは少い。

31　三聖誦《サンクトゥス》

殺人は三たび繰り返された。

『審判の間』に置かれていた電気椅子は、かつて米国で実際に使用されていたものだった。内蔵電池《バッテリー》を取り出し、鍵のついた安全装置をつけ、危険のないように、観賞用に置いてあったものである。

――それが、芸術家《アーティスト》によって安全装置は外され、新しい内蔵電池《バッテリー》を使って実際に凶器として、死の椅子が使われることとなった。

かつて、幾人の命を葬ってきたのか？　今までの合宿で、何度かそれを目にしたものでさえ、まさか、翔子が電気椅子で殺されたとは、事実を聞いてもなかなか受け容れることはできなかった。なぜなら、彼らの知っていた電気椅子は、もはや死の椅子ではなかったから――人を殺《あや》める力を喪失してしまった、ただの歴史のある椅子だったからだ。

芸術家《アーティスト》は、殺人椅子《マーダー・チェア》にふたたび命を与え、自らの殺人芸術の道具とした。それにしても……芸術家《アーティスト》は、どのようにして『審判の間』に侵入し、いかにして脱出しえたのか？

早朝、城内の見回りをする小杉執事は、中庭にある『審判の間』は、通常はチェックしない。機能を停止しているとはいえ、電気椅子を盗まれないように、『審判の間』にはいつも鍵をかけている。

宿泊客の要請があった場合に限り、使用人が付き添い、『審判の間』を見学することが許される。『審判の間』が開閉されるのは、その時だけで、普段は使用されていない。そのような理由で、翔子の屍体発見が遅れたのだが……

つまり、芸術家《アーティスト》は、厳重に管理された『審判の間』の鍵を持ち出せた人物、あるいは、これまでに合鍵を作る機会があった人物ということになるだろう。

氷龍翔子は、両腕両脚を電気椅子に固定されていた。そして電気椅子は、椅子の裏側についているレバーをOFFからONに動かすことで電気が流れるようになっている。体を動かせない翔子が自分でレバーを動かすことはできないから、芸術家《アーティスト》は犯行時、室内にいたはずなのである。

しかし、捜査陣が『審判の間』に入った時には、確かに芸術家《アーティスト》は室内にいなかった。『審判の間』には、電灯があるので一応、電気は引かれているが、電気椅子は内蔵電池《バッテリー》で動いている。ゆえに、あらかじめブレーカーを落として停電状態にし、レバーをONにしてからブレーカーを上げるというトリックも使えない。

死の部屋は、完璧な密室状況だったのだ。

『第3番目の屍体』　10月27日——I

●平井華

利腕＝？　職業＝猫　性別＝女　年齢＝4

『第4番目の屍体』　10月27日——II

●平井麗

利腕＝？　職業＝猫　性別＝女　年齢＝4
屍体発見現場◎中庭（北東）の砂利道

現場の状況1◎二匹とも首を切断されていた。
　2◎二匹の屍体は折り重ねられ、その上に首が二つ置かれていた。
　3◎片方の首は、ダリアのドライフラワーをくわえていた。

●

『第5番目の屍体』　10月27日——Ⅲ

●氷龍翔子（本名＝成瀬翔子）
利腕＝左　職業＝推理作家　性別＝女　年齢＝26
屍体発見現場◎『審判の間』

現場の状況1◎被害者は、電気椅子で殺害された。死因は、感電死である。
　2◎屍体は、死刑囚のように黒い布で眼隠しをされていた。
　3◎現場は、内側から施錠されていたにもかかわらず、室内には誰もいなかった。

客室の窓から中庭を見ながら、螽斯は煙草《ホープ》をくゆらせていた。窓際の机に置かれた灰皿には、半分ほどまで吸った吸殻が四本、転がっている。

螽斯の推理は、事件から距離を置いてその全体像を俯瞰《ふかん》し、流れるままに推理を進める俯瞰流考《りゅうこう》である。

事件にのめりこみ過ぎていては決して気づかない点が、俯瞰流考では見えてくる。事実と事実の複雑な繋がりも、全体として把握することができる……少なくとも、いつもはそうだった。

……だが、今回の事件では……

事件を離れた高みへとはばたくことができない。自分を幻影城からつき離して、事件を鳥瞰する。それが、どうしてもできなかった。

原因は明らかだ――それは、間宮てるだ。

間宮てるは、螽斯の亡妻、華乃に酷似していた。ただ似ているだけでなく、華乃がもし生きていたら、こんな感じだろう、そんな容姿なのだ。

『てる＝華乃』という可能性はないだろうか？　そんなバカなことも考えてみたが、さすがにそんな推理を信じるほど螽斯は耄碌《もうろく》してはいない。華乃の屍体は、螽斯自身がその眼で確認した。彼女は、もう、この世にはいない。てると華乃の類似も、他人の空似にすぎないのだろうが……それにしても。

事件から自分を離して俯瞰流考を働かせようとしても、間宮てるの影が彼の脚をがっしりと握りしめて、はばたかせてくれない。過去に決着をつけるためにこの城にやって来て、そこで過去と再会する。螽斯は、皮肉なものを感じずにはいられなかった。

――そうだ。運命とはいつも皮肉なもの。そして、運命の大いなる力の前では、わたしはいつも無力だ。

四年前の事件が思い出される……

あの時も、彼は陰惨な事件の渦の中心で、何もすることができなかった。無抵抗のまま、妻と相棒を殺された屈辱——やり切れぬ思いは、犯人よりもむしろ、自分の無能さに向けられたものだった。

あの事件で螽斯は、自ら第二班に降格することをＪＤＣ総代・鴉城蒼司に申し出たのだ。創設時以来のメンバーで、かつては『鴉城の片腕』と呼ばれたことさえある螽斯だったが、老いとは惨《むご》いもの。洞察力の低下、インスピレーションの枯渇は、最近、とみに激しくなってきている。

現在の自分と比べれば、まだ、ＪＤＣ第七班の若い連中の方が役に立つだろう。第二班の……いや、ＪＤＣの看板に自分は泥を塗り続けている、螽斯はそう考えていた。探偵とは人の生死を左右することもある職業だ。そろそろ自分も、第一線を退く潮時なのかもしれない。

凶悪犯罪との格闘をやめ、老後は、自分のルーツを探ることに専念するか。『螽斯太郎』という偽名を使った、記憶を失う前の自分の正体を探る旅に出るか。

ぼんやりと中庭を視界におさめながら、物憂げに虚空に見入っていた螽斯は、ノックの音に気づかなかった。

「失礼しまーす。螽斯さん、おられますか？」

遠慮がちに戸口から顔だけ覗かせ、螽斯を発見すると、舞衣は微笑して入室してきた。その後ろには、音夢もいる。三人は会釈《えしゃく》を交わした。

螽斯は、霧華舞衣が好きだった。男として、霧華舞衣という女を好きなのではなく、一人の人間として、霧華舞衣という個人に好感を抱いていた。

何がきっかけだったかは覚えていないが、ある時、螽斯は、舞衣の生い立ちを聞かされる機会を得た。

自分とよく似た境遇に驚かされ、その晩は、二人で飲み明かした。

霧華舞衣もまた、自分という存在のルーツを知らなかった。——これまでの人生で、幾度も辛い体験をしてきたようだ。世界を喪失しかけたこともある、と彼女は語ってくれた。

それでも舞衣は、そんなブラックな感情は『消去』して、表面的にはいつも明るく振る舞っている。それが鵺斯に好印象を与えた。容姿も性格も全く似ていないが、精神外傷《トラウマ》を愛して強く生きているところは、鵺斯のかつての相棒、有戸香々美《ありとかがみ》にそっくりだった。

舞衣の表情には、鋭さの陰に物憂さがいつも潜んでいる。それが謎めいた雰囲気を作り出し、彼女を魅力的に見せている。

ポニーテイルの九十九音夢は、潑剌《はつらつ》とした優しさの結晶だ。だが、誰に対しても分け隔てない優しさの奥に、犯罪を憎悪する厳しさが在るのを鵺斯は知っている。……それは、別に彼女たちだけに限ったことではない。JDCで第一班に属する探偵で、何らかの激しさを持たぬものはない。情熱と言葉を変えてもいい。どんな社会でも、競争に勝ち抜いて階段を昇っていく者は、みんな情熱の動力炉を持っている。

舞衣と音夢の瞳の奥に隠してある強さを、視線を通して鵺斯は有り難く頂戴した。そして、気持ちを整えると吸っていた煙草《ホープ》（随分、灰が長くなった）を灰皿に押しつけ、姿勢を正した。

「何か、新しい事実でも……？」

「いえ。さっきJDC本部に連絡したんですけど——、北海道の事件を解決させたらしく、龍宮さんもこちらへ向かっているようですよ」

「龍宮くんが——この幻影城へ？」

鵺斯の顔が、俄かに生気を増した。舞衣が九十九十九《つくもじゅうく》という探偵を敬愛しているのと同じように、鵺斯は、龍宮城《りゅうぐうじょうの》之介《すけ》を崇拝していた。

少し（?）癖のある男だが、探偵としての力量は確かなものだ。若くしてＪＤＣ第一班に欠かせない探偵となっていることからも、それは明らかである。錙斯にとって、龍宮城之介は特別な探偵だった。個人的な思い入れを抱いても仕方がない背景があったのだ。――それは、四年前のあの事件に端を発している。

●

四年前――。錙斯は、相棒の有戸香々美《ありとかがみ》と、ある事件を捜査していた。五人の人間が殺され、難解さが極まったがために、第三班の手を離れ、第一班へと転がり込んできた事件である。

当時、二人の探偵は、初老の男と若い女性の組み合わせで人の眼をひいていた。むろん、奇抜さだけでなく、実力も伴っていた。有戸香々美も、錙斯太郎もＪＤＣ第一班に属しており、二人は探偵と助手の関係ではなく、あくまで相棒という間柄だった。第一班ほどの実力者たちになると、同じ班の者とコンビを組むことは極めて希《まれ》である。一人で捜査にあたるか、下位班から助手を選ぶのが普通だ。そういう事情であるから、『有戸《ありと》・錙斯《きりぎりす》』のタッグは、当時のＪＤＣの最強チームとさえ思われていたのである。

『有戸・錙斯』のコンビは、現場となった猫鏡神社に乗り込み、賢明にして懸命なる捜査を続けた。……

だが、相手が悪かった。

見立て殺人を続ける犯人、『殺人ピエロ』の発想は、新犯罪の典型的なもので、従来の常識を根底から覆す斬新なものだった。奇抜で突飛な殺人ピエロの攻撃は、老練な錙斯も、鋭い捜査感性を持つ有戸香々美にも、まったく予想できなかった。

有能であったとはいえ、『有戸・錙斯』の二人には、常識的な思考に縛られがちなところがあった。当時はまだ、新犯罪も少なく、それでも充分にやっていけたのだが――運が悪いことに、彼らは偶然、最凶のカードを引き当ててしまったのだ。

残忍にして明敏なる殺人ピエロの魔手は、捜査をしていた二人の身をも襲った。有戸香々美は第七の被害者となり、マイホームに帰宅した蝨斯は、寝室で華乃の屍体を発見することとなった。華乃は、たまたま帰りが遅くなった夫の代わりに殺害されたと思われる状況だった。殺人ピエロが施した華乃殺しの見立ては、蝨斯自身を示していた。

年齢も性別も違えど、有戸香々美は、最高のパートナーだった。蝨斯が親友としてつきあえる、唯一の女性だった。蝨斯の過去を聞き、香々美は同情するのではなく、理解を示してくれた。だから蝨斯も、彼女の精神外傷《トラウマ》を共に愛した。

自分自身とも言えるわかりあえた存在を、一度にたて続けに喪い、彼の自信は音を立てて崩れた。

それでも、彼は探偵だった。二人の死を弔うためにも、捜査に打ち込むしかなかった。蝨斯は復讐に燃え、その日から捜査に人生の全てを賭けた。だが、私情に操られ、冷静さを欠いた蝨斯には、殺人ピエロの輪郭はおろか、尻尾すら掴むことはできなかった……。

その平成最初の難事件を解決したのが、龍宮城之介だった。城之介は、『推理袋』や『とんちの龍宮』などと呼ばれている。彼の常軌を逸する推理は、殺人ピエロの発想に負けていなかった――いや、凌駕《りょうが》していた。

殺人ピエロは、城之介の掌で踊る道化師だった。犯人の行動を完璧に見切った城之介は、殺人ピエロ包囲網を完成させ、逮捕に成功した。

当時、二十一歳だった城之介の姿は、老いた探偵の眼には輝いて見えた。世代交代とは少しずつ進んでいくものだが、時に、一気にそれを速めるような超新星《スーパー・ノヴァ》が登場することがある。蝨斯の印象では、城之介がまさにそうだった。龍宮城之介という探偵は、探偵新時代の嚆矢《こうし》となる存在だった。

名探偵の価値は、どれほどの難事件を解決したか、で決まる。量もさることながら、どちらかと言えば、質の方が重視される。だから、歴史に残る名探偵は皆、大事件を解決している。……そういう意味で、城之介は幸運だったのかもしれない。若くして、自分にぴったりの事件に遭遇し、見事解決してしまったのだから。

あの事件で蝨斯は全てを失い、第二班へ初めて降格した。同時に、龍宮城之介は第二班から第一班へと昇格し、新時代の扉を開けたのだ。

そんな城之介を見ながら、蝨斯は、後輩を羨ましく、また頼もしく思った。これから第一線で活躍するというのは確かに羨ましいが、それはある意味では、悲惨なこととも言える。どんどんレヴェル・アップしていく新犯罪と格闘し続けなければならないのだから……だが、城之介に関しては蝨斯は何ら心配していない。城之介は謎を解くという行為を愛している。城之介は、謎を解くために生まれてきたような男なのだ。——たとえこの先、道に迷うことがあっても、歩みを止めることはないだろう。そう自信を持って断言できる魅力を備えているからこそ、蝨斯は城之介を尊敬し、好感を持っている。

●

過剰なまでの装飾に彩られた幻影城殺人事件。今回の事件は、城之介好みの難問と言えるかもしれない。彼は、謎が大きければ大きいほど燃えるタイプなのである。

——龍宮くんが来る以上、事件の解決はおそらく間違いはないだろう。わたしも、彼の足を引っ張らない程度にはがんばらなくてはな。

そう考えると、期待に胸が震える。蝨斯の分析では、芸術家《アーティスト》は殺人ピエロに匹敵する、あるいはそれ以上の犯罪者だ。今回の事件で、城之介はいかに敵に勝利するのだろうか——？

城之介の勝ちを確信しているからこそ、そういった予測を楽しむことができる。完全に活気を回復した蠡斯は、舞衣、音夢と事件について討論しながら、昼食の待つ食堂へと向かった。

32　ジャイナの教え

氷のように冷たい空気が、食卓を漂っている。

猫と人間の差はあれ、三つの（——昨日も含めれば五つの——）命ある存在が、芸術家《アーティスト》によって生を絶たれたのである。雰囲気が沈滞するのも、当然のことだった。

なかでも特に、料所をはじめとする捜査関係者は、責任を感じて口数も少ない。皿に盛られたオランダ風カレーを静かに口に運んでいる。昨日、警備の人員を少しでもここにとどめておけば……規則《きまり》など何とか都合をつけて、もうちょっと融通をきかせていれば——

最悪の事態は回避できたかもしれない。

自己反省の念は、時の経過とともに蓄積されていく。いつもは豪毅《ごうき》な料所さえもが、ショックと心労で食が進まない様子である。

それにしても——

無邪気にカレーを賞味する娘を横眼に見ながら、虹川は考える。芸術家《アーティスト》のこの残虐非道さはどこから来ているのだろう、と。生命の尊さという概念をせせら笑うかのような、冷徹な五つの殺し……幻影城殺人事件は、この先、どこまでエスカレートし続けていくのだろう。

インド宗教の一つに、ジャイナ教というのがある。マハーヴィーラという男が興した教えで、無神論であるものの、何よりも全生物を尊重すべきことを説いているものだ。

ジャイナの教えは、世界や生死について哲学的な思考を巡らせてやれば、誰もが一度は通る道だ。人は皆、自分という存在を愛している。だから、生きている。そして、命というものの素晴らしさ、儚《はかな》さを考えた時、人間だけでなく、あらゆる動物、生物、世界すべてを愛したくなる。この矛盾に満ちた宇宙に生きる同志として、生命の尊さをわかちあいたくなるのだ。

一方で、いつの時代にも、破滅的な思考を持つ者は必ず存在する。愛憎は表裏一体で、すべての人間はどこかで自分を憎んでいるから、それも当然の感情なのだ。世界の不条理と自分という存在の無意味さを悟る者は、時に、世界の全てを滅ぼしたい衝動にかられるのだ。

虹川自身は、どちらの思考も支持しない。彼の基本理念は、中庸《ちゅうよう》だ。一つの対象に対しては、常に二つの対立する思考を用意し、その中間をふわふわと漂うように物事を慎重に検討する姿勢を貫いている。この世には正義などというおめでたいものはない。正義とは、自己保身の『被害者の論理』だということが、生きているうちにわかってくる。

それにしても……何なのだろう?

悪だとは断言しない。しかし、芸術家《アーティスト》の犯行から感じられるこの『闇』は、いったい何なのだろう? これは、芸術家《アーティスト》が殺人芸術を通して表現しようとしている、主題《テーマ》なのか?

●

料理を運んでくる間宮てるとの、言葉のない眼だけの談笑を心地よく感じながら、犇斯は昂揚感を懸命に嚙み殺さなければならなかった。

犇斯たちがしっかりしていれば、氷龍翔子は死なずにすんだのかもしれない。そう考えると、龍宮の捜査を四年ぶりに拝見できると喜んでばかりはいられない。

小さな美濃壺に入ったドレッシングをサラダにかける。ドレッシングの紅花油がサラダの味を豊かにする。カレーと相性のよい、上品なサラダだった。カレーを咀嚼《そしゃく》しながら、螽斯は、食堂を見回す。

平井太郎、間宮てる、小杉寛……料理を運んでくる使用人たちの観察に傾注する。

たとえ俯瞰流考が封じ込まれても、螽斯も名探偵のはしくれだ。スタンダードな推理を展開させることはできる。

『審判の間』の鍵を使用できた人物、あるいは合鍵を作ることができた人物、そして、電気椅子の仕組みを把握し、内蔵電池を用意することができた人物。

……これまでのところは、推理作家ばかりが殺害されているということで、容疑者をどうしても『関西本格の会』に求めてしまっていた。だが、『審判の間』の氷龍殺しで、幻影城の関係者こそが疑わしくなってきた。昨日の二つの事件にしてもそうだ。芸術家《アーティスト》は、幻影城という地の利を生かすことのできる人物ではないのか？

動機については、何とでもなる。『関西本格の会』は、ここ三年、幻影城で合宿を行っている。その間に、殺人の原因となる何らかのトラブルがあったとも考えられる。

それにしても、芸術家《アーティスト》は、どのようにしてあの密室を完成させたのか？　双子猫殺しの意味は？

――殺猫犯は、芸術家《アーティスト》と別人なのか？

事件が進むにつれ、疑問はどんどん増えていく。

芸術家《アーティスト》が謎の山を高くする前に、一つずつ疑問を解決させたい螽斯だった。

●

『審判の間』の中には、ごく簡単な調度（――ソファ、小棚、画――）しか置かれておらず、芸術家《アーティスト》が密室から脱出する際に利用できそうな道具は、全くなかった。

黄色い絨毯の下、画の裏、小棚の下、壁、天井、床はくまなく入念な調査が繰り返されたが、抜け道のようなものは全く存在しなかった。

たとえ数字錠を施錠することはできても、両腕両脚を電気椅子に固定された翔子が、自分で椅子の裏のレバーを引いて自殺することは不可能である。

翔子が殺された時、芸術家は室内にいなくてはならない——それは、真理だ。では、どうやって脱出したのか？　そこで推理は行き詰まる。


『いかにして密室は作られたか？』


そのフレーズは、四大ミステリの一冊、『匣《はこ》の中の失楽』の作中作のタイトルであると共に、重要なテーマの一つでもある。

幻影城という巨大な匣の中に、『審判の間』という小さな匣がある。内にも、外にも、匣、匣、匣……無限の入れ子構造が続く。

——料所警部らが室内になだれ込んだ時に、芸術家《アーティスト》が外へ逃げ出したという可能性はない。あの時、『審判の間』の外にもたくさんの人間がいた。あの状況で全員の眼を盗んで逃げおおせるのはルパン三世でも不可能である。

芸術家《アーティスト》は、どのような魔術《マジック》を使ったのか？

それが、当面の問題だった。

幻影の匣の中を彷徨う者たち……ここは、現世《うつしよ》の失楽園《パラダイス・ロースト》だ。

昼食が終わると、皆、思い思いの場所へと散っていった。城内は警官が捜査にあたり、警備を続けている。こういった状況で芸術家《アーティスト》が犯行に及ぶとは考えられないので、作家たちの行動の自由が束縛されることはなかった——。

33 その植物の名は……

●

星野多恵は、「部屋で一緒に休むか」と気を遣《つか》ってくれた兄、風紋寺の申し出を丁重に断り、廊下をあてもなく歩いていた。

翔子が殺されたことで、さすがに葵は計り知れないショックを受けているようだった。隣席に座っていたものの、多恵は、食事中に彼に話しかけることができなかった。葵の方から話しかけてくれれば、喜んで応じる準備があったが、それもなかった。

葵は食事も早々に切り上げ、溜水と共に、他の者たちより一足先に食堂を後にしていた。その後ろ姿に、どうしようもない喪失感が漂っているのが気になった多恵は、幻影城の中を、葵を探して歩いていたのだ。

生前、翔子は葵が多恵に気があると言っていた。その言葉を真に受けるほど多恵は自分に自信を持ってはいないが、葵との相性の良さは認識していたので、彼が落ち込んでいるのは気になった。出過ぎたことなのかもしれないが、一言でも二言でも、励ましの言葉をかけてあげられれば、と思う。

愛する人に先立たれるというのは、どういうものだろう？　愛らしい感情を持ったのは兄に対してぐらいなので、多恵にはよくわからない。兄への想いはいわゆる兄妹愛で、男女間の恋愛感情とはまた別種のものだろうから……。

——葵さんは、翔子さんを愛してらしたのかしら？

食事の際、ちらちらと横眼に見た葵の蒼ざめた横顔が、多恵は忘れられない。これまで、翔子と葵は先輩と後輩の理想の友情を持った二人だと思っていたが、彼らの間は、思った以上に深いのかもしれなかった。それが証拠に、溜水も落ち込んではいたものの、葵のように、自分の半身をもがれたような感じではなかった。

……幾つかの部屋を覗いてみたが、葵の姿はない。多恵は何となく、南西の中庭へと続く歩廊を進んで行った。——その先にあるのは、温室だ。

——華でも見ながら、今は一人でいたい……。

多恵は直接犯行現場を眼にせず、五件の殺しを伝聞でしか知らない。そのせいか、三人と二匹が殺された今になっても、彼女はまだ、現実の殺人事件の中にいるという実感が持てずにいた。

一昨日の晩、溜水が構想を語っていた実名小説、『麗しき華のごとく、没落は夢のように』の中にいるようだ、そんな眩暈感さえする。多恵は現実と虚構を充分に区別できる大人だったが、この異常な状況は、彼女の理性を狂わせずにはいなかった。

——殺人事件——

これまでは、そんなものは兄たち推理作家の想像の産物なのだという認識があった。実際に日本のどこかで毎日、人が殺されているとは承知していても、殺人事件という異常な極限状態を想像することはできなかった。

それがこうして実際に事件が起こり、渦中に身を置くに至っては、どう対処すれば良いのか全く見当がつかないのだ。

葵を探してしまうのも、誰か支えてくれる人が（──なぜ、兄さんでは駄目なのかしら──）欲しいのかもしれない。自分を安心させてくれる誰かを求めているのかもしれない。

　しかし、疑心暗鬼とまではいかないものの、誰が仮面をつけているかわからない現状である。下手に誰かに自分の弱さをさらけ出すよりも、とりあえず一人になるのもいいかもしれない。

　歩廊を進みながら、多恵は腹部に手をあてる。たとえ殺人事件が起こっても、あれは待ってはくれない。月に一度襲ってくる生理《あれ》が近づいているのを、多恵は感じていた。

　男の中には、生理を軽んじているものがいる。実際、女友達に聞いてみたところ、人によっては全然辛くない場合もあるそうなのだが……多恵は、いつも激しい生理痛に悩まされるタイプだった。

　子を産む苦しみの裏側には、一つの生命を創り出す快感があると言われているが、それにしても、だいたい月に一度の周期で襲ってくるブルー・ウエーヴには、理不尽なものを感じることがある。なぜ、女性だけがこんなに苦しまなくてはならないのか、と——。

　生命のシステムというものに思いをはせた時、そのドロドロとした仕組みから、自分をそむけたくなる。一度、テレビで出産のシーンを見た時などは、そのグロテスクさに耐えきれず吐いてしまった。

　自分の中で細胞が成長していき、幼児となる。いくら想像を逞しくしても、自分が出産するところというのはイメージできない。自分の体の中で、一つの生命が誕生する。多恵にしてみれば、それは幸福ではなく……

　——怖い——

　恐怖の感情だった。

自分の中にもう一人、生物が住んでいる。自分が器でしかないようで、また、自分が乗っ取られてしまったようで、多恵には恐ろしかった。

妊娠→出産を恐れるから、それを連想させる生理を嫌悪する。そこから敷衍《ふえん》して、恋愛というものにも潜在的に引け目を感じている。

だから多恵は、葵に惹かれるところを感じながらも、彼を恋や愛の対象として見つめることができずにいた。

部屋に戻ったら、アスピリンを飲んで少し仮眠をとろう。……薬に頼るのは本意ではなかったが、この閉塞状況に生理の激痛が加わるというのは、楽しい存在ではない。やむをえないだろう。

念のためアスピリンを持参して良かったと安堵しつつ、多恵は華たちが待つ温室を目指した。

●

昨晩の大雨の名残か、朝は晴れていたはずなのに、上空はひどく曇っている。まだ昼過ぎだというのに、外は夕方のように薄暗い。

南西の中庭を占領する温室は、大きなガラス板を幾つも組み合わせた巨大なテラリウムである。中に一歩足を踏み入れると、植物の香気がプンと心地よく嗅覚を刺激する。視界全体に、華が咲きほこっている。千紫万紅の華の宴……。

頭上に眼をやると、ガラス張りの天井の彼方——天へと聳える流血色の城壁と、泣き出す寸前の曇天を一望することができる。

それにしても、ここはまさに華麗な楽園である。魔境と化した幻影城には不似合いな、暖かい、秘密めいた華園だ。

犯人が『芸術家《アーティスト》』と名乗っているだけのことはあり、それぞれの殺人には、芸術とは程遠い印象があるものの、凝った仕掛けが施してあったと聞いている。死んだ人間を用いた詩のようなものと考えれば、それらは、いかにも華のない殺詩《ころし》である。

どうせ詩を吟《ぎん》ずるなら、華のある詩にして欲しいものだ。眼前に広がる華の絨毯を見ていると、死者たちにせめて華をたむけたくなる。

どこまで続くかわからない殺人事件のことに考えがいくと、下腹部の圧迫感もあって、不快な気持ちばかりが増幅していく。ぶるぶると首を振ると、多恵は事件について考えるのを止めた。

――今はただ、華たちと戯れていたい。

多恵は今回の合宿で初めて幻影城を訪れた。昨日、一昨日と色々なことがあり、温室に来るのはこれが初めてだったが、やはり一人でもここに来てよかったと思う。一人だからこそ、良かったのだろうか？

華たちの美しさを心ゆくまで満喫することができる。……誰にも気兼ねはいらない。

ふと、一輪だけ枯れている華を見つけた。名も知れない、小さな白い華だ。頭《こうべ》をたれ、すっかりしぼんでしまっている。

枯れた華を見ていると、自然と命の儚《はかな》さを考える。そして、翔子のことを考える。考えまいとしても、一度考えが彼女のことにいくと、もう後戻りはできない。

昨日の夜、中庭で言葉を交わした翔子が、今はもうこの世にいないとは信じられない。実際に屍体を眼にしていないこともあるのだろうが、たとえ見ていたとしても実感を持てたかどうか……。

彼女は帰らない――永遠に。

永遠という時間を想うと、ひとりでに溜息が口をつく。これが『死』というものなのだ。

絶望感ではない、この胸にあるのは虚無感――。

漠然と、そんな気がした。

●

ピロロロという軽快な音が聞こえた。それを発端に、笛の音のような音楽が聞こえてくる。続いて、キャハハという笑い声が……この少女の声には、聞き覚えがある。虹川恵だ。

――恵ちゃんが、この温室にいたのかしら？

華を段々に並べた棚や柱が幾つもあるため、温室全体は見渡せない。人の気配がないので一人だと思っていたが、どうやら先客がいたようである。

華に囲まれた通路を進み、角を曲がると景色が流れ、視界が変化する。

少年が横笛を吹いていた。その傍らで、少女が無邪気に笑っていた。

華園に自然に溶け込んだ子供たちに、過去に置き忘れた自分の昔の影を見つけて、多恵はしばらくそこに佇んでいた。――やがて、多恵の存在に気づいた少年が横笛の演奏をやめると、少女もこちらに気づいた。

「あ、多恵おねーちゃん！」

多恵は微笑して、二人に歩み寄った。下腹部の痛みは、潮が引くように、不思議と引いていった。

「ごめんなさい、邪魔しちゃったかしら。恵ちゃん、それに――小杉くん」

「そんなことないですよ。ちょっと練習してただけだし――」

「上手ね。それは、クラブ活動で？」

「いや、楽器は趣味で。オレは野球部です」

照れ臭そうに言うと、小杉勝利は虹川恵と顔を見合わせて笑った。二人とも、本当に楽しそうだった。

さすがにここまで事件が進んだということで、子供たちにも事情は説明してあるが、彼らはまだ、殺人や死という暗黒の概念を理解する年齢ではないのだろう。

小杉勝利は、有凍《ゆうとう》中学校（通称・アル《有》中）の一年生であるが、事件が進んだこともあり、今日から欠席している。死の恐怖など考えないのであろう少年にとって、理由はどうであれ、「合法的に」学校を休めることが嬉《うれ》しくないはずがなかった。

「食事の後、ここで二人で遊んでいたの？」

「うん。お華が多いから、恵はここが好きなの」

恵は自分のことを『恵《めぐみ》』と呼ぶ。名前の中に共通した文字があるということもあり、少女に好感を抱いている多恵だった。恵の中に感じる、過ぎ去りし日の自分の少女時代の面影に、懐かしさが募る。少年だけじゃない、少女も確かに翼を持つ天使だと多恵は思った。

多恵を見返す恵の愛くるしい瞳と、勝利の聡明そうな瞳。透明な瞳の奥にあるのは、これからどんどん成長していく力の源、生命力？

……子供たちには、多恵を安心させてくれる魅力があった。

●

雑談を楽しみながら、多恵は子供たちと広大な温室を回った。多恵の知らない華には、植物博士の恵が詳細な解説を加える。楽しい一時《ひととき》だった。

「――これは、何かしら？」

温室の隅で、多恵は足を止めた。そこにある植物に、彼女の視線は釘づけになった。

薄茶色の茎はまっすぐに伸び、先端で螺旋状にねじ曲がっている。その茎のねじ曲がった上部にだけ、緑の葉が茂っている。華は咲いていない。おそらくは観葉植物であろうと思われたが、多恵の知らないものだった。

他の植物が生き生きと自己主張する中にあり、その植物だけが一際異様な禍々《まがまが》しさを発散している。それが、多恵には気になった。いかにも、芸術家《アーティスト》が好きそうな植物――そんな気さえする。

「恵、知ってる。これベンジャミンって言うんだよ」

恵は鉢植に近づき、楽しそうに語る。さすがに植物図鑑と共に育っただけのことはあり、植物には詳しい。脳のデータ保管庫をあまり使用していないせいだろう、子供というものは、皆、記憶力がいい。時折、自分の息子は神童ではないかと錯覚する親が多いのも、そのためである。その気になれば、子供はかなりの情報を蓄えることができるのだ。

「恵、こういうの詳しいよなぁ」

友人の頭にポンと手を乗せ、勝利が感心して呟く。

しかし、一方で多恵の表情は曇っていた。

「――そう。ベンジャミンっていうの……」

この邪悪な（――言い過ぎだろうか？　――）植物は、何か不吉な予感を抱かせる。

――この胸騒ぎは何なのだろう。何か悪いことが起きなければ良いのだけれど。

マイナス思考をすると、下腹部に圧迫感が戻ってくる。気分が悪くなった多恵は、しばらく子供たちにつきあった後、一人で温室を後にした。

34　暗室の闇

■■■■……闇が、そこに在った。二人の男は、闇に包まれてそこにいた。

「さすがに暗いな――」

「ああ。真の闇、ってやつだ」

果てしない闇の中、葵と溜水の声が響いている。

幻影城南西部の一室――『暗室』である。

平井氏が何の目的でこの部屋を作ったのかはわからない。聞いたこともない。真の闇を体験しようと思ったのかもしれないし、ひょっとしたら、ただ部屋が余っていただけかもしれない。確かにわかっていることはただ一つ、この『暗室』が外部からの光を遮断している、ということだけである。

窓はもちろん、何の調度もない。ここに存在しているのは、圧倒的な闇だけだ。扉の隙間がかすかな光の線となっているが、それは無きに等しいものだ。こういう場所の方が意外と落ち着くかと考えてやって来た二人だったが、視界を遮られるとかえって落ち着かなかった。

長く、重い沈黙――。

何から切り出せば良いものやら、わからない。何をどう喋れば良いものやら、てんでわからない。体の中に鬱積したものをどう吐き出せば良いのか――初めて酒を浴びるように飲んだ若者のように、吐く術《すべ》がわからない。

二人にとって翔子の死は、双子黒猫はもちろん、柊木や水野の死とも全く異なるものだった。三人は、この五年、作家を目指して同じレールの上を走ってきた同志だった。楽しい時も、辛い時も一緒の時間を共有した。だから、三人は親友であり、仲間だった。彼女は彼らにとって身内も同然の——それ以上の存在だった。自分の一部で、それなしでは自分が考えられないほどに大事な存在だったのだ。

実際の殺人事件に巻き込まれても、彼らは自分たちは死なないと思っていた。芸術家《アーティスト》の兇行を目の当りにしても、自分たちは不死であるかのように、身の安全を盲信していた。

動機の面もある。水野や柊木は、腹に一物ありそうな嫌な連中だった。具体例は浮かばないが、どこで誰に恨まれていてもおかしくない。そんな性格をしていた。——だが、翔子は……

葵と溜水の先輩は、人から恨みを買うような性格ではなかった。逆に、他人に勇気を与え、感謝されるような性格だった。

動機のない殺人などない。そんな推理小説の約束事のような常識に縛られ、彼らは油断していたのかもしれない。加えて、翔子は三人の中でも用心深い性格をしていた。扉を閉めていれば安全なのに、なぜ、翔子は芸術家《アーティスト》に摑まり、殺されてしまったのだろう？　そこが二人にはわからなかった。

翔子の死は、あまりにも現実的すぎるがゆえに、彼らにはかえってそれが非現実なことであるようなことに思えてならなかった。

電気椅子に腰かけていた彼女から感じられた屍体特有のよそよそしさ。人形のような、生命の嘘臭さ。……眼隠しをされていたのは、せめてもの救いだった。あれによって彼らは、カッと眼を見開いた翔子の壮絶な死顔を眼にすることなく済んだのだから。

眼を閉じるまでもなく、ここは闇に包まれている。闇の中では、全てが嘘のようだ。世界も、自分も、時間も、翔子の死も、幻影城も、全てが虚構であるような気がする。そんな『暗室』の中だから、今でも翔子の声が耳の中で響いている。

——氷柱木くん！　——溜井くん！　——

「翔子先輩が……………殺されるなんてな」

内臓を口から絞り出すように、溜水は何とかその言葉だけを吐き出した。後には、重い溜息が続く。

うっすらと、二人はお互いの存在を確認し始める。闇に眼が慣れてくる。

「…………」

葵は無言で溜水から眼を逸らし、闇を見ている。そんな友人を、溜水はじっと見つめる。何か答えを引き出そうとするかのように、凝視している。

「何を考えているんだ、葵？」

葵が何かわだかまりを持っているのは明らかだった。殺人事件とは別の、何か——溜水には、そのことが気になった。

「溜水、教えてくれ。これは、『麗しき華のごとく、没落は夢のように』なのか？　それとも、『華麗なる没落のために』なのか？」

泣きそうな声だった。溜水は、しばらくの沈黙の後、断固たる口調で言った。

「これは小説でも、事実を記録したものでもない、紛れもなく現実なんだよ、葵。眼を逸らすなよ」

葵は悲しそうにフッと息を吐き、呟いた。

「そうか……そうだよな」

闇の中、はっきりとはわからなかったが、溜水には、友人がふっ切れたように思えた。

「俺を殴ってくれ」

おもむろに葵がそう切り出す。思わぬ奇襲に、さすがの溜水もたじろぐ。

「俺は耳が悪くなったのか？　すまないが、もう一度言ってくれないか？」

「俺を殴ってくれ、いや、殴れ！　理由《わけ》は後で話す」

溜水は無言で友人の顔を見つめた。闇色に染まったその瞳は真摯で、濁りはない――ように思えた。

溜水は瞼を閉じる。葵は待つ。

沈黙が流れる。

かすかに頷き、溜水が動いた。

飛んだ、という感じだった。来た！　葵がそう思った時には、彼は殴られていた。

溜水は、体重を乗せた渾身《こんしん》のパンチを葵の頬に叩き込んだ。ガツンと重い手応えがあった。葵の歯で拳《こぶし》が少し切れたが、気にはならなかった。むしろ、清々しかった。

「理由《わけ》を話せよ……」

拳をふりながら、溜水が促した。葵は、切れた口の中で血をなめながら、話し始めた。

あの事件の夜のことを。翔子との行為を。それを今まで親友にずっと隠し続けてきたことを――。

話は長くなった。だが、語り終えてみると、話をしていた時間は一瞬だったように思えた。

「隠すつもりはなかった。だが、何となく言い出せなかった。何も知らないお前と三人でつきあいながら、翔子先輩も後ろめたさは感じているようだった。だが……話し合ったことはないが、俺も翔子先輩も、あの事件の夜のことは夢のように、嘘だったように感じていた。それで、お前に話せなかった」

「この世は全て虚構さ。過去はもちろん、今も、明日も、リアルなんて、本当はどこにもない」

「俺は、翔子先輩にどういう感情を持っていたのかわからない。友情だったのか愛情だったのか、答えを出す前にあの人は逝ってしまった――」

「星野さんのことが好きなんじゃないのか？」

溜水の言う『星野さん』とは、むろん星野多恵のことである。風紋寺のことは、『風紋寺さん』とペンネームで呼んでいる。

「わからない！　だから……俺は混乱しているんだ」

「ゆっくり自分なりの答えを出せよ。焦ることはない。どうせ、正解なんてどこにもないんだ。自分の本心に忠実であればそれでいい」

溜水はさばさばしていた。いつも通り、クールだった。葵には、それが意外でならなかった。

「溜水。お前、怒っていないのか」

「怒る――何を？　俺は、葵健太朗と氷龍翔子が好きだよ。二人の人間を愛しているし、親友だと思っている。だが、それはあくまで人格の話であって、二人の下半身と友達なんじゃない。お前と翔子先輩が結婚したって、俺は嫉妬なんかしない。そういう問題には興味ないんだ」

「そうか……お前らしいな。一つ、質問させてくれ。お前は本当に人間なのか？」

「さあな。もしかしたら、登場人物という二次元世界の住人（紙の上の人間）なのかもしれないな」

二人はようやく笑った。お互いに肩を叩きあった。少しだけ――ほんの少しだけ、沈んだ気持ちが楽になった。

ひとしきり笑い終えると、溜水は真剣な表情に戻って葵に視線をぶつけた。

「葵――急ぐことはないが、ちゃんと結論は出せよ。それが翔子先輩のためであり、星野さんのためであり、……更級《さらしな》さんのためにもなる」

「ホタルは関係ないだろう。昔の話だ。——いや、関係ないことはないな。すまん」

葵は高校時代から大学時代まで、更級蛍子《さらしなけいこ》という同級生とつきあっていた。『ホタル』というのは、葵がつけた彼女のニックネームである。

「葵。殴りたければ俺を殴れよ。このままじゃ、借りを作ったようで気持ちが悪い」

「いや、いい。話す前に殴れといったのは、俺の方だ。それに、俺は喧嘩《けんか》は嫌いじゃないが、人間以外の奴と勝負する気はないんだ」

「もう一発、欲しいか？」

微笑しながら、溜水は拳を構える。むろん冗談だ。

「遠慮しておくよ」

沈黙は、翔子の死を考えさせる。それを避けるような二人の会話だった。二人の心には、ぽっかりと空洞がある。これは、喪失感……。

翔子を殺害した芸術家《アーティスト》への憎悪よりも、翔子ともう二度と会えないという虚脱感の方が大きかった。

「——出ようか」

葵が提案して、溜水が頷く。溜水は、今ふと頭に浮かんだ考えを友人に話すのはやめることにした。特に話すほどのことはない、事件の解決とは関係のないことだから。

——圧殺、絞殺、斬殺、電気殺……推理の助けにはならないかもしれないが、もしや芸術家《アーティスト》は……

既に闇には慣れている。時間が立つと、闇は光よりも身にまといやすい。元々、宇宙は闇だから？

葵は扉を開いた。

闇を裂くように広がる光の筋——

その眩しさに、二人の眼はくらんだ。光が激しく二人の体を愛撫し、抱擁する。嫌なことを忘れさせてくれる。——二人は、『暗室』を後にした。

35　二人の約束

『暗室』を出ると、事件記録物語《ノンフィクション・ノベル》・『華没』の執筆を続けるために、溜水は自室へと戻っていった。廊下の向こうへと小さくなっていく友の背中を見ながら、広い廊下にただ一人残された葵は、久しぶりに更級蛍子《さらしなけいこ》のことを回想していた。

●

……高校時代、葵は、恋愛というものを自分から突き放して考えていた。カップリングに躍起になっている周囲の連中に白い視線を飛ばしながら、どうせ今のつきあいなんてものは、ずっと続くもんじゃない――そんな風に考えていた。

環境が変われば、人は変わる。小学校時代、わかりあえた友たちも、別々の中学校に入ると疎遠になった。中学校時代の親友たちは、高校に入るとつきあいが少なく（あるいは無に）なった。

人は一人では生きられない。常に、周囲から影響を受けて生きていく存在だ。だから、環境の変化に抗うことは誰にもできない。

出会いの裏側には、別れがある。人それぞれ固有の命を持っているから、死ぬのはみんなバラバラだ。つまりは、出会った者とは皆、別れなくてはならないという宿命《さだめ》を誰もが抱えているということだ。

高校時代のつきあいもそれと同じだと葵は考えていた。大学に入れば、皆、別々の進路を歩むことになる。たとえ同じ大学に入っても、ある程度それは避けられない選択肢だろう。

中学校時代は、葵はまだ未熟だった。無邪気に、何人かの異性との交遊を楽しむことができた。が……

当時の友人も、恋人も、今となっては遠い存在となってしまっている。

別れるために出会うというのを繰り返すのが、葵はたまらなく嫌だった。そこで友人にそのことを相談すると、決まってこんな答えが返ってきた。

『何をそんなことで悩んでんだ？　それはそれでいいじゃないか。将来、面倒な人間関係の中でうまくやっていくためにも、より多く経験を積んでおくに越したことはないと思うぜ』

俺が求めているのは、そんな正論じゃない。お前たちは、本当にそれでいいのか？　――口に出しては言わなかったが、葵は心の中でそう毒づいていた。

男にせよ、女にせよ、相手が単なる友人であれば、まだ割り切った考え方をすることができる。しかし、恋人は――

近未来にある不可避的な別離。そこで、互いに傷つけあって離れていくことがわかっていて、なおもつきあうということが、たまらなく愚かなことに思えてならなかった。

高校二年の時、知り合った異性の友人にそんな恋愛観をぶつけたところ、彼女も自分と同じ考えを持っていることを知った。それ以来、葵と彼女は、何でも気さくに語り合える、打ち解けた理想の友人関係を築いた。……それが、更級蛍子だった。

二人はずっと、親友としてつきあった。傍から見れば、恋人以外の何ものでもない関係でも、彼らにとってはあくまで親友同士のつきあいだった。

やがて二人は、若くして結婚を考えるようになった。二人の相性は最高で、これほどわかりあえる相手は、生涯を通じてもう現れないだろうと思えた。

――その頃には、定義はどうあれ、男と女はすっかり恋人同士になっていた。二人は、別れるためにつきあうのは無意味だと考えていたが、別れないつきあいならば話は別だった。そして彼らは、今まで自分たちが軽蔑していた者たちと同じ境遇に……『恋愛』という迷路に迷いこんだ。手に手をとって、人生の道を迷う。恋愛の虜《とりこ》となった近視眼の若者たちには、自分が何をしているのかということが、後になってみなければわからない。

なぜなら、ラヴ・イズ・ブラインド→恋は盲目。

誰もがやっているように、罪のない嘘で親たちを欺き、クリスマスの夜を共に過ごした。

どちらも初めての体験ではなかった。そのことに軽い驚きを感じる一方で、そんなことは心臓を快くすぐる程度の些細《ささい》な問題だと二人は思った。二人だけの夜を共有したことで、少年と少女は、自分たちは大人になったのだと、おめでたく錯覚した。

大学卒業の時期に結婚を設定し、社会を知らない高校生は、身の程知らずにも人生設計を緻密に組み立てる。彼らの人生航路は順風満帆で、何の問題もない——ように思えた。

氷柱木真二と更級蛍子は、共に学び、同じ大学を目指した。将来に待っている薔薇色の目的地に向かって、二人はまっしぐらに走り続けた。

楽しい高校生活はまたたく間に終わりを告げる。

更級蛍子は、大学に合格した。だが、彼女の未来の夫は、不合格だった。

滑り止めに一緒に受けていた大学は、共に合格していた。わたしが本命を蹴るから、二人で同じ大学に通おうよ——蛍子のその提案を、葵はつっぱねた。

もしあの時、彼女の申し出を受け容れていたら……後に、葵はそう考えるようになる。彼女と同時期に大学に入学していれば、人生は今とまったく違ったものになっていたことだろう。ひょっとしたら、そのまま順調に行って、無事結婚していたかもしれない。

もちろん、その場合は、大学のサークル『創作会』で溜水や翔子と出会うこともなく、葵健太朗という作家になれたかどうかもわからない。少なくとも、幻影城で殺人事件に遭遇することはなかっただろう。

だが、葵は蛍子の提案を却下した。それは、決して変えることのできない過去の事実なのだ。

一年後、俺も必ずお前と同じ大学に入るよ。葵は蛍子にそう誓った。一年間、蛍子ともほとんど会うこともなく、勉強に精進した。そして、葵は念願通り、彼女と同じ大学に合格した。

一学年の差はあれ、二人の関係は復活した。しかし、その関係の底には、わだかまりのようなものが、絶えず漂っていた。高校時代のように、二人は何でも理解しあえる関係ではなくなっていた。一年の間に築かれた溝は、予想以上に大きなものだった。

やがて、蛍子が妊娠した。葵は、その時になって初めて、彼女が別の男ともつきあっていたことを知った。それは、葵の子ではなかった。大学に入ってから、ぎこちなさを感じていた葵は、蛍子と寝ていなかった。

どうして、二股かけていたことを俺に言わなかった。葵がそう詰め寄ると、彼の未来の妻となるはずの女性は、寂しそうに首をふってこう言った。

『人間は変わり続けていくものでしょ。あたしは、もう一年前のあたしじゃないの』

浪人時代の一年間は、ぽっかりと人生に空いた空洞のようなものだと葵は認識していた。一年の時の隙間など軽々と飛び越えて、自分と蛍子はふたたびかつての関係を取り戻すことができるはずだ。葵は、そう信じていた……

蛍子の人生観は変わっていた。彼女は、高校時代の哲学をさらに押し進め、特定の恋人だけを持つという常識的な縛りをゴミ箱に捨てていた。人生は一度きりしかない。それなのに、いずれ別れるかもしれない相手一人に縛られるのは愚の骨頂だ。つきあいたい時に、つきあいたい相手と一緒に過ごす。去る者は追わず、共に在る者と同じ時を楽しむ。その時の本能的な感情に身を任せ、流れるままに生きていく――それが、更級蛍子の新しい哲学だった。

二股どころではなかった。蛍子のつきあっている男の数は、両手の指では数えきれないほどだった。

誰が父親かわかるのか？　堕ろすのか？　――そんな愚問を口にするほど、葵はバカではなかった。彼女の知っている更級蛍子は、もうどこにもいなかった。そして、二人は別れた。自分の許《もと》を去る葵を、蛍子は追いかけてこなかった。

タイム・マシンで未来に送りこまれ、そこに置き去りにされたような気分だった。

自分の知らない一年の間に、更級蛍子の身に何が起こり、何が彼女を変えてしまったのか？　それは永遠に解けない謎として残った。しょせん、他人のことは何一つわからない――そのことを、葵は痛感させられた。

タイム・マシンで一年前に戻りたかった。彼女と同じ大学に入り、やり直したかった……現役時代の受験に、もう一度トライしたかった。

時の流れは無情にも葵を押し流し続ける。未来へ、未来へ、未来へ、未来へ――流れは決してとどまることを知らない。過去に戻ることはできない。

別レルタメニツキアウコトヲ嫌悪スル少年ガイタ。彼ハ、キット別レルコトハナイダロウト思エル理想ノ相手ト巡リ合イ、運命ノ恋ニ落チタ。ダガ、彼女トモヤハリ、別レルコトニナッテシマッタ……。

心の中に溜まった靄を吹き飛ばすかのように、それからの葵は、創作に没頭した。溜水や翔子と共にひたすら創作に精進し、創作家という職業を手に入れた。

しかし、作家としてある程度の成功をおさめても、ひねくれた『人間関係』という厄介な代物に納得できない感情は、常に持っていた。

体内には、いつも空虚な想いが沈んでいた。

絶望でも、失望でもない。それは世界と人間という謎めいた存在に対する、戸惑いのようなものだ。

●

南西の中庭にある温室を出て、幻影城へと続く歩廊を進む。下腹部に溜まる鉛のように重い痛みに顔をしかめながら、星野多恵は葵のことを考えていた。

翔子から、葵が自分に気があると言われたことによって、特別な存在として意識してしまうのだろうか。それとも、親愛なる先輩を喪って悲しみにくれる男の背中を見て、女性なら誰もが持っている、傷ついた者を労《いたわ》りたくなる母性本能——ナイチンゲール症候群から、彼のことを考えてしまうのか。

幻影城殺人事件という闇の中で、葵健太朗という存在に、つい光を求めてしまう自分自身に、多恵は戸惑っていた。

これまでは、兄・風紋寺光世の庇護下にあり、何とか傷つくことなく幸せな人生を送ってきた。社会には、『過酷な現実』と呼ばれる強い雨が降っている。その雨の中で彼女は、風紋寺の傘から出て、葵の傘に入ろうと思いたがっている自分に驚いていた。

最近では、自立し、男性と対等に一人でも強く生きている女性も多い。が、やはり、幼少の頃から兄に守られ続けて生きてきたせいか、多恵には、どこかで守られることを欲する想いがあった。自分だけの傘を探し、それで『現実』の雨をしのぐのがベストだとはわかっていても、そこまで自分を成長させるのにはなかなか時間がかかりそうだった。何と言っても、彼女には経験が少なすぎるのだ。

あるいは彼女は、葵に助けを求めているのかもしれない。風紋寺は優しく、多恵を愛してくれている。だが、慈しむあまり、妹を危険に晒すことは決してしない。ある程度の危険を乗り越えなくては、成長することなどできないのに……。

多恵は葵の傘に入りたがっているのではなく、葵に、自分だけの傘を探す手伝いをして欲しいのかもしれない。

痛みから思考を逸らすべく、何かを考えようとする。しかし、思考はどうしても葵のことに偏ってしまう。葵のことばかり考えていると、彼の爽やかな笑顔が脳裏を離れず、心の中で正体不明の熱い想いがどんどん昂ぶっていくのを感じる。

葵のことをあまり考えないように努力する。……すると、今まで忘れかけていた一人の男のことが、多恵の記憶の淵から浮上してきた。

黒の上下に、黒いフェルト帽、黒いマント、黒いブーツ、黒手袋。長い前髪の下には、あどけない童顔……印象的なあの男のことを、多恵は久しぶりに思い出した。

かつて、一度だけ見合いをした男性。とても個性的な人物なのに、彼のことを、多恵はどうして今まで忘れていたのだろう。殺人事件の渦中に身を置き、身近にはＪＤＣの探偵がいるのに――。

一度会っただけとは思えないほど鮮明に、彼のことはよく覚えている。黒ずくめの男は、ＪＤＣの名探偵の一人、名前は……。

――変わった名前だから、よく覚えている。あの人の名前は、龍宮さん。龍宮城之介さんだった。

今、彼はどこで何をしているのだろうか？　日本のどこかで、凶悪犯罪と格闘しているのだろうか？　幻影城殺人事件のことは、知っているのだろうか？

……ＪＤＣ第一班の名探偵・龍宮城之介が、幻影城に向かっていることを、多恵はまだ知らなかった。

過去の情景の中に佇む自分と彼を探し、奇抜な推理の才を持つ黒衣の探偵に想いをはせる。

見合いの席での、たった一度の出会いと別れ。それなのに、思い出してみると、城之介は気になる存在だった。兄・風紋寺とも、葵ともまた違った想いが胸の中に生じる。

幻影城殺人事件のただ中にいるということで、探偵を頼りに思っているのだろうか？

――そうではないような気がする。では、このくすぐったいような想いは何？

奇妙なものを好む心……好奇心だろうか。少し違うようだが、それが一番、近いように思える。城之介には失礼だが、彼はどう考えても変わり者と呼ばれる人種だった。人々が珍獣に興味を示すように、多恵もまた、龍宮城之介という謎めいた探偵に心を引かれているのかもしれない。

風紋寺光世、葵健太朗、――それに、龍宮城之介。

多恵は、それぞれ違った想いを抱いている三人の男性のことを考えた。風紋寺への愛、葵への好感、城之介への興味……それらはどれも、殺人事件の陰惨《いんさん》なムードと体の痛みを忘れさせてくれる魅力的な活力剤だった。

下腹部に手をあて、視線を床の絨毯に滑らせて、歩廊を進んでいく。多恵の口元には、かすかに微笑すら浮かんでいる。

世の中、嫌なことばかりではない。楽しいことを考えていると、世界のすべてが輝いているようにさえ思える。えも言われぬ幸福感に全身を包まれ、体に活力が漲《みなぎ》ってくる。……一時的に錯覚することで、元気が出る。

「──多恵さん！」

既に聞き慣れたその声で、多恵は、ハッと顔を上げた。下を向いて歩いていたので、まったく気づいていなかった。

──そこには、葵が立っていた。

●

『暗室』を出たところで溜水と別れ、誰もいない廊下で更級蛍子のことを回想した。過去のことを考えると、落ち着かない気分になり、何となく葵は廊下をブラブラと歩いた。

温室にでも行って、心を和《なご》ませるか？　──そう考えて、温室へと続く歩廊に足を向けようとしたところで、嘘のようなタイミングで星野多恵が向こうから歩いてくるのに遭遇した。

視線を下方に向けて歩いているので、こちらには気づいていない。葵が声をかけると、多恵はハッと顔を上げ、驚いた表情に──続いてすぐに、柔和な表情になった。

二人は頭を下げて軽く一礼し、歩み寄る。旧《ふる》い親友と再会したような心地よさを、互いに感じる。

「温室へ行っていたんですか？」

多恵が歩いてきた歩廊の向こうには、温室があるだけである。彼女が温室に行っていたのは確実なのだが、葵は、とりあえず基本的《ベーシック》な質問で会話を切り出した。

「……ええ。なかなか、いい所ですね。葵さんは、こんなところで何をなさっていたんですか？」

多恵の澄んだ瞳で正視されると、思わず視線を逸らしてしまう。醜女《しこめ》は三日で見慣れ、美女は三日で見飽きるというが、多恵の場合は、そのどちらとも違った。美醜という以前に、とても印象的な容姿なのだ。影が薄いようでいて、くっきりと頭に残る……それは、葵が彼女に好感を持っているからかもしれない。

「いや、ちょっと『暗室』をね」

とりあえず当たり障りのない答えを返しておいた。廊下での立ち話も何なので、それとなく葵が促し、二人は廊下を歩きながら会話を楽しむ。

実際に言葉のキャッチボールを楽しんでいると、二人の間から相手を意識する特別な感情は喪われていた。

更級蛍子、氷龍翔子との想い出が、星野多恵に対する葵の想いにブレーキをかけている。ドロドロとした男女間の恋愛問題を嫌悪する感情が、葵健太朗に対する多恵の想いにブレーキをかけている……はずだったが、二人で話している時は、本当に純粋にコミュニケーションを楽しむことができた。

性的な意識など介在しない純真無垢な少年と少女のそれのように、二人は対話の素晴らしさを大いに満喫していた。考えて話すのではなく、自然に言葉が口から流れ出すようにスムーズに、テンポよく会話は弾んだ。

内気な性格の多恵は、いつも怯えたような陰りを表情に浮かべていたが、兄・風紋寺や葵と話している時は、心から楽しそうなピュアな笑顔を覗かせる。そのことが、葵には嬉しかった。

「多恵さんは、料理がお好きなんですか」

それとなく葵が聞くと、多恵は、ホームズの推理を聞かされたワトソンの顔色になった。

「え？　――どうしてそれを」

「『華没』に書いてありましたよ」

「『華没』……溜水さんの小説ですか？」

葵は今回の合宿が初対面だったが、多恵は二年前から溜水と面識があり、彼のことを『溜水さん』と呼んでいた。溜水は風紋寺とも親しく、星野家を訪問することも何度かあった。多恵の料理好きの一面を知っているのも、そこに起因している。

『華没』の『3　螽斯との出会い』には、『調理を最高の趣味とする星野多恵』という記述がある。

「——小説じゃないですよ。エッセイとも違う、記録文学と言えばいきすぎになるけど、今、溜水が執筆している『華没』は、現実の事件をありのままに記録したものです」

多恵は昨晩の茶話会には出席していなかったので、溜水が『麗しき華のごとく、没落は夢のように』の執筆を断念し、『華麗なる没落のために』という幻影城殺人事件の物語を記述していることはまだ知らなかった。昨日、溜水が決意するに至った経過を、葵は手短に話して聞かせた。

「同じ『華没』でも、意味が違っていたんですか。それにしても、……溜水さんも大変ですね」

多恵の口調には、心配の響きがある。創作のためには、他の全てを犠牲にする溜水の無茶な性格を、彼女もよく知っているようだ。

葵は苦笑して肩をすくめた。

「ま、あいつは自分を追い込むのが好きな奴ですから。——でも、創作に没頭している時のあいつは凄いですよ。鬼気迫る、っていうか。完全に、物語の中に入っちゃってるんで」

そこで、期せずして二人は、同じことを考えた。

——自分たちも、物語の中に入っている……入らされているのではないか？　この世界は、『麗しき華のごとく、没落は夢のように』あるいは『華麗なる没落のために』なのではないか？

自分たちが、二次元の世界に生きる『登場人物』なのではないかと考えるのは、バカげていることだとは承知している。しかし、幻影城殺人事件という現実離れした極限状況の檻《おり》の中にいると、それもあながち空想ではないのかもしれない、といった気になる。

奇妙な妄想を頭からふり払うように、二人は会話を楽しむことに集中する。何かに没頭している時は、またたく間に時は流れ去る。

ふと気がつくと、二人は多恵の部屋の前にいた。

「では、わたしはこれで——」

多恵は丁寧にお辞儀をすると、自室の鍵を取り出し、鍵孔《かぎあな》に挿入する。

「あ……多恵さん！」

まさに扉を開けようとする多恵を呼び止める。葵の口がひとりでに動いた。

「はい。何か？」

ふり返る彼女の長髪が華麗に揺れる。その表情は、プロポーズされる直前のように強張り、頬はかすかに紅潮している。

「今度、俺にも何かうまいもの作ってくださいよ」

なぜそのような言葉が口からこぼれたのか、それはわからない。氷龍翔子の死を経験し、更級蛍子のことを回想し、沈んだ気分に浸っていたせいだろうか。葵は、本能的に多恵に『癒《いや》し』を求めていた。

葵は、頭をかいて照れ笑いを浮かべた。

——俺は唐突に何を言い出すんだ？

「お口にあうものが作れるかしら——でも、喜んで」

はにかむような多恵の微笑は、葵にとっては、天使の美笑よりも心を洗ってくれるものだった。

二人は互いに、次第に心が通じあい、惹かれあっていくのを、はっきりと感じていた。見えない吸引力に引っ張られ、相手へとぐんぐん引き寄せられる。その力に抵抗することはできないと判断した葵は、恋愛の迷路をもう一度、迷ってみるのも悪くないかもしれない、と考え始めていた。

——どうせ人間とは、生きている限り過ちを繰り返し続ける存在。それなら、楽しく生きてやろう。

彼女の微笑が、勇気をくれた。

葵は、当分その笑顔を忘れられそうになかった。

36　ワッセルマンの画

殺人事件に関するメモをぎっしり書き込んだ手帳を見ながら、虹川良はペンを卓上に置いた。

恵は小杉少年とどこかに遊びに行って、室内にはいない。虹川は、この二時間、自室で事件の情報を整理していた。

探偵の真似事《まねごと》をして、自分で事件を解決しようとは思わない。しかし、多くの人間が事件に気を配っていれば、新たなる発見も多くあるかもしれない。自分なりに捜査に協力しているつもりの虹川だった。

聞き込みをしたわけではないが、作家仲間や使用人たちとの何気ない会話から得た情報は、かなりの量になる。他人から得た情報を全て信じ込むわけでも、最初《はな》から疑ってかかるわけでもなく、自己の哲学である中庸の姿勢を貫きながら、虹川は推理を続けていた。

幻影城のブックマッチ（根元で一つに繋がっている紙マッチ）を一本ちぎって煙草《マルボロ》に火を点ける。煙を吐くと、落ち着いた気分になる。煙草をくゆらせながら、右手で手帳をめくる。

幻影城の古参の使用人たちの中には、今回の殺人事件に、平井太郎の弟の影を感じている者も多くいた。平井太郎の弟は、玄次《げんじ》という名らしい。兄と一回り離れた彼は、二十年ほど前、幻影城ができたばかりの頃に、使用人の一人と駆け落ちして以来、行方が知れないという。

当時は、平井氏と弟・玄次の間に、いろいろと確執はあったようだ。その後の消息が全く知れないだけに、使用人たちがいろいろと勘繰《かんぐ》るのも仕方のないことだろう。その存在が謎に包まれている以上、そこには無限の可能性が成立し得るのだ。

——だが、二十年も経ってから、兄に復讐しようとするだろうか？　それに、『芸術家《アーティスト》』と名乗り、装飾的な殺人を繰り返す（それも、部外者を）だろうか？

平井玄次かどうかは別として、芸術家《アーティスト》が外部犯である可能性は無ではない。だが、厳重に施錠された城門から侵入するのは、ほぼ不可能だ。高い高い城壁を乗り越えてくるのか——ナンセンスじゃないか？

常識に縛られているわけではないが、幻影城は言うなれば堅固な要塞のようなもの。二晩にわたり、城外からわざわざ侵入してきて殺人を犯すとは、あまり考えられない。

……かといって、城内にいる者の中に犯人がいると考えるのも、現実問題として推理するのは難しい。幻影城の使用人、『関西本格の会』のメンバーたち——虹川は、一応、城内の人間は全員把握しているつもりだが、殺人犯と思える者は、一人もいない。

人間が描かれていない、などと評される推理小説ならば、キャラクターが透明なので、読者は誰でも疑うことができる。が、これは人物を描く描かないという問題ではない。現実なのだから当然、ここにいる者たちは皆、血の通った人間たちなのだ。

二次元の登場人物ではなく、三次元の生きた人間として、虹川は城内の者たちを観察している。——だからこそ、推理は難しい。人間が描きこまれすぎている推理小説でも、推理はこれほど難しくないだろう。立体的な人物の生き生きした個性は強烈で、それゆえに、誰が仮面をつけているのかを見抜くのは至難の技だ。

煙草を灰皿で押しつぶす。机の上に置いた腕時計を見ると、午後六時二十五分だった。手帳に視線を集中させていたので、窓の外に闇が降りたのに気づかなかった。夕食は午後七時からなので、いましばらく余裕がある。

——気分転換に『美画の間』でも覗いていこうか。

手帳とペンを胸ポケットにしまい、腰を上げる。虹川は自室の電気を消し、戸締まりを済ませた。

●

綺麗な紅い薔薇が、金色の懐中時計の文字盤を貫いている——ロバート・サリヴァン・氷室の『薔薇《ばら》の封時《ふうじ》』である。時を封じこめる薔薇が写実的なタッチで描きこまれている。一瞬の美を表現した、思わず息をのむ迫力を備えた画だ。

戸口の正面にある『薔薇の封時』をはじめ、『美画の間』を構成する画の数々は、実に豪華絢爛なものだった。ルーベンスの『ヴィーナスの饗宴』、マネの『アトリエの昼食』、クノップフの『私は私自身に扉を閉ざす』、アンドレア・デル・サルトの『ピエタ』、ヤン・ブリューゲルの『地獄のオルフェウス』、ムリーリョの『聖母子』、バルトロメオの『十字架降下』、ミケール・ハインツの『光の変奏曲』、テオの『ひまわり』、そして、ワッセルマンの『シャッテンブルク』……。絵画ファンならずとも見入ってしまう名画の数々である。

平井太郎は、オリジナルを集めることに興味は持っていないのでいずれも複製だったが、さすがにこれだけの数が並ぶと圧巻だった。

複製と承知して見ると、心なしか肩の力を抜いて鑑賞できるような気がする。オリジナルの持つ生々しい雰囲気（鑑賞者の緊張感？）がないことによって、見る者はリラックスさせられるのだろうか。

模写というのは、オリジナルとサイズを変えていれば別に法律違反でも何でもない。贋作《がんさく》とは、オリジナルと同じサイズの（模写であることが隠された）コピーのことである。——ゆえに、画家の卵は、名画を模倣することから出発する。人によっては、オリジナルよりも複製の方に魅力を感じる者もいる。事実、複製でも凄いものはオリジナルに迫る（凌駕する）迫力を発散している。

こだわりを持たないのであれば、オリジナルを購入することに大金をつぎこむよりも、同じ金額で複製を幾つも買い求める方が賢明なのかもしれない。

もし仮に、『美画の間』の複製絵画を購入した資金で、一枚のオリジナルを買い求めたとしても、今ほど圧倒的な芸術空間を築くことはできなかっただろう。

質より量、というわけではないが、要は、質×量の絶対値が大きければ良いのだ。十のクオリティを持つものでも量が一でしかなければ、七のクオリティのものが十個集まった感動にはかなわない。

●

溜水の最新作『ジグソーパズル』を読み進み、八割ほど読んだところで葵は自室を出た。食堂に直行すると、夕食にはまだ時間がある。読書に集中して酷使した眼を休めるために幻影城内を散歩し、『知識の間』に寄り、『美画の間』へとやってきた。

そこで一人で画を見ていた魅山薫と遭遇し、二人は絵画を鑑賞しながら、談笑した。年下の友人を横目に見ながら、葵はふと魅山薫について考える。

……女性的な薫は、全身を透明なイメージに包まれていた。人間が描けていない推理小説の登場人物のような雰囲気、とは言い過ぎだろうか。手を伸ばせばそのまま貫通してしまいそうな——そんなつかみどころのなさを、薫は備えていた。

溜水のような超俗的な雰囲気とも違う。溜水は彼特有の個性を発散しているが、薫からはそういった個性が感じられないのだ。何を考えているかわからない、それでいて決して無愛想なわけではない。薫は、空気のような不思議な存在感を持つ青年だった。

一枚の画の前で立ち止まると、視線を注ぐ。

「魅山くん、この画って幻影城に似ていると思わないか？」

葵の言葉で、先を歩いていた薫も足を止めた。ふり返り、葵と肩を並べる。二人の視線が、壁にかかった画に釘付けになる。

「——そう言われてみれば……。確かにそうですね」

鬱蒼と緑の木々が生い茂る森の中に浮かび上がる紅の城らしきもの。油絵の抽象画なので、城の形もぼんやりとしかわからない。それでも葵には、その城が幻影城に酷似しているように思われてならなかった。

画は、ワッセルマンの『シャッテンブルク』だった。シャッテンブルク——影の城。

題名も幻影城を連想させるものであるし、ひょっとすると、本当に幻影城はこの画の城をモデルにしているのかもしれない。

——しかし、葵がこの画に注目したのは、そんな理由からではなかった。画の城が幻影城と似ていると考えるようになったのも、そもそもは、『シャッテンブルク』の作者に注目したからだった。

昨年、一昨年の合宿でも、『シャッテンブルク』は目にしていた。今までは、幻想的な画だという月並な感想を抱いたにすぎなかった。が、今は違う。

以前、平井氏から聞いた画の解説を思い出した葵は、うっすらと頭の片隅に影をとどめていた記憶の真偽を確かめるために、先程『知識の間』に赴《おもむ》き、確認してきたところだった。

こんな事件が起こらなければ気にとめることもなかったかもしれないが……ワッセルマンは色盲の画家なのである。

幼い頃から天才構図家と称えられていた絶世の傑物、ワッセルマンは、二十歳の時に事故に遭い、色覚に異常をきたすようになった。

画家としては致命的な身体障害を負い、一度は筆を折る決意をしたワッセルマンだが、後に彼の妻となるマリーカとの出会いによって、ふたたび画の道を進むこととなる。

ワッセルマンは、鉛筆での下書きに専念し、色彩感覚優れた夫人がそれに色付けをする。理想的なコンビであった彼らは二人三脚で数多くの名画を遺した。美術界でワッセルマンと言えば、それはワッセルマン夫婦を一組にした呼称である。彼らは二人で一人の画家だったのだ。

29◎色盲の人物

『推理小説の構成要素三十項』には、『色盲の人物』という項目もある。色盲の人物がそう多くいるとは思えないし、今回の事件の中には、おそらくいないだろう。少なくとも、葵の知る限りではそうだ。

……だとすれば、このワッセルマンの画が、事件の重要なアイテムとして用いられる可能性は大きい。

――芸術家《アーティスト》なら、この画をどう使う？　見立てか、それとも凶器か、あるいは……

葵が『シャッテンブルク』に見入ったまま沈黙してしまったので、薫は一人で『美画の間』を回る。

素晴らしい作品は、何度見ても鮮やかな感動を与えてくれる。『薔薇の封時』に感嘆の吐息を漏らした薫は、その隣にかかっているテオの『ひまわり』を注視した。

発狂寸前の兄ゴッホに送ったといわれる幻の名作を模写したものだ。咲きほこるひまわりと、それを照らす太陽。複製は、基本的にオリジナルを忠実に再現したものなので、原版の持つ雰囲気は充分に見る者に伝わってくる。テオは専業の画家ではないので技術的にはさすがに未熟だが、心のこもった力強い作品である。薫は、『美画の間』の中では、この『ひまわり』と『薔薇の封時』の二点が一番気に入っていた。

二人の男は、それぞれ興味をそそられる画に注目している。静寂が靄のように室内を流れ、――やがて、扉の開く音がした。

「……お、薫くんに葵くん♪」

二人はふり返り、頭を下げた。入室して来たのは、虹川良だった。

虹川が加わったことにより、三人の間に談笑の輪が生まれた。二人だけでは会話があまり弾まなくても、そこに一人加わるだけでコミュニケーションのヴァリエーションは飛躍的に増幅する。

画の話題を中心に、三人は小説とは離れた芸術談義で盛り上がった。芸術が人の心を打つのはなぜか、という主題で、楽しい議論が続く。

芸術からの連想で、誰もが芸術家《アーティスト》のことを考えていたが、敢えて口に出すことはしなかった。好んで嫌なことを考えたがる者はいない。

話し込み、忘れかけていた空腹を虹川が自覚した頃には、ちょうど話題も停滞し始めていた。虹川は右手首に視線を落としたが、腕時計を忘れてきたことに気づいて葵に時間を尋ねた。

「――もう六時五十五分ですね。ぼちぼち食堂に行きましょうか」

葵の提案に、虹川と薫は頷いて同意する。

そして、三人は夕食の待つ食堂へ足を向けた。

37　解決に至る道

壁面を鏡が覆う円形ホールは、光量の少ない常夜灯で仄暗い世界となっていた。ぼんやりとした光が中央の三体の彫像（慶徳鬼、羨麗像、羨涙像）を妖しく照らしている。

『蜃気楼の間』を抜け、霧華舞衣と料所拓治警部は並んで食堂へと向かっていた。彼女たちの少し後ろには、九十九音夢、玄矢孝志、有馬みゆきが続いている。

凝った首を回しながら、料所が探るように聞く。

「どうです、霧華さん。犯人の目星はついてきましたか？」

「——さあ、どうでしょうね……」

肩をすくめ、失礼にならない程度に嫌味な口調で、舞衣は思わせぶりな答えを返しておいた。彼女の消去推理は着実に前進していたが、今の時点で警察に過度の期待を抱かせるのは、あまり良いこととは思えなかった。ＪＤＣにはＪＤＣの、警察には警察の役目がある。どちらがどちらに依存しすぎてもいけないだろう。

音夢、玄矢、みゆきの三人は、先程まで事件と関係のない話題で盛り上がっていたが、警部と女探偵の問答が始まると、口をつぐんで二人を後方から見守っている。

料所は通路のつきあたりで足をとめ、食堂の扉のノブに手をかけた。顔は、ずっと舞衣の方を向いている。

「あなたも天下のＪＤＣを代表する第一班に属する探偵でしょう。解決を約束して欲しいものですね」

いつもは冷静な舞衣も、その言葉には少しムッとしたが、料所の挑発的な態度は今に始まったことではないので、自制心で怒りを鎮めた。

警察とＪＤＣが組んで事件が解決した場合、事件担当者は、警察＆ＪＤＣの双方で功績を認められる。例えば、舞衣がほぼ独力で幻影城殺人事件を解決しても、警察機構の中では、それは料所警部の手柄となるのである。

料所は一見して明らかな嫌な性格をしていたが、部下たちの長所を生かすのが巧みで、現場の指揮官としては最高だった。要するに彼は、人の上に立つカリスマ（料所の場合は、狡猾さ？）を備えている人種なのだ。最初こそ料所の挑発に乗りかけていた舞衣だったが、次第に警部の狙いがわかってくるにつれ、慎重に発言、行動するようにしていた。料所には、舞衣の自尊心を毒舌の棘《とげ》でチクチク刺すことによって、彼女を発奮させようと企んでいるフシがある。事件の推理そのものは探偵の義務だから構わないのだが、料所に操られるがままに捜査の『駒』とされるのは嫌だった。

それに、たとえそれが社交戦略的なものであるにせよ、女に頼りきった男というのは舞衣の毛嫌いするタイプの人間なのである。料所警部は、黙って待っていれば女がお茶を運んでくると勘違いしているような人種の典型だった。舞衣としては、尊敬する九十九十九の爪の垢でも煎じて料所に飲ませたいところだ。男女の役割分担は必要なのだが、旧時代的な時代錯誤の男尊女卑思想は、それこそ、死語ならぬ死想となるべきだろう。過去からの社会システムの流れなど関係ない。我々が生きているのは、『今』という時間なのだから。

「約束して事件が解決するなら、いくらでもお約束しますわ」

辛辣なセリフを受け、料所は鼻白んだ。クリティカル（批評的＋会心の）な逆襲を、警部は予期していなかったようだ。思わず硬直する彼を無視して、舞衣は食堂の扉を開ける。

視界が一気に拡がる！


……飛び込んでくるガランとした食堂の風景。まだ、席に座っているのは二人だけである。だが――、その二人が問題だった。

「おいおい、誰だ、あんたらは！」

料所警部は、舞衣を追い越して食堂に入ると、敵意に満ちた声を謎の二人組にぶつけた。

見知らぬ男二人が、食堂に着席していた。

一人は、葵のように髪を短く刈り込んだスポーツマンタイプの小柄な男である。少年とまではいかないが、年はまだ若い。不敵で不遜な表情を浮かべ、口元には煙草《キャスター》をくわえている。サングラスをかけた黒服のギャングがプリントされたシャツの上に、青いジャンパーを羽織っている。下はよれよれのジーパンだった。

こちらに背を向けているいま一人の男は、全身黒ずくめの妖しすぎる男だった。黒の上下に、黒手袋、深黒色のマントは、椅子の背もたれの下まで垂れている。足には、黒のブーツ。おまけに彼は、黒一色でつば広のフェルト帽までかぶっていた。

料所警部の声に反応して、黒ずくめの男がすっと立ち上がり、くるりとふり返った。後を追うように、スポーツマンタイプの小柄な男も立ち上がる。黒衣の男は、服のせいもあるが、スラリとした長身だった。痩せすぎているわけでも、背が高すぎるわけでもないから、非常にバランスのとれた体軀だ。

黒いフェルト帽を目深にかぶっているうえに、長い前髪が眼を覆い隠している。そのため、表情は読めない。艶のある肌から推測すると、黒服の男も、かなり若そうだ。

黒ずくめの男は、つかつかと歩み寄って来る。料所は思わず緊張し、身構えた。

――もしや、こいつが芸術家《アーティスト》？

料所の警戒を解いたのは、後方から聞こえた舞衣の明るい声だった。

「龍宮さん。今、こっちに着いたの？」

「龍宮……!? じゃあ、こいつ――いや、この男がＪＤＣからの援軍という龍宮？」

料所はそれまで、奇抜な格好をした探偵というのは、推理小説の中でだけの話だと思っていた。現に、彼がこれまで捜査を共にしたことがある探偵も、霧華舞衣も、九十九音夢も、螽斯太郎も、皆、常識人の範疇におさまる出で立ちだった。しかし、この龍宮という探偵は、全てが嘘臭く、小説よりもわざとらしく芝居がかっていて……このイメージは、まるで――そう、道化師《ピエロ》だ。

料所の困惑がおかしいのか、舞衣と音夢は忍び笑いをしている。

料所警部の前で、龍宮はピタリと足を止めた。

フェルト帽のつばを押し上げ、優美な仕種で前髪を左右にわける。長い髪のカーテンの下から現れたのは、意外なことに童顔だった。あどけなさを残した、優しく澄んだ瞳が警部をとらえる。

黒革の手袋をとり、左手が（――左利き？）差し出された。

「ＪＤＣ第一班の龍宮城之介です。よろしく」

よどみない、よく通る声だ。リズミカルに弾みながら、言葉が転がっていくような印象を受ける。

「あ、ああ……よろしく。捜査主任の料所です」

右手で応じようとして、慌てて左手を差し出す。奇妙な探偵の登場に、料所はかなり戸惑っているようだ。城之介は、空いている手袋をした右手で、スポーツマンタイプの小柄な青年を示した。

「彼は助手をしてもらっている、第二班の鴉城蒼也《あじろそうや》氏です」

「よろしく」と、鴉城蒼也は頭を下げた。煙草《キャスター》は口にくわえたままだ。こちらを射抜くような鋭い視線の奥には、智的な光が感じられる。よく研いだ刃物のような印象の男だった。鋭く、よく切れて、どこか危ういところもある。声は耳に残る、特徴的な渋い声である。

「——城之介さん、お久しぶりです♡」

料所警部の脇から、音夢が歩み出た。城之介は彼女にウインクを送り、手袋をはめ直した左手の親指を立てた。

城之介は十九&音夢の九十九義兄妹と個人的に親交がある。そのため、音夢は彼のことを名前《ファースト・ネーム》で呼んでいた。

「そうだな。最近は出張が多かったから、しばらくだな九十九嬢。また九十九氏と一緒に、遊びに来てくれよ。姉上も二人に会いたがっていた」

男を呼ぶ時には名前の末尾に『氏』をつけ、女を呼ぶ時には名前の末尾に『嬢』をつける。それが、城之介の癖だった。

音夢のポニーテイルに優しく手を置きつつ、城之介は一変して厳しい視線を舞衣に向けた。

「霧華嬢、また一人殺されたそうだな」

舞衣は一瞬、料所と顔を見合わせ、神妙に頷いた。

「ええ……。平井さんの飼猫も二匹殺されたわ。殺害現場は密室、というおまけつきよ」

舞衣は少し苛立っているようだ。テストで難問を前にした生徒のような表情をしている。

城之介は「ふっ♡」と無邪気な笑みを浮かべる。

「消去推理の貴婦人もてこずる難事件か。さすがの霧華嬢も、今回はかなりの苦戦を強いられていると見える。総代がお考えになった通り、希《まれ》に見る大事件へと発展してきたわけだな。——この龍宮が来て正解だったな」

『俺』でも『私』でも『僕』でもない。城之介は、自分のことを『龍宮』と呼んでいる。

舞衣は左手を腰にあて、右手をひらひらと振った。

「ちゃかさないでよ、龍宮さん。本当に謎が多い事件なんだから……まあ、あなた好みの問題とは言えるでしょうけれど」

「——らしいな。まあ、北海道の事件はいささか単純すぎた。この事件なら、なまった頭のリハビリにはなるだろう」

「芸術家《アーティスト》を甘くみていると、すぐにしっぺ返しをくらうわよ」

「……かもね」

城之介は肩をすくめ、挑戦的な微笑を口元に浮かべた。『ＪＤＣの推理袋』、『とんちの龍宮』として知られる黒衣の推理貴公子・龍宮城之介は、奇抜な推理の展開力には定評がある。——他の誰にも真似のできない推理をするからこそ、城之介はＪＤＣ第一班でも特別な探偵なのだ。

鴉城蒼也や九十九音夢は、普通の表情で二人の探偵を見守っているが、料所たち警察側の人間は、ただ呆然と彼らのやりとりを見ているしかない。

まるで犯人との智的な格闘を楽しんでいるかのような——彼らのこの余裕は何なのか。最終的に勝利することを確信しているのだろうか？

……ちょうどそこへ、螽斯太郎が食堂へ姿を見せた。龍宮城之介が幻影城へ向かっているとは聞いていたものの、老探偵としては、いきなりの再会である。四年前、自分の命を救ってくれた恩人を思いがけない所で突然眼にし、螽斯は驚愕と歓喜を等分した表情を浮かべている。

「おお、龍宮くん！」

螽斯は、興奮した表情で、黒衣の推理貴公子に歩み寄る。その足取りは、いつになく軽い。

声のした方に眼を向ける城之介。

城之介と螽斯の視線が、時を経て、今、交差する。

「あなたは……！」

城之介の昂揚感溢れる声。感動の再会である。周囲の探偵たちも、二人のいきさつを知っているだけに自然に顔をほころばせる。

——しかし——

「——誰でしたっけ？」

その反応には、全員が意表をつかれた。あまりにも間の抜けた返事である。舞衣も、呆れたように城之介を睨んでいる。

「もー、龍宮さんっ！　何をふざけてるの？」

「ハハ、冗談だよ。螽斯氏、しばらくでしたね」

シリアスな表情に戻り、城之介は優しい瞳を老探偵に向けた。それは、かつて螽斯を救った頃と何ら変わりない、澄みきった瞳だった。ある時は謎を映す鏡となるその瞳の中に、今は、螽斯太郎という男がいる。螽斯は、嬉しそうに顔をほころばせた。

「最近は活躍めざましいな、龍宮くん。この一年、ほぼ出張続きだろう？　大変だな」

「ＪＤＣの経費で旅行をしていると思えば、いい身分ですよ。謎解きは、趣味みたいなもんで」

「最高の趣味を仕事にした苦痛は、まだ味わっていないようだな」

「願わくは、一生味わいたくないものです。龍宮から謎解きをとれば何も残らない」

「あの頃と同じだ。君はいい瞳《め》をしているよ」

「――よく言われます。一応、チャーム・ポイントですから」

握手を交わす二人の探偵。今度こそ、感動の再会シーンである。螽斯は、城之介の手のぬくもりを通して熱い想いが込み上げてくるのを感じていた。

螽斯太郎、霧華舞衣、九十九音夢、鴉城蒼也、……さらには、玄矢孝志と有馬みゆきまでもが。皆、黒衣の探偵に引き込まれている。龍宮城之介には、他人を安心させる力があった。

単にふざけているだけじゃない。この男は、全て計算している――料所は、奇妙な探偵を観察しながら、冷静にそう分析した。

陰鬱なムードを打ち砕くための、（笑）。城之介にとっては、（笑）もテクニックの一部なのだ。（笑）を飛ばすことによって、辛い思考を無理やりにでも打ち消す。簡単にできることではない。不幸の波を受けてもビクともしない強固な精神力が要求されることだ。料所は城之介への認識を改めると共に、彼を頼もしく思った。

城之介を捜査の『駒』としてどのように有効に用いるか？　――その問題はひとまず棚上げして、もうしばらくは道化師の作り出す（笑）の渦の中にいよう……そして、また一人。料所拓治も城之介を囲む輪に加わった。

食堂には、次第に作家たちも集まってきている。積もる話は後に回し、一同はとりあえず席に着くことにした。

●

ＪＤＣからの援軍として幻影城に登場した謎めいた探偵・龍宮城之介は、実は以前、星野多恵と見合いの席を共にしたことがあった。その事実が明らかになると、一同は驚くと共に、城之介を身近な存在に感じた。（笑）の魔力もあって、城之介は一瞬で場の雰囲気に溶け込む。恐ろしく適応力のある男だった。

龍宮城之介と鴉城蒼也の挨拶が終わると、料所警部が昨晩の手落ちを謝罪し、捜査陣の今後の方針を解説した。

「今晩から幻影城の周囲、中庭を警備の人員で固め、城内も一晩中巡査を巡回させます。もう、殺人は行わせません」

なかなか適切な処置であると言える――ただし、一晩遅かった。昨日から用心していれば、氷龍翔子はむざむざ殺されなかっただろうに……。

――ともあれ。城之介や舞衣にとっては、時間がかせげるのは有難いことだった。芸術家《アーティスト》が行動を封じられている間に、一気に謎を解決してしまうつもりの彼らである。

敵は芸術家《アーティスト》を自称する輩《やから》である。芸術的かどうかはさておき、それぞれの殺人に奇抜な趣向が凝らされているのは誰もが認めざるを得ない事実だ。

第一の殺人……シャンデリアによる圧殺。

第二の殺人……逆さ首吊りに見立てた絞殺。

二つの殺猫……首斬りと華による屍体装飾。
第三の殺人……密室の中での電気殺。

城内を警官が巡回しているという状況では、芸術家《アーティスト》も行動を起こすことはできないだろう。普通に殺すだけでなく、芸術家《アーティスト》は凝った趣向を施す殺人を犯さなくてはならないからである。

捜査陣の裏をかき、こういった厳重な警備をかいくぐって犯行に及ぶ可能性も無とは言い難いが、それは愚劣な人間のすることである。犯人が今夜、事を起こせば、逮捕して一件落着させるまでのことだ。

したがって、当分の間は人が殺される心配はない——が、この当分の間というのが曲者《くせもの》だ。

問題は、その後なのである。

数日間は警備の人員も配備されたまま、芸術家《アーティスト》の動きを封じ込めることができるだろう。しかし、事件に進展がなかった場合は——、警察はやがて警備の人員を引き上げさせてしまうに違いないのだ。ちょうど、昨晩と同じように。

それまでの数日間が勝負だった。何としても、芸術家《アーティスト》の仮面の下の素顔を暴かねばならない。

それでも、ひとまずは安全を確保されたということで、作家陣は皆、胸をなでおろしていた。精神面でも落ち着きを回復し、快調に、夕食を食道の奥へと流し込んでいる。今朝まで蓄積され続けてきた心労も緩和され、表情も安らかなものになっているようだ。

城之介を中心に、事件と関係のない話題で盛り上がる。幾つもの三角関係が完成しつつ、幻影城殺人事件は新たなる局面へとさしかかろうとしている。

——つかの間の安息だった。

38　時間差のトリック

夕食が終わると、城之介は直ちに捜査を開始した。三度の食事より謎解きが好きな彼は、難攻不落の謎を攻略したくて、うずうずしているようだった。

――冬は日没が早い。

午後八時を過ぎ、『流血の間』は、ただカンテラの灯りが室内をうっすらと照らしているばかりだった。鉄格子がはまっているだけの窓の外は深い闇。外から吹き込んでくる乾いた風がカンテラを振り子のように揺さぶる。炎が揺れ、壁にうつる光影もまた、妖しげにゆらめく。

絨毯には血の染みが残っているが、柊木殺しの凶器となったシャンデリアは、分解して既に持ち出されている。室内には、壁の隅に、机と小棚があるだけだ。机の上には、電気スタンド、メモ用紙、灰皿などが乗っている。

窓から『流血の間』に侵入する寒風が、城之介のマントをはためかせる。薄暗い『流血の間』の中、黒ずくめの探偵は妖しい雰囲気をかもし出していた。

城之介の他には、鴉城蒼也、霧華舞衣、九十九音夢、螽斯太郎――と、JDCの探偵が全員顔を揃えている。舞衣、音夢、螽斯は既に幾度も調べた部屋なので、室内を歩き回る城之介の様子をじっと窺っていた。蒼也は椅子に座り、卓上の灰皿を引き寄せて煙草《キャスター》をくゆらせている。名前から容易に推測できるように、JDC第二班に属する鴉城蒼也は、総代・鴉城蒼司の一人息子である。

DOLL（国際立法探偵機構）からS探偵と認定されている日本最高の探偵を父に持つということで、周囲の蒼也への期待は大きいが、彼自身はそういった外部からの無言の圧力をあまり意識しないように努めていた。父には父の、自分には自分のやり方がある——蒼也はいつも、マイペースだった。

電気スタンド、そして、その電源であるコンセント。さらには、窓のあたりまでの高さがある小棚を調べ、城之介は鉄格子のはまった窓の前でピタリと足を止めた。

「ここで殺されたのは、柊木司だったな」

北海道の事件を出張捜査している時から、FAXで送られた資料を元に、事件の概略は頭に叩き込んでいる。城之介の発言は、質問というより確認だった。……それも、ひとりごとに近い調子だ。

「死亡推定時刻は、午前零時から一時。完全なアリバイがあるのは、その時間、茶話会で顔をあわせていた五人だけですね」

音夢が確認の意味も含めて解説する。城之介は視線を窓の外の闇に向けたまま、黒手袋をはめた左手を顎にあて、悪戯っぽく微笑した。

「完全なアリバイ、ね。九十九嬢、その真っ先に疑ってかかるべき五人の名は——？」

「葵さん、星野さん、氷龍さん、魅山さん、濁暑院さんです」

「氷龍翔子は密室で殺害された。あの状況は明らかに他殺だったから、彼女は可能性から消去できるわね。やはり、その四人から疑ってかかるの、龍宮さん？」

舞衣の口調は、試すような調子だった。舞衣も城之介も、第一班に席を並べる好敵手《ライヴァル》である。智的に対等な者同士の高度の推理ゲームを楽しんでいるようなところが、彼女にはあった。推理合戦は、互角以上の推理力を有する相手とでなくては、つまらないものだ。

舞衣の方が、城之介よりも先に捜査を始めている。城之介は、舞衣が見落とした手がかりを発見し、推理を前進させることができるだろうか。

城之介は、鉄格子を子細に観察している。

「さあ、どうかな。完璧すぎるアリバイを持つ者から疑ってかかるのは捜査の定石《じょうせき》だが、敵は芸術家《アーティスト》を自称するほどの人物だ。裏の裏をかいてくる可能性も無いわけではない。――とすると、すぐに結論を下すわけにはいかない」

城之介は、手袋をはめたまま、鉄格子の上に指をすべらせている。首だけふり返らせて、舞衣に視線を向ける。

「でも、我々がそう考えることを予想して、裏の裏の裏をかいているかもしれないわよ。自らを最有力容疑者の座にすえることによって、逆に嫌疑をかけられないようにするのは知能犯がよく使うテだわ」

「メビウスのリングだな。そこまで疑っていれば、いつまで立っても答えは出せない。――まあ、これだけの材料から推理を急ぐのは早計だが」

音夢、螽斯の二人は無言のまま、城之介と舞衣を交互に見ている。蒼也は、半分ほど吸った煙草《キャスター》を灰皿で葬り、頬杖をついて城之介に視線を向けた。

「龍《りゅう》さん、遠隔殺人のトリックの方は、もう看破したのか？」

蒼也は、龍宮城之介のことを短縮して『龍さん』と呼んでいる。最初は『城さん』だったのだが、『象さん』に聞こえるのが滑稽《こっけい》なので、城之介自身の希望でニックネームが変更されたのである。本当のところ、城之介は『龍さん』も『硫酸』のようで嫌なのだが、そこまで言い出すとキリがないので妥協している。

蒼也の言う遠隔殺人のトリックとは、要するに、完全なアリバイを持つ四人の中に犯人がいた場合を仮定しての発言だった。アリバイがある人物でも、遠隔殺人のトリックがあれば、殺害現場から離れた所にいても、間接的に人を殺すこともできる。

城之介は、回れ右をして蒼也の方を向くと、探偵助手に微笑んだ。

「そんなのは簡単なことさ、鴉城氏」

男を呼ぶ時に名前の末尾に『氏』をつけるのが城之介の癖であるが、鴉城蒼也と鴉城蒼司の親子を混同することはない。蒼也は『鴉城氏』、父親の方には、『総代』という呼称が用意されている。

城之介は、鉄格子を一瞥し、舞衣に視線を戻した。今度は、城之介の瞳にも挑発的な光が見られる。

「霧華嬢は、もちろん気づいているんだろう？　この芸術家《アーティスト》の小細工に」

蒼也、音夢、螽斯の視線が、城之介→舞衣と滑るように動く。その先で、舞衣は微笑していた。

「まあね。これでしょう」

舞衣は、顔を上に向けて天井のカンテラを示した。城之介は満足げに頷くと、つかつかと部屋の中央へと歩み寄り、舞衣と同様に天井を見つめた。他の三人もそれにならい、カンテラに視線が集中する。

天井には傘の握りのような突起があり、そこにカンテラが引っ掛けられている。

「幻影城に着いたばかりだし、直接調べてないから若《わか》は気づいていないようだけど、音夢ちゃんも、螽斯さんも、このトリックは看破しているでしょう？」

言うまでもなく、『若』とは、蒼也のアダ名である。蒼也自身は、父と比較され『バカ』と言われているようで嫌なのだが、案外、この呼称を好む者は多い。

舞衣は、探偵助手と老探偵に眼をやった。音夢はすぐに頷きを返したが、螽斯は腕組みをして唸っている。

「わたしも確かに、仮説としては納得しているつもりなんだが……どうだろう、少し問題がないだろうか？」

城之介は親指を立て、窓にはまった鉄格子を指差した。

「しかし、犇斯氏。鉄格子には、トリックの痕跡がはっきりと残されているでしょう。警察はなぜか見落としたようだが、あの鉄格子には何かでこすったような跡がかすかについている。——おそらくは、天井の突起にも同様の擦り傷がついていることだと思います」

「昼間、わたしと舞衣さんが調べてみました。確かに、天井の突起にもこすったような跡がついていましたよ」

音夢が城之介の推理を裏付ける証言をする。指をパチンとならし、「そうか」と呟いたのは蒼也だ。さすがに、蒼也もＪＤＣ第二班に属する探偵である。城之介の言葉から、全てを察したようだ。

「若も気づいたようね。これは単純なトリックでしょう、犇斯さん？　電気焜炉《こんろ》とロープを使った♡」

「わたしもそう思う。だが、いささか簡単すぎやしないかね。そこが、どうも解《げ》せないんだよ」

犇斯は、あくまで腑に落ちない様子だ。城之介は老探偵の懐疑はとりあえず保留して、解説する。

「シャンデリアの上部にロープをくくりつけ、そのロープを天井の突起に引っかける。そして、そのロープの先端は鉄格子にくくりつけておく……この小棚は、ちょうど窓のあたりの高さだ。電気スタンドのコンセントもあることだし、厨房にある電気焜炉を使えば——」

「——焜炉のすぐ上を走らせるようにロープを燃やせば、やがてロープは切れる。天井の突起が滑車の役割を果たし、シャンデリアが床に落ちるというわけね。シャンデリアの重みで鉄格子には擦ったような跡が残り、天井の突起にも当然、こすられた跡が残る。難易度Ｃの問題だわ」

後半は舞衣による解説だった。犇斯はあいかわらず、納得できないといった表情だ。蒼也も、老探偵と同じ疑問を抱いたらしく、眉をひそめ、厳しい表情をしている。

「なんか幼稚なトリックだな。今時、推理小説でも使われないような……蠡斯さんの言われたように、オレも、何かの狙いがあるような気がする」

卓上にあった幻影城のブックマッチで新しい煙草に火を点ける蒼也を横目に見ながら、蠡斯は第一班の探偵二人に向き直った。

「トリックの単純さを議論するのは、ひとまずおいておこう。それよりも前に、一応、細かい問題点を確認しておきたいんだが……」

「――どうぞ。伺いましょう」

城之介は余裕の姿勢だ。蠡斯は咳払いを一つして、黒衣の推理貴公子と対峙する。

「二、〇、〇、キ、ロ、も、の、シ、ャ、ン、デ、リ、ア、を、ど、う、や、っ、て、持、ち、上、げ、る、の、か、ね？　柊木を圧死させるためには、少なくともある程度の高さが必要だ。この幻影城内に、シャンデリアを持ち上げることができる人物がいるだろうか？　答えはノーだ」

その疑問に答えたのは、舞衣だった。

「それは、シャンデリアを室内に運び込んだ時と同じ理屈でしょう。シャンデリアは、分解してから、その根幹部分をまず吊り上げたのです。ロープの先端をしっかりと鉄格子にくくりつけ、天井から吊り下がった状態の根幹部分に他のパーツを組み立てていく。それなら、一度に持ち上げるのはせいぜい、五キロから十キロぐらいですむわ」

頷きながら、城之介が舞衣の横から補足する。

「カンテラは使えないから、おそらく電気スタンドを明りにしていたのだろう。シャンデリアをセットし終えたら、電気スタンドを消し、電気焜炉をセッティングする。遠隔殺人に成功した後は、ロープと焜炉を処理し、カンテラを戻しておけばいい」

蒼也、音夢はしきりに頷いている。しばらくの沈黙の後、螽斯はふたたび疑問を呈示する。

「うむ、いいだろう。――では、もっと根本的な問題だ。芸術家は、どのようにして柊木をシャンデリアの下に寝かせたのだ？　自ら進んでギロチンに首を置く死刑囚はいないだろう」

「当然の疑問ですね、それは。ですが、答えは簡単です。柊木氏の胃の中からは睡眠薬が検出された、と龍宮がいただいた資料には記されていました（『20　新たなる謎』参照）。強力な睡眠薬を使用すれば、寝返りを打つことなく、寝かせておくことができるでしょう」

音夢は、その情景を想像し、身震いした。

――闇に包まれた『流血の間』。電気焜炉の陽炎《かげろう》がゆらゆらと揺れる。チリチリと、ロープが焦げていく。鉄格子にくくりつけられたロープは、天井の突起にかかり、シャンデリアを吊り下げている。巨大なシャンデリアの下には、睡眠薬で眠らされた柊木司がいる。チリチリ……チリチリ……やがて、熱でロープは焼き切れ――シャンデリアは落下し、柊木を押し潰す！

「でも、螽斯さん。あなたが今、おっしゃったような問題点は、もちろん、ご自分でも解決されているんでしょう？」

舞衣のその言葉で、音夢は我に返った。螽斯を見ると、老いた探偵は表情に苦渋の色を浮かべていた。

「それは、もっともだが。舞衣くん、わたしには、どうもこの殺人事件が嘘臭く思えてならないんだよ。このトリックの幼稚さにしてもそうだ。現実的ではなく、全てが虚構的なんだな」

「螽斯氏のおっしゃることもわかります。ですが、最近の事件はどれも芝居がかっている。ある意味では、推理小説よりも嘘臭い事件がたくさんあるのです。そう、気になさることはないでしょう。この遠隔殺人に関しては、電気焜炉とロープを作ったトリックが絶対とは限りません。こじつけてやれば、猫を利用した動物トリックなども考えられる。論理に『絶対』はないのですから、ここで遠隔殺人があったということだけ頭に入れておけばいい。ダミーのトリック云々の議論は、時間の空費ですよ。他にするべきことがたくさんある——今はね」

城之介にそう慰められても、蝨斯のわだかまりは晴れなかった。この事件に感じている違和感は、一向に消えようとしない。

うまくいくはずのないシナリオが現実に展開されている。机上の空論が、論理的に機能している——蝨斯が抱いている感じは、言うなればそのようなものだった。

眩暈感《げんうんかん》が膨れ上がり、蝨斯太郎の全てを飲み込む。

「わたしは少し疲れた。すまないが、先に休ませてもらおう」

心配そうな視線を送ってくる四人の探偵に背を向け、蝨斯は自室へ戻ることにした。

39　見立てに注目する

どの社会にも、世代交代というものは存在する。人間が年をとるのと同じで、時が流れるにつれ、社会のシステムは少しずつ変化を続けている。万物流転——それが、この世界の約束だ。

『流血の間』を出ると、廊下の向こうへ去っていく四人の若き探偵たちを見送りながら、鴛斯は自分がこれまで歩いてきた道程に思いをはせていた。

自らが輝いている時は、人はその輝きに気づかない。全盛期の峠を越え、人生の下り坂にさしかかり、ふり返って初めて、自分の没落を知る。

麗しき華のごとく、没落は夢のように——

どうせこのまま没落を続けていくのなら、せめて去り際ぐらいは鮮やかに決めたいものだと思う。ＪＤＣ第三班以上の探偵の中で、五十歳を越えている者は、鴛斯自身を除けば、第一班の重鎮・不知火善蔵だけである。他の同世代の探偵たちは、降格したり、ＪＤＣを去っていったり……彼らの時代は、紛れもなく終焉の時に近づいている。

それはそれでいいのだと、清々しい気分で鴛斯は考える。いつまでも過去の栄光にしがみつき、後輩に道を譲ることを知らぬ者の姿は、見苦しいものだから。

没落は夢のように。現実が虚構へと溶け込むように、堕ちていきたい。

荘子《そうじ》は夢をみた。自分が蝶になっている夢をみた。それはリアルな夢だった。目覚めた時、荘子はこう考えた。自分が『蝶』の夢をみたのではなく、蝶が『荘子』という夢をみているのではないか？　と。

有名な『胡蝶《こちょう》の夢』にあるように、しょせん、現実と虚構の区別など、あやふやなものだ。どちらが現実で、どちらが虚構なのか？　定義そのものには、意味がない。たとえすり替えてやったところで、我々の視ている世界は何も変わらない。

どうせなら、夢のように滅びていきたいものだと螽斯はつくづく思う。麗しき華は、もうすぐ枯れる。

――華麗なる没落のためには、わたしは何を捧げればいいのだろう？　芸術家《アーティスト》は『八つの生贄』。わたしの場合は、さしずめ『螽斯太郎』という幻の人格か？

そんなことを漠然と考えながら、廊下を進む。自室のドアノブに手をかけたところで、男は呼び止められた。

ちょうど、彼女のことを考えていたところだった。そこには、思いつめた表情の間宮てるが立っていた。

――現実は小説より奇なり。それにしても、この物語は都合がよすぎやしないか。どこまでも、虚構的なこの物語は……

「間宮さん――どうされました。お顔が蒼い」

螽斯の亡き妻・華乃に似すぎている幻影城の客室係は、よろめくような足取りで、老探偵へと歩み寄ってくる。しばし躊躇した後、彼女は重く鎖《とざ》された口を開いた。

「今度は、わたくしの過去を聞いていただけませんか。螽斯さん、わたくしの犯した罪を……」

螽斯は神父ではない。だが、道に迷った者の懺悔《ざんげ》に耳を傾けるのにやぶさかでない。麗しき華のごとく――自らの名も知らぬ枯れかけた華は、周囲の世界の全てを受け容れる用意がある――そして、あくまで没落は華麗に、夢のように……

●

頭の後ろで両手の指を組み合わせ、火を点《つ》けていない煙草を口にくわえたまま、鴉城蒼也はボーッと城之介の背中を眺めながら歩を進めている。小柄な蒼也のそういった仕種は、ふてくされた少年を連想させるもので、どことなく愛くるしい。

こちらに背を向け、廊下の向こうへと歩き出した螽斯にチラと視線を向け、九十九音夢は小走りに蒼也に追いついた。その髪が小馬の尻尾《ポニーテイル》のように、左右に揺れる。

「――ねえ、若さま。どうしたの？」

同位班の同世代ということで、蒼也と音夢は比較的頻繁に会話を交わす間柄だ。社交面では、素っ気ない蒼也にしては、親しい部類に属する知人といえる。ただ、蒼也は何となく音夢を苦手としていた。その理由について分析を試みたことはないが、『若』ではなく、『若さま』と呼ばれることにも原因はあるのかもしれない。

オレは、バカさまじゃないぞ。

そう心の中で毒づきながら、面倒臭そうに答える。

「別に――。ただ、ちょっと考えることがあってさ」

「推理でも浮かんだ？」

「いや……まだ、そこまでは。でも、オレには螽斯さんの感じている引っかかりが気になっているんだ」

「あの、幼稚な物理トリックのことね」

「ああ。まあ、幼稚だからといって子供が犯人というわけでもないだろうが、どうも解せないんだな」

吸っていないまま、蒼也は煙草をジャンパーの内ポケットにしまった。それっきり彼が黙り込んでしまったので、音夢は仕方なく、追及を諦めた。

城之介、舞衣に続いて、音夢と蒼也も『逆転の間』に入室する。

一歩室内へ足を踏み入れた瞬間、フェルト帽をとって、城之介がヒュ～と口笛を吹いた。

「なるほどな……確かに、これは当惑するな」

「最初はみんな驚くみたいね」

舞衣が相槌を打つ。

まるで、天井に立っているかのような錯覚……。

『逆転の間』では、全ての両儀（天地）が逆転している。

壁にかかる一枚の絵画『小椅子の聖母』を眼にし、舞衣は以前この部屋を調べた時にも感じた、漠然とした不調和感を抱いたが、とりあえずは黙っていることにした。今は、場の主導権は城之介に任せるつもりの彼女である。

「解決されていない謎が山積している……」

室内を見回し、城之介がそう切り出す。

「まず、シャンデリアを用いて柊木氏を殺した理由。それに、殺人予告状だ。『華麗なる没落のために』を丸括弧でくくったわけ、それから『八つの生贄』の示すもの。さらに、この部屋で起こった水野殺しに関しては、なぜ地面から首を吊っているような状態にする必要があったのか。そして、水野氏が口の中にオレンジを丸ごと一個含まされていたのは何ゆえか？」

最後に『逆転の間』に入った蒼也が、扉を閉めながら、呆れたように言い放つ。

「謎が多すぎるな、この事件には」

「楽しくなってきたか、鴉城氏？　まあ、焦るのは良くない。一つずつ検討していこう。二匹の猫を殺したのは、おそらく『審判の間』を使う時に邪魔になるからだな」

「平井氏のお話によると、猫たちは、基本的に放し飼いだったようですけれど、『審判の間』の近くに猫小屋があったようです」

フォローする音夢に、城之介は軽く手をふって礼に代えた。フェルト帽をかぶり直し、『小椅子の聖母』に視線を向ける。

「――猫殺しがメインの殺しではないと考えると、被害者は、柊木氏、水野氏、氷龍嬢と皆、推理作家だ」

「芸術家《アーティスト》の言う『八つの生贄』は、やっぱり八人の推理作家でしょうね。可能性を消去していけば、それが一番論理的な解答として残るわ」

舞衣は、同意を求める瞳で城之介を見やる。

「まあ、事件がまだ途中だとすれば、今の段階では、そう判断するのが限界かもしれないな。断定はできないが、その場合は、犯人は推理作家の一人か？」

「やけに陳腐な推理だ、龍さんらしくない。八人全員が襲われると思わせ、自分を被害者にカモフラージュする――いかにも、推理小説的な推理だ」

「まあ、そう言うな。これは、あくまで仮説なんだ」

苦笑しながら、城之介は蒼也に弁解した。音夢が思い出したように発言する。

「錙斯さんのお話ですと、『華麗なる没落のために』に関しては、作家の方々に何か心当たりがあるようですが」

「それは興味深いな。よし、今晩か明日の朝にでも作家たちに話を聞いてみよう。霧華嬢、何かお考えは――？」

「問題は、やはり水野殺しね。なぜ、水野は地面から首を吊らされていたのか。そしてなぜ、口の中にオレンジを含まされていたのか。犯人が推理作家の一人だとすると、やはり見立てかしら？」

見立てというものは、通常、屍体のある特徴をごまかすために犯人が施すものである。が、中には単なる屍体装飾のための見立ても存在する。水野の場合は、今のところどちらのケースか判然としない。

城之介は『小椅子の聖母』に近づき、顔を寄せる。画の前でふり返ると、他の三探偵を順々に見回した。

「そのことなんだが……。実は、ＦＡＸで送ってもらった捜査の資料を見た時から、龍宮には考えがあるんだ」

城之介はふたたび帽子をとると、左手の指先で、それをクルクル回した。推理をまとめる時の、彼の癖である。

一同は城之介に注目する。黒衣の推理貴公子（――推理道化師？　――）は、いよいよその本領を発揮するのか？

「最初……龍宮はこの部屋の状況を、犯人のサインだと考えていた」

「サイン？」

蒼也が思わず聞き返す。舞衣と音夢は、沈黙したまま城之介の話に耳を傾けている。

「署名のようなものかな。バカげた考えかもしれないが、犯人は芸術家《アーティスト》を自称する奴だ。現場に、自分の名前の手がかりを残していったとは考えられないだろうか？　――まあ、この考えは、実際に幻影城に来て、現場を調べ、新しい情報を聞いて、少し変化したわけだが。現場を構成する様々なオブジェは、全てミスディレクションだと龍宮は考えている」

ミスディレクション――誤導。すなわち、犯人が自分から嫌疑を逸らすために故意に残した偽の手がかりのことである。

舞衣は腕組みをすると、厳しい表情になった。厳しさは、彼女の持つ物憂さを吹き飛ばす。真剣に推理をしている時、舞衣は、紛れもなく女探偵の顔になる。

「わたしも、ミスディレクションではないかと考えてはみたわ。死に際の伝言《ダイイング・メッセージ》とは明らかに違うから、殺人者の伝言《マーダリング・メッセージ》と言い換えてもいいと思うけど。でも、結局、首吊りやオレンジ、シャンデリアに意味のある解釈は推理できなかった……氷龍翔子は、二年前に『七粒のオレンジの種』という推理小説を発表しているらしいけれど、それは穿《うが》ちすぎでしょうし。龍宮さんの推理は？」

「まあ龍宮は、芸術家《アーティスト》の意図をほぼ正確にとらえたつもりだ。要は、単純なことなんだ。逆転なんかにこだわる必要はない。『逆転の間』のオブジェは、単に蜜柑として風紋寺氏に疑惑を向けるミスディレクションになっている」

「風紋寺に——？」

蒼也の眉がぴくりと動いた。まだ、誰も城之介の言わんとすることを理解していない。オレンジと風紋寺の結びつきとは……

「思い出してみろ。風紋寺氏がミステリ界で何と呼ばれているか」

——数瞬の沈黙——

「あ、——そうか！」

舞衣を筆頭に、音夢と蒼也も驚愕の声をあげる。

しかし、三人は、城之介の推理をにわかに肯定することはできなかった。あまりにも常軌を逸した、悪ふざけとしかいいようがないメッセージ——これは、ミスディレクションというより……むしろ、言葉遊びだ。

「でも、城之介さん。本当にそんなそれが、ミスディレクションなのですか？」

半信半疑の口調で音夢が問う。このようなミスディレクションは、彼女もかつて経験したことがない。

「龍宮の推理も、最初は仮説の域を出るものではなかった。だが、同種のミスディレクションが他にも見受けられるんだ。この現実から眼を背けることは、龍宮にはできない。たとえ、『言《ことば》』が『迷』うことによって新しい『謎』が生じるとしてもだ」

「本当にそうなのか……。オレンジではなく、蜜柑と考えるべきなのか……」

ぐったりと、蒼也が吐き捨てる。彼らは、今日ほどオレンジと蜜柑の相違を認識させられたことはない。

二つの『言』が備えた微妙なニュアンスの違い。

——これは、『言』の魔力だ。

崩壊していく……『言』の秩序が分解される。

「蜜柑は、『未完の大器』と呼ばれる風紋寺氏を示すミスディレクションなんだよ」

蜜柑↓未完！

『言』は生きている。『言』はそれを用いる人によって形を変える。そして、人々を迷わせる謎路《めいろ》を造り出す。万物流転。『言』も変化し続ける。それゆえに、探偵たちが歩いている謎路もまた、姿を変え続ける。

「でも、風紋寺が犯人で、蜜柑がその署名だという可能性は検討しなくてもいいの、龍宮さん？　まあ、これはあくまで蜜柑が本当にミスディレクションだと仮定しての話だけれど」

「芸術家《アーティスト》のサインにしては、芸がなさすぎる。むろん、霧華嬢の指摘する可能性も無ではない。あるいは、それこそが芸術家《アーティスト》の真の狙いかもしれない。ミスディレクションをばらまくことによって、その中に隠された真のサインに気づかせないという……」

「そう言えば、城之介さんは、同種のミスディレクションが他にもあるとおっしゃってましたけど、それは――？」

城之介は、意味ありげな視線を、舞衣と音夢に交互に向けた。

「双子猫の屍体が発見された現場には、ダリアのドライフラワーがあった。そうだったな？」

「片方の猫が口にくわえさせられていたわ」

そう言いながら、舞衣は、その情景が『逆転の間』の水野一馬に類似していることに気づいた。ミスディレクションとなるものをくわえさせられている屍体……もしそうだとすれば、猫の場合は、ダリアのドライフラワーは何を示す？

「ドライフラワーの華びらには、穴が空けられていたそうじゃないか」

「丸い穴でした。綺麗な小さな丸い穴が空けられていました。あれは、明らかに意図的なものですね」

「芸術家《アーティスト》は、何で穴を空けたのかな」

「錐《きり》じゃないの。――龍宮さん、あのダリアのドライフラワーが、いったい何のミスディレクションになっているというのよ？」

城之介がじらしているので、舞衣は少し苛立った口調になった。城之介は帽子をかぶり直し、頷くと舞衣を指差した。

「ミスディレクションだけじゃない。捜査陣をからかう茶目っけのようなものさえ感じられる。これは、悪意のメッセージであるとともに、霧華嬢を示している」

「わたしが……そんな、どういうこと？」

城之介は手袋をはめた左手の人差し指を立て、左右に指を振りながら言った。

「ダリアは、『華麗』という華言葉とかけているだけなので、特に意味はないと思う。重要なのは、ドライフラワー――華に、錐で穴が空けられていたことだろう。穴を空けるという行為は、対象を貫通するということだ。『霧華舞衣』という名前の華に、錐を貫通させてみろ」

霧華舞衣→霧錐舞衣！

「きりきりまい……そんな、龍さん。それは酷いんじゃないか。幾らなんでも、それじゃ、単なる駄洒落だ！」

あまりのことに呆然と立ちつくす舞衣をかばうように、蒼也がまくしたてる。城之介は、眼を閉じると首を左右に二回振った。

「龍宮も、この推理こそが真実だと主張するつもりはない。確かに、常識的には考えられないミスディレクションだからな。だが、幾つも重なってくると、信憑性も増してくる」

「ミスディレクションは――まだあるのですか？」

音夢も、『言《ことば》』が一人歩きを始めるのを感じていた。ひょっとすると、幻影城殺人事件の真の敵は、芸術家《アーティスト》ではなく、厄介な『言』という魔物なのかもしれない。

「龍宮が現時点で発見しているもう一つのミスディレクションは――、この『逆転の間』にあるオブジェだ」

舞衣、音夢、蒼也の三人は、城之介の言葉に反応して室内を見回した。舞衣の視線が、『小椅子の聖母』に注がれる。そして舞衣は、それに気付いた。音夢と蒼也は、まだ気づいていないようだ。

「わからないか？　これだよ」

城之介は、親指を立てて背後の『小椅子の聖母』を示した。音夢と蒼也も、画に注目する。

「霧華嬢も九十九嬢も、警察の捜査陣も、この画には注目していなかったようだな。——自然であるがゆえの不自然。この画は、芸術家《アーティスト》のミスディレクションだと推理できる」

「どういうことですか、城之介さん？」

音夢はまだ気づいていない。——無理もない。画は、あくまで自然に、壁にかかっていた。それは、自然すぎた。

蒼也が、「あっ！」と叫んだ。城之介と蒼也の眼があう。黒衣の探偵は、頷いた。

「龍宮たちは、この画を極めて自然に見ることができる。……しかし、ここは『逆転の間』だ。このことは何を意味する、九十九嬢？」

そこまで露骨にヒントを言われてもわからないほど、音夢は疎くない。ポニーテイルの少女探偵は、打ちひしがれた調子で呟いた。

「……逆だったんですね」

「そうだ。全てが逆転しているこの小さな宇宙で、一つだけ世界の法則に反逆しているものがある。この画は、芸術家によって上下逆さまにされていたんだよ」

40　完全なる密室

　室内をゆっくりと見回し、城之介は解説を続ける。

「この『逆転の間』のテーマは両儀の逆転だ。すなわち、この部屋では全てのものが通常の正方向に逆らっている。地面から首を吊っていた屍体も、この室内では、天井からの首吊り屍体ということになる」

　最後に『小椅子の聖母』に辿り着くと、黒衣の探偵は、その丸い画に視線を固定した。

「——そう考えてやると、水野氏の首吊り屍体は、この室内では別に奇想でも何でもないんだな。あれは、この部屋の正方向に従った、純然たる首吊り屍体だったのだから」

「ということは、芸術家《アーティスト》はよほど、この画に注目して欲しかったんでしょうね。全てが通常の逆方向であるこの部屋の中で、この画は異常に際立っているわ……」

　今では、舞衣が『小椅子の聖母』に感じていた違和感も、充分に説明がつけられる。そうと承知で見ると、丸い画が、いかに周囲の雰囲気から浮いているかがよくわかる。普通の部屋で画を逆さまに飾ることを考えれば、当然のことかもしれない。が、城之介が指摘したように、普通に壁にかけられた画は、あくまで自然体である。それゆえに、気づかない者は、たとえ違和感を感じても、画の向きには気づかないだろう。

「ミスディレクションかサインか——。あるいは、もっと深遠な意味があるのかもしれないな。事件の鍵を握るような」

「龍宮さん、何か考えはあるの？」

「聖母と言われて連想されるのはマリアという名だ。マリアを逆さまにしてやると、どうなる？」

「有馬みゆき刑事⁉」

マリア→アリマ。

有栖川有栖の推理小説には、有馬麻里亜という人物が登場する。推理作家たちが画の逆転に気づいていれば、有馬刑事を導き出していたかもしれない。

「でも、城之介さん。それは、どうでしょうか」

疑問の声をあげたのは、音夢だ。城之介は、面白そうに彼女を見る。

「ホウ……どういうことかな、九十九嬢」

「いえ、実は——画の逆転には気づいていなかったんですけれど、わたしもこの『小椅子の聖母』という作品が何となく気になっていたんです。それで、『知識の間』で少し、この画について調べてみたんですよ」

そして、音夢は『小椅子の聖母』について調査したことを報告した。

『小椅子の聖母』——黄金の額縁に守られた、このトンド（円形絵画）は、盛期ルネッサンスを代表する画家ラファエロの円熟期の傑作である。

この画が円形であるまことしやかな解答の一つに、次のような伝説がある。

……昔。通りすがりの隠者を救ったひとりの少女が、そのお礼に『永遠の命』を与えられる。数年後、母となった彼女を見かけた旅の途上のラファエロは、その美しさに打たれ、手近なワイン樽《だる》の蓋《ふた》に、彼女とその息子の肖像を描きとめた。

こうして彼女は名画の中に永遠の姿をとどめ、「だからこそこの画は丸い」のだという……。

だが、実際のところ、トンドは当時の流行であったし、伝説はあくまで伝説の域を出ない。

「なるほど。聖母とはいっても、マリアとは別に関係がないわけだな。とすると、龍さんのミスディレクションの推理も成り立たない」

「いや、そんなことはないさ、鴉城氏。芸術家《アーティスト》も、この画について詳しく知らなかったのかもしれないからな。――しかし、水野氏が殺されたのは有馬刑事が幻影城にやってくる前だ。芸術家《アーティスト》が事件前から彼女のことを知っていて、かつ、この幻影城に派遣されてくることを予期できた。あるいは、有馬刑事自身が芸術家なら話は別だが、まあ、それはナンセンスだろう。とりあえず、この画に関する謎解きは保留しておこう」

「でも、『永遠の命』を与えられたトンドなんて、暗示的じゃない。殺人予告状にあった『聖なる眠り』とも何か関係があるかもね」

舞衣の指摘に、一同が頷く。城之介は咳払いをして皆を促した。

「『逆転の間』は、ひとまずこのぐらいでいいだろう。夜が更けきってしまう前に、『審判の間』も見ておきたいので、そろそろ移動しないか？」

●

深々《しんしん》と、夜の闇は濃くなっていく……

空一面に広がった雲は、泣き出す前の少年のような顔色だった。今晩も、一雨くるのかもしれない。昨夜のような大雨になれば、警備する方としては大変だろう。

四人の探偵は、北東の中庭の砂利道を歩く。『審判の間』へと続く道を進む。

『審判の間』の木の扉は、捜査陣によって完全に撤去されている。今、そこには扉型の空洞があるだけだ。

室内に入ると、音夢が壁際のスイッチを押し、電灯をつける。光量は弱いが、仄暗いながらも、室内の様子を観察するには困らない。

電気椅子が持ち去られているので、朝見た時よりも部屋が広く感じられる。閑散とした感じだ。

城之介はしばらく室内を入念にチェックしていたが、やがてかがみ込んでいた腰をおこし、フェルト帽を脱いだ。

帽子で自らを扇ぎながら、フーッと一つ溜息をつく。積極的に動き回ったせいか、冬だというのに微量の発汗が見られた。あどけなさを残したその童顔は、路上で今遊び終えた少年のようである。……が、城之介の黒ずくめの格好は、少年というには妖しすぎるかもしれない。

ふたたび愛帽をかぶると、黒マントをひるがえし、城之介は舞衣へと向き直った。

「――さて。霧華嬢は、この部屋をどう考える？」

「正直言って、ここまでスキがない密室は初めてだわ。扉以外には、外に逃げ出せるところはないはずなのに、扉には内側から鍵がかかっていたし、犯人・芸術家《アーティスト》の姿は室内になかった。機械仕掛けを施してあるところもないし、数字錠にもおかしなところはない。あたしと音夢ちゃん、それに蠡斯さんや警察の連中も眼を光らせていたので、早業《はやわざ》トリックが用いられた、というのも考えられない」

早業トリックとは、密室の扉を破り、室内に入ってすぐに第一発見者を装った犯人が殺人を犯すというものや、目撃者たちが部屋に入る時に、その混乱に乗じて一本しかない鍵を室内に落とすというような逆転の発想のトリックである。推理小説だからこそ実現しうる、現実には不可能なものも多い。

「この密室には、わたしも戸惑っています。普通の密室とは違う、何か不思議な雰囲気があって……」

先程、語っていたトンドに関する推理もそうであったが、音夢の推理は、いつも通り『何となく、曖昧《あいまい》なものだった。

それでも彼女のファジィ推理は、漠然と真相をかすっていることが多いので、他の探偵たちには、音夢の言葉が参考になる。城之介と舞衣は、ファジィ探偵の推理に、解決の糸口を感じようと沈思黙考している。

「オレもまだ捜査資料を読んだだけだけど。でも、音夢の言うように確かに、この密室はちょっと変な感じがするな。龍さん、芸術家《アーティスト》は、本当にこの部屋に出入りしたのかな？」

壁にかかる『最後の審判』の複製を見ながら、蒼也が言った。答えを求める口調ではなく、疑問を口にすることによって、自分の思考を整理するような感じだった。

——芸術家《アーティスト》は、どのようにして氷龍翔子に最後の審判を下したのか？

密室殺人の中には、犯人が密室に出入りせず、密室の外から、室内の被害者を殺害するというトリックも数多く存在する。むろん、今回がその一例という可能性もある。

だが、数字錠では、磁石を用いて施錠・解錠するマグネットトリックも使えない。それに、室外から電気椅子のレバーを動かすということは、どう考えても不可能だ。

——普通、密室殺人に接すると、探偵は本質直観で謎を解く鍵となる事実を漠然と感じとる。だが、今回の密室に関しては、それがまったくない。違和感の感じられない、それこそ芸術的なまでに秩序のある完全な密室が完成してしまっているのである。

……何か、見落としている点があるはずだ。

城之介がうつむくと、長い前髪が眼の辺りに覆いかぶさる。帽子のつばにも遮られ、城之介の表情は他の誰にも見えなかった。

「普通、殺人事件などで密室が形成される場合、どこかに逃げ道があるはずなんだ」

推理貴公子の声は、呟きに近いものだった。

「足跡、鍵……。要するに、実は密室ではないその状況を密室だと思わせているものだ。それらは大抵の場合、捜査陣の盲点となっており、密室トリックを打破するには、その盲点をついてやればいい」

密室の盲点——。ダイヤモンドも、あるポイントを突いてやれば、粉々に砕け散る。それと同じようなものかもしれない。盲点となっているポイントを突いてやれば、ダイヤモンドのように強固に思えた『密室』の幻想は消え去り、殺人という罪深い行為だけが残る。

ミステリや現実事件において、その盲点を発見するのが名探偵という人種の役割であり、読者の楽しみでもあるのだ。

城之介は、くぐもった声で続けた。

「だが……この『審判の間』には、盲点となるべきものが何もない。言い換えるならば、完全なる密室が完成されていることになる」

「盲点なき密室ね——フィランヌ・メイルネシアっていうS探偵が、こんなことを言っていたのを思い出したわ。『密室の全てが虚構ではない、完璧な密室が完成されるケースもある』……」

フィランヌ・メイルネシアは、世界に六人しかいないS探偵の一人である。密室事件の捜査に類い稀《まれ》なる才を持ち、『密室の女帝』の称号を冠せられている。『女帝』と呼ばれてはいるものの、彼女はまだ二十一歳で、これまでの長い探偵史の中で、史上最年少のS探偵である。

完璧な密室。もし、そのようなものを本当に完成させることができるなら……その密室は芸術であり、それを成した人物を芸術家《アーティスト》と呼ぶことができるかもしれない。

城之介は室外に出ると天を見上げる。厚くたれこめた雲は、圧倒的な沈黙を保っている。嵐の前の静寂か――もうすぐ、雨が降るのかもしれない。

「龍宮さん、勝算はいかが？」

視線を背後に向けると、舞衣が『審判の間』から出てくるところだった。音夢と蒼也も、その後ろから続いている。

城之介は微笑すると、決意のこもった視線で三人を順々に見た。そして、宣言した。

「警察の包囲網が芸術家《アーティスト》の行動を制限できるのも、そう長くは期待できないだろう。――明日には決着《ケリ》をつけたいところだよ。霧華嬢はどうだ？」

「う〜ん。解決は早いに越したことはないでしょうけど、明日は厳しいんじゃないかな。まあ、警察の警備で三日は安全でしょうから、その間には何とかするつもりだけど」

ジャンパーのポケットから煙草を取り出すと、蒼也は『流血の間』から持ってきたブックマッチで点火した。煙を鼻から吐きながら、二人の先輩探偵を交互に見やる。

龍宮城之介も、霧華舞衣も、それぞれに推理を展開させているようだが、具体的にはどれだけ真相に接近しているのかは、まだわからない。それでも蒼也は二人の表情に絶対的な自信の色を見て、第一班と第二班の間に存在する歴然たる実力の差を――自分が未だに越えられない大きな溝の存在を痛感していた。

「警察の警備がとかれる前に、何としても事件を解決しないと……これ以上、殺人を起こすわけにはいきませんものね」

音夢の口調にも、強い意志が感じられる。舞衣は頷き、城之介は黒手袋をはめた手でポニーテイルの少女探偵を指差す。

「そのために我々がいるんだ。芸術家のシナリオを最後まで遂行させはしない。幻影城殺人事件は、最低の脚本だからな。ここらで幕を下ろすのが潮時だろう。――九十九嬢、それに鴉城氏も。明日の本格的な捜査のためにも、今晩はよく眠っておくことだ」

屈託のない笑顔で、舞衣も後輩探偵たちに優しい言葉をかける。

「音夢ちゃん、今日はお疲れさま。若も……明日は、はりきって捜査に臨みましょ。先輩として忠告しておくけど、くれぐれも夜更かしはしないようにね。特に若は、明日またずっと歩くことになるでしょうし――それに、子供には夢を見る時間が必要だから♡」

四人は互いにねぎらいの言葉を交わし、城之介と舞衣は談笑しながら、城内へと続く中庭の砂利道を戻っていく。その後ろ姿を見ながら、音夢と蒼也は顔を見合わせて肩をすくめた。

「まだまだ解けていない謎が山積みだけど、さすがにあの二人は余裕だね。――若さまは、これからどうするの？　歩く？」

鴉城蒼也の推理は、理路乱歩《りろらんぽ》と呼ばれるものだ。

理《ことわり》の路《みち》を推理を求めてひたすらに乱れ歩く……芸術家たちが、発想を求めて散歩をするのと理屈は同じである。歩くことに没頭すると、無我の境地となり、純粋に思考遊戯に専念することができる。散歩が多くの人から支持されるのは、歩くことによって右脳が刺激され、脳内麻薬が分泌され、一時的に発想力を高めるからだとも言われている。

推理するために歩き続けるというのも胡乱《うろん》な話だが、理路乱歩が優れた推理法であることは、ＪＤＣ第二班にまで昇りつめた蒼也の実績が証明している。

しかし、まったくの偶然とは言え、江戸川乱歩の『幻影城』に名を採ったこの幻影城に、理路乱歩という推理法を駆使する探偵がやって来たというのもどこか因縁めいている。幻影城殺人事件においては、そういった些細なことも含めて、すべてが、あまりにも装飾的だった。

北海道の出張に続いて、幻影城にやって来たということで、蒼也の体はさすがに疲れていた（北海道の事件でもかなり歩かされた彼である）。今日はこのまま休もうかと考えてもいたが、城之介や舞衣を見ていると、早く彼らに追いつくためにも、推理を展開させたい衝動にかられる。

決して整然としていない幻影城の理路を乱歩するか？　それとも、明日に備えて休養するか？

その二つの思考の狭間で、蒼也は葛藤していた。

煙草の先端で踊る、ランプの魔神のような紫煙に眼を向けたまま、蒼也は曖昧に首をふり、優柔不断な口調で言った。

「オレは、もうしばらくここにいるよ。……歩くかどうかは、まだわからない」

「そう。じゃあ、わたしはお先に。お疲れさま」

砂利道を音夢は歩いて去っていく。その背中をじっと見ていたが、彼女が蒼也をふり返ることはなかった。

長くなった灰を大地に落とした時、蒼也の頬に誰かが接吻した。……指で頬をさわる。濡れている。今度は額に、鼻に、冷たいものが舞い落ちる。

上空を見上げた蒼也は、思わず呟いた。

「——雪か」

果てしない虚空の闇に、無数の白片が踊っていた。神聖な白い妖精たちが、乱舞しながら、ひらひらと地上に降りてくる。

蒼也は、しばらくの間、天に魅入った姿勢のまま、そこに佇《たたず》んでいた。

二晩連続で殺人が行われたとあって、さすがに今宵は茶話会は開かれない。幻影城は警察の警備下にあるので、実行することは不可能ではない――が、作家仲間が殺害され、ひょっとしたら自分たちの中に殺人鬼がいるかもしれないという疑心暗鬼の状況である。どうせ人は集まらないだろうということで、旅行幹事の溜水は、とりあえず一晩、茶話会を中止すると決定を下していた。

41 思遣《しい》ある情景

●

午後九時四十分。

星野多恵は兄の部屋にいた。風紋寺は、部屋に備えつけの机で、溜水の執筆した『華麗なる没落のために』のコピーに目を通している。『知識の間』にあるコピー機で、多恵がコピーをとったものだ。夕食の後、溜水の部屋を訪れた彼女は、彼に頼んで原稿をコピーさせてもらっていた。

アスピリンを飲み、三時間ほど仮眠をとったので、腹痛はだいぶましになっている。食後、自室で『華没』を読み終えた多恵は、一人でいるのも不安だったので、原稿と、『知識の間』から借りてきた島崎藤村の『若菜集』を持参して兄の部屋を訪れた。

『麗しき華のごとく、没落は夢のように』という小説を執筆する予定だった溜水が、『華麗なる没落のために』という事件記録物語《ノンフィクション・ノベル》を記していること、そして、芸術家《アーティスト》がどうやら『推理小説の構成要素三十項』を制覇しようとしているらしいことは、既に作家たちの間では周知の事実となっている。

事件の資料として『華没』を読むことに没頭している兄に話しかけるのも悪いと思い、多恵は先程から無言で視線をあてどなく彷徨わせている。テレビを観る気も、本を読む気もしない。何となくボーッとしていたい彼女だったが、実際にそうしていると時間の経つのがひどく遅く感じられ、手持ち無沙汰だった。

室内の単調な風景を見回すのにも飽きて、目をつぶる。意識したわけではないが、今日の午後、共通の時間を過ごした葵の表情が闇の中に浮かんだ。

葵健太朗、風紋寺光世、濁暑院溜水……そして、龍宮城之介のことを順々に考える。爽やかで、楽しい会話を提供してくれる葵健太朗。優しく、愛で包み込んでくれる風紋寺光世。超然として、創作にしか興味がないように見えて、気配りを忘れない濁暑院溜水。

自分の周りにいる素晴らしい人たちのことを考えると、多恵は、自分が幻影城殺人事件の中にいることを忘れそうになる。鳥籠の外に出た小鳥にとって、自由の天空をはばたくことは、かつて体験したことがないほどに胸躍る経験だった。

星野家の庇護下から抜け出し、単なる一個人として合宿に参加する。やや内向的なところのある水野一馬や柊木司は、初対面の彼女に対して素っ気なかったが、他の『関西本格の会』のメンバーは、虹川恵も含めて皆、彼女のことを対等の人間として扱ってくれていた。そうした自然な人間関係の輪の中にいることが、多恵にはたまらなく新鮮で、魅力的だった。ここでは多恵は、星野家の令嬢ではなく、ただの若い女性なのである。それが、彼女には嬉しかった。——残虐非道な殺人事件さえ起こらなければ、今回の合宿はもっと遥かに素晴らしい、めくるめくものとなっていただろうに……。

かつて一度、見合いをしたことのある龍宮城之介のことに思考がいくと、自ずと事件のことを考える。格好こそ以前会った時と同じく黒ずくめの奇抜なものだったが、幻影城という秘境で眼にする彼の姿は、頼もしく、また勇ましく彼女の眼に映った。

それは、城之介が殺人事件と格闘する専門家だから――というわけではないだろう。謎と向き合い、謎に挑みかかる黒衣の探偵の勇姿は、まぶしかった。謎を解くことに専心することによって、城之介は輝いているようだった。

見合いの席では、城之介はしごく退屈そうだったことを多恵は記憶している。礼を失することがないように彼女に話をあわせてくれていたが、それは社交辞令の域を出るものではなかった。自分が、彼を怒らせてしまったのではないか――話をふりながら、そういった罪悪感にかられたことを覚えている。

人見知りするというわけでもなく、城之介の話術は巧みで、こちらを楽しませる術《すべ》を彼はよく心得ていた。が、それでも、関心のなさそうな調子の会話の数々は、空虚な印象を彼女に与えた。

そんな城之介が唯一、眼を輝かせて喋っていたのは、謎と謎解きに関する話だった。

『星野嬢、人は皆、謎を解くために生きているんだよ。……少し考えてみればわかることさ。世界の至るところに転がっている謎――生きるということは、つまるところ、謎を解き続けるということだ。だから、龍宮は謎解きという行為に生涯を捧げている』

熱っぽくそう語る城之介の瞳は、夢を語る少年のそれだった。くだらない世間話を盛り上げている時とは明らかに異なる、炎のように生気溢れるあの瞳は、今でもよく覚えている。

あの時、一瞬だけ輝きを見せた城之介と、今の城之介はまったく同じだった。わずかに違うところがあるとすれば、それは時間だ。あの時は一瞬でも、今のそれは半永久的なものだ。現在、幻影城に出現した無数の謎をつきつけられている城之介は、輝き続けている――。

城之介とは、夕食の席で少し会話を交わしただけだったが、以前の印象とはまったく違っていた。謎解きに集中できる環境を約束された城之介は、玩具の山にうずもれた少年と同じく煌めいていた。

プロスポーツ選手は、その分野の達人だからこそ、まぶしく見える。試合でプロスポーツに打ち込んでいるからこそ、輝いて見える。――それと、理屈は同じだ。凶悪犯罪を与えられた名探偵は、誰よりも輝いている。

無視できない（強烈な）存在感を持つ城之介の魅力に、多恵は今日初めて気づかされた。同時に、城之介は彼女の頭の中で、まったく独自の場所を占めるに至った。

――多恵は、『関西本格の会』の中に幻影城殺人事件の犯人・芸術家《アーティスト》がいるとは考えていない。芸術家《アーティスト》は、『推理小説の構成要素三十項』を網羅しようとしているようだが、推理作家が犯人であれば『意外な犯人』という項目は満たせない。理由はそれだけではない。何よりも彼女は、推理作家たちの中に犯人がいるとは考えられないのだ。

葵健太朗、風紋寺光世、濁暑院溜水、虹川良、虹川恵、魅山薫……誰も他人のことは何もわからないとはいえ、彼女は仲間たちのことをよく知っているつもりだった。彼らの人柄の良さや、殺人など犯すはずがないということも。

――かといって、幻影城の使用人たちを疑うのもはばかられる。要するに、多恵は人を疑うことに慣れていないのだ。

誰にも裏切られたことがないから、悪い人間という人種がどういうものか、よく知らない。それは、ある意味では幸福なことだが、もちろん不幸なことでもある。

人間の汚さを承知していれば、打算に満ちた謀略に備えることができる。汚れを知らぬ裸のままの心が世界の暗黒に触れたら……そのダメージは計り知れないものだろう。

作家や使用人たちの間では、『平井玄次』という名前が話題にのぼる回数が増えている。聞くところによると、ずっと行方不明になっている、平井太郎の実弟らしい。

知り合いの中に犯人を探すよりは、見ず知らずの、生死さえ知れぬ平井玄次なる人物をどうしても疑ってしまう。

――きっと、平井玄次さんの犯行なんだわ。幻影城の外に潜んでいて、夜ごとに城内に侵入してきて犯行を繰り返しているのよ。……この仮説が正しければ、もう事件は続かないはず。警察が幻影城を警備して、夜中に外部から侵入してくるのは不可能だから。おそらく、これ以上、事件は続かないでしょう。だいじょうぶ……。

多恵が推測よりも願望に近い結論に達したちょうどその時、風紋寺が短い悲鳴をあげた。

「――痛っ‼」

見ると、多恵の兄は、小指を口に入れていた。おそらく、『華没』の原稿で指を切ったのだろう。紙が鋭利な刃物となることは、よくあることだ。

――「君」も、経験があるでしょう?

多恵は持ち合わせていた巾着袋の中から絆創膏を取り出し、兄の元へと歩み寄った。

「健治兄さん、だいじょうぶですか?」

風紋寺光世の本名は、星野健治である。

「ちょっと指を切っただけだ。心配ないよ」

「指を見せて……」

差し出された兄の小指に、多恵は優しく絆創膏を貼った。半透明で、ミッキーマウスのイラストがはいっている小さな絆創膏である。

放っておいてもすぐに治る程度の傷だったが、風紋寺は妹の気遣いをありがたく思った。

「多恵、お前は優しいな。お前の未来の夫が羨ましいよ」

冗談めかして風紋寺がそう言うと、多恵は照れたように苦笑した。

……夫。

両親の都合で見合いをさせられたことはあったが、多恵自身はまだ、結婚について考えたことがない。彼女は、今年で二十四になる。既に結婚し、家庭を築いている同年代の友人たちも数多くいたが、未だに結婚を身近に考えたことはなかった。

籠の中の鳥のように、一般社会から一線を画して育てられたから――だけではないだろう。恋愛らしい恋愛経験がないのも、原因の一つであると思われた。

世の中の汚さをまだ知らない純粋な多恵を見ながら、ふと風紋寺は、妹の結婚について考える。

――この先、仮に多恵が誰かと結婚するとすれば、それはどんな奴なのだろう？

とりあえず、今、身近にいる数人の男性が、風紋寺の頭に浮かぶ。葵健太朗――濁暑院溜水――まさか、龍宮城之介ということはないだろう。

葵にせよ、溜水にせよ、妹の未来の夫としてイメージするのは難しかった。当人同様、風紋寺も、妹が結婚するなどということは今までに、ほとんど考えたことがなかった。それだけに、具体的に結婚について考えると、一気に年をとったかのような不思議な悲しさがこみ上げてくる。

――自分の妹と知人が結婚するというのは、できれば願い下げたいものだ。知人の義兄になるなんて、当事者よりもこっちが戸惑ってしまう。

ある偉人はこう言った。葬式は一人でもできるが、結婚というものは相手がいないとできない。これは至言である。

風紋寺自身は、今のところ結婚の予定はない。これから先、結婚するのかどうかもよくわからない。彼は、よく友人から「お前は姉妹愛者《シスコン》だ」とからかわれる。

特に否定しようと思ったことはない。風紋寺が多恵を大事に想っているのは事実だし、実際、血のつながりがなければすぐにでも彼女に求婚したいぐらい、妹のことを愛しているのだから。

近親相姦などという俗な発想や性欲に支配された愛の幻覚に興味はない。ただ風紋寺は、愛しい存在と一緒に生きていたいといつも想っていた。多恵を、いつもすぐ近くに感じていたかった。

星野家の一人息子——しかも、現代を代表する売れっ子作家の一人——人は、そんな色眼鏡を通して自分を見る。

それが嫌なわけではない。自分に付随する肩書きというものは、アイデンティティの一部なのだという世の真理から眼を背けるつもりはない。

だが、だからこそ、風紋寺は愛に飢えて生きてきたのだと思う。彼ら兄妹にとって、お互いの存在だけが自分の唯一の味方で、愛すべき分身であった。

——少なくとも、これまではずっとそうだった。

これからは——どうなるのか、まだわからない。

……人とは、変わり続ける生き物だから。

「——あら……。健治兄さん、窓の外。雪だわ」

多恵に促され、風紋寺は窓の外を見た。闇に舞う白片。暗黒をバックにしているからこそ、雪のダンスは可憐で美しい。それは、多恵も同じかもしれない。世の暗黒をバックにしているからこそ、星野多恵という処女雪は白く輝いて見えるのだ。

「今年の初雪だな。これは積もりそうだ」

風紋寺は椅子を立ち、窓を開けた。適度に心地よい冬の冷気が肌をなめる。雪の結晶が幾つか体にあたり、水に返る。

吹雪いているわけではないが、雪は降りしきっていた……。深い闇の中を舞い落ちていく白点群。これはモノクロームの万華鏡だ。

――この雪が、陰惨な事件を地中に埋没させてくれればいいのに。

風紋寺と多恵、星野兄妹は、室内が冷え、窓を閉めるまでのしばしの間、雪の芸術に眼を奪われていた。

42　デフォルマシオン

少し夜風にあたりたくなり、虹川良は、城壁の上、空中回廊へとやってきた。塔の螺旋階段を昇り、屋上へ出る。四つの塔の屋上を繋ぐ空中歩廊を、虹川は歩いた。

綺麗な白片が、視界のあちこちでちろちろと揺れている。手をかざすと、掌の上に雪が着地し、体温で蒸発する。

「雪か……」

思わずそう呟くと、虹川は足をとめた。城壁のへりに手を置き、天空を仰ぐ。障害物がないおかげで、頭上には見渡せるかぎり闇色が広がっている。その果てしない闇黒の深奥部から舞い落ちてくる無数の雪、雪、雪、雪――。

それは、人工的な美を超越した、自然の壮麗な営みだった。闇天の壮大さ、降り続ける無数の雪の量感を全身で感じると、自分という存在が、いかにちっぽけなものであるかがわかる。虹川は、幻影城の中ではごく小さな存在だ。その幻影城も、押田市の中ではちっぽけなものだ。その押田市はさらに大きな京都府のほんの一部であり、京都府もまた日本の一部であり、日本にしてみたところで、地球上ではあるのかないのかわからないような矮小《わいしょう》な島国でしかない。その地球もまた、宇宙の中では……

自然を通してマクロの世界を感じてやれば、ミクロの自分は、とるにたらない存在だとわかる。その存在など、全宇宙の運行には何ら影響を与えない。大河に小石を投じるようなものだ、と。

だからこそ、虹川は人生に疲れた時、裸の心で宇宙を感じる。極小の窓を通して、極大の世界を体験する。自分という存在が、どれほど小さなものかがわかれば、つまらないことで悩むのがバカらしくなり、そして、心労は緩和されるからだ。

天に魅了されるがままに、自分を無にする。事件のことも忘れ、言葉を発することもなく、しばらくの間、荘厳な世界を感じることにのみ集中する。少しずつ体を湿らせる雪も、まったく気にならない。

画にしろ文にしろ、この美しさを筆によって表現することができれば、どんなに素晴らしいだろうか――虹川には、それができない自分がはがゆくもあり、また腹立たしくもあった。

しょせん、人間は本物の美しさを越える美を創ることはできない。それは、技法に頼っているからだろう。もともと、文章も絵画も、在るものを表現するために始まった。だが、技法の成熟と引き替えに、本来の目的は忘れ去られてしまったのだ。

なぜ、子供の描く画は真理をえぐるのか？――それは、子供が技法に頼ることをまだ知らないからだ。うまい文章も、うまい画も、うまいだけでは感動を表現できない。うまく創ろうとしてはいけない。それでは既存の枠におさまる無難なものしか生まれない。

それでも虹川は、決して芸術に限界を感じているわけではない。従来のものとはまったく異なるアプローチの方法で、自然の芸術を越えるなにかを創ることは不可能ではないと思っていたし、ずっとそれに挑戦していきたいと考えていた。

ふたたび空中回廊を歩き始め、幻影城の周囲に広がる美奈湖に視線を移す。

……湖面は、月光を浴びて濃藍色に輝いて見えた。水に映る月影はゆらゆらと幻想的に震えている。無数の雪が湖に溶け込むように水中に消え、滅する瞬間、水面に小さな波紋を作っているのが、なんとなく見える。雨と違って、無音の世界であるせいか。雪景色は、妖しいまでに美しかった。

「――美しい夜景ですね」

不意に声をかけられ、虹川は驚いて足をとめた。彼の前方、塔の屋上に魅山薫が立っていた。先程まではそこには誰も見えなかったので、今、昇ってきたところだろう。

女性的な容姿の薫は、いつものように、人間が描かれていない推理小説の登場人物のような透明な雰囲気だった。ただ、服から覗いた肌はかすかに上気し、頰は朱に染まっているように見える。髪が濡れているのは雪に濡れたためではないだろう。

「風呂に入ってきたところかい？」

虹川親娘と薫はプライヴェートなつきあいがある。そのため、二人だけでも気まずい雰囲気になることはない。虹川は気さくに声をかけつつ、薫に歩み寄った。

「ええ、『湯の泉《とういずみ》』の方に――。こんな時間ですから、やはり他には誰もいませんでしたね。あの広い空間を独占して、ゆったりとすることができました。よく暖まりましたよ」

『湯の泉』とは、浴場の名である。幻影城には、客室にもそれぞれバスユニットがついているが、それとは別に大浴場も用意されている。御影石とヒノキが美しい、ゴージャスな造りの浴場である。

天然の芸術に心を奪われ、吐息を漏らしている薫の横顔を見ながら、虹川は心配そうな声で言った。

「しかし、薫くん。風呂上がりなら、あまり雪に濡れないほうがいいんじゃないかな」

「そうですね。でも、暖まった体にはちょうどいい刺激ですよ。それに、夜の雪景色をもう少し楽しみたいですから……」

薫の吐く息は、虹川のそれよりも白いように見える。体が暖まっているせいだろう。

「ところで、どうして今頃――それも入浴後に、こんなところに？」

「どうも自室にいても落ち着けなくて、夜景でも見ようかと、いつの間にかここへ足を向けていました」

はおったガウンの下――薫の浴衣の胸元から、十字架《クロス》が覗いているのを見て、虹川は薫がクリスチャンであるのを思い出した。

微笑をたたえた薫の秀麗な顔立ちは、涼やかだった。ほんのりと赤くなった顔は、月光を受けて、陰影がくっきりとしている。闇と雪をバックにたたずむ薫は、綺麗だった。首にかけた鎖の先端にある十字架と薫の無垢なる透明感は絶妙に調和して心地よかった。

「――僕もそうだ。どうも、自分の部屋では落ち着けなくてね。恵を寝かしつけてから、一人でここへ来てしまったよ」

照れ臭そうに独白する虹川に、今度は薫が心配のこもった視線を向ける。

「恵ちゃんを一人にして、だいじょうぶですか？」

心から、恵の身を案じてくれているようだった。

薫の義父・久能啓輔《くのうけいすけ》と親しかったことから、虹川と薫は親交を持つようになった。つきあいが始まってもう四年になる。虹川は、友人というよりも息子のように薫と接していた。娘の恵も薫を『スミレさん』と呼び、気に入っている。薫には、恵の遊び相手になってもらうことが幾度もあった。特に、虹川が出張取材に赴く時などは、薫に虹川家に泊まってもらい、娘の面倒を見てもらうようにしている。薫は恵を妹のように可愛がり、恵は薫を兄のように慕う……義兄妹のように、二人は仲が良かった。

「部屋には鍵をかけてきたし、警察の人も巡回している。まあ、今晩はだいじょうぶだろう。それよりも――薫くんの方こそ。あまり、一人で出歩かない方がいいと思うよ。もし、僕が芸術家《アーティスト》だったらどうするんだ？」

「私は子供じゃありません。それに、虹川さんが芸術家《アーティスト》でないのは私が一番知っています」

「そうかな……ここから、君を突き落とすかもしれない」

明らかに演技とわかる調子で、虹川はすごんでみせた。薫は一瞬、寂しげな色を瞳に浮かべたが、すぐに口元に微笑を浮かべる。おかしそうな、しかし悲しそうな語調で、薫は言った。

「その時は、潔く突き落とされますよ。虹川さんに殺されるのなら仕方がありません」

「冗談だよ――、もちろん」

互いの信頼を確認しあった二人は、しばしの雑談の後、塔の螺旋階段に足を向け、屋上を後にする。

去り際に、塔のへりから眼下の幻影城を見下ろした薫は、脚がうずうずと震えるのを感じた。ちらほらと、警備の人員が城内を巡回しているのが見える。

高所から真下を見下ろす眺めは、魔物だ。吸引力で、こちらをぐいぐい引っ張っている。なんとなく薫は、今ここから自分が飛び降りたらどうなるだろう？　――と考えた。

――単なる自殺として処理されるだろうか？　それとも、芸術家《アーティスト》の仕業と判断されるだろうか？

強烈な眩暈《めまい》を感じて、薫は首を左右に振った。

――何をバカなことを考えているんだ、私は。

天空に視線を向けると、今度は、雪が舞い落ちてくる闇の向こうに吸引力を感じた。眼をつぶれば、自分が天の彼方へとしゅぽんと吸い込まれてしまうような錯覚……巨大すぎる自然が、都会で生きることに慣れた人間の感覚を狂わせるのかもしれない。

胸の十字架を握り締めると、薫は虹川の後を追って、塔の螺旋階段を早足で降りていった。

……ただ雪のみが、静かに降り続けている。

43　壁の向こう側

「じゃあ、お前は犯人が殺人方法にも拘《こだわ》っているというのか、溜水？」

溜水の部屋。葵と溜水は、二人で事件の話をしていた。床の上には、『ジグソーパズル』のゲラと、プリントアウトが終わったばかりの『華麗なる没落のために』の原稿が置かれている。葵はあぐらをかいて座り、溜水はキャスター付きの椅子に逆向きに腰かけている。

溜水が昼間から抱いていた疑問を思い切って打ち明けたところ、葵が最初に発したのは驚きの声だった。

溜水は頷いて続ける。

「あくまで推測の域を出ないがな。柊木さんは圧殺。水野さんは絞殺。華と麗は斬殺。そして、翔子先輩は電気殺だ。——並べてみると、芸術家《アーティスト》が殺人方法に拘っているようにもとれないか？」

「んー……。確かに、芸術家《アーティスト》なら考えられないこともないよな」

そう呟きながら葵は、芸術家《アーティスト》のミステリ作家的な挑戦心、過剰なまでのミステリ魂《スピリット》に戸惑っていた。

かつて、『鮎哲』こと鮎川哲也は、『リラ荘殺人事件』において、すべての被害者を異なる殺人方法で殺している——その前例に、芸術家《アーティスト》は則《のっと》ろうというのだろうか。

葵は『知識の間』から持参した一冊の本を、溜水に差し出した。

「これは……『匣《はこ》』じゃないか、どうしたんだ？」

本は、竹本健治の『匣の中の失楽』だった。一九九一年に復刊された講談社ノベルス版《ヴァージョン》である。

「いや、一昨日の茶話会で四大ミステリの話題が出て、久しぶりに眼を通してみたんだが……ほら、覚えていないか。『匣』の中には、推理較べの十戒というのが出てきただろう。そのしおりを挟んであるところだよ」

促されるままに、溜水はしおりが挟んであるページを開いた。九十六ページには、『9　殺人者への荊冠』という小見出しがついている。

「ああ、そういえば――。それで、葵。これが、どうかしたのか？」

葵に説明を求めながら、溜水は『匣の中の失楽』を読み進んだ。推理較べの十戒とは、次のようなものである。

推理較べの十戒（『匣の中の失楽』より）

1◎トリックは古今東西の小説等に使用されなかった、まったく新しいものであること。

2◎解決は、万人を納得させるだけの説得力のあるもの。

3◎解決は、まず面白くなくてはならない。

4◎犯行は、殺人者が考えに考え、練りに練ったものであること。

5◎犯人に共犯者がいてはいけない。

6◎煩雑なアリバイトリックは不可。

7◎トリックだけでなく、犯行に至らしめた動機も、今までにない新しいものであること。

8◎動機には、充分な深刻さがあること。

9◎それぞれの解決が、ある暗示を含んでいること。

10◎犯行は、連続殺人でなければならない。


腕組みをして、眉根を寄せる。溜水と視線をあわせることなく虚空を睨み、厳しい表情で葵は説明した。

「その推理較べの十戒にしろ、ノックスの十戒にしろ、ヴァン・ダインの二十則にしろ、――お前の作成した推理小説の構成要素三十項にしてもそうだ。……推理作家が上質のミステリに求める法則は、非常にテクニカルなものなんだな」

「それは、ミステリに限ったことではないだろう。元々、ジャンルというものはそれぞれの特質を伸ばすために、オリジナルからテクニカルに枝別れしたものなんだから。最近では逆に、限界まで膨脹した個々のジャンルが融合し、ジャンル・ミックスの究極のエンターテインメントとして統合される傾向にある。これは、どの世界にもあてはまることだ」

「自分で縛りを作ってしまうと自由に行動できないのと同じで、縛りを作ることはよくないと思うんだがな……ある特定の枠を設けてしまえば、その枠の中で可能性を殺してしまうことになる。まあ、それはいい。少し話が逸れてしまったな。本題に戻ろう」

「何が言いたいんだ、葵?」

「これは、俺の直観なんだが、芸術家《アーティスト》が『推理小説の構成要素三十項』を制覇しようとしているのは、あくまで通過点に過ぎないのではないかと俺は思うんだ」

「通過点？　……どういうことだ」

「芸術家《アーティスト》の目指す最終到達点は、ミステリの総決算だという気がするんだよ。あらゆるミステリの融合、と言い換えてもいい。すべてのミステリの根底にある、共通の『何か』に向けて、芸術家《アーティスト》は犯行を続けているんじゃないか、そんな気がするんだ」

「つまり、芸術家《アーティスト》にとって『三十項』を網羅するのが終着駅ではなく、ミステリを総決算するために、必然的に『三十項』を制覇してしまう、ということか？　――しかし、それは言い過ぎじゃないかな」

「推理作家は時に、ミステリの特質を一括《ひとくく》りにまとめたくなる。ディクスン・カーで言えば、その最たるものが『三つの棺』の密室講義、『緑のカプセルの謎』の毒殺講義。江戸川乱歩の類別トリック集成などは、その最たるものだ」

「『虚無への供物』で、中井英夫は、乱歩の整理したミステリの法則を推理の道具として利用している。さらにその『虚無』を踏まえた後継者が、この『匣』か。『十戒』や『二十則』にしてもそうだな。――最近で言えば、有栖川有栖の『マジック・ミラー』にあるアリバイ講義、麻耶雄嵩の『翼ある闇』にある密室動機講義などか……」

「乱歩は、ミステリのトリックを整理した『類別トリック集成』を作成した。だが、逆に、あれはミステリの可能性を制限してしまったんだな。前例のあるトリックは使えない、使いたくないという風潮がミステリにはあるから」

「まあ、そのハードルをうまくクリアすれば、『虚無』や『匣』のように成功できるんだろうが……。従来のミステリを踏まえたミステリ――どういう言い方をしても、うるさ型から文句が出るだろうが、メタ・ミステリやアンチ・ミステリに新しい可能性があるということか。……なるほど、葵の言いたいことがようやくわかってきた。幻影城殺人事件は、これまでの殺人事件、ミステリをふまえたメタ・マーダー、アンチ・マーダーだということだな」

「ああ――。この二日間の殺人には、明確な方向性があった。それは、古きものの総決算と新しきものへの飛翔だ」

「この先、事件がどう展開するかわからないが、とりあえず今の段階ではその意見に異論はないよ。――しかし、葵。ということはつまり、犯人・芸術家《アーティスト》は……」

「こういった考え方をする人種は限られている。そう、俺の考えでは、芸術家《アーティスト》は推理作家の中にいる」

延々と続く会話は、やがて無音の世界へと吸い込まれていく。世界が溶暗し、闇に沈んでいく。

すべてが無になった次の瞬間、激しい音で葵は目覚めることになる。

ドン！　ドン！

●

天井が視界に入った。

――ここは俺の部屋だ……。俺は眠っていたのか。だが、いつの間に？

葵の部屋の灯りはついたままだ。隣の部屋で、溜水と話していた葵だったが、その後のことはよく覚えていない。時間の溝を飛び越え、記憶が飛んでいた。

――今のは、夢だったのか。いや、俺は確かに溜水と話していた。あれは、紛れもなく現実だった……はずだ。

記憶の糸を手繰り、溜水との会話を回想する。今にして思えば、それはあやふやな記憶だった。どこまでが実際の会話で、どこからが夢の中での会話なのか、その境界はゆらゆらと揺れていて特定できそうにない。

『この世界はすべて虚構さ』

昼間の溜水の言葉が思い出される。本当に、この世にはリアルなものはどこにもない。

はたしてこの世界は、『麗しき華のごとく、没落は夢のように』なのか、それとも『華麗なる没落のために』なのか、あるいは現実なのか夢なのか？

自分が三次元の住人であるという自信さえもが喪失されそうになる。葵の立っているのは、呆れるほどに脆い足場だ。

——俺はひょっとすると、二次元に生きる登場人物なのかもしれないな。もし本当にそうなら、どうせなら物語の主人公がいいものだ……。

かけ布団をはねのけ、ガバッと上半身を起こす。ベッド際の壁を見ながら、ふと隣室の溜水のことを考える。

頼りない記憶を信じるならば、溜水は確か、今晩も徹夜はしないつもりだと言っていたはずだった。おそらくはもう寝床には入っているだろう。寝てしまっただろうか？　氷龍翔子や事件のこと、『華没』のことを考えて、眠れぬ時を過ごしているかもしれない。

溜水が布団にくるまっているところを想像すると、なんだかおかしくなって葵は声をたてずに笑った。溜水は、人前では眠らないことで有名だった。つきあいが長い葵でさえ、溜水の寝顔は見たことがない。一緒に旅行をしていても、四日ぐらいなら平気で起き続けている——それが溜水という男だ。

仲間内では、溜水は本当は眠っていないのではないか？　などと噂になったこともある。その溜水が執筆に疲れて泥のように眠っているところを空想すると、夜に寝ているフクロウを眼にしたかのように、おかしさが込み上げてくる。

溜水は常々、忘れ水のように生きていたいと言う。誰も知らないところで、もしかしたら寝ているかもしれない溜水は、まさに忘れ水のような存在だった。誰も知らない場所を流れる忘れ水……何とも風情がある。

——その時だった——

ドン！　ドン！

突然、壁を叩く激しい音がして、葵は思わず飛び上がりそうになった。そこで葵はようやく思い出した。自分はこの音で目覚めたのだ、ということを。

ドンドン！　ドンドンドン！

溜水の部屋と葵の部屋を隔てている木の壁が、溜水の部屋側から強く叩かれる。

——何の音だ？　溜水の奴、何をしている？

……沈黙……

唾をゴクリと飲み込んで壁を見つめていると、しばらくの後、またしても壁を激しく叩く音がした。

まさか溜水の部屋に誰かが……芸術家《アーティスト》が溜水の部屋に侵入しているのかもしれない。溜水は『華没』の記述者として芸術家《アーティスト》に生を保証されていたのではなかったのか？　あれは、葵の推理（願望？）に過ぎなかったのだろうか？

ベッドを出ると、葵は室外へと飛び出した。眠っていた時も手首にはめたままの腕時計を見ると、午前一時二十二分だった。

午前零時以降は自室を出ないように——警察関係者からそう注意を受けていたが、今はそんなことを気にしている場合ではない。芸術家《アーティスト》が溜水を襲撃しているかもしれないのだ！

ガランと静まりかえった虚無的な空間。常夜灯に照らされた薄暗い廊下には、誰もいなかった。中庭に面した窓の外では、大きな雪片が美しく舞っている。しかし、雪に見とれている余裕はない。

巡回の警官は、今は城内の別のところを回っているのか、姿は見えない。廊下を進むに従って、視界ははっきりしなくなる。廊下の果ては、闇と融合しているようにすら見え、葵はかすかに体が震えるのを感じた。

『客室Ｖ』と刻まれたプレートがかかっている、溜水の部屋の扉を激しくノックする。

「溜水！　――おい、溜水！」

心配が杞憂に終わるかもしれないので（――騒ぎを起こさないように――）、声は心持ち潜めている。ノブに手をかけたが、鍵がかかっていた。息を殺して数瞬待つ――。

どれほどの時が経過したのか。

カチリ……

限りない無の時空に放り出された葵が、圧倒的な孤独に精神が崩壊しそうな危機感を覚えたその時。鍵が解錠される音が静寂の廊下にやけに大きく響き、扉が開かれた。

ドアの隙間から、溜水の衰弱しきった顔が覗いている。溜水の顔は極度に蒼ざめ、顔には多量の発汗が見られた。寝着《パジャマ》を着ているところを見ると、やはり寝ていたのだろうか……。

「こんな時間にどうした……葵？」

弱々しい響きの声だった。数時間前に会話を交わした（夢？　現実？）相手とは、とても思えない。いつもの溜水は、たとえクールに振る舞っていても、全身から生命力（――創作衝動――）のオーラのようなものを感じることができる。しかし、今の彼にそれはなかった。

「壁を叩く音が聞こえたんだが、何かあったのか」

一瞬だけ溜水と葵の眼があった。溜水の瞳の中に、葵は救いを求める感情があるような気がした。だが、溜水がすぐに視線を逸らしたので、はっきりとそう確信するには至らなかった。

「――スマン。どうも悪夢にうなされていたらしい。何かを蹴飛ばしたような気がする。その時、壁を蹴ったのかもしれない……」

多量の発汗は、悪夢にうなされた寝汗だったのか。今晩から警察が警備しているとはいえ、この極限状況である。安堵の気持ちが逆効果となり、今まで精神力で封じこめていた恐怖心が悪夢の姿を持って溜水を襲ったのだろう。三つの殺人と二つの殺猫を実際に眼にしたのだ。冷静沈着を画に描いたような溜水ほどの男でも、悪夢にうなされるのも仕方がないことなのかもしれない。

「事件の悪夢か?」

そう尋ねた葵は、溜水の返事を聞いてから、質問しなければよかったと思った。

「電気椅子に座らされて、殺される夢だ。レバーを引いているのは……翔子先輩だった」

魂の抜け殻のように生彩を欠いた声で溜水がそう吐き捨てる姿は、まさに鬼気迫るものだった。葵は、さむけが全身をはしるのを感じた。

葵は親友に同情を禁じえない。自分もあのまま眠っていたら溜水のようになっていたかもしれないのだ。悪夢にうなされ続け、目覚めればそこは殺人事件のただ中――生きた心地がしない。

現実の殺人事件という異常な世界にあり、彼らの精神も均衡を失っているのだろう。

クールでいつも超然とした男が、哀れなまでに怯えた表情になっている。そのことが、葵の心胆を寒からしめた。

――本当に悪夢のせいだけなのだろうか?

異常なまでに顔面蒼白の溜水の様子は、とても悪夢のためだけとは思えない。その顔には死相すら感じられるような気さえする。……それは、葵の勘繰りすぎだろうか?

葵は溜水の肩に手を置いた。その体は、案山子《かかし》のように頼りなく感じられた。

「だいじょうぶなんだな？」

「ああ。やっぱり、今晩は寝ないでおくよ。もう、眠れそうにない。それに、早く『華没』も書きたいしな」

「そうか……」

無理して平静をつくろっているのが見え見えの溜水だったが、葵は特に何も言わなかった。

溜水は無事だった……それでいいじゃないか。

葵は自室に戻った。

——何はともあれ、溜水が無事で良かった。翔子先輩に続いて溜水まで喪ったら、俺は……

室内に消える溜水に手を振り、自室の扉を開ける。室内に入る直前、葵はもう一度、誰もいない廊下を見回した。

——俺は、どこにいるのだろう？

ここは、どこなのだろう。小説内世界か、記録物語か、現実か、夢か——それとも、まったく別のどこか？

投身自殺をした翔子の恋人……その遺書の文面が頭に浮かぶ。

『お前たちは、なにもわかっちゃいないんだ』

——そうだ。俺は、何もわかっていない。

それでも、葵（たち）は歩き続けなくてはならない。事件のゴールへと……。

芸術家《アーティスト》の魔手は、彼らの精神の内面にまで侵入しつつある。このままでは、殺されないにしても、精神的にまいってしまいそうだ。

——しかし、本当に存在しているのだろうか。事件のゴールは。この事件に終わりはあるのだろうか？

葵が扉を閉める音が、無人の空間に響く。

それは、華麗なる芸術家《アーティスト》に選ばれた生贄の悲鳴なのかもしれない……。

第四章

魔境の四重殺

ないものにも掌の中の凬があり、
あるものには崩壊と不足しかない。
ないかと思えば、すべてのものがあり、
あるかと見れば、すべてのものがない。

44　二人の巡査

降り続ける雪は、止むどころか勢いを増しつつある。ガラス窓越しに、廊下から中庭を眺める。枝と幹だけの木々には、雪が白い華を咲かせている。地面には、すでにかなり積もっている。

「まったく……ひどい雪だな」

警察官の制服を着た、懐中電灯を持つ男が憎々しげに言う。彼は雪や雨が嫌いだった――少年時代、雪の日に一日中屋外で遊んでいたところ、肺炎にかかり命を落としそうになったことがある。それが精神外傷《トラウマ》となっているのだろう。中肉中背で、神経質そうな顔つきをしている。彼の名は、佐藤一郎《さとういちろう》と言った。

「まあそう言うな。情趣があっていいもんだ」

佐藤のすぐ後ろを歩くいま一人の警官は、榊一郎《さかきいちろう》である。榊は痩《や》せぎすで、佐藤よりも頭半分背が高かった。

榊の発言に、佐藤が耳聡く反応する。懐中電灯で相棒の顔を照らすと、佐藤は嫌味ったらしい口調で言った。

「おいおい、俺は耳がどうかしちまったのか。まさか、お前の口から『情趣』なんて言葉を聞くとはな」

「知らなかったのか？　最近、俺は読書家なんだ。お前も少しは本を読めよ。若い頃、身につける思考で人間は生きていくんだからな。子供に人生の意味を聞かれて、返答に窮するような大人にはなるな」

「なにを偉そうに……。どうせそれも、何かの本で読んだ受け売りだろうが」

「それでいいんだ。最初は受け売りでも、いずれ身につく。――まあ、正直に言うと、これも本に書いてあったことなんだがな」

照れ臭そうに榊が告白すると、佐藤はプッと吹き出した。二人は顔を見合わせると、おかしそうに笑った。

薄暗い幻影城内を巡回する二人の警官は、門城町の隣町、早蕨《さわらび》町・洞島《どうしま》署の巡査だった。

――中学、高校と共に机を並べて育った彼らのつきあいは、早いものでもう十三年になる。榊、佐藤と続きの出席番号だった二人は、「一郎」という同じ名前を持つことを知ると、急速に親交の度合いを深めていった。

中高の六年間を同じクラスで過ごした二人は、いつも共通の時を過ごしてきた。初めて異性とデートをした日も（あれはダブル・デートだった）、橋の上で不良《チンピラ》グループに袋《フクロ》叩きにされそうになった時、川に飛び込んで難を逃れたのも一緒だった。

楽しいことだけではない。辛いことも共に経験してきたからこそ、二人の友情は強固だった。共通の進路を選択したのも、半ば当然の帰結だったのかもしれない。

完璧に気心が知れた間柄だからこそ、愉快な想い出が両手では抱えきれないほどにたくさんある。もちろん、喧嘩をすることも幾度もあったが、それは二人にとって、友情を確認するための儀式のようなものだった。いかなる諍《いさか》いも、本物の友情の前では些細な行き違いに過ぎない、ということを二人は今では充分に承知していた。

想い出のアルバムを探ってやれば、腹を抱えて笑い転げるほど楽しすぎる事件が、いくらでも回想できる。つい先日も、彼らは榊の部屋で想い出話に華を咲かせ、大いに腹筋を鍛えたところだった。

相手に委ねる（甘える？）部分が大きいため、冗談か本気かわからない口喧嘩の絶えない彼らだったが、心中では相手に絶大なる信頼を置いているのは誰の眼にも明らかである。相棒、という言葉のよく似合う二人だった。

●

仄暗い世界を懐中電灯の光が切り裂いている。広大な城内を回りながら、榊と佐藤は、次第に事件の話題へと流れていった。

「しかし、なぜ容疑者たちを幻影城に釘付けにしたままなんだ。京都市内のホテルにでも移すなり、安全を確保するならもっといい方法があると思うんだがな……」

光がゆらゆらと揺れる。あちこちの闇を照らしながら、佐藤が不平を漏らした。

「まあ、そう言うな。捜査の都合、ってやつだろ。ここなら容疑者への尋問と証拠集めが同時にできる。それに、芸術家《アーティスト》が外部の人間なら、この厳重な警備下では城内に侵入することさえ不可能だ」

「外部犯ねぇ。平井太郎の弟が、もう何年も行方不明らしいが……榊、お前は犯人は誰だと思う？」

懐中電灯を前方に向けたまま、長い廊下を歩く。闇に眼が慣れているので、隣に視線を向ければ、お互いの顔を見ながら話すことができる。

「猫は関係ないと考えると、これまでの被害者は、三人とも推理作家だ。作家仲間に犯人がいると考えるべきだろうな。——ただ、彼らはここ数年、連続して幻影城で合宿を行っているらしいので、旅館の関係者の中に犯人がいないとも限らない」

「要するに、推理がないんだろう？　正直にそう言えよ」

茶化すように、佐藤が言う。毎度のことなので、榊はこの程度の挑発では怒らない。

「それはお前も同じだろ。我々の持っているデータだけじゃ、どうにも推理は進められない」

「まるで、データを持っていけば真相を看破できそうな口振りだな」

「――かもな」

二人の声は沈黙に紛れるように遠ざかっていき、その姿は闇の奥へと溶暗していく……。

新緑や紅葉の雅《みやび》やかな季節には、さぞかし美景であろう庭の木々には、雪の華が咲いている。桜の木より控え目で、淑《しと》やかな木の列がガラス窓に沿って延々と続いている。

誰も知らないその場所で、今夜は雪の華が満開だ。

45　夢の浮橋

　ワープロのキーを叩き続けていると、自分の存在が無に帰すると感じる時がある。『華没』の執筆に集中する溜水は、ひたすら物語を創り続ける機械だった。脳髄の奥にある発想の泉から、体を通して、ワープロのディスプレイへと物語が流れ出していく。

　考えるのではなく、物語の自然の流れに身を任せ、自分を無にすることを徹底する。魔法のような瞬間、作者は消え去り、物語だけが後に残る。

　——大切なのは上手に語られた物語であり、語り部ではない……ある偉人の言葉だ。

　溜水はキーを叩くことに没頭しつつ、ディーン・R・クーンツの『ミッドナイト』を思い出していた。

　——あれは、コンピュータと融合する人間の話だった。コンピュータと一つになるというのは、どンナ感ジNANOだロU……。

　突如として、思考がデジタルに転じた。


AB・10101011・AB・10101011・AB・10101011・AB・10101011・AB・10101011………


　十六進法と二進法の数字の羅列が溜水を襲う。

　ふと手元に眼をやると、両手がワープロのキーボードに溶け込んでいた。

『どうなっているんだ』

頭の中で思ったことが、流れ出すようにディスプレイに文章として現れる。

『俺は、ワープロと一体化したのか？』

漢字もカタカナも変換する必要はなかった。思ったことが、そのままディスプレイに表示されている。と、見る間に溜水の両腕はワープロに融合する。それとともに体が機械に抱き寄せられ、溜水はディスプレイと接吻する。水面に顔をつけたように、滑らかにディスプレイに溜水の顔が吸い込まれる。続いて、首、胴体、脚……やがて、溜水はどこにもいなくなり、一台のワープロだけが後に残った。

●

靄《もや》がかかった湖に浮かぶ一艘の小舟の上で、溜水は目覚めた。上体を起こし、周囲を見渡す。世界全体に靄がかかっているので、視界は制限されている。

上空も靄に包まれていたが、それでも辺りは明るく乳白色に輝いて見えた。見える限り、湖の水面が続いている。少し離れたところに、誰も乗っていない小舟が——そのさらに少し向こうには、もう一艘の小舟が……小舟の列が彼方まで続いている。

桃源郷のような雰囲気の世界だった。

溜水は、もう自分が夢を見ていることは自覚していた。先程経験した悪夢が再現しないことを祈りつつ、浮舟の列を飛び移る。

舟から舟へとずっと進んでいくと、水面に正方形の木板が浮かんでいる場所に出た。木板の上には机が一つと、それを挟んで椅子が二脚置かれている。

見渡す限り広がっている湖のただ中にある木板。その上に椅子と机だけが置かれているのはシュールな風景だった。

視界には誰もいない。雄大な湖の中に、溜水だけが佇んでいる。

――この夢は、何を暗示しているんだ？　俺の潜在意識にある何かが、この風景を通して何かを訴えているのか……。

無意識の思考は、時に通常の思索では辿り着かない領域まで人間を運んでくれることがある。作家の中には、夢にアイディアを求める者が多くいるし、探偵の中にも睡眠推理《スリーピング・ディテクティヴ》を駆使する者もいる。

溜水は特に『夢判断』に興味はなかったが、夢の中で自分が夢を視ていることに気づくと、夢を創り出す意識の源《ルーツ》を探りたくなることがある。

溜水は食事が嫌いだったが、それと同じぐらい睡眠を嫌っていた。どちらも生きていくためにはどうしても欠かせないものだからこそ、溜水はそれらの行為を嫌悪しているのだ。神を気取れど、結局、人は弱い存在であり、循環し続ける大自然の一部でしかない。自分が世界の現象の一部でしかないことを痛烈に思い知らされるから、溜水は食事と睡眠が嫌いなのだ。

興味がないから、食事には好き嫌いがない。そして、必要最小限の量を摂取するだけである。睡眠にしても、普段は大抵三日に一回しか眠らないし、それも深いがごく短いものだ。

夢を見る――そのこと自体が溜水は嫌いだ。見るか見ないかも選択できないし、夢の種類もこちらは選べない。脳という化物に押しつけられるしかない夢……自分が夢を見ていることに気づけない時などは最悪だし、気づけた時は、せめてそこに意味を見出だしたくなる。ただでさえ仮死状態のような睡眠が嫌いなのに、夢が無意味なものだとすれば、『自分』という存在がどこに在るのかわからないからだ。

――本当に、食事や睡眠は邪魔なものだ。ただでさえ、俺には限られた時間しか与えられていないのに……。

食事も睡眠もなく、ただひたすらに物語を創り続ける機械になれたら――どんなにいいだろう。

湖を見ながら、溜水がそんなことを考えていると、誰もいないはずの背後から声がした。

「それで、溜水くん。執筆の方はどのくらい進んだん？」

久しぶりに関西弁を耳にしたような気がした。男のものか女のものかわからない、澄んだ響きの声だった。夢の中なので、聴覚も鈍くなっているのかもしれない。

溜水がふり返ると、机を挟んだ向かい側の椅子に、彼のよく知っている人物が座っていた。

さっきまで、その椅子には誰も座っていなかった。が、夢の中では何でもありなので、それも別に意外なことではない。人生と違って、夢では自分に選択権はない。意識の流れに展開を任せるしかないのである。

「……ナナさん」

恰幅《かっぷく》の良いその人物は、斜村寿《ななむらひさ》だった。溜水や葵が所属していた大学のサークル『創作会』の先輩で、文筆で生計をたてている。歯に衣を着せぬ評論や、翻訳のかたわら、鋭い感性のハードボイルド小説の執筆に励んでいる。知名度は低いが、若い世代を代表する表現者として、業界からは次代を担う才能と目されている。

目上には礼儀正しく、目下には厳しく――と、斜村は日本人の典型的なタイプで、その人柄を苦手とする者もいたが、それでも、その才は多くの人間に評価されており、溜水もその一人だった。

一人よがりと言われる評論は、自分に厳しいことの裏返し。美文にこだわらない翻訳は、原文の雰囲気を損なわないというこだわりの裏返し。自己の願望を投影した女探偵を主役に据えたハードボイルド小説は、現在流行している自慰小説群への痛烈な皮肉の裏返しである。……ストレートに自分のやりたいことをしない性格はひねくれているのだが、それでも紛れもなく光るところはあり、評価される者には一部で高く評価されているのだ。

基本的に頼ってくる者には面倒見が良いので、溜水や葵なども、学生時代はよく創作に関して斜村と議論を闘わせたものだった。

執筆はどれぐらい進んだのか？　――斜村はそう尋ねた。『関西本格の会』とも幻影城とも何の関係もないので、彼が『華没』のことを知っているはずがないのだが、これは夢の中のことなので、事件の記録物語のことを言っているのだろうと都合よく解釈するべきだろう。

「それが、ちょっと体調を崩していましてね。なかなか創作に集中できないんですよ」

自分自身に弁解する口調で、溜水は言った。体調を崩しているというのは事実だ。あまり寝ていないというだけでなく、心労がたまっているせいだろう。溜水の胃腸は、ずっと悲鳴をあげ続けていた。

指の間に挟んだ煙草《ピース》の煙を虚空に彷徨わせながら、斜村は鋭い眼光を溜水に浴びせる。ピリッと整えたその髪形が、溜水の眼にはなぜかおかしく映った。

「早く書き上げるつもりなんですけど、体の方が言うことを聞かなくて……」

潜在意識下での溜水の自分への怒りが、夢の中で斜村の形をとったのか、彼の先輩は不快げに眉を傾斜させている。

「お前さんも好きで文章を書いているんやから、『つもり』などという言葉を逃げ道に使うのはやめた方がええで。作家は作品で勝負するんやし、うまく書けない言い訳ばっかりしているのは、見苦しさが悪臭のように行間から匂うのみやから」

その言葉と共に、斜村寿の姿は次第に薄くなっていき、元通り、誰も座っていない椅子だけが残った。

「――そうだよな。言い訳なんていらない。いつも、一期一会の精神で作品と向かい合っていきたいものだ。後のことは考えず、常に自分のすべてをぶつけるつもりで……そうでなくては、俺が流水小説を書く意味がない」

瞼を閉じる。夢の中にいるはずなのに、猛烈な眠気が襲ってきて、溜水は睡眠の湖に沈んでいった。

●

眼を覚ますと、溜水の眼前でワープロのディスプレイが光を放っていた。いつの間にやら、うたた寝をしてしまったようだ。やはり、心身両面で疲労が蓄積されているのだろう。

どういう夢を見たかはよく覚えていなかった（起きると忘れていた）が、それでも自分がやるべきことを自覚させられたのはなんとなく記憶していた。

ハードな執筆での肉体的疲労、殺人事件で親友を奪われた精神的苦痛――それらが集まって、溜水の執筆を妨げる『言い訳』を作り出していた。

事件の資料として『華没』を執筆すると決意したのは溜水自身なのに、彼は厳しい執筆状況を口実に、その作業に背を向けようとしていた。

胃がキリキリと痛む。溜水は痛みの根源へと肘の一撃を叩き込んだ。痛覚が働き、腹部に新たなる激痛が波紋のように拡がっていく……。新しい痛みに駆逐され、胃の辺りのうずきは少しマシになった。

本能的に事件から逃れようとしていた自分を、溜水は腹立たしく思った。翔子のことを想い、一日でも——いや、一瞬でも早く事件を解決へと導くために、彼は『華没』を執筆することを覚悟したのだ。時の流れに待ったはない。自分は何を言い訳していたのか。『華没』も、濁暑院溜水の作品の一つなのだ。創作家に言い訳はいらない、作品で勝負するだけでいいのに——。

ミニバスについている洗面所で顔を洗い、冷たい流水を肌に感じると気分がリフレッシュし、新鮮な決意が膨らむ。

真新しいタオルで顔をふくと眼鏡をかけ、溜水はワープロに向かった。気持ちを切り替えようと、首筋で髪をまとめていたゴムをとる。肩口まで垂れる黒髪は、先月、五年ぶりに少し短くカットしたばかりだ。ワープロの隣には、プリントアウトした原稿が置かれている。現在、原稿は四十七ページ。原稿用紙にすると、一八八枚分。『30　第一の密室』——今朝、翔子の屍体が発見されたあたりまで書いている。翔子の屍体の描写が、いささかディテールをごまかしているような気がしたが、そこはそれで読者も許してくれるだろう。繊細な描写をするために翔子の無惨な最期の姿を回想することは、溜水にできることではなかったから。

眼を瞑り、深呼吸すると不思議と落ち着いた気分になることができた。執筆を再開する寸前、溜水は夢の中に出てきた斜村のことを思い出した。

——もう長い間、疎遠になっているな。この事件が終わったら、一度、斜村さんたちに会いに行こう。

「まだまだ、書き続けなくてはな」

誰に言うでもなく、一人そう呟き、溜水は猛烈な勢いでワープロのキーを叩き始める。迷いがなくなったことで、集中力は研ぎ澄まされている。

31 三聖誦《サンクトゥス》

殺人は三たび繰り返された。
『審判の間』に置かれていた電気椅子は、かつて米国で実際に使用されていたものだった。内蔵電池を取り出し、鍵のついた安全装置をつけ、危険のないように、観賞用に置いてあったものである。

……

カタカタカタカタ――キーを叩く音だけが、溜水の部屋に響いている。溜水はもう、どこにもいない。胃の痛みを忘れ、彼は物語を創ることに没頭する機械となっている。
浦島太郎のように、気がつけば時が流れていたことを溜水はやがて知るだろう。創造され続ける記録物語が、現実の事件を猛スピードで追いかける！

46　深夜の名探偵

　ジェットコースターに乗って、暗闇の中を急降下しているような感覚だった。落差のある落下に続いて訪れたのは浮遊感――深海の底から一気に海面に浮上するような……トンネルの入口は突然開かれ、気がつくと城之介の眼前に天井があった。

　無限の静寂。室内も、窓の外も群青色の薄闇だ。ガラス窓の向こうでは、雪たちが悩ましげに踊っている。枕元に置いておいた懐中時計に眼をやると、まだ午前二時三十分だった。

　城之介は神経質とはほど遠い性格なので、いったん眠りに落ちると夜中に目覚めることはほとんどない。事件のことがずっと気になっていたので、今宵は気持ちが昂ぶっているのかもしれない。

　布団の中では、さすがの城之介もいつもの黒ずくめの格好ではない。推理の貴公子は、市松模様の寝着《パジャマ》に身を包んでいる。

　ボーッと客室の天井を見つめながら、城之介は、幻影城殺人事件に思考の矛先を向けた。

……一見、単純なようでいて、責めにくい。これまでのところ、手がかりは多くばらまかれているようでいて、実際は、芸術家《アーティスト》は決め手となる証拠を何も残していない。

　幼稚で杜撰《ずさん》な犯行のように見えるが、その底流にあるのは恐ろしく高度で狡猾な計算であることに、城之介や舞衣などは気づき始めている。

　この広大な幻影城で、しかもすべてが深夜の犯行である。目撃者の類は今のところ一人もいないし、旅館の使用人も含めた関係者全員のアリバイが、曖昧模糊としている。現場から検出されている指紋、皮膚組織、毛髪などは関係者数人のものと一致するが、それは証拠とはならず、むしろ当然の捜査結果と言えるだろう。

殺人の以前から、使用人や作家たちは皆、幾度も犯行現場に出入りしたことがある。彼らの毛髪や指紋が残っていても、何もおかしいところはない。

芸術家《アーティスト》が、作家仲間か使用人たちの中にいるのであれば、今回の事件の地の利は、城之介たちＪＤＣ探偵グループよりも敵にある。言うなれば、幻影城は芸術家《アーティスト》の本拠地《ホーム・グラウンド》ということになるのだ。不利な闘いを強いられているとの感は否めないが、警護や捜査の都合を考えれば、作家たちを幻影城から余所《よそ》へ移すというのは難しいだろう。

瞼を閉じて、城之介は考える。

――今回の事件で鍵となるのは、『言《ことば》』だ。

現場に残された芸術家《アーティスト》の署名入りの二枚の紙切れ。さらには、言葉遊びともとれる奇怪なミスディレクション（？）の数々のメッセージ……。

芸術家は、執拗なまでに『言』を『迷』わせようとしている。『言』を『迷』わせ、『謎』の山を築いていく。その狙いが奈辺にあるのか、城之介にはまだわからない。

――日本語を解体させることによって、世界を崩壊させるか？　それにしても、あの推理小説的な殺人は、何を目的としているのだろう。

『とんち探偵』とも評される城之介は、『言《ことば》』を操るプロフェッショナルである。殺人ピエロをはじめ、これまでに『言』を重要なテーマとした殺人事件を幾つも解決してきた。だが、今回の敵は少し厄介な相手だった。

殺人ピエロと芸術家《アーティスト》とでは格が違う――まだ、捜査を開始したばかりだが、城之介は本能的にそう悟っていた。

芸術家《アーティスト》は実に危険な相手だ。『言』をまとい、その姿は杳《よう》として知れない。……それだけではない。この事件では、推理にのめり込むうちに、城之介は自分が解体されていく錯覚に陥ることがしばしばだった。『言』を操る思考に縛られ、自分が崩壊する。三次元の世界から二次元の平面へと自分が押し潰されてしまうような奇妙な恐怖感が存在しているのだ。

漠とした不安を懸命に頭から追い払い、限られた手がかりの一つである殺人予告状に推理の照準を絞る。

――『華麗なる没落のために』という言葉については、作家たちに心当たりがあるようだ。明日にでも忘れずに問い質してみよう。とりあえず気になるのは、……『八つの生贄』という言葉だ。

聖なる眠りにつく前に、我は八つの生贄を求める。『八つの生贄』とは、おそらくは芸術家《アーティスト》の選ぶターゲットのことであろう。それが何を指すのか、ということに関して、城之介はとりあえず四つの解釈を検討していた。

解釈①『八つの生贄』は、八人の推理作家を示すものである。

解釈②『八つの生贄』は、八人の人間を示すものである。この場合、ターゲットは推理作家とは限らない。

解釈③『八つの生贄』は、八つの生物を示すものである。この場合、ターゲットは人間とは限らない（猫なども含まれる）。

解釈④『八つの生贄』は、何ら意味をもたない。

……寝る前、舞衣ともかなり話し合ってみたが、やはり現時点では、解釈①がもっとも有力だと思われた。

殺人予告状を用意したのが芸術家《アーティスト》本人でない場合も皆無ではない上に、その文面が何ら意味をもたないものである可能性も存在する。ゆえに、解釈④を検討すると推理が先へ進まないので、とりあえず保留し、解釈①、②、③について考える。

解釈①と②の場合、生贄（予定された被害者？）は、これまでのところ、柊木、水野、氷龍の三つ。今後のターゲットが誰になるかはわからないが、芸術家《アーティスト》は、あと五人の生命を求めているということになる。

一方、解釈③の場合、現段階での生贄は、柊木、水野、氷龍に華と麗を加えて五つとなる。こちらは、芸術家《アーティスト》の求める生贄は、あと三つということになる。

要するに、『八つの生贄』という言葉の推理は、芸術家《アーティスト》がいつ兇行をやめるか、ということなのだが……つまるところ、現時点でそれを判断するのは不可能であるという終着点で行き詰まり、思考の袋小路へと迷い込んでしまう。

──まあ、重要なのは事件がいつまで続くかではない。いつ事件を終わらせるか、だ。

芸術家《アーティスト》の正体を看破すれば、自ずと事件は終わる。問題は、いかにして犯人を探し出すか、である。

──『言《ことば》』の仮面をつけた芸術家をどう攻める？　論理的な思考や従来の推理では、おそらく奴に到達できないだろう。とすれば、こちらも『言《ことば》』を操るしかないか……。

いずれにせよ、今は休戦状態である。芸術家《アーティスト》が次の行動を起こすのは、おそらく厳重な警備が緩む数日後であろう。城之介たちに与えられた猶予は、わずか数日間。──過酷なタイム・リミットで凶悪犯人と対決することも多い名探偵とすれば、数日だけでも思考に専念する時間が確保されているのは、実にありがたかった。

——じっくり腰を据えて、『迷』い続ける『言』の『謎』と格闘しよう。明日じゅうに、芸術家《アーティスト》の尻尾の先ぐらいは摑んでやる。せめて、次のターゲットがわかれば……。

城之介は楽天家ではなかった。だが、この時はまだ、彼の思考は楽観的なものだった。彼はすぐに、そのことを思い知らされることになる。自分たちは、芸術家《アーティスト》という希代の犯罪者を甘く見すぎていたのかもしれない、と。

妖しく美しい雪の夜はふけていく……。

ふたたび眠りの縁に落ちる前、城之介は少しだけ、星野多恵のことを考えた。

翌朝に待つ事件の新局面へ向け、幻影城殺人事件は進行し続ける。

芸術家《アーティスト》は、その頃——

47 悲劇は『美画《びが》の間』から

事件四日目。十月二十八日――。

快適とは言わぬまでも、多恵は事件開始後初めて安心して朝を迎えることができた。昨晩は、月のものに苦しめられたが、事件への不安が解消されたことで熟睡し、そのため今朝は峠を越してかなり楽になっていた。それが、彼女の機嫌を良くしている一因でもあった。

――一晩中、警備にあたってくださった警察の方々には感謝しなくちゃ。彼らのおかげで、ぐっすりと眠ることができたのだから。

雪は既に止んでいた。窓を開けると、辺り一面銀世界である。盆地の京都は、冷えやすく、雪がよく降る。積もる時は、温かい南部でもかなり積もるほどであるから、北部の幻影城では、ここは北国かと一瞬見紛う風景だった。

太陽の照り返しによる雪面の光暈作用《ハレーション》が眼に眩しい……。朝の陽光を受けてキラキラと輝きを増していく雪と、中庭を囲むように聳え立つ紅色の城壁とのコントラストは、なんとも言えず美しい。

中庭の中心部にある四阿《あずまや》に視線を向ける。四つの塔の屋上にある玄武、朱雀、青龍、白虎の彫像で反射された光の筋が、中庭の端の方を照らしている。四阿――『光の舞台』に四方から光が集中するのは、もう少し先のようだ。

『光の舞台』の白い石畳の床は、周囲の雪のように綺麗な純白だった。その時、多恵ははっきりとそれを確認した。

机の上に置いておいた腕時計をはめる。午前六時二十分なので、朝食にはまだ少し早い。

惨劇をしばし忘れて上機嫌の多恵は、短時間で身支度を済ませ（寝相がよく、薄化粧なので準備に大して時間はとらない）、自分の部屋を施錠し、とりあえず『美画の間』に足を向けた。

今、眼にした『光の舞台』に行ってみようかとも思ったのだが、だだっ広い中庭に一人でいるのは心細いので、屋内の『美画の間』を選んだ。

昨日の昼、初めて訪れた『美画の間』は、心落ち着く理想的な空間だった。あそこで画でも見ながら朝食までの時間を潰すのも悪くはないだろう。

常夜灯のついた廊下は、まだ仄暗かった。窓の外は次第に明るくなってきているとはいえ、さすがに冬の六時である。

ちょうど交替の時間なのか、それとも巡回をする時間は終わったのか、あるいはたまたま城内の別の場所を回っているのか——廊下には、巡回の巡査たちの姿はなかった。

寝静まった城内を一人で歩くのは、こそばゆいような快感だった。黎明《れいめい》の時間は、すべての可能性が新しく始まる聖刻。

幻影城という匣の中の失楽園は、その瞬間において、少なくとも多恵にとっては、紛れもない楽園だった。兄・風紋寺のこと、葵のこと、城之介のことを——虹川恵や小杉勝利、子供たちのことを考えると自然と顔がほころび、幸せな気分になる。

昨日まで身近で殺人事件が起こっていたのが、嘘のような感じだった。このまま、嘘のように捜査が進展し、何ごともなかったかのように事件が解決してくれればいいのに……そんな風に期待しながら、多恵は『美画の間』へやって来た。途中、誰ともすれ違わなかった。誰かしら（——料理人や執事たちは——）起きているはずなのに、城内は不気味なほどに静まりかえっていた。

世の暗黒を知らぬ可憐な乙女のしなやかな手が、『美画の間』のドアノブにかかり、——悲劇の扉が開かれた。

扉の向こう側から多恵の視界に飛び込んできたその風景は……

「　　」

思わず言葉を失い、口を開けたまま呆然とする多恵。戸口の正面にあるロバート・サリヴァン・氷室の『薔薇の封時』——その隣り、テオの『ひまわり』の画の下に転がっている二つの物体。

最初は、床の上に置かれている『それら』が何であるか、彼女にはわからなかった。常識の理解からあまりにもかけ離れたオブジェ。

『それら』が何かをはっきりと認識できた数瞬の後、多恵の理性は崩壊し、絶叫は幻影城の全空間を切り裂いた。

『星野多恵』という生命の源であるエネルギーのすべてが、悲鳴とともに彼女から流れ出していくようだった。その叫び声は半ば本能的なもので、なかなか止まらなかった。自分では、止められなかった。

多恵は、その光景を一生忘れることができないだろう。——『美画の間』の床には、二人の男の屍体が転がっていたのである。

●

遁走の発作を持っているかのように、我を忘れ、多恵は夢中で走った。廊下の床を遮二無二に蹴り、足の向くままに悪夢の城を駆け抜ける。

単に部屋が近かったせいもあるだろうが、多恵は、風紋寺の部屋でも葵の部屋でも城之介の部屋でも溜水の部屋でもなく、有馬みゆき刑事の部屋の前で足を止めた。

扉を叩き、「有馬さん」と何度も連呼する。

昨日の事件の後、多恵を心配して声をかけてきた有馬みゆきと、彼女は打ち解けた仲になっていた。友人、とまではいかないものの、自分を思いやってくれる同性の存在が、多恵には貴重で、嬉しかったのだ。

遠くからざわめきがザザと押し寄せてくるような気がする。多恵がみゆきの部屋を五回ノックしたところで、廊下の角に小杉寛執事が姿を見せた。

厳しい表情で多恵へと歩み寄ってくる小杉執事。多恵は緊張に体を震わせ、扉を強く叩いた。

「有馬さん、……有馬さん！」

小杉執事が芸術家《アーティスト》だったら——殺されちゃう！

カチリ……

天使の笑い声よりも希望に満ちた解錠の音が響いた。客室の扉が開き、眠そうな眼をした有馬みゆきが顔を覗かせる。多恵は安堵の溜息をついた。

「どうしたの、星野さん？　今さっき、悲鳴が聞こえたような気がしたんだけど、あれはあなたの——」

多恵の後ろに迫る小杉執事を見て、みゆきの言葉が中断された。多恵は、みゆきと執事を交互に見て、震える指で『美画の間』のある方向を示す。そして、訴えかけるように悲報を告げた。

「男の人が……、二人も殺されてるんです！」

弦のゆるんだギターのように震えた声で、何とかそれだけを口にする。

「なんですって！」

みゆきと執事の驚愕の声が重《ハ》な《モ》った。見えざる金槌が、女刑事と老執事をしたたかに打ちのめす。

殺人……あるはずのないことが、あってはならないことが起こった。昨晩はずっと、警備と巡回の警官が幻影城を守護していたはずなのに……殺人！

　みゆきは暴走しそうになる精神を、理性を総動員して封じ込めた。

　——警察の守備をかいくぐり、芸術家《アーティスト》はまた二人もの人間の命を奪ったというの！　どうやって？　それに……殺されたのは、誰と誰？

　芸術家《アーティスト》の悪魔的な智略は、どうやらみゆきの予想していたレヴェルを遥かに超越していたらしい。みゆきは、油断しきっていた自分を無言で叱咤した。

「二人ともちょっと待って。すぐに行くわ」

　料所警部は、どんな反応を示すだろう。ＪＤＣの探偵たちは？　——混乱が爆発する！

　それが、長い一日の始まりだった。

48　二つの屍体

惨劇の渦は、またたく間に拡大した。

多恵の悲鳴を聞きつけた、城外を警備していた警官たちも、すぐに城内に駆け込んでくる。悲鳴で目を覚ました者たち、有馬みゆきの手配で起こされた者たちは、事の重大さを悟るとすぐに眠気を吹き飛ばし、身支度を整える。

ほとんどの者が食堂に集められ、捜査関係者たちは犯行現場となった『美画の間』に集合する。

『美画の間』──ゴッホの弟、テオの『ひまわり』の画の下で仰向けになって倒れている二つの屍体。警察官の制服に身を包み、二人とも拳銃を右手に握りしめている。

榊一郎と佐藤一郎……昨晩、幻影城を巡回していた警察官の屍体だった。

互いに、心臓を撃ち抜かれているようだ。左胸の銃創の他は、外傷は特に見当たらず、薬物反応も出ていない。二つの屍体が寝転ぶ床には、流れだし拡がった血が凝固してどす黒くなっている。水色のカーペットが、救いがたいほどに血で汚されていた。

「相撃ち、というわけか」

舌打ちをし、皮肉げに呟く黒衣の名探偵・龍宮城之介の声は、敗北感でいっぱいだった。

……普通の事件であれば、犯人は警察の眼をかいくぐって犯行に及ぼうとするものである。言うなれば、警察はスポーツ試合における審判のようなもので、当事者であり部外者でもある、手の出せない存在なのだ。それが──芸術家《アーティスト》は、その巡回の警察官そのものを殺すことによって、自身の行動の自由を確立してしまったのだ。旧来の常識を覆す、実に革新的な発想だったが、当然のことながら、それを賞賛するわけにはいかない。

――完全に、誤算だった――

捜査陣は皆、屈辱に顔を歪めている。誰もが、城内を巡回し、中庭や城外を警備していれば芸術家《アーティスト》の行動を束縛できると信じきっていたのだ。その油断が、結果的に新たなる被害者を生むことになってしまった……。

この事件における初めての、推理作家以外の人間の被害者だった。

●

消去推理の貴婦人・霧華舞衣は、屍体のわきにかがみ込んで、現場の状況を検証し始めている。後悔し、今後に気をつけることも大事だが、いつまでも敗北感を味わっているだけでは事態は前進しない。直接は触れないようにしながら、舞衣は子細に屍体をチェックしている。城之介を始めとする他の捜査陣たちは、とりあえず彼女に任せ、様子を見守っていた。昨晩はよもや事件は起こるまいと思っていたので、現在、警察の鑑識を呼んでいるところである。

「――銃身《ヴァレル》は二インチ、ニューナンブの三十八口径ね。警察官携帯用の銃よ」

万が一、芸術家《アーティスト》や不審者に襲撃された時のことも考えて、榊巡査と佐藤巡査は、巡回の際、銃を携帯していた。

「それから、死亡推定時刻は――詳しいことは断言できないが、屍体の状況から判断する限り、昨夜の三時前後じゃないかな」

舞衣は立ち上がると、城之介を見た。黒衣の推理貴公子は、細く華奢な指を顎にそえ、童顔をかすかに歪めている。

「アリバイは期待できないだろうな……。そうだ。ところで、料所氏はどうしたんだ。螽斯氏たちと食堂の方に行ってるのか？」

城之介が勢いよく戸口の方をふり返ると、綺麗な黒マントがふわりと揺れる。戸口の近くに立っていた九十九音夢がその疑問に答える。

「いえ、食堂の方にはおられませんでした」

「何をやってるんだ、あの親父は――」

音夢の後ろの壁にもたれた鴉城蒼也が、両手を頭の後ろに組んだ姿勢で、ふてくされたように言い放つ。そこで、筋肉質の玄矢孝志刑事が入室してきた。昨日、『審判の間』の扉を鉄斧で破壊した男である。アーノルド・シュワルツェネッガーほどではないが、ボディビルでもしているかのように、見事に筋肉がついているのが服越しにもわかる。他人を圧倒する雰囲気を備えていたが、それでも玄矢の瞳は優しかった。

「おお、玄矢氏……ちょうどいいところに。料所氏は何をしているんだ？」

(笑)の力で警察の捜査陣とも打ち解けている城之介は、同年輩の玄矢とはタメ口をきいていた。

「今、有馬が呼びに行っている。もうすぐ、いらっしゃるだろう」

城之介と言葉を交わす玄矢の広い背中を見ながら、蒼也は訝っていた。彼には、料所が今になってもまだ姿を見せないことが、不吉な予兆であるように思えてならなかった。

何か想像を絶する事態が起ころうとしている――漠然と、そんな気がしていた。

フェルト帽をかぶり直し、城之介は場に会する捜査関係者を順々に見回す――霧華舞衣、九十九音夢、鴉城蒼也、玄矢孝志、その他に、数人の警察関係者たちがいる。

「さて、料所氏が重役出勤してくる前に、芸術家《アーティスト》からの次なる謎かけを分析してみようか？」

黒手袋で、城之介は『ひまわり』の画を指す。二人の巡査の屍体は、『ひまわり』の画のすぐ下に転がされていた。そして、『ひまわり』の画には、またしても芸術家《アーティスト》からのメッセージがはりつけられていたのである。


画に注目せよ。

芸術家《アーティスト》

現場を眼にした時、その紙切れはすぐに、一同の視界に飛び込んできた。画に注目せよ——そう命じられても、どうしても画よりも屍体の方に注目してしまう。芸術家《アーティスト》はそのメッセージで何を暗示したかったのだろうか？

城之介と舞衣を中心に、推理協議が始まろうとした頃、有馬みゆきが慌ただしく室内に駆け込んできた。その後ろには、葵健太朗も従っている。

『ひまわり』の画に体を向けたまま、首だけふり返らせて舞衣が問う。

「有馬さん、——料所警部はどうしたの？」

一同の視線が有馬みゆきに集中する。その顔色から、彼女が言葉を発する前に事態を承知した城之介の表情が厳しくなる。

「それが……警部の姿が見当たらなくて。部屋には鍵がかかっていなくて、室内には誰もいませんでした。

誰も警部を見かけていませんし、ざっと城内を探してみたのですが、どこにも――」

「なんですって！」

驚きの声を発し、舞衣は勢いよくふり返った。

捜査主任の警部が失踪する。事件は、思いもよらない局面へとさしかかろうとしている。

みゆきの後ろから、葵が遠慮がちに前へ歩み出た。

「実は、風紋寺さんの姿も見当たらないんです。今、螽斯さんに頼まれて溜水と一緒に彼を起こしに行ってきたところなんですけど、やっぱり部屋には鍵がかかっていなくて、室内には誰もいませんでした」

二つの屍体。そして、同時に姿を消した料所と風紋寺――休戦どころか、芸術家は捜査陣に大攻勢をかけてきた。

謎が拡大し、事件は奈落の底へと沈んでいく……

49　謎は謎を呼ぶ

有馬みゆきと葵健太朗の報告は、『美画の間』に張りつめていた緊張を一気に膨張させ、弾けさせた。料所拓治、風紋寺光世――姿を消した二人のどちらかが（あるいは共犯で）芸術家《アーティスト》なのだろうか？　もしそうだとして、姿を消したのは何ゆえか。どこへ消えてしまったのか？

中庭や城外は、警察の警備員たちが一晩中、守りを固めていたのだ。つまり、外部犯が侵入できなかったのと同じ条件で、昨夜は、だれ一人として幻影城を出ていないのである。料所も、風紋寺も、城内のどこかにいなくてはならないのだ。

幻影城料理長の那須木武彦が、捜査陣に指示を仰ぎに『美画の間』に姿を見せた。玄矢が目配せをすると、捜査関係者たちと話をしていた城之介が頷き、場を代表して応対した。

「捜査陣で手の空いている方は、城内を捜索してください。――それから、那須木氏は朝食の準備を始めてくださって結構です」

「ですが……よろしいので？」

たじろぐ那須木料理長に、城之介はウインクした。

「食事を抜くわけにはいきませんからね。『腹が減っては戦《いくさ》ができない』の古事にならいましょう」

ことさら余裕ぶるのには、もちろん演技も入っている。捜査主任と重要な関係者が失踪したこの状況で、ＪＤＣの探偵たちを代表する彼が取り乱していては、それこそ収拾がつかない。

城之介、舞衣、玄矢、みゆきの四人が相談し、捜査関係者たちにてきぱきと指示を出す。数人を残して、他の者たちは城内へ散っていった。

●

室内に残ったのは、城之介、舞衣、音夢、蒼也、玄矢、みゆきの六人である。一同は、問題の『ひまわり』の画を囲むように輪になって、それぞれの意見を闘わせた。

「『画に注目せよ』といっても、漠然としすぎていますね。どれか特定の画なのか、それとも『美画の間』のすべての画のことをいっているのか……」

困ったように言うみゆきに、あたしは、特定できると思うんだけど」

「そうかな、有馬さん。あたしは、特定できると思うんだけど」

舞衣は同僚に眼をやった。城之介、音夢は無言で頷いている。蒼也は、じっと『ひまわり』の画を見ていた。

「若の考えはいかが？」

「霧華さんも、意地が悪いな。俺を試すような質問だ。この『ひまわり』の画だろ」

「――御名答」

短く言って、城之介が拍手をする。

「ちょっと待ってください。僕には、なにがなんだか。龍宮さん、どういうことなんだ？」

しかめっ面を城之介に向け、玄矢は尋ねた。城之介がちらと横に立つ音夢を見ると、ポニーテイルの少女は頷いて、代わりに説明した。

「『ひまわり』の太陽をよく見てください。小さな穴が二つあいているでしょう。画の裏の壁を調べてみれば明らかになるでしょうけど、おそらくは――」

「銃弾によるもの、ですか」

有馬みゆきが音夢の言葉を受ける。みゆきと玄矢は、ようやく『ひまわり』の画の異変に気づいた。テオの『ひまわり』――地上に咲き誇るひまわりを太陽が照らしている。その大きな太陽に、二つの黒点がつけられていた。一見すれば、油絵の筆の乱れとも、汚れともとれるものだ。だが、よく見ると、そこには確かに二つの穴があいていた。

「これは、殺された二人が撃ったものなのか」

画を凝視している玄矢が、呟くように独言を言う。城之介が、その言葉に反応した。

「それは違うな、玄矢氏。『画に注目せよ』という通り、これは明らかに芸術家《アーティスト》のメッセージだ」

「問題は、画に撃ちこまれた二つの銃弾が何を暗示しているかだな、龍さん？」

城之介は助手に頷くと、舞衣に挑戦的な視線を向ける。

「霧華嬢のお考えを伺おうか」

舞衣は困ったように肩をすくめた。腕組みをして、考えを整理しながら慎重に発言する。

「――そうね。推理がなくもないけど、これもまた、昨晩の言葉遊びゲームの続きかしら。芸術家《アーティスト》のサインか、それともミスディレクションかはわからないけれど、犯人がどういうメッセージを残したかったのかは、幾つか推測することができるわ」

「なんですか、その言葉遊びゲームというのは？」

いかにも不可解だという表情で玄矢と顔を見合わせ、みゆきが疑問の声をあげる。そこで、音夢が懇切丁寧に昨夜発見された芸術家《アーティスト》のメッセージを説明した。

未完の大器→蜜柑。霧華舞衣→きりきりまい。マリアを逆さまにして有馬となるメッセージには、みゆきは心底驚いているようだった。

「そんな、バカげている！　これは殺人事件なんだぞ。人を殺しておいて、そんなふざけたメッセージを残すなんて、いったいなんのために？」

拳を握り締め、抗議するのは玄矢だ。城之介を始め、推理を展開する探偵たちでさえもが俄かには首肯しかねる話なのだから、納得できぬのも無理はないだろう。

「いや、でも玄矢さん。これは龍さんも言ったことだけど、一つなら偶然かもしれなくても、こう幾つも重なってくると明らかに作為的なものじゃないかな。特に今回は、芸術家《アーティスト》自身が『画に注目せよ』と言っているんだから」

「鴉城氏の言う通りだ。今回の事件では、巧妙に計算された意味のない手がかりばかりが山積みにされていて、通常の論理的な思考では、芸術家《アーティスト》の正体を見極めることは現時点では難しい。言葉遊びだろうがなんだろうが、とりあえずは芸術家《アーティスト》の用意したゲームに乗ってやるしかないだろう。メッセージから犯人を限定できれば、そこから動機を調べて自白を求めてもいい」

『言《ことば》』に装飾された殺人。かつて経験したことのないまったく新しい闘いが、自分たちの前方に待ち受けている。芸術家《アーティスト》の仕掛ける『言』の罠をくぐり抜け、探偵たちは真相へと辿り着くことができるのだろうか？

城之介の意見につけ加えるように、音夢も言う。

「芸術家《アーティスト》を名乗るぐらいですから、犯人は芸術としての殺人にこだわっているのでしょう。関係者の名前を連想できるメッセージ——ミスディレクションをちりばめているのは、やはりその中に自分のサインが隠されているからだとわたしは思います。単に捜査を混乱させるのが目的なら、言葉遊びともとれるミスディレクションを残すよりも、手掛かりを偽造する方が理に適っていますしね。……案外、こちらが芸術家《アーティスト》のサインを推理すれば、犯人は敗北を認めて自白するかもしれませんよ」

城之介や音夢の主張は、傾聴に値するものだった。確かに、芸術家《アーティスト》は異常なまでに言葉遊びのミスディレクションにこだわっている。本当に、その中に真のサインを隠しているかもしれない。玄矢やみゆきも、次第に理解を示すようになっていった。——少なくとも、『ひまわり』の画に関する探偵たちの提出する推理を検討する価値はあるだろう、と。

……ここで「僕」からも「君」に忠告しておこう。事件が終わってからふり返ってみると、確かに、探偵たちの言う通り、芸術家《アーティスト》は、言葉遊びメッセージの中にサインを隠していたのである。そのことを承知した上で、「僕」の物語に耳を傾けて欲しい。

繰り返し言う通り、芸術家《アーティスト》は一人の人間であり、既に登場している人物たちの中にいる。事件にちりばめられた言葉遊びから、「君」は真相を摑みとることができるだろうか？

●

「——こんな事件は前例がないから、あたしがこれから提出する推理で正しいのかどうかは断言できないけれど、とりあえず、『ひまわり』に撃ちこまれた二発の銃弾の意味は考えてみたわ」

城之介が促したことで、舞衣が推理を述べる。一同は緊張した面持ちで、女探偵に注目している。

「『ひまわり』という漢字を考えてやれば、第一のミスディレクションは容易に発見できるでしょう」

一瞬の沈黙が流れた。城之介は答えを知っているのか、余裕の表情である。音夢、蒼也、玄矢、みゆきの四人は戸惑っている。『ひまわり』と言われても、直ぐに漢字が浮かばないのだろう。

「向かう日の葵と書いて、向日葵《ひまわり》ですね」

最初にそう指摘したのは、学生時代、国語を得意科目としていた音夢だった。他の三人は思い出したのか、それとも知らなかったのか、「おおっ！」と歓声をあげる。

舞衣は嬉しそうに助手に頷くと、解説した。

「そう。向日葵という字には、『葵』という字が含まれるわ。銃弾が撃ちこまれたのは、『日』……つまりは、太陽ね。『向く』を眼を向けろ——注目せよと解釈すると、これは推理作家の葵健太朗を示すメッセージだと解釈できる」

説明を聞いてみれば、やけにあっさりとしたメッセージだった。霧華舞衣→きりきりまい、といった『ひねり』がない。ストレートすぎて、そして実にバカげているくだらない言葉遊びゲームだ。

だが、それでも玄矢とみゆきは、そこに芸術家《アーティスト》の明確な意志を感じた。確かに常識的には考えられないことだが、これはサインかミスディレクションだろう。サインだとすれば、芸術家《アーティスト》は葵健太朗？

「もちろん、これでは単純すぎるので、解釈はそれだけではないわ」

舞衣の言葉で、ふたたび女探偵に注意が集中する。さすがに『向日葵→葵』だけがメッセージではなかった。別の解釈が存在するとすれば、これは、二重の含意《ダブル・ミーニング》のメッセージだということになる。

「なぜ、芸術家《アーティスト》はこの画の太陽に銃弾を二発撃ち込んだのか。太陽には、『ひ（日）』という呼称もあるわ。『ひ』に撃ちこまれた二つの弾丸を濁点と考えてやれば——」

満足げに頷いている城之介を横目に見ながら、舞衣は結論を述べた。

「濁点をつけられた『ひ』は『び（美）』となる。いかにも、芸術家《アーティスト》らしいことじゃない。芸術家《アーティスト》は、この『ひまわり』の太陽に銃弾を撃ちこむことによって、殺人美の完成を表現したかったのでしょう」

飾り気のない、感嘆の吐息が聴衆から漏れた。彼らも、ひょっとしたら、向日葵と葵の符合には気づいたかもしれない。――だが、美の完成というテーマに辿り着くことは、おそらくできなかっただろう。

慣れない言葉遊び推理とはいえ、さすがにＪＤＣ第一班の名探偵である。舞衣の推理は、常人の想像力を飛び越えていた。さすがは舞衣、そして、恐るべしは芸術家《アーティスト》といったところか……。

蒼也はふと、自分は殺人事件史の新章が始まるその場に立ち会っているのではないか、という気になった。童謡殺人や見立て殺人も、最初は誰からも受け容れられなかった――そんなバカげた殺人はありえない、と……。だが、その後多くの犯罪後継者たちを生み落とし、今ではすっかり、殺人事件の重要な一ジャンルとなっている。この言葉遊び殺人が今後、後続犯罪者を生むとすれば、この幻影城殺人事件は歴史的なものとなるだろう。そう考えると、えも言われぬ感動が押し寄せてくる。

蒼也の父、ＪＤＣ総代・鴉城蒼司は、一九七九年の彩紋家殺人事件で、犯罪新時代の扉を開けた。犯罪革命とも称されるあの事件は、解決後も多くの謎を残し、未だに有史以来最難の事件とさえ言われている。『昭和の十大犯罪』と一括りにされることもあるが、厳密に言えば、彩紋家殺人事件に匹敵する事件など、どこにもない。あの事件はあくまで、『一大悲劇』だったのだ――これまでの十四年間は。

一九九三年の幻影城殺人事件は、この先、どこまで展開していくのだろう。前人未到の領域にまで、探偵たちを連れていってくれるのだろうか？

蒼也は武者震いした。不謹慎とは承知で、興奮に胸を躍らせずにはいられない。幻影城殺人事件の解決に貢献し、父を越える大探偵となる……そう考えるだけで、推理が楽しくなりそうだった。

●

「――龍宮さん。あなたの推理は？」

意地悪く、舞衣が城之介に水を向ける。舞衣が『ひまわり』から導き出した二通りの解釈は、想像力に富んだ見事な推理だった。常日頃から奇抜な発想で知られるＪＤＣ傾奇《かぶき》推理の雄・龍宮城之介に挑戦したくなるのは当然だろう。

芸術家《アーティスト》の作成した言葉遊びゲームの中での、二人の名探偵の対決……両者の智力が互角であった場合、先に解答を提出した方が勝利するに決まっている。――しかし、それでも城之介はまだ余裕を保っていた。右手で愛帽の角度を正しながら、澄んだ瞳を舞衣に向ける。

「霧華嬢の言った可能性は、むろん考えていた。だが、龍宮はさらに二つの解釈を考えている」

何気なくそう宣《のたま》う黒衣の推理貴公子。舞衣の顔に、わずかだが驚愕の色が閃いた。

太陽に二発の銃弾を撃ちこまれた『ひまわり』の画――これだけの材料から、城之介が本当に四つの言葉遊び推理を完成させたのだとすれば、さすがに『ＪＤＣの推理袋』、『ひらめきの龍宮』である。

「龍さん、いったい何なんだ。勿体ぶっていないで、さっさと始めてくれ」

蒼也が挑発すると、城之介は輝く瞳で一同を見回す。それは、玩具《おもちゃ》の山にうずもれた少年の瞳だった。

『ひまわり』をちらと見やり、城之介は解説した。

「一つは、霧華嬢の言った『美の完成』と同じベースの上に成り立つ推理だな。いささか単純すぎて申し訳ないが、二発の銃弾を濁点と解釈するなら、あの画が推理作家・『濁』暑院溜水氏を示すものだとも考えられるだろう」

「なるほど、確かにそうだ」

感心したのは玄矢刑事のみ。他の四人は、思考の盲点を突かれて驚いてはいたものの、いま一つの最後の推理に興味があり、黙って城之介に注目している。城之介の表情は、異常なまでに自信に溢れていた。それは、最後の推理が究極の隠し球とも言える尋常ならざる言葉遊びであることを言外に示していた。

濁点と濁暑院溜水――。『言《ことば》』が『迷』い続ける『謎』宮は、刻一刻と変化し続けている。どこが入口で、どこが出口なのか、自分たちがどこに立っているのかすら判然としない。ミノタウロスならぬ芸術家《アーティスト》の創造する謎宮を抜けるアリアドネの糸球は、複雑にもつれた『言』の糸だけだ。

推理には、まだ先がある。城之介が『ひまわり』から導き出す第四の解釈とは……？

「龍宮さん、もう一つの解釈は何なの？」

充分に間をとって勿体をつける城之介に、舞衣が催促の声をあげた。彼女の発言を本音に翻訳すると、「あなたの勝ちだから、早く教えてよ」――となる。

濁点と濁暑院の符合は、気づいてしかるべきことだった。が、――

『ひまわり』の画をいくら見返しても、どれだけ頭をひねっても、悔しいが舞衣には別の解釈が思い浮かばなかった。この画に関するささやかな推理合戦では、城之介に軍配があがったことを認めるしかないだろう。

「第四の解釈は……芸術家《アーティスト》が、満を持して他のメッセージに隠したサインではないかと龍宮は考えている。あまりにも、ひねくれているからな。まだ論理的な証明はできないので、絶対の解答だとは思っていないが、とりあえずこれが本当にサインだとすれば、龍宮が導き出した人物こそが芸術家《アーティスト》ということになる――」

城之介の言葉に、素直な驚愕が室内に拡がった。芸術家《アーティスト》の真のサインが、『ひまわり』の画に秘められていた？

事件の解決に直結するとはまだ思えないが、とりあえずは、城之介による犯人告発の瞬間である。

……太陽に二発の銃弾が撃ちこまれた『ひまわり』の画。芸術家がそこに隠した第四のメッセージに、「君」は、はたして気づくことができるだろうか？

50　芸術家《アーティスト》の名前

『第6番目の屍体』　10月28日——Ⅰ

●榊一郎
利腕＝左　職業＝巡査　性別＝男　年齢＝25

『第7番目の屍体』　10月28日——Ⅱ

●佐藤一郎
利腕＝左　職業＝巡査　性別＝男　年齢＝24
屍体発見現場◎『美画の間』

現場の状況1◎二人は、共に拳銃で心臓を撃たれて即死していた。

2◎『ひまわり』の画には、二発の銃弾が撃ちこまれていた。

3◎彼らが右手に握らされていた銃は、それぞれ二発ずつ弾が減っていた。

4◎銃口には消音装置《サイレンサー》が付けられていた。幻影城の『武具の間』に展示されていたものである。


「その第四の解釈とは——芸術家《アーティスト》は、いったい誰なのです？」

有馬みゆきが、切羽つまった声で尋ねた。

城之介は、『ひまわり』に撃ちこまれた銃弾の第四の解釈こそが、芸術家《アーティスト》の真のサインではないかと推理していた。それが正しければ……わずか三日で七つの生命を奪った魔性の殺人鬼（殺猫鬼）の正体が、ついに暴かれることになる。

昨夜、幻影城の周囲には厳重な警戒網がしかれていた。城外から侵入した者はいない。芸術家は、外部の人間ではないのだ。——ということはつまり、推理作家、幻影城、捜査陣の関係者たちのごく限られた集団の中に、芸術家がいるということである。

現世から隔離されたこの陸の孤島、幻影城。紅の匣の中での仮面舞踏会。仮面の下に芸術家《アーティスト》の素顔を持つ者は、はたして——？

みゆきと玄矢、二人の刑事に思わせぶりな視線を送ると、城之介はゆっくりと解説を始めた。

「絵画に銃弾を撃ちこむという行為は、芸術愛好家でなくとも許し難い行為で、とても芸術家《アーティスト》を自称する者のすることとも思えない。だが、おそらくはそれを承知の上で芸術家《アーティスト》は画に弾丸を撃ちこんだ。弾が二発というのは、他の三つのダミーのメッセージを推理させるためであると考えられる。真のサインのためには、銃弾は別に一発でも構わなかった」

緊迫した空気が室内を流れていく……城之介は、どのように推理を展開させるつもりなのか？　一同は、固唾を飲んで黒衣の名探偵を見守っている。

「──要するに、芸術家《アーティスト》がつけたかったのは、濁点ではなく汚点だったのだよ」

濁点と汚点。その相違は？

「まさか！」

悲鳴のごとき声をあげたのは、舞衣だった。遅ればせながら真相に気づいた彼女は、その人智を越えたメッセージに呆然とした。敗北感を抱く気すら起こらない。いったい、城之介や芸術家《アーティスト》はどういう思考回路をしているのか、頭の中を覗いてみたい。

「『お点』だったのね……」

舞衣の呟きに、城之介が微笑した。今のところ、隠されたメッセージに辿り着いたのは舞衣のみだ。

「気づいたようだな、霧華嬢。そう、芸術家《アーティスト》の目的は、描かれた向日葵でなく『ひまわり』という画の中の日（太陽）に『お点』をつけることだった」

そう言って、城之介は声を出さずに苦笑した。

──一つ間違えば、ジョークになってしまうな。

それは、あまりにもひねくれたメッセージだった。『ねじれた頭脳を持つ男』と評される城之介でさえもが戸惑ってしまうほどの……。

絵画に銃弾を撃ちこむということは、その作品ならびに、作者、所有者に汚点をつけると解釈できる。しかし、『ひまわり』に汚点をつけるということが何を暗示しているのか、音夢、蒼也、玄矢、みゆきにはまだわからなかった。

ヒントを出しても、舞衣を除いて誰も真相には気づかない。これ以上待っても状況は変わらないと判断したのか、城之介は未回答の四人を順々に見ながら、推理を続けた。

『『ひ（日＝太陽）』の上から『お点』をつける。単純明快、要はそれだけなんだ。難しく考えすぎることはない。――『ひまわり』の『ひ』に『お』を重ねてやるとどうなる？」

驚愕は突然やってきた。

絶句する九十九音夢と鴉城蒼也。驚きに顔を歪める有馬みゆき。霧華舞衣はうなだれ、龍宮城之介は微笑を保っている。信じられない、といった表情で、一同を代表して玄矢が言った。

「――『おまわり』――」

「そうだ。つまりこれが真のサインであるとすれば、芸術家《アーティスト》は、おまわり――警察官ということになる」

この言葉にたじろいだのは、やはり玄矢とみゆきだった。二人とも、身に覚えがないという顔つきで、お互いに顔を見合わせている。その推理の結論に半信半疑ながらも一同は、城之介の導き出した答えに、奇妙にも説得力があると感じていた。言葉遊びゲームが行き着いた終点。それが、『ひまわり→おまわり』のメッセージ……これまで芸術家《アーティスト》が駄洒落のようなミスディレクションを多発しているせいか、その言葉遊びには真実の重みがあった。

「では、龍さん。芸術家《アーティスト》の正体は――」

二人の刑事を見ながら、蒼也がパートナーに水を向ける。

榊一郎と佐藤一郎が芸術家《アーティスト》で、相撃ちによって自殺を計ったという可能性は考えにくい。とすると、もっとも容疑の濃い警官《おまわり》は――

「先に述べた通り、これはあくまで仮説の一つで、まだ論理的な証明はなされていない。だから、これが絶対的な真相だとは思わないで欲しいのだが、龍宮の推理では、芸術家《アーティスト》は……現在、行方をくらませている警官《おまわり》だ」

その場に居合わす全員の脳裏に、オレンジ色のコートをまとった捜査主任の顔が浮かんだ。料所拓治警部イコール芸術家《アーティスト》？

打ちひしがれた様子の二人の刑事に、すかさず舞衣が質問を発する。

「有馬さん、玄矢さん。事件初日——捜査陣が幻影城にやって来る前日の夜の料所警部のアリバイはわかるかしら？」

出現した真相（仮）の異常さに、刑事たちは、俄かには冷静な思考を働かせることができないようだった。いくら仮説にすぎないとはいえ、彼らの同僚が、この辺境の地で勃発した連続殺人事件の犯人だというのは、常軌を逸した結末である。だが、『ひまわり→おまわり』のメッセージは、滑稽ながらも、単なるミスディレクションを越えた芸術的なこだわりが感じられるものだった。それが芸術家《アーティスト》の真のサインである可能性は、決して小さくはないだろう。

混乱する頭を整理して、みゆきは自分を落ち着ける。そして、舞衣の質問に答えた。

「三日前の夜、ちょうどわたしたちは、居酒屋で三人で飲んでいました。午後十時頃には解散したと思うけど、玄矢くん、どうだった？」

相棒に話を振られ、筋肉質の刑事は深々と首を縦に振る。

「確かそれぐらいだったな。今から考えると、おかしなところもあったな。警部は帰り際、『今日は疲れたので、家に帰ってすぐに寝《やす》む』と何度も繰り返していた……」

「玄矢氏、念のために確認しておくが、料所氏は独身だな？」

「ああ。マンションに、一人で暮らしている」

城之介が助手に視線を向けると、蒼也は、満足げに頷いた。

「龍さん、これはいきなり当たり《ビンゴ》かもしれないな。料所警部にアリバイはない。少なくとも可能性としては、彼が深夜に車を飛ばして幻影城で殺人を犯した、というのもあり得るよ」

京都市内から北部の幻影城まで、車を飛ばして連日の犯行に及ぶ。昨晩は捜査陣と共に幻影城に泊まっていたので、移動の手間は省ける。

しかし、料所が犯人だとすれば、なぜ彼は姿を消したのか。風紋寺が一緒に行方をくらませた理由は。

――風紋寺は、料所の共犯？　それとも、逃亡する際の安全を確保するための人質か？　……が、何にせよ、料所と風紋寺は幻影城の外に出ていない――言い換えれば、まだ城内のどこかに潜んでいるはずなのだ。

サインを残したというのは、芸術が完成したということだろうか。だが、生贄は多く数えても、まだ七つなのに……。それに、城内に姿を隠すというのは得策ではない。なぜなら、匣の中には逃げ場がないから。屍体発見の混乱に乗じて、スキを見て逃亡するつもりか？

料所が犯人だとすれば、動機はなんだ。警官《おまわり》としてある程度成功し、有能な警部と認められている男を理不尽な殺人へと駆り立てるものは何か？

無言のまま、六人は様々な可能性を頭の中で検討した。探偵たちは、料所を犯人と仮定して、これまでの七件の殺しの現場をふり返る。犯人があの警部だとすれば、何か見落としていた手がかりが発見できるのではないか、と。

――と、そこへ息せききって那須木料理長が『美画の間』へと駆け込んできた。顔面は蒼白で、瞳には怯えの色が見える。朝食ができるには、まだ早い。

……とすると？

「刑事さん、探偵さん。あの――い、いま、朝食の準備中に氷を出そうと冷凍庫を開けたんですが……」

そこまで一気に言うと、一息ついた。厨房から走ってきたのだろう、肩で息をしている。

「まあ、落ち着いて。那須木氏、何かあったんですか？」

城之介の声に緊張が差す。夜道でお化けに遭遇した少年のような表情で、那須木は報告した。

「冷凍庫に――料所警部の首が置かれています！」

「なんだと！」

はじかれたように、その言葉で黒い影が走る。

城之介は、落ち着きを失って駆け出していた。

51　絶望への落下

まさに一瞬で崩壊した料所警部犯人説。

料所は既に、真犯人・芸術家《アーティスト》に殺されていた……それも、首を斬られて。

――龍宮は、芸術家《アーティスト》を甘く見ていたか!?　奴は常にこちらの裏をかいてくる。どうも、この事件は一筋縄ではいきそうにない。

勢いよく『美画の間』を飛び出したところで、城之介は、ちょうど廊下の奥から駆けてきた長身の巡査と衝突しそうになった。

「おっと、危ないな。どうしたんだ？」

「龍宮さん……。料所警部の首なし屍体が、温室に放置されています！」

城之介の後に続いて『美画の間』から出てきた舞衣が、険しい顔つきで探偵仲間たちと無言で顔を見合わせる。音夢と蒼也の後ろに立つ玄矢とみゆきは、呆然と立ちつくしている。刑事たちの尊敬する上司は、数分前には犯人として告発され、今度は屍体となって発見された。

首（頭部）は厨房の冷凍庫に、胴体は温室に――。あいかわらず、芸術家《アーティスト》は芸が細かい。働き者は日本人の鑑《かがみ》だが、もちろん芸術家《アーティスト》に国民栄誉賞をやるわけにはいかない。

玄矢が後ろから前へ進み出て、城之介に厳しい視線を向ける。

「どうする、龍宮さん？」

「屍体なら、逃亡される心配はない。とりあえず、温室に行ってみよう」

報告に来た長身の巡査を先頭に、六人は温室へと向かう。

「空《くう》くん、胴体を発見したのは？」

長身の巡査に、歩きながらみゆきが尋ねる。『空《くう》』という珍しい名字の彼は、サーベルを連想させる均整のとれた体軀だった。

空巡査は、全力疾走でずれた帽子の角度を正しながら、困ったように言った。

「それが――第一発見者は、またしても、星野さんなんですよ」

料所が屍体となって発見されたことにより、行方不明者は風紋寺光世ただ一人となった。今朝見つかった三つの屍体の第一発見者は、いずれも、風紋寺の実妹、星野多恵……実に、意味深だった。

●

螽斯太郎は、厨房の冷凍庫で発見された料所の首を見ていた。

小さな氷の密室に封じこまれた、料所警部の首。立方体の氷の中に、料所の首が入っている。透明な氷を通してぼんやりと、料所の変わりはてた頭部を見ていると、それは精巧に作られた蠟《ろう》人形の首なのではないかと錯覚する。眼を大きく開き、舌を限界まで突き出した警部の顔は、昨日まで会話を交わしていた男とは別人のようだ。

『美画の間』で二人の巡査の屍体が発見された後、警察の捜査関係者数人と協力して、螽斯は食堂に事件関係者を集め、一人一人、尋問していた。

そこに、食堂のすぐ隣の厨房から、新しい屍体が（――それも、捜査主任の頭部が――）発見されたので、混乱はピークに達しようとしている。

料所の首を発見した那須木料理長が『美画の間』に集まっている捜査陣に報告に走り、螽斯は、別の捜査員に現場を保存するよう要請していた。

鑑識が到着するまで、料所の首を動かすことはできない。首は氷の箱に入っており、冷凍庫から外に出すと溶けて証拠が失われてしまう恐れがあるからである。

冷凍庫の扉を閉め、側に立つ捜査員の一人に合図する。その巡査が冷凍庫を守護するように立つのを見届けると、螽斯は厨房から食堂へと出た。

食堂の隣の厨房が、新たなる屍体発見現場となったため、作家や使用人たちは、とりあえず自室に引き上げさせている。今、食堂にいるのは、平井太郎、間宮てる、小杉執事の三人と、幻影城の使用人数人、それに捜査員が数人だった。

螽斯の姿を眼にするや、平井太郎が不安げな表情で歩み寄ってくる。

「螽斯さん、冷凍庫の首は、本当にあの警部さんのものなのですか？」

自分は、かつがれているのではないか？　そんな調子だった。老探偵は残念そうに左右に首を振る。

「まだなんとも断言できませんね。胴体も発見されていませんし、詳しいことは警察の調査を待たないことには――」

螽斯は、食堂の机に執事と並んで立つ客室係に視線を向けた。間宮てるもこちらを見ていたが、螽斯と眼があうと、老婦人は気まずそうに視線を逸らしてしまった。

昨晩、てるから聞かされた彼女の過去の話が思い出される。彼女は、何十年も前に自分が犯した罪を、まだひきずって生きていた。そのことを螽斯に告白したことを、彼女は後悔しているようだった。

昔の罪を懺悔《ざんげ》したてるを軽蔑する気持ちは、螽斯にはなかった。だが、互いに過去を打ち明け、昔の傷をなめあったことによって、二人の間に溝ができてしまったのは紛れもない事実だった。

人は皆、秘密を持って生きている。その秘密を共有することができる相手は、そういるものではない。他人には言えないような秘密を、自分のことのように受け止めることができる相手をもし見つけられたら、そこには深い絆が生じるのだろうが……。

いったん生じた溝を修復する自信が、螽斯にはあった。愛情とも恋慕の情とも違うが、彼はてるに好意を持っていた。それは、彼女を必要としている想いだった。その裏側には同時に、必要とされたいという想いも存在しており、実際、てる自身も螽斯を必要としているように感じられた。

殺人事件という極限状態が、老いたる二人の男女の気持ちを後押ししている。生ある者は、いずれ必ず滅する。事件の被害者を通して、強烈にそう教えられるからこそ、今、生きている奇跡を感謝する。そして、つまらない自尊心は捨てて、人生を大事に過ごすことができるようになる。

螽斯はてるに、てるは螽斯に、お互いの秘密を打ち明けた。互いに信頼しているからこそ、包み隠さず話すことができた。……会ってからまだ三日しか経っていないということは、この際、あまり関係ない。皮相的な時間には意味がなく、大事なのは『質×量』の絶対値である。限りなく凝縮された黄金の時間は、漫然と過ごす無限の時間をも凌ぐ価値があるのだから。

すぐにとは言わない。だが、やがて必ず時間が解決してくれるだろう。螽斯はそう信じると共に、数年前、幻影城という旅館が存在することを彼に教え、そこに逗留することを勧めてくれたかつての相棒・有戸香々美に感謝した。

妻・華乃と有戸香々美の死から数年、定年を前に一念発起して幻影城を訪れて良かったと思う。殺人事件に遭遇してしまったのは予想外の事態だったが、間宮てると知り合えただけでも、ここへ来た意味はあった。

てるとの出会いで、螽斯は自分が支えを欲していることを知った。華乃の代わりはどこにもいない、そう決めつけていた自分の過ちを認識した。人は変わり続ける生物であり、いつまでも過去に縛られるのは愚かなのだということを、彼はようやく悟った。それを教えてくれたのは、てるだった。

華乃に似ているから、てるに好意を持つのではない。互いに支えあい、寄り添って生きていけそうだからこそ、螽斯はてるを想うのだ。

てるを想うことと、華乃との想い出を捨てることは違う。過去に縛られないよう努力しながら、過去を大切に記憶する――大事なのはきっと、そういうことなのだ。

『螽斯太郎』として生きているからといって、彼が記憶を失う前の名も知れぬ男の人生が消失するわけではない。過去の自分の人生を心の片隅にいつも意識しているからこそ、今ここにある『螽斯太郎』という人間を愛することができる。それと理屈は同じだった。華乃を想う心がいつまでも頭の中にあるから、てるを大事に想うことができるのだろう。

……一瞬の間に、螽斯の中を様々な想いが通り抜けていった。自分のこと、華乃のこと、そしててるのことを考える。もう、迷いはない。人生の新しい目標と、これからの生き方を見つけた螽斯は、生まれ変わろうとしていた。事件と真正面から取り組むことができそうだった。

視線を戻した老探偵と眼があうと、平井太郎は相変わらず心配そうな表情で疑問を口にした。

「推理作家が三人殺された次は、警察関係者が三人殺される……螽斯さん、この事件はいったいどうなっているんです。犯人の動機は？　この悪夢は、どこまで拡大していくんですか？」

愛する双子猫、華と麗が殺されたことには、彼は言及しなかった。苛立ちの裏側に不安が感じられる口調だった。この幻影城は、旅館である以前に、まず彼の住居なのだ。作家たちには帰るべき場所があるが、平井氏にとっては、『ここ』がその場所なのである。

返答に窮しながらも、螽斯は平井太郎という男を観察する。――てるから聞いた、彼の過去の姿をイメージして、重ねる。弟・玄次のことを、彼は今、どう考えているのだろうか？

螽斯が曖昧な言葉で、明確な推理を示すことを避けていると、一人の巡査が、食堂に飛び込んできた。

飛び込んできた、その表現がまさにぴったりだった。彼の姿が眼に入った刹那、螽斯は、彼の足が宙に浮いていると錯覚したほどだ。それほどに、その警官は勢い良く入室してきた。

室内を見回し、視線を螽斯のところで止める。若い巡査は、老探偵の方へ駆け寄りながら、冷静さを欠いた声で報告した。

「螽斯さん、料所警部の胴体が発見されました」

老練な探偵の眼光が、とたんに鋭くなる。

「……発見現場は、どこですかな？」

口調は、落ち着いていた。経験では、誰にも負けない螽斯である。これぐらいのことでは動じない。室内にいる全員の視線が螽斯と若い巡査に突き刺さる。巡査は、食堂の扉の向こうを指差して言った。

「温室です。玄矢刑事や、有馬刑事にも、既に別の者が報告に行きました」

「ご苦労さまでした。――では、参りましょうか」

食堂を出る際、何気なくふり返り、螽斯はてると視線を絡めた。今度は、てるは眼を逸らさなかった。その瞳には、螽斯への想いが溢れているように感じられた。

●

二人の巡査の屍体を発見した後、星野多恵は食堂で作家たちと一緒にいた。『美画の間』で眼にした二つの肉塊が網膜に焼きついて、当分の間は忘れられそうになかった。命を失った人間の変わり果てた姿——変屍体の持つ圧倒的な迫力が、多恵の繊細な精神を破壊した。

それまでは、幻影城殺人事件の中にあっても、実際に屍体を眼にしていなかったことで、まだ理性的にふる舞うことができた。だが、——

誰かから新しい殺人があったと教えられたわけではなく、また、警察の警備下にあり、事件が休戦状態に入ったと油断していたせいもあって、唐突に彼女の世界に飛び込んできた生々しい殺人事件の犠牲者の姿は、あまりにも衝撃的だった。

食堂で、葵や溜水、虹川らに慰められても、心は晴れなかった。自分はどうして、こんなところにいるのだろう。いつから、このような謎宮に迷いこんでしまったのだろう。どこまでも嘘臭い、現実離れした事件を、多恵はようやくはっきりと認識し始めていた。芸術家《アーティスト》の狂気と、幻影城を包む異常な雰囲気に、気づき始めていた。

葵や溜水は側にいた。——が、幼い頃から彼女を守り続けてくれた兄・風紋寺は行方不明だった。

そのことが、いっそう多恵を不安にした。捜査主任の料所警部と同じく、警備で一晩中、外に出られなかった幻影城から消えた風紋寺光世。

兄を身近に感じられない世界は、初めてだった。深い深い井戸の底に、たった一人でとじこめられたかのような絶望感が、時間の経過と共に彼女にダメージを与え続けていた。

もうリアルな世界はどこにもなく、限りなく現実に近い悪夢を見せられているようだった。葵や溜水が話しかけてきても、返事をする気力がなかった。昨日までの多恵と同じように、殺人事件とは関係なくふる舞っている恵と、少女の相手をする魅山薫をボーッと視界にとらえる。その胸中には、自分もついに、殺人事件という底無し沼に足を踏み入れてしまったという、やるせない思いが芽生えていた。

城内にいるはずなのに、見つからない風紋寺……兄の無事を心の底から祈りながら、多恵は孤独感に包まれていた。いつも側にいてくれると思っていた兄でさえもが、唐突に消えてどこにもいなくなってしまう。それが人生というものであり、人間は、しょせん一人で生きているのだということを思い知らされた。

——こういう時に限ってゆっくりと流れる時間を呪いながら、『待つ』という苦痛を多恵がじっと堪えていると、やがて、新たなる衝撃が彼女を襲った。

食堂のすぐ隣、厨房で、行方不明だった料所警部の首が発見されたのである。その衝撃的すぎるニュースで、食堂は騒然となった。——が、多恵には、もはや驚く気力もなかった。

料所警部の首といわれても、なかなかイメージし辛い。昨日までその眼で見ていた人物が、頭部だけ冷凍庫で発見される。いくら推理小説を愛読しているからといって、現実問題として首斬り殺人をリアルに想像するのは難しかった。

ただ、それでも、彼女の感情の海の奥底から少しずつ浮上してきているものがあった。何かわからないそれは、しだいに感情の表面に浮かび上がってきて、恐怖感という、はっきりとした形をとった。

恐怖の対象は、自分ではなく、実兄・風紋寺の安否だった。風紋寺と共に行方不明となっていた料所警部は、屍体となって発見された。もし、風紋寺もまた屍体となって見つかったら——

風紋寺がひょっとしたら犯人・芸術家《アーティスト》かも知れないという危惧はなかった。動機の面からも、ひととなりからも、風紋寺が犯人ということはありえないと多恵は断言できた。……しかし、風紋寺が芸術家《アーティスト》に殺され、既にこの世を去っているというのもまた考えられない。

——健治兄さんが殺される？　そんな……嘘よ。ありえないことだわ。

それは、推測というよりも願望に近かった。ありえない——ではなく、あって欲しくないのだ。いつも共に生きてきた兄が世界から永遠に消え去ってしまうのは、これまでの八つの殺し以上に現実離れしているように感じられる。それを想像できないのは、あるいは、感情が暴走しないように理性がブレーキをかけているのかもしれなかった。

そこで、多恵の脳裏に二人の巡査の屍体の映像がくっきりと蘇る。

非現実は、いつも予告なく現実世界に割り込む。

料所警部は、首を斬られて殺された。風紋寺光世の運命は、——芸術家《アーティスト》という死神の掌中にあるのか。

多恵の中で、なにかがプツリと切れる音がした。

『いやぁぁぁぁ——っ!!』

自分の声とは思えなかった。多恵の小さな口から、超音波のような金切り声が発せられた。食堂の全員の視線が自分に集まるのも気にせずに、多恵は席を立った。いきなり立ち上がったので、椅子が倒れた。

それも、気にならなかった。

気がつくと彼女は、食堂を飛び出し、どこを目指すでもなく、廊下を走っていた。

帰りたい——帰りたい……帰りたい！

虚構の世界から、現実の世界へと早く帰りたい。

帰りたい!!

廊下を歩いていた捜査員たちに呼び止められたが、足を止めることなく走り続けた。涙が溢れ出て、頬を流れて空中に散った。

走り疲れた彼女は、温室へと続く歩廊でようやく立ち止まった。事件や兄のことを、深く考えたくなかった。これ以上、現実から逸脱したことに思考を向けたら、本当に発狂してしまいそうだった。

廊下にうずくまり、ハンカチで涙をふく。人の気配を感じてハッと顔をあげると、風紋寺がそこにいた。優しい表情で、愛する妹を見下ろしていた。

「健治兄さん……」

風紋寺の顔が、葵の顔に変化した。兄だと思ったのは見間違いだった。心配そうな顔で多恵を見下ろしていたのは、葵と溜水だった。

しゃがみこみ、多恵の肩に葵が手を置く。また涙が込み上げてきて、多恵はハンカチに顔をうずめた。

「すいません。わたし——どうしちゃったのか……」

螽斯太郎と警察関係者には、虹川が話をつけてきてくれたようだ。後ほど事態がもう少し落ち着いてから、もう一度、全員を招集する。それまでは、各人、自室でお待ちいただきたい——とのことだった。

葵に説明され、多恵はようやく、少しだけ気が楽になった。腰をあげようとしたが脚に力が入らず、葵と溜水に両脇から支えられながら、ようやく立ち上がった。

「温室にでも行こう。少し気持ちを落ち着けた方がいいよ、あそこならリラックスできる」

首を振って温室を指し、溜水が言った。親友の提案に、葵は賛成だった。

「でも、自室に戻らなくては——」

赤く腫《は》れた眼を二人の作家に向ける彼女の言葉を、葵が制した。

「固いことは言いっこなし！　……なあ、溜水？」

「ああ。自室に籠《こも》っていても、気が滅入《めい》るだけだよ」

二人の励ましで、多恵は自分を取り戻していった。明るく会話を交わしながら、温室へと向かう。葵と溜水に挟まれ、彼女は、自分は決して一人ではないのだと感じた。

——世の中、悪いことばかりじゃない。健治兄さんだって、きっと無事、見つかるわ……。

「風紋寺さんなら大丈夫だよ」

そう言ってから葵は、しまった！、と思った。失言を責めるように、溜水が冷たい視線を向けてくる。

だが、多恵はその言葉で落ち込むことなく、逆ににっこりと笑って葵に応えた。

「ええ、きっと」

人間的に成長した彼女の長い綺麗な黒髪を見ながら、溜水は微笑している。双子の妹・水無瀬なぎさのことでも考えているのかな、溜水を見てそんなことを考えながら、葵は多恵を温室までエスコートする。

温室につくと、多恵が真っ先に悲鳴をあげた。葵と溜水は、驚愕のあまり言葉を失った。

温室では、首なし屍体が宙に浮いていた。

●

温室には、第一発見者の葵健太朗、濁暑院溜水、星野多恵の他に、数人の捜査関係者たちがいた。

空巡査に案内されて温室へとやってきた龍宮城之介をはじめとする捜査陣主力メンバーは、人込みをかきわけて、前へ進み出た。

多恵の横を通り抜ける際、城之介と彼女の眼が一瞬だけあった。黒衣の名探偵の瞳は、一度だけ見合いの席を共にした多恵を憂慮してくれているように思えた。

「ちょっとすいません、通してください」

龍宮城之介、霧華舞衣、九十九音夢、鴉城蒼也、玄矢孝志、有馬みゆきは、色とりどりの華に囲まれた植物の楽園に出現した異形の物体を前に、絶句して立ち尽くした。

「こ、これは――」

何事にも動じないように見える玄矢でさえが、思わず二、三歩、後ずさる。単なる変屍体とは明らかにことなる禍々しい雰囲気を、その物体は発散していた。

「芸術家《アーティスト》も、やってくれるな」

そう呟きながら、城之介は黒いフェルト帽のつばを下げる。

料所のオレンジ色のコートを着たその屍体は、一瞬、宙に浮かんでいるように見えた。あぐらを組んだ姿勢で、逆さまにして地面においた透明な水槽の上に置かれているのである。

頭部は切断されて存在しないが、本来そこにあるべき料所の首の代わりに、奇怪な形の鉢植が置かれている。――螺旋状にねじれた茎の上に緑の葉がついている。昨日、多恵が二人の子供と一緒に温室で眼にした鉢植、ベンジャミンだった。

頭部をベンジャミンにすげ替えられ、結跏趺坐《けっかふざ》したまま宙に浮かんだ首なし屍体……それは、人外魔境と化した幻影城にあっても、一際異様なオブジェだった。華散里に、屍体がまた一つ。

昨晩、殺されたのは二人だけではなかった。

料所警部もまた、芸術家《アーティスト》によって生命の灯火を消されていたのだ。――榊巡査、佐藤巡査に続いて、これで連続して三人も、警察関係者が殺害されたこととなる。推理作家三人、猫二匹、警察関係者三人。芸術家《アーティスト》は、何を基準に標的を選んでいるのか、もはやわからなくなってしまった。幻影城に潜む殺人狂は、無差別殺人を続けているのだろうか？

一歩一歩、城之介は屍体に歩み寄る。その後ろから、舞衣たちも続いた。

――しょせん、『おまわり』もミスディレクションにすぎなかったのか。

城之介は、大いなる敗北感を味わわせられていた。

『おまわり』のメッセージは、他のミスディレクションとは明らかに異なる、意味の深いものだった。証拠はまだなかったが、あれこそが芸術家《アーティスト》の真のサインに違いない、と城之介は探偵の本能で直観していたのに……。

幻影城殺人事件のような、前例のない難解な事件では、推理小説のようには、推理はうまく展開しないことが多い。結局、探偵の本質直観は直観の域を出るものではなかった。

最有力容疑者として告発した料所警部が殺された今、疑惑の矛先は、とりあえず現在失踪（消失？）中の風紋寺光世に向けられる。

幻影城は広大ではあるが、限られた空間だ。風紋寺は、どこに消えてしまったのか。現在、屍体の数は、猫も含めれば八つ。『八つの生贄』を得た芸術家《アーティスト》（風紋寺？）は、「聖なる眠り」について、どこかに消え去ってしまったのだろうか。

そこで、螽斯たち食堂にいた捜査陣も温室に姿を見せ、ベンジャミンの顔をした首なし屍体の周囲には人の輪ができた。

●

オレンジ色のコートを着た、料所警部のものと思われる首なし屍体を発見した直後は、多恵は完全に自分を見失っていた。泣き叫ぶわけでも遁走《とんそう》するでもなく、茫然自失した状態で、葵に支えられるがままに、立ちつくしていた。

この世界で何が起こっているのか、彼女にはもう理解できなかった。なぜ、こう次々と人が死ななければならないのか、なぜ犯人はこうも人を殺し続けなければならないのか、わけがわからなかった。

溜水が捜査陣を呼びに行き、多恵も尋問されたが、言葉を発することができる状態ではなかった。多恵の代わりに葵が応えるのを、曖昧な意識の中で聞いていた。すぐ隣にいるのに、葵の声はひどく遠くから聞こえるように思えた。

やがて、龍宮城之介たちが温室に姿を見せた。多恵は朦朧《もうろう》とした状態だったが、彼の姿は、いつにも増して逞しく、頼もしく見えた。彼は、虚構の中に突き落とされた多恵を助け出してくれるかもしれない唯一の存在であるかのように彼女には思えた。

恋愛の情とは異なる、救済を求める切ない想いで彼女は探偵にすがるような視線を向けた。黒衣の騎士は、彼女の横を素通りした。――それでも、すれ違う一瞬に見せた城之介の優しい瞳に、多恵は気づいていた。

――あれは、こちらの考えすぎではないわ。龍宮城之介さんのあの瞳は、意識的なものだった。

城之介が見せたかすかな思いやりが、絶望にくれる多恵に、勇気の種をくれた。葵に肩を抱かれて発芽した強い生きる意志は、成長して華を咲かせ、生命力となって結実した。

屍体発見に伴う混乱で、心のどこかを彷徨《さまよ》っていた兄への心配が蘇ってくる。

多恵は、そこでハッとなって頼りない記憶の棚を探った。一瞬だけ眼にした料所の首なし屍体。あの屍体から、彼女は違和感を感じていたのだ。

――何なの、この感じは……気になるのは何？

兄のことを案じるにつれ、違和感は増幅する。

まさか……

突然、その可能性に思い至って多恵は震えた。

まさか——まさか——

ちらっと見ただけだったが、彼女は視界の中に確かにとらえていたのだ。屍体の指を。

まさか、そんな！

恐怖で冷汗が出る。もう一度、屍体を見るのは嫌だった。確認しなくてはならないとわかってはいても、それを確認して不安を絶望に変えてしまうのは嫌だった。

だが、ふり返らずにはいられなかった。彼女は、見なくてはならなかった。

屍体をもう一度見て、彼女は絶叫した！

●

「——健治兄さん！」

突如として、観衆の輪の中から、ただならぬ悲鳴があがった。いきなりの叫び声に驚いて城之介たちが声の源に視線を向けると、涙に眼を潤ませた星野多恵が走り寄ってくるところだった。

嗚咽《おえつ》と慟哭《どうこく》の狂騒曲《カプリッツォ》。

「兄さん……健治兄さん……」

消え入るような小さな声でそう呟きながら、多恵は、料所警部と思われる首なし屍体の元にくずおれた。

多恵を中心とした喧騒の渦が、温室の中で大きくなっていく。震えた声だったので他の者たちには、はっきりとは聞こえなかったが、彼女は「兄さん」と口にしたようだった。

星野多恵の兄は、星野健治こと風紋寺光世である。多恵の言葉の意味を悟った時、温室で驚愕が爆発した！

泣きながら多恵は、首なし屍体の指に頬をすり寄せている。その指には、ミッキーマウスのイラストが入った、見慣れた絆創膏が貼られていた。


「ちょっと指を切っただけだ。心配ないよ」

「指を見せて……」

差し出された兄の小指に、多恵は優しく絆創膏を貼った。半透明で、ミッキーマウスのイラストがはいっている小さな絆創膏である。

放っておいてもすぐに完治する程度の傷だったが、風紋寺は妹の気遣いをありがたく思った。


思い出される昨晩の情景……

温室の首なし屍体は、料所拓治ではなく、風紋寺光世だった。風紋寺もまた、芸術家《アーティスト》によって既に生を奪われていたのだ！

52　血の濁点

城之介の提案もあって、急遽《きゅうきょ》、捜査主任代行となった玄矢刑事の指揮で、捜査関係者の一部を残して、後の者は温室を退散させることとなった。

とりあえず状況が少し落ち着くまで、事件関係者たちは中庭で待機してもらう。その間に捜査陣が、可及的速やかに必要最低限の調査を進めるのである。

……事件は、新たなる局面にさしかかっていた。それも、あまりにも急な展開だ。激流のように流れ続ける幻影城殺人事件。これまでのところ、事件は終始、芸術家《アーティスト》のペースで進んでいる。捜査陣は主導権を握るどころか、翻弄されるままに、敵の影を追いかけているだけだった。

首なし屍体が風紋寺のものと判明した時点で、新たなる疑問が二つ生じた。

一、料所拓治の胴体はどこにあるのか？
二、風紋寺光世の首はどこにあるのか？

暗雲たちこめる捜査は、絶望の深い縦穴の底へと落下し続けているようにも思えた。

「604斯氏、厨房の冷凍庫で見つかった料所氏の頭部ですが、どのような状態でした？」

推理をまとめる時の癖で、フェルト帽を指先でクルクル回しながら、城之介が尋ねる。604斯は、厳しい表情で重々しく説明した。料所の首が、透明な氷の箱の中に入れられていたこと。鑑識が到着するまでは、氷が溶けないようにそのままにしてあることを手短に話す。

興味をそそられたのか、音夢が城之介のわきから螽斯に質問した。

「それは、我々も実際に見ておいた方がいいですね。でも、螽斯さん。氷の中に封じ込まれていたのでしたら、その首が本物かどうかはまだ確認されていないわけですね」

彼女の抱いている疑問は、探偵としては当然のものだった。殺人事件では、首なし屍体が二つ以上出てくれば、人物の入れ替わりがなされたと考えるのが定石である。料所の首が精巧な作り物である可能性も考慮に入れなくてはならない。首なし屍体となって見つかった風紋寺にしても、科学的な調査が行われるまでは、それが本当に彼の胴体かどうかはわからない。犯人が他人の首なし屍体を自分のものと見せかけ、容疑の圏外へと逃れるのは凶悪犯罪の王道なのだから。

——実際、風紋寺の首なし屍体に料所のコートを着せていたことから考えても、芸術家《アーティスト》が少しの間でも、二人を誤認させようとしたのは明らかだった。

——質問を受けた螽斯も、そのことはもちろん承知している。音夢は、いわば確認のために尋ねたのであって、老探偵の捜査能力を疑っているわけではない。

「透明とはいえ氷を隔てて確認したわけだから、わたしにも確言はできないが、おそらく、あれは料所警部本人の首だと思うよ。偽の首を置いていても、直ぐにバレる。そんなトリックは、時間かせぎにもならないだろう。まあ、音夢くんの疑問ももっともだ。この後、皆、自分の眼で確認した方がいいだろうね」

一同は無言で頷く。螽斯の言葉を聞きながら、じっと首なし屍体を観察していた舞衣が、軽快な声で他の者に注意を促した。

「また、ミスディレクション（？）だわ」

舞衣の指差す先、首なし屍体が着ている料所のコートの左胸には、くっきりと二本の血の線が引かれている。血をぬぐった後などではなく、芸術家《アーティスト》が意図的に引いたとわかる、綺麗な二本の血のラインである。二本の線は、左上から右下に少し角度をつけて、ほぼ並行に引かれている。一見、それは濁点のようだった。

「また濁点か。芸術家《アーティスト》の奴、何を考えているんだ」

苦々しげに蒼也が言う。ポケットに手を入れた少年は、憤慨しているような、困惑しているような、複雑な表情だった。

血の濁点（?）は、やはり、濁暑院溜水を示すミスディレクションなのであろうか。それとも、別の解釈が存在するのか。

一同の視線が、自然と城之介に集中した。黙って屍体を睨んでいる黒衣の推理貴公子が、現時点では、捜査陣で最も芸術家《アーティスト》の意図を知り得る者であるのは、誰もが認めている。殺人の裏側にある言葉遊びゲーム――それをいち早く読み取り、適切に分析し、芸術家《アーティスト》の狙いをわかりやすく翻訳したのは、城之介の大きな手柄である。……加えて、料所警部不在の今、飛び抜けたカリスマを有する城之介に皆が捜査の指標を求めるのは必然の成り行きだった。

「玄矢氏、有馬嬢……」

不意に、城之介が口を開いた。厳粛な口調だった。

「――『武具の間』をよく探してみてくれないか」

「それは、龍宮さん。どういうことだ?」

「龍宮の推理通りであれば、風紋寺氏の首が見つかるはずだ。料所氏の胴体に関しては手分けして捜索していただくしかないようだな。とりあえずは」

城之介の真摯《しんし》な瞳を見て、二人の刑事は神妙に頷いた。温室の現場を保存する人員を数人残して、他の警察捜査陣は、玄矢とみゆきに続いて温室を去っていった。

「さすがね、龍宮さん。『武具の間』に気づくとは」

刑事たちの後ろ姿を見送りながら、待ってましたとばかり舞衣が言った。城之介は、第一班の同僚に意外そうな視線を向ける。

「霧華嬢、気づいていたのか？」

「ふふ、まあね♡」

一つの謎があり、二人の探偵が共に真相を探りあてたとすれば、その優劣を決めるのは推理のスピードだろう。この推理合戦は舞衣の圧勝——先ほどの『ひまわり』の推理合戦と合わせて、これで一勝一敗である。

「なぜ、血の濁点がついているコートから、『武具の間』を導き出せるのかね？」

蚕斯も、音夢も、蒼也も、決して無能ではなかった。だが、芸術家《アーティスト》の用意した謎は、かつて経験したことのない新しいタイプのものだった。舞衣はさすがに少しずつ適応しているようだったが、なかなか発想を転換できないのも致し方ないことだろう。

「まあ、これは単純な問題ですよ。……宝捜しの謎かけのような。おそらく芸術家《アーティスト》は、こちらの力量を試すために、このようなメッセージを用意したのでしょうね。——これも言葉遊びといえるものだが、ミスディレクションやサインではない。強いていうならば、芸術家《アーティスト》から我々へのヒントだな」

城之介はそう言って、舞衣を眼で促した。舞衣は苦笑して解説した。

「こんな推理でいいのかしら、まだあたしにはそんな戸惑いがあるけど、風紋寺さんの首は『武具の間』から見つかるでしょうね。どうやら、これが芸術家《アーティスト》のルールらしいから。——コートに濁点がついている、と考えていてはわからないわね。コートじゃなく、単純に『ふく（服）』に濁点がついているのだと考えれば、答えは簡単に導き出されるでしょう。料所警部の胴体でなく、風紋寺さんの首が見つかるというのは、コートを着ているのが彼の胴体だからであって、もちろん間違っているかもしれないのだけれど——」

『ふく』に濁点をつけると……『ぶぐ』。そうか、それで『武具の間』なんですね」

納得しながらも、音夢はなんとなくおかしくなって笑わずにはいられなかった。こんなバカげたヒントを現場に残していった犯罪者は、彼女が知る限り、これまでには存在しなかった。

「風紋寺の首が見つかったら、次は料所警部の胴体か。龍さん、この鉢植から何かメッセージは読み取れないのか？」

蒼也は先ほどから煙草を吸いたくて苛々していた。ここは現場なので吸うわけにはいかない。喫煙を楽しむのは、もう少し先になりそうだった。

挑発された城之介はベンジャミンの鉢植に歩み寄り、腕組みをして沈黙した。舞衣、音夢、螽斯も、屍体に（——特に鉢植に——）注目している。

重く疲れたように溜息をつくと、城之介は残念そうに首を振った。

「今のところ、この鉢植には意味を見出だせないな。どうかな、霧華嬢？」

「そうね……。あたしも同意見だわ。もちろん、単に、あたしたちがメッセージに気づいていないだけかもしれないけれど、この植物はそれとは別の、何かの暗示のような気がする」

「まあ、料所警部の胴体は城内を捜索していればいずれ見つかるだろう。芸術家《アーティスト》のヒントがなくてもな。

それより、龍宮くん、舞衣くん。他に、探さなくてはならない場所があるだろう」

老探偵の発言に、蒼也はハッとなって螽斯を見た。城之介でも舞衣でもなく、応えたのは音夢だった。

「螽斯さん、それは――。二人の首を切断した犯行現場ですね」

螽斯だけでなく、城之介と舞衣も同時に頷いた。

――そうなんだ。どうして見落としていたんだ。

蒼也は歯噛みして、自己の未熟さを恥じた。わかってしかるべきことだった。……おそらく、これが普通の事件であれば蒼也も当然のようにそれに気づいていたことだろう。首を切断されているにもかかわらず、首なし屍体の周囲には、血痕がほとんどなかった。それはつまり、風紋寺が殺害された場所は、温室ではないということである。

幻影城殺人事件では、めまぐるしい速さで事件が進展し続けていく。今朝からも新しい展開の連続で、それも異常なものばかりだった。――蒼也は芸術家《アーティスト》の奇襲により、完全にいつもの冷静さを失っていたようだ。

むろん、そんなことは言い訳にならないとは承知している。他の探偵たちは、いつも通り適確な分析をしていたし、そもそも本番の事件で実力を完全に発揮できないのであれば、名探偵たる資格がないからだ。

蒼也は、自分の前に果てしない階段が続いているような錯覚に陥った。彼がひどい自己嫌悪に悩ませられるのは、決まってこんな時だった。

同じＪＤＣ第二班の音夢や、第二班副班長の螽斯と蒼也の間には、歴然たる実力の差が存在した。音夢や螽斯は、言うなれば第一班に準ずる実力者たちである。が、蒼也は、まだまだ第三班の水準を少しだけ上回っているにすぎないのだ。

城之介や舞衣は、音夢や螽斯よりも遥かに優れた推理力を有している。そんな彼らでさえ、第一班を代表する精鋭たち、班長・刃仙人、副班長・九十九十九、不知火善蔵、天城漂馬には遠く及ばない。

そして——、そんな大探偵たちのさらに上位に、日本探偵界の頂点に立つ男、ＪＤＣ総代・鴉城蒼司がいる。

父と自分の実力差を嘆いていると、人は蒼也に同情してくれる。あなたの場合、お父上が偉大すぎるのだ。何も悲観することはない……。

他人から見れば、そうなるだろう。もちろん、自分でもそれは承知していることだ。誰よりも実戦経験を積み、誰よりもハングリーな精神で、これまで事件と取り組み続けてきた鴉城蒼司。鍛え続けているからこそ、今でも、そしてこれからも、鴉城蒼司は頂点を走り続けているのだろう。——だが、そんな分析をしても自分を納得させることも、慰めることもできない。

蒼也の努力の甲斐あって、もう『親の七光り』と呼ばれることはなくなったが、精進を重ねれば重ねるほど、自分が限界に近づいているような気がしてならなかった。探偵としての能力が成長するごとに、蒼也は自分と第一班の大探偵たちとの差を、父・鴉城蒼司との圧倒的な差を自覚させられるのだ。そこには決して越えられない壁があるような気がして……永遠に続く階段を漫然と昇っているような徒労感を覚えていた。

——このまま『鴉城蒼司の息子』として、ずっと生きていくのは嫌だった。『鴉城蒼也』にしかできないことをしてみたかった。父親も越えられぬまま死んでいくしかないなんて、そんなのは耐えられない。自分という人間が生きている意味が感じられないんだ！

これまでも彼は、同じような挫折感を何度も何度も味わわされてきた。その度に思い出すのは、亡き母のことだった。

鴉城水紀は、ある凶悪犯罪に巻き込まれ、命を落とした。それは、皮肉にも蒼也が担当している事件だった。

水紀が殺された時、鴉城蒼司は、自分の責任だと息子に詫びた。しかし蒼也は、母を死なせたのは、犯人の行動を読み切れなかった自分のせいだと承知していた。

母の死顔を回想すると、あの当時、自分では何一つまともにできなかったことを思い出す。あの頃から比べれば、蒼也は成長した。第四班、第三班、第二班と昇進の階段を昇り続け、今では日本探偵界の中でも一目置かれる存在になっている。

辛い時は、母を殺した自分の無能さを思い出す。悲しさが逞しさに変わり、母のような犠牲者を出さないためにも、がんばろうという気になる。

瞼を閉じ、呼吸を整えて記憶の海を泳ぐ。

——失敗を恐れていてはいけない。あの時、痛恨の失敗をして母を失ったからこそ、自分はここまで来ることができたのだから。そうだ。俺は、いつも失敗することを考えずに限界に挑戦し続け、時には成功し、時には失敗し、それを繰り返して成長してきたんだ。限界を感じた？　何を弱気なことを言っている。俺はまだまだ失敗してやる。そして、もっと成長してやる。どこまでも、どこまでも——

勇気が全身に充満し、蒼也は本来の自分を取り戻した。他人がどうこういうのは、とりあえずは気にしなくていい。鴉城蒼也は、蒼也だけのやり方で、犯罪と格闘するのだから。

「行こう、厨房へ」

迷いの晴れた、ふっ切れた調子だった。

蒼也は力強い歩調で、一同の先頭を歩いた。俄かに張り切る探偵助手の背中を怪訝そうに見ながら、城之介がその後を追い、舞衣と音夢も続いた。螽斯は、屍体発見現場を保存する巡査に会釈し、探偵衆の最後尾をゆっくりと歩き始めた。

●

若い四人の男女探偵の背中を追いながら、螽斯はふと、深い感慨を覚えた。若い捜査チームに紛れ込んだ自分の存在が異分子であるかのように滑稽に感じながら、時の流れというものを痛感する。

かつては、捜査仲間の誰もが、自分と同世代か、さほど離れていない年頃の者たちだった。それが時が経つにつれ、同世代の人間は一人減り、二人減り、そうして気がつくと自分は浮いた存在になっていた。有戸香々美のような若い女性とコンビを組んでいた時は、自分もまだ若いのだと錯覚することはできた。しかし、……そのパートナーも今はいない。

第一班の重鎮・不知火善蔵のように年老いて今なお第一線で活躍できればいい。が、螽斯の推理の泉は枯渇し、犯罪の新しい波《ニュー・ウェーヴ》に頭がついていかないのを痛感させられる昨今——特に、幻影城殺人事件においては、それが顕著だった。

芸術家《アーティスト》が創造する『言《ことば》』の支配する犯罪。言葉遊びゲームとさえ解釈できるその常軌を逸した試みは、音夢や蒼也のような若い頭脳をもってしても当惑してしまう、異常で難解極まるものだった。

螽斯が尊敬してやまない後輩・城之介や、さすが第一班のレギュラー・舞衣は、最初こそ戸惑いはあったようだが、それでも芸術家《アーティスト》の特殊なルールに合わせ、柔軟な発想で敵の用意した戦場で闘っている。

——螽斯太郎は……わたしは、そうはいかない。

自分の時代は終わった。それを認めるに、今の彼は吝《やぶさ》かでない。

幻影城に来る前は、これからの人生に悲嘆し、指標を失って生の路頭に迷っていた。だが、間宮てると出会い、それまでの自分にきっぱりとけじめをつけることができた。そして蝨斯は、さっぱりとした気分で、ありのままの自分で、素直に事件と向かい合うことができた。

望むにしろ望まないにしろ、人は年をとる。人生の最盛期の勢いをいつまでも持続させるなど、誰にもできないことなのだ。……それはそれで構わないだろう。時が移れば時代は別の顔を見せる。主役は入れ替わる。世代から世代へと夢は語り継がれていく。それでいいじゃないか。

誰が事件を解決するかなどということには、大して意味がない。推理小説と違って、現実事件では、主役が毎回解決篇をやらなくても構わないのだ。そもそも主役などというものは存在しないし、事件を終わらせることさえできれば良いのだからだ。

この事件の後、引退するかどうかは、まだはっきりとは決めていない。だが、おそらくこれほどの事件と対決するのは、彼の生涯で最後のものになるであろう。

集団推理《パーティ・プレイ》で解決するのも、自分自身で解決するのもいい。とにかく、誰かが事件を解決するのに少しでも貢献したい――。

自分の力を出し切って、悔いの残らないように、最高の仕事をしよう。……最後の大仕事だから。

蝨斯は、そんな決意を固めていた。

53　ジークフリートの影

龍宮城之介、霧華舞衣、九十九音夢、鴉城蒼也、蝨斯太郎のＪＤＣチームは、厨房で料所拓治警部の頭部を確認した。

料所の首は、蝨斯の報告通り、氷の箱に入れられていた。那須木料理長を呼んで話を聞いたところ、幻影城の冷凍庫では、直方体の氷の棒を作るための型が存在するらしい。職人芸を発揮し、包丁でスティック状に刻んでサラダに添えたり、調理の途中で使用したり――夏場などは、大量に氷棒を作って中庭などにバラ撒き、涼をとるためにも用いている、とのことだった。

首を囲んでいる箱には、蓋がなかった。どこから首を箱の中に入れたのか、最初は少し当惑した一同であったが、那須木の話を聞くとすぐに、その答えを発見した。

氷の箱は、直方体の氷の棒を綺麗に積み重ねて作ったものだった。立方体の箱の下半分をまず組み立て、その中に料所の首を置く。あとは、上半分を慎重に重ね、置いてやればいい。氷が少しずつ溶け始めたところで、もう一度冷凍庫に戻してやれば、氷の箱が完成する。

先述した通り、夏場には大量に消費するので、氷棒の型は倉庫には山ほどある。その気があれば、氷の箱の一つや二つは容易に作ることができただろう。

氷の中の料所の首が本物かどうかは、まだわからなかった。そのことに関しては、科学的な調査があるまでは議論を繰り返しても無駄なので、探偵たちは、しばらく食堂でお茶を飲みながらくつろいだ。

――やがて、玄矢孝志捜査主任代行と有馬みゆき刑事が食堂で待つ一同に新たなる報告をもたらした。

血相を変えた二人が報告したのは、またしても異常なニュースだった。

●

二人の刑事に導かれるままに、城之介たちは『暗室』へとやって来た。道中、報告を受けたところによると、城之介と舞衣の推理通り、『武具の間』から、風紋寺の首が見つかったらしい。銀光色の西洋甲冑《かっちゅう》の鉄兜《てつかぶと》の中に隠されていたようだ。

奇妙なのは、鉄兜が甲冑の胴体（つまり、鎧《よろい》）にしっかりとボルトで固定され、分解できないようになっていたことだった。平井太郎氏の話によると、何年も前から、鎧と鉄兜は一つに固定したままだったとのことで、事実その通り、鎧と鉄兜はしっかりとくっついていて、離れそうになかった。ボルトの留金は錆びついており、最近、開閉した形跡はなかった。

まさにそれゆえに、捜査陣も最初は風紋寺の首を発見できずにいた。しかし、城之介が『武具の間』を調べるよう推理したということで、念のため、捜査員の一人が鉄兜の眼隠しを持ち上げてみたところ、変わり果てた風紋寺と眼があった、とのことである。

「――それは興味深いな。面白い密室殺人だ」

玄矢の話を聞くなり、城之介はすぐにそう言った。すかさず密室殺人だと指摘したのは、さすがというべきか。有馬みゆきなどは、キョトンと眼を丸くしている。

「龍宮さん、密室殺人というのは――？」

城之介は廊下を歩きながら、黒手袋をはめた右手の人差し指を左右に軽く振った。

「有馬嬢、密室殺人というのは、オーソドックスないわゆる密室の中で人が殺されるものだけではないんだよ。固定されていた鎧と鉄兜の中も、立派な密室さ。風紋寺氏は、いかにして首を斬られた後に、鉄兜の中に入れられたのか。第一の完全密室（『審判の間』）の謎もまだ解けていないが、こちらもなかなか解きごたえのありそうな謎だな」

城之介の発言に頷きながら、その隣を歩く舞衣が玄矢に尋ねる。

「玄矢さん。『暗室』で、料所警部の胴体が見つかったとのことでしたけど、それはどういう状態だったんです？」

その一点に関しては、玄矢も、みゆきも、口を鎖して報告を渋っていた。とにかく実際に見て欲しい――そんな彼らの強い要請もあって、『暗室』へと向かっている探偵たちである。

彼らが近づくと、『暗室』の前を守っていた捜査員たちが道を譲った。手を振って警察関係者に会釈し、城之介から順に、舞衣、音夢、蒼也、a斯、玄矢、みゆき――と、『暗室』に足を踏み入れた。

完全なる闇に包まれた『暗室』。そこには、窓一つなく、扉も一つあるだけだ。室内は、深闇が泳いでいる。黒衣をまとった城之介などは闇に溶けこむように室内に消え、同時に、驚きの声を発した！

「おお！　――これはっ！」

滅多なことでは驚かない城之介の声が、驚嘆のあまり震えている。探偵たちは一様に、驚きの声をあげている。一同の後ろから、玄矢が少し勝ち誇ったような調子で言った。

「どうです、皆さん。こいつは強烈でしょう」

芸術家《アーティスト》の施した装飾を自分の手柄のように語る玄矢が、みゆきには、おかしく思えた。

それにしても、芸術家《アーティスト》は本当に精力的な犯罪者だった。次から次へと、刺激的な謎の山を築いてくれる。無邪気に謎を放り出す方は楽しいかもしれないが、それを整理して解決しなくてはならない探偵にとっては、頭の痛い問題だった。

三度の飯より謎解きを愛する城之介でさえもが、舞衣と顔を見合わせ、ヤレヤレ、といった風に肩をすくめている。

無限の闇の中に、料所の首なし屍体は確かにそこにいた。背筋を伸ばし、胡座をかいている……深黒色の闇に浮かび上がるように、その屍体はボワッと鈍い金色《こんじき》の輝きを発していた。

「光る屍体……ですね」

呆れたような音夢の声は、闇の中に吸い込まれるように小さくなり、消えていった。

●

『暗室』を後にした探偵たちを待っていたのは、犯行現場らしい所が発見された、とのことだった。

「こちらが休戦協定を交わしたつもりだったのに、芸術家《アーティスト》の奴は、そんなことお構いなしに大攻勢を仕掛けてきた。……休む間もないな、龍さん」

捜査陣は、廊下の一角に輪になって話をしていた。壁によりかかりながら、ようやく一服した蒼也は、満足げに煙を吐き出している。廊下には、細長い一本の脚がついた、丈のある灰皿が置かれている。灰皿に煙草《キャスター》の灰を落とす（タバコのポイ捨てはいけない）蒼也を見ながら、城之介は悪戯っぽく笑った。

「協定を交わす時は、やはり誓書を作成しなくてはダメだな。大人の社会は汚い世界だから、書類のない口約束だけだと、すぐに破る奴がいる（笑）」

城之介の（笑）の力で、場の緊張感がわずかに穏やかなものになった。……それだけではない。緊張と驚愕と混乱の三重奏で、張り詰めすぎた彼らのココロの糸は逆にゆるみ、弛緩《しかん》した状態になっていた。

咳払いをして、一同を叱咤するように螽斯が言う。

「それで、犯行現場のことだが——」

「今、入った報告によると、これがまた厄介な謎ですよ。またしても、密室です」

思わず苦笑する玄矢を横目に見て、みゆきが付言した。

「それも、今度は雪密室で、逆密室になっちゃっているようなんです。しかも、なおかつ早業殺人だとか」

一同はそれぞれ顔を見合わせ、溜息をつく。

「論より証拠だ。とりあえず、行ってみようじゃないか。次の舞台は、──『光の舞台』だったな」

謎の山が出現し、喜んでいるのは城之介だけのようである。舞衣でさえ、さすがに一度にこれだけの謎は解ききれない、と手一杯の状態だ。城之介が無邪気にはしゃいでいるのは、彼が、食べ切れない山ほどの御馳走を前にしてもひるまない少年のようにピュアな心で、自分の嗜好《しこう》に忠実だからなのかもしれない……。

●

中庭は一面の雪だった。見渡す限りの雪景色の中に、四阿《あずまや》──『光の舞台』がある。天蓋を支える四本の石柱は古代ギリシャのエンタシス形式で、中心だけが膨らんでいる。床は、純白の石畳だった。

石畳には、生々しい流血と、血がべったり付着した凶器──鉄斧が放置されていた。

周囲には、足跡が二筋しかない。その二つの筋は、この犯行現場を発見した二人の警官のものだ。発見者である彼らがこの中庭にやって来た時には、雪の上に足跡はまったくなかったらしい。

気象台によると、京都府北部の雪があがったのは、昨晩の午前三時三十分から午前四時三十分頃まで。

奇怪なのは、星野多恵の証言だった。彼女は今朝、起床後、『光の舞台』の石畳に何もなかったのをはっきりと記憶しているのである。

多恵の証言を信じるならば、今朝、彼女が『美画の間』で二人の巡査の屍体を発見した直後の混乱を利用して、料所と風紋寺は『光の舞台』で殺された――ということになる。

巡査の屍体発見から、厨房で料所の首が発見されるまでの時間は、わずか三十分ほどだ。

その間に芸術家《アーティスト》は、密かに風紋寺と料所を気絶させ、足跡を残さずに『光の舞台』へ運び、そこで二人の首を切断し、また足跡を残さずに城内に戻る。さらに、風紋寺の首を甲冑の密室の中に、胴体は料所のコートを着せて温室に。料所の首は氷の箱に入れて厨房の冷凍庫に。胴体は光るトリックを施して『暗室』に……。

――とても人間業ではない。神業というにはあまりに邪悪すぎる。これは、魔業（闇業？）だ。

城之介、舞衣、音夢、蒼也、螽斯、玄矢、みゆきの捜査陣の主力七人は、『光の舞台』を囲むように、雪の中に立っている。

「星野さんの証言を疑いたくはないけど、それは彼女の勘違いじゃないかな。そんな短時間に、この雪密室で犯行を行うのは絶対に不可能だ」

しゃがみこんだ蒼也は、顎に指をそえ、眉根を寄せていた。多恵の証言を疑うというのは消極的な姿勢だとは承知しているものの、それ以外には奇想を説明することはできそうになかった。

誰も何も言わない。中庭全体の様子を観察し、芸術家《アーティスト》が雪密室をいかにして創造したか、推理を働かせている。

「でも、どちらにしても、風紋寺さんや料所警部の屍体の状態から判断する限り、死後一～二時間ってとこでしょう。正確なことは検屍の結果待ちだけど、星野さんの証言が勘違いだとしても、雪密室の謎は残るわよ」

「雪密室だけならまだいいですけれど、早業密室殺人となるとタチが悪いですね」

音夢が相槌を打ち、二人の女探偵は頷きあった。

「玄矢くん。中庭は、誰も警備していなかったのかね？」

螽斯の鋭い指摘に、玄矢はたじろぎながら首を振って弁明する。

「いえ、もちろん警備にあたっていましたよ。ただ、『光の舞台』に立っていたわけではなく、中庭の端から庭全体を看視していただけのようですから。……それに、注意を奪われていたのは、中庭よりもむしろ、外部犯が侵入してくるかもしれない城壁の方ですし。星野さんが『美画の間』で屍体を発見された後は、皆さんご承知の通りの混乱ぶりでした。時間的には不可能に思えますが、やはりその混乱に乗じて芸術家《アーティスト》は二人を殺したのではないでしょうか？」

う〜んと、探偵たちから深い唸り声が漏れた。一人、黙ってじっと城内の方向を見ている城之介は、先ほどみゆきが口にした『逆密室』という言葉について考えていた。

逆密室とは、密室の内と外が逆転している密室状況のことである。この雪密室は、厳密に言えば逆密室ではないのだが、みゆきの本能的な指摘は、なかなか鋭いところを突いているように城之介には思えた。

——通常の密室とは逆転の発想。そういう意味では、確かにこの密室は逆の密室かもしれないな。

そのあたりに推理の突破口を求めながら、城之介は星野多恵という女性に思いをはせた。

今朝、三つの屍体の第一発見者となった星野多恵。そして、雪密室が早業殺人かそうでないかを決する重要な証言をした星野多恵。ここ数時間の間に、彼女は有力な容疑者、事件の鍵を握る者《キー・パーソン》となった。

あの人は殺人を犯しそうにない人物だ、城之介はそんな風に考えたことは、これまでの探偵人生で一度もない。

それは、人は状況さえ整えばいつでも殺人者となり得る資質を備えている、ということを、凶悪犯罪とのつきあいで痛感させられていたからだった。

絶対に人を殺さない人間だって存在する。もしそう断言できる者がいるとすれば、それは極論をふりかざす哲学者か、意味の空疎な善を説く宗教家か、おめでたい楽観主義者か、あるいはただの世間知らずだろう。

ただ、それでも——。城之介には、多恵は殺人を犯すような人柄ではないように思えた。根拠はないが、何となく、そう思えたのだ。

彼がそんな考えを持ったのは初めてだった。

どうして？　……理由はわからない。

ただ、そんな気がするだけだ。城之介には、そうとしか分析できなかった。

……謎、謎、謎、謎、謎、謎、謎、謎、謎、謎、……

どこまでも謎が続く。まだほとんどの謎が、手つかずのまま放置されている。エレガントで明快な解決篇へ向けて、探偵たちはこれから厳しい闘いを強いられることになりそうだった。

幻影城殺人事件。本当の勝負は、これからだ。

●

『第8番目の屍体』　10月28日——Ⅲ

●料所拓治
利腕＝右　職業＝警察官　性別＝男　年齢＝38

屍体発見現場◎厨房、『暗室』

現場の状況1◎料所の首は、氷の箱に入れられ、厨房の冷凍庫に放置されていた。氷の箱は、型のある氷棒を幾つも組み合わせて作ったものである。

2◎『暗室』で発見された料所の胴体は、蛍光染料で染め上げられた浴衣を着せられていた。そのため、暗闇の中で屍体は光っているように見えた。

3◎後に判明したところによると、歯形から、首は間違いなく料所拓治のものであり、DNA照合によって、首と胴体が同一人物のものであることも明らかになっている。

『第9番目の屍体』　10月28日——Ⅳ

●風紋寺光世（本名＝星野健治）

利腕＝右　職業＝作家　性別＝男　年齢＝30

屍体発見現場◎温室、『武具の間』

現場の状況1◎風紋寺の胴体は、温室で透明な水槽の上に、料所のコートを着せられて座っていた。切断された頭部には、ベンジャミンの鉢植がすげ替えられていた。

2◎『武具の間』で発見された風紋寺の首は、西洋甲冑の鉄兜の中から見つかった。鎧と鉄兜は何年もの間、ボルトで固定されており、錆びついていて、開けられた形跡はなかった。犯人が風紋寺の頭部をいかにして鉄兜の中に入れたのかは謎である。

3◎後に判明したところによると、歯形から、首は間違いなく風紋寺光世のものであり、DNA照合によって、首と胴体が同一人物のものであることも明らかになっている。

●

大自然に囲まれた幻影城から遠く離れた空の下、京都市オフィス街の一角……河原町通と御池通の交差点に聳える八階建てのJDC本部ビルにも、凶報は届けられていた。

JDCビル八階、総代室。ノックを二回して、半斗舞夢は入室した。豪奢なペルシャ絨毯の上を歩き、総代室を横切る。来客用のソファが二つ、ガラステーブルを挟んで置かれている。その向こうは、パソコン三台と電話二台が置かれた総代机である。

鴉城蒼司は、電話を肩と首で挟みながら、右手でマウスをクリックしながら、左手で机上のメモ用紙に何かを走り書きしている。口には、火の点いていない葉巻をくわえ、受話器の向こうの相手と会話を交わしている。表情は険しく、鋭い眼光でパソコンのディスプレイとメモを交互に睨んでいる。視界の端でとらえた舞夢には、とりあえず軽く手を振っただけだ。

三つ編にして肩口から前に垂らしている髪を指先で弄びながら、舞夢はコンタクトレンズの入った大きな眼をまたたき、視線を総代机の向こう――御池通に面した総ガラス張りの窓に向ける。JDC本部ビルの向かいにあるビルの窓は、陽光を反射し、眩しく光っていた。

「……ああ、つまりはそういうことだな。推理は今、言った通りだ。意外な犯人と思うかもしれないが、真犯人はそいつで間違いない。――念のため、俺がさっきいった証拠を確保するのを忘れないようにな。

何か問題があったら、ＪＤＣオペ（＝オペレーション・フロアの略）の方に電話を回してくれ。うむ、それでは」

受話器を置くと、鴉城はフーッと一息つく。事件の真相を書き込んだメモ用紙をビリッと破り、二つ折りにして舞夢に差し出す。

「総代、……このメモは？」

「第二班から頼まれていた事件の真相だ。少しひねくれたところのある事件でな、解決に手間取ってしまった。今の電話の事件と類似したところがあったので、真相に気づくことができた。多くの事件と接していると、時に驚くほど似ているケースに直面することがある。今回の二件が、まさにそれだ。双子の事件というほどではないが、姉妹事件といえるぐらいは類似していたな。——そのメモは、雨霧《あまぎり》に渡しておいてくれ」

「承知いたしました」

雨霧とは、第二班の班長の名である。雨霧冬香《ふゆか》という、霧華舞衣によく似た女性だ。

メモをしっかりと握りしめながら、舞夢は、改めてＪＤＣ総代の偉大さを思い知らされた気がした。電話をしながら、パソコンにデータを入力。視覚と聴覚をフル稼働して複数の事件を同時解決する鴉城蒼司には、いつものことだが、畏怖の念を禁じ得ない。難解さゆえに、第二班が総代に協力を要請した事件を、別の事件を解決しながら解決する。鴉城にとって、凶悪犯罪の解決も頭の体操でしかないのではないか、と錯覚を覚えるほどである。

一日に数十件の事件を電話のみで解決する。第一班の探偵であれば、電話での推理も可能な者が幾人かいるだろうが、鴉城ほど、集中力、推理力、精神力のバランスが完璧な者は、他にいないだろう。

二十年近くの間、ＪＤＣのトップを走り続け、今や日本探偵界に号令するまでになった鴉城は、世界的にも高い評価を得ている大探偵である。

その超絶名探偵・鴉城蒼司が、かつて手も足も出なかったという十四年前の彩紋家《さいもんけ》殺人事件とは、いったいどれほど高レヴェルの犯罪だったのだろう？　今となっては、資料でしか知ることのできない伝説の事件のディテールを知りたいと思っているのは、舞夢だけではないだろう。

頼もしい舞夢の上司は、ジッポ・ライターで葉巻に点火すると、うまそうに煙を吐き、総代補佐に鋭い視線を飛ばした。

「用件を聞こうか？」

「いいニュースと悪いニュースが一つずつです」

「悪いニュースから聞かせてくれ」

キャスターつきの椅子を回転させると、鴉城は窓の方を向き、沈黙で報告を促した。

「霧華さんから、幻影城殺人事件の続報がありました。今朝、新たに四人もの人間が殺された、とのことです……」

「警察は何をしていたんだ。被害者は？」

「昨夜、城内を巡回していた巡査が二人に、捜査主任の警部。それから作家がまた一人、亡くなられたとのことです」

「――似ているな」

ボソリと、鴉城が呟いた。舞夢には、何と言ったのか聞き取れなかった。

「え、あの……何かおっしゃいましたか」

鴉城はもう一度椅子を回転させ、舞夢に向き直った。そのあまりに鋭い眼光に、舞夢は体を強張らせた。獅子に睨まれた兎の心境だった。

「幻影城殺人事件は、彩紋家殺人事件に似ているのではないかと俺は考えている。ディテールを比較したわけではないが、漠然とそんな気がするんだ」

「犯罪革命とさえ呼ばれた、あの伝説の凶悪犯罪・彩紋家殺人事件ですか？」

ついさっき、そのことを考えていただけに、舞夢には驚きだった。恐ろしき悪夢の惨劇の復活……もし、それが本当なら、これは歴史的な大事件だ。

「舞夢。これはひょっとすると、俺自らが幻影城に赴かねばならないかもしれんな。最悪の事態になる前に、ジンさんか、九十九、不知火翁の誰かが出張捜査を終えて、戻ってきてくれればいいんだが」

鴉城の代わりはだれにもできないが、もし総代代行をなんとか勤めることができる者がいるとすれば、それは、ＪＤＣ第一班班長・刃仙人、副班長・九十九十九、ＪＤＣの至宝・不知火善蔵のいずれかだろう。

……『ジンさん』というのは、刃仙人のニックネームである。本名はあくまで『ヤイバ』なのだが、多くの者が彼のことを『ジン』と音読みで読んでいる。

壮大な事件の場合、どうしても、推理のためには現場を探偵自らが観察し、証拠を探さなくてはならない。事件の規模が大きくなればなるほど、電話による伝聞のデータだけでは推理に限界があるのだ。

それゆえに、そういった事件の場合は、鴉城の部下たちが、その難易度に応じて手分けして出張捜査にあたっている。――幻影城殺人事件も、その例外ではなかった。

が、龍宮城之介、霧華舞衣、九十九音夢、鴉城蒼也、蝨斯太郎とＪＤＣ第一班＆第二班の精鋭が五人も揃っても進展を食い止められない事件ともなれば、鴉城自らが出陣を迫られることになる。

電話探偵の職務さえなければ、直ぐにでも幻影城に出張したい鴉城だったが、それでは一日につき、数十件の凶悪事件が未解決のまま山積されていく。そういうわけにもいかないので、せめて、刃仙人か、九十九十九、不知火善蔵の誰かが出張から帰還するまでは、忍の一字で耐えなければならない。

こういった時、鴉城はＪＤＣ総代という地位にあるのが、もどかしくなる。一人の私立探偵として生きていれば、気のむくままに事件を捜査できるのに……だが、これは彼の選んだ道であり、日本全体の治安のことを考えれば、より良い選択なのだ。仕方のないことだった。

「そう言えば、班長（刃仙人）宛に、今朝郵便が届いていましたわ」

「ホウ、珍しいな。私信か？」

「それが、差出人の名前も住所もなくて……。ただ、『柏木杣人様《かしわぎ》』と・旧姓で宛名が書かれていましたから、お知り合いの方からだと思います」

刃の両親が離婚した時、彼は父方の姓であった『柏木』を捨て、母方の姓・『刃』を名乗るようになった。『杣人《そまひと》』に『仙人《せんにん》』の文字をあてて改名したのも、その時のことらしい。

刃本人から聞かされたことのある、彼の複雑な家庭事情を思い起こして眉をひそめながら、鴉城は綺麗なガラスの灰皿に葉巻を押しつけ、火を消した。

机に両肘をつき、両手を組み合わせた上に顎を乗せ、少し落ち着いた視線を総代補佐に向ける。

「まあ、幻影城殺人事件の方は、今後の展開を見て、判断しよう。龍宮に霧華、それに蝨斯までいるんだ。これ以上、事件が進展することはないと信じたいがな……。舞夢、いいニュースの方は？」

「天城さんから、ようやく連絡がありました」

天城漂馬は、ＪＤＣ第一班の中で、かなり浮いた存在の不良探偵だった。漂白の旅人のように、気のむくままに生きているようなところがある。探偵としての才には、鴉城もかなり期待しているのだが、怠慢探偵というイメージが拭いがたく存在していた。もっとも彼が怠慢と言われるのも、その特殊な推理方法ゆえで、鴉城などはその辺りの事情はよく承知して、寛容に遇していたのだが、天城漂馬に否定的な探偵もＪＤＣには少なくなかった。

「あの風来坊め。どこを彷徨《さまよ》っていたんだ」

愛する放蕩息子に対する父親の口調だった。それがおかしくて、舞夢は微笑しながら答える。

「それが――、いいニュースと言えないのかもしれないのですが、なんでも飛騨山脈のとある村落で、連続殺人事件に巻き込まれているとのことで……解決し、ＪＤＣに戻るのはもう少し先になるだろう、とのことです」

鴉城は頭を抱え、困ったように言った。

「なぜ、あいつはそんなところにいるんだ？　本当に、仕方のない奴だな。――要するに、天城にも期待できないというわけだ。まあ、どのみちあいつには、一日中電話で推理をするなんていう勤勉な職務は似合わないが」

「申し訳ございません」

「お前が謝ることはないさ。謝るべき奴は、今、飛騨山脈をほっつき歩いている」

鴉城が微笑したので、舞夢もつられて笑った。

先程のメモを第二班班長・雨霧冬香に渡すことを確認し、舞夢は総代室を去る。

――そして、鴉城蒼司は一人になった。

●

十四年の時を経た今でもはっきりと覚えている。

彩紋家殺人事件――幻影城殺人事件が、あの事件の再現だとは思いたくなかった。あのような悪夢の惨劇がふたたび蘇るなど、考えたくはなかった。

一九七九年から一九八〇年にかけて、十九ヵ月に及ぶ十九連続殺人は、その量もさることながら、質においても犯罪史上空前の難易度を持つものだった。

当時、ＪＤＣを設立して間もなかった鴉城蒼司は、あの事件で、敬愛する祖父・蒼神を喪った。頼るべき師匠・不知火善蔵は日本におらず、巨悪と闘うことを強いられた若き鴉城は、悪戦苦闘の捜査を続けた。

――彩紋十九（後の九十九十九・その時六歳）の助けを借りなければ、鴉城はあの時点で探偵人生を（――あるいは人生そのものを――）終わらせられていたかもしれない……それほどの事件だった。

十九と協力して何とか解決にまでこぎつけたものの、彩紋家殺人事件は、決して解けない事件だった。究極的な真実は、永遠の闇の中にのみ存在して、それを知ることはできなかった。彼らが手にしたのは、妥協した現実レヴェルでの解決に過ぎなかった。

――彩紋家殺人事件の裏には、もっと壮大な何かが潜んでいる。そして、あの悪夢はいつか復活する。

そんなことを頭の片隅で考えながら、鴉城はこの十四年間を生きてきた。時は流れ、世界と人は変化する。

あの頃、六歳の少年だった九十九十九は、今や十九歳の青年で、日本を代表する探偵の一人となった。かつてはまだ未熟さを残していた鴉城蒼司は、ＪＤＣを磐石の組織とし、日本探偵界の頂点に君臨する世界的な大探偵となった。

――幻影城殺人事件が、決して解けない事件として十四年ぶりに悪夢を復活させたら、今度は俺はどうする。九十九の奴は、どう闘う。今度こそ、敵に完全勝利することができるだろうか？

幻影城で、龍宮城之介の助手として捜査に励んでいるであろう息子のことを考える。父を越えることに躍起になっている蒼也を、鴉城はいつも快く見守っていた。

謎に満ちた世界を、がむしゃらに走り続けている。その姿に、昔の自分を重ねることもしばしばだった。

――最初から優れている者などいない。蒼也、お前は今のまま努力を重ねていけばいいんだ。成長の過程ではわからないが、いずれお前は自分の成長を自覚するだろう。かつて、俺がそうだったようにな……。

幻影城殺人事件が、もし決して解けない事件の再来であるとすれば、蒼也にとって、いい勉強になるだろう。難解な事件と格闘することによって、鍛えられ、大きく成長できる。……それは、蒼也以外の探偵たちにも言えることだった。

人外魔境で四苦八苦する息子と部下たちのことを考える。自分には、頼もしい仲間たちがいる。そのことが、鴉城には嬉しかった。

――部下を信じ、もう少し、情勢を見守るのもいいことかもしれない。たとえ、幻影城殺人事件が、決して解けない事件であったとしても……。

そこで電話が鳴り、鴉城はふたたび職務に戻った。

54 鮎川哲子《あゆかわてつこ》登場

……数時間遅れの朝食は、ほとんど無駄になった。

一夜にして四人の人間が殺され、これで屍体は九つである。犠牲になった七人と二匹のことを考えると、食欲がなくなりを潜めるのも無理はない。朝食をとらずに、自室で静養しているものも幾人か見られる。

食事が喉《のど》を通らない者は、お茶を飲みながら、時折、思い出したように食物を口に運んでいる。食堂全体が、重く沈んだ雰囲気だった。

城之介も、冗談口をたたくことなく、黙々と食べながら、関係者たちに鋭い視線を飛ばしている。星野多恵が座るはずの席が空席なのが、何となく気になった。

●

食事が終わると、捜査陣は散会してそれぞれの捜査を開始した。警察の捜査員は、玄矢孝志捜査主任代行の下《もと》に城内の捜査を再開している。霧華舞衣、九十九音夢、蝨斯太郎の三探偵は別々に捜査を開始し、鴉城蒼也は、龍宮城之介の提案で、一人で散歩推理——理路乱歩に集中することになった。

食堂に残り、新聞各紙をチェックする城之介は、幻影城殺人事件が、まったく記事になっていないことを確認した。

一般大衆に被害が及ぶような犯罪（——かい人21面相事件、幼女連続誘拐事件など——）以外の、ごく局地的な範囲での凶悪犯罪の場合、政府と警察上層部の判断で、事件そのものの存在が隠蔽《いんぺい》されることがある。国民に、無用の心配を与えぬように……そういった理由から秘匿《ひとく》される犯罪は、犯罪捜査界ではL犯罪《エルはんざい》

（施錠《ロック》、強大《ラージ》、迷宮《ラビリンス》などの頭文字）と呼ばれている。

これは別に日本に限った問題ではなく、先進諸国では、不文律となっていることだった。噂というものは、一人歩きしてまったく姿を変えてしまうことがある。それが国民規模のスケールになった場合、発端はごく小さな恐怖でも、国家そのものを飲み込みかねない巨大な不安となりかねないからだ。

幻影城殺人事件において、関係者たちを幻影城から一向に余所へ移さないのも、情報漏れを防ぐため、というのが重大な要因となっていた。

ＪＤＣ総代・鴉城蒼司からの連絡で、幻影城殺人事件がＬ犯罪に指定されそうだと報《しら》されていたものの、実際に凶悪犯罪の渦中に身を置き、それがまったく活字になっていないのを確認すると奇妙な気分になった。現実世界から虚構世界へ、自分が迷い込んでしまったような錯覚に陥る……。

これが初めての経験ではないものの、Ｌ犯罪に直面すると、捜査をする側は、情報というものについて考えさせられる。情報の魔力そして、大集団《マス・レヴェル》の社会を個人で把握するのがいかに難しいか、ということを思い知らされる。

有馬みゆき刑事が、数人の巡査を引き連れて食堂に入ってきたので、城之介は新聞から顔を上げた。

昨夜、幻影城に何者かが侵入できた可能性は——、そのことについて、彼らはこれから徹底的に検討する予定だった。

——幻影城の図面を見ながら、熱心に話し込む彼らの前に新しい捜査主任が姿を見せたのは、それから数十分後のことだった。

●

彼女たちは、玄矢刑事と一緒に食堂に入室してきた。筋肉質の玄矢の後ろに立っているのは、縁のない丸眼鏡が理知的な顔立ちとよくマッチしている女性だった。派手さはないが、配色に気を使った趣味のいい服装である。女性にしてはやや長身で、枝毛のない手入れの行き届いたセミロングの髪を、襟元で一つに纏めている。髪を束ねている細いリボンは、エスニック風のデザインで、小意気なものだった。

彼女の後ろには、虚ろな眼をした丸顔の青年が従っている。駆け出しのビジネスマンのような雰囲気で、標準的な体軀だ。人好きのする顔だったが、今は眠気で化粧しているのか、冴えない表情に見える。低血圧なのだろうか？

「龍宮さん。こちらは、新しい捜査主任の鮎川哲子警部。それから、彼女と一緒に府警から派遣された佐《さ》渡《ど》九《く》冬《とう》刑事だ」

「おお、これはどうも。ＪＤＣの龍宮城之介です」

城之介は二人に歩み寄ると、順番に左手で握手した。握手する時、鮎川哲子警部と眼があった。『警部』という肩書きとそぐわない柔和なまなざしだったが、瞳の奥に強い意志が存在するのを城之介は感じた。ただ、単なるやり手のキャリアウーマンとは明らかに異なる雰囲気を彼女は備えていた。仕事に没頭するだけの機械的な無機性ではなく、人間的な暖かみのようなものだ。

「佐渡九冬氏か。珍しい名前だな」

「よく言われます。……今日は僕が寝坊したせいで、到着が少し遅れてしまって、申し訳ありませんでした」

まだ眠さを漂わせながらも、九冬の口調ははきはきとしたものだった。話してみると、容姿そのままの好青年であることがわかる。

「気にすることはないさ。龍宮も目覚まし時計が嫌いなのでよく寝坊をする」

「僕と同じだ。目覚まし時計はいけませんよねぇ。あの電子音が何か体に悪そうで。僕もしょっちゅう寝坊するんですよ」

「――佐渡くん！」

鮎川哲子が部下を牽制する。気難しい上司の口調ではなく、やんちゃな部下に手を焼いているといった語調だった。九冬は頭をかいて照れ笑いを浮かべ、城之介は微笑しながら彼の肩を二度叩いた。

「さて、と。それでは鮎川嬢、今後の捜査の方策を打ち合わせておこうか？」

不敵な視線を城之介が送ると、哲子は瞳が鏡であるかのように、それをそのままはね返した。挑発には応じない。自分というものをしっかり持っている証左だ。

「そうですね。では、早速」

城之介は満足げに頷いた。

●

……大学を卒業し、国家公務員上級試験をパスして有資格《キャリア》となった鮎川哲子は、『キャリア制度』の特権で巡査、巡査部長を通り越し、警部補から警察機構に入った。警察大学校卒業後、二十五歳で警部となった哲子は、本庁二年の見習い期間を経て、現在は京都府警で勤務にあたっている。

キャリアというのは、警察組織のエリート中のエリートである。同僚たちは、はれものに触るように哲子に接してくるが、彼女はそんなつまらないことは気にもかけていなかった。

哲子の関心は、いかに同僚と打ち解けるかということよりも、常に犯罪捜査に向けられているからだ。哲子が犯罪と対決する専門家を志すようになったのは、十一年前彼女を襲った悲劇に端を発している。

……いつもと変わらぬ、静かな夜のことだった。

十一年前のその日。哲子は、何の予告もなく日常に侵入してきた非日常的な悪夢によって、人生観を大きく変えられることとなった。

街がすっかり寝静まった深夜の闇の帳《とばり》の中――

不幸なことに偶然その時トイレに起きた母は、居間の窓から鮎川家に忍び込んでいた賊と鉢合わせになってしまった。

突然、リヴィングに姿を見せた母に驚いた賊は、持っていた出刃包丁で、彼女の腹を深々と突いた！　数瞬のことで悲鳴をあげることすらできなかった母は、リヴィングのテーブルの上にあったガラスの灰皿を、無我夢中で賊が逃げた窓に投げつけた。

哲子と、その妹の鶴美《つるみ》。それに父がようやく異変に気づいたのは、窓ガラスの砕けるその音によってだった。

二段ベッドの下段で寝ていた鶴美に起こされた哲子は、妹とともに一階へ降りた。母は、自らが流した血の泉に横たわっていた。姉妹が母を発見したのは、父よりも早かった。普段は気丈な父も、あまりのことに倒れ、茫然自失の状態に陥ってしまった。

父は声をかけてもなかなか理性を回復せず、哲子は自分の判断で救急車を呼んだ。電話口に出た係員とその時なにを話したかは覚えていなかったが、哲子は、自分が落ち着いていたのをよく記憶している。

その間、妹はずっと流血する母を見ていた。意識もなく泡をふく母の姿は、なぜか滑稽に見えた。少し前の瞬間まで、彼女たちと同じ世界で元気に生きていた母が、突然、死にかけている。彼女たちの知らない、『死』という虚無の彼方へと去ろうとしている。現実に割り込んできた非現実を受け容れるには、少女たちは、まだ幼すぎたのだ。

母は病院に着くとすぐに亡くなった。

●

母の死の三年後、父は再婚した。新しい母となった人は、真面目で面倒見の良い、いい人だったが、鮎川姉妹と彼女の間には絶えず垣根が存在した。母の死後、性格が変わってしまった父との間にも距離を置くようになり、二人の姉妹は自分たちだけの絆を持つようになっていった。

お母さんを殺した犯人を、わたしたちの手で見つけようよ——母の葬儀の後、二人だけの時間に鶴美にそう持ちかけられ、哲子は無言で頷いた。その瞳には、強い決意の色が浮かんでいた。当時、哲子十五歳、鶴美五歳である。

歳月が流れるうちに、彼女たちが犯罪捜査のプロを目指す動機は、少しずつ変容していった。十一年という長い期間に、母の死の衝撃的な記憶は、過去の記憶の海に埋没していった。新たな情報、新しい記憶に塗り替えられ、母の死に対する二人の態度は変わっていった。

唯一変わらなかったのは、彼女たちが犯罪というものを嫌悪していることだった。憎悪ではなく、嫌悪である。彼女たちが犯罪者に抱いている思いは、ゴミ箱を漁る野良犬を見た時のそれに似ていた。憐憫に近い感情のこもった嫌悪である。

別に犯罪者を残らず罰したいと思っているわけではない。今ではもう、母を殺した犯人を見つけることができるとも思っていない。

……だが、彼女たちは犯罪と取り組んでいきたかった。犯罪というものがいかに人間を変え、社会がいかに犯罪者に改造するのか？　その仕組《メカニズム》みに興味があったのだ。元気だった母を一瞬にして肉の塊に貶《おとし》めた犯罪の本質を、彼女たちは少しでも探っていきたかったのだ。

そして、哲子は警官になった。妹の鶴美は、女子高校に通いながら、来年度のＪＤＣ入試合格を目指して、探偵問題集などで勉強し、推理力を磨き続けている。……姉と組んで、探偵と刑事として、犯罪に勝利する日のために、鶴美は精進を重ねているのだ。

京都府警に来て、小さな事件を幾つか担当し、何とか無難に解決させた。大きな事件（——それも、Ｌ犯罪である！——）を担当するのは、これが最初だったが、哲子は少しも怯《ひる》んでいなかった。

今度の事件で初めてコンビを組む佐渡九冬は、寝坊癖を持ち、炭酸飲料を偏愛する、癖のある男だったが、実直そうないい刑事だった。

佐渡九冬や、玄矢孝志、有馬みゆき。その他、警察捜査陣の面々。それに、龍宮城之介を始めとするＪＤＣの探偵たち……。

彼らと協力して、大舞台での初陣を見事に飾る。妹のためにも、捜査に集中しようと決意する哲子は、城之介との打ち合わせをスムーズに進めていた。

●

正直言って、城之介には鮎川哲子のキャラクターが意外だった。実際に彼女と会う前に、あらかじめ有馬みゆきから「新しい捜査主任は、キャリアの敏腕女警部」と情報を与えられ、先入観を抱いたせいもある。

キャリアの敏腕女警部。その言葉から城之介は、料所警部の女版のような、世渡り上手のいかにも狡猾そうな人物を想像していたのだが、実物の哲子は、それとはまったく異なっていた。

部下を駒のように操り、指揮官として事件の捜査を進めるタイプの料所と違って、哲子は彼女自身が謎と格闘する一戦士だった。警察機構のエリート、キャリアだからといって偉ぶるわけではなく、会話の際には、相手への思いやりが言葉の端々から感じられる。何よりも好感を持てたのは、余計な雑念を排し、ただひたすらに捜査に集中しようとするその真摯でピュアな姿勢と、幻影城殺人事件の膨大な謎の山を前にしても怯まない強靱な精神力である。

謎解きに没頭することができる、という点では霧華舞衣とタイプが似ているようにも思えたが、舞衣が謎を解くという行為そのものを楽しんでいるのに対し、哲子は、あくまで真面目に謎と向かい合っていた。――そこら辺は、さすがキャリア警部というべきか、エリートらしい勤勉さと感じられた。

料所との打ち合わせは、こちらをいかに利用してやろうか、という先方の思惑が見え見えで辟易していたが、哲子は城之介らＪＤＣ探偵チームの意向もよく汲み取ってくれ、協力体制で捜査を進めようという感心な態度だった。

捜査主任が変わっただけで、ここまで変わるものか。見えない枷《かせ》を取り除かれたようで、城之介は、これで捜査が大きく前進するのではないか、と期待していた。

55　ささやかな美景《びけい》

午後一時三十分。朝食からずれ込んで、予定からかなり遅れた昼食である。午前中の捜査陣の精力的な活動の甲斐あって、屍体の運搬や、鑑識&検屍官による調査、現場の整理も一段落した。今朝の惨劇のショックも、それに伴って少しずつ和らいでいるように感じられた。

鮎川哲子と佐渡九冬の簡単な挨拶（自己紹介）が終わると、皆、快調にナイフとフォークを動かし、食欲に忠実に、食事を進めていた。天気がいいというだけで、少し明るい気分になる。時間の経過とともに緊張感も減じ、また朝食をろくに食べていなかったこともあり、料理が盛られた皿はみるみる綺麗になっていく……。

鮎川哲子、佐渡九冬と探偵たちを中心にささやかな雑談も交わされ、努めて暗い雰囲気を避けようとしているかに見える一同だった。

そんな食卓にあり、誰よりも人眼を引いたのは、関係者の中で、血縁者を殺された初めての被害者となった星野多恵だった。

顔色には兄を喪ったことによる悲哀の情が漂い、喪服のつもりだろう、全身を黒衣に包んでいた。ワルター・フォン・シェーンコップという男が言ったように、「喪服を着た女は美しく見える」典型だった。しかし、彼女が全身から発散している悲しみのオーラは、他の者たちに気を遣わせていた。

葵や溜水さえもが、声をかけるのを遠慮して、さり気なく彼女の様子を窺っている。

それぞれの想いを胸に、昼食は波乱なく終わった。

●

その場にとどまるのも周囲に気を遣わせるだけなので、食事が終わるとすぐに多恵は食堂を後にした。食欲はなかったので、食事にはあまり手をつけていなかった。それでも、食べ物を摂取すると、少し体力が回復したような気がした。

精神的な疲労が極限まで蓄積され、昼食の前は、涙が涸れるまで自室で一人泣きくれた。ずっと泣いていると、悲しむために泣いているのか、泣くためにのみ泣いているのか、わからなくなった。生理痛に体を預け、ぐったりとベッドに横たわると、次第に気分は落ち着いて——葵と溜水が昼食に迎えにきた時には、少しはマシな状態になっていた。

風紋寺光世は死んだのだ。彼女の兄、星野健治は、もうこの世にはいない。

いくら泣いたところで、兄は戻ってこない。過去の事件は、どうあがいたところで変えることはできない。……その普遍の真理を、ようやく納得して受け容れることができるようになった。

昨晩までいつもと変わらぬ調子で彼女と会話していた男は、もうどこにも存在しない。呆れるほどの生命の儚《はかな》さを痛烈に認識させられた彼女は、空虚な思考に縛られ、現実か虚構かすら定かでないこの頼りない世界の中で、呆然としていた。

——これは、本当に現実の殺人事件なのかしら？　廊下を歩く多恵の脳裏を繰り返しよぎるのは、そんな疑問だった。

濁暑院溜水の『麗しき華のごとく、没落は夢のように』——幻影城殺人事件の記録物語、『華麗なる没落のために』——自分は物語の中にいる？

あまりにも現実離れした事件が身の周りで連発すると、自分という存在さえもリアルに感じることができなくなる。夢かまことか。もしかしたら自分は、誰かが紡ぐ夢物語の登場人物にすぎないのではないか、そんな気さえするのだ。

虚ろな視線を虚空に彷徨わせながら、多恵は『美画の間』へとやって来た。朝、そこで眼にした情景が想起され、両手両脚ががくがくと震えた。

——この扉を開けて、また屍体があったら？

バカげた空想だと承知しながらも、そういった不安を抱かずにはいられなかった。だが、彼女は扉を開かずにはいられなかった。この嘘臭い世界の中に、自分の居場所をしっかりと確保するために……現実と虚構の境界をしっかりと見定めるために。

汗ばんだ震える手でノブを握り、眼を閉じて、思い切って扉を開いた！

……ゆっくりと、ゆっくりと眼を開ける。屍体は転がっていなかった。それだけで彼女は、救われた気分になった。

勇気を出して、室内へと歩み出す。足を進めることによって、虚構の世界を出て現実世界へ足を踏み入れることができるかのように空想しながら、しっかりとした歩調で前へ——未来へ——希望へと進む。

『美画の間』の中央で立ち止まり、室内を見回す。壁には、ぽっかりと不自然な空間があった。『ひまわり』の画が持ち去られたので、画の大きさだけスペースがあり、白壁が覗いている。

カーペットには、生々しい血の染みが残っている。屍体が放置されていた辺りにはロープが張られ、立入禁止になっていた。

いくら血の跡が残っているとはいえ、ここで二人の人間が殺されたというのは信じ難いことだった。もし、多恵が自分で屍体を発見したのでなければ、とても信じられなかっただろう。

『美画の間』は、エレガントなムードを備えていて、立っているだけで心地好い静寂と秩序の波動を感じることができる。……それだけに（――この部屋が高尚な構成であるだけに――）、殺人という蛮行《ばんこう》とイメージを結びつけることができないのだ。

美しい絵画が作り出す芸術的な空間を多恵は進む。優れた芸術に心を打たれて対象にのめりこむと、わずかの間だが事件のことを忘れることができた。

「多恵おねーちゃん。画を見てるの？」

いつの間に『美画の間』に入室してきたのか、絵画の世界（虚構の世界？）に没入していた多恵は、恵がすぐ隣に立っているのに気づかなかった。

ハッと我に返って、少女を見る。画に注意を奪われている多恵を驚かせようと企んでいたらしい。恵は、ヘヘヘと舌を出して無邪気に笑っている。

室内には、他に人影はない。どうやら、恵一人のようだ。恵の純真な瞳には、心が洗われるようだった。「恵」という共通の漢字を名に持つせいもあるのだろうか、多恵は少女を妹のように――より正確に言うならば、自分自身の過去のように想っていた。

多恵はリラックスした気持ちになって、かがみ込み、恵の頭を撫でた。恵はニコニコと微笑んでいたが、先ほどまで多恵が見ていた画に視線を向けると、幽霊に怯える子供の表情になって二、三歩後ずさった。少女の反応に驚いて、多恵も画に視線を戻す。

「この画がどうかしたの、恵ちゃん？」

鬱蒼と生い茂る緑の森に囲まれた紅の城。どことなく幻影城を連想させるその画は、ワッセルマンの『シャッテンブルク』だった。

「このお城の画、恵、嫌ーい！」

嫌悪感を顕《あらわ》にした顔で、恵は多恵の手をぎゅっ！　と握り締めた。怪訝そうに多恵は、少女と画を交互に見比べる。

確かに妖しげな雰囲気を醸し出してはいるものの、画はあくまで普通の、一枚の絵画だった。

「何を怖がっているの。綺麗な画じゃない」

「だって……。お化けが怖いんだもん」

立ち上がった多恵を見上げる恵の瞳は、何かを訴えかけるように輝いていた。

——お化け？

少女の言っていることが、多恵には理解できなかった。『シャッテンブルク』は森と城の画だ。お化けなど、どこにも描かれていないのに……。

他人の見ているものが、自分には見えない。自分に見えているものが、他人には見えない——もしそうなのだとしたら、やはり、ここでは現実と虚構が交錯している。何を信じれば良いのか、わからない。

多恵が『お化け』について恵に詳しく尋ねようとしたまさにその時、『美画の間』の扉が開いて新たなる闖入《ちんにゅうしゃ》者が登場したので、彼女の疑問は未解決のまま放置されることとなった。

子供は夢をみる、という。恵は、白昼夢のような『お化け』を幻視したのかもしれない……多恵は自分をそう納得させ、入室してきた男に会釈した。

「あ、スミレさん！」

その人物に駆け寄る恵。魅山薫だった。

相変わらず、人間が描けていない推理小説の登場人物のような雰囲気の薫は、透明人間のように存在感が薄かった。頭を下げ、軽く挨拶を交わす薫と多恵。

「魅山さん。……あの、スミレって？」

不思議そうな眼をする多恵に、薫はそのアダ名の由来を説明した。恵が、未だに『薫』を『菫《すみれ》』と勘違いしている、ということを。

「——まあ、そういうわけでして。私も、いつの間にかこの呼称が気に入ってしまいましてね。恵ちゃんに、そう呼ばれるがままにしているんですよ」

照れ臭そうに薫が解説すると、多恵は微笑した。ほのぼのした空気が流れ、『美画の間』が芸術家《アーティスト》の犯行現場であることを束の間、忘れさせてくれる。

「なるほど、それで——。でも、お似合いですよ、スミレさん」

薫のズボンを引っ張る恵を見ていると、多恵の口元から笑みが絶えることがない。楽しい一時《ひととき》が彼女の傷ついた心を癒し、幸せの輪で包み込んだ。

悲しみと絶望のどん底から立ち直った多恵は、我知らず、人間的に大きく成長していた。深い絶望を打ち砕くのは、大きな希望なのだということを知った彼女は、意識的に希望を感じ、膨らませることで、マイナスの感情を心の片隅に追いやることに成功した。

——絶望は人を殺《あや》める。希望は人を育てる……

56『華麗なる没落のために』

『客室Ⅴ』――濁暑院溜水の部屋である。

昼食の後、霧華舞衣、蝨斯太郎、鮎川哲子と共に今後の捜査方針を確認した龍宮城之介は、理路乱歩の推理を展開させるために城内を歩き回っていた鴉城蒼也と合流し、濁暑院溜水の部屋を訪問した。

溜水を訪ねる目的は、『関西本格の会』の旅行幹事である彼に、作家たちについて幾つか質問することと、殺人予告状にあった『華麗なる没落のために』というフレーズについて問い質すためであった。

眼鏡をかけた長髪の作家は、二人の探偵を慇懃《いんぎん》に迎え入れ、客室に備え付けてある急須で茶をふるまいながら、質問に答えていった。溜水は終始、クールな調子だったが、元来コミュニケーションが好きらしく、時折、少年のような笑顔を覗かせて、三人は打ち解けた雰囲気で会話を楽しんだ。とりあえず表面的には、落ち込んでいる様子は見られない。もっとも、他人の胸の内など、誰にもわからないのだが。

当初の目的では、溜水は、幻影城を舞台にして『関西本格の会』の作家たちを登場させる、『麗しき華のごとく、没落は夢のように』という実名小説を執筆する予定だった――それが、現実に殺人事件が起こり、殺人予告状の文面から、芸術家《アーティスト》は溜水に事件を記録しろと挑発しているのではないか、と葵が推理するに至る。その結果、参考資料としても作成する意義があるのではないかと考え、溜水は、記録物語『華麗なる没落のために』を執筆することを決意したのである。……溜水の説明は、そういった内容のことだった。

「なるほど。『麗しき華のごとく、没落は夢のように』も『華麗なる没落のために』も、略すと『華没』ですか――。作家たちの会話からよく耳にする、『カボツ』という言葉は、それだったわけだ」

煙草《キャスター》を吸いながら、蒼也が納得したように頷いた。城之介は頷きながら、客室の机の上に置かれている一冊の本を指差す。

「ところで、濁暑院氏。その本は？」

新書サイズの本だった。背表紙を見ると、タイトルは、『迷路館の殺人』。作者は、綾辻行人。講談社ノベルス版だった。

思い出したように手を打ち、溜水はその本を城之介に差し出した。凝った作りの装丁で、『迷路館の殺人綾辻行人』と刻まれている表紙《カバー》の中に、もう一冊、本の写真があった。『書き下ろし本格推理――今明かされる〝迷路館殺人事件〟衝撃の真相⁉』と帯には宣伝文句が並んでいる。本の中の本の表紙には、『迷路館の殺人　鹿谷門美』とある。

城之介の脇からその本の表紙を覗き込み、蒼也が意外そうな声を漏らす。

「これは……作者が二人いるんですか？」

「いえ、表紙の中のもう一冊の本は、作中作――つまり、その小説の中に存在するもう一つの小説なんですよ。……あれは、昼食の少し前だったかな。葵の奴が、あることを思い出しましてね。二人で『知識の間』へ行って、その本を借りてきたんですよ」

溜水の口調は、やけに思わせぶりなものだった。城之介と蒼也は、身を乗り出して尋ねる。

「あること――とは？」

「その『迷路館の殺人』の中に、『華麗なる没落のために』というフレーズが登場しているんですよ」

おおっ！、と探偵たちは驚嘆する。城之介は本に視線を落とし、蒼也は好奇心に満ちた視線を溜水に向けた。

「それはまた、どういう……。偶然ですか？　それとも？」

『迷路館の殺人』の中では、『華麗なる没落のために』は、宮垣葉太郎《みやがきようたろう》という作家の代表作のタイトルとして登場しています。もちろんそれは、綾辻さんの創造した架空の作品で、実在するものではありません」

「では『華没』は、その綾辻氏が考案したフレーズなわけですね？」

「それなんですが……。実は、昼食のすぐ後にですね、綾辻さんと親交のある虹川さんに、ご本人に確認をとっていただいたんですよ」

蒼也と顔を見合わせ、城之介が愉快げに微笑する。

「ホウ、それは興味深い。綾辻氏も、『関西本格の会』の会員なんですか？」

「綾辻さんは京都に住んでおられるんですが、『関西本格の会』には属していませんね。虹川さんとは、個人的におつきあいがあるだけで」

「それでどうでしたか、『華麗なる没落のために』というフレーズは、綾辻さんがお考えになったものなのですか？」

煙草の火を灰皿で消し、早く教えてくれ、と言わんばかりに蒼也が質問する。溜水は残念そうに首を左右に振って、答えた。

「それが、どうも違うらしいんですね。綾辻さんは学生時代、母校・京都大学の推理小説研究会に属しておられたんですが……『華麗なる没落のために』は、推理小説研究会のクラブＢＯＸにある身辺雑記帳のタイトル、とのことなんです。『華没』のフレーズを考えたのは、会の創設者《オリメン》のようで——ちなみに、幻影城殺人事件の関係者の中には、京大推理小説研究会出身の者はいませんせん」

「ふーん、そうか。いやしかし、それはなかなか貴重な情報かもしれませんね。研究会の会員でなくても、芸術家《アーティスト》は『迷路館の殺人』を読んで『華麗なる没落のために』というフレーズを拝借した可能性もあるわけですから」

城之介の発言に、蒼也も相槌を打つ。

「偶然の一致、ってのは考えにくいものな。『華麗なる没落のために』なんて、普通は使わないだろうし……」

「濁暑院氏、『関西本格の会』の方々は、『迷路館の殺人』は読んでおられるのですか？」

「『迷路館』は、綾辻さんの代表傑作の一つですから、もちろんみんな読んでいますよ。『知識の間』にあったことから考えても、平井さんはもちろん、幻影城関係者の方にもミステリ愛読者は多いようですから、今回の事件関係者のほとんどには、『華没』を知る機会があったんじゃないでしょうかね」

「『華没』からの特定はできない、か。さすがは芸術家《アーティスト》、そのあたりは考えているな。そう簡単に捜査は進展しない。……それでは、濁暑院氏。よろしければ、あなたの『華没』を読ませていただけますか」

「喜んで。なにぶん急いで書いたもので、お目汚しの文章で恥ずかしいのですが、少しでも捜査の参考にしていただければ幸いです」

溜水は、卓上——ワープロの隣に置いていた『華没』の原稿の束をとり、城之介に手渡した。クリップでとめられた原稿は既にかなりの厚さに達しており、手で持つとリアルな量感があった。

これまでに執筆された原稿は、原稿用紙にして二二〇枚分。『37　解決に至る道』（——ちょうど、城之介と蒼也が初登場するところ——）で終わっている。

城之介がまず目を通し、それを一枚ずつ隣の蒼也に手渡していった。二人の探偵は、その分厚い原稿の精読を始める。

彼らは、事件の途中から幻影城へとやって来た。伝聞で報されているだけの事件初期の出来事を、原稿を読み進むことによって追体験しているのだろう。ただ必要事項だけがごく事務的に箇条書きにしてあるだけの警察、ＪＤＣの資料と異なり、小説のように読むことができる。城之介、蒼也は、しばし記録物語の世界に没頭した。

溜水自身が弁解していたように、現実事件を追いかけるために高速で執筆したため、乱文や、誤字脱字も所々に見られたが、事件の成り行きを知る資料としては最適の原稿だった。

溜水本人がいない場所で起こった出来事も、可能な限り主観を排し、客観に徹して、聞き込んだのであろうことを基に繊細に描写されている。ＪＤＣのことまで記されているのには、驚きだった。

単に現実の殺人事件の記録物語として執筆するだけでなく、読み物として少しでも面白くするように、構成や場面転換など随所に趣向が凝らされている辺りは、作家としてのこだわりが窺える。二人は流れるように原稿を読み進み、あっという間に読了した。枚数が気にならない、読みやすい原稿だった。

「――いかがでしょうか？」

城之介、蒼也が読み終わるのを見計らって、溜水は、さりげなくそう切り出した。現実事件の記録物語とはいえ、『華麗なる没落のために』は、れっきとした濁暑院溜水の作品である。『作者』としては、やはり読者の評価が気になるところだった。

「いやあ、大いに参考になりましたよ。とにかく読者を楽しませようという作者の姿勢が伝わってきて、心地よく読ませていただきました。――しかし、こうして原稿の形で事件を体験すると、何だか不思議な気分ですよ。幻影城殺人事件は、濁暑院溜水の創った小説世界での出来事なんじゃないか、どうもそんな錯覚がして……」

「その点に関しては、龍宮も鴉城氏と同意見ですね。原稿として読むからかもしれないが、幻影城殺人事件は虚構の物語なのではないかと、ついそんな気にさせられる。実際、まったくの第三者が読者としてこの『作品』を読んだら、それこそ濁暑院氏の小説『麗しき華のごとく、没落は夢のように』を読まされているような眩暈感を抱くかもしれない」

探偵たちの感想を聞きながら、溜水は微笑して頭を下げて一礼した。

「そういう読み方をしていただけると、僕は感無量ですね。事件の記述者をかってでた甲斐があったというものです」

「濁暑院氏、現実と虚構の境界が曖昧になるように記したのは、何か意図があって？」

不意に、城之介は眼光を鋭くした。黒衣の探偵に威嚇されることなく、溜水は変わらぬクールさで頭をかき、口元に照れ笑いを浮かべている。

「幻影城殺人事件そのものが、僕には現実離れしたものに感じられてならないんですね。この幻影城という舞台にしてもそうです。常識の物差しでは考えられない秘境があり、そこで常軌を逸した犯罪が勃発する。――事件の渦中に身を置きながらも、この世界は僕にとって……僕たちにとって、どこまでも虚構的で、現実味がないんですよ。だから、わざと現実と虚構を交錯させて事件を記録してみました。現実、虚構、その区別を曖昧にして、漠然とした純粋な感性の物差しで、この事件を表現――記録してやろう、というわけです」

「なるほどね、そこまで考察して執筆されていたとは。でも、濁暑院氏のおっしゃることもわかるな。この事件は、『現実』や『虚構』なんていう既存の物差しでは計れないものだ。原稿の中で、その辺りを表現してくださると、読者となった我々も、事件の底にある何か（真実？）をイメージしやすくなって、ありがたいです」

小説か、記録物語か、現実か、夢か……自分の足場さえもが明確に定まらないこの世界で、城之介と溜水は、共に志を同じくする仲間だった。

城之介は推理で、溜水は原稿で、芸術家《アーティスト》と対決する。幻影城殺人事件という世界を創造している『作者』である芸術家《アーティスト》を打ち負かすために、彼らは同盟を結んで共同戦線を張ることを無言のうちに誓いあっていた。

溜水の精神《スピリット》は、紛れもなく作家のそれであると同時に、この事件では探偵のそれでもある――城之介は、彼の原稿を読んでそう解釈した。鮎川哲子とは別の角度から、濁暑院溜水はＪＤＣに協力してくれることだろう。そんな確信を、彼は抱いていた。

それは蒼也も同じことだった。探偵と事件関係者という垣根を越え、彼らは戦友として、新しい絆で結びつけられたのだ。

「探偵として言わせてもらうと、濁暑院さんの原稿・『華没』には、警察やＪＤＣの捜査に関して、少しいい加減なところもありますよ。――でも、捜査のディテールよりも、事件全体の流れを記録することに執筆の力点を置いて、これからも執筆していただきたいですね」

「その通りだな。濁暑院氏には、現実事件に原稿を少しでも追いつかせるという大目標がある。捜査のディテールに凝ることによって、執筆を遅らせる必要はないだろう。小さなことは気にせずに、いい参考資料を――読みごたえのある記録物語『華没』を完成させてください」

「ありがとうございます」

溜水は深々と頭を下げた。自分が創っている物語が、この先、幻影城殺人事件の展開を大きく左右するようなことになるかもしれない。……そう想像するだけで、これまで睡眠時間を削って執筆に打ち込んできたことも報われるようだった。

『華麗なる没落のために』——殺人事件のリアルタイムの記録物語……これほどまでに、『読まれる』意味が深い物語は、そうはないだろう。事件が継続しているまさに『今』だからこそ、『華没』は記される価値があり、読まれる意義があるのだ。

「ところで、濁暑院さん。これは、好奇心からお聞きするんですが、この会話も『華没』の一文として記録されるんですか？」

「おそらくは、そうなるでしょうね。お二方《ふたかた》とのこの会合は、事件の中でも、重要な局面の一つとなるでしょうから」

「それは素晴らしいな。今を生きている自分が後に登場人物として書かれるというのは、なかなかいいものだ。それでは、『読者』を意識した発言をしておくのもいいかもしれない。ひょっとしたら、これは濁暑院氏の小説『麗しき華のごとく、没落は夢のように』で、殺人など一件も起こっていないいい——幻影城殺人事件など存在しないのかもしれない、と」

蒼也と溜水は揃って苦笑した。幻影城殺人事件は、はたして現実か虚構か？　……その判断は、純粋なる『読者』には恐らくできないだろうが、彼らはもちろん、はっきりと『真実』を知っていた。自分たちは幻影城殺人事件の中にいる、という頼りない『真実』を。

「——冗談はさておき。濁暑院氏、『華没』をコピーさせていただいてもよろしいですか？」

「ええ、もちろんです。元々、『華没』は捜査の助けとなるように執筆されたものですから。『知識の間』にはコピー機があります。あそこでコピーなさるといいでしょう」

「じゃあ、龍さん。俺が行ってこよう」

「すまないな。鴉城氏、よろしく頼む」

原稿を持った蒼也が立ち上がり、溜水に一礼して室外へ消える。その後ろ姿を見送ると、城之介は溜水に向き直った。

「どうですか、龍宮さん。解決の見込みは――？」

「濁暑院氏のおかげで、違った角度からも事件を眺めることができましたね。推測の域を出ませんが、芸術家《アーティスト》が『推理小説の構成要素三十項』を制覇しようとしているかもしれない、というのは参考になりましたよ、本当に。捜査陣が『華没』を読めば、また新しい推理も生まれてくるでしょうね。――それにしても、今朝の大攻勢にはやられました。あの四重殺のおかげで、推理が大きく後退してしまったので、正直に言うと、まだ芸術家《アーティスト》の影すら見えてこない状況です」

そのわりには、城之介からはまだ余裕が感じられた。これまで凶悪犯罪に勝利し続けてきた実績が、彼に揺るぎない自信を与えているのか。事件の話をしている時の城之介は、実際の彼よりも、一回りも二回りも大きく見える。――プロスポーツ選手が試合中に輝いて見えるのと、理屈は同じかもしれない。

それから蒼也が戻るのを待つ間、城之介は「『華没』の参考に――」と、捜査の過程で判明した事実と、彼らの推理を溜水に語って聞かせた。

話は時折、事件から脱線し、個人的な話題も幾つか出た。他人からよく浮世離れしていると言われる超俗性を備えていること、共に言葉遊びが好きなところ……など、多くの共通点を発見した城之介と溜水は、似た者同士で話を弾ませ、互いに理解を深め、新鮮な友情を育んでいった。
●

コピー作業を終えて蒼也が『客室V』に戻ってくると、城之介は溜水と握手を交わし、腰を上げた。探偵たちは溜水の協力に感謝の辞を述べ、溜水を激励する。

「濁暑院氏、大変でしょうが、原稿の執筆は是非続けてください。『華没』の資料は、事件の貴重な資料となるものですからね。――一ファンとしても、記録物語が進展するのを応援していますよ」

先を歩く蒼也の後から、そのまま部屋を去ろうとした城之介を、溜水が呼び止めた。

「龍宮さん、一つだけ、伺っておきたいことがあるのですが」

溜水の理性的な瞳に、一瞬、厳しさが差した。城之介と蒼也は足を止め、長髪の作家をふり返る。

「なんなりとどうぞ」

「僕も、一応、容疑者の一人でしょう。いくら『華没』を執筆しているからといって、捜査の進捗《しんちょく》状況を教えてくださるとは……僕のことを、疑っていないんですか？」

少し会話を交わしただけで、城之介の頭の良さと、その抜け目のなさは溜水にははっきりと感じられた。そんな城之介が、不用意に容疑者に捜査の展開を語るというのは、何か変だと溜水の直観が訴えていた。

城之介は、清々しい微笑とともに、辛辣な言葉を溜水に返した。

「――ご心配なく。龍宮は、誰も信用してはいませんので。濁暑院氏に情報をお教えしたのは、『華没』を通して芸術家《アーティスト》を挑発する意図もあります。作者であるあなたはもちろん、原稿を読んでいる作家たち、これから読むであろう捜査関係者――幻影城関係者にも読んでいただければ、限られた人間の中にいる芸術家《アーティスト》は、必ず『華没』を読むということになります。原稿を通してこちらからも先方を挑発誤導して追い込んでやることができるかもしれない。そういう意味では、『華没』は比類ない武器となるのですよ」

「なるほど、それで安心しましたよ。僕だけが探偵さんから特別待遇を受けるというのは嫌ですから。捜査が難航した時には、逆に容疑圏外にいる者が疑われることになるでしょうしね」

「今のような言い方ですと、龍宮が濁暑院氏を——『華没』を利用しているようですが……まあその通りですので、気分を害されたら謝罪するしかありませんね」

「いえ、そんな。何度も申し上げているように、『華没』は捜査の助けとなるように執筆しているものですから——大いに利用してください。龍宮さん、あなたが芸術家《アーティスト》の名を指摘する犯人告発の解決篇を早く書きたいですからね」

城之介と蒼也は笑顔で頭を下げ、溜水の部屋を後にする。蒼也が室外に去り、城之介もまさに扉の陰に消えようとした時、黒衣の探偵は顔だけふり返らせて、不敵な視線と意味深な微笑を溜水に送った。

「濁暑院氏、あなたは本当に龍宮に似ている。おそらくあなたも、疑っているのでしょう？　我々捜査陣を——」

予期せぬ指摘に、溜水は直ぐに反応できなかった。

「そんなことは……」

動揺が顔に表れてしまったのだろう、城之介は納得したように頷いている。

「やはり、図星でしたか。その姿勢はさすがですね。芸術家《アーティスト》が捜査陣の中にいるという可能性も、決してないわけではありませんから。——誰も信じないのは賢明ですよ。幻影城殺人事件では、確実なことなど何一つない。龍宮のことも、あまり信用なさらない方がいいかもしれない」

最後は冗談めかして締め括ると、黒手袋をはめた右手をかすかに振って挨拶し、城之介も部屋を出た。

探偵たちが出ていった扉に頭を下げながら、溜水はしばらくの間、その姿勢のまま考えこんでいた。

——誰も信じない方がいい。……誰も信じなければ、誰にも裏切られることはない。

それは確かに正鵠《せいこく》を射ている。だが——

——誰かを信じなくては生きていけないのが人間じゃないのか。一人で生きていくことができる者などいないのだから。では、俺は誰を信じる？　誰を信じればいい？

唯一の肉親である双子の妹、水無瀬なぎさは幻影城にはいない。氷龍翔子は、もうこの世界にはいない。葵健太朗は……

——葵が芸術家《アーティスト》という可能性は存在するのだろうか？

疑い始めるとキリがない。疑心暗鬼は人を迷わせるばかりだ。

なぎさに電話しよう——妹の顔を脳裏に浮かべながら、溜水は自室を出た。

……廊下の角に備えつけられている電話でなぎさと話す間、誰とも出会わなかった。

捜査陣が精力的に城内を調べているはずなのに、人がいない廊下には虚無的な雰囲気があり、溜水は、世界からたった一人、孤立したような妄想を抱いた。

電話の向こう……なぎさのいる世界が現実の世界なら、電話のこちら側……幻影城は虚構の世界であるように、改めて感じられた。

●

十五分ほど電話で話した後、溜水は自室に戻った。部屋を出てから戻るまで誰とも遭わなかったが、肉親の声を聞いたことで、虚構に満ちた幻影城に、少しだけではあるものの現実的なものを感じることができたような気がして、いい気分転換になった。

椅子に座り、卓上のワープロと向かい合う。電源をＯＮにして、ワープロを起動しながら、溜水は頭の中で城之介から得た情報を整理した。

柊木司殺しは、電気焜炉とロープを用いた物理トリックの遠隔殺人であり、そのトリックの目的は、芸術家《アーティスト》のアリバイ工作だったと思われる。

……蜜柑↓未完の大器。マリア↓アリマ。ひまわり↓おまわり。向日葵↓葵。濁点↓濁暑院。言葉遊びと紙一重のミスディレクションを芸術家《アーティスト》は多用しており、その中に真のサインがある可能性も存在する。

3◎遠隔殺人
10◎不在証明（アリバイ工作）
19◎ミスディレクション
22◎物理トリック

また芸術家《アーティスト》は、今朝の殺しにおいて、風紋寺の首なし屍体を、コートを着せることによって料所の屍体と錯覚させようとした。……その試みは、見事に決まったと言える。風紋寺と料所の体格が酷似していることに注目していた溜水でさえ、多恵が気がつくまでは、あの首なし屍体がまさか風紋寺のものだとは考えていなかったのだから。

12◎死体交換

リストを見ながら確認すると、すでに、『推理小説の構成要素三十項』のうち、十九の項目が顔を揃えていた。

ボールペンでチェックしながら、溜水は、まだ登場していない十一の項目に注意を傾ける。

5◎暗号
6◎手記（遺書、日記など）
9◎作中作
13◎アナグラム（欧文・和文）
15◎意外な犯人
16◎意外な動機
17◎意外な人間関係
18◎ミッシング・リンク
20◎ダイイング・メッセージ
21◎特殊トリック（鏡、氷など）
30◎結末の逆転劇（ダミーの犯人）

言葉遊びのメッセージは、暗号と解釈するには無理があるだろう。手記は、まだ登場していない。『華没』は、作中作とは言えない。マリア→アリマは、逆さまにしただけで、綴り替え《アナグラム》ではない。意外な犯人、意外な動機、意外な人間関係を導き出すことは、捜査陣の今後の努力如何だろう。ダイイング・メッセージ――死に際の伝言は、被害者次第である。必ずダイイング・メッセージを登場させたい時は、芸術家《アーティスト》が偽造することも大いに考えられる。氷トリック、料所警部の首を入れた氷の箱は、トリックと言えるものではないだろう。その存在があからさますぎる仕掛けは、トリックではない。ダミーの犯人が存在するかどうかはわからないが、結末の逆転劇は、まだまだ先のことになるだろう。

十一の構成要素のうち、特に溜水が興味を持ったのは、『18◎ミッシング・リンク』だった。

失われた環《ミッシング・リンク》――一見、無差別殺人に見えた被害者たちに、共通の殺される理由が存在した、というものである。

芸術家《アーティスト》がもし本当に、『構成要素』を網羅して殺人芸術を完成させようとしているとしたら、無関係に見えるこれまでの被害者たちに共通点があるということになる。華と麗の双子猫は除くとして、柊木司、水野一馬、氷龍翔子、榊一郎、佐藤一郎、料所拓治、風紋寺光世の七人の中に、どのようなミッシング・リンクがあるというのだろうか？

さらに溜水は、殺人方法についても考察する。

圧殺、絞殺、斬殺、電気殺、射殺（斬殺）……。

二人一緒に殺害する場合は、同一の殺人方法を選んでいると考えられるが、芸術家《アーティスト》はなぜ、ヴァリエーションに富んだ殺人方法を選択し続けているのか。

その辺りが溜水には気になってならなかった。すべての被害者を異なる方法で殺すのが芸術家《アーティスト》の狙いなら、犯人はやはり、推理小説を愛読している者ではないかと推理できる。推理小説的な思考を持っていなければ、そういう発想は出てこないはずだ。

華&麗殺しも料所&風紋寺殺しも共に首斬りであるが、双子猫殺しがメイン・マーダーではないとすれば、芸術家《アーティスト》はまだ殺人方法に拘り続けている。猫も被害者に数えると、屍体の数は九つとなり、『八つの生贄』という予告をオーバーしてしまう。『八つの生贄』が八人の被害者を示すものだと判断すれば、やはり猫殺しはサブ・マーダーなのだろう。

猫殺しをサブ・マーダーと判断すると、これまでの被害者は七人。『八つの生贄』が本当に八人の被害者を意味しているのなら、殺されるのはあと一人——事件は終盤にさしかかっていると言える。

八人目の最後の被害者が出て、芸術家《アーティスト》が『八つの生贄』を揃える前に、探偵たちや警察捜査陣は事件を解決することができるのだろうか？

溜水は、幻影城殺人事件の『登場人物』たちを一人一人思い浮かべていた。『関西本格の会』のメンバー、幻影城関係者、警察&ＪＤＣの捜査陣……。

『芸術家《アーティスト》が捜査陣の中にいるという可能性も、決してないわけではありませんから』

去り際の城之介の言葉を頭の中で反芻《はんすう》する。

城内の巡回には油断があったが、幻影城の周囲を固めた昨晩の警備網に手落ちはなかった——城之介はそう言っていた。

それはつまり、溜水が把握している限られた『登場人物』の中に芸術家《アーティスト》がいる、ということだ。

一人ずつ疑っていくと、もはや誰も信じられない。溜水は複雑な想いを胸に、ワープロのキーを叩き始める。嫌な考えを捨てるために、創作に没頭する。

それでも、疑惑は残った。

溜水は、がむしゃらにキーを打つ。

……それは、華麗なる犯人当ての答えが出ることを恐れる、祈りの儀式なのかもしれない。

第五章

永夜破鏡の嘆《えいやはきょうのたん》

創世の神秘は君もわれも知らない。
その謎は君やわれには解けない。
何を言い合おうと幕の外のこと、
その幕がおりたらわれらは形もない。

57　悲劇続演

――扉のプレートには、『氷《こおり》の沼《ぬま》』とあった。

ドアノブに手をかけ、扉を開く。扉を開ける時独特の、中に何が潜んでいるかわからない（――誰がそこにいるのかわからない――）、かすかな興奮を感じながら、魅山薫は入室する。

こぢんまりとした部屋の中央には、流動的なデザインの典雅な丸テーブルがある。テーブルわきの三脚の椅子の一つには、虹川良が腰かけていた。室内にいるのは、虹川一人だ。

椅子に座って読書に没頭していた虹川は、扉の開閉する音で本から顔を上げた。驚いた表情は一瞬で、すぐにそれは親愛の情溢れる笑顔に変わる。

「やあ、薫くんじゃないか」

「虹川さん、こんな所で読書なさっていたんですか。その本は何です――？」

藍色のカーペットの上を歩き、薫は虹川の正面の椅子に腰を下ろした。虹川はテーブルの上に置いていたピンクのしおりを挟み、その本の表紙を薫の方へ向ける。

「『黒死館』を読み返しておられたんですね」

本は、小栗虫太郎の『黒死館殺人事件』だった。靄の中に虹がかかっている画のついた白い表紙《カバー》は、現代教養文庫版である。

「――でも、この幻影城なら『知識の間』にいろんなヴァージョンがあるでしょう。どうして、教養文庫版なんですか」

「うーん、フィーリングで選んだから特に理由はないよ。ただ、僕は『黒死館』は教養文庫版が一番好きだから、……それだけだよ」

「そうでしたか。私は、創元の小栗全集の方が好きですね。早川のポケミス版もなかなか捨て難いですが。——それにしても、四大ミステリは、いろんな出版社からいろんな形で出ていますよね。どこかがセットで出してくれると本棚で統一できて有り難いのですけれど」

ははは、と虹川は短く笑った。表面的には、人間が描けていない推理小説の登場人物のような薫だが、推理作家を生業としているだけあって、本性はマニアックな人間だった。

薫を育てた義父母は共に推理作家だ。彼がマニアックに育ったのも頷けるが、それにしても彼は、普段、とてもミステリジャンキーであるようには見えない。……そのギャップが、虹川には面白かった。

「『黒死館殺人事件』、『ドグラ・マグラ』、『虚無への供物』、『匣の中の失楽』——タイトルだけ四つ並べてみても、さすがに壮観だね。薫くんだけじゃなく、もちろん僕も含めて多くのミステリファンがあの四作をまとめてくれるのを切望してるよ。どうかな、僕も宇山《うやま》さんに働きかけているんだけど、あまりにもマニアックすぎて、今の時代じゃ受け容れられないような気がするね。……まあ、これは私見だけど」

残念そうに、虹川は言う。宇山というのは、虹川良の講談社の担当編集者の名である。

「——それはさておき。熱狂的な虹川ファンとして私は、作家・虹川良さんにそろそろ超弩級の作品を完成させていただきたいと思っているんですよ。去年の『サオシュヤントの殺意』も良かったですけど、まだ虹川さんは実力を出し切っておられないでしょう。アンチ・ミステリ、メタ・ミステリ、定義はともかく、いつまでも色褪せない超絶傑作を期待しています」

「傑作、か。薫くんのエールはありがたく受け取らせていただくけれど、傑作を創るのは決して作者じゃないからね。人々に多く支持される作品を創るのは、いつだって、読者と時代と偶然だよ」

薫は、少し寂しそうな表情で頷いた。

「偶然、ですか。おっしゃることはごもっともですが、虹川さん、相変わらずストイックでおられる」

「天才は名乗るものではなく、気がつくとそう呼ばれているもの。優れた芸術は、創るものではなく、様々な状況に創られるもの……僕は自分にそこまで自信を持っていないからね。周囲からいかに評価されても、常に謙虚な姿勢で創作と向かい合うようにしているよ」

虹川の言葉は、自分を飾ったものではなく、紛れもない彼の基本姿勢だった。虹川は、どれほどビッグになっても、創作家を志した最初の頃と何ら変わらぬ真摯な情熱を持って創作に打ち込んでいる。それを承知しているからこそ、彼は、薫にとって、いつまでも尊敬できる創作家なのだった。周囲の評価が増し、地位が向上していくにつれ、自らのビッグ・ネームにスポイルされていく作家は多い。そんな中、虹川のような存在は非常に稀有《けう》なものだ。

薫は、自分もずっと虹川のようにありたい——と、改めて考えさせられた。身近に大きな目標があることは、彼にとって、決して悪いことではない。

「しかし、何だな。濁暑院くんの『華没』を読んでいたら久しぶりに『黒死館』を読みたくなったんだけど……この『氷の沼』にいると、『虚無への供物』の方を読むべきなのかもしれない、なんて思わされてしまうね。中井さんにも見守られていることだし」

虹川の視線の先を薫が目で追う。『氷の沼』の壁には、『虚無への供物』の作者・中井英夫の顔写真が額に入れられて飾られている。半白の髪を後ろへなでつけ、黒い角縁眼鏡の奥の鋭い眼が印象的である。少しやつれているような表情の写真だったが、口元に浮かんだ子供っぽい無邪気な微笑は、永遠の少年にふさわしいものだ。幻視家らしい神秘的な雰囲気を発散している写真だった。

一九九三年十月の現在《いま》、中井英夫は病床で寝たきりの生活を送っていた。『虚無への供物』という作品で多くの『信者』を獲得した中井英夫。その冠絶した才人が病臥しているというのは、彼の信者にとってもファンにとっても、悲しいことだった。

虹川の担当編集者の宇山なども、『虚無への供物』の呪縛を受けた有名な一人である。宇山は『虚無』を読んで衝撃を受け、中井英夫に会いたい一心で、当時、勤めていた会社を辞め、講談社に入社したという伝説を持っている。——直接、宇山に会ったことのない薫も、その話は虹川から何度か聞かされ、『虚無』の魔力を痛感させられたものである。

『虚無への供物』とよく比肩される四大ミステリの一つ、『匣の中の失楽』の作者・竹本健治も、『虚無』の影響を最も強く受けた一人である。『匣』は、構成から内容まで『虚無』を意識したものであるし、『虚無』無くしては決して書かれなかった作品である。そして、『匣』を『幻影城』という雑誌に連載するきっかけを作ったのが、他ならぬ中井英夫その人なのだから、まったくもって人間世界では因果はめぐるものだ。

幻影城の主、平井太郎氏も宇山や竹本と同じく『虚無への供物』の熱烈な支持者で、この『氷の沼』という部屋も、『虚無への供物』の舞台となる氷沼《ひぬま》家の一室をモデルに設計したものだった。『氷の沼』に敷かれている藍色《あいいろ》のカーペットは、平井氏が好きな氷沼藍司という『虚無』の登場人物に由来するというのだから、そのこだわりには恐れ入る。

「四大ミステリの話がでるとつい考えてしまうんですが、『ドグラ・マグラ』ってどういう意味でした。虹川さん、覚えておられませんか？」

「何だったかな。九州地方で用いられる宗教用語の方言——そんな感じだったような気がするんだけど。正確なところは、やっぱり覚えていないよ」

『ドグラ・マグラ』は、四大巨峰の中でもとりわけ奇抜な物語である。狂人の書いた推理小説という構成をとる作品で、読んだ者は一度は精神に異常をきたす、などと称されることもある。作者・夢野久作は「これを書くために生きてきた」と公言し、実際、『ドグラ・マグラ』完成から程なくして逝ってしまった。

……全篇に妖美漂う奇怪な傑作だが、もちろん、それだけではない。解放治療を予言した先見の明や、胎児の夢を重要なモティーフとして斬新な世界論を展開するところなど、評価すべきところは多い。あの作品のすべてを読み解いた者は、自分の周囲に世界を見出だすことができなくなって崩壊するかもしれない。そんな風にさえ言われることもある、とんでもない話なのだ。

——とんでもない、と言えば『黒死館殺人事件』も負けていない。何よりもその衒学趣味《ペダントリー》が特徴である『黒死館』は、四大巨峰の先駆となった作品だ。作者・小栗虫太郎は魔魅に操られていたのではないか、とさえ思えるほどの作品の突進力において、かの作品の右に出るものは後にも先にも存在しない。ペダンティズムによる効果的な雰囲気作りで知られる本家のS・S・ヴァン・ダインを遥かに凌駕する蘊蓄《うんちく》と論理の連鎖には、眼を見張らずにはいられない。

ただ、アクの強い内容であるだけに毀誉《きよ》褒貶《ほうへん》が激しい。作者自身が述べているように、『黒死館』は、褒めそ《そし》られるのにも誹られるのにも最大級の言葉をもってなされた。それは、作品が飛び抜けた個性を持っていた証しとも言える。

ふりがな《ルビ》の大洪水により、理解は困難を極める。そのことがマイナスとなって、「この本を読むと眠くなる」という者も少なくない。しかし、支持者の偏愛ぶりに関しては『虚無』の信者と比べても遜色なく、

「戦時中、戦場に一冊だけ本を持っていくとすれば？」と問われて『黒死館』の名をあげた者の話などは、有名なエピソードである。

薫は、かつて友人が「眠れない夜には『黒死館』を読む」と言っていたことを思い出し、含み笑いを浮かべた。

――『黒死館殺人事件』。印象に残った犯人の名前はよく覚えているけれど、後は法水《のりみず》というホームズにあやかった名を持つ（――法水を重箱読みすると、『ホーミズ』となる――）探偵が事件をかき回していたことしか覚えていない。昔、あの本を読んだ時には、ただただ先へ進むことを考えていたが、もう一度、これを機にじっくり読み直してみるのもいいかもしれない。

四大ミステリはどれも、めくるめく作品世界を持っている。万人に受け容れられるものでは決してないが、それでも、世代を越えて多くの読者を虜にする魅力を備えているのは事実だ。

時の洗礼を受け、発表から長い時間が経っても生き残っている作品だけが優れているわけではないだろうが、四大巨峰はやはり、薫たち推理作家にとっては特別な存在である。

『黒死館殺人事件』～『ドグラ・マグラ』～『虚無への供物』～『匣の中の失楽』～に連なるような不滅の超推理小説を書いてみたい――それは推理作家たちにとって永遠の夢であり、大きな目標だった。

●

その後しばらく二人は四大ミステリについて熱い想いを語りあい、充実した時を過ごした。会話が一段落する頃合を見計り、薫の方から事件について切り出した。

「……ところで、虹川さん。事件の方はいかがですか？　いろいろと考えておられるでしょう」

身を乗り出すようにして尋ねる。推理作家としては超一流の虹川だが、探偵としてはどの程度の水準に位置づけられるのだろうか。

虹川は上着の胸ポケットから手帳を取り出し、パラパラとそれをめくった。メモを見つめる眼がそわそわと左右に動くさまを、薫は興味深げに見守った。

「今まで漠然と感じていた何かが、頭の中で次第に明確な形をとろうとしているんだけど――僕も実際の殺人事件を経験するのは初めてだし、まだまだ真相に至る道は遠そうだよ」

「そうですか……。いや、それにしても……」

薫は拳を堅く握りしめた。語調も自然と強くなる。

「柊木さん、水野さん、氷龍さん、風紋寺さんまで殺されてしまったというのが、私にはまだ実感できません。合宿初日の茶話会で濁暑院さんがおっしゃっていた小説『華没』のシナリオを我々が演じさせられているようで、とても現実のこととは思えないんです」

現実と虚構を巧みにすり替える『匣の中の失楽』では、章が進むごとに読者の周囲で世界が反転し、読み進めば進むほど現実と虚構が入り交じって物語は混迷を極める。

もし、章が進んで――事件の新しい局面になって、現実と虚構が反転したら……

実は幻影城殺人事件は濁暑院溜水の小説『華没』であり、虚構のものであると明かされたら。そもそも殺人事件など一つも起こっておらず、誰も死ぬことなく『関西本格の会』の合宿は続いていたのだ、という意外な『事実』が明かされたら――。

『読者』は、どのように感じるだろう?

現実というものの耐えられない頼りなさが、虹川の肩に重くのしかかった。この世界を崩壊させてやるのは、しごく簡単だ。最後に一つ、段落を付け加えてやるだけで、物語の構図は反転する。

——彼らは原稿を読み終えた。『麗しき華のごとく、没落は夢のように』……書き上がったばかりの濁暑院溜水の最新作を読み終えた『関西本格の会』の作家たちは、幻影城の『客室V』、溜水の部屋に集まっている。その中には作中で殺された柊木司、水野一馬、氷龍翔子、風紋寺光世の姿も見られる。読了したばかりの原稿をドサリと床に置くと、翔子が憤慨したように言った。

「作品は面白かったけど、あたしたちの扱いはあんまりじゃない、溜井くん？　あたしたちを、あんな風に殺すなんて——」

だが、この物語は依然として反転しない。現実と虚構の狭間。そのギリギリの境界で振り子のように揺れ続けてはいるが、この先どちらに転ぶのかは、まだ誰にもわかっていない。……『登場人物』にも、『読者』にも、『作者』にも（？）。

「現実と虚構の区別がつかなくなってしまう気持ちはわかるよ。だけど、これは推理小説《ミステリ》じゃない。幻影城殺人事件は現実なんだよ、薫くん。少なくとも、今のところはそうだ。だから、僕らの頭が変になってしまう前に、誰かが事件を解決しないと！」

恐怖もあるレヴェルを越えると、恐怖として知覚できなくなる。それは、巨大すぎる恐怖を感じるには、人間は脆すぎるからだ。理性が耐えきれなくなってしまうからだ。

殺人事件が進行し、虹川や薫をはじめ、誰もが少しずつ屍体に驚かなくなりつつある。現実からずれていく、この奇妙な感覚——世界を虚構のものだと錯覚してしまうのも、まさにそこに起因する。免疫ができてしまったと言ってしまえばそれまでだが、事はそう単純ではない。

理性が崩壊し、秩序が砕け散った後には何も残らない。星屑のように分解された世界には、現実も虚構もなく、物語すら存在せず、ただ永劫の虚無が残るのみなのだ。

その最悪の事態を回避するためにも、虹川と薫は事件と……芸術家《アーティスト》と闘わねばならなかった。

「それはわかっているんです。いえ、わかっているつもりなんです。でも、私には」

薫には何もできない。自分の無力感が呪わしく、彼は胸の十字架《クロス》を服越しに握り締め、大いなる存在に祈らずにはいられなかった。

——現時点では皆、芸術家《アーティスト》に翻弄されきっている。

この事件を解決し得る名探偵がいるとすれば、それはいったい、誰なのだろう。

龍宮城之介?、霧華舞衣?、螽斯太郎?、それとも——探偵ではない誰か?

今の段階では、神も、探偵も、誰も救ってはくれないようだった……。

58　天の啓示

蝨斯太郎は煙草をくゆらせながら、精神を事件に集中させようと努力していた。自室の椅子に腰を下ろし、窓の外の中庭に時折、眼をやりながら、机の上の灰皿に吸殻の山を築いていた。

客室はかなり広く、一人でいても閉塞感《へいそく》はない。事件のことを考えていない時は、地方の静かな旅館で休暇を過ごしているような幸せな気分に浸ることさえできる。

中庭を捜査員の群れが歩いている。捜査員の一人が客室の蝨斯に気づき、会釈した。蝨斯は頭を下げて笑みを返しながら、否応なく幻影城殺人事件へと引き戻された。幻影城にいる限り、本当の意味で老探偵に寧日は訪れない……それはそれで構わない。彼がこの旅館を去るのは、事件が解決された時だけだと決めていたからだ。

この幻影城という密閉空間で、事件のキャストは限られている。殺人犯人・芸術家《アーティスト》は、必ずその中にいるのだ。

その意味では、芸術家《アーティスト》は袋の中の鼠。犯人自身も、危険な賭けをしていることになる。だからこそ、蝨斯ら捜査陣も不退転の決意で事件と取り組まねばならない。

――わたし自身の気持ちの整理はついている。あとは、捜査に集中力を傾けるだけでいい。

間宮てるは、今は亡き蝨斯の妻・華乃とは違う。てると華乃は容貌が酷似しているが、別個の人間なのだ。華乃は、もうこの世にはいない。死んだ人間なのだ。

過去の時間に生きる華乃の影を捨ててしまうわけでは決してない。心の片隅にいつも華乃の想い出を感じながら、今の鑫斯はてると接する。……てるは華乃の分身ではないとふっきれたところで、ようやく鑫斯は事件から突き放して自分をとらえることができるようになった。

てるに華乃の影を求め、過剰に事件にのめりこむ。その結果、推理を妨げられることはもうない。鑫斯が本領を発揮するのはこれからだった。

灰皿に押しつけて煙草の火を消し、ゆっくりと瞼を閉じる。世界に闇が降り、鑫斯の周囲に広がっていた空間は消失する。

限りない『無』！　――『無』を徹底し、その永遠の闇の中に自分を感じる。視界はなくなったが、心の眼で鑫斯は見ることができた……自分の姿を。

無限の闇の中に、一脚の椅子がぽつねんと置かれている。その椅子に、一人の初老の男が腰かけている。彼の名は、鑫斯太郎。鑫斯は、自分自身を遥かなる高みから俯瞰《ふかん》しているのだ。

俯瞰流《かんりゅうこう》考。鑫斯太郎の推理法は、事件から自分を（――その思念のみを――）突き放した高所から事件の全体像を鳥瞰し、流れるままに思考を働かせるというものである。

これまでは間宮てるに……鑫斯華乃の記憶に足をがっしりと摑まれ、俯瞰できるほどの高みに自分を飛翔させることができなかった。だが、今は違う。

幽体離脱とは少し違うが、この浮遊感は、あたかも鑫斯が霊魂にでもなってしまったかのような錯覚すら抱かせる。鑫斯の思念は確かに空中に在り、鑫斯太郎を俯瞰していた。

映画のフィルムを早送りしたように、事件に付随した映像が闇の中を――鑫斯の脳裏を流れ始める。椅子に座る鑫斯太郎のバックに映し出されているのは、幻影城殺人事件の記憶だ。

事件は、漠然としたイメージの奔流となって、闇に座す鑫斯の足元を流れている。長い長い河が、延々と続いている。幻影城殺人事件の、濁った河が。

　螽斯の思念は、事件の河を見下ろした。膨大な情報が流れる大河を総体として感じとろうと、意識を集中させる。河の上に存在しているのは、椅子に座った螽斯太郎のヴィジョンのみ。

　データの洪水が、激流となって螽斯の思念を全方向から刺激する。泳ぎを知らない者が大海原の真ん中に投げ込まれたように、死に物狂いで螽斯は大河を泳いだ。流れに飲み込まれないように。深い海の底に潜ったような精神統一状態を崩さぬように。

　――やがて、全体としての事件像をとらえることに螽斯が慣れてきた頃、彼は、手がかりを発見した。

　手がかり、といってもこれは彼のイメージの中での話なので、具体的なものではない。が、それは彼の意識が創り出したヴィジョン（推理？）であり、しごく重要なものであるように思えた。

　それは、人影《シルエット》だった。

　幻影城殺人事件の情報の大河に、人影《シルエット》が一つ、佇んでいるのだ。老若男女の判断は元より、ぼんやりとした影だけなので、背が高いのか低いのかすら判然としない。それでも、確かに人影《シルエット》はそこに在った。

　人間は、脳の機能を使い切っていない――というより、ほとんど使いこなしていない、というのが通説である。脳は人体の最後の聖域であり、研究もまだまだ続きそうである。――しかるに、脳の力が解放された時、人間が通常の理解を越えた思考を発揮することは既に事実として確認されている。

　潜在意識を操るＪＤＣ第一班の天城漂馬の推理などは、その最たるものだが、第二班の鴉城蒼也の理路乱歩などにしても、散歩をすることによって右脳を刺激して発想を引き出すというものであるし、睡眠推理によって夢で推理する探偵もＪＤＣには何人かいる。――海外には、麻薬を使用するドーピング探偵も存在するというのだから驚きだ。

蝨斯太郎も、脳の可能性にかけている探偵の一人だった。俯瞰流考によって推理するのは、蝨斯ではない。それは彼の思念、無意識の発想なのだ。遥かな高みから、事件を俯瞰し、その流れを感じる。情報の流れが無意識に流れ込み、新しい発想を創造する……それが、流考である。

事件の河のほとりに在る人影《シルエット》は、紛れもなく蝨斯の無意識が創り出した手がかりだった。ここまで辿り着いた時点で、蝨斯は、俯瞰流考を成功させたと言える。後は彼の思念を降下させ、人影《シルエット》の正体を確認してやるだけでいい。

魚を狙って水面に急降下する鳥のように、蝨斯の思念は人影《シルエット》を目指す。猛スピードで降下し、人影《シルエット》に迫る。肉薄する！

もう少しで、人影《シルエット》にぶつかる。そこまで接近した瞬間、蝨斯を激烈な恐怖の波が襲った。なぜだかはわからないが、そいつの正体を確認してはいけない、そんな気がした。

しかし、急ブレーキをかけても暴走する思念は止まらない。車に轢《ひ》かれる直前の人間の心理状態で、蝨斯の思念はその人影《シルエット》と衝突した！

人影《シルエット》がふり返った。その人物は、のっぺらぼうだった。蝨斯の無意識が封じ込めたのかもしれないが、とにかく、その人物の顔は影のままだった。それでも蝨斯には、そいつの正体がわかってしまった。

――平井玄次――

！　！　！　！　！

平井玄次の影が、蝨斯を摑まえる。がっしりと足首を握られ、老探偵はふたたび光に包まれた現実世界へと回帰した。

――！　なんだったのだ、今のは……？

いつの間にか、全身にびっしょりと冷汗をかいていた。心臓は早鐘を打ち、螽斯は異常な興奮状態になっていた。

——わたしはやはり、事件にのめりこんでいるのか。どっぷりと、首までつかってしまっているのか。顔も見えなかったのに、螽斯は、その人影が平井玄次だということを瞬時に悟っていた……なぜだ？ 龍宮城之介が鮎川哲子警部らと綿密に検討した結果、昨晩、幻影城の外部から侵入した者は誰もいなかった、という結論に達していたはずだった。むろん、推理に完璧はないので、芸術家《アーティスト》が外部犯（平井玄次？）という可能性はゼロではない。それにしても、俯瞰流考は、どのようにして平井玄次という答えに行き着いたのか。——あれは推理ではなく、単なる抑制された無意識の吐露《とろ》だったのだろうか？

平井玄次という名が出ると、どうしても思考は、昨晩の間宮てるの打ち明け話に向けられる。

——てるさんから聞いた話が頭に残っていて、それでわたしは平井玄次の人影《シルエット》を描いたのか。事件とは関係なく……だとすれば、わたしは探偵失格だ。

幻影城殺人事件では、どうしても俯瞰することができない。いつもの流考を働かせることはできない。

——それほどまでにわたしは、てるさんを……。

間宮てるは、かつて平井兄弟と三角関係にあった、と螽斯に告白してくれた。もう何十年も前のこと（当時、彼女は、はつねという名だったらしい）だが、それでも螽斯は、平井兄弟に嫉妬を覚える自分に驚きを禁じえなかった。

もう何年も忘れていた嫉妬という感情が、自分にまだ存在していたことが意外だった。間宮てるは、ありし日の螽斯華乃にそっくりだった。生き写しと言えるほどに、よく似ていた。だから……てるが平井兄弟と三角関係にあったと聞いて、年甲斐もなく嫉妬を覚えたのだろう。妻を寝取られたかのように——。

てるの話は、それだけではなかった。彼女は兄よりも弟を選び、二十数年前、平井玄次と駆け落ちしていたのだ。

旅先で思わぬ事故に遭い、玄次とはぐれて数年、鬼ばかりの世間を渡り歩き、社会を一人で生き続けた。やがて人生に疲れたてるが最終的に辿り着いた終着駅は、想い出の地、幻影城だった。

久しぶりに再会した平井太郎は、人生を悟りきっていて、燃えつきる寸前だったてるを優しく迎え入れてくれたようだ。叩き出されることを覚悟していたてるは平井氏の温情に感謝して、日夜、一生懸命に働いた。忌まわしい記憶と共にある『はつね』という名を、『てる』と改めた。生まれ変わったつもりで、彼女は働き続けた。……それから、さらに数年。現在では、間宮てるは、幻影城の客室係として、この旅館に欠かせぬ存在となっている。

苦労人らしい哀愁を顔に漂わせてはいても、てるがそのような激動の人生を送っていたとは、正直言って、まったく予期せぬものだった。

それだけではない——てるは、なぜ自分がそもそも平井兄弟と三角関係に陥ってしまったのか、ということさえ螽斯に明かしてくれた。それは紛れもなく、懺悔《ざんげ》の口調だった。

昔の彼女は、男狂いだったらしい。幼い頃、父親から性的ないやがらせを受けたことが原因かもしれない、と彼女自身は分析していたが、とにかく、異性との肉体的な交わりを持つことを異常に求める性癖を持っていたようなのだ。

周囲の男に秋波を送り、関係を持った男は数知れず。泣きながら過去をふり返るてるを見ていると、若気の至りでは済まされぬ悲壮な人間の弱さを螽斯は痛烈に感じさせられた。

幻影城の使用人の息子を、てるの方から誘い出し、悪戯をしたこともあるようだ。暇をもらって密かに子を産み、誰かにそれを託したとも聞いた。とにかく男を漁ることばかりを考えていた若かりし頃の彼女は、そうして平井兄弟とも関係を結び、悲劇的な半生を過ごすことになってしまったようだった。

『わたしはずっと、玄次さんにお詫びしたいと思っていました。二人で生きていくことを選んだのに、彼とはぐれて。結局、わたしはここに戻ってきてしまった。……本当に、死んでお詫びをしてもまだ足りないぐらいです。若い頃のわたしには、世界が何も見えていなかったのです』

玄次に死んで詫びたい、そう言ったてるを鯊斯は慰めた。誰だって変わらずには生きられない、そこまで過去に縛られ、思い詰めることはないでしょう……と。

てるは涙を拭きながら頷き、その後こう続けた。

『わたしはやはり、どうしようもなく弱い人間です。死んでもいい、そう思っていたはずなのに、いざこうして殺人事件が起こると、怖くて怖くてたまらないのです。芸術家《アーティスト》の正体は玄次さんで、彼は、わたしを恐怖のどん底に叩き落とすために、このような事件を続けているのではないか、そんな気がしてならないのです。――最後には、わたしが殺されるかもしれない。そう考えると夜も眠れなくて、わたしは……怖いのです。どうしようもなく玄次さんを恐怖しているのです』

てるを落ち着かせるのには、時間がかかった。鯊斯の優しい言葉に、ようやく冷静さを少しずつ回復していった彼女は、部屋を去り際、ただ一言こう呟いた。

『鯊斯さん――わたしを、助けてください』

その言葉は耳に残り、忘れられそうになかった。

平井玄次が本当に芸術家《アーティスト》なのか？　それはまだわからない。だが、鯊斯は――てるを守ってやらねば。他の誰でもない自分が。

鉄石の姿勢で、そう固く決心していた。

……個人的な感情が原因となって、たとえ俯瞰流考が封じ込められることがあっても、螽斯は勝負から逃げるわけにはいかなかった。これからの人生を生きていくためにも、そして、てるのためにも、芸術家《アーティスト》と対決し、勝利せねばならないのだ。

あるＪＤＣ研究家は、探偵たちの推理を量子力学の不確定性原理に見立てて分析を試みていた。対象を観測するという行為は、対象に影響を与えずにはいられない。しかるに、対象の本質は、観測されない状況でしか得られない。ゆえに、観測の結果とは常に不確定なものである、――と。

それは言い換えれば、次のようになる。

事件を捜査するという行為は、犯人と、その人物が創る犯罪に影響を与えずにはいられない。しかるに、その犯罪の本質は、捜査されない状況でしか得られない。ゆえに、捜査の結果は……推理が導き出した『真実』は、常に不確定なものである、――と。

その論者は、そこから敷衍して、鴉城蒼司という探偵が日本探偵界の頂点に君臨するのも、電話探偵というその推理形式ゆえであろうと主張していた。直接事件を捜査する探偵たちと違い、鴉城は完全に事件の外にいる。ＪＤＣ総代・電話探偵は、犯罪に影響を与えず、『真相』を確定させることができる。

それはそれで興味深い論ではあったが、同僚からその話を聞いた螽斯は、大して感銘を受けなかった。生《なま》の事件の捜査は、推理小説の謎解きとはわけが違う。鴉城の推理を否定するのではないが、本当のところ、現場にいなくては、その事件について知ることができるはずがないのだ。

鴉城もそのことは充分に承知しているからこそ、複雑難解で現地調査を要すると判断した事件は電話推理せず、捜査を部下に委ねている。少なくとも、螽斯はそう了解していた。

厳密に言えば、事件と関わっている以上、俯瞰的な立場に立てないのは事実だろう。だが、だからといって俯瞰流考が通用しないとは螽斯は思っていない。なぜなら、犯罪は犯人の心理に立脚する精神的《スピリチュアル》なもので、物質的《マテリアル》な原理では測れないところがあるはずだから——。

間宮てるに依然として思考を縛られているから、俯瞰流考を制限されている。それは認めた上で、螽斯は捜査の新しい目標を定めることができたような気がしていた。

——平井玄次に辿り着いた俯瞰流考の失敗も、無駄ではなかった。わたしには、これからやるべきことがわかっている。

他人が知ったら滑稽と思うかもしれないが、今の俯瞰流考の弱点を克服する方法が一つしかないのは明らかだった。

間宮てるとどうつきあっていくか？　——自分と彼女の間に存在する迷いを解消し、しがらみを無くす。真に俯瞰流考するためには、それが当面の問題なのだ。

そして、螽斯は再びてるを想った。

また煙草の量が増える。

●

禅の修行を極めた中国の高僧の中には、厚い石壁を通り抜けることができた者がいた、という伝説がある。深い瞑想状態に入ることによって、人間の体を構成する粒子と壁の粒子を融合し、壁を通過してから精神で粒子を再構成するのである。——それを裏づけるように、石壁の中から僧侶の人骨が発見されるという事件もあったが、信憑性は乏しく、疑わしいエピソードである。

一方、量子論では、人間は壁を通り抜けることができる——ということが確率的にあり得ることを科学的に証明することができる。

粒子の『在りよう』は不確定で、確率的に測定することしかできない。ごく小さな物質では粒子が表面をこぼれ落ちるということも実際あり、それは粒子の集合体が大きくなっても、基本は変わらない……それが有名な『トンネル効果』である。

『匣の中の失楽』では、トンネル効果が推理の一つとして提出される。密室から姿を消した人物は、壁を貫通したのだ――机上の空推理と言えばそれまでだが、実に興味深い。かつてシャーロック・ホームズが呈示した方法論に従うなら、「可能性を消去して最後に残ったものは、たとえそれがどれほどあり得ないことであっても真実なのだ」ということになる。よって、トンネル効果の推理以外の仮説がすべて否定されれば、『犯人は壁を通り抜けた＝真相』という解答も論理的な到達極点となるのである、はずなのだ。

ただ、トンネル効果による、人間が壁を通り抜けることができる確率は、一の後ろに十の二十四乗個の零が並ぶ天文学的数字で一を割ったものであり、現実問題としては、限りなく絶対に近くあり得ない。奇跡が起こるというクリスマスに実行しても、おそらくは不可能であろう……。

というわけであるから、現実的な推理で犯罪を解体する役目を担う探偵たちとしては、トンネル効果という切り札に甘えるわけにはいかないのだった。解答は、あくまで論理的かつ納得のいくものでなくてはならない――。

霧華舞衣と九十九音夢のコンビは、幻影城の北東中庭で、『審判の間』を調査していた。昨日、氷龍翔子が電気椅子で殺害された死の部屋は、鉄斧で扉を破壊して捜査陣が室内になだれ込んだ時には、完璧な密室状況にあった。推理小説によくあるような、解かれることを前提とした、実は穴だらけの『完璧な密室』ではない。文字通り、正真正銘『完璧な密室』だったのだ。

推理小説では、捜査する名探偵さんたちが、都合よく密室の盲点を見過ごし、解決篇まで『読者』をじらせ続ける。推理小説の構成の必然性の犠牲となり、あからさまに示された重要な手がかりにすら気づかぬピエロ。偶然に頼った調子の良いプロットに流されるがまま……探偵が解決篇で突然『神』のごとき超越存在に変身することの不可解さはさておき、密室の解決というのは、大抵は大したトリックではない。これならば長い話を読まされただけの甲斐があった、とまで思えるほどのものは、ごく希にしかお目にかかることができないのが実状である。

虚構の世界ではそれでも面白いかもしれないが、残念ながら、現実の事件ではそううまく話は進まない。たとえ『作者』という第一動者が存在したとしても、現実の『作者』は意地が悪く、『登場人物』に同情してプロットを変更することはしない……。

人を狂わせる最も危険な色、黄色《イエロー》。黄一色に塗装された離れ小屋、『審判の間』は、中庭のバックにある紅の城壁とのコントラストもくっきりと、不気味にそこに在った。

昼前から空を覆い始めた雲にも、所々に切れ目が見えるようになり、先ほどから時々、太陽が顔を覗かせている。しかし、太陽がまた雲間に隠れてしまっている今、午後三時だというのに中庭はかなり暗かった。

舞衣、音夢だけでなく、龍宮城之介、鴉城蒼也、蟲斯太郎のＪＤＣチーム。鮎川哲子、佐渡九冬、玄矢孝志、有馬みゆきら捜査陣たちによって、密室は入念に幾度も捜査され、多くの推理が検討されたが、未だに解答を摑むには至っていない。

氷龍翔子は、密室の中の電気椅子に座して殺害された。犯人は室内で直接、電気椅子のレバーを引かねばならない。しかし、扉は内外から二重に施錠され、何らかのトリックを使って室内の数字錠を開けることは不可能だった。全包囲の壁、天井、床は徹底的に調べられたが、機械仕掛けはなく、抜け道もなく、わずかの隙間すらなかった。密室は、まさに『完璧』だったのだ。

人外魔境と化した幻影城の鬼門に出現した芸術的な密室、それは芸術家《アーティスト》の名にふさわしい、妖気漂う現実離れした魔業だった。

壊された扉は持ち去られている。音夢は、城内へと続く砂利道（——華と麗の殺された現場——）に立ち、ポッカリと開いた戸口の空洞から室内を見つめていた。時折、少女に吹きつける風がポニーテイルを揺らしたが、彼女は気にもとめない。曖昧な推理展開を得意とするファジイ少女探偵は、思考に没頭しているようである。

先程から拳で外壁を叩きながら、『審判の間』の周囲を回っていた舞衣が音夢の元へゆっくりと戻ってきた。推理を休め、音夢がパートナーを見やると、舞衣の表情には失意の念がありありと浮かんでいた。

「——いかがですか、舞衣さん？」

答えはだいたい予想できるが、まったく尋ねないというのも舞衣に失礼だし、間がもたないので音夢は尋ねた。舞衣は肩をすくめながら、首を左右に振っている。

「ダメ……ね。やっぱ、表面的には、仕掛けが施してあるようなところはどこにもないわ。どこにでもある、普通の木の壁よ。——まあ、この密室は陳腐なトリックではないとは思っていたんだけどね。まいったなぁ。密室でこんなに手こずるなんて何年ぶりかしら」

密室の推理は、盲点を発見してやればすぐに進展する。盲点を発見してやるには、可能性を一つずつ着実に消去していけばいい……。消去推理の貴婦人と称される舞衣にとって、密室の推理は得意分野のはずだった。が、今朝の『武具の間』の西洋甲冑の密室といい、今回の事件では芸術家《アーティスト》に振り回されているばかりで、推理に手を焼いていた。

恨めしげに『審判の間』を横眼で見る舞衣の口調は、心底悔しそうだった。音夢は、先輩探偵に同情した。音夢と舞衣は個人的にも親しい。パートナーだからというのはもちろんだが、なにより友人として、少女探偵は相棒の苦悩している姿に憐憫の情を抱いていた。慰めるような調子で、音夢は話しかけた。

「本当に、出入りできるのは扉だけなのでしょうか」

「残念ながら、そのようだわ。今のところ、この密室の謎はお手上げね。──ま、くよくよしても仕方がない！　他に調べたいこともたくさんあることだし、城内に戻りましょうか、音夢ちゃん？」

音夢の肩を叩いて先を促し、舞衣は砂利道を戻り始めた。

ザッ　ザッ　ザッ　ザッ
砂利を踏みしめる単調な音の繰り返しが、彼女たちの敗北感を刺激した。思考はあてどなく彷徨い、頭の中で、推理はバラバラに散っている。

歩きながら舞衣は、現在LA《ロス》に出張中の九十九十九《つくも》のことを考えた。彼女の命の恩人でもあり、音夢の義兄である十九なら──常識を越えた特殊推理能力を有する彼なら、この難題にいかなる答えを与えるだろうか。いつものように、いとも簡単に、事件の混沌の中に『真実』という秩序を見出だしてみせるだろうか。……おそらくそうだろう。それが、九十九十九という探偵だ。

『謎などありませんよ。あるのは論理的な解決のみです──』

十九の口癖を思い出しながら、舞衣は先を歩く音夢の背中に問いかけた。

「音夢ちゃん、あなたのファジイ推理は『審判の間』の密室をどう解釈しているの？」

城内へと昇る階段に足をかけたところで音夢の足が止まった。ふり返って、少女は困ったように笑う。

「わたしですか。……そうですねえ、いつものように曖昧な考えなんですけれど」

「それでいいのよ。あなたの特技は、曖昧な推理から真相を露出させることでしょう？」

舞衣に励まされ、音夢は頷いて語る。

「わたしは、あの密室の謎は解けないいんじゃないかと思うんですよ、舞衣さん」

決して解けない謎。咄嗟に舞衣が考えたのは、十四年前の彩紋家殺人事件のことだった。

「解けない謎、ねえ。確かに漠然としすぎているわ。密室の女帝と呼ばれるあのS探偵、フィランヌ・メイルネシアの言葉で言うなら、『完璧な密室が構成される例』になるのかな」

「フィーリングで申し訳ないです。はっきりとしたことは、わたしには……」

そこで舞衣は何となく、もう一度『審判の間』を見た。

天の啓示か？　それとも、ただの偶然か？

ちょうどその時、雲天の狭間から笑顔を見せた太陽の光のシャワーが『審判の間』と、まだ雪の残る中庭を激しく照らした。

「何、今のは……？」

舞衣は、それをはっきりと見た。『審判の間』の壁の一点が、陽光が射した時、一瞬だがキラリと光ったのを。

「舞衣さん！　どうしたんですかぁ！」

自分を呼ぶ音夢の声が背後に遠ざかっていく……。

無意識のうちに、舞衣は走りだしていた。

――あの光は、いったい？

はじかれるように駆け出した舞衣の後を追い、音夢も砂利道を走った。

ザザッ！　ザザッ！

二人の女探偵の競走《レース》。ハンデがかなりあったので、音夢は大差をつけられる。

音夢がようやく舞衣に追いついた時、消去推理の達人は、『審判の間』の外壁の一ヵ所に両手をつき、壁の一点を凝視していた。

ハァッ……ハアッ……と、肩で息をしながら、音夢は視線で舞衣の説明を求めた。舞衣は助手に満面の笑顔を見せると、勝利を確信した名探偵の口調で言った。

「音夢ちゃん――あなたは天才よ。おかげで、この密室の謎が解けたわ」

59　壮麗なる空間

パンッ！　という小気味よい音に続いて、グローヴ越しにズシリと軟球《ボール》の感触が伝わってくる。掌から腕を通して脳へと、痛覚がビリビリと心地よい振動を感じる。

「なかなかいいコントロールだね、勝利くん」

鋭く重く、球威がある。魅山薫は相手に軟球を投げ返しながら、素直に賞賛の言葉をかけた。

早朝の連続殺人の衝撃で、少し沈んだ様子だった小杉勝利少年も、幾分、マシな表情になっている。幻影城では、いつも壁がキャッチボール相手らしいこの潑剌《はつらつ》とした少年は、生き生きとした仕種で、薫のグローヴめがけて軟球を放っていた。

「未来のエースですからね。コントロールには自信がありますよ」

一日中《ひねもす》、城内を駆け回って恵と楽しく遊んではいるものの、学校を休んでいるので同級生とも会うことができない。気丈にふるまってはいたものの、殺人事件が終わるどころか大進展し、かなりの衝撃を受けて少し落ち込んでいた勝利である。閉鎖状況で自分たちを取り巻く狂気の奔流を肌で感じた時、少年は事態の深刻さ、逃げ場のない絶望感を深く意識させられたようだ。

『息子がどうも怯えているようなのです。相手をしてやっていただけませんか』

――薫が小杉執事からそう持ち掛けられたのは、つい三十分前のことだった。

無邪気ゆえの逞しさを備えているとはいえ、勝利はまだ中学一年生である。陰惨な凶悪犯罪の渦中にあって平素の精神状態を維持するのにも限界があるのだろう。『閉じ込められる』ことによるストレスの蓄積と、殺人の続発による恐怖と不安の増幅……。執事の話によると、勝利は昨晩、かなりうなされていたようだ。

作家の中でも一番若い薫は、勝利や恵によくなつかれている。執事が予想した通り、薫との触れ合いは少年の心の傷を癒す効果があった。

薫の利き腕は左だったが、勝利少年も左利きなので、グローヴ（左利き専用）には困らない。現在、勝利が野球部でピッチャーとして活動しているのと同じように、薫も中高時代は、野球部でピッチャーをしていた。補欠ではあったものの、六年もピッチャーとして鍛えたことで、薫のピッチングはなかなかのものだ。中庭の二人だけのキャッチボールは、かなりのハイ・レヴェルだった。

勝利はいかにも爽やかなスポーツ少年という感じだったが、薫の方は、女性的な容姿をしていることで、『野球のピッチャー』というイメージとなかなか結びつかない。透明感のある風貌のすらりとした青年がキレのある速球を投げてくることに、軟球《ボール》を受ける勝利が戸惑いを感じるほどである。

勝利や恵にとって、薫は『優しいお兄ちゃん』というよりもむしろ『少し男っぽいお姉ちゃん』という感じだった。キャッチボールに興じることができるのは勝利には大いにありがたかったが、薫の意外な一面を見せられ、妙に困惑してしまうのも仕方がないことかもしれない。

フォークをかけようとしてすっぽ抜けた勝利の球をジャンプして巧みにキャッチすると、薫は妖美な笑みを少年に送った。

「変化球はまだ投げ慣れていないようだね、将来のアル中（有涑中学）のエースさん♪」

見え透いた世辞だったが、エースと言われ、少年の顔はほころんだ。人を疑うことを知らないから、子供はおだてに乗りやすい。それを知っているくせに、罪な大人たちは子供を乗せたがる。そうして育てられた子供がやがて大人になり、次世代の子供たちに夢をみさせる。現実のない、虚構の関係。その悪循環……。

勝利は、調子に乗って渾身の豪速球を薫のグローヴにズバズバと投げ込んでいる。

「いずれは怨邪高校に入学《おや》して、僕も甲子園を目指すんだ」

怨邪高校は、京都屈指の野球名門校である。野球部の中での競争に勝ち抜き、もしエースの座を勝ち取れたら、甲子園のマウンドに立つのも夢物語ではないかもしれない。……が、はたしてそううまくいくかどうか。頂点を目指しているのは、決して自分一人ではない。そのことを承知してハングリーに道を究《きわ》めねば、レギュラー争いのレースから抜け出すことはできないだろう。

現実の厳しさを知らぬ少年の夢を聞いて、薫は苦笑した。勝利のピッチングは、まだ補欠の域を出るものではない。今後、どこまで伸びることができるかは、彼の努力次第だろう。

過酷な現実の洗礼を受けても、夢を捨てずにいられるか？　――もし、ずっと夢を追い続けることができて、少年に素質があり、ある程度の運に味方されたら……

「数年後が楽しみだね」

薫のその言葉は世辞だけではなく、本音もブレンドされていた。夢を捨てた者は、後継者に希望を託する。少年には、夢を委ねるだけの不思議な魅力が備わっていた。

この少年なら、ひょっとしたら――。そう思わせるだけのものを、少なくとも勝利は持っていたのだ。『勝利』という名前もいい。スポ根《こん》（スポーツ根性）マンガの主人公のような、と形容すれば俗っぽくなってしまうが、力を感じさせる響きの名である。

言霊《ことだま》を研究している濁暑院溜水などは、創作の上でも、言葉の配列、流れに異常なまでに拘っているようだが、薫はそれほどでもない。しかし、小説を書いていると『言《ことば》』というものの持っている力を、強く意識させられる時がある。

たとえ人間の描けていない推理小説でも、『言《ことば》』の力を自在に操れば、人物に生命を吹き込んでやることはできるのではないか……いつぞや、薫は溜水にそう議論を持ち掛けたことがある。『言』を操る達人である溜水は明確な答えを出すのを避けたが、それは小説の倫理観に気を遣ったのだろうと薫は分析した。『言』の使い方によっては、小説は小説とはまったく別の創作へと姿を変える。それは、溜水が自作で常に証明し続けているテーマだった。『流水小説』などと大仰なジャンル名を冠しているものの、溜水の創作する物語は、小説とは一線を画するものなのである。

勝利という名にふと感じた『言』の魔力から、薫は、小説論へと展開していった。考え事をしながらキャッチボールをしていると、勝利の球がいっそう速く、鋭く感じられる。カーヴにグローヴが追い付かず、キャッチできずに薫がついにボールを弾くと、勝利が楽しそうに笑った。

「どうしたのさ、今の緩い球だぜ。現役を遠ざかると、衰えは隠せないね」

その一言で、薫の頭の中から小説のことは追い出され、勝利とのキャッチボールに専念する気持ちが生まれた。

「言ってくれるね、勝利くん。少し本気を出そうか」

「よろしく頼みますよ、スミレさん」

恵に感化されたのか、勝利も『スミレさん』というニックネームを使用するようになっていた。

薫が手加減抜きでピッチングに集中すると、勝利は真剣な表情になって、嬉しい表情になった。

「さっすが！　こうでなくちゃ、面白くない」

「さあいくよ、勝利くん！」

気持ちのいい汗が二人の肌を伝う。殺伐とした事件とは無縁の空間を創り出し、二人はその中で、夢をキャッチボールしていたのかもしれない。

どこかに置き忘れた夢と、これからずっと追い続けるはずの夢が、グローヴからグローヴへと投げ渡される。

世代から世代へ、夢はいつも受け継がれる。

●

「この作品が超大作になるのは困るな。せめて、中篇で終わってもらわなくては……」

葵の部屋（『客室Ⅳ』）である。

事件記録物語《ノンフィクション・ノベル》『華麗なる没落のために』の最新原稿を読み終えた葵は、かたわらで『ドグラ・マグラ』（挑発的な表紙の角川文庫版）をめくる溜水に向かって本音を吐いた。

溜水の精力的な執筆の甲斐あって、『華没』は着実に前進していた。——が、それは同時に幻影城殺人事件も前へ前へと進み続けているということだ。葵の言うように、原稿がコンパクトにまとまっているうちに事件が終わらなくては、とんでもないことになってしまう。『華没』が大作になるということは、事件がそれだけ大きくなるということなのだから……。

頷きながら、溜水は『ドグラ・マグラ』のとあるページを開き、葵に示した。

「お前が知りたがっていた『ドグラ・マグラ』の意味がここに載っているよ。ほら——」

溜水から本を受取り、葵はその箇所を朗読した。

「うん、これだな……『ドグラ・マグラという言葉は、維新前後までは切支丹《キリシタン》伴天連《バテレン》の使う幻魔術のことを言った長崎地方の方言』——なるほど、こうして確認してみると、記憶に残っているような気がする。いや、実はさっき廊下で遭った魅山くんに『ドグラ・マグラ』の意味を覚えていますかと聞かれて、俺も気になっていたんだよ」

「しかし、『ドグラ・マグラ』も凄い。ほとんどの読者がタイトルの意味すら覚えていないのに評価しているんだから。これはまさに幻魔作用《ドグラ・マグラ》か、それとも言霊《ことだま》の力と分析するべきなのかな」

「幻視家《げんしか》ならぬ、『言《ことば》』を司る言司家の濁暑院先生らしいご意見だ。だが、一理あるよ」

葵が茶化すように言った。溜水は部屋の冷蔵庫から持ち出してきた缶ビールで喉を潤しながら、シリアスな表情になっている。

「——『言《ことば》』か。この幻影城殺人事件こそ、『言』に操られた犯罪と呼ぶべきだな。俺なんかより、芸術家《アーティスト》の方が言司家の名にふさわしい」

短い沈黙の後、葵は厳しい視線を友に向ける。

「んー……そうかもしれないな。お前とあの黒衣の探偵、それに芸術家《アーティスト》か。三人も言司家が揃ったんじゃ、『言』が迷わない方がおかしい」

溜水と城之介の会合のことは、葵も聞いていた。『華没』を包む捜査の輪が拡がったことによって解決に近づいた気もするが、一方で、溜水の紡ぐ夢物語に自分たち『登場人物』が飲み込まれてしまうのではないか、という不安も拭いがたく存在していた。

もう一度、『華没』の原稿をパラパラとチェックし、葵はそれを溜水の方へ押し返した。溜水は入魂の原稿を自分でも確認している。

「それにしても、あっという間にこれだけの量を執筆してしまうんだから、やはりお前は速筆だな」

溜水から貰った缶ビールを呷りながら、葵は呆れたように言い放つ。溜水は原稿に視線を向けたまま、興味なさそうに答えた。

「自分を取り巻く環境が異常だからかな。今回は特に、集中力が極限まで研ぎ澄まされているような気がしている——自分でも、戸惑っているほどなんだ。体内の真実の時間と、人工の時間とのギャップを感じさせられるよ。……そう言えば、『ドグラ・マグラ』に時間についての話があったじゃないか。あれは、わかりやすくていい」

葵が床に置いていた『ドグラ・マグラ』を引き寄せると、溜水はふたたびページをめくり、問題の箇所を探し始めた。

待たされた葵は、ボーッと視線を宙に漂わせながら、事件のことを考えていた。

……氷龍翔子が殺害された時、葵の周囲で世界はいったん崩壊していた。柊木や水野、それに双子猫が殺されても、つまるところそれは他人の死であり、同じ屋根の下に殺人狂が潜んでいるとは、現実には考えられなかった。ところが、芸術家《アーティスト》は二件の殺人殺猫に続いて、葵にとってかけがえのない最も大事な仲間の一人を乱暴にもぎとり、彼を狂気に満ちた事件の中へと力ずくで引き寄せた。

——この幻影城には、部外者が一人も存在しない。閉ざされた大きな匣の中で、誰もが関係者であり、容疑者であり、被害者になる可能性を持っているのである。

翔子の死で、葵はそう認識を改めた。ここでは、『他人の死』というよそよそしいものはない。すべてが、同じ舟に乗り合わせた仲間たちの死なのだ。

殺人、殺猫、怪奇、幻想、悪意、恐怖、不安、謎、絶望、慟哭、困惑、嗚咽、不可解、夢、狂気、闇。そういったものがリアルに感じられるようになるにつれ、逆に葵の足元で世界は崩れていった。気がつくと、これまでの自分が暮らしていた日常世界はどこにもなく、推理小説的な虚構の世界の中に囚われていた。

マイナスの思考が突き抜け、一時は、葵は事件に諦観しつつあった。これは、どうしようもない天災のようなものだ。人力では、防ぐことができないものだ。台風を防ぐことができないように、その進路が逸れることをただ祈るしかないように、人間には手の届かない領域にある災害の一種なのだ——そんな風に考えるようにまでなっていた。

悠久の時を経て、人は科学の力を手に入れた。多くの知識を手に入れ、自分たちが地上の覇者と錯覚するにまでなった。……それでも、結局、人は何も変わっていないのだ。大自然の圧倒的な力の前では何ら抵抗することができない無力な存在。それが、我々なのだ。

——だけど、このままなす術もなく諦めていていいのか？

葵がそう懐疑し始めたのは、今朝のことだった。人間的な感情などどこにも感じられない非情さで、虫ケラのように二人の巡査と料所警部が——さらには、葵の敬愛する同志、風紋寺光世までが殺された。最初にやって来たのは、『怒り』だった。憤りが覇気を捨てた男に『逞《たくま》しさ』を回復させた。生きるために必要な力強さは、葵に闘う意志をくれた。

まったくの偶然から、いきなり二つの屍体を発見することになってしまった星野多恵。それに続いて、首なし屍体にまたも遭遇した、その精神的な打撃は計り知れない。しかも、それだけではない。警部の屍体だと思っていたのが、実は実兄の変わり果てた姿だったという過酷な事実。兄の生を信じて一縷の希望にすがり、絶望の闇の中に何とか光を見出だそうとしていた彼女は、それで終わりだった。すべてが奈落の底に陥ち、バラバラになり、跡形もなく砕け散った！

――彼女が助けを必要としている時、俺は何もできなかった。傷つき、ボロボロに消耗したあの人を優しく労《いたわ》り、慈愛で癒すことができなかった。現実から虚構へ反転した世界に諦め、前に進むことを忘れて、俺は……

龍宮城之介のように『言《ことば》』を操って捜査することも、濁暑院溜水のように高速で記録物語を執筆することも、できない。――といって、精神を傷つけられた者同志で慰めあうこともできない。

いったい、自分には何ができるのか？

葵は、もがいていた。芸術家《アーティスト》と対決する断固たる意志を持ったのはいいが、それを実行する方法を見つけられずに、あがいていたのだ。

――俺は、言い訳しているだけなのか。いや、それは少し違う。自分に適した闘い方で挑むのでなければ、戦力として第一線で臨戦する意味がない。だから、他人のやり方にならうことはない。自分にできることを見つけられればいい。では、何をすればいい。俺は、何をするべきなのか。それを考えろ！　考えて考えて、答えを捜し出せ！

答えはすぐに見つかるものではなかった、思考に没頭していた葵は、溜水に繰り返し名を呼ばれて、ようやく我に返った。

「事件のことを……考えていたのか？」

溜水は、いつも通り気遣いを忘れない男だった。会話の最中に相手が自分だけの世界に入ってしまっても、状況を判断して責めることなく、その理由が明確な時は、逆に労《ねぎら》いの言葉をかけてくれる。

葵は、そんなに他人が好きではなかったし、常々、人間というものは勝手な生物だと考えていた。そのため諍いを起こし、あるいはつきあいに耐えきれずに、数年ごとに友人はがらりと替わっていたが、溜水や翔子とは、ずっといい友人関係を保っていた。それはひとえに、彼らのひととなりゆえであろうと葵は考えていて、短気なところのある自分と共に歩いてきてくれた二人のことを、自分自身のことのように大事に想っていた。

その二人は、もう一人になってしまった。翔子が永遠に手の届かないところへ姿を消してしまった今、葵にとって溜水は、失うわけにはいかないアイデンティティの一部だった。

「スマンスマン。気にしないでくれ。──えっと、時間の話だったな。そうだ、俺もあそこは『ドグラ・マグラ』で一番、感銘を受けたところだった」

努めて強気を装い、明るい調子で言う。溜水は葵を深く追及しなかった。言いたくないことは無理に聞かない……そういう男なのだ。

溜水は寂しげに一瞬だけ微笑して、『ドグラ・マグラ』の一説を朗読した。

現代医学によると普通人の平静な呼吸の約十八、もしくは脈搏の七十幾つかを経過する時間を標準として一分間と定めている。その六十倍が一時間、その二十四倍が一日、そのまた三百六十五倍が一年と規定してある。同時にその一年はまた、地球が太陽を一周する時間に相当することになっているので、信用ある会社でできる時計が示す時間は、万人一様に同じ一時間ということになっているのであるが、しかしこれは要するに人工の時間で、真実の時間の正体というものは、そんなものではない。その証拠には、その同じ長さの人工の時間を各個人が別々に使ってみると、そこに非常な相違が現れてくるから不思議である。

手近い例を挙ぐれば、同じ時計で計った一時間でも、面白い小説を読んでいる一時間と、停車場でボンヤリ汽車を待っている一時間との間には驚くべき長さの相違がある。尺竹で計った品物の一尺の長さが、万人一様に一尺に見えるようなわけにはいかないのである。または水に潜って息を潜めている一分間と、雑談をしている一分間とを比較しても思い半ばに過ぐることで、前者はたまらないほど長く感じるのに反して、後者は一瞬間ほどにも感じない……というのが偽らざる事実でなければならぬ。

更に今一歩進んでここに死人があるとする。その死人はその死んだ後においても、その無感覚の感覚によって、時間の流れを感じているとすれば、一秒間も、一億年も同じ長さに感じているはずである。またそう感じるのが死後の真実の感覚でなければならぬので、すなわち一秒の中には一億年が含まれていると同時に、宇宙の寿命の長さといえども一秒のうちに感ずることができる訳である。この無限の宇宙を流れている無限の時間の正体は、そんなような極端な錯覚、すなわち無限の真実のうちに、矢のごとく静止し、石のごとく疾走しているものにほかならないのである。

真実の時間というものは、普通に考えられている人工の時間とは全く別物である。むしろ太陽、地球、その他の天体の運行、または時計の針の廻転なぞとは全然無関係のままに、ありとあらゆる無量無辺の生命の、個々別々の感覚に対して、同時に個々別々に、無限の伸縮自在さをもって静止し、同時に流れているもの……ということが、ここにおいて理解されるのである。

——夢野久作『ドグラ・マグラ』より

「体内時間と人工時間の相違は、本当に面白いよ。ＣＤで音楽を一曲聴く五分間と、長距離を疾走する五分間は、まったく異なる長さだからな。それは俺たちの錯覚と言うわけではなく、その時々で体内の時間の流れ方が違っている、というわけだ」

溜水が朗読を終えて友人を見ると、それまで瞼を閉じて耳を傾けていた葵は、愉快そうに言った。

「ほとんどの動物は、生まれてから死ぬまでに心臓を打つ回数が決まっている。人間は寿命に大きなバラつきがあるが、俺はそれでも、人間の寿命もまた、定まっているのではないか……と考えたことがあったな。あれは、『ドグラ・マグラ』を読んだ直後のことだったと思う」

「ホウ、それは初耳だぞ。どんな仮説だ、溜水？」

「人間は『言《ことば》』を発見し、そこから意識が生まれた。それぞれの意識を持つようになったから、本能とは分離した理性が生じた。そして、それゆえに——人が考える生物であるがゆえに、個々人の体内時間は異なるものとなっている。つまり、我々に与えられた寿命が仮に一〇〇年という時間だとすると、体内時間で一〇〇年を使い果たすまで人間は生きている、言い換えるならば、体内時間の一〇〇年が人工時間の寿命となっているんじゃないか、ということさ」

葵はしばらく腕組みをして黙考していたが、やがて、納得がいったのか、右手の拳で左の掌をパンと叩いた。

「それは確かに面白い考え方ではあるな。年をとっても若々しい人は体内時間での年齢（真実の年齢）が実際に若く、若いのにフケている人は実際に年老いてる、ってことだろ。それなら若死にや長寿も充分に説明がつく。……寿命が体内時間の流れの速さに左右されているのだとしたら。溜水、お前は気をつけないと、そろそろヤバいんじゃないか？　なにせ、いつも命を燃焼させてるからな」

「はは。漫然《まんぜん》と長く生きるぐらいなら、充実した短い生を選ぶよ。創作に没頭することによって呼吸や脈搏が激減しているから、短い人工時間でも、長い体内時間を得ることができる。今は、少しでも長く創作と向かい合っていたいんだ」

「『華没』が絶筆となるわけじゃないんだ。あまり命を削りすぎるなよ」

溜水の瞳に意味ありげな光を感じながら、葵は、友人のことを本気で心配した。溜水の異常な執筆量から判断するに、彼の体内時間は恐ろしく速く流れているのだろう。創作にのめりこみすぎる、といえばそれまでだが、人と同じ人工時間に膨大な体内時間を費やしているということは、それだけ真実の時間、真実の寿命を浪費しているということになる。

時に友人から感じる大人びたところ、若者離れした悟りきったところは、ひょっとしたら、溜水の真実の年齢が六、七十歳だからなのかもしれない。葵がそんなことを考えていた時、廊下の方から、蜜蜂の唸るような音がした。

……ブウ〰〰〰〰ンンン〰〰〰〰ンンン……

大柱時計が時を告げる音だ。その瞬間、葵は、一瞬の中に無限の宇宙を感じたような奇妙な感覚に陥った。極小の窓から、極大の世界が流れ込んでくる。

……ブ〰〰〰〰ン……

溜水は、そこにいなかった。ただ闇が在り、葵は宇宙に一人で座していた。生者も死者もなく、時間という幻の境界線が消滅したこの空間のどこかで、生きている翔子を感じることができるような気さえもする。

……ブ〰〰〰〰ン……

そこでいったん、葵は白紙状態《タブラ・ラサ》に戻った。

原始の状態に、あるがままの姿に戻った。喜びも怒りも哀しさも楽しさもない、喜怒哀楽が生じる前のはじまりの姿に。

……ブ〰〰〰〰ン……

そこから、すべてが流れ出した。何もかもが、もう一度、組み立てられる。再構成の予感がした。

人生がリプレイし、これまでのすべての記憶を一瞬かつ無限の時間に追体験する。

……ブ〰〰〰〰ン……

わかってきたような気がした。自分が何をすればよいか。どのように芸術家《アーティスト》と闘えば良いのかということが、わかりかけたような気がした。

不思議な宇宙が葵を包む。

これは——これは？　……ああ、これは！

幻魔作用——ドグラ・マグラだ!!

……ブ〰〰〰〰〰ン……

「もうこんな時間だ。葵、そろそろ食堂に行こう」

闇の中から溜水の声が聞こえる。少しずつ世界は明るくなり、葵は元の自分へと回帰した。

無限の時が経過していた。だがそれは、一瞬のことだった。

腕時計に眼をやる。いつの間にか午後七時だった。

溜水に続いて葵も立ち上がり、二人は部屋を後にした。

……ブウウンンンン……

60　芸術家《アーティスト》への挑戦☆包囲網

　夕食前。食堂に集まった一同を前に、ささやかな解決篇が行われた。霧華舞衣による『審判の間』の完全密室の攻略である。

　幻影城の要所要所を警備する人員を除いて、幻影城殺人事件のすべての関係者が顔を揃えている。全員が息を殺して注目する中、上座で起立した舞衣は、関係者たちをゆっくりと見回し、説明を始めた。

「あたしが芸術家《アーティスト》の使ったトリックに気づいたのは、全くの偶然からでした。幾つかの偶然の要素に助けられ、密室の謎は解明されたのです」

　舞衣は、隣席から彼女を見上げる九十九音夢をちらと見た。微笑む音夢に微笑を返す。様々な偶然の要素の一つは、音夢のファジイ推理――密室が完成しているのではないか？　というものだった。

　鮎川哲子警部は瞼を閉じて、龍宮城之介は両肘を机に乗せ、組み合わせた両手の上に顎を乗せて、鴉城蒼也は煙草の先で踊る煙を眺めながら、螽斯太郎は腕組みをして、佐渡九冬、玄矢孝志、有馬みゆきの三人は並んで立って、それぞれ解決篇に傾注している。捜査陣もまだ解答を聞かされていないので、舞衣の話には好奇心を隠せない様子だ。虚栄心、嫉妬心、功名心から、舞衣に先を越されたと思っている者は……少なくとも表面上はいないようだった。作家たちや幻影城関係者たちは、そわそわと落ち着かない様子だ。こういった雰囲気に慣れていないのか、それとも、初めての体験に興奮しているのか。どちらにせよ、舞衣の提出する推理が気になって仕方がないのは確実だろう。

　一同の期待に応えるべく、舞衣は続けた。

「トリックを解明する鍵となったのは、他ならぬ釘でした」

鍵と釘。類似した音を持つ二つの言葉に興味を抱いたのは、城之介と溜水だけのようだった。友情を結んだばかりの黒衣の探偵と長髪の推理作家は、互いに顔を見合わせ、かすかに口元をほころばせた。二人の他の者は、舞衣に集中しているので、そのことには気づいていない。

螽斯がゆっくりと腕組みを解いて、ううむと小さく唸った。鮎川哲子は、眉をひそめ、不思議そうに女探偵を見ている。

「あたしは、『審判の間』の木壁に打ち込まれている釘の何本かが新しくなっているのを、先ほど発見しました……」

舞衣が音夢と共に『審判の間』を去ろうとしたあの時、陽光を受け、壁の一点がキラリと光ったのは、新しい釘が光ったものだった。

静まりかえった聴衆の中から、「そうか！」という鋭い声がして、数瞬だけそちらに皆の視線が移る。声をあげたのは鴉城蒼也だった。右手に挟んだ煙草の灰を灰皿に落としながら、蒼也は城之介を——続いて舞衣を見た。二人の先輩探偵は、後輩が真相に辿り着いたのを知り、優しく頷いている。その様子から察するに、城之介も、舞衣のヒントとなる言葉から、蒼也よりもさらに速く真実を手にしたのだろう。

その他の者は、あらかじめ推理を聞かされている音夢を除いて、まだ誰も真相に到達していないようだ。哲子や螽斯は、女探偵の一言で正解に近づき、今まさに答えを知ろうとしているようだったが、舞衣は構わず解説を進める。

「この密室の特徴は、密室が完成してしまっているところにありました。通常の場合は、何らかの盲点を利用した錯覚トリックで実は密室ではない部屋を密室だと誤解させるのですが、『審判の間』は紛れもなく、完璧と言える密室が完成していたのです」

推理小説でよく宣伝文句に使われる『完全密室』は、しょせん解かれるためにのみ存在する不完全な密室であるが、『審判の間』は、崩壊しない密室、まさに『完全密室』だった。

「芸術家《アーティスト》が出入りしたはずなのに、密室は完成していた。答えを知ってしまえば簡単なのですが、完全な密室状況は、出入りするためにいったん崩され、そしてふたたび創られたのです。――なぜ、釘は新しくなっていたのか？　そう、芸術家《アーティスト》は『審判の間』の壁板を剝がし、そこから出入りしたのです」

舞衣の声に呼応するかのように、話の区切りのいいところで、窓の外で不意に雨が降り出した。ポツリ、ポツリ、と。やがてそれは勢いを強めていく。

雨に注意を奪われたのは、数人のみ。多くの者が舞衣の推理に啞然とし、室内には、どよめきが渦を巻いている。真相は実に単純なことだった。シンプル・イズ・ベスト――その簡潔さが盲点となっていたのだ。

むろん、それだけではない。捜査陣は、『完全密室』を崩そうと躍起になっていたが、舞衣は、音夢のフォローを受け、柔軟な発想で『完全密室』のまま密室の謎を解くことに成功したのである。舞衣&音夢のコンビの功績は賞賛に値するものだろう。

しかし、『完全密室』が完成していたとは……真実を知ってからよくよく考えてみれば、芸術家《アーティスト》の狙いは、捜査陣の解けない謎を築くということよりも、あくまで『完全密室』を築くことに力点が置かれていたような気がする。見事に完成された完全密室は、トリックとは関係なく、芸術性において密室の最上級に位置づけられる『至高の密室』と言えた。

舞衣の推理から、虹川などは推理小説の始祖『モルグ街の殺人』を引き合いに出し、考えを巡らせていた。『モルグ街の殺人』でも、釘が密室の謎を解体する重要な手がかりとなっていた。ただ、あの場合は密室は崩壊するために存在していたが、『審判の間』の密室は崩壊しないように再構築されていた。その差は歴然としているが、類似しているところがないわけではない。与えられていた情報は少なかったとはいえ、なぜ真相を導き出せなかったのかと、虹川は自己の推理の才の乏しさを思い知らされるようだった。

密室の謎（トリック）そのものは大したことがなかったが、『完全密室』が崩壊せずに完成されたまま残ったことに一同は驚きを禁じえず、その辺りに芸術家《アーティスト》の殺人芸術への拘りを垣間見たようだった。おそらくこの食堂で、何食わぬ顔をして聴衆の中に溶け込んでいるはずの芸術家《アーティスト》は、今、どのような気持ちで女探偵の推理を聞いているのか？　……それは、芸術家《アーティスト》当人ただ一人を除いて、全員が興味のあるところだった。

「――犯人の正体に見当がつくまでは、芸術家《アーティスト》がどのような手段を用いたのかわかりませんが、とにかく、氷龍さんは客室から誘い出されました。彼女を気絶させてその自由を奪い、『審判の間』へと運んだ。途中、華と麗の双子猫を殺害したのは、おそらく作業の邪魔になったから、妨害されたからであろうと推測されます」

平井太郎の表情に苦渋の色が差した。華と麗のことを回想し、憤りに震えている。舞衣の推理に注目しているため、平井氏の変化に気づいた者はいない。

一方、葵は、女探偵の言葉にヒントを得て、思考を働かせていた。芸術家《アーティスト》はどのような手段を用いて、氷龍翔子を客室から誘い出したのか？　――それは、皆が考えている以上に重要なのではないかと葵は考える。最期の夜、葵自身が警告したこともあり、翔子が油断をしていたとはまず考えられない。だとすれば、なぜ、翔子は扉を開けたのか。……思わず油断してしまう人物だったのか？　それとも犯人は、――

親鍵《マスター・キイ》を使用できた幻影城関係者の中にいる？

聴衆は各々、舞衣の言葉から独自の推理を展開させている。舞衣が食堂内を見回したところ、とりたて妖しい様子の者はいなかった。もし本当に、ここに集《つど》った関係者の中に芸術家《アーティスト》がいるのなら、そいつは少々のことでは動じない冷静さと、そ知らぬ顔で周囲に溶け込むかなりの演技力を備えている奴だ。

ざわめきが鎮まるのを待って、推理を再開する。

「釘抜きで壁板を何枚か慎重に剝がし、室内に入る。後は氷龍さんを電気椅子に座らせてレバーを引けば終わりです。黒い布で眼隠しをしたのは、彼女を死刑囚のように扱うため、とも考えられますね。『審判の間』の扉には、『審判は下された』という文句が貼り付けられていました」

含みのある調子で、舞衣は城之介に視線を向けた。城之介はかすかに微笑しただけで、視線を逸らしてしまった。黒い布での眼隠しに関しては、彼女たちは何か別の解釈も用意しているようだ……二人の仕種を見ていた蒼也などは、そう考えていた。

舞衣は食卓の自席のところに置いておいた紙束をとり、一同にそれを示した。濁暑院溜水が執筆している事件記録物語『華麗なる没落のために』のコピー原稿を束ねたものである。城之介の手配により、『華没』は数部コピーされ、捜査陣や幻影城の使用人たちにも回し読みされていた。事件関係者の中で、今では『華没』の存在を知らない者はいない。そこまで、原稿は浸透していた。

周知の事実なので、舞衣は原稿についての説明は省略することにした。

「濁暑院溜水さんの執筆された、この『華麗なる没落のために』という原稿の『24　雷雨の夜』で、濁暑院さんは、午前二時二十六分に猫が激しく鳴いていたと記されています。ご本人にお聞きしますが、これは――事実ですね？」

「もちろん。事実だと、確言しますよ」

溜水は淡々と簡潔に証言した。見たところ彼は、『華没』が事件の重要参考資料として扱われることを喜ぶとともに、当惑してもいるようだった。

閉空間の中での奇怪な殺人事件。それをリアルタイムに記録する物語を執筆し、事件関係者全員にそれを読まれ、あまつさえ、探偵の推理の助けとされる。古今東西、作家は数多くあれど、このような数奇な創作体験をしたのは、おそらく、濁暑院溜水ただ一人だろう。

「いいでしょう……その頃、双子猫が殺害されたとすると、氷龍さんの死亡推定時刻が午前三時前後ですから、壁板を剝がしていた時間を考えるとちょうど計算があいます。殺人を終えると芸術家《アーティスト》は室内から数字錠を施錠し、壁にあけた穴から外に出た。後は壁板を外側から留め直しておけば『完全密室』は完成です。一度抜いている釘は錆びついている上に曲がってしまう。注意深くすれば、釘の再利用も可能だったかもしれませんが、実際、幾つか曲がってしまったのです。何本かの釘が新しくなっていたのが、その証拠ですね」

芸術家《アーティスト》は魔術師でも超越者でもない。単なる人間なのだ。そのことがはっきりとわかっただけでも、この解決篇は意味があった。ようやく捜査陣は一矢報いたという感じである。これまでまったく尻尾を摑ませなかった敵の防御の一角（密室）を突破したことを発端に、捜査がさらに前進することを願ってやまない関係者たちだった（むろん、芸術家《アーティスト》だけはその例外なのだが）。

「ちょっと待ってください、霧華さん」

そこで、手をあげて疑問の声を発したのは、鮎川哲子だった。丸眼鏡の奥から鋭い視線を飛ばす哲子と、それを真っ向から受け止めて微動だにしない舞衣。

城之介は、推理合戦でも始まらないものかと、楽しそうに二人の女性を交互に見比べている。

「鮎川さん、あたしの推理に何か問題がありましたか？」

「静まりかえっている夜に、壁板を釘で幾度も打ちつけていたのなら、誰かしら気づいたのではありませんか。現に、濁暑院さんは猫の悲鳴を聞いておられるわけですから」

なるほど、というように頷いているのは、哲子の助手の佐渡九冬一人である。名前の出た溜水は、警部の指摘に対して発言を試みようとしたが、黒衣の推理貴公子に先を越されてしまった。

「それは違うな、鮎川嬢。濁暑院氏は確かに猫の鳴き声を聞いたが、それだけでも運が良かったのだ。他に猫の悲鳴を聞いた者がいないことからもそれは明らかだし、何よりあの晩は激しい雨が降っていたのだから。釘を打つ音がかき消されたと考えれば、矛盾はなくなる。——それに、霧華嬢のことだ。当然、裏をとってあるんだろう？」

城之介は同僚の実力を過小評価していなかった。彼の予想通り、舞衣はためらうことなく頷く。

「ええ、もちろん。小杉執事に確認したところ、ここ数年、『審判の間』の壁板を打ち直してはいないそうです。それから、使用人Dこと金井《かない》英貴《ひでたか》さんの証言では、工具箱の中から、新しい釘がいくらかと金鎚がなくなっているとのことです。金鎚は一週間ほど前には確かにあったとのことだから、ここ数日の間に紛失したということになりますね」

そこで城之介が立ち上がり、一気にまくしたてる。

「金鎚と釘の消失と、『審判の間』の壁板の一部の釘が新しくなっていたことは無関係ではないだろう。反証があがらない以上、金鎚と釘を使ったのは芸術家《アーティスト》だ。それがダミーの密室トリックであるという可能性も皆無ではないが、そう考える方が無理がある。誰かが新しい釘に気づくという保証はないから、もし芸術家《アーティスト》の狙いがダミーの密室トリックなら、例のワープロの貼紙なりで釘に注目させるだろうし、そんな推理には必然性がない。霧華嬢の推理が正しいと龍宮も考えるよ」

推理を補強してくれた城之介に舞衣がウインクを飛ばして礼に代える。黒衣の探偵は、気にするな、とばかり手を振って着席した。それに続いて、人の輪の中から歩み出て発言したのは、玄矢刑事だった。

「いや、しかし龍宮さん。金鎚も古い釘も、幻影城内の調査からは見つかっていないんだが」

その疑問を解消したのは、城之介でも舞衣でもなく、老練なる名探偵・鴦斯太郎だった。

「玄矢くん、それについては問題ないだろう。単に、まだ発見されていないとも考えられるし、発見されなくとも、金鎚や釘だ。芸術家《アーティスト》は、それらを城外に放り出すだけでいい。どうしても発見したければ、美奈湖の底をさらわねばならんだろうが、まあ、十中八九——いや、百中九十八九、重要な手がかりとはならないだろう。芸術家《アーティスト》がその程度の敵なら、今頃、とっくに幻影城殺人事件は解決しているはずだからな」

老探偵の言葉で、第一の密室の解決篇は幕を下ろした。関係者たちは、とりあえず謎が一つ解体されたことで、ホッと胸を撫でおろしている。その中に、何食わぬ顔で芸術家《アーティスト》が紛れ込んでいると考えると複雑な心境だが、これまで完璧に捜査の網から逃げ続けてきた芸術家《アーティスト》の鉄壁の守りに亀裂を生じさせることができたのは、犯人以外の者たちにとっては大きな収穫だった。堤も、蟻の穴から崩れるのだ。地道に確実な攻撃を続けることは、決して無駄なことではないだろう。

しかし、舞衣の推理はそこでは終わらなかった。消去推理の貴婦人が放った最後の言葉は、食堂に混沌の大波を発生させ、居合わす全員を飲み込んだ。

「密室の推理につけ加えておきますけど、あたしの推理では、芸術家《アーティスト》は右利きです」

おおっ！　と全員がどよめいて周りにいる者たちを見渡す。世間と同じく事件関係者の中でも、右利きの者は左利きの者より圧倒的に多いようだ。利腕だけでは大した限定材料とはなり得ないが、推理の連鎖で芸術家《アーティスト》を少しずつ縛っていくのは、悪いことではないだろう。包囲網というものは、徐々に大きくしていき、完成したところで一気に小さくし、敵を追いつめるものだからである。

「霧華さん、その根拠は何なのですか？」

全員を代弁して質問を発したのは有馬みゆきだ。みゆきは容疑者圏外となる左利きだったが、舞衣の飛躍的な推理が気になった。頭の回る女探偵が、ダミーの推理を呈示することによって、容疑者たちを罠にかけている可能性もあるような不安がある。その推理が罠であった場合は、疑われているのは、数少ない左利きの者たちかもしれないのだ。

「あたしは根拠のない推理はしないわ、有馬さん♪二人の巡査が殺害された『美画の間』の捜査ファイル──あれには、二人の巡査が左利きだったと書かれていましたよね？」

舞衣が眼で問いかけたのはみゆきではなく、その隣に立つ筋肉質の男。今朝、鮎川哲子が到着するまでの間、捜査主任代行を務めていた玄矢孝志だった。

「ええ、そうです。榊一郎と佐藤一郎は、共に左利きでした。……それが？」

「玄矢さん、ありがとう。──それでは、問題です。二人の巡査は左利きなのに、どうして右手に拳銃を持って殺されていたのでしょう？」

舞衣は、芝居がかった調子で言った。初歩的な問題だった。少なくとも彼女は、そのつもりだった。

アッ！　と呟いて舞衣に驚愕の視線を真っ先に向けたのは鮎川哲子だ。さすがはキャリアの警部さん。思考の鋭さと切り替えの早さは、なかなかのものだった。

「二人の巡査の右手からは硝煙反応が出ていた、とのことでした。──ということは、芸術家《アーティスト》は彼らが左利きであることを知らずに、右利きだと思い込んで、おそらく気絶させられていたのであろう二人の右手に銃を握らせ、相手の胸めがけて発砲させたのですね」

ウーム、と唸る螽斯は腕組みをして難しい表情になっている。老探偵と眼があった城之介は頷き、テーブルをバンッと叩いて全員の注目を一身に集めると、ふたたび立ち上がった。

ＪＤＣ第一班に名を連ねる超一流の二人の名探偵、霧華舞衣＆龍宮城之介。食卓を挟んで対峙する二人の探偵……の助手である九十九音夢と鴉城蒼也は、推理合戦への期待と不安で、緊張を増しているように見受けられた。

「龍宮さんには、何かご不満がおありで？」

「霧華嬢らしくない。推理小説の探偵のような浅はかな推理で真相を突いたと判断するのは早計に過ぎる。それは、わかっているだろう」

舞衣と城之介の狭間で、見えない火華が散る！

「先ほどまでの密室の推理には異論はない。が、今の推理は杜撰《ずさん》すぎる。敵は芸術家《アーティスト》だぞ。ダミーの推理を導き出すために、敢えて我々を誤導する手がかりを残したという可能性を考慮に入れなければならないだろう」

そこで城之介は気づいた。攻撃されているというのに、舞衣の瞳がひどく落ちついていることを……。

城之介は、素早く舞衣の隣席の音夢を見た。ポニーテイルの少女探偵は、城之介にだけわかるように、かすかに頷いた。

城之介は、「そうか」と言う代わりに左手の指をパチンと鳴らそうとした。黒手袋をはめたままなので、音はしなかった。しかし、それで充分だった。

蒼也と螽斯は、城之介からの合図を見逃していなかった。探偵たちは無言のうちに意志を疎通させ、舞衣と音夢の企みを承知した。緊張は、通り過ぎていった。

「霧華嬢、二人の巡査は懐中電灯を持っていただろう。おそらく彼らは利腕を使っていたはずだから、芸術家《アーティスト》が二人の利腕を知り得た可能性は充分にある」

見たところ、城之介は数秒前と何ら変わらぬ様子だった。だが、本当のところ、今では彼は、舞衣と推理合戦をするという役割を演じることを楽しんでいた。

沈黙が流れた。二人の探偵の推理合戦を目の当たりにし、ＪＤＣチーム以外の者は圧倒され、ただ閉口するばかりのようであった。

関係者たちが緊迫した面持ちでなりゆきを見守る中、舞衣は静かに瞼を閉じ、観念したように肩をすくめて見せた。

「残念だけど——どうやら、降参ね。密室の謎を一つ解いたことで、ちょっと調子に乗り過ぎたかな。功を焦ることもないし、前言を撤回しておきましょう。皆さん、申し訳ありませんが、芸術家《アーティスト》の利腕は、まだわかりません……」

蒼也は、二人の先輩探偵の狡猾な芝居を観劇し、不敵な微笑を口元に浮かべていた。新しい煙草に火を点け、老探偵に視線を向けると、螽斯は得心の笑みと満足の頷きを返した。

彼らは、城之介の合図から悟っていた。舞衣がわざと短絡的な推理を展開させた、ということを。そこから敷衍すれば、その狙いは瞭然だった。

関係者たちの前で舞衣が誤った推理をすれば、当然、城之介、蒼也、螽斯の誰かが黙っていないだろう。そこで、舞衣は潔く推理を引っ込める。重要なのはその過程で、音夢が事件関係者たちを鋭く観察し続けていた、ということである。

もし仮に、芸術家《アーティスト》が本当に右利きで、二人の巡査が左利きだったことに気づいていないとしたら、舞衣の奇襲を受け、聴衆の中にいるはずの犯人は動揺を隠せないだろう。一方、芸術家《アーティスト》が左利きで、城之介が指摘したように意図的にダミーの手がかりを残したのだとしたら——その時はそれで、捜査陣を誤導させた喜びが少しは表情に出るだろう。

舞衣の推理だけでは揺るがないとしても、JDCの名探偵同士が対立した推理を争い、あげくの果てにプライドが高いように見える女探偵が自己の導き出した犯人の限定条件をあっさり放棄すれば、芸術家《アーティスト》はわけがわからず、普通の状態ではいられなくなる公算が大きいのだ。

それは一つの賭けだったが、うまくいかなかったところで、探偵たちには何の不都合もない。これは、芸術家《アーティスト》を攻撃するための一つの戦術にすぎず、戦略的に敵の先手を打つことができれば良いのだから。

事件も進み、JDCチームは、様々な術策を弄して、芸術家《アーティスト》を多面的に攻撃する。敵に主導権を握られっ放しの防戦一方の局面は、もう過ぎた。幻影城という戦場にようやく馴染み始めた戦士たちは、能力のすべてをもって、敵の築いた謎の防御壁を攻略していく……。

包囲網は、着実に完成に近づいているように思えた。

●

最後に探偵二人による茶番劇があったとはいえ、『審判の間』の密室の謎が完全解明されたことで、食事は快調に進んでいった。

自分たちと席を並べる者たちの中に芸術家《アーティスト》がいるのだということは、誰も考えないようにしていた。あまりにも強固な絶望の檻に閉じ込められた人々は、悲観的な思考は何も生まないことを学んでいた。意識して楽観的になることによって、沈んだムードを吹き飛ばすよう努力することが関係者たちの不文律となりつつあった。

――絶望の中に一縷《いちる》の希望を――

幻影城殺人事件もいよいよ終盤にさしかかり、奈落の闇の底から、光明の世界へと少しずつ浮上しているような高揚感を、皆が抱いていた。

芸術家《アーティスト》の狙いは、おそらくあと一人……それが、ＪＤＣと警察の一致した見解だった。これまでのところ、被害者たちを結びつける失われた環《ミッシング・リンク》は発見されていない。しかし、とにかく、芸術家《アーティスト》は『七つの生贄』を揃えたのだ。『言《ことば》』に対する異常なまでの執着と、殺人芸術に拘る姿勢から推察するに、芸術家《アーティスト》は、最初の殺人予告状の文句をまっとうするだろう。『八つめの生贄』を手に入れたら、事件を終えるに違いない。

――だが、芸術家《アーティスト》は、どのようにして逃げおおせるつもりなのか？

それは、捜査陣たちが皆、抱いている疑問だった。政府は、幻影城殺人事件をＬ犯罪に指定し、芸術家《アーティスト》と徹底的に闘う用意を整えた。それはつまり、芸術家《アーティスト》が摑まるまではこの事件は終わらない、誰も幻影城から出る（逃げる？）ことができない、ということである。

ダミーの犯人を用意して、事件の捜査を誤導し、偽の解決へと捜査陣を辿り着かせるか？

それとも……

『聖なる眠りにつく前に、我は八つの生贄を求める』

自らを『最後の生贄』として命を絶ち、聖なる眠りにつくか――？

既に七人と二匹が殺されているということで、標的があと一人だけなのだと考えると、関係者たちの胸中には安堵の気持ちがあった。

……人間は、他人の死には鈍感な利己的な生物。

……人間は、自分の生を盲信する蒙昧なる生物。

事故が起こる前は、誰も自分の身に悲劇がふりかかるとは考えていない。毎日、無数の事故が勃発しているのだと頭のどこかでは承知していても、確率的にはありえないことだと決めつけ、安心する。そのくせ、宝クジを買うのは止めない。

殺されるのは、あと一人。自分がその一人になる確率は、極めて低いだろう──そう考えて油断している者は、決して少なくない。同時に、自分が身の安全に気をつけている間に、誰かが殺されてくれればもう安心なのにと、悪魔的なことを考える者も多くいた。人間の遺伝子に生存本能が組み込まれている以上、ある意味で、それは当然のことだった。

『言《ことば》』による思考を極限にまで進化させ続けてきた人類だからこそ、保身のためなら、限りなく冷酷になれる。火事の時、肉親を捨てて逃げ出す人間のように、愛しあっている人生の仲間でさえ、躊躇なく切り捨てることができる。本能のおもむくままに同族を愛する動物たち、身を呈して仲間を守る動物たちよりも、人は残酷になれる生物なのだ。

……関係者たちの思惑はどうあれ、捜査陣はあくまで、油断することなく、芸術家《アーティスト》を摑まえて第八の殺人を阻止することを第一目的としていた。

もうすぐ、事件は終わるだろう。だが、勝利を手にするチャンスが残り少ないのであればこそ、今まで以上に死力を尽くして、敵を捕らえることに専心しなくてはならない。警察関係者、ＪＤＣの探偵たちは、一様に決意のこもった表情で気を引き締め、戦《いくさ》をするために腹ごしらえに没頭した。

夕食はスムーズに進み、何の問題も生じないまま、一同の元にデザートが運ばれてくる。

――そこで鮎川哲子が起立し、今晩の警備状況を解説した。

「今晩はさらに警備体制を強化し、四人ずつ二時間交替で城内を巡回します。むろん、中庭や城外の警備も怠りません。皆さんは何ら心配なさることはありませんが、念のため確認しておきましょう。自分の部屋に鍵をかけ、決して朝まで扉を開かないように。――すべての部屋の親鍵は我々が管理していますので、それさえ守っていただければ安全です。芸術家《アーティスト》を一刻も早く逮捕できるよう、皆さんのご協力を期待します」

完璧な警備体制である、ように見える。表面上は。

……だが、それでいいのか？　昨晩と違うところは、人員を増やしただけではないのか？

心の中で毒づきながら、拭いようのない不吉な予感を抱いていたのは葵健太朗だった。これではダメだ。このままではいけない――そう思えた。

葵は翔子のことを考えた。結局、彼はまったく彼女の役に立ってやれなかった。

葵は溜水に視線を向けた。あいつを失いたくない。まだまだ、あいつと歩いていきたい。そう思った。

そして、葵は多恵を見た。守ってやりたい。……何があっても、芸術家《アーティスト》の凶刃から助けてやりたい。心の底から切望した。

もう、迷いはない。彼がすべきことは決まっていた。世界が現実か虚構か、そんなことは関係ない。たとえこれが虚構の物語で、自分の行動が『作者』に宿命《さだめ》られているのだとしても、構うものか。

思い切って、葵は手を挙げた。

61　死出の旅

「警部さん。でも、それではまた巡回の巡査が狙われるかもしれませんよ」

誰もが潜在的に危惧していたことを、葵が言葉に表した。皆が葵に注目する。スポーツマンのような若い作家は、真剣な眼をしていた。

彼の言に一理あるのは、認めざるを得ない事実だった。昨晩、芸術家《アーティスト》は行動の自由を手に入れるために、実際に巡回中の巡査を殺しているのだから。

それはわかっているのだが、鮎川哲子としては、痛いところを突かれた形となった。最悪の状況（――巡回警官が殺されたら？　――）を考慮しつつも、それ以外の選択肢を見出だせずにいるのを非難されたようだった。

言葉を選ぶ数瞬の沈黙の後、哲子は、丸眼鏡の奥の知性を感じさせる瞳を葵に向けた。

「……では、どうせよとおっしゃるのです。葵さんには、代案がおありなのですか？」

食卓を挟んで向かい合って座る葵と多恵の眼があった。葵が彼女に微笑みかけると、彼の心の動きが読めない多恵は、困ったように見返した。自分に突き刺さる多恵の視線を心地よく感じながら、葵は視線を哲子に移した。

「俺に巡回させてください。――それならば、最悪でも死ぬのは一人で済む」

最初にハッと息を飲んだのは、多恵だった。葵の言葉が室内を流れると、めくるめく狂騒が室内に拡がっていく。葵の提案は、常識的には信じ難い、自殺行為とも考えられる無謀なものだった。

——何か自分にできることはないのか？

ずっと自問自答を繰り返してきた。その結果、葵の出した結論がそれだった。名誉や勲章が欲しいわけではない。ただ、何もできない自分への憤りを逆手にとって、芸術家《アーティスト》と対決するエネルギーに向けたかった。そして、幻影城でのすべての災厄の禍根を絶ち切り、世界に漂うもやもやとした眩暈感を打ち砕いてやりたかったのだ。

中学、高校とテニスで鍛えた体力には自信があった。大学時代は創作会で執筆にばかり時間を費やして、一時は筋力も衰えていた。あの翔子との想い出の夜の翌日、チンピラに伸《の》されてしまったという屈辱的な事件もあったが、その後、また盛り返した。作家になってからジム通いをしてきた葵は、思春期を凌駕する、バランスの良い体を創ることに成功していた。葵の考えるところでは、彼の肉体は今が全盛期だった。芸術家《アーティスト》と組み合っても、負けることはないだろう。たとえ犯人がトレーニングを積んだ警官であっても、普通の敵に今の自分が負けるとは思えない。——相手が、怪力無双、無敵の玄矢刑事や、かつては無類の喧嘩好きで、今でも内に秘めた恐ろしい殺気を時折感じさせる溜水でもない限りは。

要は、油断さえしなければ良いのだ。芸術家《アーティスト》は、事件の限られた関係者たちの中にいる。関係者の誰が芸術家《アーティスト》であれ、用心に用心を重ねている葵の敵ではないだろう。

「ですが、葵さん。民間人にそのような危険なことをしていただくわけには……」

「警部さん、このような状態では何をしていても危険だと思いますがね。それに、冒険なくして成功はあり得ないというでしょう。ここらで思い切った賭けに出ないと、芸術家《アーティスト》を摑まえることが永久にできないかもしれない。ひょっとすると、これがラストチャンスかもしれないんですしね」

葵は、これは自分から言い出したことだと誓文を記しておくことを約束した。深夜の巡回は決して押しつけられたものでなく、彼自身の希望によるものであることを明確にしておけば、何が起ころうと警察が責任を追及されることはないだろう。そして、幻影城殺人事件がL犯罪に指定されたことを理由に、政府のお偉方も事件を早く終わらせるためなら少々無理なことをしても黙認するのではないか、と哲子に詰め寄った。

葵の主張は暴論で、道徳的には首肯しかねるものだったが、それでも一面の真実を突いているのは認めざるを得なかった。巡回警官がいるからといって絶対安全というわけではないことは、昨夜の事件が示している。また、このまま巡回警官が殺され、芸術家《アーティスト》が兇行を止めてしまえば、手がかりの少ない現状のまま事件が迷宮入りしてしまうことも充分にあり得るのだから。

息詰まる舌戦はその後しばらく続き、結局、葵に城内の巡回を任せるということに落着した。現実的には考えられない選択だったが、この世界は、現実と虚構の入り混じったあやふやな幻影の匣だった。常識的な思考など捨ててしまうのもいいかもしれない、そう人を狂わせる邪気が横溢《おういつ》していたのだ。

あまりに無謀な賭けなのではないか、との不安もあったが、ここらで勝負に出ないと永遠に勝機を逸し、敵に勝ち逃げされる可能性が大きいのも事実だ。哲子としても苦肉の決断だった。警察官としての自分の今後の人生をも決定づけるかもしれない、大きな選択だった。

ただし、自分の責任で冒険に出る以上、万全の体制で葵をフォローすることを哲子は保証した。中庭と城外の警備はさらに厳重にし、気を配れる範囲内で最大限、葵の動向に注意して援護する、と。

さすがに民間人に銃を携帯させるわけにはいかないので、特殊警棒と手錠のみが葵に預けられることとなった。

巡回時間は、午後十一時から午前五時までの六時間。葵にとって、今夜は永い夜になりそうだった。

『その後、葵の活躍で深夜の城内に姿を現した芸術家《アーティスト》は摑まえられた。芸術家《アーティスト》の意外な正体は――』

……そこで、原稿は終わっていた。

「溜水、結局、犯人は誰なんだ？」

ここは幻影城、溜水の客室。七日間の合宿で溜水が書き終えた小説、『麗しき華のごとく、没落は夢のように』を、作家仲間たちが読み終えたところである。

七人と二匹が殺されたという、虚構の幻影城殺人事件は、実際には誰も殺されていないにもかかわらず、幻影城を舞台にした実名小説ということで、どこまでもリアルに感じられた。小説の中の出来事こそが『現実』で、原稿を読んでいる自分たちの存在こそが『虚構』なのだ、読書中、そんな錯覚に陥る者も多くいたようだった。

原稿は、犯人の名が明かされる直前で終わっていた。どうやら溜水は、作家たちに、犯人を推理してみろと挑戦したいらしい。

――いったい、犯人は誰なんだ？

溜水と塔の螺旋階段を昇りながら、葵は、幻影城殺人事件が虚構であるという妄想に浸っていた。この世界は溜水の執筆した小説で、今ここに在る自分は『登場人物』の一人にすぎない……嘘臭い周囲の雰囲気から、どうしても葵はそう感じてしまうのだ。夢のようにあやふやで、摑みどころのないこの物語。

屋上に出ると、ヒンヤリとした夜風が肌を心地よく刺激する。既に雨は上がっていたが、城壁のレンガはまだ湿っていた。頭上には妖しげな雲が拡がっている。また、一雨くるかもしれない。

先を歩いていた溜水は終始、無言だった。南の塔の屋上にやってきて、朱雀の彫像にもたれかかり、そこでようやく葵の方をふり向いてこう言う。

「――本気なのか、葵」

心配しているのでも、責めているのでもない。あらゆる感情を排した、無機的な声だった。返答はひとりでに葵の口から滑り出ていた。

「冗談だと思うか？」

二人の視線がぶつかり、無言の時間が流れた。どれほどの時が経過したのか、彼らにはわからなかった。互いにその状況に耐えきれなくなった頃、沈黙の均衡を先に崩したのは溜水の方だった。

「だが、なぜだ。なぜお前が犠牲になる？」

「犠牲になるかどうかは、まだわからないさ。主人公は最後に笑うものだ。俺は死ぬ気はないよ」

軽くおどけて見せた後、表情を厳しくする。

「柊木さんも水野さんも、風紋寺さんも料所警部も、二人の巡査も――そして、翔子先輩も。黒猫二匹にしたってそうだ。殺されるべき人は、一人もいなかった。正論を吐くわけではないが、彼らが殺される必然性はなかった。……芸術家《アーティスト》は身近にいるはずなのに、俺は何もすることができなかった。翔子先輩にも、ただ注意をしただけだ。推理を働かせようとしても何も浮かんでこないし、俺はそんな自分がはがゆくてならなかったんだ……」

「葵――」

溜水は友の名を口にしたが、その後に続ける言葉を持たなかった。彼の友人が不退転の決意で芸術家《アーティスト》に挑むと知り、彼にできるのは、友を送り出し、その背中を見送ることだけだった。

「正直に言って、俺は戸惑っているよ。芸術家《アーティスト》は俺たちの仲間かもしれないんだからな。魅山くん、虹川さん……」

葵は星野多恵の名を出しかけたが、嘔吐を堪えるように喉の奥に押し込んだ。一瞬、葵が言葉に詰まったのを見て、溜水が冷笑的に続ける。

「そして――、俺か。俺は芸術家《アーティスト》じゃないよ、葵」

「だといいが。ま、今の俺は誰も信用していない」

星野多恵という、ただ一人の例外を除いては……。

そこでようやく、葵は自分が多恵を疑うことができない、ということに気づいた。事件がここまで続けば、氷龍翔子ですら疑っていたかもしれない葵だったが、不思議と多恵に対する疑惑はなかった。意識的に彼女を疑おうとしても、あまりにもバカげた考えであるように思えて、思考が前進しなかった。

かつて彼は、どうせ結婚しないだろう男女が、別れることを承知でつきあうことに首を傾げていた。だが、今は――芸術家《アーティスト》との対決を前にした葵健太朗は、星野多恵と今後ずっと共に歩いていきたいと考えていた。結婚したい、という直接的な感情ではなかったが、葵は彼女を必要としていた。それは確かだった。単なる種族維持本能から、自分が多恵への想いを募らせていると分析するのは嫌だった。殺人事件の中で、『自分』という存在をいったん白紙に還元し、過去のしがらみを捨てて人生を再構築したからこそ、より自由な人生観が生まれたのだ。そう考えたかった。

精神状態は、意外に落ち着いていた。薄幸の美姫を守る騎士の役を買って出て、そのまま殉ずるつもりは毛頭ない。生還しなければ多恵の無事はわからないし、何より葵は、死後に手に入れる名誉などというものは、レースの終わった後の当たり馬券ほどの価値しかないと知っていたからだ。

それにしても――。

溜水が、「俺は芸術家《アーティスト》じゃないよ」と自己否定したことが、葵にはおかしくてならなかった。生まれた時から今日に至るまで、あらゆる芸術の中で純粋培養されてきた生粋の芸術家《アーティスト》が、アイデンティティを打ち消したように聞こえたからだ。

葵は、反射的にこう問い返していた。

「濁暑院溜水、お前は『神』なのか？」

それは、ひどく抽象的な質問だった。切り返しの速さに定評のある溜水が、思わず返答に窮したほどだった。溜水が答えを用意するには、しばらく時間がかかった。葵は、何ごとにも動じない溜水をやり込めたようで、少し嬉しくなった。

「幻影城殺人事件の『作者』という意味での『神』なら、答えはノー。『華没』の『作者』という意味での『神』なら、答えはイエス。その他の意味なら、回答不能だ」

「ふふ、お前らしい答えだよ。……この世界ははたして夢か現実か、『華麗なる没落のために』か、『麗しき華のごとく、没落は夢のように』か――どちらの『華没』にせよ、俺が物語の『登場人物』なら、『神』さまであるお前に書かれていることになる。複雑な心境だな」

葵が肩をすくめると、溜水は悲しそうに首を左右にふった。

「いや、それはわからないさ。この先、俺が事件の被害者となってみろ。『華没』は、別の『作者』によってリライトされて発表されることになるだろう。『華没』は別の物語になり、俺もまた書かれるというわけだ」

「そうか。ということはつまり、『読者』の読んでいるこの物語は、『華麗なる没落のために』とまったく同じではないかもしれないわけだな」

「ああ。少なくとも、誤字脱字をチェックせねば、出版はできないしな。どちらにせよ、今ある『華没』の原稿をそのまま読めるのは、幻影城殺人事件の関係者だけだよ」

いずれ『読者』の手に届く時、『華没』ははたしていかなる物語となっているのか。二人はしばらく、事件記録物語《ノンフィクション・ノベル》の行く末に思いをはせた。

やがて、葵の方から先に動いた。屋上のへりから中庭を見下ろしている溜水の背中を見ると、氷龍翔子も加えて三人で歩いてきた楽しい日々のことが回想され、切なくなった。黄金の輝きを放つ記憶の中で、三人は笑っていた。これから先に何も不安を感じていない、若者だけが持っている美笑だった。

翔子は、もういない。そして、葵は――

――俺が死んだら、溜水の奴はどう思うだろうな。

それは、決して答えの出ない皮肉な疑問だった。生きて還ったら尋ねてみようか、と葵は考えてもみる。すべては、彼が生還してから始まる。それだけは間違いない唯一無二の『真実』だ。そして葵は、自分が死なないであろうことを確信していた。なぜか落ち着いた気持ちだった。自分がもしかしたら芸術家《アーティスト》に殺されるかもしれないという不安は、まったくなかった。

「溜水、たとえお前が芸術家《アーティスト》であろうと容赦はしないぞ。俺は今晩、必ず犯人を摑まえる」

中庭を見ていた溜水は、その言葉にふり返った。葵に歩み寄り、右手を差し出す。

「そうか……、死ぬなよ。『華没』にお前の勇姿を書きたいし、これ以上、あの人を悲しませるなよ。死ぬんなら、今のうちに遺書をしたためておけ」

こういった場合、沈痛な言葉よりも軽い冗談の方がより効果的な激励となる。二人は笑い、葵は握手に応じた。

「努力する。——遺書は無用だがな」

別れの挨拶は必要なかった。なぜなら、二人は明日の朝、再会できるはずだから。……それでも、葵は別れ際に、心の中で溜水に挨拶を送っていた。

さようなら——そして、ありがとう、と。

●

もうしばらくここにいるよ、溜水がそう言ったので、葵は一人で階段の奥に姿を消した。「そうか」と呟いた葵の寂しげな表情が印象的だった。

どんよりとした雲の切れ目から、かすかに月が覗いていた。城壁のへりに手をかけ、美奈湖を見る。湖面に映った月は幻想的で綺麗だった。

一陣の強い風が溜水の顔を撫で、その長い髪を乱した。髪をかき上げながら溜水は、未来を決して知ることができないことを悲しく思い、溜息をついた。

——明日の今頃、自分は何をしているだろう。芸術家《アーティスト》が摑まり、葵と祝杯をあげているだろうか？

それとも……

その先は、あまり考えたくなかった。

62　生還を誓う

螺旋階段を降りながら、葵は漠然と、『華没』と溜水について考えていた。

とてつもないスピードで創造されていく『華麗なる没落のために』――殺人事件のただ中での創作ということもあるのだろう、今回の執筆では、溜水の集中力が限界にまで昂まり、研ぎ澄まされた感性はピークに達しようとしているように思える。

心労も蓄積されているはずだったが、溜水は弱音を吐くでもなく、ただひたすら創作に打ち込み、睡眠時間を削って激流のごとく物語を進めていた。

溜水はどこから見ても芸術家肌の人間だったが、意外にも運動神経は抜群で、スポーツなら何でもこなすという一面も持っている。もっとも、体力がなければ何日も徹夜を続けて執筆などできるはずがなく、溜水を知る者なら誰でも、そのタフさを承知してはいるのだが……強靱な精神力と無尽蔵の体力から生み出される比類ない創作力は何に由来しているのだろうか。

暗い階段は、どこまでも続いているかのように下に伸びている。足元に気をつけながら葵は、溜水がかつて、「俺は旧《ふる》くからの約束に従って創作しているんだ」と漏らしていたことを思い出した。

――旧くからの約束。誰との約束だろう？

まず頭に浮かんだのは、溜水の双子の妹・水無瀬なぎさだった。なぎさのことを考えると、葵は忘れかけていた重要な出来事に思い至った。

『逆転の間』で水野一馬の屍体が発見された後、部屋を出る時に、溜水は「なぎさ」と確かに呟いたのだ。

あれは、どういう意味だったのか。双子の妹のことを言ったのではないような気がするが、これまで聞きそびれていた。

一瞬、屋上へと引き返して溜水本人に尋ねようかとも思ったが、もう塔をかなり降りてしまっていたので断念した。

窓のない塔の螺旋階段を降りていると、今、自分がどこを歩いているのかがわからなくなる。全体の何分の一ぐらいまで降りてきたのか、それを知る術はない。階段の数を数えるのももどかしく、葵はただひたすら階段を降りることに専念した。

視界の上下は階段。左右は壁。同じ風景の中を、降りて、降りて、降りて、降りて——

ようやく扉が見えた時、葵の耳元に、先ほどの溜水の言葉が蘇った。

『これ以上、あの人を悲しませるなよ』

あの人とは、もちろん星野多恵のことだろう。今日の惨劇の一番の被害者である彼女は、痛々しいほどに憔悴しきっていた。そんな彼女に、葵は何もしてやれなかった。苦境において助け合える者こそ、本当の同志であり、愛する者たちなのに、葵は何もできなかった。

だからこそ、彼は立ち上がった。逃げることなく、運命のシナリオと向かい合うために。そして、多恵を悲しませるのではなく、守ってやるために。

階段を降り切った。把手に手をかけ、扉を一気に開ける！

——そこに、星野多恵が立っていた。

●

何気なく入った男子トイレに女性がたたずんでいたような驚きが葵を襲った。後をつけてきて、ずっとここで待っていたのだろうか？

中庭に立っていた星野多恵は、扉の開閉する音で葵に気づき、俯いていた顔をあげた。月光を浴びて陰影がくっきりとした顔は、いつも以上に物憂げに見えた。心の中に迷いなど何もないかのように、多恵は涼しげな微笑を浮かべた。

さっと視界を見渡して、葵は中庭の数ヵ所——篝火《かがりび》の置かれた周辺に警備の人員がいるのを確認した。一人でここに立っていても、とりあえず危険はなかったようだ。あるいは警察に質問を受け、説明したのかもしれない。

もしそうだとしたら彼女は何と言ったのだろう。夜風にあたりたいので？　それとも……葵を待っているとでも言ったのだろうか？　——まさか！

思い上がりかもしれなかったが、多恵が葵を待っていてくれたのは事実のようだった。眼があった警官の一人が慌てて眼を逸らしたのを見て、葵は苦笑する。

——殺人事件の中にいるのに。不謹慎な奴だと思われているかな？

先ほど塔の屋上から中庭を見下ろしていた時、溜水は中庭で葵を待っている多恵に気づいていたのかもしれない。彼が屋上に残ったのは、二人に気を遣ったから？　——いかにも、溜水らしかった。

「多恵さん……」

どう切り出して良いものか、葵は迷った。いい意味で自分にプレッシャーをかけるためにも、明日の朝までは彼女と話をしないでいようと考えていたのだが、相手の方から姿を現されては無視するわけにもいかないだろう。

足を止め、葵が困ったように視線を彷徨《さまよ》わせていると、多恵の方から話しかけてきた。

「考え直していただけませんか、葵さん？」

無理をしているのか、いらぬ心配をかけないためか。表情は穏やかだったが、口調は痛切に訴えかけるものだった。

その言葉は、ある程度予想できたものだった。多恵に引き止められたら、自分はためらってしまうだろう。あるいは、いったん下した決断を取り止めてしまうかもしれない。……そう考えたからこそ、葵は多恵と明朝まで会わないようにしようと思ったのだ。

実際に彼女にそう言われるのは、想像していた何倍も辛かった。葵は歯をくいしばり、拳を強く握りしめた。爪が皮膚にくい込んだが、痛みはなかった。

「誰かがやらねばならないと思うんですよ」

「それは、わかっています。いえ……わかっているつもりです。ですけれど——」

葵を見ていられなくなったのか、多恵の方も視線を逸らした。その声は、次第に小さくなっていく。

「健治兄さんがあのような最期を遂げて、もしも葵さんまで殺されてしまったら……わたしは……わたしは、どうすればいいのかわからないのです」

潤んだ眼をした多恵の肩に手を置くと、葵は無理して彼女に微笑んでみせた。

「あなたに料理を作っていただくまでは死ねませんよ。約束したでしょう？」

多恵は笑わなかった。それどころか、泣き出した。

葵は彼女にハンカチを手渡し、それ以上何も言わずに一人で城内へと歩き出した。多恵のすすり泣きに、後ろ髪を引かれる思いだった。それでも、葵は早足でその場を去った。長くその場に止まっていたら、彼の決心が揺らぐのはわかっていたからだ。

——これが今生の別れになるわけでもないんだ。ハンカチは、彼女に預けたままでいい。

……ふり返ることはしない。

なぜなら、葵は芸術家《アーティスト》に勝利し、生還するつもりだから。多恵と会う機会は、いくらでもあるのだから。

それでも、自分の死を考えた時（——可能性としては決して無ではない自分自身の死——）、葵は、その絶対的な虚無の暗闇に押し潰されそうになり、理性が崩壊するほどの恐怖に全身を震わせた。

怖かった。死と向き合った時のみに感じる真の恐怖をまざまざと味わった。守りたいものがあり、失うわけにはいかないものがあるからこそ、死が本当に恐ろしかった。

歩きながら、涙が眼から溢れ出た。頰を伝う熱い液体は、とめどなく流れ続けた。

——死ぬのは怖い。死ぬのは嫌だ。死にたくない。まだ死ぬわけにはいかない。俺は、死ねない！

葵健太朗は、こんなところで死なない‼

誰にも会わずに部屋に帰ると、扉に鍵を閉め、葵はそのままくずおれ、泣いた。泣きじゃくり、少年のように純粋に涙を流して『泣く』ことに没頭した。

コワイヨ……『死』ガコワインダ……

巡回の時間には、まだ間があった。

●

何よりも暗い、深く重い静寂《しじま》——

濃密度の夜に横たわる少女は、眠れずに眼を覚ました。夜はどんどん更けていくのに、眠れない。眼は冴えていくばかり……。

中学時代、女友達から『眠り姫』とアダ名をつけられていた九十九音夢は、睡眠が好きで、眠りにつきやすい体質だった。不眠症に悩まされたことは一度もなかったし、眠れない夜などというのは、滅多にないことだった。

不眠の原因は、精神的な問題が原因である場合が多い。音夢が今晩、眠れないのも、頭の片隅に貼りついたまま気になって離れないことがあるからだろう。

まどろみの闇の縁をずっとたゆたう音夢。熟睡の深みへ沈んでいくことはできない。未解決の事件が少女を縛り、眠らせまいとしているかのようだった。

眼を開けているだけで、膨大な量の情報が流れこんでくる。だから、眼をあけている限り、眠りに落ちる至福の瞬間は遠のいていくばかり……。

それでも音夢は、眼をあけたまま、天井をじっと見つめていた。眼をあけているのは、中途半端な睡魔に思考を邪魔されないようにするためだ。視線を一点に固定し、彼女は推理に集中しようと努力していた。

……音夢が見ているのは常にあやふやな世界だった。世界とは元来、漠然としたものだが、彼女はさらに感覚をぼやけさせ、技巧的に曖昧に現象を把握するよう努めていた。

核心を察知する女の勘を突き詰めたファジイ推理で、事件を分析する。曖昧な思考は、他の探偵たちとはまったく別の角度から事件を攻略し、やがて、真相を浮き彫りにする。

ファジイ推理は、曖昧であるがゆえに、自分でも意味がわからないことがままある。事件から感じたぼんやりとした思考——それが、他の探偵たちの推理の重要なヒントとなることも多い。『審判の間』の密室などは、まさにその代表的なケースだった。

自分の推理が理解できない、とは滑稽な話だったが、それでもいつもは、推理が正しい方向を目指し、真相を目指しているということが何となくわかっていた。だから音夢は、意味がわかるレヴェルまで推理を展開させるか、自分の代わりに他の探偵たちに推理して貰えば良かった。

だが、今回は……音夢には、何もわからなかった。

推理の意味だけでなく、推理が真相へと向かっているのか、推理は進展しているのかということさえわからないのだ。

『審判の間』の密室のファジイ推理もそうだったが、今回の事件に関しては、事件を構成するすべての要素に対するファジイ推理が同じ答えを出していた。

『この事件は、決して解けない謎に守られている？』

謎が解けないなどというのは、ありえないことだった。謎を創った者がいる以上、同じ人間にそれを解体できないはずがないのだから。

決して解けない謎――音夢のそのファジイ推理は、実は今回が初めてではなく、生涯で二度目のことだった。最初にこの推理を感じた時、彼女はまだ探偵ではなく、事件関係者の一人だった。記憶さえ定かではない遠い昔、幼児の頃の体験。あれは十四年前、彩紋家殺人事件でのことだ。

一九七九年、後に犯罪革命と称される新犯罪の先駆けとなったあの事件は、音夢が経験した最初の凶悪犯罪だった。彩紋家、九十九家という二つの名家を襲った犯人『白夜叉《しろやしゃ》』の創造する不可能犯罪のオンパレード。人智を超越した信じ難い兇行によって、彩紋十九（後の九十九十九・当時六歳）と、九十九音夢は、あの事件で親族をほとんど失ったのである。

十九ヵ月にわたる事件が終わった時、生き残っていたのは音夢の叔父の乱馬ただ一人だった。音夢も十九も乱馬の養子となることが決まり、そこで二人は義兄妹となった。……世界のすべてを見通しているかのような、恐ろしく澄んだ瞳。幼き日の朧気な記憶の中でも、十九との初めての邂逅は、鮮烈なイメージで未だに脳裏に焼きついている。幼女が眼にした義兄は、地上に降臨した天使という形容がぴったりの神秘的な雰囲気をまとっていた。少年は翼を持っていると言われるが、十九の翼は、音夢には極彩色に輝いているように見えていた。

あの事件の最中、ずっと胸に抱いていた漠然とした推理（——このまま事件は永久に解決されないのではないか？　この事件は、決して解けないものではないのか？　——）は、今にして思えば音夢の最初のファジイ推理だったのかもしれない。

それから時は流れ、十九は日本を代表する名探偵となり、音夢も、十九から多くの貴重な助言を賜りつつ、日々精進を怠らず独自の道を拓き、ＪＤＣに独自の地位を確保するまでに成長した。

あの彩紋家殺人事件以来、これまでの探偵人生で、音夢はこれほどまでに強烈な謎にお眼にかかったことがない。決して解けない謎の予感。それは、幼すぎた自分の未熟な推理力に加え、記憶の中で事件がどんどん神秘化されたものにすぎない、一種の錯覚なのだろうと思っていたのだが……悪夢の惨劇の記憶は、十四年の時を経て蘇った。幻影城殺人事件のファジイ推理は、確かに、彩紋家殺人事件のものと同じだった。

音夢はまだまだ若輩だが、未熟な駆け出し探偵ではない。ある程度の実績を積み、ＪＤＣ第二班の探偵として、日本探偵界から高い評価を受けている。決して解けない謎——このファジイ推理は、錯覚などというものではないだろう。

検屍の結果、二人の巡査は深夜四時頃に殺害されたことが判明したが、料所拓治警部と風紋寺光世の死亡推定時刻は、早朝の六時から七時の間とのことだった。

その報告によって、星野多恵の証言は信憑性を増していた。起床直後、部屋の窓から中庭を見た彼女は、

『光の舞台』はいつものままの状態だったのを確認している。死亡推定時刻が裏づけているように、それからわずか数十分の間に、料所警部と風紋寺は『光の舞台』で首を斬られて殺害され、首と胴体をバラバラの場所に隠されたようなのだ。——『光の舞台』の血痕は、紛れもなく料所と風紋寺のものだった。不可解なのは、血の中から手術などに用いる抗凝《こうぎょう》固剤《こざい》（血液が凝固するのを防ぐ薬品）が検出されたことだ。それが重要な手がかりとなるのではないかと鮎川哲子捜査主任などは考えているようだが、今のところ、警察も、ＪＤＣも、雪密室の謎を解くには至っていない。

数十分の間に、雪原に足跡を残さずに料所と風紋寺をまず『光の舞台』に運び、そこで二人の首を斬って殺害する。それから、また足跡をつけずに被害者の首と胴体を城内に持ち運び（しかも、雪の上に血の跡はないのだ！）、風紋寺の胴体は料所のコートを着せて温室に、料所の胴体は蛍光染料で染め上げた服を着せて『暗室』に置き、料所の首を氷の箱に閉じ込めて厨房の冷凍庫に置き、風紋寺の首を西洋甲冑の密室の中に封じ込める。多恵が二人の巡査の屍体を発見している混乱に乗じて、それだけのことをするのがはたして可能だろうか？　たとえ殺人下準備を万全に整えていたとしても、これはもう、早業殺人などというレヴェルの話ではない。殺人芸術と呼ぶにはあまりも禍々しい魔性の殺詩《ころし》だ。

抗凝固剤や、蛍光染料は、幻影城に元々あるものではなかったが、連日の警察の捜査では、今までまったく発見されていなかった。芸術家《アーティスト》は巧妙にそれらを隠し持っていたのか、それとも何らかの方法で城外から運び入れたのか、それもまた謎である。

現時点では誰も手が出せない最高レヴェルの謎、西洋甲冑の密室のようなものがあるかと思えば、すぐに種が知れる蛍光染料によって光る首なし屍体という仕掛けもある。幻影城殺人事件では、巧緻と幼稚が共存しているのが不気味な点だった。

一見、幼稚に思える遠隔殺人、見立て、猫殺し。しかし、犯行現場には、関係者たちの指紋、毛髪、皮膚組織などが隠蔽されることなくむきだしでバラまかれていながら、決め手となる手がかりは一つもない。その辺りは、まったくもって巧緻としか言いようがない、深い計算を感じさせるものなのだ。

謎の山は高くなっていく一方で、推理は空回りするばかり。そして、音夢のファジイ推理は常に同じ答えを導き出す――決して解けない謎。

当時、あまりにも幼すぎたので、音夢は彩紋家殺人事件のことをはっきりと覚えていない。事件を解決した鴉城蒼司と九十九十九に尋ねても、二人は、あまり答えたくないのか、曖昧に返答するだけ。事件のファイルを読むだけでは、二人の探偵が、解決不可能なあの事件をいかに封印し、現実レヴェルに妥協した結末へと漕ぎ着けたのかわからない。

――わたしたちに、この事件は解けるのかしら。かつて、十九兄さまや総代にも解けなかった究極の事件と同質の謎を……。

連続吸血殺人の調査のためLA《ロス》に出張する前、十九は、「誕生日までには事件を解決し、帰国できるでしょう」と音夢に言った。十九の言葉である以上、それは絶対なのだが、誕生日に彼が帰国するのは、早いのか遅すぎるのか。十月三十一日、九十九十九の誕生日まで、まだ丸二日ある。二日という時間は、遊んで過ごすにはあっという間だが、待つには長すぎるように音夢には思えた――。

ＪＤＣ総代・鴉城蒼司は、いつもの電話探偵で本部に釘付けで出陣は仰げないだろう。とすれば、かつて解決不可能の事件を終わらせた探偵は日本にただ一人、九十九十九だけである。

二日後に十九が到着するとすれば、その頃までに、幻影城殺人事件はいかなる展開を見せているだろう？

――十九兄さまの到着が手遅れにならなければ良いのだけれど。それまで、わたしたちが何とか事件の進展だけでもくい止めなくちゃ！

思考に疲れた音夢は、瞼《まぶた》を閉じる。闇に包まれた視界に、敬愛する義兄の姿が浮かぶ……。

完璧に整いすぎた顔つき。漆黒の闇を感じさせる、腰まで届く麗しい長髪。理想的な体の線《ライン》。あまりに美しい瞳で、すれ違う人々を失神させないように、警察庁が着用を依頼している上品なデザインのサングラス。

この十四年の間に、音夢の中で十九は、天使よりもさらに神格化された偶像的な存在となっていた。あらゆる感情を超越した『赦《ゆる》し』と『悟り』の人、九十九十九。超然と彼岸に佇み、遥かなる高みから凶悪犯罪を攻撃、滅ぼし続ける十九は、人々の『救いの神』で、世紀末の救世主《メサイア》とも言える存在なのだ。

十九のことを考えると、自ずと口元がゆるむ。幸福な安心感に全身を包まれ、ゆりかごに揺られているように心地よく、音夢は眠りの淵に沈んでいった。

●

闇の中、魅山薫もまた眠れぬ夜を過ごしていた。

私だけじゃない。巡回中の葵さんのことが気になって、きっとみんな眠れぬ刻《とき》に身を預けている。

薫は布団を出ると、部屋を横切り、客室の窓から中庭をぼんやりと見つめた。闇に眼が慣れているので、暗さに視界を喪失することはない。

外の冷気で窓ガラスが冷えているのがわかった。ハァと息を吐くと、ガラスは白くくもる。首から下げた十字架《クロス》を握りしめ、薫は『神』について考えてみる。

身寄りのない薫を引き取った義理の両親、久能夫妻は、無宗教だった。かつては、義父はカトリック、義母はメソジストの宗派の家で育ったらしいが、共に信仰に迷い、神を懐疑し、宗教を捨てていた。

あらゆる意味で両親は、人生に達観していた。だが、どれほど悟っている人間でも、しょせん、世界の神秘を暴くことはできない。なぜ、世界はあるのか、自分たちはどこから来た何者なのか、という根源的な不思議を解決することはできない。

世界の謎について、薫は両親にそれぞれ尋ねた。両親は明確な答えを持っていなかった。それでも、自分たちは人生を悟りきっていると勘違いしていた。薫は両親の世界観を懐疑した。懐疑の懐疑は、信仰へと結びついた。

薫は、『神』の存在を信じていた。

もっとも、『神』といっても八百万《やおよろず》の神や、唯一絶対神とは異なるものだ。頭の上に輪を乗せた、老人の姿をした超越者ではなく、薫にとっての『神』は一つのイメージだった。

宇宙と世界を構成する秩序、『作者』と言い換えてもいい。薫にとっての『神』とは、そういった総体的なイメージの呼称に過ぎない。十字架を身につけ、キリスト教の信仰者となる道を選んだのは、いろんな宗教の中で、たまたま自分のイメージに一番近いと感じられたからに過ぎない。だから、薫は宗派には拘らず、いつも『神』という概念をクリスチャン風に崇めるのみなのだ。

誰に教わったものでもない。彼にとっての宗教とは、個人個人が独自に持っている祈りの儀式……。いかなる法則も約束事もいらない。我流でも模倣でもいい、ただ彼が欲するのは祈りだけ。

人は、人生のあらゆる局面で運命を信じる。そして、苦しい時には神頼みをする。——薫は、そういうのは嫌いだった。

『神』も運命も、祈りによって発見するものであり、頼るものではない。薫の考える宗教は、そういうものなのである。

ある意味で、薫は誰よりも信心深いクリスチャンだ。キリスト教の方法論を自分なりに消化吸収し、独自の解釈へと発展させた宗教——いわば、彼はその魅山薫派のただ一人の司祭なのだから。

『神』——『作者』——運命——祈り——

薫は十字架を握り締め、自分の中に答えを探す。

幻影城殺人事件に在る『神』の正体を……。

この物語の『作者』の正体を……。

自分を翻弄する運命を……。

祈りの聖刻は続く。

どこまでも。

続く←

63　鎮魂歌《レクイエム》（＊この小章は作者の想像によるものである）

　極度の緊張というものは長続きしない。どこかの暗がりに芸術家《アーティスト》が潜んでいるかもしれない、そう怯えながら幻影城をずっと巡回していたせいか。葵の精神は磨滅し、すり切れる寸前だった。

　誰もいない城内は、静かだった……静かすぎた。かすかな物音一つしない、量感のある闇と沈黙が重苦しく空間を流れている。

　死への恐怖で、最初は進むのをためらっていた。懐中電灯と常夜灯のぼんやりとした光だけを頼りに進むのは、想像以上に危険であるように思えたのだ。巡回していたことにして、どこかに隠れて夜を明かし、安全を確保したい気持ちもあった。だが、後戻りはできなかった。格好つけるわけではないが、己に課した使命感の重さが、葵の足を動かさずにはおかなかった。

　初めて車を運転する者にも似た心境だった。最初は、戸惑いがある。それでも、アクセルを踏んで車が動き出すと、心配していたことは実は大したことではないように思えて、じきに馴れてくる。鋭い角度で一気に最大値《MAX》まで跳ね上がった葵の緊張感は、時間の経過とともに、ゆるやかなカーヴを描いて下降していた。

　――俺は何を心配していたんだ。皆の前で大見得《おおみえ》をきって、多恵さんの前で格好をつけて……実際は死の恐怖に怯えきっていただけじゃないか。

　芸術家《アーティスト》を過度に恐れていた自分が、不意にバカらしくなった。芸術家《アーティスト》が、今晩、犯行に及ぶという保証はどこにもないのに。もしかしたら、もう誰も殺さないかもしれないのに。

厳寒の中で凍傷になるように、恐怖の感覚が麻痺してしまったのか、暗闇の中で葵は次第に落ち着いた気分になっていった。リラックスすると、何も怖いことがなくなったような気になる。自分の前には、明るい未来がただ広がっているように陽気になる。

——しかし。もし今日、芸術家《アーティスト》が誰も殺さなかったら、俺が疑われるかもしれないな。

二重人格者、あるいは夢遊病者？　自覚のない犯人などという設定は、推理小説ではもはや使い古された策《て》だ。葵が編集者なら没にしたくなるような陳腐なアイディアだった。

——この俺が芸術家《アーティスト》？　俺は、自分でも知らないうちに殺人芸術を創造することに狂っていたのか？

趣味の悪い冗談だったが、一人で笑うぶんには問題ない。葵は苦笑しながら、足を動かし続ける。

懐中電灯を右手の腕時計に向ける。スポットライトがあたったかのように、手首がまばゆい光に包まれる。

午前二時。巡回を開始して、既に三時間が経過していた。初めこそ一瞬一瞬が無限の時間であるように感じていたが、いざ過ぎ去ってみると、まとまった時間も刹那のことであったように思える。この分だと、残りの三時間もあっという間だろう。

これまでの三時間と、これからの三時間が違ったものになるとは、葵には考えられなかった。芸術家《アーティスト》の気配はどこにもない。どうやら、今夜は敵さんもお休みらしい。

——犯人も、連日の深夜の犯行だ。それも、手間のかかるものばかりだから、かなり疲れていることだろう。そろそろ殺人の手を休めてもおかしくない。

そんな風に自分を勇気づけながら、薄暗い廊下を進む。手に持つ懐中電灯を左右に振ると、光の剣が右に左に闇を切り裂く。ちらちらと見え隠れする幻影城の装飾は、視界が制限されているせいか面妖に映る。

カッ　カッ　カッ

じっくりと廊下を踏みしめるように、葵は歩みを重ねていった。昼間はそれほど意識しないが、こうして闇のヴェールに包まれた城内を進んでいると、幻影城の広さがよくわかる。昼間なら大した長さに感じない廊下のはずなのに、深夜の今は、巨大な迷宮の中、延々と続く廊下を歩かされているようだ。

──その時だった！

カッ　カッ　カッ

　　カッ　　　カッ

廊下の角を曲がったところで、ふと前方で足音が聞こえたような気がした。自分の足音に重なって、今、もう一つの足音が聞こえた……？

カッ　カ──

葵は、足を止めた。

　　カッ　カ──

自分の足音とずれて、もう一つの足音も止まった。谺響《こだま》や空耳ではない。誰かが（芸術家《アーティスト》！）葵のすぐ前の廊下を歩いている……！

　　カッ　カッ　カッカッ

前方の足音がまた動き出した。葵は思わず身構えたが、音が遠ざかっていくのに気づいて慌てて前を照らした。

円形の光が左右に揺れる。長い廊下の彼方──つきあたりの曲り角に吸い込まれるように、人影がスッと消えた。

今は午前二時。午前五時までは、誰も室外に出てはならないことになっている。捜査関係者なら、葵から逃げるはずがない。ということは——

今の人影が芸術家《アーティスト》だ！

幻影城殺人事件の悪夢を創っている張本人が、すぐ近くにいる。そのことに緊張するとともに、葵は興奮で鼓動が早まるのを感じた。武者震いすると、不安の霧は晴れ、迷うことなく葵は走り出していた。

死への恐怖は、どこかに消滅した。それよりも、諸悪の根源がすぐ近くを歩いているという事実が、葵の精神を昂ぶらさずにはおかない。

——急げ！　これは千載一遇の好機《チャンス》だ！

カッ　カッ　カッカッ　カカカッ　カカカカカッ！

　　カッ　カッ　カッ　カッカッ　カカカカッ　カカカカカッ！

葵が駆け出すと、芸術家《アーティスト》も追いつかれまいと走り出したようだった。廊下を蹴る二人の足音が速まる。どんどん速くなっていく。

トップスピードに達する頃には、葵は空いている右手でベルトに挟んでいた特殊警棒を握りしめていた。

——走る、走る。懐中電灯の光が上下に激しく揺れる、揺れる！

すぐ前に佇む物影が見えた。光をあてた。紫水晶《アメジスト》が光を反射してまぶしく輝く。慶徳鬼の彫像だ！

……そこは、『蜃気楼の間』だった。

●

壁面に無数の直方体の鏡を張り巡らせた円形のホール、『蜃気楼の間』。ただでさえ広いその空間は、闇によって視界を狭められていることによって、いっそう広々と感じられた。

葵は懐中電灯で素早く室内を照らした。

二体の美人像（羨麗像、羨涙像）に背中合わせに挟まれた慶徳鬼は、闇の中で光をあててやると、はっきりと見えないのでいつもより不気味に見える。間近で懐中電灯を向けると、慶徳鬼の持つ紫水晶は反射光で激しく輝きを増し、眼も眩《くら》むばかりだ。

三体の彫像の周囲を回るようにしながら、葵は夜の海岸に聳える灯台のように、光の長針を時計回りにゆっくり動かして室内をくまなく見た。壁にあるすべての鏡の中で、葵の持つ懐中電灯の光が揺れている。夜の路上で暴走族のバイクに全方向から包囲されたような気まずい雰囲気だった。

室内には、誰もいないようだった。鏡に映っているのは、確かに葵の姿だけだ。

先ほどプツンと足音が途絶えて以来、物音は聞こえない。走っている葵の足音に紛れて、忍び足で敵はどこかに潜んだのか？

『蜃気楼の間』から外へ通じる通路は四本ある。そのうち一本は葵が通ってきたので否定できるが、芸術家《アーティスト》は三本の通路のどこに消えたのか？

耳を澄ますが、ずっと静寂が続いている。芸術家《アーティスト》は案外、すぐ近くで息を殺しているのかもしれない。この静けさの中だ。歩いていれば、足音を隠すのは難しい。

どの通路を選択するか、迷いはなかった。芸術家《アーティスト》に逃げられたらこちらは安全なのだとか、是が非でも摑まえなくては、という思いはなかった。ごく自然に、葵は一本の通路を選んだ。それは、食堂へと通じる通路だった。

足音を完全に殺すことはできないが、極力忍び足で廊下を進む。食堂へとまっすぐに伸びる廊下に出ると、すぐに葵は懐中電灯で通路全体を照した。

通路自体には隠れ場所は存在しない。そこには、誰もいなかった。だが、前方には食堂の扉がある。

——あの扉の向こうに、芸術家《アーティスト》は隠れたのか？

足を止める。依然として、何も音はない。

葵が選ばなかった残りの二つの通路は、しばらく廊下が続いているので、隠れるには適していない。そう考えると、芸術家《アーティスト》が食堂に潜んでいる確率はかなり高いように思えた。

一歩一歩、足を動かすごとに心臓の鼓動が爆発的に早まっていく。

——この扉のすぐ向こうに、芸術家《アーティスト》が……。

動悸は激しく、呼吸は乱れる。恐怖を上回る好奇心が、今、葵を動かしている。捜査陣の叡智のすべてを結集しても知り得なかった芸術家《アーティスト》の正体が、すぐに判明する。

——芸術家《アーティスト》の正体は、いったい、誰なんだ？

葵は特殊警棒を左脇に挟み、観音開きの大きな赤い扉の把手に右手をかけた。全神経を扉を開けることに集中させる。扉の陰から襲いかかられても応戦できるように、緊張を高め、体を引き締める。

ゴクリ、と唾を飲み込む。いよいよだ。

葵は、思い切って食堂の扉を開け——ようとしたまさにその時！

不意に、嫌な予感がした。獣としての生存本能が彼に危機を訴えていた。葵が聴覚に入ってきた音を認識するのには、少し時間がかかった。

葵は、扉に注意を向けすぎていた。そして、芸術家《アーティスト》は扉の向こうで息を殺しているに違いないと、決めつけてしまっていた。そのため反応が遅れた。

カカカカッ！

首だけふり返る葵。懐中電灯を向ける間もなく、黒い影が猛烈なスピードで彼に迫ってくる。

ゴツッ
頭の中で火薬が爆発したようだった。眼は火華を出していた。何か鈍器のようなもので頭を強打された葵は、意識が闇の中へと沈んでいくのを感じた。

実にあっけない幕切れだった。

悲しさも、腹立たしさもなかった。それよりも、遠のいていく意識の中で、葵の脳裏にあったのは一つの疑問だった。

他の二つの通路に潜んでいたにしては、敵が後ろから襲ってくるのは早すぎた。葵の動向を察知するのも、一気に葵との距離をつめて走ってきたのも、早すぎた。『蜃気楼の間』には確かに誰もいなかったはずなのに……芸術家《アーティスト》はあのホールのどこかに隠れていたのか？

頭が激しくうずいた。思考はグルグル回り、やがてはじけて木っ端微塵に空中分解！

体内に残っているすべての力を動員し、葵は顔を上げた。ふらふらとふらふらと、痛みに震える頭部をもたげる。

芸術家《アーティスト》の顔がぼんやりと見えた。そいつは――

「な、なぜ。なぜだ……」

『登場人物』の一人、あまりにも意外な人物がそこにいた。「君」の推理も見落としているかもしれない、盲点となっている人物、芸術家《アーティスト》がそこにいた。

芸術家《アーティスト》はもう一度、凶器をふり下ろした。

……それで、すべてが闇に沈んだ。

●

ただ、意識だけが永遠の暗黒を漂っていた。

死への恐怖は、どこかへ去っていた。世界の流れをそのまま受け容れる諦観が葵の中にはあった。心のどこかでは、自分は『登場人物』の『主人公』だから死ぬわけがない、都合よく助かるはずだと思いながらも、それは自慰にすぎないと承知していた。

一瞬かつ無限の時間の中に、意識だけが浮いている。確かにここには、過去も未来も、現在も存在しなかった。自分さえもがなく、一つの秩序ある連続した流れが在るだけだった。

『死』を想うと、生命の儚《はかな》さが胸にしみた。

――『人』とは『儚』い『夢』物語――

そして彼は、絶望の中に、一縷のすがるべき希望の光を感じた。……それは、太古より人類が求めてやまない、生きる力の助けとなる強い強い感情。

種族維持本能が創る幻想？

そんなことは関係ない。今、葵が求めているのは、永遠に続く……

『愛』

葵は、頭の中で『愛』という文字を描いた。

それほどに美しい文字を、彼は他に知らなかった。

『愛』を感じながら、この状態がずっと続くなら、葵健太朗がどこにもいなくなってもいいや、そうとさえ思えた。

——が。突然、強い力で葵は現実に引き戻された。

口から何かが入り込んでくる。口をこじ開けるようにして、何かが……これは水だ！　葵は眼を開けた。彼は水の中に浸けられていた。四肢をばたつかせるが、三半規管がやられているらしく平衡感覚がまるでなく、身動きがとれない。激流が喉の奥へ、奥へ！　入り込んでくる！

葵健太朗は、『愛』の夢から醒めた。

そこに在るのは、『死』の現実だけだった。

64　摩訶不思議

激しく扉を叩く音がする。

「龍宮さん、起きてください！　龍宮さん！」

ドンドン！　ドンドン！

城之介は朝の到来を知った。昨晩は事件の推理を繰り返して、なかなか寝つけなかった記憶があるのだが、気がつけば朝になっていた。窓の外は、明るくなっている。

——ヤレヤレ、夢を見る間もないな。

時計を見ると、まだ午前五時二十五分だった。起床時間にはまだ早い。ということは、葵健太朗の身に何かが……。

城之介の眼光が険しさを増す。扉の向こうに「今行く」と、とりあえず返事をし、素早く寝着から着替えた。マントをはおり、手袋をはめる。フェルト帽を手に、城之介は扉へと歩み寄った。

「ところで、君は誰だ？」

城之介はふと、これが芸術家《アーティスト》の策かもしれないと考えて、そう尋ねずにはいられなかった。切羽つまった声を出し、緊急事態が起こったようにみせかけて、被害者を誘い出す。悪寒が全身をはしった。

「——僕ですよ、龍宮さん。お忘れですか？」

聞き覚えのある声だった。だが、思い出せない。それでも、間の抜けた声なので、城之介が一瞬感じた危機感は小さくなっていた。

「僕ではわからないな」

捜査陣の一人だろうと予測はついたが、警官の名前をいちいち記憶してはいないのでわからない。

「佐渡です。佐渡九冬です」

「おお、佐渡氏か」

鍵を開け、少し緊張して扉を開く。昨日、鮎川哲子と共に幻影城に派遣されてきた佐渡九冬刑事がそこにいた。会社の慰安旅行で飲み明かし、消耗しきったサラリーマンのような雰囲気の九冬だった。大してインパクトがあるわけではないが、『クトウ』という珍しい名前と、鮎川哲子警部の側にいることで、城之介はよく記憶していた。確か九冬は寝坊癖があったはずだが、早朝から起きているところをみると、やはり新しい事件が起こったと考えるべきだろう。

——葵氏が殺されたか。いや、速断は意味がない。敵は芸術家《アーティスト》。常に、こちらの斜め上を狙ってくる。

「龍宮さん、すぐに来てください」

九冬は城之介を促して廊下を小走りに進んだ。自室に施錠して、城之介がすぐ後から続く。

「事件だな。次の舞台はどこだ？」

「はっきりとしたことは、まだわからないのです。とにかく、大至急『密室の間』までお願いします」

九冬の用いた微妙な表現が気になった。はっきりとはわからないとは……実に不可解だった。

新しい謎へ向かって、城之介は走る。

彼らを待ち受ける次なる謎は、どのようなものなのか。それを考えて胸を躍らせながら、城之介は捜査に備えて気を引き締めた。起床して数分だったが、眠気はどこかに吹き飛んでいた。

長い廊下の果て、『密室の間』の前には、捜査陣の主力メンバーが既に顔を揃えていた。

鮎川哲子、玄矢孝志、有馬みゆき、霧華舞衣、九十九音夢、鴉城蒼也、蝨斯太郎。その他、数人の警察関係者。……寝坊癖のある九冬と、彼に起こされた城之介は、一番最後の到着となった。その事実から推測するに、やはり、九冬はなかなか起床できなかったのだろう。

『密室の間』は、厨房のすぐ裏側にあたる幻影城の最奥部にあった。近くに他の部屋はなく、長細い廊下を突きあたったところにある、いわば孤立した部屋である。——鍵こそついていないものの、この部屋は四方をコンクリートの壁に囲まれている。室内に窓、換気孔の類はなく、外部と通じているのは、ただ一つの扉だけだ。鋼鉄製の扉を閉めてしまえば、室内は完全な密閉状態となる。何でも密室の雰囲気を味わうためにのみ造られたらしく、いかにもミステリマニアの平井氏好みの部屋だった。

城之介は人の輪の中を進み、舞衣と話をしている哲子の元へ歩み寄った。

「どうしたというんだ、鮎川嬢。部屋にも入らずに」

その質問には答えずに、哲子は『密室の間』の扉を指差して説明に代えた。鋼鉄の扉に貼りつけられた、一枚の紙切れ。

「これは……いつもの」

城之介の表情が驚愕に歪む。

その紙切れは、次のような内容だった。

この扉、開けるべからず。

芸術家《アーティスト》

65　水密室と鏡の謎

鋼鉄の扉の向こう、密閉された室内に何があるのか？

『この扉、開けるべからず』

とりあえず、捜査陣は、まだ誰も扉を開けていない。城之介が到着して主力メンバーが揃うまでは芸術家《アーティスト》の警告の意味をいろいろと推測していたのだが、これまでのところ説得力のある推理はあがっていなかった。

扉にいつもの紙きれが貼ってある以上、おそらく室内では、これまでと同じように殺人芸術の一つが完成されているのだろうが……扉を開けてはならないという不気味な犯人の警告によって、誰もが扉を開けるのを躊躇していたのである。

芸術家《アーティスト》は、テロリストではない。扉を開けることによって、爆弾が爆発するなどということはないとは思われるが、室内から扉の内側に何らかの仕掛けが施してある可能性は充分にあった。

また新しい事件が起こってしまったという動揺もさることながら、地獄の門のような禍々しい意匠の扉に貼りつけられた一枚の紙片によって、捜査陣の輪の中で、不安は増幅しつつあるようだった。

「どうしましょうか、龍宮さん。扉の外側には何も仕掛けはないようですが、内側はわかりません。専門家の応援を待ちますか？」

捜査主任の哲子も、とりあえず対応に窮していた。城之介は黒手袋をはめた右手を顎にあて、じっと鉄の扉を睨んだまま沈黙を保っている。城之介に代わって、廊下の壁にもたれていた蒼也が意見した。

「でも、鮎川さん。室内の様子がわからないんじゃ、専門家を呼んでもあまり役に立たないんじゃないかな。室内を調べるためには、とにかく扉を開けるしかないんだから」

助手の方に視線を向けると、城之介は頷いた。

「鴉城氏の言う通りだ。扉を開けないことには、何も始まらないよ。虎穴に入らずんば虎児を得ず。芸術家《アーティスト》の思惑が不気味ではあるが、とにかく扉を開けてみよう」

「龍宮さん、それは安直すぎるんじゃないか。何か危険な仕掛けがあるかもしれない」

玄矢刑事は逞しい手で城之介の肩を摑み、黒衣の探偵を引き止めた。城之介は左手の人差し指で帽子のつばを押し上げると、微笑して言った。

「幻影城内の部屋は、客室も含めて警察が入念に調べたんだろう、玄矢氏。その調査でめぼしいものが発見されていないのなら、大した仕掛けは創れないと龍宮は考えるよ」

城之介は決意のこもった眼で一同を見回し、ゆっくりと頷いた。左手のジェスチャーで、彼は全員に後退を促す。黒衣の探偵の身を案じながらも、捜査陣は素直に数歩、後ずさった。

黒マントをひるがえし、城之介は『密室の間』の扉に歩み寄る。鋼鉄の扉は、隙間なくぴっちりと壁にはまっているので、室内に何があるのか、まったくわからない。

把手を握る手に力がこもる。城之介は、もう一度後ろをちらりと見た。全員が固唾を飲んで彼の一挙手一投足に注目していた。

——扉の向こうから、形容し難い圧迫感を感じる。気のせいか。いや……室内にある何かが、感覚を超えた本能に訴えかけ、緊張を刺激しているようだ。

深く息を吸い込み、把手を握り直す。少しずつ扉を開くつもりで、城之介は軽く把手を手前に引く。

――！※&$#＊§÷☆？――

一瞬、何が起こったのか理解できなかった。

僅かに開いた扉が激烈な力で室内からはじかれ、城之介は顔を強打されたのである。背後から悲鳴が聞こえる。パンチをもろに食らった！――体重の乗った、重くて早いパンチを顔面に叩き込まれたと思った。実際に彼の顔を殴ったのが勢いよく開かれた鋼鉄の扉であることすら、わからなかった。強い衝撃を受け、城之介はよろめいた。

「……なんだ⁉」

その言葉を口にする余裕もない。背後から絶叫が続けざまにあがる。城之介本人には、何がなんだかわからない。

次の瞬間、城之介は全身を床に、したたかに叩きつけられていた。

――水……

大量の水が、開いた扉の隙間すべてから流れ出してくる。怒濤の勢いで押し寄せる激流が、体全体を押さえ込む。『密室の間』から湧き出た洪水が城之介を飲み込んで、呼吸もままならない。鼻から水が入り、黒衣の探偵は苦悶に身をよじる。他の者たちの驚きの叫び声が、遥か後方から聞こえるような気がする。飛び込み台から突き落とされ、深いプールの底まで瞬時に沈められたような感じを城之介は抱いていた。

――なぜ、部屋の中から水が……？

『密室の間』は、何もない部屋だ。扉の他は出入口となるものは存在せず、もちろん水道の蛇口もない。芸術家《アーティスト》は、いかにして密閉された空間に水を満たしたのか。鋼鉄の扉には鍵がついておらず、いつでも開閉自由だった。が、室内が水で満たされ、廊下には水のこぼれた跡がなかったということは、『密室の間』

は密室状況だったことになる——未体験の密室、これは水密室だ。

部屋から流出する水は、流れを弱めることなく廊下を走る。意志を持つ生物が廊下をもの凄い速度で這うように、あっという間に廊下は水浸しとなり、城之介を後ろから見守っていた捜査陣の腰から下をズブ濡れにした。

あまりに不可解な現象に、皆が困窮している。室内に満たされていた水の水位が徐々に下がっていく。最初は全身を水に包まれていた城之介も、何とか水中でもがいて、上半身を水上に覗かせている。

廊下に両手をつき、足を前に投げ出すように座った城之介は、腰から下を流れる初冬の水の冷たさを忘れ、ただ呆然と室内を見つめていた。

廊下の灯りだけでは、『密室の間』の内側はよく見えない。室内には、灯りがなく、ぼんやりと中の様子が窺えるだけだ。……ただ、それでも、何かの物体が天井からぶら下げられているらしいのはわかった。

あれは……、まさか？

●

ようやく『密室の間』の水が流出し終えると、霧華舞衣と鮎川哲子を先頭に、捜査陣が城之介の元に次々と駆け寄ってくる。廊下と室内には、まだ靴の高さまで水が残っており、走ると水の抵抗を足に感じる。一人一人が動くたびにバシャバシャと水音が騒々しく響くのは、水鳥の群れが一斉に飛び立つ音を思わせるものだった。

「龍宮さん、——大丈夫ぅ？」

舞衣は両膝に手を置くと、上半身を傾げてびしょ濡れの名探偵を心配そうに見やる。その脇で哲子は、薄暗い『密室の間』の室内を睨んでいた。

「霧華さん、龍宮さん。これは、いったいどういうことなんでしょう。水の密室ですか？」

彼女たちも腰から下を湿らせてはいるものの、扉の前で、滝に打たれるように全身に水を浴びた城之介ほどの被害ではない。水もしたたるE男——城之介は、瞼を閉じ、フーッと溜息をついた。その童顔は、駄々っ子のように不機嫌に歪んでいる。

黒衣の推理貴公子は、水に濡れてよれよれになった黒いフェルト帽をしぼり、彼を囲む人の輪の中心でゆっくりと立ち上がった。マントや髪からは、まだポタポタと水滴がしたたり落ち続けている。腰が水から出る時、パシャンと水がはぜた。

城之介は一同を順々に見ると、懐中電灯を手にしている有馬みゆきに手を差し出した。

「有馬嬢、灯りを貸してくれないか」

「あ、はい。どうぞ」

ザバザバと水をかき分けて進み、みゆきは城之介に懐中電灯を手渡した。わずかに触れた探偵の手が驚くほどに冷たくなっていたので、みゆきは彼に同情した。

『密室の間』の方に向き直ると、城之介は戸口まで進んだ。その後から、捜査陣がぞろぞろと続く。懐中電灯のスイッチをONにし、薄闇の室内を照らす。スポットライトをあてたように、光の円の中にくっきりと室内の惨状が浮かぶ……。

そこでは、天井から吊された葵健太朗の屍体が、流出した水の勢いで、まだゆっくりと回転し続けていた。

「十個めの屍体、か」

弱々しい城之介の声には、諦めたような響きがあった。その隣に並び、蒼也も苦々しげに言葉を吐く。

「――これで、『八つの生贄』が揃ってしまったな」

悲劇的な死の風景だった。どこまでも虚構的な殺人から感じられる狂気に嫌気がさし、哲子やみゆきは室内から視線を逸らしている。すぐに詳しく調査しなくてはならないと承知してはいても、今はその光景を正視することはできなかった。じっと屍体を見ていると、理性がズタズタに破壊されてしまいそうだった。

●

第1番目の屍体 第2番目の屍体	水野一馬 柊木司	10月26日 10月26日
第3番目の屍体 第4番目の屍体 第5番目の屍体	平井華 平井麗 氷龍翔子	10月27日 10月27日 10月27日
第6番目の屍体 第7番目の屍体 第8番目の屍体 第9番目の屍体	榊一郎 佐藤一郎 料所拓治 風紋寺光世	10月28日 10月28日 10月28日 10月28日
第10番目の屍体	葵健太朗	10月29日

クション！　と音夢がくしゃみをした。その音が、静まり返った早朝の城内に大きく響き渡った。

今……、八人目の被害者を出して殺人事件は終結する――。後には、累々たる謎の山が残るばかり。

『第10番目の屍体』　　10月29日――I
●葵健太朗（本名＝氷柱木真二） 利腕＝左　職業＝作家　性別＝男　年齢＝24 屍体発見現場◎『密室の間』
現場の状況1◎葵は溺殺されていた。 2◎屍体のズボンのベルトにはロープが結びつけられ、カンテラをかけるための天井の突起から吊されていた。 3◎屍体発見時、『密室の間』の室内は水で満たされていた。
［備考］……『蜃気楼の間』の鏡が一枚剥がされているのが発見されていた。鏡は壁からはぎ取られ、その場所に立てかけられていた。

66　哀愁漂う幻影城

かくして幻影城殺人事件は幕を閉じた。

予告通り、八人の人間（さらに二匹の猫）を殺し、依然としてその正体を闇に隠している芸術家《アーティスト》。事件の真相は未だに謎に包まれており、犯人の正体が明かされる瞬間が本当に訪れるのか、まだ誰にもわからなかった。

水密室で溺死……。

葵殺しは、過剰な装飾に彩られた幻影城殺人事件のラストに相応《ふさわ》しい、派手な殺人だった。

……なぜ、葵は水中に吊されていたのか？　どのようにして、密閉された室内に水を満たしたのか？

『蜃気楼の間』の鏡が一枚だけ剝がされていたのは、『密室の間』の殺人と関係があるのか？

多くの疑問を内包した神秘的な殺人芸術。『光の舞台』の雪密室や、西洋甲冑の密室を始め、数々の見立ての意味など、未解決のまま放置されている謎ばかりである。

幼稚とも思える見立ても少なくないが、決め手となる手がかりをまったく残さない芸術家《アーティスト》の計算高さには、捜査陣は翻弄されるばかりである。敵は当代随一の『最強』にして『最凶』の犯罪者……推理小説の犯人のように、都合のいい手がかりを残してくれることもなく、生半可な捜査ではまったく手の届かない領域に潜んでいるのだ。

事件が終わってしまえば、もはや手がかりが増えることはない。これまでに与えられている限られた材料の中で、最大の謎・芸術家《アーティスト》の正体を解き明かすことは、はたして可能なのだろうか？

食堂に集められて葵の死を報《しら》された時、『関西本格の会』、幻影城関係者たちの反応は複雑だった。驚愕しつつも、これで事件は終わったと胸を撫でおろす者、一人で芸術家《アーティスト》への憤りに震える者、ただ悲しみにくれるばかりの者……。

●

星野多恵は、悲報に触れるとすぐに、精神が錯乱したように席を立ち、そそくさと室外へと走り去ってしまった。

多恵の後を追う者は、誰もいなかった。いや、正確に言うなら、誰もその後を追うことができなかった。愛する実兄に続いて、急速に親交を深め支えあっていた人を奪われた彼女に、無責任な慰めの言葉をかけてやれる者など、誰もいなかった。

あなたの辛い気持ちはわかる、などという資格は他人にはない。その人の悲しみは当人だけのものであり、どんなに慈しみを持っていても、他人の同情は、わかったつもりになっているだけのものに過ぎないのだから。

あるいは溜水ならば——星野兄妹と個人的なつきあいもあった彼ならば、優しい言葉の一つや二つもかけてやれたかもしれない。彼が慰めれば、多恵も無下にはねのけることはしないだろう。……だが、その溜水もまた、最高の親友を喪ったことに自分を見失い、他人を心配できる状態ではなかった。

心の中心に、ぽっかりと巨大な暗黒が口を開ける。すべての希望を吸い込む絶望の穴、その無限の闇の中には、圧倒的な虚無感が漂うばかりだ。奈落の深みが、彼らの世界の『現実』を崩壊させる。そして、自分の存在さえ定かでない『虚構』の物語を構築する——。

溜水も多恵も、もちろん最悪の可能性は考慮していた。そのことはあってはならない、あって欲しくないと考えながらも、葵の巡回が決まった事件で、彼の死を意識しないわけにはいかなかったのだ。

それでもやはり、葵の死は耐えがたいものだった。現実離れした悲劇の哀しみは巨大すぎて、普通の感覚ではとらえることができなかった。嘘臭い殺人事件、軽すぎる人の命。むしろ、滑稽だった。質《たち》の悪い喜劇を観ることを強要されているような、不快な気分だった。

溜水の心は、いつになく渇いていた。世界の不条理に対する怒りで、我を忘れそうだった。理性を捨てて、感情の暴走に身を任せてしまいたかった。彼に創作という逃げ道がなければ、ひょっとしたら、狂ってしまっていたかもしれない。それほどに、衝撃は大きかった。

人はいつか必ず死ぬ。それでも、葵はまだ死ぬには若すぎた。二度と還らぬ友のことを思うと、いずれ死ぬために生き続けることがひどく空しくなる。どこにも逃げ場のないこの世界の中で、歩むべき道と自分を見失う。

空虚な生の道で立ち止まった溜水は、永遠に続く時空を想い、無限を希求した。創作衝動は、暴発しそうに昂ぶっていた。運命にこれ以上自分を壊されないように、ずっとずっと創り続けたかった。溜水はそう切望してやまなかった。生き残った者たちは、消えていった者たちの想いを背負って進み続ける。もう、立ち止まることは許されない。

●

――多恵の後ろ姿を見送ると、城之介は帽子のつばを下げ、眼を閉じると溜息をついた。この事件でひたすら後手に回され続けている自分の無能が呪わしかった。深い絶望に犯された多恵の姿は痛々しく思えて、推理が進まぬもどかしさは募る一方だった。

城之介は、多恵に恋愛感情は一切持っていない。……が、まったくアカの他人と割り切ることはできないのだ。見合いの席での彼女との会話は、彼にとってもなかなか楽しいものだった。多恵がこちらを退屈させないよう気を遣ってくれていたおかげで、純粋にお喋りの快楽を味わうことができたのは事実なのだ。

だからこそ、というわけではない。しかし、彼女に何もしてやることができない自分を情けなく思う気持ちはあった。頼るべき者を喪った人の新しい支えとはならずとも、せめて、もっと彼女の助けとなってやることはできるのではないか——そんな気がしてならなかった。

それでも、城之介は彼女の後を追うことはしなかった。彼女が癒しを必要としているのが確かでも、それを与えるのは、少なくとも自分ではない。そう考えていたし、彼は探偵として、事件を解決することによってのみ、彼女が気持ちを整理するのを助けるべきだと思ったのだ。

——変化し続けるこの謎宮《めいきゅう》に、出口はあるのか？

手がかりのない難解な事件の捜査を続けていると、そう悲観することも幾度もあったが、城之介はもう迷うことはなかった——たとえ推理に迷うことはあっても、気持ちの上では、もう迷うことはしない。そう、断固たる決意を胸に、自分を叱咤した。

——この事件で重要なのは、あくまで『言《ことば》』だ。謎宮から外に出るには、『言』の糸を手繰ってやるしかないだろう。

『言《ことば》』の靄《もや》に姿を隠した芸術家《アーティスト》。その正体を、早く見出してやりたいと願っているのは、城之介だけではなく、関係者全員がそうだろう。

……勝算がないわけではない。城之介は、葵殺しで、推理の足がかりを既に摑んでいた。

●

自室に戻ると、多恵はよろよろと室内を横切り、やがて力つきるとくずおれた。俯いて、上半身をベッドに預ける。長い髪が左右から垂れて視界を塞いだが、そんなことは気にならなかった。

不思議なことに、涙は一滴も出なかった。涙の泉は、既に涸れきってしまったのか。それとも、連続した哀しみのあまりの大きさに、感覚が麻痺してしまったのか。

彼女には、そのどちらでもないような気がした。

確かに喪失感はあった。半身をもがれたような苦痛も存在していた。だが、それだけではなかった。心の奥深く、感情の底の底にあるものを、彼女はしっかりと感じていた。葵から渡されたそれが、少しずつ感情の表面へと浮かび上がってくる。

葵から渡されたそれは、希望……『愛』と言い換えてもいい。

自らの死を覚悟し、芸術家《アーティスト》との対決に臨んだ葵健太朗。敵に敗れはしたものの、葵の想いは確かに多恵に届いていた。

絶望を打ち砕く勇気を、葵は教えてくれた。彼の死を無駄にしないためにも、多恵はただ悲しんでばかりはいられなかった。彼女の中で何かが変わろうとしていた。一人で強く生きていくということの意味を、星野多恵は学びつつあった。

下腹部の圧迫感から感じる、ドロドロとした生命の営みも、気にはならない。芸術家《アーティスト》の邪気にも負けないだけの葵への『愛』を感じ、多恵はその想いを大事に胸の中で抱いた。

その存在が滅びても、葵の『愛』は消えなかった。それは、これからも決して消えることはないだろう。多恵の中で、『愛』はいつまでも続く。この先に待ち受ける運命がどんなものであっても、それだけは確かだった。

……いつまでも語り継がれる物語がある。

……それは、限りない愛に守られている。

●

それぞれがそれぞれの立場から、複雑な想いを胸に、幻影城殺人事件の閉幕を受け容れようとしている。

――たとえ、清算し得ぬわだかまりが胸中にあろうとも、時は流れ、世界は回り、彼らは歩き続けるのだ。

……どこまでも。

事件が閉幕しても、真の終幕はまだ先である。

すべての謎が解決されるその時まで、物語は続く。

67　解決への飛翔

朝食には、姿を見せない者も多かった。

仕事を自主的に休む使用人にも、誰も咎《とが》めようとはしない。殺された者だけが被害者ではない。ある意味では、この事件の関係者のすべてが、芸術家《アーティスト》の被害を被っているのである。溜水は執筆に専念するという言葉を残して自室にこもり、食事が終わる頃、食堂に姿を見せたが、料理には手をつけていなかった。

……意外なのは、多恵が食事に参加していたことだ。関係者たちの中には、運命に立ち向かう強い意志を感じさせる彼女の表情を眼にして、その変貌ぶりに驚き、感動を覚える者すらいた。

——あまりにも長い五日間だった。この五日間、さまざまな出来事があり、多くの出会いと別れがあった。人々はすっかり変わってしまった。変わっていないように見えるのは、幻影城だけだった。

この事件に完全に幕を下ろすためにも、捜査陣には、ぜひ事件を解決してもらわねばならない。しかし、それはいったい、いつのことになるのだろう。

関係者たちはそんなことを考えながら、捜査陣の様子を窺っている。明らかに捜査の遅れを焦っている者もいれば、勝算があるのかないのか、感情を顔に表さない者もいる。概して皆、言葉数は少なく、祭りの後のような静けさと寂しさが、食堂の中を流れていた。

そうした状況下にあり、黙々と食事を進めながら解決の予感を抱いていたのは虹川良だった。虹川は今朝までずっと、事件の情報を手帳にメモしながら、暇を見ては推理を続けていた。昨日から読んでいる『黒死館殺人事件』にインスピレーションを刺激され、一つの説得力のある仮説が頭の中で構成されようとしていた。今朝の水密室での葵の死を知り、虹川の推理は、間もなく完成しようとしていたのだ。『華没』でも度々言及されていたように、幻影城殺人事件では、『言《ことば》』が事件を支配するという特異なルールが存在していた。龍宮城之介の仮説（——芸術家《アーティスト》は、殺人芸術の中にサインを残している——）が事実だとすれば、虹川は、かなり真相に肉薄しているかもしれなかった。食堂の中にいる一人の人物、『言』が指し示す芸術家《アーティスト》かもしれないその人物の様子を、虹川は食事をしながら探った。

レタスを咀嚼《そしゃく》しながら（よく嚙んで！）、自分が組み立てた推理を検討する。説得力はあるか？　必然性は？　——そして、証拠は？

彼の推理で事件が終幕するのなら、自ら探偵役を買って出るにやぶさかでない。紛れもなく、捜査の女神は彼の頭上でウインクしていた。

食事を終えると、異常な事件の雰囲気にあてられ少し落ち込んでいる恵を薫に任せ、虹川は早々に自室へと戻った。推理をまとめるために、そして、すべてに決着をつけ、芸術家《アーティスト》の正体を暴くために——。

解決の時は近い……。

68　消え去る影

朝食が終わり、しばらくすると、潮が引くように一人二人と、食堂から人の姿は少なくなっていった。人気のない食堂は、休暇中の学校のようによそよそしさが漂っている。本来、人々が集まるための場所であるだけに、誰もいない空間には物寂しい空気が溢れている。使用人たちが食器を片づけ終わると、溜水は、椅子に座ったまま腕組みをしている城之介に接近した。

彼ら二人の他は、食堂にはもう誰もいない。二人で独占するには広すぎる空間に、溜水と城之介だけがいた。

お馴染みとなった帽子とマントは、現在、乾かしていて着用していない。着ている服は、スペアがあるのでいつもと同じ黒の上下だったが、黒衣の推理貴公子のアイデンティティの一部とも言える帽子、マントが欠けていると、どこか物足りないような感じである。

「龍宮に何か話がおありかな、溜暑院氏？」

友に向ける優しい視線で、探偵は作家を見上げている。溜水は城之介の隣の席に腰を下ろした。

食事の後、一同が順々に席を立ち始めた頃、溜水が城之介の方を見ていたのに、黒衣の探偵は気づいていたようだ。さすがはＪＤＣ第一班の名探偵、注意力は鋭い。

昨日、割合長い時間話をしたことで、二人は打ち解けた間柄になっていた。互いによく似たところを持っているだけに相手を理解するのも早く、旧くからの友人同士のように、二人はリラックスした雰囲気で向かい合うことができた。――それでも、玄矢刑事と城之介がタメロをきいているように垣根をとっぱらってしまったわけではない。探偵と容疑者、その図式を常に意識してしまうからだろうか。二人の間には、決して埋めることのできない溝が存在しており、他人行儀なところはどうしても残っていた。

……もっとも、それは些細な問題で、表面的にはあくまで、二人の男はわかりあった者同士だった。

「葵は——葵の奴は、どうして殺されたのでしょうか、龍宮さん？　あいつが油断していたはずがないのに……」

膝を組むと、溜水はそう切り出した。その質問は、ＷＨＹ？　ではなく、ＨＯＷ？　の範疇に属するものだった。どのようにして、葵は芸術家《アーティスト》の魔手の餌食となったのか——それを、溜水は尋ねたのだ。

口調はあくまでクールだったが、落ち着きのない身振り《ジェスチャー》が彼の憤りと戸惑いの強さを表している。城之介はそのことに同情しながら、優しく、相手を思いやる調子で言った。

「虚を突かれたんでしょうね。おそらくは、鏡を使ったのでしょう」

「鏡……!?」

予想外の単語を耳にし、反射的に溜水は聞き返した。鏡の情報は、まだ捜査陣の限られた人間しか知らないことだった。

「先ほど、『蜃気楼の間』の鏡が一枚剝がされているのが発見されました。鏡は壁から剝がされただけで、そのままそこに放置されていたとのことです」

『蜃気楼の間』——壁面にびっしりと鏡を張った、円形のホール。溜水の脳裏に、あのホールの象徴とも言える三体の彫像がちらついた。

「あのホールの鏡が、水密室の謎と関係があるのですか？」

「いや、密室とは直接の繫がりはないでしょう。しかし、鏡が剝がされたのは間違いなく昨晩のことですから、葵氏が殺害された事件と無関係とは思えません。証拠がありませんので、これは推測の域を出ないのですが、芸術家《アーティスト》は『蜃気楼の間』の鏡を剝がし、その裏側に隠れて、あのホールで葵氏を待ち伏せしていたのではないか、というのが龍宮の考えです」

葵は懐中電灯を持って薄暗い城内を巡回していた。

『蜃気楼の間』は広いので、壁際を歩いて隅々まで調べることはしなかっただろう。ホールの中央から壁面を照らしただけでは、鏡の後ろに隠れていた芸術家《アーティスト》の姿はわからなかっただろう。

……もちろん、それはあくまで一つの可能性に過ぎなかったが、実際に鏡が剝がされている以上、それに類したことが昨晩あのホールで行われたのは事実だろう。

「鏡から、指紋は？」

答えは容易に予測できたが、溜水はそう問わずにはいられなかった。弱々しい声だった。すぐ近くに芸術家《アーティスト》がいると知らなかった葵。スキを突かれ、闇に葬られてしまった亡き親友を想うと胸が痛んだ。

できることなら、過去に飛んで、葵に警告してやりたかった。だが、それはできない相談だった。溜水にできるのは、変えることのできない過去の『事実』を記録することだけだった。

残念そうに、城之介は首を横に振った。芸術家《アーティスト》が手がかりを残すはずがないと承知していても、溜水には、自分たちの無力さが悔しかった。結局、人には他人を救うことなどできやしない——そう、痛感させられた気がした。

「事件は……本当に、終わったのでしょうか？」

うなだれたまま、溜水はかろうじてそれだけを口にした。城之介は無言で頷いたが、頭を垂れた溜水には見えないと気づいて、囁くように答えた。

「――おそらくは」

●

このような形になってしまったのは残念だが、葵は自らの死をもって幻影城殺人事件を終結へと導いた。皆が、そのことに感謝している……。

そんな慰めは、気休めに過ぎないとは承知していても、城之介はそんな言葉を溜水にかけずにはいられなかった。創作によって芸術家《アーティスト》と向かい合う戦士は、疲れきっているようだった。連日の激しい執筆によってではなく、親友を喪ったことによって。

やがて溜水は、『華没』の執筆を再開するために、自室へと戻っていった。失礼します、と一礼して歩み去っていくその後ろ姿には、深い哀愁が感じられた。彼の代わりに、背中が泣いているようだった。

『聖なる眠りにつく前に、我は八つの生贄を求める。すべては、華麗なる没落のために』

ただ一人、食堂に残された城之介は、最初の殺人予告状について考えていた。

――『八つの生贄』は揃った。芸術家《アーティスト》は、はたして聖なる眠りについたのだろうか？　華麗なる没落とは、いったい……。

葵殺しが幻影城殺人事件の最後の悲劇だと推理するのは、何も、『八つの生贄』（八連続殺人）だけが根拠ではない。葵殺しによって、城之介は巧妙に隠された見立てに気づいたのだ。これまでも一応は考慮に入れていたものの、バカバカしくて却下していた推理は、葵殺しによって完成した。『華没』のコピー原稿を読み返しながら、推理を固める。芸術家が幻影城殺人事件の裏に隠した究極のメッセージ（サイン？　orミスディレクション？）――その厚みと深みに、城之介は圧倒される思いだった。

その推理は、どうやら霧華舞衣も検討しているようだった。食事中、彼女との会話から感じた、女探偵の思わせ振りな態度がそれを暗に物語っていた。

が、舞衣も気づいているようだったが、その推理には欠陥があった。致命的な問題点が存在した。慎重に思考を働かせねば見落としてしまうかもしれない、それは恐ろしく巧妙な罠だった……。

芸術家《アーティスト》の用意したダミーの解決。それに欺かれなかったことによって、城之介は、新たな推理の足場を見つけたような気がしていた。推理をさらに飛翔させ、一気に真相へと近づくことができるような予感さえ抱いていた。

──それなのに……この胸騒ぎは何だ？

心の中を漂う虚無感。九十九音夢のファジイ推理、『この事件の謎は決して解けない』と、何か関係があるのだろうか？

「……この世界には、解けない謎など存在しない」

自分自身を励ますように、黒衣の名探偵は、声に出して、力強くそう自分に言い聞かせた。

●

溜水は廊下を歩きながら、『華没』のこと、葵のことを考えていた。

──昨晩、葵に何が起こったのか。それを知ることは、自分にはできない。納得して死んでいったとは思えないが、それでも葵が自分の選択を後悔しながら逝ったとは思いたくない。

友の死を、非業の最期と解釈するのは嫌だった。それでは、自ら危険を冒して芸術家《アーティスト》との勝負に挑んだ葵の選択が、愚かなものとなってしまうからだ。

誰も、他人を救うことはできない。だが、他人が自らを救う手助けぐらいはできるだろう。

葵の最期を、『華没』に描く。友との想い出のすべてを胸に、想いの丈を紙面にぶちまけ、別れの挨拶に代える。……それが、溜水が葵にたむける華であり、鎮魂歌《レクイエム》だった。

——葵健太朗、俺はお前を決して忘れない。俺の原稿の中で永遠に生き続けるお前の最期を、惨めなものとはしないと約束する。お前の華麗なる没落のために、俺は全力で『華麗なる没落のために』を執筆するよ。

我慢できない創作衝動が溜水の体内で爆発する。もう、誰にも止められない。水は溜まることなく、激しく流れ続けることだろう。——流水は止まることなく自然体で続いていく。

……どこまでも、どこまでも。

歩きながら、ふと溜水は中庭に眼をやる。

視界の端を飛行していた一羽の黒鳥が、虚空に溶け込むように消滅した。それは、幻影城に不吉な影を落とす死神の使者？

凶鳥《まがどり》の黒影《かげ》は、もうどこにも存在しない。

幻の影は、跡形もなく消え去った。

69　幻影城の幻影

幻影城で語られる物語……これが推理小説であってくれれば、と叶わぬ願いを抱くのは虹川良だけではないはずである。

これは『麗しき華のごとく、没落は夢のように』？　……それとも『華麗なる没落のために』？

──あるいは夢か、どれにも該当しない夢物語？

答えはわかっているのに、過酷な現実から眼を逸らしたくなって、ついそんなことを考える。

これは紛れもなく現実なのに。

──本当にそうなのか。そうなの……ダロウカ？

紛うかたなきリアルさなど、どこにも感じられない。世界はいつもよそよしく、嘘臭く、自分勝手だ。『現実』と『虚構』をすり替えてやったところで、何も問題は起こらない。『登場人物』には、いつも反逆の機会は与えられているのだ。『虚構』に向けて走り続ける。泣き寝入りして、『作者』の定めた運命《シナリオ》に操られるのはノー・サンキュー！

これが『虚構』の世界なら、『虚構』の犯罪にふさわしい犯人・芸術家《アーティスト》の正体を暴き出す。裁きは他の者に委ねるとしても、推理の完成形は虹川の掌の中にある。犯人告発をするのは、彼の役目なのだ。

虹川の人生哲学は、『万事《ばんじ》中庸《ちゅうよう》』だった。だからこそ彼は、他人が辿り着けなかった真実の地まで自分は来ることができたのだと考えていた。『現実』よりの思考しか持てない常識人には推理できない真相を手にすることができたのは、自分が『虚構』に近い世界の住人だったからだろう、と……。

数日前にはごく小さな疑惑の種でしかなかったが、やがてそれは発芽を経て成長し、真実の華を咲かせた。今では、もう迷いはない。長く激しい智的激闘の末、虹川は、遂に解決へと達した深い深い感動を味わっていた。

娘の恵は、小杉勝利少年や魅山薫と城内のどこかへ遊びに行っていて、今、客室にいるのは彼一人である。突然、幻影城を訪れた惨劇による混乱で、ここ数日間、娘の相手をろくにしてやれなかったことを、虹川はずっと申し訳なく感じていた。新しい遊び相手を見つけて無邪気に喜んでいたが、親の優しい愛情が必要な年頃の娘にかまってやれなかったことを恥ずかしく思い、反省していた。

しかし、一人で思索に没頭する時間を持てたことで、虹川は真相を見つけることができた。そういう意味では、娘やその遊び友達である小杉少年に感謝していたし、悲劇に幕を下ろすことによって、少しでも罪滅ぼしができるかな、と考えている。

事件開始当初こそ、悩みなくはしゃぎ回っていた子供たちも、さすがに最近では殺人事件の毒気に冒され、しょげかえり、不安に怯え、夜は終わらぬ悪夢にうなされているようだった。想像力豊かな子供たちが、大人以上にリアルに感じる恐怖によって壊されてしまう前に事件を解決できることは、虹川の何よりの喜びだった。

悪夢は間もなく終わる。……いや、終わらせる。

強い決意を胸に、虹川は勇躍して客室を出た。

●

——あっという間に、一日は過ぎていた。

静かな客室。助手の蒼也には単独捜査を任せ、城之介が一人、推理を組み立てているところにノックの音が響いた。

「どうぞ」

思考を妨げられたという不快感は、なかった。それより、強いノックの音でようやく我に返るほどに推理にのめり込んでいたことに城之介は驚いた。

ノックは二回しか聞こえなかったが、ずっと前から遠くの方でそれらしい響きがあったような感じはあった。

「失礼、お寝《やす》みでしたか？」

扉を開けると、戸口には、恐縮した体《てい》の虹川が立っていた。ノックの返事がなかなか無かったので、城之介が仮眠でもとっていると思わせてしまったようだ。城之介は慌てて手を振って、彼の心配を否定した。

「いや、少し考えごとをしていたもので、こちらこそ申し訳ない。――それより、珍しいですね。虹川氏、なにか？」

虹川は、少しためらって視線を逸らしたが、すぐに城之介に向き直ると、はっきりとした口調で言った。

「龍宮さん……事件の謎が解けました。芸術家《アーティスト》が誰なのか、わかったような気がします」

「ホウ！」

僅かに驚愕の語調を孕んだ感嘆の吐息が、城之介の口からこぼれた。最初こそ、驚きに一瞬、眼を丸くしたものの、それは理解した顔色を経て、最後には嬉しそうな表情になった。口元には、微笑すら浮かんでいる。

思わぬところから伏兵が現れたものだ。正直に言えば、そんな心境だった。だが、城之介の心に先を越されたという悔しさはない。同じだけの手がかりから、他人が城之介よりも早く真相を推理し得たとしても、それは、彼以上の推理力を相手が有していたというだけのことだ。その場合は、好敵手の出現を嬉しいと思うと同時に、次からの事件ではこちらが勝利してやろうという意欲（闘争心？）を喚起されるので、自分にとって決してマイナスではない。

相手を嫉妬する暇があれば、誰よりも先に真相を摑めなかった自らの非才を恥じ、次からはそうならないように少しでも精進を重ねるべきなのだ。……そういう考えを持っている者が多いから、ＪＤＣは名探偵集団として隆盛を極めているのかもしれない。互いに刺激しあい、才能を磨きあっていれば、それは組織全体を向上させることにも繫がる。

『誰かが少しでも早く事件を解決すればそれでいい』

それが、ＪＤＣ総代・鴉城蒼司の探偵哲学であり、ＪＤＣの探偵たちに理解されている、真摯な姿勢なのだ。

もっとも、虹川の推理が必ずしも真相を突いたものとは限らない。幻影城殺人事件は、城之介や舞衣を筆頭とする超一流の探偵たちが束になっても推理が難航している事件である。捜査の専門家でない素人探偵に解決できる問題であるとは、常識的には考えられない。

城之介は、虹川の眼を見た。その澄んだ瞳を——。

虹川の表情は、真剣そのものだった。真相を探りあてたのかどうかはわからないが、本人がその気なのは間違いないようだ。少なくとも、タチの悪いジョークでないのは確かだろう。

探偵や刑事ではないとはいえ、虹川は、推理作家である。それも、プロ中のプロであらせられる。柔軟な発想で犯罪者の心理を摑むことには長《た》けており、奇抜な推理を創り出すことにかけては、城之介たちよりも一日《いちじつ》の長《ちょう》があるかもしれない……。

エラリー・クイーン、法月綸太郎という前例もあることだ。彼も、名探偵の配役をこなすだけの実力は充分に備えているとも考えられる。

城之介は重々しく頷くと、思いつめたような表情ともとれる虹川の肩にポンと軽く手を乗せた。

「間もなく夕食です。その席で、虹川氏の御高説を伺いましょう。どんな推理を聞かせてくださるのか、楽しみですよ」

「龍宮さん、今ここで僕の推理をお話ししなくてもよろしいのですか?」

推理すら聞かずに、探偵が自分を信用した(?)ことに、虹川は驚いたようだった。城之介はとびきり小狡い笑みを浮かべ、悪戯っ子のように無邪気に言う。

「言うなれば、一つの賭けですね。あなたの推理が真相の場合は、それで閉幕とすればいい。——もし、そうでなくても、関係者の一人である芸術家《アーティスト》を挑発し、反応を窺うという意味もある。……それに。何より、最初から答えを知っていれば、解決篇の間ずっと、龍宮は退屈ですからね」

城之介と虹川は顔を見合わせると、さもおかしそうに笑った。虹川の顔から気負った色は消えていた。楽しんで探偵役を務める気持ちに、彼はなることができたようだった。城之介の(笑)の力が、虹川をリラックスさせ、『探偵役』が本来気にする必要のない不安(——推理が間違っていたらどうしよう——)を払拭したのだ。

城之介が身支度を済ませると、探偵と作家は肩を並べて食堂へ……解決へと歩き始めた。その道中、城之介は辛辣なことを考えていた。

——これが推理小説であれば、残りのページ数で、ダミーの解決か真の解決かの予想はついてしまうだろう。さて、完成した『華没』を読んでいる『読者』はどう思っているかな。残りのページ数はどうだ?

これは真の解決か、それとも、単にダミーの解決に過ぎないのかな?

どんでん返しがこの先に待ち受けているのか否かは、この物語の『登場人物』である彼らにはわからない。そう承知していても、彼らは未来を信じて歩き続けるしかないのである。『作者』の掌の上——『読者』が見守る舞台の上で……。

深夜には大きく城内に響く足音も、まだそれほどではない。話をしながら、城之介と虹川が歩いているせいもあるのだろう。小さな足音が、遠慮がちに鳴っている。

……それは、華麗なる解決を祝福する鐘の美しい音色のようなものなのかもしれなかった。

もうすぐ、解決篇が始まる。

終章

魅《はか》された閉幕

この万象の海ほど不思議なものはない、
誰ひとりそのみなもとをつきとめた人はない。
あてずっぽうにめいめい勝手なことは言ったが、
真相を明らかにすることは誰にも出来ない。

70　解決篇・第一幕

事件五日目・十月二十九日は、短い一日だった。葵の屍体が発見された早朝から、実際にはかなりの時間が経っているというのに……あれはほんの少し前のことだったように関係者たちは感じていた。心の中に不安がある時は、時間の流れは遅い。逆に安堵がある時は、時は速く流れていく。『ドグラ・マグラ』にある通りである。

八人目の被害者が出て、もう人が殺されることはないだろうと、皆がある種の安心感を頭の片隅に抱き始めていたのは事実だった。葵の死を喜ぶものはいないが、悲しみの裏には、彼によって悲劇から抜け出すことができたという感謝の想いがあったのだ。

夕食が終わると、虹川が探偵役を務める旨を城之介が説明し、一同は緊張した面持ちで起立した素人名探偵に注目する。事件が解決する、と聞くと、いったんは晴れかけた恐怖の霧が、ふたたび心の中に濃く漂ってくるような複雑な心境だった。

そう、事件はまだ終わっていない。殺人が終わったとしても、真に事件が閉幕するのは、謎が解かれ、芸術家《アーティスト》の正体が暴かれた時なのである。周囲を見回しながら、人々は、動揺していた。自分たちの中の一人は、八人と二匹を殺した芸術家《アーティスト》なのだ。忘れかけていたその厳然たる事実に、圧倒される思いだった。その知らぬ顔で群衆に溶け込んだ犯人は、どんな奴なのか？　芸術家《アーティスト》を殺人芸術へと駆り立てた、その予想もつかない動機とは――？

虹川は、食堂に集合した事件関係者たちを、一人一人順々に見ていく……まるで、その中にいる芸術家《アーティスト》を確認しているかのように、じっくりと。そんな作家探偵の様子を、聴衆は固唾を飲んで窺っている。

原稿用紙にして四三〇枚の『華没』の前置きも、すべてはこの瞬間のために綴られてきた。

ついに、解決篇が開幕する時が訪れた。

●

「虹川さん。食堂に集まったこの関係者の中に、芸術家《アーティスト》がいるのですか？」

質問を発したのは溜水だった。一同の視線が、溜水→虹川と動く。全員の注目が自分に集中するのを感じながら、虹川は首をはっきりと縦に振った。

「……います。芸術家は、この中の一人です」

覚悟していたこととはいえ、その一言で食堂はどよめき、驚愕に満ちた空気がビリビリと振動した。

今、食堂に顔を揃えているのは、次なる面々だ。

▼『関西本格の会』の作家および家族▲
虹川良、虹川恵、魅山薫、星野多恵、濁暑院溜水。

▼幻影城関係者▲
平井太郎、小杉寛、小杉勝利、間宮てる、那須木武彦、使用人Ａ～Ｋ。

▼ＪＤＣ（日本探偵倶楽部）▲

龍宮城之介、霧華舞衣、螽斯太郎、九十九音夢、鴉城蒼也。

▼警察関係者▲

鮎川哲子、玄矢孝志、有馬みゆき、佐渡九冬。

……警察関係者の多くは、城内の警備で食堂にはいないが、彼らは事件と関係なく、疑う必要はまったくないと「僕」が保証しておこう。

右記の三十人の中の一人が、芸術家である。「君」は、解決篇のどの段階で真相を手にするだろうか？　最後の一行、いや、そのさらに後まで（？）油断は禁物だ。真実は、最後の瞬間までわからない。最後の最後の最後まで……。

「君」が真相を看破してくれることを、「僕」は願ってやまない。そのために、「僕」は語っているのだから。

●

「決定的な手がかりとなったのは、見立てでした」

静かな口調で、虹川は解決篇を切り出した。一語一語、苺を噛みしめるようにじっくりと言葉を選んで解説を進める。一言も聞き漏らすまいと、聴衆は沈黙を保っている。誰かの咳払いや唾を飲む音がやけに大きく響くほど、厳粛な静謐が室内に充満していた——。

「濁暑院くんの『華麗なる没落のために』でも期せずして伏線を張っていました。僕がこの見立てに気づいたのも実を言うと『華没』のおかげなんですが――、殺人事件の陰に隠された大いなる見立てこそが……

犯人・芸術家《アーティスト》のサインだったのです」

そこで虹川は、『華没』が執筆されるに至った経緯と、現場に残された芸術家《アーティスト》のメッセージについての探偵たちの推理を説明した。ほとんどがミスディレクションの言葉遊びのようなメッセージの中に、犯人はサインを隠している。その真偽はともかく、虹川と、さらには城之介の補足説明で、芸術家《アーティスト》が異常なまでに『言《ことば》』に固執していることは認めないわけにはいかなかった。そして、とりあえずそれが絶対の真実とは限らないが、決定的なメッセージのようなものが事件の裏側に本当に存在しているなら、それは、ひょっとしたら芸術家《アーティスト》のサインかもしれないと思った。

幻影城殺人事件においては、真相と直結するような都合のいい手がかりは存在しない。ゆえに、たとえそれが従来の常識から外れたものであっても、『言』の手がかりからとりあえず芸術家《アーティスト》を推理し、その人物に自供を求めるという攻め方をするのも一つの策であろうと虹川が提案し、城之介を始めとする聴衆は首肯した。最後に虹川は、芸術家《アーティスト》を挑発する意味で、こう付け加えるのも忘れていなかった。

犯人は『芸術家《アーティスト》』を自称し、これまで殺人芸術に拘り続けてきた。ならば、そのサインを看破された暁には、潔く罪を認め、すべてを自供して欲しい、と……。

そして、解決篇は再開される。驚天動地のクライマックスを目指して、ひたすら突き進む。

「華&麗殺しは、本事件とは関係ないと見做します。次に問題となるのは、榊&佐藤の二人の巡査殺しです。二人は、はたして殺されるべくして殺されたのか――？　この点は僕が最後まで頭を悩ませていた問題で、実際断定するのは難しいと思います」

虹川はいったん言葉を切った。もう一度、一同を見回す。呼吸を整え、自分を落ち着けて、説明を続ける。

「そのすぐ直後に料所警部が殺害されていることから、榊&佐藤殺しも一連の連続殺人と関係がある可能性もありました。……しかし、僕は最終的に、榊&佐藤殺しはメインマーダーとは関係ない、サブマーダーだったとの結論に達しました。――そう考えて初めて、見立ては瞭然となるのです。ショッキングな事実ですが、残念なことに、榊巡査と佐藤巡査は、ただ芸術家が行動の自由を得るためだけに殺されたのです」

「ちょっと待った、虹川さん！」

　口にくわえていた煙草を指に挟み、手を挙げて口を挟んだのは鴉城蒼也だった。彼の隣では、城之介が腕組みをし、瞼を閉じている。まるで寝ているように、黒衣の探偵は静かに推理に耳を傾けていた。ひょっとしたら、本当に寝ているのかもしれない。

「鴉城さん、何か？」

「芸術家《アーティスト》は最初の殺人予告状で『八つの生贄』と言っている。あなたの説だと、メインマーダーの被害者は、まだ六人ということになる。……それは、まだ殺人が続けられるということになりませんか？」

　俄かに室内にざわめきが生じる。蒼也の指摘通り、確かに、虹川説ではあと二人殺されるということになる。幻影城殺人事件は、まだ終わっていなかった？

　一同の視線がまとめて虹川に突き刺さる。だが作家探偵本人は動じることなく、いたって冷静だった。

「あれは、一つの解釈にすぎません」

「は……？」

　頓狂な顔になったのは、蒼也だけではない。自分の説に自信があるのだろう。虹川は、まだまだ余裕の表情だった。

「『八つの生贄』という言葉は八人の被害者を意味するものだと芸術家《アーティスト》が公表したわけではないでしょう。あれは我々が勝手にそう解釈しているだけで、芸術家《アーティスト》の真意は、本人以外にはわかりません。――なるほど、最初から犯人は八人の標的を定めていたかもしれませんし、誰でもいいから八人殺すと考えていたかもしれませんし、あの殺人予告状は大して意味もない可能性もあるのです。事件が進み、犯人と芸術家《アーティスト》が別人とは考えにくくなってきましたが、現場に残された紙切れは事件が始まる前に作成されていたものです。臨機応変に、犯人が計画を変更したとも推理できます。この際、あの言葉に固執する必要はないと思われますが……」

それまでずっと黙っていた舞衣が、そこでようやく発言した。

「確かにその通りだわ。でも、虹川さん。それなら、連続殺人事件が本当に閉幕したかどうかも限定できないということになるでしょう？」

決して揚げ足をとるわけではなく、犯罪捜査の専門家として、探偵たちは、虹川の推理の矛盾点を指摘し、彼の推論の完成を助けているようだった。

「――いえ、霧華さん。事件は終わったのです」

「そう言い切れるわけが、ぜひ伺いたいわ」

聴衆の視線が虹川と舞衣を往復する。それは、智的に互角な者同士の高度な知能ゲームのようにも感じられた。今のところ、城之介が参戦する気配はなかった。鮎川哲子を始めとする警察関係者、他の探偵たちは、慎重な姿勢で成り行きを静観している。

楽しげに挑戦してくる舞衣を真っ向から見返し、虹川は迷わず持論を提出する。

「すべては、壮大な見立てが表しているのです。華、麗、榊、佐藤の四つを除いた六つの屍体に施した見立てこそが、芸術家《アーティスト》の真のメッセージではないかと思われます。葵くんが殺された第八の殺人をもって、見立ては完成しています。ゆえに、僕は事件が終結したと推理しているのです」

「虹川さん、その見立てとはいったい？」

音夢が先を促したが、作家探偵は即答しなかった。食卓の上の清涼飲料水でまずは喉を潤し、全員をゆっくりと見回した後、最後に神妙に頷いて解答を発表する。芸術家《アーティスト》を除く全員が息を殺して、推理が真相を露呈させる瞬間を待っている。虹川良はたして、エラリー・クイーン、法月綸太郎ら作家名探偵の仲間入りをはたすことができるのか？

「柊木、水野、氷龍、料所、風紋寺、葵の六人の屍体発見現場の状況をよく思い出してください。芸術家《アーティスト》の真の狙いがこの六人だけであったとすれば、問題は実に簡単になるのです。柊木くんはなぜ、シャンデリアによって圧殺されていたのか？　水野くんはなぜ、地面から首を吊らされていたのか？　氷龍さんはなぜ、黒い布で眼隠しをされていたのか？　風紋寺くんはなぜ、水槽に乗せられ、宙に浮かんでいるような状態にされていたのか？　料所警部はなぜ、蛍光染料で染め上げられた服を着せられ、『暗室』の闇の中で光らされていたのか？　――そして、最後に。葵くんはなぜ、水密室の中で天井から宙吊りにされていたのか？」

「あ……！」

驚愕に近い悲鳴をあげたのは、溜水だった。彼もようやく気づいたようだ。『華没』の序盤で、自分が無意識のうちに重要な伏線を張っていた、ということを。

グレーテは栄光に輝きて殺さるべし
オットカールは吊されて殺さるべし
ガリバルダは逆さになりて殺さるべし
オリガは眼を覆われて殺さるべし
旗太郎は宙に浮びて殺さるべし
易介は挟まれて殺さるべし

← ! ←

柊木は挟まれて殺さるべし（シャンデリア）
水野は逆さになりて殺さるべし（逆さ首吊り）
氷龍は眼を覆われて殺さるべし（黒布で眼隠し）
風紋寺は宙に浮びて殺さるべし（透明な水槽）
料所は栄光に輝きて殺さるべし（蛍光染料の服）
葵は吊されて殺さるべし（水中宙吊り）

「――そうです。六人の被害者の屍体は、それぞれ、『黒死館殺人事件』の殺人予告に見立てて殺されていたのですよ」

虹川を中心に出現した驚愕の巨大な渦が、室内に拡大し、有無を言わせず事件関係者をことごとく飲み込み、かき回し、感覚を破壊する！

小栗虫太郎が築いた鋼鉄の巨塔・『黒死館殺人事件』——芸術家《アーティスト》はその作中に登場する殺人予告を見立てとして使用していた。『華麗なる没落のために』序盤で引用された『黒死館殺人事件』の殺人予告……小栗虫太郎も、まさか自分の死後半世紀も経過して、その自作のメインモティーフがこのような形で用いられようとは、夢想だにしていなかっただろう。

皆、驚きのあまり絶句してしまい、言葉を発する者はいない。舞衣は顔を伏せ、何かを考え込んでいるようだった。……城之介は、相変わらず眼を閉じて沈黙している。

虹川の解説は、なおも続く。

「見立ては常に、目立たぬように、巧妙に隠されていました。柊木殺しでは、部屋の戸口の幅より大きいシャンデリアを『静寂の間』から『流血の間』へと移して。水野殺しでは、オレンジという暗示的なミスディレクションを用意することによって。——これは余談ですが、エラリー・クイーンの『チャイナ橙の謎』では、すべてが逆さまの殺人で、オレンジが重要な道具だてとして使用されています。芸術家《アーティスト》は、それを意識したのかもしれませんね。

——さらに、氷龍殺しでは、完璧な密室を創造することによって。風紋寺殺しでは、ベンジャミンの鉢植と首をすげ替えることによって。料所殺しでは、屍体交換と、冷凍庫という意外な首の隠し場所によって。そして葵殺しでは、水密室を造り出すことによって、それぞれ真の狙いを捜査陣の眼から逸らしていたのです」

一気に説明し、さすがに疲れたのか。虹川はそこで溜息をつき、清涼飲料水でまた喉を潤す。

これまで続いてきた長く辛い闘いも、ようやく終焉の時を迎えようとしているようだった。虹川によって紐解かれる謎の真相——作家探偵の手は、芸術家《アーティスト》まで届くほど長いのか？　その答えは、間もなく明らかになるだろう。

食堂の隅で、警察関係者たちと並んで立つ哲子が、一同を代表して最も気になる最後の質問を発した。

「それで、虹川さん。幻影城殺人事件の犯人・芸術家《アーティスト》は、いったい誰なのです？」

その夜の解決篇で、最も緊張した一瞬だった。瞬時に爆発的に膨れ上がる緊張感が食堂を包む。八人と二匹を殺害した、残虐非道の狂・芸術家《マッド・アーティスト》の正体は——？

「芸術家《アーティスト》はなぜ、『黒死館』を見立てに用いたのか？　おそらく彼は自分の名前と『黒死館』の偶然の符合に気づき、見立てに使用したのでしょう。殺人事件に自らの名を刻むサインとして……」

虹川は、「彼」と言った。ということは、芸術家《アーティスト》は男ということになる。女性陣が安堵に胸を撫で下ろすのを見ながら、虹川は犯人を告発した。

「思い出していただきたいのは、風紋寺くんの首なし屍体です。彼の屍体が着せられていた料所警部のオレンジ色のコートには、血の濁点が付けられていましたね。『華没』を読むところによると、龍宮さんと霧華さんは、『ふく（服）』に濁点を付けて『武具の間』という首の隠し場所を推理されたようですが、あの血の濁点には、もう一つの重要な意味があったのです！」

「また二重の含意《ダブル・ミーニング》……か。どこまでも、複雑な事件だな」

螽斯は呆れたように呟き、壁際、平井太郎の隣に立つ間宮てるを見た。てるは螽斯の視線に気づくと、濃密な事件に頭を痛める老探偵に同情するように、優しく頷いた。

「あのオレンジ色のコートは、橙色よりも黄色に近い微妙な色調でした。あの血の濁点が、『き』色に濁点をつけることを示すものであるとしたら？　『黒死館（ＫＯＫＵＳＩＫＡＮ）』をアルファベットにして並べ替えてやると、『ＫＯＳＵＫＩＫＡＮ』――『こすきかん』となります。『き』に濁点をつけてやれば、『こすぎかん（小杉寛）』という人名が導き出されるのです」

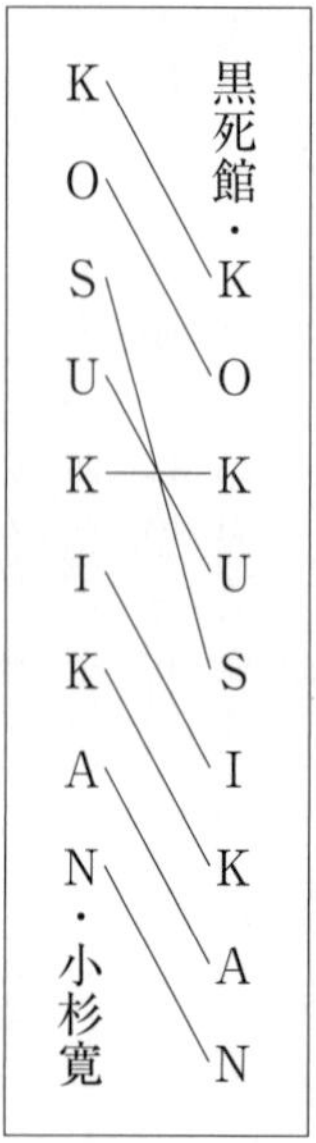

衝撃の竜巻が一同を襲う。誰かが叫ぶ！　平井太郎が、狼狽した顔で執事を睨んだ。

「小杉！　お前が、お前が……すべてを。華と麗を殺したのは、お前だったのか‼」

てるの横に立っていた小杉執事は、数歩、後ずさりながら、蒼褪めた顔と両手を激しく左右に振って容疑を否定した。

執事の傍らに立っていた小杉勝利少年も、怯えた視線を向けながら父親から離れていく。

「父さん、ほんとなの⁉　父さんが、みんなを――」

「そんな！　違う、私は何も知らない！」

執事が絶叫する。驚愕と怒気の奔流が彼を飲み込む。室内の全員の視線が、「許すまじ、小杉寛！」と容赦なく非難している。彼が芸術家《アーティスト》であれば、その程度の仕打ちを受けても文句は言えないだろうが……真相はいかに？　事件は、このまま無難に閉幕を迎えることができるのか？

「皆さん、落ち着いて！　静かに！　どうか席に着いてください‼」

必死の形相で、玄矢刑事が懸命に注意を発しても、暴走する群衆の憤りはおさまらない。完全にエキサイトし、危険な状態になりつつあった場を鎮めたのは、鶴ならぬ虹川良の一声だった。

「混乱させて申し訳ありません、皆さん。小杉さんは、芸術家ではありません」

興奮の波が引いていく……ふたたび、注目が虹川に集まり、静寂が回復した。

「どういうことですか、虹川さん。『黒死館』は、犯人のサインなのでしょう？」

詰問の口調で、虹川に詰め寄る平井太郎。幻影城の主は、華と麗を殺した犯人を早く見つけたくて苛立っているようだ。虹川にとっては、犯人告発の前の軽いどんでん返しのつもりだったが、初老の男にとっては、双六のゴール寸前でスタートに戻されたようなやるせなさを感じたのだろう。

「先ほども申し上げました通り、僕の推理はあくまで、仮説です。芸術家《アーティスト》のサインと思われるメッセージから犯人を推理しているだけで、証拠は何もないのだということをお忘れなく。——僕がこの『黒死館』のメッセージこそが芸術家《アーティスト》のサインだと確信した理由の一つは、巧妙な二重構造の言葉遊びとなっているからです。その深遠な含意に気づいた時には、僕は不謹慎ですが感動すら覚えたことを告白します。皆さん、落ち着いて考えてください。犯人は、これだけ濃密な殺人事件を演出した芸術家《アーティスト》ですよ。ダミーの犯人、偽のサインも作らずに単純にサインを残すとは考えにくいでしょう」

虹川の意見には、聞くべきところがあった。先ほどの混乱はおさまり、今では真の解決への好奇心が室内に溢れている。

「『黒死館』→『こすぎかん』のメッセージは、血の濁点とアナグラムを駆使して作成したサインです。まさか、それがダミーの答えだとは、普通は考えないでしょう。——しかし、『黒死館』の見立てには、さらに巧妙に隠されたもう一つのメッセージが存在しました。その巧緻な計算に基づく『言《ことば》』の魔術《マジック》に触れた時、僕は、これこそがダミーのさらに上位に秘められた真のサインなのだと推理したのです……」

いいかげんにじらされるのにも耐えられなくなったのか、回りくどい説明を続ける虹川に、佐渡九冬刑事が催促の声をあげた。

「では、『黒死館』の見立てには、もう一つのサインが隠されていたのですね。虹川さん、真の芸術家《アーティスト》は誰なのです？」

前置きもこの辺りで切り上げようと思ったのか、虹川は少し疲れた表情で深々と頷く。

「芸術家《アーティスト》の名は――」

息を飲む空間。注目の、犯人告発の瞬間である。全員が見守る中、数瞬の間、虹川は眼を閉じて場の雰囲気を極限にまで盛り上げる。

やがて、キッと眼を見開くと、作家探偵は右手の人差し指で、ある人物（芸術家《アーティスト》？）を指し示した。

「彼が芸術家《アーティスト》です‼」

予想を超越した、意外すぎる解決。爆発する驚愕と喧騒……。全員が、その時、わが眼とわが耳を疑った。

虹川良の指差す先に立っていたのは――

使用人Dだったのかいかったのである。

71　カナイ・ヒデタカ

使用人Dが芸術家？

……常識的には考えられないことだった。いや、せいいっぱい譲歩して考察の輪を限界まで広げても、そのような答えに辿り着く可能性は限りなくゼロに近かった。聴衆をバカにしたような、信じ難い結末――これは、もはやジョークだ。

使用人Dは、金井英貴という名の長髪の青年だった。溜水の本名（溜井秀鷹）とよく似た名だが、雰囲気にも、少し通じるところがある。溜水は、虹川に犯人と告発された青年に注目し、数年前の自分の影をそこに見ながら、彼の名前について考えていた。

自分の本名と類似しているので、よく覚えている彼の名――金井英貴は、溜井秀鷹よりもむしろ、『虚無への供物』の作者・中井英夫に近いのではないかと思える。中央の二文字は共通しているし、『カナ（金）』は、『ナカ（中）』を逆さにしたものだ。そして何より、金井英貴も中井英夫も線対称の名前なので、字の見た感じに通じるところがあった。

――『黒死館』の次は『虚無』か？　いったい、虹川さんの推理はどこまで飛躍するんだ……。

小杉執事が犯人と言われれば、いかにも三文推理小説にありそうな、少しだけひねった陳腐な解決のようで、まあ、わからないでもなかった。日頃は厳格な執事が事件の陰で兇行に及んでいたとしても、頭から否定したくなるところまではいかない。が、金井はどうだ。金井は、事件の中心にある輪の外にいる脇役にすぎなかった。ここにきて急に注目を集めたような影の薄い『登場人物』というのは、アンフェア極まりない。犯人の意外さを追求するあまり最低限の約束すら無視している推理小説のように、そんな解決には、面白味がないのだ。

半信半疑の表情で、人々は、虹川と金井を見比べている。虹川は、自分の推理はあくまで仮説だと言ったが、それ以前の問題として、金井が犯人でないのは誰の眼にも明らかだったのだ。

「そんな、なぜ僕が……」

その驚いた表情も演技なのだろうか。優しい表情の仮面の下に、狂気を隠している？　金井英貴こそが、八人と二匹を殺した芸術家《アーティスト》なのだろうか⁇

衝撃はあまりに唐突で、巨大だった。誰もがあまりの結末に、しばらくの間、呆然としていたが、やがて発せられた虹川のさらに意外な言葉によって、疑問は氷解して混沌は秩序に座を譲る。

「君、君じゃないいんだ。そこをどいて下さい」

からくりは、単純なことだった。要は、虹川の人差し指と芸術家《アーティスト》を結ぶ直線上に、金井英貴という人騒がせな使用人が立っていたというだけなのだ（笑）。

——だが、いつまでも一同の（笑）は続カナイ。

金井英貴が脇へどくことによって、今度はその後ろに立っていた人物が眼を丸くして悲鳴のような声をあげて、自分を指差した。

「え⁉　まさか、わ、私が芸術家《アーティスト》だと言うのですか？」

彼が真の芸術家《アーティスト》だとしても、実に意外な結末だった。新たに犯人として告発されたその人物は……

「そう、芸術家は、那須木料理長だったのです」

「説明してもらえませんかな、虹川さん」

さすが年長者の貫禄で、螽斯が落ち着いた口調で尋ねた。小杉寛執事、使用人・金井英貴と連続して奇抜な犯人が告発され、興奮して席を立っていた聴衆たちはその言葉になだめられるように、自分の席についた。幻影城殺人事件も遂に終わるのだという、事件閉幕の感動の波動が『登場人物』たち全員を包み込んでいた。

「最初に那須木さんを疑い始めたのは、双子猫と氷龍さんの屍体が発見された頃からです。双子猫殺しの現場に残されたダリアのドライフラワーは『華麗』の華言葉を持つことから、華&麗殺しと、この事件の参考資料として重要な役割をしている『華麗なる没落のために』とをかけたものと推測されました」

華&麗殺し——華言葉『華麗』——『華没』！

結びつく三つの事柄は、芸術家《アーティスト》の稚気と呼べるものだろう。これまでのところ他の解釈が発見されていない以上、それはあくまで単なる『洒落』に過ぎないのだ。そこに深い意味はない。

「……しかし。那須木さん、あなたは殺人芸術を追求するあまり、多くの事柄を絡めすぎたのです。もはやそれは芸術を逸脱した悪辣な言葉遊び——悪ふざけでしかない。双子猫の屍体が発見された後の食事をカレーにしたのはやり過ぎましたね。『カレー』と『華麗』をかけたつもりですか？　あれが偶然ということも考えられますが、何にせよ、僕の疑惑の出発点はあそこでした」

思い返してみれば、確かに、あの日の昼食はカレーだった。異常な事件の渦中にあって誰も気づかなかったが、双子猫、ダリア、原稿に続いてカレーとは『華麗』が多すぎる。偶然にしてはでき過ぎている。たとえ無実でも、不審に思われても文句は言えないかもしれない。あそこでカレーを作る必然性はないはずだから……。

「なぜ、那須木料理長は『黒死館』を見立てに使ったのか？　このことはなかなかに解決し難い問題でした。濁暑院くんには、大いに感謝せねばなりません。僕にこの疑問を解決するきっかけを与えてくれたのは、やはり『華没』でしたからね。

　――濁暑院くんの原稿の中で幾度も言及されていた通り、那須木さんはオランダ仕込みの料理人です。そこで、もしやと思った僕は『知識の間』の和蘭辞典で調べてみました。……案の定でした。自分の推理通りの結果が出たので、後ろめたさすら感じてしまったほどでしたが、すべてはおさまるべきところにおさまり、謎は解けたのです」

　虹川は、どうも、回りくどい言い方をする才能があるようだった。本題に入るまでに、前置きが長すぎる。緊張状態を維持して傾聴している聴衆は、たまったものではない。

だが、それもすぐに終わる。虹川の解決篇は、もう終盤に差しかかっており、後は後詰めで芸術家《アーティスト》にとどめを刺すだけなのだ。

「料理人は、オランダ語でコックとなっていました。ケー・オー・ケーでＫＯＫです。ここでもう一度、アナグラムを考えてみて下さい。『ＮＡＳＵＫＩ』では無理でも、『ＮＡＳＵＫＩ・ＫＯＫ』を並べ替えてやれば、『ＫＯＫＵＳＩＫＡＮ』となるでしょう……」

『黒死館殺人事件』から導き出された小杉寛と那須木武彦。ここにも存在した二重の含意《ダブル・ミーニング》。皆、卓上に指で字を書いたり、頭の中で文字を組み立てたりなどしていたが、虹川の指摘が真実だと悟ると、次々と驚嘆の声を漏らしている。

小杉寛に繫がるコートの濁点を利用したアナグラム。そして、その上をいく凝ったアナグラム。『黒死館』のメッセージは、巧妙な二重構造を持っていた。それだけに、虹川の推理は説得力を増した。とりあえず推理だけが根拠で、証拠はまだ何もないが、『黒死館』が那須木料理長のサインである可能性はかなり大きいように思われた。

『言《ことば》』はもう迷っていない。秩序立てて並び替えられた『言』は、謎宮の出口に続く一本の道を示している。だが、その道はまだまだ先が長い。はるか彼方まで伸びている。出口に辿り着く前に、謎宮はまた姿を変え、『言』は迷い始めるかもしれない。

それが幻影城殺人事件の恐ろしいところだった。生半可な攻撃では、芸術家《アーティスト》の築いた謎の牙城は崩せないかもしれないのだ。たとえ芸術家《アーティスト》がいなくなっても、主なき謎の城が、難攻不落のまま在り続けるということすら考えられるのだから。

とは言え、芸術家《アーティスト》の正体が判明したということは、すべての謎の突破口となりそうで、一同は事件の捜査が大きく前進するのを感じた。小杉執事、使用人・金井に続いて、三度目の犯人候補者ということで、驚く方は疲れ、怒りも薄れていたが、何にも増して犯人がようやく判明したというのは安堵すべきことだった。

ただ、犯人として告発された那須木は、コック帽をとり、激昂してしきりに自分の無罪を訴えている。

「違う！　私は芸術家《アーティスト》じゃない。皆さん、信じてください。誤解なんだ、どうか信じて……」

那須木が犯人である決定的な手がかりがないのと同時に、彼が無実という証拠もなかった。長く辛かった激闘がひとまずここで幕を閉じるという歓喜の念は大きかった。事件解決へと続く犯人告発の余韻に浸りきっていた聴衆たちは、誰も那須木の弁解に耳を貸そうとはしない。利己的な思考と群集心理が重なってしまうと、集団は限りなく冷酷になることができるのだ。

責任逃れに他人に汚れ役を押しつけたがる自分がかわいい人々は、ついに芸術家《アーティスト》が告発されたということで、激務の後の打ち上げのように開放的な気分になっているようだった。皮肉なことに、謎の混沌の中に秩序が生まれる兆しが見えた途端に、今まで緊張によって集団の秩序を維持してきた者たちの精神は混沌の海に沈み始めたのだ。

「……でも、虹川さん。『推理小説の構成要素三十項』の制覇という芸術家《アーティスト》の大目的はどうなったのです?」

溜水が手を挙げて一同の忘れていた問題を指摘したことによって、混乱はようやく収束し、解決篇らしい厳格なムードが食堂に戻ってきた。

芸術家《アーティスト》は、『推理小説の構成要素三十項』を網羅するつもりではなかったのか?

13◎アナグラム
15◎意外な犯人
30◎結末の逆転劇(ダミーの犯人)

虹川の推理で右の三項目は満たすことができた。また、これからの捜査で明らかとなる項目も当然あることだろうが、殺人が終わっている以上、『ダイイング・メッセージ』などは永遠に制覇することができないのではないだろうか。

溜水の質問は予期されていたのだろう。あらかじめ回答を用意していたように、虹川はすかさず応えた。

「その点については、僕も考えてみましたよ。でも、濁暑院くん。それは、あまり重要なことではないんじゃないかな？」

「どういうことですか」

「残された『意外な動機』や『ミッシング・リンク』などは今後の捜査で明らかになるかもしれないし、『ダイイング・メッセージ』や『暗号』にしても、これまで既に存在していたのに我々が見落としていたのかもしれない。だけど、結局、そんなことはどうでもいいんじゃないかと思うんだよ。忘れてはならないのは、あれは葵くんのたてた仮説にすぎなかったということでしょう」

「仮説……。確かに、そう言われればそうですが」

芸術家《アーティスト》は、『推理小説の構成要素三十項』をすべて網羅しようとしているに違いない。確かにあれは、葵のたてた仮説にすぎなかった。何も芸術家《アーティスト》が公表したわけではないのだ。

——仮説と先入観に縛られすぎていて、現実の本質を見ることを忘れていた……。

溜水は、自分が感情的に思考を働かせていたことを恥じた。虹川のように冷静であり続ければ、きっと溜水も気づいていたであろうに。

才能や経験の差ではない。少なくとも今回の事件に関しては、溜水の方が虹川よりも個人的に衝撃を多く受けていたのだ。葵や翔子が殺されていなければ、探偵役を務めるのは虹川ではなく、溜水だったかもしれない。

……皆が、虹川の解説に聞き入っていた。推理の長いトンネルの出口は、もうすぐそこだ。その先に待っているのは、栄光か感動か真実か現実か——少なくとも、雪国でないのは確かだ。

幻影城は、常夏ならぬ常冬の地だった。厳寒の虚構的な世界では、常に感情のない乾いた風が吹いている。——だが、それももう、過去の話となろうとしている。

解決が希望を運んでくる。そして、春が来る。

●

『密室の間』の水密室、鉄斧が捨てられていた『光の舞台』の雪密室、そして『武具の間』の甲冑密室と、三つの密室の謎はまだ解けていませんが、素人探偵はここらで退散し、まあ、そちらはＪＤＣと警察の方々にお任せしたいと思います。——以上が僕の考える解答のすべてであり、正解と信じる推理であります。残念ながら証拠はありませんが……」

そこで、虹川は憔悴《しょうすい》してうなだれる那須木に視線を向け、陳腐なドラマの脚本のような偽善的な台詞《セリフ》で最後を締め括った。

「芸術家《アーティスト》——那須木さんが、すべてを自供してくださることを期待します。そうなってこそ、犠牲者の方たちも浮かばれるでしょうから」

ようやく長きにわたった幻影城殺人事件は終わった。密室の謎など、細かい問題点は多く残っているが、自供か捜査でそちらは遠からず解決することだろう。実質的には、これで悲劇は閉幕したのだ。

鮎川哲子捜査主任の合図で、玄矢刑事が那須木容疑者へつかつかと歩み寄る。その手に手錠が握られているのを見て、那須木は「ひっ！」と叫び、人込みをかきわけて走り出した。

使用人たちが束になって、料理長を取り押さえる。その中には、使用人Ｃ・椎野木はじめや、使用人Ｄ・金井英貴の姿も見える。

四人の男女に両腕を固められ、身動きを封じられた哀れ芸術家《アーティスト》の成れの果て、那須木武彦……。

「那須木さん、もう終わったんです。観念して！」

料理長が抵抗を示したことで、使用人たちは、彼が芸術家《アーティスト》であるという解決をいっそう信じたようだ。解決篇の後の滑稽な茶番は、虹川の推理の信憑性を増した。

「違う。私じゃない！　本当なんだ。わたしじゃない！　ちがう――‼」

涙声で切々と訴える彼の声は、誰にも届かない。たとえそれが冤罪でも、容疑者となった者には容赦しない。疑わしきは罰するか？　――哀れな人の性《さが》。

玄矢が那須木の手首を捩じり上げ、そこに手錠をかけようとする直前、救いの声が那須木の聴覚に頼もしく響いた。

「待ってください。逮捕には、まだ早い！」

室内の全員の注目が、声のした方に向けられる。立ち上がったその男は、瞼を閉じたまま、腕組みをしてこう宣う。

「那須木氏は、芸術家ではないよ」

ふたたび室内を喧騒が包む。手錠をかけようとしていた手を空中で制止させ、玄矢は鋭い視線を黒衣の探偵にぶつける。

「どういうことだ、龍宮さん？」

ざわめきは少しずつ膨張し、やがて爆発する。その衝撃派で、一同は混乱の極に陥る。もう、何を信じて良いのかわからない。

自分に集中する視線の束を感じながら、城之介はゆっくりと眼を開けた。視界の端から、虹川が困ったように城之介を見ている。城之介は虹川に視線を向けると、黒手袋をした両手で拍手をしたが、ほとんど音はしなかった。

「なかなか楽しませていただきましたよ、虹川氏。愉快な推理劇だった。使用人の方が告発された時には、正直に言って龍宮も驚きましたがね……」

「龍宮さん、僕の推理に何か欠陥が――？」

城之介は玄矢と使用人たちに手を振って、那須木を自由にさせた。探偵が少年のように輝かしい微笑を料理長に送ると、解放された容疑者は、深く頭を下げて探偵に感謝の意を表する。

すっかり静かになった聴衆たちを見回し、城之介は解決篇・第二幕の幕を上げた。

「虹川氏、あなたは芸術家《アーティスト》の用意したダミーの解決に、まんまとはまってしまったのですよ。『黒死館殺人事件』の殺人予告の見立ては成立しない」

「なんですって⁉」

――さあ、主役交代である。

72　ゆらめく蜃気楼

虹川の推理をずっと静聴していた城之介が那須木犯人説を否定したことで、解決篇はふりだしに戻された。聴衆は、どうしてよいかわからず、指標を求めてＪＤＣの探偵たちの様子を窺っている。

音夢と蒼也の二人は、不可解な表情をしているところを見ると、自身で推理を固めていたわけではなさそうである。螽斯は無表情で、何を考えているのかはわからない。ただ、城之介をじっと見つめる舞衣には、余裕のようなものが見受けられた。挑戦的な視線を好敵手《ライヴァル》に向けている。次は、二人の名探偵の推理合戦でも始まるのか？

依然として残っている謎の山……。芸術家《アーティスト》が本当は誰なのかということも、まだわからない。城之介や舞衣は、はたして答えを手にしているのだろうか。

不安な視線に囲まれても臆することなく、直立する城之介はリラックスした様子だった。場数を踏んでいるだけに、さすがに慣れたものだ。

「龍宮は『黒死館殺人事件』を読んだことはありませんが、濁暑院氏の『華麗なる没落のために』という貴重な資料原稿のおかげで、『黒死館』を利用した芸術家《アーティスト》のメッセージには気づいていました。……おそらく、霧華嬢も気づいていたんじゃないか？」

移行する一同の視線。城之介→舞衣。

「まあそうね。あたしも、『華没』を読んでいなければ永遠にわからなかったでしょうけれど」

舞衣の微笑は、自信に溢れていて頼もしかった。優れた探偵は、時に運さえも味方につける。『華没』を溜水が執筆することになったのは偶然の成り行きだったが、二人の探偵は、思考の一助となる原稿を手に入れ、推理を発展させていたのだ。

音夢、蒼也、螽斯の三人は、『黒死館』のメッセージにどうやら気づいていなかったようだが、それは、単に『華没』の読み込みの差だけの相違ではないだろう。城之介や舞衣は、細かい手がかりもないがしろにしない丁寧な姿勢と柔軟な発想を兼備していた。だからこそ、専門外の推理小説的な仕掛けにも気づくことができたのだろう。やはり、ＪＤＣ第一班の肩書きは伊達ではなかった。

城之介は帽子をとると、溜水に向かって軽く頭を下げ、冗談めかして、芝居がかった調子で言う。

「――その意味では、龍宮たちは濁暑院先生に感謝しなくてはならないな。『黒死館』の殺人予告を知ることができただけでも、『華没』を読んだ甲斐があった。意義ある読書体験でしたよ、濁暑院氏♪」

溜水は恐縮の体で手を振り、功績を謙遜する。

「そんな……『黒死館』に触れたのは、茶話会で話が出たからであって、まったくの偶然ですよ。僕の手柄ではありません。――それより、龍宮さん。いったい、虹川さんの論理のどこがおかしいのですか」

その質問に答えたのは舞衣だった。礼を失することなくあくまで冷静沈着に、だが辛辣な内容を女探偵は口にした。

「辞書を引くまでもありませんけれど、虹川さんの推理では論理とは呼べませんわ。露骨に言えば『こじつけ』です――先ほどの説明は、推論の域を出ないものですから」

「まあまあ、霧華嬢。幻影城殺人事件には決定的な手がかりがないんだ。推理には、どこか『こじつけ』めいたところも出てしまうだろう。これは、純粋な論理のみで解決できる普通の事件とは違う」

舞衣をなだめるように言って、城之介は神妙に続ける。

「――確かに、六つの殺人は『黒死館』の殺人予告に見立てているようにとれるものです。だが、あれは見せかけだけの見立てであり、ダミーの解決へと誘う誤導メッセージだと龍宮は考えています。……あるいは芸術家《アーティスト》は、その見立てによって我々捜査陣を試そうとしたのかもしれない。那須木犯人説で事件を終幕させても、犯人としてはいっこうに構わないでしょうからね。それに、その程度の問題も解けない相手では、敵も物足りなく思うことでしょう」

最後の方は、冷笑的な調子になっていた。黒衣の探偵はどうやら、未だ解決を見出だせない自分の非才に憤っているようだった。芸術家《アーティスト》に主導権を握られたままの現状では、屈辱を覚えるのも無理のないことだ。

彼らが幻影城にいなかったら、おそらくこの殺人事件は那須木犯人説で閉幕していただろう。そう思えるほど、芸術家《アーティスト》の用意した罠は完璧だった。那須木武彦が真犯人でないということは、この際、大して問題ではない。捜査陣の誤認逮捕の末、冤罪で牢獄送りとなった悲惨な者たちは、過去の犯罪捜査歴で数知れない。那須木がそういった被害者の仲間入りをしていた可能性も充分にあった。証拠のない事件では、自供に頼るのも致し方ないところもあるが、無理強いはいけない。ましてや、拷問まがいの取り調べはもってのほかだ。警察社会の病巣、内部腐敗は、ここ数年、肥大化する傾向にある。むろん、すべての警官に問題があるわけではないが、ダミー犯人を仕立て上げる芸術家《アーティスト》のシナリオは、その辺りまで計算していたのだろう。まったくもって、敵は頭の切れる犯罪者である。

……それだけに、探偵たちは推理の遅れを焦っているのだ。敵が強大であるからこそ、事件を急いで終わらせねばならない。解決不可能となってしまってから後悔しても、それは手遅れというものだから。

罠を仕掛ける側と、それを看破する側の壮絶な智恵比べだった。虹川は、真相をガードするプロテクトの最外殻を突破したに過ぎない。プロテクトは、この先、何重にも用意されていることだろう。論理の謎宮の出口を見出だす者は、芸術家《アーティスト》の智謀智略を打破できる智力の持ち主でなくてはならない。

「よく考えればわかるように、芸術家《アーティスト》はちゃんと推理の抜け道を用意してくれていたわ。あの見立てが実は虚構の上に築かれた幻影であり、那須木犯人説がダミーの解決であることを示す手がかりをね」

「霧華さん、その手がかりとは何なのです？」

代表して質問したのは鮎川哲子だ。他の者たちは、自分たちが芸術家《アーティスト》のシナリオに翻弄されていたというショックからなかなか立ち直れず、軽い失語症に陥っている。

舞衣が眼で合図をし、城之介にバトンを渡した。黒衣の推理貴公子は、頷いて一同を見回す。最後に虹川のところで視線を止めると、探偵は盲点となっていた事実を指摘した。

「透明な水槽の上に屍体を乗せて『宙に浮ぶ』とするのも考えてみれば強引なのですが、六つの見立て群は、実は最初に発見された屍体から不成立なのですよ」

うーむ、という唸り声の暗い合唱が室内に響く。

最初の屍体の見立て――水野は逆さになりて殺さるべし。……水野の屍体は逆さにされ、床から首を吊ったような状態にされていた。表面的には、おかしなところはないように思われるが？

「でも、龍宮さん。最初に発見された水野さんの屍体は確かに逆さまにされていたんでしょう？」

佐渡九冬の問いは、質問というよりも確認に近い口調だった。城之介は帽子をかぶり直し、角度を正しながら囁くような小声で笑った。感情の抜けた、乾いた笑いだった。

「そこが、芸術家《アーティスト》の頭の回るところさ。幻影城殺人事件では、すべてのものに意味があり、無駄なものが一つもない。水野氏がくわえさせられていたオレンジに貼られていたシール、あれにだって意味があるかもしれない。なぜ、芸術家は舞台をあの部屋に選び、そこで水野氏を逆さにしたのでしょうね？」

そこで城之介は、探偵助手の方を見た。煙草を吸っていた蒼也は、周囲の沈黙から城之介の視線に気づき、黒衣の探偵が彼に答えを求めていることを知った。蒼也も、ＪＤＣ第二班に名を連ねる名探偵の一人である。城之介のヒントとなる言葉から、当然、答えを手にしていた。

「……つまりは、こういうことなんだろ、龍さん。『逆転の間』のテーマこそが、犯行現場の意味だと？」

城之介はウインクして、蒼也に応えた。さすがは彼が探偵助手に選んだ探偵だった。この程度の問題がヒントを与えても解けない相手なら、城之介はとっくにコンビを解消していただろう。父が偉大すぎるから活躍が目立っていないだけで、蒼也自身も優れた素質を備えているのだ。

しかし、血のめぐりの悪い聴衆たちは、禅問答のような探偵同士のやりとりからは、何も悟っていないようだった。彼らは別に探偵ではないので、推理力の欠如を非難される筋合はない。城之介は、さらにわかりやすい解説を試みることにした。

「龍宮は実際に屍体を見たわけではありませんが、報告書や『華没』の描写を信じるならば、水野氏の屍体が逆さまにされていたように見えたのは事実でしょうね。屍体の逆転という通常体験できない奇抜な事件に遭遇した衝撃が強かったためでしょうか、あの『小椅子の聖母』という円形絵画《トンド》にしてもそうですが、誰も逆転の真の意味に気づかなかったのは意外なことです」

城之介と舞衣の視線が合う。二人は同時に頷いた。

「そうね……。あたしも、あの丸い画の逆転を龍宮さんに指摘されていなければ、『黒死館』の見立ての矛盾には気づかなかったかもしれないわ。芸術家《アーティスト》は、まさに盲点をつく天才ね」

「いったい、何がおっしゃりたいのです。僕には、さっぱりわからない」

困惑した虹川が堪え切れずに尋ねる。少々、説明が回りくどかったかなと反省しつつ、城之介は隠されていた逆転の真実を語った。

「水野氏の屍体が発見されたのは、『逆転の間』です。そして、あの部屋のテーマは両儀（天地）の逆転……。おわかりになりませんか？　『逆転の間』では、家具、絨毯、電灯など、壁の画を除いた部屋を構成するすべてのものが通常とは逆方向にされていました。――それは、首吊り屍体にしても同じことです。常識にとらわれているとわからないかもしれませんが、逆さの首吊りと思えたあの屍体は、実は部屋の正しい方向に従った純然たる首吊り屍体だったのですよ。水野氏は逆さにされたのではない、あれは、正しい方向に戻された屍体なのです」

逆もまた真なり――。おおっ‼　と驚嘆の吐息が室内で次々と聞こえる。

「芸術家《アーティスト》が『逆転の間』をあの殺人の舞台としたのは、決して偶然ではなく、必然に基づいたものでした。――これによって、『黒死館』の見立ては崩壊します。そして、那須木犯人説もまた……。那須木氏と小杉氏を示す『黒死館』のメッセージも、しょせんは不完全なミスディレクションにすぎなかったのです」

小栗虫太郎の『黒死館殺人事件』の見立て。小杉寛という意外なダミー犯人。さらには、那須木武彦という意外な真犯人。これらの解決を呈示されれば、その緻密に練り上げられたメッセージの深みに圧倒され、それこそが芸術家《アーティスト》のサインだとしてもおかしくないと多くの者が考えるだろう。

……それこそが、芸術家《アーティスト》の狙いなのだ。事件は、ここで幕を閉じることもありえた。誰も推理の盲点に気づかず、誤った真相を真実と信じてしまえば、真犯人・芸術家《アーティスト》はダミー犯人に容疑を押しつけ、謎宮の闇の中に姿を消してしまったことだろう。

恐ろしきは先入観に操られて真実を見失うこと、さらには、危うく真の凶悪犯罪が歴史の裏に隠蔽され、無実のダミー犯人が罰せられるところだったという世の不条理だ。人間が知り得る限界はいかに狭い領域なのか――それが、最大の恐怖の対象だった。

「しかし、龍宮さん……」

抗弁を試みるのは探偵役を剝奪された虹川だ。彼はまだ、自説にしがみついているようだった。もちろん、城之介たちの推理が間違っていて虹川こそがやはり正しかったという可能性は常に存在するので、彼の反論は意味のないことではない。

推理小説の探偵は『神』だが、この現実世界では、探偵といえども決して『神』ではない。絶対的な言葉など、ここには存在しないのだ。

「ダミーの解決にしては、少し手がこみすぎてはいませんか？　二つのアナグラムを含んだ『黒死館』の見立ては、実によくできていて、とても単なるダミーとは思えないものです。――それに、ミスディレクションなら二人の人間を示す必要はないはずでしょう。誤導の対象は、一人で充分です」

城之介はしばらく顎に手をそえて、無言で考えを整理した。虹川は自分の推理こそが解答であると確信しているようだった。聴衆の反応も、那須木犯人説を支持する虹川派と龍宮派にわかれているようだ。最初は、二対八で城之介に分があったが、虹川の熱弁で、その割合は三対七↓四対六↓ついには、五分五分にまでなっているようだった。

虹川の眼をしっかりと見据え、城之介はさとすような調子で解説を再開した。

「虹川氏のおっしゃることも、ごもっともです。これだけ凝りに凝ったメッセージです。単なるダミーと考えたくないのも、わかります。ですが、重要なのはまさにその点で、だからこそ芸術家《アーティスト》は那須木犯人説に真相を落ち着かせたかったのだと龍宮は考えます。……ダミーの解決を真相と誤認させるためには、敵も全力を尽くすことでしょう。綺麗すぎるアナグラムは逆に懐疑する誘因となってしまうのです」

そこで、ずっと黙って推理合戦を静観していた螽斯が珍しく口を挟んだ。

「いや、しかしそれは説得力に欠けるのではないかな。龍宮くんらしくない。それだけでは虹川さんの推理と何も変わらない、根拠のない推論だよ」

螽斯は、城之介の才を誰よりも高く評価していた。それだけに、彼の杜撰《ずさん》な推理展開を見逃せなかった。

城之介は困ったようにまず螽斯を、続いて、蒼也、音夢、舞衣を順番に見た。愛帽をとって頭をかき、フーッと溜息をつく。室内に漂う重苦しい緊張を打ち払うように、意識的に明るい声で、城之介は、意外な事実を公表した。

「これは、発表したくなかったんだが……正直に告白すると、龍宮は、ある暗合に気づいてしまったのです。常識的には到底考えられない、恐ろしい符合にね。——それがあったから、龍宮は『黒死館』の見立てではサインではないと推理したのですよ。神の気紛れか、悪魔の戯れか。『黒死館』のメッセージは、人為的なものを越えた偶然の連鎖が創造した一つの奇跡なんだ！」

苦々しげに、城之介は言った。黒衣の探偵が辛そうに解説するのを案じて、螽斯は、父親が息子を労るように優しい言葉で慰めた。

「龍宮くん、そこまで思いつめることはないだろう。『言《ことば》』の符合——暗合は、よくあることじゃないか」

城之介は老探偵をちらりと見ただけで、すぐに視線を逸らした。その瞳には、寂しそうな陰りが差しているように見えた。

『言』を司る言司探偵の城之介が恐れるほどの暗合。そのようなものが本当に存在するのだろうか？　暗合テーマは、『黒死館殺人事件』の重要なテーマの一つである。暗合に満ちた魔書が、時を越えて生み出した暗合とは、いったい……。

「この世界が現実であると知っていなかったら──、もし仮に、龍宮が一読者として完成した『華没』を読んだら、この物語は虚構だと断定しただろうな。そうだ、言葉遊びがお好きな濁暑院氏なら気づくことができるかもしれないな。『黒死館』が暗示するさらに二人の人名を──」

「何ですって！　それはホントなの、龍宮さん⁉」

誰よりも驚いた声を発したのは、舞衣だった。さしもの彼女も、綿密に計算された『黒死館』の二つのメッセージの裏に、さらに二人の人名を暗示するものがあるとは夢想だにしていなかったようだ。

二重の含意《ダブル・ミーニング》を越える、四重の含意《フォース・ミーニング》──城之介の言葉が嘘でなければ、これは『ひまわり』を越える『言《ことば》』の魔術《マジック》となるだろう。

『黒死館』から導き出されるさらに二人の人物とは、はたして誰と誰なのか……？

73 示すものは二つ

「この暗合は、芸術家《アーティスト》が意図してやったものではありません。なぜなら、『黒死館』が暗示するその二人の人物とは、共に捜査をする側の人間ですから」

城之介の言葉で、JDC、警察関係者たちに緊張がはしる！　厳密には不成立とはいえ、『黒死館』の見立ては殺人事件の裏テーマとも言えるものである。その『黒死館』と自分の名を結びつけられて快く思う者がいるはずがない。

「そいつは、暗合とはいえ、たまらないな。龍さん、『黒死館』に示された被害者は誰なんだ？」

腹をくくって蒼也が尋ねる。捜査陣は、事件が起こってから幻影城にやって来た。誰が名指しされるにせよ、ダミー犯人として告発される可能性は小さいだろう。そう頭の中ではわかっていても、心の底にわだかまる不愉快な念は消えない。『当たり』を引いたら——殺される殺人クジを悪魔が引くのを見守っているような心境だった。

「『黒死館』と考えていては決してわからないことですが、その二人とは……玄矢氏と、螽斯氏です！」

場が一瞬だけ凍りついた。驚声が誰かから上がると、固まった空間に見えない亀裂が走り、視線の束が二人の男に順々に突き刺さる。

「なぜ、俺なんだ。龍宮さん」

握りしめた拳を突き出して玄矢が憤慨すれば、

「どういうことだね、龍宮くん」

かすかに動揺した口調で、螽斯が問う。一同の視線は二人から離れ、城之介にふたたび集まる。

城之介は清涼飲料水の入ったコップを口に運ぶと、咳払いをして、姿勢を正した。別に聴衆をじらそうというわけでもないだろうが、バレーボールの一人時間差攻撃のように、人々は軽い肩透かしをくらった。狂乱は穏やかになり、ただの混乱へと変化する。

食堂に集まった者たちが、心の準備を整えた頃合を見計らって、城之介は語り始めた。

「まず玄矢氏です。玄矢氏、君の名前《ファースト・ネーム》は……？」

筋肉質の刑事は返答を渋ったが、周囲の沈黙に促され、不承不承という感じで答えた。

「——孝志だ」

「結構——。そう、玄矢氏のフル・ネームは玄矢孝志だ。『くろやたかし』……アルファベットにせず、平仮名のままでこの名前のアナグラムを考えてください」

いち早く解答に辿り着いたのは、やはり舞衣だ。

「そうか、なるほど。『くろやたかし』→『くろしやかた』。玄矢刑事の名前は、『黒死館』の訓読みのアナグラムになっているのね」

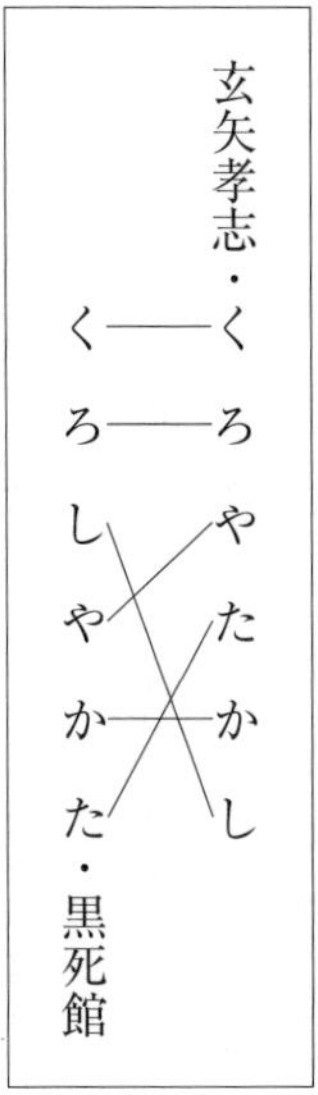

偶然の一致——暗合なのだろうが、それにしてもできすぎた話だった。驚愕の波が、静かに室内を流れ

る中、城之介は説明を続ける。

「さらに、螽斯氏です。こちらも、フル・ネームで考えねばなりません。螽斯氏のフル・ネームは、螽斯太郎……」

城之介の瞳には、謎解きをする時の、いつもの少年のような輝きがなかった。奇怪な暗合の数々に、不気味なものを感じているのだろう。

「皆さんは、ここ数日ずっと螽斯氏と接しているため、『螽斯』と聞いても、ここにおられる螽斯氏のことしか連想しないかもしれません。しかし、螽斯といえば本来は昆虫――虫の名前です。螽斯を虫と考えれば、螽斯太郎は」

「……虫太郎！」

全員の声が重《ハモ》なった。『黒死館殺人事件』の作者は、小栗虫太郎。

――小杉寛、那須木武彦、玄矢孝志、螽斯太郎。

『黒死館』から導き出された四つの人名。城之介の発想の柔軟さは賞賛に値するものだったが、恐ろしきは仕組まれたかのような偶然の符合である。時を越えた小栗虫太郎の超越的な力が働いている、などとバカげた考えさえ頭に浮かんでしまうぐらい異常な状況だった。

「螽斯氏、玄矢氏は先ほど言ったように捜査側の人間ですから、二人を暗示する『黒死館』のメッセージも、おそらくは暗合に過ぎないのでしょう。ですが、料所氏が殺されていることから考えても、お二人が事件と無関係と断言することは避けたいと思います。――限りなく小さい可能性とはいえ、これが芸術家《アーティスト》のミスディレクションあるいはサインということも、ありえないわけではないですからね」

玄矢は、状況的には明らかに事件の部外者だったが、螽斯は殺人事件の最初から幻影城に逗留していた。

客観的かつ公平に分析するなら、たとえ彼が探偵でも完全なる部外者でない可能性は存在するのだ。ミスディレクションの場合は、容疑者。サインであれば、螽斯太郎が芸術家《アーティスト》ということになる。

自分が複雑な状況に放り出されたことを自覚すると、螽斯は足元に奈落へと通じる闇が生じたような錯覚を覚えた。記憶喪失《アムネジア》の前、過去の時間に自分はどこにいたのか。自分の本当の名前は——それがわからない螽斯には、自分が幻影城殺人事件と無関係であると言い切ることはできなかった。

体内に在る虚無が膨れ上がる。『螽斯太郎』というアイデンティティをはっきりと感じていなければ、自分がバラバラに解体されてしまいそうだった。

落ち着きなく視線を彷徨わせる。間宮てるの心配そうな表情にぶちあたると、螽斯の自己への恐怖は少し軽減された。

——今はてるさんがついていてくれる。わたしはあくまで、『螽斯太郎』なのだ。それ以外の何者でもない。わたしはただの探偵。事件に遭遇したのは、いつものように運が悪かっただけだ。

かつてのパートナー・有戸香々美は、螽斯が幻影城で休養することをしきりに勧めていた。彼女も、まさか相棒が後にこのような惨劇に巻き込まれるとは、予想していなかっただろう。

——有戸香々美、間宮てる、螽斯華乃……。

自分を支えてきてくれた女性たちのことを考えると、不思議と落ち着いた気持ちになった。

いつの間にか、不安は消えていた。

●

「それにしても、城之介さん。芸術家《アーティスト》のミスディレクションへのこだわりは、半端なものではありませんね」

つき放すような口調でそう言ったのは、音夢だった。ファジィ探偵の鋭敏な感覚は、ミスディレクションを重要だと察知したようだ。

「そうだな、九十九嬢。だが、これだけミスディレクションを多発するということは、それだけ芸術家《アーティスト》が『言《ことば》』にこだわり、メッセージを重視しているという証しだろう。ミスディレクションの山を築いているのは、その中に、真のサインとなるメッセージを隠すため。……ここまで話が進むと、もはやそう考えざるを得ないな。芸術家《アーティスト》は、よほど自分のサインを残したいのだろう。そうでなくては、ミスディレクションの洪水が説明できない」

古《いにしえ》のある偉人も言っていることだが、古来、何かを隠す最上の方法とは、沈黙ではなく、饒舌にあるのである。美辞麗句を連ね、相手を真相から誤導する技術が、最も必要なのだ。

得々とした城之介の分析に割り込むようにして、そこで突然、平井氏が質問を飛ばす。

「では、龍宮さん。事件は、まだ終わっていないのですか。これまでに、芸術家《アーティスト》のサインが発見されていないということは、事件はまだ続くということになりませんか？」

「いえ……『黒死館』の見立てが崩壊した時点で、被害者は八人います。つまり、予告されていた『八つの生贄』が揃ったわけですから、事件はこれで終わりでしょう。葬殺しで、ダミーとはいえ見立てが完成していることから考えても、芸術家《アーティスト》が事件に区切りをつけたのは明らかです。サインが見つかっていないのは、単に我々が見落としていただけというのが有力ですね。これまで発見されたミスディレクションを回想していただければわかりますが、メッセージはどれも複雑なので、これまでの事件の中に、おそらくあと数十は隠されているでしょうね。それらを探し出し、さらにサインと思われるものを見出すのが我々の仕事です。三つの密室の謎も、まだ未解決のままです。そちらを捜査する過程で、新事実が明らかになってくるでしょう。本当の勝負は、これからですよ！」

城之介が力強く締め括ると、誰ともなく拍手の渦が湧き起こった。その中の一人は芸術家《アーティスト》なのだと考えると微妙な心境だったが、ともあれ、ようやく殺人事件が閉幕したらしいのは嬉しいことだった。芸術家《アーティスト》の正体はわからない。密室をはじめ、多くの謎は放置されたままである。それでも、事件はこれで一段落したのだ。

これからは、今までと違った形で捜査中心に物語は進められていくことだろう。幻影城殺人事件は、転換点《ターニング・ポイント》にさしかかり、これから新しい段階へと飛翔する……。

先に待つのは、希望？　――それとも、絶望？

背徳の仮面《ペルソナ》の下、芸術家《アーティスト》の素顔が暴かれる完全解決の刻の到来を祈って、人々は散会した。

74　毒の盃《さかずき》

静かな夜だった……。

おそらく、幻影城殺人事件開幕以来、もっとも静かな夜だろう。前代未聞の不可解な事件の終焉を感じさせる神秘的な雰囲気が世界を包んでいる。夜空に浮ぶ月の光と、天上を飾る星々のまたたきが、幻影城の周囲を幻想的に照らしている。美奈湖の水面を反射光の煌めきが流れているさまは実に美しい。

事件が終わったとはいえ、万が一の用心のために、警備の人員が今夜も城の内外を厳重に固めている。

――本当に事件は終わったのか？

誰もがそういう不安を胸に抱きながらも、久しぶりの落ち着いた夜を過ごしている。これからは、もう誰も死なない。殺されない。それが当たり前の日常のはずなのに、虚構的な物語の中にあまりに長く身を置いていたせいで、常識的な感覚はまだ麻痺していて、もうしばらくリハビリには時間がかかりそうだった。疑心暗鬼が完全に消え去るのはいつの日か？　……生き続けている以上、懐疑は心のどこかに常に在り続けるのだろうが、今は人を疑うことをとりあえず忘れてしまいたい『登場人物』たちだった。

今のところ、『登場人物』の中に見事に姿を隠している芸術家《アーティスト》は、まだその正体を誰にも気づかれていない。作家たちにも、幻影城関係者にも、ＪＤＣチームにも、警察捜査陣にも、――そして、「君」にも？

幻影城殺人事件の真相を知るただ一人の人物である芸術家は、布団にくるまりながら、ほくそ笑んでいた。

――いかに捜査陣が束になろうとも、致命的な手がかりはどこにも残していない。こちらの正体をつきとめるとすれば、現場に残したサインからだろうが、おそらくそれに気づくことができる者はいないだろう。

城之介の推理通り、芸術家は、既に現場にサインを残していた。誰も気づかない事件の盲点に隠した、巧妙極まるサイン……芸術家《アーティスト》の名を示すそのメッセージを捜査陣は見落としている。

芸術家《アーティスト》は、あくまで『登場人物』の一人である。だが、その正体はおそらく誰にもわからない。これまでの時点でわかっていないのだから、これから先わかるはずがないのだ。

闇の中に響く芸術家《アーティスト》の哄笑――

闇が最も深まるのは夜が明ける直前と言うが、謎が深まっていくのに、それらのすべてが解きあかされるのは、まだまだ遠い先であるように思える。

幻影城に真の寧日が訪れるのは、いったい、いつのことなのか？

人類の営みに関係なく、時は感情なく流れ続ける。夜が過ぎると、朝が来る。広大な宇宙の一角にある、地球という惑星《ほし》の回転が創り出す幻影。公転と自転、光と影が魅せる、朝と夜という幻の概念。――それでも、光はすべての希望を運んでくる。朝は、あらゆる可能性が生まれる聖刻なのだ。

月が地平線に消えて数刻が過ぎ、東の空が白み始める。世界が希望に染まっていく。

新しい朝が訪れた。

●

合宿六日目、十月三十日。

爽快な朝日が食堂に差し込んでいる。城之介が食堂に入ると、既に関係者全員が揃っていた。昨晩は遅くまで、推理を組み立てては崩しを繰り返していたので、ほとんど眠っていない城之介である。目覚ましをかけずに明け方に眠りに落ち、気がつくと朝食の時間になっていた。仮眠のような睡眠だったが、REM睡眠に成功したので、疲れはとれていた。

食堂の入口で、佐渡九冬刑事とかちあった城之介は、皆が彼の安否を気遣い、今まさに探しに行こうとしていたところだと聞かされると、照れ笑いを浮べながら一同に頭を下げ、寝坊と遅参を詫びた。

黒衣の探偵の到着で、食堂にいあわす者たちは安堵し、事件が閉幕したことを改めて認識させられた。

事件が始まって初めての、欠員のない朝食だった。

一つだけ空いていた自分の席に腰を下ろすと、隣席の音夢が嬉しそうな声で城之介に話しかけてきた。

「城之介さん、やっぱり事件は終わったのですね。あれだけの事件の後なので、どうも実感が湧きませんけれど、もう誰も殺されないんですね」

「ああ……幻影城殺人事件は、昨日で一段落だ。これからは、捜査と推理に専心できるだろうな」

幻影城殺人事件は閉幕した。だが、城之介にとっては（――そして捜査陣にとっては――）、事件はまだ終わっていない。すべての謎が明らかにされ、芸術家《アーティスト》が告発されるその瞬間までは、事件が解決したとは言えないのだから。

城之介は決意に輝く瞳で音夢を見返すと、こう付け加えた。

「なんとか、今日中には事件を解決させたいものだ」

●

朝食後、作家陣、幻影城関係者たちは解放された溢れる喜びを全身で心地よく感じながら、リラックスして自由な時間を過ごしていた。

鮎川哲子の計らいで、午前中はこれまでの事件の事情聴取も行われない。一時的に気が紛れても、幻影城という匣の中に閉じ込められているという閉塞状況は変わっていない。もうしばらく続く事件の捜査を受け容れるために、気持ちを整理する時間を確保し、事件関係者たちにゆとりを持たせる心憎い配慮だった。

哲子はいつも仕事に一生懸命な、非凡な手腕を持つ名警部だったが、人情味を忘れてはいない。現実の殺人事件を構成するのは、推理小説の二次元の住人たちでなく、あくまで血の通った生きた人物たちなのだ。人間同士の触れ合いに欠かせない思いやりを大事にする哲子の姿勢は、警察捜査陣からＪＤＣチーム、その他の関係者にも支持され、好感を持たれているようだった。

実際、長きにわたった事件の後遺症で苦しむ関係者たちを、無理に終わった事件に引きずり戻していたら、事態の混乱は避けられなかっただろう。哲子は、捜査主任に必要な適確な状況判断の資質を持っており、彼女の努力の甲斐あって、人々は悲劇の陰惨な記憶に悩まされることなく、着実に心理的リハビリを進めることができた。

しかし、警察とＪＤＣチームには、解決まで休みはない。それぞれ独自の捜査に励み、推理を着々と進めていた。

漠然としてはいたが、捜査をする者は、解決の予感めいたものを皆、感じていた。これ以上、殺人事件が進展することはない、という安心感も助けているのだろう。

ごく小さなものでも、何かキッカケさえあれば、事件を覆っている芸術家《アーティスト》のプロテクトは一気に散華し、すべての真相が明らかにされることだろう。

事件のゴールは、きっとそう遠くはない。

●

午前は刹那の内に過ぎ去り、昼食も何の問題もなく終わった。すべてが順調に流れているように思えた……。

昼食の後は、探偵たちの提案で、気分を和らげる団欒《だんらん》の時間が持たれることとなった。そこには、容疑者たちの様子を観察するという計算もあったが、純粋に捜査の小休止を求め、関係者たちとの憩いの場を持ちたいという想いもあった。

もちろん、強制ではない。城之介が趣旨を説明し、時間があって賛同する者だけが出席することとなった。――いわば、ハッピーな幻影城お茶会である。

那須木料理長、間宮てるを始め、使用人たちが盆の上にティー・カップを載せて運んでくる。注文に応じ、コーヒーと紅茶が半々である。趣味に応じて入れられるように、レモン（国産）、ミルク、砂糖も小皿に載せられている。

皆、事件のことを忘れている。つかの間の平穏だった。

●

黒衣の探偵・城之介はブラックを愛飲してそうなものだが、予想に反して彼はコーヒーに砂糖をたっぷり入れている。――そんな相棒の姿を見ながら、蒼也は紅茶を口に運んだ。亡き母がかつて糖分の取り過ぎに用心していたせいか、彼は甘いものを敬遠するところがあった。砂糖は入れずに、レモンで味にアクセントを加えただけである。

熱い液体を喉の奥へと流しこみながら、蒼也は談笑の輪に入ることなく、煙草をくゆらせ、自分なりに事件のことをふり返っていた。

事件三日目からのこの三日間、城之介らＪＤＣチームの仲間たちと、捜査と推理に明け暮れた。彼の独自の推理法・理路乱歩を進めるために暇を見つけては城内を歩き回った。かなりの距離を踏破し、脚の筋肉はパンパンに張っている。これほど歩かされた事件は、彼の探偵人生の中では初めてのことだ。

……JDCに入って三年、『親の七光』と呼ばれぬように人知れず推理力を研磨しつつ、ようやく自分も一人前の探偵に近づいたかと、自惚れていた矢先に今回の事件に遭遇。彼の年齢（二十一歳）を考えると、自らの才能に悲観するには若すぎるのだが、蒼也は、今度の事件で己の限界を思い知らされた気がした。

推理小説にあるような、巷に転がっている凡事件を数十数百と解いたことで、そんなことでは探偵としての真価を示すことができないと、ようやく彼は悟った。極限状況での行動で人の値打ちが試されるのと同じで、探偵の真の力量は、大事件でこそ発揮される。それが証拠に、大事件を解決していない名探偵などいないのだ。

蒼也だけでなく、幻影城殺人事件では、JDCチームの全員が敵に翻弄されるがままになっていた。推理を築いては崩される不毛な繰り返し、海の水をバケツで汲み出しているような空しさを、蒼也は味わわされていた。

それでも他の探偵は、ひるむことなく、謎と格闘し続けていた。螽斯は老いた脳細胞を鞭打ち、俯瞰流考がダメなら、スタンダードな推理に切り替え、試行錯誤を繰り返している。音夢は、ファジィ推理を進めながら、自らが出したあやふやな答えの意味の探求を怠らない。城之介や舞衣に至っては、推理の空転に怖じ気づくことなく、多くの推理を次々と構築し、推理合戦を楽しんでいるようでさえあった。

理路乱歩は頭脳労働ではなく、肉体労働だった。それだけに、蒼也は疲れていた。大きな河の流れを変えてやろうと小石を投げ続ける無知な少年のような心境だった。ボロボロになるまで消耗して、彼は休みたかった。卑怯にも逃げ出したいと思っていた。過酷な状況でこそ超絶技巧を示すのがプロフェッショナルなのに、本当の難解な事件に遭い、自分は、悪夢の惨劇の中を歩くことに耐えられなくなって……関係者たちでさえ、逃げ場のない匣の中の生活を、甘んじて受け容れているというのに。

幻影城殺人事件は、決して解けない謎なのではないかと音夢は推理していた。蒼也もディテールは把握していないが、かつて鴉城蒼司や九十九十九を苦しめた史上最凶の犯罪・彩紋家殺人事件も、決して解けない謎であったと伝えられている。

父がかつて乗り越えることを強いられたのとよく似た苦境に、蒼也は今、立っていた。そんな極限状態に放り出されて彼はようやく、自分が挑もうとしていた父の存在の大きさと、自らの未熟さを痛感させられた。

同じ第二班の螽斯や音夢にでさえ、かなわないと思う。第一班の城之介や、舞衣と自分の間には、到底越えることのかなわぬ巨大な壁が聳えているようにすら思える。第一班班長・刃仙人、副班長・九十九十九、ＪＤＣの至宝・不知火善蔵は言うに及ばず、蒼也の最終目標である父は――ＪＤＣ総代・鴉城蒼司は、そんな強豪たちのさらに上位に君臨しているのだ。

――最初《ハナ》から、俺ごときが勝てる相手ではなかった。身の程知らずに、俺は夢を見て……。

自嘲気味にそう考える。努力すれば、夢は必ずかなう？　人間は平等？　誰かにできて、自分にできないことはない？　――そんなのは甘っちょろい戯言《ざれごと》だ。世間知らずの言うことだ。

ならば、日本人がオリンピックの一〇〇メートル走で金メダルを取ってみせろ！

かなえられない夢はある。才能という概念は幻想ではない、能力の個人差は存在する。鴉城蒼司と同じように生きたところで、誰もが鴉城蒼司のようになれるわけがないのだ。遺伝子の影響も少しはあるだろうが、大事なものはそんなことではなく、時の運と、素質なんだ。

不幸なことに、蒼也は幻影城殺人事件で、自らの限界を知ってしまった。いや、限界を悟った気になってしまった。

――このまま探偵を続けても、第一班に昇格することさえできないかもしれない。この世は、厳しい競争社会。……では、俺の存在意義はどこにある？　『鴉城蒼司の息子』か？　それとも、誰か大探偵の助手として歴史の一ページに小さな名を刻むか？

そんな生き方は嫌だ！　宿り木のように、誰かに付随して生きていくのしかないのなら、俺は……

俺は……

生きている意味がない？

紅茶を喉の奥に一気に流し込み、蒼也は首を振った。灰の長くなった煙草を灰皿で押し潰す。

彼は少し疲れていた。疲労がバカな考えを呼び覚まし、理性を狂わせていた。それは、自分でもわかっていた。だが、この先に待っている人生の長い長い道のりを思うと、そう考えずにはいられなかった。

何も考えずに無為に生きていくことは嫌だった。彼の父は、人類史に不滅の名を遺すであろう大探偵。

彼は、死後すぐに忘れられてしまう名もなき一輪の華のような存在……。

「今日一日、何事も起こらずに平穏無事に過ぎた場合は、皆さんいったん帰宅されても結構です……」

鮎川哲子が何か言っている。それに応えて、皆が何かを言っている。人々の声が、やけに遠くから聞こえる。

――どうしたんだ、俺はいったい？

口の中に漂う紅茶の深みのある味わいは、彼がこれまで経験したことのない美味だった。それは、生涯最高の紅茶であるように思えた。

「――がはっ‼」

蒼也は、紅茶を食卓にぶちまけた。自分の意思ではなかった。体がビクッビクッ！　と痙攣《けいれん》する。震えが止まらない……震えが止まらない――震エガ、止マラナイヨ！

「若！　ちょっと、どうしたの？」

隣席の舞衣が絶叫して、食堂は瞬時に混沌に包まれる。脳天の中心で意識がグルグル回っている。蒼也は、洗濯機の中の洗濯物の気持ちを初めて味わった気がした。

体内から熱いものが込み上げてくる！

吐血！　絶望！　暗黒！　……死！

芸術家《アーティスト》が――奈落に住む犯罪の王が手招きしている。

鴉城蒼也は、椅子から転げ落ちた。

死の瞬間。蒼也は、父を越える神々しい推理力を手に入れた。死へと落ちる闇の中で、彼は、芸術家《アーティスト》の正体と事件の真相を知った。

●

濃いコーヒーをブラックで賞味しながら、犇斯は自分なりに、これまでの人生のことを回想していた。偶然にも彼は、幻影城殺人事件の初日からこの旅館に逗留していた。運命の皮肉を、そこに感じずにはいられない。

殺人ピエロに殺されたかつての相棒の勧めで訪れた幻影城、そこで凶悪犯罪と出会い、亡妻に酷似した女性と出会う……。

これまでの記憶はすべてまやかしで、自分は幻影城に突然、出現した人間なのだという奇妙な思いが犇斯の中にはあった。『華没』を読んだせいかもしれない。この物語のために、自分は生まれ、創られたような、不思議な感じだった。

運命を司る者は、螽斯に何を要求している？

事件の推理と並行して、ずっとそのことを考えていた。元々、彼はこれまでの人生、これからの人生に答えを求めて幻影城にやって来た、ということもある。殺人事件の捜査で老いた脳細胞をフル回転させ、執念の油をさしながら、錆ついた思考機械《ヴァン・ドゥーゼン》を動かし続けていた。

事件が閉幕したということが一つの契機となり、ここに至ってようやく彼は、その答えらしきものを摑んだような気がしていた。

幻影城殺人事件は、推理小説的な悪夢だ。意図的に芸術家《アーティスト》は、そういった事件を演出しているようだった。すべての謎をふまえた上での総決算、そして新しい領域への飛翔……。

事件のテーマは、まさに螽斯の求めているものに他ならなかった。これまでの人生をふまえた上での総決算、そして新しい生活への飛翔……。

謎に包まれた自らの人生を総決算するために、螽斯は記憶を失くす前の自分のことを知りたかった。そのためには、幻影城殺人事件を解かねばならない。不可思議な事件が記憶の壁の突破口を示してくれる。なぜだかはわからないが、そう思えてならなかった。

――しかし、思えば長い道を歩んできたものだな。

『螽斯太郎』として、わたしはずっと生きてくることができた。『華没』の中で平井氏の思考として紹介されていたが、本当に、名前によるラベリングなど、大して意味はないのかもしれない。大事なのは、『自分』を感じることなのだろう。

螽斯は、新・獄門島殺人事件で二人の鴉城に救われるまでの記憶をすべて失っていた。だが、人とは呆れるほどに忘れ続けて生きていく動物。自分の人生と他人の人生に大した差があったとは思えない。時の流れは、しょせんまやかし。過去に意味はなく、大切なのは常に『今』という瞬間を生き続けることなのだ、きっと。

かつての自分――名も知れぬ男が宿帳に残していた偽名だけを頼りに、螽斯は『螽斯太郎』として生まれ変わった。

比喩ではなく、本当に過去はすべて捨てられた。他人より何十年のハンデを背負っての人生のスタートだったが、『螽斯太郎』としての生活の記憶は、充実したものとなった。最愛の妻・華乃との想い出。殺人ピエロの悪夢でさえ、今となっては懐かしい過去だ。

探偵として努力を重ね、素晴らしい仲間を得た。人生の夕刻になってから、彼は生の喜びを実感した。探偵として成功するにつれ、過去の記憶の一部を持たないことに引け目はなくなっていた。

この世界には、いろんな華が咲いている。明け方に誰も知らないところで咲く華もあれば、夕刻を過ぎてから大輪の華を咲かせるものもある。早熟の天才もいれば、大器晩成の偉人もいる。

この世界にごちゃごちゃと溢れている雑多の概念のすべてを不惑の心で受け止めることができるかもしれない。――事件を捜査するうちに、螽斯は悟りの境地に近づいていた。

彼の知り合いには、『慎みの輪』なる自称・文化団体に属している者が幾人かいる。その団体のモットーは、すべてを慎む『慎みの思考』を持って生きるというものだ。その話を聞いた当時は、何ら感銘を受けなかったが、すべてのこだわりを捨てることは、確かに素晴らしいことであるように思えた。

――この事件が終わったら、『慎みの輪』に入会するのもいいかもしれない。長らく連絡をとっていない知人（——凪波摩琴《なぎなみまこと》という名だ——）と旧交を温めるのも悪くない。もう、『螽斯太郎』という名もいらない。すべてのしがらみを捨て、わたしは、もう一度生まれ変わる。そして、てるさんと共に、この先ずっとずっと歩いていく。

事件の終わりは、螽斯の新しい人生の始まりへと繋がることだろう。……その時のことを考えると、老探偵の表情は自然とほころんだ。事件の推理、人生の過去の推理にも力が入ろうかというものだ。

「今日一日、何事も起こらずに平穏無事に過ぎた場合は、皆さんいったん帰宅されても結構です……」

鮎川哲子の声が希望を運ぶ。すべてが明るく、楽しく、面白い。——もう、絶望はいらない。

螽斯は微笑して、コーヒーを一気に飲み干した。

「——がはっ!!」

ちょうどそこで、螽斯の正面に座る蒼也が紅茶を食卓に吐いた。若い探偵は、全身を痙攣させ、苦しそうに喉を押さえている。

「若！　ちょっと、どうしたの？」

舞衣の絶叫で、食堂は瞬時に混沌に包まれる。

最悪の災厄の予感が、空間を駆け抜けた。全員が立ち上がり、椅子が転がる。物凄い形相でもがく蒼也に視線が集中する。

「鴉城氏！　まずい、毒だ。すぐ吐かせろ！」

城之介が探偵助手に走り寄る。怯えた表情で、音夢が叫んでいる。

「若さま、しっかり！」

なぜだ。なぜ、また殺人が。事件は終わったのではなかったのか？　——螽斯の体の奥底から、氷のように冷たい悪寒が上がってくる。

　――この不快感は何だ。これは、殺人を目撃したことによる嘔吐感？　いや、違う。これは……！

　蒼也に群れる人込みを見ながら、纐斯は自分が場違いな所にいるような気がした。椅子を蹴り、二、三歩後退する。

「ぐっ――！」

　黒い液体をもどす。その中には、血も混じっている。……まだ、誰も老探偵の異変には気づかない。

　頭の中で何かがガンガン鳴り響く。体が激しく震えて、胃袋ごと吐いてしまいそうなブラックな気分になる。

「……げはっ!!」

　そこが限界だった。虚空を手でかきながら、纐斯はゆっくりと後方に倒れた。ようやくこちらに気づいた音夢が、こちらを指差して何か叫ぶのが聞こえた。床にしたたかに後頭部をぶつけたが、痛くなかった。

　――嘘だ。これは幻だ。夢だ。虚構の物語だ！

　初老の男の頬を涙が伝う。視界に昏い幕が降り、意識が闇に沈む。臨死体験……体外離脱？　それとも、脳という化物が人生の最後に創る幻覚？

　その瞬間、無限の闇の中で、纐斯太郎はこれまでのすべての人生を一瞬で追体験した。これまでのすべての経験を――その中には、彼が記憶を失う前のものも含まれていた。

　死の間際、『纐斯太郎』は自分の本当の名と、過去に何があったかを知った。その記憶とは――

　否応なく思考がとぎれる。最期の瞬間、彼の脳裏に浮かんだのは、纐斯華乃ではなく、間宮てるの姿だった。

75　吉報と凶報

幻影城から遠く離れた京都市の中心部……。

ＪＤＣ本部ビル――『日本の犯罪捜査の心臓』と呼ばれることもある鉄筋八階建ての最上階で、ＪＤＣ総代は、受話器をとった。

『――お久しぶりです、鴉城さん』

神秘的な音楽のような美声が鴉城蒼司の耳に心地よく響く。半神の趣のある、澄んだ音色。天は一人の人間に二物を与えないという故事が偽りであることを示す生きた見本が、九十九十九《つくもじゅうく》だった。

最高の芸術家が魂を込めて創造した、究極の美しさを持つ彫像をも凌駕する十九の美貌は、虚構的で、現実の物差しではとらえられないものだった。腰まで届く流麗な黒髪。限界まで整った顔、理想的な体格線。――瞳を隠すサングラスは、その容姿に絶妙のアクセントを加えている。受話器を通して鴉城が対話している相手は、まさに動く芸術品だった。『傾国の美女』は、国の運命をも傾けるが、十九の危ういまでの美貌は、世界そのものを嘘臭くしてしまう危険を孕んでいた。『傾界の美人』、それが十九という存在なのだ。

「しばらくだな、九十九。舞夢から聞いたぞ。ロスの事件を解決したそうじゃないか」

『ええ、おかげさまで。なにぶん、舞台がロス全域にわたっていたもので情報収集にてこずりましたが、氷姫宮《ひきみや》さんのおかげで、能率的な捜査を進めることができましたよ』

氷姫宮幽弥《ゆうや》は、現在、十九の助手を務めているＪＤＣ第二班の探偵である。几帳面な性格の幽弥は、常にノート型パソコンを携帯し、膨大な量の事件のデータを管理している。コンピューター世代の申し子とも言えるまだ年若い探偵は、統計を巧みに操るその推理から、統計探偵と呼ばれている。

「最近は情報の多すぎる事件も増えてきたからな。氷姫宮のような人材は重宝するよ」

『ロスの連続吸血殺人の犯人は、コンラッド・ヴァルカンという少年でした。……鴉城さん、新犯罪時代を築く天才犯罪者たちの低年齢化は、いよいよ進んでいますよ。犯罪は、この先いかに変化し、どこまで奇怪な生物となっていくのか——数年後を考えると、空恐ろしいですね』

口ではそう言うものの、十九の語調に不安は感じられない。感情を超越した彼岸の住人、十九は常に誰よりも落ち着き払っている。それはつまり、彼が誰にも負けない芯の通った強さを持っている、ということだ。

この十四年間、九十九十九が鴉城蒼司の最も信頼できる仲間であり続けてきたのも、その辺りに起因していた。長い探偵人生を通しても、十九ほど頼りになる探偵を鴉城は他に知らない。彼の祖父・蒼神や、鴉城の師匠でもあるＪＤＣ第一班の重鎮・不知火善蔵、第一班班長・刃仙人にしても、九十九十九ほどの安定感は持ち合わせていなかった。

もっとも、取り乱さないこととクールであるのは違う。十九の態度に冷たさは感じられない。『赦し』と『悟り』の人と称される探偵は、人間に対する暖かみに溢れた太陽のような存在なのである。

「犯罪は進化し続けている、それは間違いない。世紀末を乗り切るためには、我々探偵も腹を括ってかからねばな。——犯罪を創る側と、壊す側の戦争だ。おそらく今後、人類が滅びるまで、闘争はずっと続くぞ。俺ももう若くない。九十九、お前たち若い世代の今後いっそうの活躍を期待するよ」

『何をおっしゃいます、鴉城さん。あなたには、まだまだ第一線で活躍していただかなくては』

そう言ったものの、十九も、鴉城の発言が冗談であることは承知している。超越者だからといって、ジョークのセンスが欠落しているわけではないのだ。

だが、十九の言葉は真実を突いていた。鴉城の仕事に休みはない。彼が今、犯罪捜査の最前線を退けば、探偵の歴史が五十年は後退するだろう。今や日本の命運をも左右する、メガ探偵・鴉城蒼司の存在はそこまで巨大になっているのが実状である。鴉城の代わりは誰にもできない。

ここ数年、今まで以上に探偵としての能力を増している十九は、既に鴉城と互角か、あるいはそれに準ずる推理力を有するまでになっている。が、瞬間的に電話で事件を解決する電話推理を極めるには、要領を把握するための経験が何より必要なのだ。

いくら十九が絶世の傑物とは言え、時間に裏打ちされたバランス感覚は、才能だけでは手に入れることができない。トップに立つ鴉城が一番、多くの経験を積んでいる。それだけに、後に続く者は大変なのだ。

しかし、『鴉城蒼司』というカリスマは、日本の犯罪捜査界の中で、あまりにも大きな存在になり過ぎていた。もはや、一個の人間ではなく、何百万人の生活を動かすメガ探偵となってしまった今、鴉城の行動の自由は束縛されている。……それが、JDC総代の最大の苦悩だった。

自らの背負った運命に苦笑しつつ、鴉城は海の向こうの同志を想った。九十九十九、彼の力を借りなければ、おそらく幻影城殺人事件は解決できないだろう。大探偵の直観で、鴉城はそう悟っていたのだ。

「九十九、一刻も早いお前の帰国を期待している。一日でもいい、二日でもいい。電話探偵を代わってもらわねばならん。ジンさんや不知火翁、それに漂馬の奴は、まだ出張から戻りそうにないしな。頼れるのは、もうお前しかいない」

しばしの沈黙の後、かすかに厳しさを増した調子で十九が言った。

『例の幻影城殺人事件ですね……あの事件は、それほどに難解なものなのですか？』

ロスの十九にも、幻影城殺人事件のＦＡＸは送ってあるので、彼も事件の概略は承知していた。

鴉城は、総代室の来客用のソファの上に放置されている『華麗なる没落のために』（――幻影城から送られてきたコピー原稿だ――）に眼をやり、溜息をついた。

「お前に話した『華没』の原稿は、今日中に国際宅配便でそちらに着くと思う。俺は時間がないので読んでいないが、大いに参考になることだろう。――事件に関しては、興味深い報告があるぞ。音夢の奴が、『この事件の謎は決して解けないのではないか』とファジィ推理したんだ。どうだ？　彩紋家の惨劇を思い出さないか」

決して解けない謎。十四年前の悪夢・彩紋家殺人事件は、有史以来初めての、絶対に解けるはずのない事件だった。現実レヴェルまでかなり妥協してあの事件を解決したのは、海を越える電波で今、会話を交わしている二人の探偵である。

『そうですか、音夢さんがそうおっしゃったということは、それは事実でしょう。ですが、鴉城さん。謎などというものは存在しないのですよ。あるのは、論理的な解決のみでなくてはなりません』

謎などありません。あるのは、論理的な解決のみです――それは、十九が彩紋家の事件以来、通行手形のように持ち歩いているフレーズだった。犯罪革命とさえ言われたあの事件に、当時、まだ少年だった十九は、人格形成上、無視できぬ影響を受けた。

彼が超越者として成長してきたのも、幼い頃に、あのような壮絶な体験をしたせいだろう、と鴉城などは考えている。義理の妹・音夢さえも『さん』づけで呼ぶ十九は、どこまでも浮世離れしていた。

「九十九、お前はあの頃と変わらないな。……が、今度は二人で捜査することはできそうにない。お前が帰国し次第、俺自ら幻影城に赴くつもりだ。その時は、電話探偵代行はよろしく頼むぞ」

『私でよろしければ、最善は尽くしますが——鴉城さんの代わりが勤まりますでしょうか？』

「——謙遜するな、お前はもう俺を越えているよ。お前なら大丈夫だ」

自分自身をも納得させる口調でそう言うと、鴉城は、少し気分が楽になるのを感じた。十九との対話は、疲れを癒してくれる。まるで彼の言葉は治癒力を備えているかのように、暖かい声は全身の筋肉をもみほぐし、酷使された脳を休ませ、あらゆる心身の疲労を回復してくれるようだった。

『それでは、手続きを済ませ、大至急帰国します。遅くても明日には、お眼にかかれるでしょう』

「そうだな。それでは、可及的速やかに帰国の用意を整えてくれ。再会の時を楽しみにしているよ」

その言葉で締め括ると、鴉城は受話器を置いた。十九のことを想うと、安堵の吐息が漏れる。九十九十九がようやく出張から戻る。そして、鴉城は幻影城へと乗り込む。

鴉城も人の親だ——人外魔境で苦闘する息子のことを案じていたが、その不安もようやく解消されそうだった。かつて解けない事件を解いた時は、十九が隣にいた。今度は……親子で、解けない事件に臨むことになりそうだった。

蒼也が『親の七光り』と言われるのを異常に嫌っているのは鴉城も知っていたので、これまでは共に捜査をしたことはないが、今回は特例だろう。最初で最後の経験となるかもしれないが、鴉城自ら息子に探偵術を伝授する機会が持てることは嬉しいことだった。

卓上の電話がけたたましく鳴り、鴉城は何気なく受話器を取った。また事件だろうか？　そんな軽い気持ちだった。

電話は、幻影城の霧華舞衣からのものだった。明るい声で報告を促す鴉城に対し、部下の声は、沈んだものだった。

螽斯の訃報に接して、鴉城は絶句した。だが、報告はそれだけではなかった。運命は不公平だった。吉報は続かないが、凶報はなぜか必ず重なるものだ。

それは、息子の死の報せだった。

親子が共に解けない謎に臨む機会は、永遠に失われた。鴉城は、思わず受話器を取り落としていた。

76　毒殺者のたわむれ

ＪＤＣ本部への報告を終え、舞衣が食堂へ戻ると、鑑識の連中がせわしなく動き回っているのにぶつかった。

幻影城殺人事件は終わっていなかった？

これまでと違い白昼の犯行であること、それに芸術家《アーティスト》がいつもの紙切れを残していないことから、これまでの事件の延長という確証はなかったが、それでも人が殺されたという事実に変わりはない。

……そして、今回の被害者は螽斯太郎と鴉城蒼也。共に、ＪＤＣチームの探偵だった。失われた環《ミッシング・リンク》は、本当に存在するのか？　殺人事件は、無差別殺人へと発展していきそうな不穏な気配を漂わせている。

●

蒼也の屍体の傍らで、城之介はうなだれてじっと立ちつくしていた。

「龍宮さん……」

舞衣が声をかけると、城之介は黒手袋をはめた左手を額に押し当て、弱々しい声で言った。

「油断していたよ。こうなる可能性は、考慮してしかるべきだった。龍宮は、少し芸術家《アーティスト》を買いかぶりすぎていたのかもしれないな。殺人芸術という言葉に惑わされ、敵が凶悪な殺人鬼であることを忘れていた。……いや、忘れようとしていただけか。相手がフェア・プレイを守ると、愚かに信じきっていた。何にせよ、鴉城氏と螽斯氏が殺されたのは龍宮の責任だ。弁解の余地もない」

黒衣の探偵は、かすかに震えているようだった。ここまで落ち込んだ城之介を、舞衣は初めて見た。

「あなたのせいじゃない。どうしようもなかった。あたしたちには、阻止できなかった……残念だけど、芸術家《アーティスト》の奇襲を予想するのは不可能だったわ」

そんな言葉は慰めにすらならないと承知していても、自分の気持ちを整理するためにも、舞衣はそう口にせずにはいられなかった。城之介は額にあてていた手でバンッ！　と食卓を強く叩くと、勢いよく舞衣をふり返った。咄嗟のことだったので、舞衣は思わず反射的に上半身をのけぞらせてしまった。

「違うんだよ、霧華嬢!!」

城之介らしくない叫び声だった。プライドをかなぐり捨てた、魂の底からの絶叫だった。関係者を中庭にいったん移動させ、食堂へと戻ってきた鮎川哲子、佐渡九冬、九十九音夢の三人がビクッと飛び上がるほどの大きな声だった。

「違う……違うんだよ。龍宮は、こうなることを予想していたんだ。それなのに、龍宮は探偵助手をむざむざ見殺しにした。――何が名探偵だ！　お笑いだ。龍宮城之介はただの道化師だ、最悪の探偵だ」

城之介は帽子を床に叩きつけ、舞衣を睨んだ。哲子、九冬、音夢の三人が近づいてくる。舞衣はひるむことなく城之介の視線を受け止め、激しい口調で応戦した。

「あなたは『神』じゃない。彼らを救うことはできなかったわ。自分ひとりで、責任をしょいこむことはないのよ、龍宮さん。そんなのは独善的な自惚れだわ！」

舞衣もかなり興奮していた。同僚を一瞬で二人も、それも眼の前で殺害されたのだ。冷静さを欠いてしまうのも無理のないことだった。

これまでＪＤＣチームは、芸術家《アーティスト》の標的の対象外であるように思われていた。警察関係者が殺された時も、被害者を出すまではＪＤＣだけが事件と無関係だと根拠もなく盲信していた。……それだけに、衝撃は大きかった。ＪＤＣの探偵も、もはや部外者ではない。彼らも、他の関係者同様、芸術家《アーティスト》に殺害される可能性があることがはっきりと示された。

急転した事件への戸惑いと、予期せぬ悲劇の哀しみ、そして無力な自分たちへの憤りに珍しく取り乱す二人の探偵の間に、哲子が静かに割って入った。

「お二人とも、胸中お察しいたしますが、どうか落ち着いてください。あなたがたが混乱されれば、捜査全体に悪影響を与えることにもなりかねません」

単なるお節介ではなく、二人のことを肉親のように思いやる口調だった。その言葉は城之介や舞衣の神経が昂ぶるのをくいとめ、二人は頼り甲斐のある捜査主任に感謝した。

「申し訳ない。仲間の死で、自分を見失っていたようだ」

「あたしも言い過ぎたのは謝るわ。でも、龍宮さん。この事件を予期していたって、それは本当なの？」

城之介は床に投げた帽子を拾い、汚れを払ってそれをかぶり直した。舞衣、哲子、九冬、音夢と順番に視線を滑らせる。怪訝そうな表情をする一同。思いついたように質問したのは、音夢だった。

「城之介さん、ひょっとしてそれは、メッセージではありませんか？」

「さすがに鋭いな九十九嬢。気づいていたのか？　それとも、いつものファジイ推理かな？」

「――気づいてはいませんでした。ただ、ファジイ推理というほどでもないのですけれど、直観的にそんな気がしたのです」

納得したように、城之介は頷く。黒衣の探偵が、意味深な表情を九冬に向けると、若い刑事は思わず姿勢を正した。

「砂糖だよ。芸術家《アーティスト》は砂糖に毒を入れたんだ。龍宮が予想していたのは、ひょっと、す、る、と砂糖、を、利用、し、た、毒殺事件があるかもしれない、ということさ。――なぜなら、格好のミスディレクションが作れるからな。砂糖の毒殺事件は、佐渡氏を示すものだ」

舞衣、哲子、音夢は、一歩下がって九冬を取り巻く輪を作り、佐渡九冬刑事を注視する。九冬は、どうしてよいかわからずに困惑した顔で、城之介を見返している。

「……そんな、龍宮さん。どうして僕が！」

「佐渡氏のフル・ネームだよ。『サド・クトウ（佐渡九冬）』――この名前は、『サトウ（砂糖）』の中に『ドク（毒）』が入っていることを示しているだろう？　むろん、これは見え透いているのでサインとは思えない。ミスディレクションだろうがな」

九冬を囲んで立つ三人の女性は、ほぼ同時に、アッ！　と叫んだ。九冬自身も驚愕の後、顔面を蒼く染めている。九冬が親から貰った名を利用して、ミスディレクションを演出する芸術家《アーティスト》。憎らしさよりも、その着想に対する畏怖で、九冬は震えた。『佐渡九冬』という平凡な男が幻影城殺人事件の一幕にこのような形で名を残すことになるとは、幻影城にやって来た時には、つゆほども予期していなかった。

突然の二重毒殺事件を皮切りに、幻影城殺人事件の新章が開幕する……捜査陣と芸術家《アーティスト》の闘いは、これからますます激しいものになりそうだった。

●

それから約十五分後。簡単な事情聴取を済ませた城之介、舞衣、音夢、哲子、九冬の五人は、廊下の一角で輪になって立ち、二重毒殺事件に関する情報を整理した。

舞衣と音夢が那須木料理長、使用人たちに聞いたところによると、お茶会で運ばれてきた砂糖は、厨房に常備されていたものである、とのことだった。

砂糖瓶を使用した際は必ず、砂糖の残量を確認しているらしいが、以前調べた時には、特に異常はなかったようだ（もっとも、毒物が混入されていたとしても、気づかなかっただけ、との見方もある）。厨房の隅にしまわれている砂糖の瓶は、目立たないものなので、誰かがこっそり毒物を混入することは可能だった。使用人がいない時を見計らえば、調理に携わることのない者が侵入することも不可能ではないだろう、とのことである。

「要するに、またしても手がかりがないわけだな」

腕組みをして言う城之介。その隣から、哲子が鋭い意見を提出する。

「でも、気になるのは毒物の入手経路ですね。まだ毒物の種類はわかっていないようですが、城内には、劇薬の類はなかったようです。——犯人は、あらかじめ毒殺の計画を持っていて、毒物を持ち込んで隠していたのでしょう」

「所持品検査や身体検査では、そういったものは見つかっていません。巧妙に秘匿せずとも、幻影城はあまりに広大ですから。その気になれば、隠し場所には困らないでしょう……」

哲子の後から、九冬が補足説明する。『サド・クトウ（佐「渡九」冬）』のミスディレクションの後遺症か、動揺を隠せない様子だ。

続いて、しばらく眉をひそめて沈黙していた舞衣が、厳しい語調で犯行当時の状況を分析する。

「でも、今回の毒殺事件には、どうも解せないところが多すぎるわね。いつもの紙切れは残されていないし、それに——、砂糖に毒物を入れるってことは、誰が何人死ぬかわからない無差別殺人になっちゃうでしょう。これまでの芸術的なこだわりが感じられない杜撰な犯行との感は否めない。……それから、あのお茶会だけど、我々ＪＤＣが提案して急遽《きゅうきょ》催されたものだったわ。そう言えば、音夢ちゃん。あの砂糖は、普段は使用していないんだよね？」

「ええ。紅茶やコーヒーに入れる砂糖の瓶は、調理に使用するものとは分けていた、とのことでした」

「なるほどな。いつもは誰かが所望しない限り、紅茶やコーヒーは出されない。となると、芸術家《アーティスト》は、龍宮がお茶会の提案をした後、わずかの間に毒物を混入したのか？　時間的には不可能ではないが、疑問が残るな。そこまで時間が限られていれば、毒を入れることができた人物を特定するのもそう難しくはないだろう。霧華嬢お得意の消去推理で、すぐに答えが出せる――」

手袋をはめた手で城之介が舞衣を差すと、消去推理の貴婦人と称される女探偵は、肩をすくめた。

「そう簡単にいくかしらね。消去推理の難しさは、すべての可能性を考慮に入れなければならないところにあるわ。……厳密に言えば、今回の毒殺が一連の事件と関係ない可能性だってあるんだから」

「それは、どういうことです。霧華さん？」

哲子が尋ねる。答えたのは、音夢だった。

「つまり、舞衣さんのおっしゃりたいのは、こういうことですね。毒物が混入されたのは、幻影城殺人事件の始まる前で、誰かが別の事件で誰かを殺すつもりだった。それが、しばらく砂糖が使われていなかったせいで、今回、二重毒殺事件として被害者を出すことになってしまった、――と」

「御名答。さすがは、音夢ちゃん。……うん。でもまあ、砂糖に関しては、以前使用されたのはいつなのか、もっと細かく調べる必要がありそうね」

二重毒殺事件で、幻影城殺人事件は、その姿を変えようとしているようだった。追いつめられた芸術家《アーティスト》が、猛攻に出てきたのか？　いずれにせよ、これから事件が新たな局面にさしかかるのは間違いないだろう。

「鮎川嬢、佐渡氏。それで、あの時、お茶会に参加していた者と、飲み物に砂糖を入れた者は？」

城之介の質問が出ると、哲子と九冬は顔を見合わせて沈んだ表情になった。

「実はですね、龍宮さん――」

哲子に促されて九冬が報告しようとした時、食堂の方から太い声が響き、刑事の言葉は遮られた。

「龍宮ぅ――！」

ぼさぼさの髪をした白衣をきた小柄な男が走ってくる。彫りの深い顔つきだ。眉はくっきりとしていて、眼つきは鋭い。

一同の注意が、そちらに向けられる。男は、鑑識の狭間《はざま》黒夫《くろお》だった。年が離れているので学生時代に会うことはなかったが、狭間は城之介の高校の先輩だった。何度か捜査を共にし、意気投合して二人は親しくなった。今では、たまに酒を飲み交わす、気心の知れた間柄である。

「ああ、狭間氏。どうでした、毒の方は？」

狭間は五人の輪に割り込んでくると、息一つ切らさず、渋い声で報告した。

「仏さんの顔が紫色になっていただろう。あれは、メラターデ反応と言ってな。ある毒物特有の屍体現象なんだ。――毒は、速効性のジギトキシン。無味無臭の液体だ」

城之介は、眼を丸くして聞き返した。

「液体!?　ということは、つまり……？」

「残念ながら、お前さんの推理が外れていたということだな。毒物は、砂糖の中に混入されていたのではない。どうやら、ジギトキシンは、カップの底に塗られていたようだよ」

77　芸術家《アーティスト》の魔性

城之介は、『サド・クトウ（佐「渡九」冬）』のミスディレクションから、螽斯太郎と鴉城蒼也を葬った毒物は砂糖に混入されていた、と推理していた。

もちろん、飲み物に砂糖を入れたのは、何人もいる。二人だけが死んだのは、たまたま螽斯と蒼也の二人が致死量を越える砂糖を入れたから、そう考えていた。——それだからこそ、城之介は毒殺事件と、それを演出した芸術家《アーティスト》に憤りを禁じえなかったのだ。もし全員が飲み物に砂糖を……その中の毒物を致死量を越えるだけ入れていたら（実際、城之介もコーヒーに砂糖を入れた一人だった。それも、たっぷりと！）。城之介自身が発案した楽しいお茶会で、幻影城殺人事件の関係者のほとんどが命を落としていたこともあり得るのだ。

それは、もはや殺人芸術などではなく、卑劣な虐殺行為だ！

これまでは敵対しながらも、芸術家《アーティスト》の殺人への強いこだわりを認識して、心のどこかで敬意すら払っていた。殺人は憎むべき行為という『常識』、『道徳』を忘れて敵の天賦の才を想うこともあった。『犯罪』、『悪』という、かげろうのように頼りない物差しが消滅した時……事件の裏側から芸術家《アーティスト》の情熱のようなものが確かに感じられたのだ。

二重毒殺事件には、美しさや芸術性といったこだわりがなかった。よもや、大量殺戮ともなりかねない安直で邪悪な発想——。悪ふざけのような殺しに自分の探偵助手を奪われ、城之介は捜査を開始して以来、初めて芸術家《アーティスト》という殺人卿（狂）を憎悪した。

逃げ水のように、真相は城之介から遠ざかっていく。黒衣の探偵は、おそらく探偵人生で初めて感情的になり、自分の全存在をかけてでも事件の謎を解きたい衝動にかられたのだ。

しかし、城之介の推理は外れていた。全力で上空へ投げたボールが、いつまでたっても落下してこなかったような気分だった。やるせない想いは虚空へと放たれたまま、どこかへ消えてしまった。肩透かしをくらって投げ倒され、土をなめさせられた屈辱を味わった。

——どうして、毒は砂糖に入っていなかった？　恰好のミスディレクションが存在しているのに、芸術家《アーティスト》がそれを見逃した理由は何なのか。単なる技巧的な問題ではないだろう。犯罪の天才・芸術家《アーティスト》が本気を出せば、大量殺戮とならない殺人芸術を完成することはできたはずなのに……。

兎にも角にも、毒は砂糖に入っていなかった。毒は、カップに塗られていたのだ。

●

白衣の似合うナイス・ミドル、狭間黒夫は、説明を続けた。

「食卓に出された十七個のカップのうち、毒が塗られていたのは、被害者二人のものだけだった」

「毒は、探偵二人のカップにのみ塗られていたのか」

そう呟きながら城之介は、認識を改めた。芸術家《アーティスト》は、変わっていなかった。敵の狙いは、大量殺戮ではなく、二人の人間だけを殺すことだった。

——カップに区別はなかったはずだ。芸術家《アーティスト》は、最初から螽斯氏と鴉城氏を狙っていたのだろうか。もし、そうだとしたら……動機はともかく、どのようにして特定の二人に毒の塗られたカップを取らせたのか？

思考は、九冬の報告で中断を強いられた。九冬は胸ポケットから手帳を取り出し、舞衣にそれを手渡す。

先ほど、哲子と九冬は、中庭に集められた事件関係者たちに事情聴取を行っていた。その手帳には、聞き込んだ情報が図になって、まとめられている。

「先ほど、言いそびれてしまったのですが、実は、目撃者の証言によると、螽斯さんと鴉城さんは、共に飲み物に砂糖を入れていないんですよ。それで、僕と鮎川さんは、砂糖に毒が入れられたのでないことを知ったのです。……あの時、食堂にいた十七人がそれぞれ何を飲んだのか、そして砂糖を入れたのは誰かということを図にまとめてみましたので、そちら(←)を参照してください」

『十月三十日・お茶会の食卓』

T●平井太郎

C○龍宮城之介　　鮎川哲子●C
T○九十九音夢　　佐渡九冬○T
T●霧華舞衣　　有馬みゆき●T
T●鴉城蒼也　　蠡斯太郎●C
C○魅山薫　　玄矢孝志○T
T○虹川恵　　虹川良○C
T○小杉勝利　　星野多恵○C
C●濁暑院溜水　　空席●C

○＝砂糖を入れた者・●＝砂糖を入れなかった者
C＝コーヒーを飲んだ者・T＝紅茶を飲んだ者

「砂糖に毒が入れられたと思っていたので、佐渡くんにメモしてもらったのですが、その情報はあまり意味がなくなりました。――それより、コーヒーと紅茶の差に、何か意味があるかもしれません」

「警部がそうおっしゃったので、手帳に飲み物の情報をメモしておいたのです。コーヒーを飲んだ者は九人、紅茶を飲んだ者は八人。螽斯さんはコーヒーを、鴉城さんは紅茶を飲んでおられました」

舞衣、音夢、城之介の三探偵は手帳を覗きこんでいる。手帳を音夢に手渡し、舞衣は肩口から垂れている長髪を後ろにはらいつつ、哲子と九冬に鋭い視線をぶつける。

「鮎川さん、佐渡くん。コーヒーと紅茶をカップに注いだ人は、わかります？　それから、あたしはよく覚えていないけど、皆が飲み物をお盆の上から取った時の状況は――？」

一歩前へ出て、勇んで報告しようとする九冬を手で制し、その質問には哲子が自ら答えた。

「もちろん、それも確認済みです。……ですが、この情報はおそらく、お役には立たないでしょう。二つのお盆にカップを並べた使用人二人と、コーヒーと紅茶をカップに注いだ使用人二人は、それぞれ別人でした。さらに、カップを取った時の状況ですが、目撃者の話では、各人がバラバラに、お盆の上から自分のカップを選んで取ったそうです。カップに目印はついていませんでしたので、外見から区別するのは不可能でしょう。螽斯さんと鴉城さんは、たまたま毒の塗られたカップを取ってしまったと考えるしかありませんね……残念ながら」

二重毒殺事件は、大量殺戮ではなく、二人だけを狙ったものだった。トリックはわからないが、そこには、芸術家《アーティスト》の深い計算と、特定の二人を殺すという意思が感じられた。

少し事件の性質は変わったが、芸術家《アーティスト》はこれまでと同じだった。狡猾で、すべてを操っている……。もし敵が本当に、二人の探偵を狙い通り葬ったのだとすれば、その方法は？

「佐渡氏、これはおかしいんじゃないか。この図には、誤りがある」

音夢から受け取った手帳を、城之介は九冬に示した。刑事は、探偵が示す図の左下を見て、怪訝そうに首を傾げている。

「別に変なところはありませんよ、龍宮さん」

「この左下のところだよ。誰も座っていない空席なのに、砂糖やコーヒーのマークがついている」

城之介はむきになって手帳の問題の箇所を指摘する。哲子と九冬はプッと吹き出し、久しぶり腹を抱えて笑った。舞衣と音夢も手帳を覗きこむが、彼女らには意味がわからず、眉根を寄せている。やがて、舞衣が拳でパンと掌を叩き、納得した声で尋ねる。

「この空席と書かれているところには、確か、警備も兼ねて巡査が一人、座っていたわよね。鮎川さん、これは――そういうことなの？」

キョトンとする黒衣の探偵のために、哲子は、解説してやらねばならなかった。

「言葉の達人の龍宮さんが気づかなかったのは、皮肉ですね。ほら、覚えておられませんか？　一昨日、『美画の間』から温室まで、我々を案内してくれた巡査がいたでしょう。――そこにあるのは、彼のフル・ネームなんですよ」

姓は『空』、名は『席』……『空席』というのは、なんと、あの空巡査のフル・ネームだった。

この予想外の事実には、さすがの言司探偵も二の句が継げない。他の四人の（笑）の輪に包まれて、城之介は、しばし呆然と佇んでいた。

空席巡査。一見、冗談のようだが、その名前が後に恐ろしい意味を持つことを、彼らがこの時知る由もなかった……。

●

犯罪の法則、美学を変更した芸術家《アーティスト》の犯行は、もはや誰にも予想できない。新章に突入した幻影城殺人事件は、どのように展開し、どこを目指しているのか？

その答えを知るのは、今のところ芸術家《アーティスト》ただ一人だった――。

『第11番目の屍体』　10月30日――Ⅰ

●鴉城蒼也
利腕＝右　職業＝探偵　性別＝男　年齢＝21

『第12番目の屍体』　10月30日――Ⅱ

●螽斯太郎（本名不詳）
利腕＝右　職業＝探偵　性別＝男　年齢＝59
屍体発見現場◎食堂

現場の状況1◎二人は、自分の意思で毒の塗られたカップを選んだ。二人を死に至らしめたのは、ジギトキシンという速効性の劇薬だった。
2◎十七個のカップのうち、二個だけに毒が塗りつけられていた。

78　第五の密室

大勝負に敗れたスポーツ選手のように、城内をとぼとぼ歩いていた小杉勝利は、背後から呼び止められ、ふり返った。

「勝利くん、一緒に恵ちゃんと遊ばないかい？」

「スミレさん⁉」

廊下に立っていたのは、魅山薫だった。人間が描けていない推理小説の登場人物のような雰囲気の薫のことを、勝利は好きだった。

ひょっとしたら自分はホモの素質があるのかもしれない。男特有の同性愛嫌悪感《ホモフォビア》から、そんな不安を抱くこともあったが、それを差し引いても、勝利はなぜか薫に惹かれていた。

薫は、どこまでも中性的で、男の暑苦しさとは無縁だった。そんな年上の彼の女性的な部分に、少年は魅了されていたのだ……。

――最初、勝利は殺人事件を楽しんでいた。自分とは無関係な幻影城の客人たちが次々に殺されても、無邪気な少年にとっては、しょせん、他人の死だった。感慨も悲哀も恐怖もなく、ただ好奇心のみがあった。

だが、遊び仲間の恵が、『殺人』という行為の意味の深さを敏感に悟り、自分が殺されるかもしれないという恐怖に目覚めて以来、その怯えは勝利にも伝染したのだ。

『死』という概念と出会うと、子供は打ちひしがれる。それは、幼い人間だけが持っている比類ない想像力ゆえに――。

自分はどこから来たのか。この世界は何なのか。死んだ後、人はどこへ行くのか？　決して解けない謎に挑み続けなくてはならない人間の宿命を知り、想像の翼は折られる。考えないように。理《ことわり》に手を伸ばしすぎたあまり、狂ってしまわないように。

いったん、体内に芽生えた怯えの華は、またたく間に成長し、最大華《ラフレシア》よりも巨大な華を咲かせた。どこまでも禍々しく、不快感と恐怖心を刺激する絶望の華。少年は生理的嫌悪感をそそる虫に体内を食い荒らされていくような、奈落の闇の予感に震える日々を送るようになった。死を意識するあまり、眠るのが怖くなり、睡魔に抗えず眠りに落ちると必ず悪夢を体験した。睡眠は最大の恐怖となり、眠るために起きていることが嫌になった。それは、死ぬために生きている人生の象徴のように思えたから。

恵と遊んでいる時だけが、安心できる聖刻だった。だが、二人で過ごす間にも、死の影は子供たちを解放しなかった。少年と少女は、成長の過程で手に入れるはずの逞しい生命力を持つ前に、生きていくことの厳しさを思い知らされた。それは、小さな体で背負うには大きすぎる重荷だった。考え、悩み、怯えることに疲れきった二人は、今では、いっそ死ねば楽になるかもしれないとさえ思い始めていた。

死を想うにはあまりにも脆い子供の精神は、ずたずたに痛めつけられていた。いい加減、歩き続けることに疲れながら、本能が脚を動かす。そうしてとぼとぼ世界を彷徨っていた少年にとって、年上の女っぽい薫の誘いは、ありがたいものだった。中性的で透明なその容姿からは予想できないが、さすが元野球部のピッチャーで、薫の運動神経はかなりのものだった。キャッチボールをしたことで、もう二人の間に、他人特有のよそよそしさはない。

恵もなついている薫は、勝利の人生の先輩だった。大人の世界を余裕で生き抜いている姿は、少年の眼にはまぶしく映る。絶えず顔をつきあわせているわけではないのでアラを知ることもなく、父親以上に、勝利は薫を尊敬していた。

——父親——

父・小杉寛執事のことを考えると、勝利は、体内から込み上げる恐ろしい暗黒の観念に押し潰され、発狂しそうになる。芸術家の正体が小杉寛だと告発された時の、あの衝撃。あれは、忘れられない。

自分と一緒の部屋で暮らしていたはずの父親が、もし本当に幾つもの生命を奪った凶悪犯罪者なら、少年はもはやこの世界にはとどまっていられないだろう。なす術もなく理性を喪失し、死の闇へとダイヴしてしまうに違いない……。

幸い、父の疑いは晴れた。だが、疑惑は残った。なまじ想像力があるだけに、少年の疑念はどこまでも増幅して決して消えなかった。ひょっとしたら、父が芸術家《アーティスト》かもしれない。その可能性がゼロでない以上、世界が反転する恐怖は、依然として存在しているのだ。

負の感情に壊されないように、少年は、薫や恵と過ごす楽しい時間のことだけを考えた。嫌なことを忘れて（——忘れた気になって——）、人生の楽しさばかりを思い浮かべる。生きていくために、少年は必死でもがいていた。

勝利には、まだ恵がいる……そして、薫もついている。だから、まだ彼は歩き続けることができた。

力強く薫に頷くと、勝利は自分から先に歩いた。

「さあ、行こうよスミレさん。恵のとこへ！」

小杉勝利に敗北は似合わない。人生という真剣勝負に負けないように、少年は、がむしゃらに生きていた。

『恵と一緒にいてやってくれないか？』

●

虹川良から薫がそう頼まれたのは、つい先ほどのことだった。現在、食堂では事件関係者が一人一人、学校の個人面談のように順番に事情聴取を受けている。食堂を出た薫が、次に取り調べを受ける虹川とすれ違った時、彼にそう依頼されたのだ。

終わっていたと思われた幻影城殺人事件が、衝撃的すぎる悲劇でふたたび幕を上げた。事件初の、白昼の犯罪、それも多くの目撃者のただ中で——

二重毒殺事件を眼の当たりにした人々の中には、小杉勝利と虹川恵……殺人を味わうには幼すぎる子供たちもいた。清純な処女雪の上に下水道の汚水をぶちまけるようなものだった。少年や少女は、優れた感性を持っているだけに、殺人という闇の所行に黙視できぬ影響を受けるのだ。最悪の場合、人間的な感覚を破壊されかねない。それを、虹川は恐れているようだった。薫にも、その心配は充分すぎるほどに理解できた。

もっとも、大人だからといって、殺人事件に平然と対処できるわけではない。たとえ紙面の上で殺人を繰り返す推理作家と言えども、実際に人が殺される事件に遭遇するなど、一生に一度あるかないかだろう。推理小説の中には、推理作家が探偵役を務めるものも多くある。そういう話では、ほとんどの場合において、彼らがまったくの偶然から何度も凶悪犯罪に遭遇するのであるが、もちろん、そんなことは現実にはありえない。それは、推理御伽話《おとぎばなし》だけに許される話なのだ。

ましてや幻影城殺人事件は、あの彩紋家殺人事件以来の言語を絶する大犯罪である。この先の展開次第では、十四年前の伝説的事件をも凌駕するかもしれない。新しい犯罪革命の場に、薫たちは立っている

（——立たされている？　——）かもしれないのだ。

そう考えると薫は、自室に一人で籠っているのは嫌だった。まだ警察の事情聴取を受けている間の方が、楽な気分になれる。人との触れ合いに救いを求めることができるから——。

もう、誰も信じられない。しかし、生きていくには他人とつきあっていかなくてはならない。果てしない謎宮は、まだ延々と続いている。……本当に、この事件には出口が存在しているのだろうか？

——謎宮の外に出る方法はただ一つ、死ぬこと？

自室で陰に籠っていると、そんな危険な考えさえ浮かぶ。幻影城を包む狂気に思考を向けると、神経はボロボロに破壊されてしまう。

もう耐えられない……もう耐えられない……もう耐えられない……私は、もう耐えられない!!

こんなはずではなかった。幻影城は、彼らにとって楽しい世界のはずだった。なぜ突然、こんなにも世界が姿を変えてしまったのか、薫には理解できなかった。

本当の両親は知らない。誰も教えてくれなかった。薫の義父母となった夫婦は、共に推理作家を生業としていた。セールス的にはあまりパッとしなかったが、二人の稼ぎを合わせれば、食うには困らなかったようだ。

『俺たちは、本当にいいものを書いている。だから、別に売れなくてもいいんだ。——バカな一般大衆に、我々の芸術が理解できるものか！』

彼らのそんな口癖は、幼い薫には、負け犬の遠吠えにしか聞こえなかった。芸術とは本来、抽象的なもので、絶対の評価などというものは存在しない。それぞれの作品の価値を決めるのは、いかに多くの人間が評価しているのか？　——その一点に尽きるのである。

死後に評価されても、何の意味もない。同じ時代の人間を納得させるだけのものが書けないのは、そいつが無能なだけだ。尻をまくって逃げ出せ！　見苦しい言い訳を一般大衆さまは求めない……。

そして、薫もまた、推理作家を志した。義父母の越えられなかったハードルを飛び越えるために。

目標のバーは、考えていたより低かった。物心つく前から、推理小説にどっぷり首までつかって育ったせいか、ミステリに純粋培養された薫は、『本物の素質』を備えていたのだ。

感性の流れに身を任せ、書きたいように書いた。推理小説が本当に好きだった。実績は、後から追いかけてきた……。

ベストセラー作家となった頃、価値観の大転換《パラダイム・シフト》が起こった。いつしか薫は、売れるための小説を創造している自分に気づいた。売れっ子の仲間入りをはたした頃からずっと、売れるものを書く技術だけが向上していた。書きたいものはなくなり、薫は、生活のために書くようになっていた。

野心とハングリー精神はどんどん磨滅していった。成功し続けることに興味がなくなり、あらゆる人生の意味が喪失した。後に残ったのは、人間が描けていない推理小説の登場人物のような、透明な抜け殻だった。

――そんな薫にとっての、残された唯一の娯楽が、幻影城での至福の一刻だった。義父・久能啓輔《くのうけいすけ》と平井太郎が年来の知己だったこともあり、薫は、中学生の時に初めて幻想的な旅館を訪れた。

人里離れた土地に存在する秘境は、ミステリ好きにとっては、まさに桃源郷《シャングリラ》だった。

幻影城ではいつも、忘れかけていた少年の幻《ゆめ》を想うことができる。そこにいる時だけは、黄昏の住人となることができる。

薫の紹介で、二年前から『関西本格の会』は、幻影城合宿を行っている。あれから三年、昔から何も変わっていない幻影城は、芸術家《アーティスト》によって人外魔境へと姿を変えた。彼が愛していた理想の黄金郷《エル・ドラド》は、もう……どこにもなかった。

もう耐えられない……もう耐えられない……もう耐えられない……私は、も、もう耐えられ、い、い、い、い、い、い、い‼

最後のアイデンティティを喪失する危機と闘う薫は、十字架に祈りを託し、独自の宗教観にすがり、苦闘していた。

虹川の依頼は、願ってもないものだった。子供たちと遊ぶ時は、何も考えなくていい。幻想的で甘美な時間の流れに身を任せるだけでいい……。

薫は、恵や勝利が好きだった。幻影城殺人事件という砂漠の中のオアシスのような存在である子供たちには、精神の安らぎと生きる拠り所を求めることができたから。

幻影城殺人事件の犯人では絶対にありえない者がいるなら、それは虹川恵と小杉勝利だろう。比類ない構成力と巧緻な計算に支えられた殺人芸術を演出するのは、子供には不可能である。——これが推理小説であれば、黒幕が筋書を作り、子供がその手先となって犯行に及ぶという裏技もＯＫなのだが、現実問題としては、そううまくいくはずがないからだ。犯人ではありえないからこそ、薫は恵や勝利と純粋に戯れることができるのだ。

事件の狂気にあてられなかった少年と少女は、これまでは唯一、恐怖の伝染病の外に佇んでいる最後の希望だった。その彼らも、ついに、怯えを覚えてしまった。……そうなるように仕向けた芸術家《アーティスト》に憤りを感じつつ、なんとかせねば、と薫が考えていたのも事実だった。

勝利も誘って、恵と三人で楽しい時間を過ごす。嫌なことを忘れ、生の快楽を満喫する——その計画は、必然的に頭に浮かんだ。

そして、魅山薫は小杉勝利を誘った。

少年の顔に、僅かだが笑顔が戻ったのが、薫には嬉しかった。

……そうして二人は、軽快な歩調で、虹川親娘の部屋を目指した。

●

虹川親娘の部屋の前には、空《くう》巡査が立っていた。彼は、廊下を巡回していたところ、事情聴取に赴く虹川に頼まれ、薫たちが来るまでここで待っていたらしい。

薫は巡査に礼を言い、去っていく空の後ろ姿を横眼に見ながら、客室の扉をノックする。

一回、二回……

返事はない。眠っているのだろうか？　だが、薫が虹川と食堂で別れてから、ここへ来るまでものの二分しか経っていない（虹川親娘の部屋と食堂は近く、その途中の廊下で薫は勝利と偶然、出会ったのである）。——ということは、虹川が部屋を出てから約三分といったところだ。それだけの短時間で眠ることができるだろうか？　……ありえないことではないが、なぜか薫は嫌な予感がした。

「おい、恵ー！　スミレさんと一緒に遊びに来てやったぞ」

ドンドンと、少年が扉を強打するが、応答はない。寝ているとしても、よほど熟睡していなければ、起きてきてもおかしくないのだが——。

その音を聞きつけ、「どうかしましたか」と空巡査が戻ってきた。施錠されているので扉を開けることもできず、三人は並んで虹川の帰りを待つことにした。

●

『……席や。席や……』

廊下に立ちつくしたまま、虹川の帰りを待つ空席巡査の耳の中で、十年以上も前に死んだ母親の声が聞こえた。

何の脈絡もない、突然の空耳。——超常現象《ミステリー》？　さむけを覚えて、体をブルッと震わせる。

『……席や、早く扉をお開け。今開けないと……』

続いて、眼の前の廊下の映像と重なるように、空席が現在つきあっている婚約者の姿が見えた。彼女は、じっと空席を見ていた。その瞳は、心配そうに潤んでいる。

空耳、それに白昼夢。

どんな意味があるのかわからない。だが、空席は、自分が誰かに操られているような不気味な予感を抱いた。

聞かされる？　見せられる？　——書かれている？

そこへ虹川が戻ってきたので、思考は中断された。

●

五分ほど経った頃、虹川の姿が廊下の向こうに見えた。角を曲がったところで、部屋の前に立つ三人の男を視認した虹川は、血相を変えて走ってくる！

「どうしたんだ、薫くん。——小杉くんまで。空さん、これはいったい？」

肩をすくめる空巡査の隣で、薫が説明した。

「恵ちゃん寝てるみたいで、ドアを叩いても返事がないんですよ」

「何だって!?　恵は、ペン習字のドリルで勉強していた。寝ているはずはないのに……」

一同の表情は、見る間に蒼褪める。狂ったように扉をバンバンと叩く少年の肩を叩き、虹川が扉の前へずいと進み出た。

スラックスの左後ポケットから、素早く鍵を取り出し、鍵孔に挿入する。焦っているせいか、動作がぎこちない。

金属と金属のキスの音が、四人の耳の中でリアルに響く――

……カチャリ……

扉が開いた。新たな悲劇の扉が、開かれた。

「恵ッ！」

室内に飛び込む虹川の背中越しに、薫は見た。

「……恵ちゃん!!」

小杉勝利は膝から崩れ落ちる。空席巡査は、悪魔の哄笑を聞いた気がした。瘴気のようなものが漂う、密室の中で、幻影城殺人事件の犠牲者が、また一人。

虹川恵は、鮮血の赤い池にうつ伏せになっていた。

79　ソネット・無題の殺詩♪

交錯するフラッシュの光、浮かび上がる屍体。
濃紅色の泉に眠る一人の少女。
花瓶が屍体の横に転がっているよ。キャハハ
呆然とする薫、泣き崩れる勝利。

＊

次は誰が殺されるのか、それは私かもしれない。
はてしない恐怖が城ヲ包んでいるよ。キャハハ
真実を知るのはただ一人、芸術家《アーティスト》ダケ。

＊

実をいうと探偵は何もつかんでいナイ。
つかみ得たのは虚構の絵詞《えことば》。
ただ暗澹たる未来が広がっているよ。キャハハ

＊

えもいわれぬ奇想。
手がナニかヲ書いている。あれはナアニ？
意味がわからないよ。キャハハ

ルルル……

——どうか頭にお構いなく♪

80　血文字を読む

　虹川恵は、客室の隅にある小さなタンスのきわで死んでいた。前頭部にも殴られたらしい痕《あと》があるが、直接の死因となったのは後頭部に加えられた打撃のようだった。鋭く裂けた傷口からは、まだ少しずつ血が流出している。カーペットの広い範囲にわたって流血が染み込み、その泉の中央で少女は永遠の眠りについていた。

　衝撃的な二重毒殺から、まだ何時間も経っていない。新しい被害者は、撲殺された……。芸術家《アーティスト》は、まだ殺人方法にこだわっているのだろうか？　今回も、現場に紙切れは残されていなかった。

　血が付着していることから、屍体の横に放置されていた花瓶が凶器であると見て間違いないだろう。

　客室から外に出入りできるのは、城内の廊下へと通じる扉と、中庭に面したガラス窓がそれぞれ一つずつである。

　虹川が施錠してから事情聴取に赴き、戻ってから解錠するまでのわずか八分強の間、廊下側の扉の外には常に空巡査か魅山薫、小杉勝利がおり、誰も出入りした者はいない。

　ガラス窓は、スライド式で半月錠《クレセント》のついたもので、部屋の内側からしっかりと施錠されていた。さらに、中庭を巡回していた警官二名は、絶えず注目していたわけではないものの、客室の窓から出てきた者は誰もいなかったと証言している。

　狭間黒夫ほか、捜査官が室内をせわしなく動き回っている。虹川親娘の部屋の壁際に並んで立ちながら、龍宮城之介、霧華舞衣、九十九音夢の三探偵は、最新の殺人事件を検討していた。……鮎川哲子、佐渡九冬は、第一発見者たちを連れて中庭の方へ行っている。部屋の中央で指揮をとっているのは、筋肉質の玄矢刑事だった。

「またS・R《シールドルーム》（密室）か。芸術家《アーティスト》の奴め、相変わらず凝り性だな」

『審判の間』の完全密室、『光の舞台』の雪密室、『武具の間』の甲冑密室、『密室の間』の水密室に続いて、虹川親娘の客室・第五の密室は、オーソドックスだがスキのない純密室だった。

城之介の言葉に苦笑しながら、舞衣が屍体に視線をちらと向けて、つけ加える。

「それに……いよいよ、D・M《ダイイング・メッセージ》の登場ね」

恵の屍体の右手は、絨毯に次のような血文字を残していた。

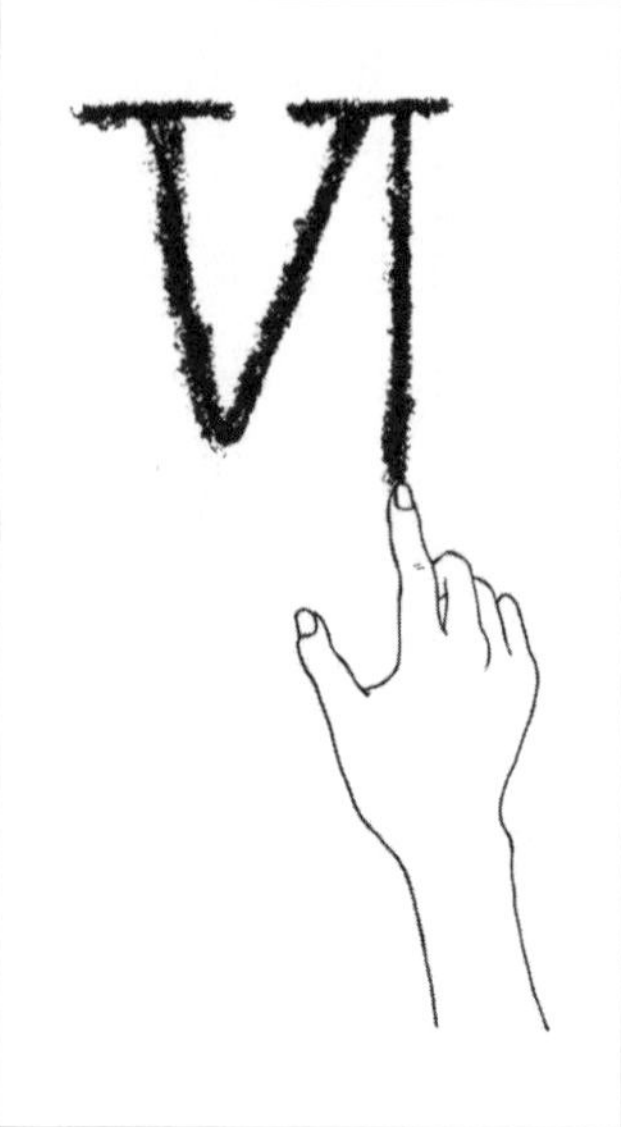

▲恵のD・M

「――あれは、『ＶＩ《ヴィアイ》』かしら」

「さあ、それはまだ何とも言えないな、霧華嬢。しかし、とりあえず『ＶＩ』と呼ぶのもいいだろう。推理を展開させる上で、どうせ呼称が必要となるんだ。……名詞の重要さを痛感するな。名は、思考するには欠かせない『言《ことば》』だ」

20◎ダイイング・メッセージ

死に際の伝言――ダイイング・メッセージは、推理小説のポピュラーな構成要素であり、その可能性はほぼ無限である。ただ、厳密に推理するには扱い方が難しく、料理する作家はその手腕を問われる題材と言える。現実事件では、滅多にお眼にかからない（――捜査陣が見落とすことも多いのだ――）が、ＪＤＣが関与する難解な事件の中には、ダイイング・メッセージが重要な鍵となるケースもたまにあった。

ただ、犯人が極めて狡猾な犯罪者（芸術家《アーティスト》？）であった場合には、ダイイング・メッセージは、死者の遺志によるものでない場合もある。手がかりの偽造……犯人が自分から疑いを逸らすために、故意に偽りのメッセージ（殺人時の偽言《マーダリング・メッセージ》）を現場に残していく、という可能性も常に存在しているからだ。

また、完全な推理などありえないのだが、死者が自分の遺志で現場にメッセージを残していったことが断定できた（つもりになった）としても、遺言の真意を見極めるのは難しい。探偵としても、その力量が大いに問われる題材、それがダイイング・メッセージなのである。

「わたしは、恵ちゃんの髪の毛が気になりますね。いつもは肩口に垂らしていた髪を、今はポニーテイルにしているでしょう？　密室のトリックと関係あるとは思えませんが、何か重要な暗示であるような気がして……それも、単なるメッセージではなく、もっと大きな意味があるような予感があります」

　自分がポニーテイルにしているということもあり、音夢には恵の髪型の変化が気になった。髪を結んでいるのは、みすぼらしい麻紐だ。髪を束ねた紐は、左右と上に小さな輪を作り、下方向へ二つに垂らす変わった結び方をしている。自分で結んだものではないように見える。芸術家《アーティスト》からの、何かのメッセージだろうか。

　客室の小机の上には、ペン習字のドリルが開かれたままになっていた。ドリルの上には、ボールペンが置かれており、暗示的にも、恵は『他殺』という漢字を練習しているところだったようだ。机の上には、その他に虹川良の著作が一冊、無造作に載せられていた。講談社ノベルスで、『勝利の女神を殺した普通の男』というタイトルの本だった……。

『VI』という血文字。奇妙な結び方をされた髪。机の上のドリルに、本……密室の中にあるどれが手がかりで、どれがそうでないのか。それを判断するために、三人の探偵は眼を皿のようにして室内をじっくり見回している。芸術家からの新しい挑戦状は、昨日までの事件とも通じる挑発的な密室の謎である。

　推理力を限界まで高めねば、謎の数々は解体できないだろう。幻影城殺人事件という空前の犯罪（――絶後という保証はないが――）は、それほどまでに手強かった。いかなる誇張表現もなく、探偵たちは考える。

　芸術家《アーティスト》は、紛れもなく、これまでに対峙してきた犯罪者たちの中で、最大の相手である……と。

『第13番目の屍体』　10月30日――Ⅲ

●虹川恵

利腕＝左　職業＝小学生　性別＝女　年齢＝11
屍体発見現場◎虹川親娘の部屋（『客室Ⅲ』）

現場の状況1◎被害者は、密室の中で撲殺されていた。凶器は、現場に放置してあった花瓶であると推測される。

2◎被害者の右手は、『V－』というメッセージを残していた。

3◎被害者は左手首を捻挫していた。

81　弑逆者《レジサイデス》の荊冠

屍体&現場撮影、現場検証などが終了すると、虹川親娘の部屋にやって来た鮎川哲子捜査主任、佐渡九冬、有馬みゆき——それに現場の捜査を指揮していた玄矢孝志を加え、探偵たちは今後の捜査方針を相談した。

数十分にわたる意見交換の末、入念に練られた捜査プログラムが完成すると、警察関係者はそれぞれの仕事に戻るべく、現場保存の数人の巡査を部屋の前に残し、全員客室を退去する。屍体が運び出された現場に残った探偵三人は、一息ついて改めて室内の様子をチェックした。

舞衣は、中庭に面した窓に歩み寄り、半月錠《クレセント》を開ける。新鮮な空気が室内に吹き込んでくる。中庭を歩く巡査と眼があった舞衣がウインクすると、若い警官は照れたように頭を下げ、急ぎ足で歩み去った。中庭には、少しずつ霧が出始めている。乳白色の幕が視界を削りながら泳いでいた。

腰に手をそえ、俯いて沈黙を保っている城之介の黒マントが涼しげな風を受け、パタパタとはためく。

愛帽のつばを押し上げ、黒衣の探偵は、二人の女探偵に視線を向ける。

「ダイイング・メッセージよりも——、まず、考えるべきは犯人がこの部屋に出入りした方法だな。時間の経過を考えてみよう」

音夢がジーンズのポケットから小さいメモ帳を取り出し、時刻表《タイム・テーブル》を作成した。次のようなものだ←

0 ←	虹川良、自室に施錠。事情聴取のため食堂へ。 空席巡査が扉の外を警護。
約1分後	虹川良、食堂で魅山薫に虹川恵の世話を任せる。 魅山薫、小杉勝利を伴って虹川親娘の部屋へ。
約3分後	魅山薫、小杉勝利、虹川親娘の部屋に到着。 空席巡査、食堂へ戻ろうとするが、様子が変なのでそこに残る。
約8分後	虹川良、部屋に戻る。虹川恵の屍体が発見される。

音夢のメモを検討し、それを城之介に渡しながら舞衣が意見を述べる。

「虹川さんが部屋を出てから、魅山さん、小杉くんが来るまでたった三分しかないのね。その間、廊下に面した扉はずっと空巡査が見張っていた。犯人が室内に侵入したのは、恐らく中庭に面した窓からでしょうね。ま、その中庭にも警備の眼があったわけだけど」

「空氏が偽証している場合は、彼が犯人で一件落着だが、そううまくはいかないな。——誰かが通りかかるかもしれない。しかも、虹川氏が引き返してくるかもしれない状況だ。スキを見て何らかの手段で解錠し、短時間で犯行に及ぶというのはあまりにも危険すぎる」

薫や勝利が部屋に着いた時、空は確かに廊下を見張っていた、とのことだ。その間、わずか三分。殺人は、インスタント麵を作るのとはわけが違う。鍵を開閉する時間も考慮に入れると、それはもはや早業殺人を越えた神業殺人だろう。

——薫や勝利もグルという可能性もなくはないが、それにしても、空席単独犯人の場合と同じ問題が残るし、三分が八分に延長されただけで実現は不可能に限りなく近い。

「それでも、芸術家《アーティスト》が八分の間に密室に出入りしたのは事実なんですよね？　短時間では、『審判の間』の時と同じように、壁板を剝がして隣の部屋から出入りするのも不可能。窓枠ごと付け外しするのも無理……これは難問ですよね」

「犯人は密室に出入りしただけじゃないぞ、九十九孃。殺人を行ったんだ」

強い調子で城之介が付言する。舞衣は、さらに密室状況の分析を続ける。

「一番可能性があるのは、犯人が中庭に面した窓から出入りしたというものね。でも、ガラス窓の半月錠は、しっかりとかかっていた。針と糸や磁石などを使った凝った解錠トリックでは、手間がかかって中庭の警官に目撃されてしまう危険が伴ってしまう」

舞衣の語調は次第に弱々しくなり、最後は音夢が締め括った。

「まさに、八方ふさがりですね。単純な密室なのに」

「シンプル・イズ・ベストという言葉は真理だよ。

——まあ、密室については説明がないわけではない。これは霧華孃のテリトリーだが、他の可能性を消去してやれば、最後に残るのは二つの解釈だけだ」

城之介の言葉には、余裕さえ窺えた。昼間の毒殺と違い、この密室殺人は、芸術家《アーティスト》らしい犯行だった。黒衣の探偵は、敵との智恵比べを楽しんでいるようにさえ見える。

同僚の死を悲しむ想いを持っていても、嘆いているだけでは捜査は前進しない。推理に前向きになるのは、悪いことではないだろう。舞衣は頼もしい仲間に微笑み、挑戦的な口調で尋ねた。

「一つは当然、虹川さんが偽証し、犯人であるという可能性ね。龍宮さん、もう一つは？」

　城之介は、フッとかすかに笑みを浮かべ、つかつかと窓に歩み寄った。窓を閉め、半月錠を施錠する。部屋は、密室状況に戻った。

「半月錠は内側からかけられた。つまり、窓を施錠したのは虹川嬢自身だったという解釈だ。つまり、芸術家《アーティスト》が逃亡した後、まだ息があった虹川嬢は、ごく自然な防衛本能から窓を閉め、そして息絶えた——充分にあり得る可能性だ」

「確かにそうですけれど……城之介さん、もし恵ちゃんが自分で密室を造ったのなら、この殺人は芸術家《アーティスト》にしては、陳腐じゃありませんか。何の特色もない撲殺になってしまうでしょう？」

「音夢ちゃんの言う通りね。それに——、芸術家《アーティスト》が『推理小説の構成要素三十項』を制覇するつもりなら、ダイイング・メッセージは、犯人が偽造したものである公算が大ね。偶然、恵ちゃんが窓を施錠して密室状況になり、たまたまダイイング・メッセージを残したと考えるより、芸術家《アーティスト》がいつものように密室を創造してメッセージを偽造したと考えるべきだわ」

「まあ、そう結論を急ぐことはない。——密室についての龍宮の解釈は、現時点では先に述べた二つであるということにしておこう。さて、いよいよダイイング・メッセージについてだが……」

　三人の探偵は、それぞれ真剣な顔を見合わせる。室内に、緊迫感が増幅する。

　幻影城殺人事件では、芸術家《アーティスト》は過剰なまでに『言《ことば》』にこだわってきた。それらのほとんどは、婉曲的なメッセージだが、今回は、真っ向から勝負を仕掛けてきた純然たるメッセージである。推理する側としても、否応なく気合いが入ろうかと言うものだ。

「まず最初に考えなくてはならないのは、これを誰が記したのかということだな」

そう言うと、城之介は挑発的な視線を舞衣に向ける。女探偵は蠱惑的《こわくてき》なウインクで、愚問を退けた。

「この場合は明らかだわ。龍宮さんらしくない、珍しくまどろっこしいわね」

さすがはJDC第一班の名探偵である。彼らは、考察の過程を飛び越えて真実を既に摑んでいるようだ。今のところ、音夢は彼らのレヴェルに遅れまいと思考を整理するのに精一杯で、自分の推理を組み立てるヒマはなかった。

城之介は、長い前髪を手袋をはめた左手で左右に分け、愉快げに笑った。

「手厳しいな、霧華嬢。丁寧に矛盾のない推理を構築するのも大事なんだぞ。特に、ダイイング・メッセージのようなデリケートな問題にはな。この題材は、取扱い注意なんだ」

「それは、わかっているわよ。あたしが言ったのは、いつもはそんなこと頭の中でやっているはずなのに、どうして今回だけくどくどとご説明なさるのかなあということだから。——なんだか、濁暑院さんが『華没』の中で『読者』を意識してあなたを饒舌《じょうぜつ》にしているみたい」

「おいおい、龍宮の存在は虚構か？」

音夢は二人に気づかれないように忍び笑いを漏《も》らした。恋愛感情がないとは知っていても、城之介と舞衣は案外いいコンビかもしれない。そう思うのは、今回が初めてではなかった。

おかしさを嚙《か》み殺し、平静を装ってとりなす。

「お二人とも、そのぐらいでよろしいでしょう。推理に戻りませんか？」

意表を突かれたのか、二人の探偵は、あっけにとられた様子でポニーテイルの少女探偵を見つめる。

夫婦だけの痴話喧嘩を第三者に仲裁されたような気恥ずかしさを感じて、舞衣は照れ笑いして視線をあらぬ方に向け、城之介はわざとらしく咳払いして解説を再開する。

「先ほどの推理の延長だが、虹川氏が芸術家《アーティスト》である場合は、ダイイング・メッセージは何を示していようと考慮に値しない。犯人はわかっているから、偽造された手がかりに傾注する必要はなくなる。……問題は、もう一つの場合——犯人が窓から逃亡した後、虹川嬢自身が窓に施錠して密室を造り出した、というものだ。この場合、室内には虹川嬢しかいなかったのだから、当然、ダイイング・メッセージも彼女が記したものということになる」

音夢は無言で頷いている。舞衣は、首を傾げながら、城之介の先を促した。

「それで。龍宮さんは、このメッセージが何を示していると推理しているの？」

舞衣自身も、独自の推理を幾つか頭の中で検討していたが、ここは、奇抜な『言《ことば》』推理に定評のある城之介に主導権を譲るのが得策だと考えていた。城之介の推理を聞き、穴があればそこを彼女の推理で補えばいいだろう。

城之介は愛帽の角度を正し、左手の人差し指を立てて推理を語り始めた。右手は左の肘にあてがい、瞳は輝きを増している。

「そうだな。まずは、この『VI《ヴィアイ》』が何を表しているかだが——、これはローマ数字とアルファベットに限定してしまって構わないだろう。ひねくれたメッセージなら、そもそも残す意味がないし、虹川嬢はまだ十一歳だ。短時間に複雑な思考をするには幼すぎる。それ以上、考察の輪を広げる必要はないと龍宮は考える」

舞衣と音夢は黙って推理に聞き入っている。問題点が生じた時にだけ発言するつもりのようだ。沈黙は、肯定の意思表示だった。

「次に問題となるのは、虹川嬢がメッセージを書き終えて死んだか否かだな。『ＶＩ』で終わりかもしれないし、その後に何か続くはずだったかもしれない。さらに言えば、『Ｖ』と書き終えた後に息絶え、痙攣《けいれん》で指が戻った際に『Ｉ』のような血の流れが生じたとも考えられる。『Ｖ』は綺麗な形をしているので故人の意志によるものだろうが、『Ｉ』の方は曖昧だ。――このメッセージには、四つの解釈が成り立つな」

城之介の提示した解釈は、次の四つである。

（一）ダイイング・メッセージは、『ＶＩ』＋α《アルファ》
（二）ダイイング・メッセージは、『ＶＩ』
（三）ダイイング・メッセージは、『Ｖ』＋α
（四）ダイイング・メッセージは、『Ｖ』

「ローマ数字の場合から検討しよう。ローマ数字であれば、考えられるのは『Ⅵ（ＶＩ）』と『Ｖ』だけでいい。……当然、客室の番号だな。九十九嬢、『客室Ｖ』と『客室Ⅵ』は誰の部屋だった？」

そこで素早く音夢がメモ帳をめくる。答えを記憶していたが、確実を期するための確認作業だ。

「『客室Ｖ』は、濁暑院溜水さん。『客室Ⅵ』の方は、星野多恵さんですね」

その報告で、城之介は一瞬、沈黙した。……皮肉なことに、どちらも城之介が関係者の中で一番意識している男女だった。溜水は、この事件を通じて知り合い、親しくなった。多恵は、かつて見合いの席を共にしたことがある。どちらが犯人であっても、黒衣の探偵にとって苦い結末となるだろう。

内心の動揺を押し隠し、城之介は続ける。

「次は、アルファベットの場合を考えてみよう。これは『華没』の中に記されている手がかりだが、虹川嬢は英語はほとんど知らず、以前住んでいたドイツの言語は、ある程度使うことができた（『19 フロイライン・恵』参照）。ということは、メッセージはドイツ語かな。二人はドイツ語は？」

舞衣と音夢は残念そうに、同時に首を左右に振る。

「わたしは、英語オンリーですね。舞衣さんは、フランス語もできるんじゃなかったですか？」

「ええ。英語、フランス語、それにスペイン語を少しかじった程度ね」

言司探偵である城之介は、日本語以外の『言《ことば》』の探求にも精力的で、外国語の習練を趣味の一つとしている。英語、ドイツ語、フランス語、ロシア語、中国語、スペイン語からウルドゥー語まで、五十八の言《こと》語《ば》の基礎をマスターしているというから驚きだ。彼に言わせると、言語の根底には根源言語という概念が存在し、要領さえわかれば、体得は早いとのことであるが、よほど『言』に興味がなければ、なかなか真似のできることではない。無敵の語学力は、他の探偵のそれとは一線を画する、城之介の強い武器となる。

「二人とも、そう悲観することはないさ。日本語の使い方もろくに知らない若者も増えている時代だ。外交官になるつもりでもない限り、外国語の修得にやっきになることはない。——どうせ、教科書で学ぶ優等生的な気休めの学習では、会話の際にはほとんど役に立たない。それぐらいなら、母国語の語彙《ボキャブラリー》を増やし、表現を豊かにした方がいい」

「うん、それは確かに『関西本格の会』の先生方も言っていたわね。最近は、読者の語彙が貧困だから、優しい言葉で小説を書かなければならないから大変だ、と。もっと多くの人に本を読んで欲しい、ともね」

「でも、中には多くの読者のことを考えずに、難解な言葉ばかり、自慢げに押しつけてくる作家もいますよね。わたしは、そういうのは苦手です」

「配慮、というものを知らないんだな。要は、頭が悪いんだよ。難しい言葉でごまかすより、優しい言葉で複雑なことを説明する方が大変なのに。まあいい、『言《ことば》』の話が少し脱線してしまったな。本題に戻そう。ドイツ語に関しては、龍宮が推理するので、九十九嬢は後で確認だけとっておいてくれ」

メモ帳を開き、音夢はメモの用意をして頷いた。腕組みをして同僚に注目する舞衣。城之介は、言司探偵の本領を発揮する。

「これがドイツ語のアルファベットだとすると、メッセージは、『VI』＋αか、『V』＋αだな。事件関係者の中で、この言葉で表される者は二人いる。――一人は、虹川氏。虹川嬢から見た彼は、『ファーター（VATER）』つまり『父親』だ。もう一人は、虹川嬢から『スミレさん』の呼称で呼ばれる魅山薫氏だ。ドイツ語で『スミレ』は、『フィオーレ（VIOLE）』という」

「ちょっと待った、龍宮さん。魅山さんは……」

抗弁を試みる舞衣を城之介は手を挙げて制した。

「霧華嬢の言い分は、わかる。そう、魅山氏と小杉少年は物理的には絶対に犯人でありえない。だが、それはこの際、問題ない」

「どういうことですか、城之介さん？」

「龍宮が今、推理しているのはダイイング・メッセージが示している人物であって、容疑者ではない。ダイイング・メッセージとは、『死に際の伝言』であって、必ずしも『死者による犯人告発』ではない。虹川嬢はまだ幼い。いまわの際《きわ》、死の恐怖に怯え、犯人の名だけでも書き遺しておこうとするよりも、すがるような気持ちで最愛の人物の名を記そうとしたということの方があり得るんじゃないか？」

城之介の言葉は、舞衣や音夢を感動させた。誰が定めたわけでもないのに、彼女たちは、『ダイイング・

メッセージ＝死者による犯人告発』と偏った考え方をしていた。異常な事件のただ中で、推理小説的な常識に縛られすぎていたのだ。

極限状況でもいつも通りの調子で柔軟な発想を続ける城之介を、女探偵二人は素直に評価し、賞賛に値する同僚を持てたことを誇りに思った。

また、舞衣はこうも考えていた。ノーマルな推理では城之介と渡り合える者はいても、こと『言《ことば》』に関する推理に関しては、黒衣の推理貴公子の右に出る者はいない、と……。

女探偵たちの畏敬のまなざしは予期せぬ褒美として胸の内にしまい、城之介はさらに楽しそうに推理の先を披露する。

「虹川嬢にとって、『ファーター（父親）』の虹川氏と『フィオーレ（スミレ）』の魅山氏は、どちらも愛すべき人物で、少女が最期に書き遺す名に選んだとしてもおかしくない。——そして、同様の理由から推理される人物がいま一人いる。それは、虹川嬢の真の最愛の人物かも知れない小杉勝利少年だ」

小さい杉を表すドイツ語はなんというのだろう。推理を聞きながら、二人の女探偵は漠然とそんなことを考えていたが、城之介の提出した答えは、またしても意表をついたものだった。

「小杉少年を示しているとすれば、その場合に限って、メッセージが英語であるという可能性もある。最近では、英語が日本文化の中に深く浸透していることだ。虹川嬢も、この言葉ぐらいは知っていただろう。……仮に知らなかったとしても、中学一年生で英語を習いたての小杉少年が自分に関係のある英単語を少女に教えていたことも考えられる。その単語とはここまで言えば想像がつくだろう。『ヴィクトリー（VICTORY）』、つまり『勝利』だ」

そこで、ダイイング・メッセージの推理は、ひとまず一段落した。恵がメッセージを遺したのだとすれば、その意味は？　犯人を告発したのか、最愛の人物の名を記したのか？

　音夢が疑問を提起したのに端を発し、城之介の推理は続いて客室の机の上に置かれていた一冊の本（虹川良著『勝利の女神を殺した普通の男』講談社ノベルス）に向けられる。

　哲子たち警察陣が虹川良に事情聴取をして得られた報告によると、あの本は、虹川が持参したものらしい。しかし、虹川は旅行鞄の中に本をしまっていたはずなのに、屍体が発見された時、それは机の上に出されていた。

　本もまた、芸術家によるメッセージか、あるいは恵の遺志（ダイイング・メッセージ？）である可能性が存在する。城之介は簡単な推理で、本から三人の名を導き出した。

　もっとも単純な解釈は、本の著者である虹川良を示している、というもの。続いて、ポニーテイルにされていた髪からの推理で、女の髪→女のカミ→女神と連想し、『勝利の女神』と結びつけて、小杉勝利を示している、というもの。最後は、『勝利の女神』を殺した『普通の男』からの推理で、影の薄い魅山薫を示している、というものだった。

　偶然か必然か、『ＶＩ』と本の双方から、虹川、薫、勝利の三人が導き出されていたわけだが、それははたして、単に恵が最愛の人物を示しただけなのか？　薫と勝利は、絶対に犯人ではあり得ないのだが、完全な不在証明《アリバイ》を持つ者は、逆に怪しいとも考えられる。

　三人を示すメッセージは、ミスディレクションか、それとも、サインなのか？　濁暑院溜水と星野多恵を示すメッセージは、ミスディレクションか、サインか？

　虹川良、魅山薫、小杉勝利、濁暑院溜水、星野多恵——ダイイング・メッセージによって示された五人が、容疑者たちの中から浮上してくる……。

探偵たちは、推理が大きく前進するのを感じていた。解決はそう遠いことではない。それは、予測ではなく、確信だった。

霧が濃くなっていく。黄昏が世界に降りる頃、幻影城は神秘的な夕霧に包まれた。その霧によって幻影城という空間が切り取られ、異空間へと運ばれるようだった。

——匣《はこ》の中の物語は幻魔作用《ドグラ・マグラ》を失い、世界は暗黒の死の館から、めくるめく虚無の彼方へ飛翔する！

間もなく、幕が降りる。

事件のゴールは、すぐそこだ。

82 『華没』の終わり

夜の次には、朝が来る。朝は昼へと続き、夕方を経て夜に戻る。夜はまた朝へと流れ、それがずっと繰り返される。この世界に、ヒューマンという種族が登場する遥か前から、ずっとずっとずっと――

無限の宇宙を想う。果てしない空間の広がりと、悠久の時を感じる。『点』より小さい、無のごとき存在《ぼくたち》は、今日も世界のすべてに想いをはせる。

宇宙が収縮する。その中の点のような広がり、太陽系に注目する。その、第三惑星――地球という蒼い星の上。あるのかないのかすらわからない、小さな島国ニッポン。さらに範囲を狭めて……京都府……押田市……門城町……尾根箕山……美奈湖……幻影城……。その中で、ちっぽけな人間たちが何かを騒いでいる。幻影城殺人事件？　そんなことは、宇宙は何も知らない。時の流れは何も変化しない。

それでも彼らは必死で生きている。

すべての時空を感じ、宇宙を想うために……。

太陽が消滅すれば、昼はなくなる。

だが、闇は常に宇宙とともにある。

――世界の源は闇――

闇が幻影城を包む。

また、夜が来た。

闇を愛する。

ただ想う。
「僕」♪
命♡
←

●

昼間のダイイング・メッセージの推理は、城之介をある明確な場所へと誘《いざな》った。推理の指標が与えられ、解決は一気に近づいた。彼は、捜査の女神が耳元で甘く囁いているのを感じていた。

自室でただ一人、城之介は『華没』を読みふけっていた。なぜだかはわからないが、『華没』が事件の謎を解く最後の鍵となる気がしたのだ。

読書は数時間にわたって続いた。

……その時、不意に、城之介の手が止まった。眼に止まった『華没』のある箇所が、彼の手を止めさせたのだ。

『46　深夜の名探偵』――ちょうど、城之介が一人で描かれているシーンだ。城之介は、そのページを幾度も読み返し、何が自分の意識に訴えかけるのかを推理した。

黒衣の探偵は、おもむろに『華没』を閉じると、部屋の電灯を消し、瞼を閉じて思考に没頭した。

探偵を優しく抱擁するのは、……闇。

彼が注目したのは、『八つの生贄』という言葉だった。被害者が十一人と二匹になり、もはや意味をなさないかと思われていたその言葉が、城之介の推理を後押しする。

解決は、もう彼の掌中に存在していた。限りなく近くに、真相は在った。

城之介は精神を推理に集中させた。これまでの人生のすべてを総決算するほどの覚悟で、自分を殺し、思考のみを世界に漂わせた。

闇が手招きしている。芸術家《アーティスト》は、そこにいる。

やがて……

探偵は『真実』を摑んだ。

●

強いノックの音が響いて、鮎川哲子捜査主任は、腰を上げた。ミニバスでシャワーを浴びて、浴衣に着替えたところだった。まだ髪は濡れている。歩くたびに、水滴がしたたり落ちる。縁のない丸眼鏡をかけると、哲子は扉の前に立った。

「——どなたです?」

「龍宮です。捜査のことでお話が……」

扉を開けると、喜色満面の城之介がそこにいた。

「どうなさいました、龍宮さん?」

「鮎川嬢、今夜の警備についてなんですが」

「そのことなら、さっき——」

哲子の言葉を遮るように、城之介は続ける。

「いや、わかっています。ですが今夜は、中庭、城外以外の警備陣を総動員して、虹川氏の新しい部屋の周囲を固めていただきたい。廊下側の扉と、それから中庭に面した窓の外も!」

哲子はその言葉の意味を、頭の中で検討した。答えは、一つしか考えられなかった。

「それは、……まさか、そういうことなのですか？」

「あなたが今、お考えになった通りです。そう、希代の天才犯罪者・芸術家《アーティスト》の正体は、虹川良なんだ！」

哲子の表情が俄かに緊張を帯びた。決断力に富む女警部は頷くと、すぐに手配する旨を約束した。

「霧華嬢にも話してある。徹夜になるかもしれないが、今夜が勝負だ。幻影城殺人事件は、間もなく閉幕する」

最後のクライマックスへと事件は暴走する。

閉幕《カーテン・フォール》――もう、すぐそこだ。

●

捜査陣に連絡を終えた城之介は、最後に溜水の許《もと》を訪れ、事件は間もなく解決するだろう、と伝えた。

十五分ほどの短い会合だったが、探偵と容疑者の壁を越えて心を通わせる二人の男には、それで充分だった。

溜水は、城之介がわざわざ自分を訪問してくれたことに彼の友情を感じるとともに、ついに幻影城殺人事件が閉幕するということに感動した。

「あなたの執筆も、もうすぐ終わるというわけだ」

部屋を去り際に、城之介はそう言った。探偵は左手を差し出し、溜水は握手に応じた。

「楽しみですよ、龍宮さんが事件を解決される瞬間を『華没』に書く時のことが」

二人は生涯で最高の微笑で互いに激励し、別れた。

再会の時を信じて……

●

膨大な量の原稿を書き続けてきた。

それも、すべては今夜あるはずの解決劇のためだった。両肩の上に載っていた重荷《プレッシャー》は、どこかに消えた。溜水は、リラックスして執筆に打ち込むことができた。

ここ数日、ただひたすらに『華麗なる没落のために』のために、貴重な時間を費やしてきた。その作業も、もう長くない。

すべてが終わる聖なる瞬間が到来する予感に、溜水は震えた。これまでの苦労も、事件の解決ですべてが報われるようだった。

『華麗なる没落のために』は、濁暑院溜水の華麗なる没落のために——？

歴史的な場に居合わせ、自分が『華没』を書いているという奇跡に感謝し、創作家として生きてきたことに無限の幸福を感じた。

『華没』は、しごく順調に進んでいた。もう、焦ることはなかった。これまでの事件のこと、被害者たち、消えていった友たちのことを想うと、何とも言えない激しい感情に包まれた。

何の意味もなく、ただ純粋に創りたくなった。

それは、四歳の時、初めて創作の喜びを覚えた時に似た感覚だった。他の何もいらない。ただ、創作だけが自分にあればいい……。

創作衝動は、どんどん膨らんでいった。もう、誰にも止められなかった。濁暑院溜水は、裸の心で、自由な創作に没頭した。

考える必要はなかった。

作品は、ひとりでにやってきた。
●

『君〜½「話」（華&死）』

……蠟燭の炎が揺れる、揺れる。

暗闇の中、小さな炎が踊り狂っている。炎は次第に大きくなり、やがて——

「フッ」と……

突如として、跡形もなく消え去った。

断末魔の悲鳴のような白い煙の筋は、しばらく虚空を漂っていたが、すぐにそれも闇の中に吸い込まれるようにして消える。

後には何も残らない。

見事なまでに、何も……

■

寝返りを打つこともできなかった。

抵抗しえぬ力で、布団が君を押さえつけている。

それほどまでに布団を重く感じたことは、かつてなかった。自らの命の灯《ともしび》火が今まさに消えようとしていることを、君は悟っていた。

もう決められたことなのだ。誰も、この宿命《さだめ》から逃れることはできないのだ。

闇に支配された和室には、君の他には誰もいない。畳の上に眠る君の他には、誰もいない。先ほどまでは、部屋の隅の燭台で蠟燭の炎が揺れていたのに、もうそれもない。

今。ここに在るのは、君を除けば闇だけだ。

――じっと。君は闇を見つめていた。

消える寸前、激しく燃え上がった炎。白い煙は、空間にかき消されるように闇に溶けた。

自分ももうすぐああなる……すべてが消えてしまうだろう。

覚悟はしていた。――いや、覚悟ではない。それは、どうしようもないという諦観だ。

瞼が重くなってくる。少しずつ、少しずつ、重くなって……瞼が閉じていく……視界が狭くなっていく
……どんどん闇に包まれて……

――永遠の暗黒――

すべてが遮蔽され、すべてが無に帰する。君という存在は、煙のごとく消え失せる。

君は、安らかに息を引き取った。

■

話すことはおろか、動くこともできない。しかし、「見ル」ことはできた。

君は華になっていた。山奥の、誰も通らないけもの道に咲いている、名もなき華だった。

当惑はなかった。君は、自分が華であるという事実を素直に受け容れることができた。なぜなら、君はもう華になってしまっていたから――認めるしかなかったから。

何をするでもない。ただ君は咲いていた。

風が吹いても、雨が降っても、君は変わらずその場所で咲いていた。

……ドレホド……時ガ……流レタ……ノダロウ？

周囲のものは刻一刻と変化していた。それでも君は、いつまでもその場所で咲いていた。感情などというものはなかったが、君は確かにそこに在った。たとえ自分が周囲の世界を観察するだけの存在でも、君はずっと咲き続けていた。

――そして、華が散る時が訪れた。それは、決して抗えぬ運命。すべての華は枯れる、必ず。

君の心は、華の心。もはや惑いはない。

一枚～一枚～華びらが～宙を～舞う～舞っている。

かつて華だったものの残骸を、一匹の獣が踏みつけ、何事もなかったかのように走り去っていく……。

華は枯れた。君はもういない。

でも、世界はまだ廻《まわ》っている。

それを視ている君は誰だ？

いや、いい、その正体なんて、誰でもいい。

君は誰でもいい。

僕でもいい。

■

華は何もできない。

華は育つ、――育ちたくなくとも華は育つ。

あるものは偶然に手折られ、あるものは踏みにじられ、あるものは天寿をまっとうし……枯れはて、土に返る。たった一つの例外も、そこには存在しない。人も華も、何も変わりはしない。

——万物流転——

……すべてが流れるままに変化する。

……世界から消失する寸前まで。

……最後のその一瞬まで。

……変わり続ける。

……変化する。

■

枯れてしまう前に、華は華粉を飛ばしていた。

華粉は風に乗ってはるか遠く——異郷の地にまで運ばれる。旅をする。

種子は地面に優しく接吻し、母なる大地に抱擁される。

祝福の雨……希望の光……

やがて、地中から芽を出した華は、つぼみをつける。ぐんぐん成長する。

変わる、世界は変わる。どこまでも変化する。

君は、その新天地で咲き誇る華となる。

いずれ枯れると知ってか知らずか、とにかく華は咲き続ける。最期の瞬間が訪れる、その時まで。

■

どこかの名も知れぬ街。どこかの家の子供部屋。

ふくよかなベッドの中で、限りない光に包まれて君は目覚める。老人や華の夢を見ていたことを、君は覚えていない。記憶をとどめるには、君は幼すぎたのだ。

かろうじてとどまっていた漠然とした夢の輪郭も意識の河の向こうへ流れ去り、跡形もなく消える。

幼い君は、過去に何も持っていない。

そして、未来へと続く道を歩き始める。

いつまでも流れる。

君の旅に、終着駅なんてないんだ。

■流――――――――流……………………流！■

君は真新しい蠟燭のように真っ白な心で、人生を流れる。

誰かが君に火をつける。

炎のついた蠟燭は、元気に光をまき散らす。

限りない闇の中で、炎が踊り狂っている。

蠟燭の炎が揺れる、揺れる。

ほら、君は燃えている。

そして世界は無限に循環する→

●

『君〜½「話」（華&死）』を一気呵成に書き上げると、溜水は『華麗なる没落のために』の執筆に戻った。ストレスも疲労も、迷いも悲しみも憤りも喜びもなく、水は流れ、自然体で創作は快調に進んだ。

そして——、時が流れた。

現実のよりやや遅れてスタートした『華没』は、その時、ようやく実際の時間に追いついた。もちろん正確には、時間は前へ進み続けているので絶対に追いつけないのだが、とにかく溜水は、現在の自分を描くところまで原稿を漕ぎ着けた。

戦友のワープロのディスプレイを見ながら、溜水は感慨にふけっていた。長く辛かった闘いも、ようやく終焉の時を迎えることができそうだった。

溜水——いや、他人行儀な記述はもうよそう。事件は、すぐに解決される。『華麗なる没落のために』が資料である必要はなくなった。これからは、僕の一人称でいく。

……僕の視点で、この物語の閉幕を見届けよう！

もう三人称で手がかりを記録することはない。結末は、一人称でリアルに伝える方がいいだろう。

事件は、ほぼ幕を下ろしている。龍宮さんは、明日には解決篇を行うつもりのようだ。彼は、ついに真相に辿り着いてくれたのだ！

真相が暴かれ、事件の全貌があかされる時——その時こそ、この『華麗なる没落のために』という記録物語は幕を閉じることになるだろう。

この六日間いろいろと辛いことがあり、そんな中『華没』を執筆し続けるのは大変な作業だったが、最後の最後で事件に追いつき、結末にリアルタイムで付き合うことができるというのは望外の喜びだ。

幻影城殺人事件が始まってから初めての、本当に安らかな夜を僕は迎えることができる。明日の今頃、解決篇を執筆できるように、今晩はよく眠り、疲れきった体を休めておこう。

事件が続いている間は、早くこの陰惨な事件が終わって欲しいと思っていたが、妙なもので、いざ終わるとなると、なんだか複雑な気分だ。

もう誰も殺されないとはいえ、今晩は興奮して眠ることができないかもしれない。寝ておかなければ、と思いつめてしまうと神経が昂ぶり、なかなか寝つけないということはよくある。遠足の前日の小学生のようなものだ。

まあ、それにしても事件はあと一日。明日には、すべてが終わる。もう一日ぐらい起き続けているのも、いいかもしれない。

何といっても、これですべてが終わるのだから、僕も自分のすべてを燃焼させて、最後の時に臨みたいと思う。……『実り』多き日々に感謝！

眠るか眠らないかは別にして、明日の解決篇に備えて、あまり無理はしないでおこう。

今宵は、ここらでワープロのキイを打つ指を休めておく——。

十月三十日『華麗なる没落のために』未完

●

……これは、華麗なる『華麗なる没落のために』原稿の、偽りの閉幕なのかもしれない。

再序の詩

「語る者ではなく、語られる話こそ」

—— 誰かがそう言った

「大事なのは語られた物語で、誰が語ったかではない」

—— 別の誰かはそう言った

「僕」は消える　跡形もなく滅する

……それでも語られる話と語られる者は残る

「君」はまだそこにいる

そして物語の行方を最後まで見守る

「僕」はもういない

でも「君」は確かにそこにいる

「君」の華麗なる没落のために「僕」は語り続ける

この存在がなくなっても物語を語り続ける

……そして……

「君」は物語を聴き続ける

さらに華麗なる没落のために——

——では、物語を再開しよう。

「僕」のことは気にしなくていい。

忘れてくれて構わない。

「君」は耳を傾けるだけでいい。

物語が聞こえてくる……「君」に……

再序章

彰顕した犯人

愚かしい者ども知恵の結晶をもとめては
大空のめぐる中でくさぐさの論を立てた。
だが、ついに宇宙の謎には達せず、
しばしたわごとしてやがてねむりこけた！

83　震える城

闇が辺り一面を支配していた。

夜がふけるにつれ、霧は晴れ、今では綺麗な星空を一望することができる。天空の片隅に寝転んだ太った月が、蒼い光のシャワーで地面をうっすらと照らしている。

静かだった……。高い雪山の密林の奥よりも、深い海溝の底よりも、何もない宇宙空間よりも落ち着いた世界だった。

濃密な、重い静寂《しじま》の中。龍宮城之介、霧華舞衣、九十九音夢の三人は、中庭の茂みの陰から幻影城の一室を窺っていた。

他の客室からは離れた、旅館の南西エリアにある部屋……虹川良に新しくあてがわれたその部屋の窓ガラス越しに、ボウッと朧気な光が漏れている。室内は暖房をしているのだろう。窓ガラスは蒸気でくもり、室内の様子まではわからない。ただ、時折、窓の光の中を黒い影が横切るので、虹川が部屋の中にいるのは確認できた。

その部屋の城内廊下側の出口は、鮎川哲子捜査主任らが、柱の陰から複数の眼で見張っている。現在、その部屋にいるのは虹川だけである。

中庭。探偵たちの周囲には、空席巡査をはじめ、警察の捜査陣が幾人か待機して事に備えている。

——芸術家《アーティスト》（？）・虹川良は、今夜も行動を起こすのだろうか？　いったい犯人は、あと何人殺すつもりなのか？

虹川が犯人ということを除いて、誰もまだ城之介から真相を聞かされていない。半信半疑の体で、一同は、張り込みを続けている。

無限の緊迫感……あたかも空間全体が息を飲んでいるかのような重苦しい空気は、極度に緊張した捜査陣を押し潰してしまいそうだった。

無明荒野を彷彿《ほうふつ》させる、果てしない静謐《せいひつ》。

ほとんど変化のない世界で、ただ時だけが着実に流れていた。

■

城之介は、左手に持つ懐中電灯で金の懐中時計を照らした。

――午前三時ジャスト――

もし、本当に虹川が芸術家《アーティスト》で、今夜も兇行に及ぶつもりなら、そろそろ動きがあってもいい頃である。

焦りを感じ始めた一同の耳に、どこかで狐の遠吠えが聞こえた。悲しい吠え声が山彦で何重にも谺響《こだま》する。

……そんな時だった。それが襲ってきたのは。


ゴゴ……ゴ……ゴゴゴ……ゴゴ……ゴォーン!!

轟! 轟轟! 轟!!


轟音に……続いて……訪れ……たのは、猛烈……な……縦揺れ……だった。

――地震……である。

張り込み……の最中……なの……で、悲鳴をあげ……ることはでき……ない。だが、……捜査……陣に動揺が……拡がり、囁くような……不安の声があちこちで……漏れる。

幻影城が……震えて……いる。それは、紅の城の慟哭のよう……だった。切なく、激しい魂の鼓動のよう……だった——。

地震は数十秒の間続き、そして次第に沈静する。

なす術《すべ》もなく、しばし振動に身を委ねていた一同の混乱も、波紋のように拡散し、やがて泡沫のように消滅する。

——その後には、以前より深みを増した死のような沈黙が、ふたたび世界を覆う。

捜査陣の周囲では、何も異変は起こっていない。

しかし、幻影城殺人事件最後の惨劇は、この時、既に開幕していた……。

84　蒼鴉の城

悲劇的終幕《カタストロフィ》の波動が幻影城に押し寄せる。

それは超巨大な、無形の波だった。その場に立ち会っているすべての者を残らず飲み込み、絶望の深海の底へと、もの凄い力で引きずり込む。

時刻は、午前五時三十分を回っていた――。それなのに、まだ何も起こっていなかった。誰もが、何かおかしいと感じ始めていた。誰かがそれを口にするのを待ちながら、誰も一言も発しなかった。

大捕物劇の提案者である黒衣の探偵が行動に出るのを待っていた。城之介の方でもそれがわかっていた。わかっていながら、彼はなおも動けなかった。

焦慮が足枷となり、困惑が足を地面に打ちつけていた。一歩でも体を動かせば、それを発端に世界は崩壊する……そんな根拠もない怯えが探偵を縛り、ずっとそこに硬直させられていたのだ。

さらに数十分が経過した。

何のきっかけもなく、城之介の中で何かがプツンと切れた。それによって呪縛は解け、探偵は弾かれたように中庭を駆けた。

「龍宮さん！　ちょっと‼」

舞衣が思わず叫び、後を追いかけた。音夢がその後ろに続き、空席ら警察関係者も一斉に持ち場を離れて走り出す。

城之介は虹川の部屋の窓に手をかけた。しかし、内側からしっかり施錠されているらしく、ビクともしなかった。

顔を近づける。ガラスが曇っていて、室内の様子はわからない。一瞬の躊躇《ちゅうちょ》の後、探偵は窓ガラスを連打した。ガラスが割れない程度の強さで、だが、室内にいる者が気づくほどに強く——だが、内側から返事はない。……虹川がそこにいるはずなのに、応答はなかった。

いきなりの探偵の奇行に、輪になって彼を囲む捜査陣は絶句し、呆然と彼の様子を見守っている。舞衣や音夢でさえ、声をかけかねていた。

「してやられたか——」

地面の土を蹴り、城之介は苦々しげに呟く。次の瞬間。鋭くマントをひるがえし、黒衣の探偵は城内へ通じる出入口の方へまた走り出した。

「城之介さん、待ってください……ああ」

駆けていく探偵の背中に手を伸ばす音夢と顔を見合わせ、舞衣は表情をいつになく厳しくしている。

「音夢ちゃん、まさか——」

最悪の可能性を口に出しかけて、舞衣はかろうじて自制した。口にすることによって嫌な予感が現実となる、迷信めいた考えに不意に襲われたのだ。

すべてが異常だった。何一つ理解できなかった。

中庭に張り込んでいた警官たちは、二人の女探偵に注目し、無言で指示を待っている。舞衣が促し、音夢は頷いて城内へ……城之介の後を追った。滑稽な深夜のジョギングのように、捜査陣の一団が中庭を走る。

前方に解決が待っていると信じて、ひたすら走る。

■

血相を変えて城之介が廊下を走ってきたのは、間もなく午前六時になろうかという頃だった。

柱の陰に集まっていた警官たちにざわめきが生じる。鮎川哲子警部が廊下の中央で城之介を待ち、部下たちはその背後に従っていた。

城之介は哲子にぶつかりそうになりながら慌ただしく滑るように足を止め、肩で息をしながら捜査関係者たちを見回し、最後に哲子のところで視線を止めた。探偵の顔は、ずっと走ってきて紅潮するはずが蒼褪めていた……。

「どうしたんですか、龍宮さん。中庭の方で、何か動きでも——?」

哲子の言葉に敏感に反応して、城之介は充血した眼をカッと開き、修羅の形相で女警部を見た。哲子が初めて眼にする城之介の表情だった。少年のような無邪気さはなく、喪失感と絶望感が漂っていた。

「鮎川嬢。ということはまさか、虹川氏は部屋を出ていないのか?」

廊下の騒ぎを聞きつけ、虹川の部屋の両隣の空室からも警官が数人出てくる。哲子が彼らを呼び、城之介の質問をそのまま尋ねると、警官たちは一様に首を左右に振った。

「虹川さんは一晩中、部屋を出ていません。一歩もね。……龍宮さん、何があったのです。まさか事件が?」

捜査陣は、虹川が包囲網に気づいて、何らかの方法で部屋を脱出しようとした時に備え、扉と中庭に面した窓を厳重な監視下に置いていた。さらに両隣の空室にも人員を待機させ、屋根から外へと出た時のために、城壁の上に見張りを置いている。一晩では、床下に穴を掘るのも不可能。虹川はすべての方向を包囲された完璧な密室の中から、一晩中、一度も外に出ていなかった……。

「虹川氏は部屋を出ていないだって!? そんな……」

その怒声は、哲子たちではなく自分自身への憤りのように感じられた。深い溜息に続いて、城之介は両膝に両手をあて、嘔吐する酔っ払いのような前傾姿勢になり、ゼエゼエと苦しそうに呼吸している。探偵の顔色が悪いのは、全力疾走のせいだけではなさそうだった。

廊下の向こうから、舞衣や音夢、それに中庭を張り込んでいた捜査関係者が走ってくるのが見えた。

城之介は接近してくる同僚たちを一瞥しただけで、虹川の部屋の閉ざされた扉に鋭い視線を向けている。ゆっくりと姿勢を正すと、疲れきった表情のまま静かに瞼を閉じ、城之介は掌を上にした左手を哲子の方に突き出した。

「鮎川嬢。鍵を——貸してくれないか？」

虫の鳴くようなか細い声だ。哲子は、幻影城殺人事件よりも、城之介の方が心配になり始めていた。普段が陽気であるだけに、彼が落ち込むと周囲の者まで沈んだ気持ちになってしまう。

事件の実質的な捜査リーダーであり、これまで常にムードメーカーたり続けてきた黒衣の推理貴公子の不調は、この先に待ち構えている不気味な惨劇を予感させ、一同の心胆を寒からしめた。

平井氏から預かった親鍵の束を哲子が探偵の掌に載せると、城之介は扉に歩み寄り、鍵を開けた。

バタンッ！

扉が勢いよく開かれる。早朝の城内にその音が小気味よく響く。

城之介が室内に入り、その後ろから哲子ら廊下張り込み人員が、さらに舞衣や音夢が雪崩れ込むように続く。

「これは……どういうこと？」

巨大な驚きによって開いた口を手でふさぎながら、哲子が言う。そのすぐ隣で、佐渡九冬も呆れたような苛立ちの声をあげる！

「バカげている――この事件はどうなってるんだ。もう、わけがわからない！」

虹川良は室内の椅子に腰かけていた。――しかし、彼はもう、この世の住人ではなかった。

沈黙しきった一同を挑発するように、暖房《エアコン》が息を吹きかけてくる。室内は暑かった。蒸し暑く、しばらくじっと立っていると汗が吹き出てきそうだった。

……虹川の左腕は机の上に真っ直ぐに乗せられていた。その手首から流れ出す血が、机の上を朱に染め、カーペットにまで滴っている。彼が死んだのは、少し前のようだ。血は、どす黒く凝固し始めている。

ブランと垂らした右手は、しっかりとカミソリを握りしめていた。それらの状況が示すのは――

「自殺、ですか……？」

音夢が捜査陣全員の疑問を代弁する。彼女らは、答えを求めて黒衣の探偵を注視した。もはや、舞衣でさえ、状況を把握することはできない。

芸術家《アーティスト》の思惑を承知しているらしい城之介の説明を、誰もが切望していた。

城之介は軽く肩をすくめ、二、三回首を左右に振る。そして、ふり返ると、人込みの中をとぼとぼと室外へ歩み出た。皆が城之介に道を譲り、その後ろに続く。

「龍宮さん、これはどういうことなの？　虹川が犯人なのではなかったの？」

貝のように口をとざす城之介に業を煮やして舞衣が詰め寄る。彼女に眼を向ける城之介の表情は虚ろだった。

「霧華嬢――我々の完敗だよ。たとえ事件の謎を解いても、もはやこちらに勝ちはない。芸術家《アーティスト》は、こちらの手の届かないところへ逝ってしまった」

城之介は周囲を囲む捜査陣を見回し、首を振って一同を促すと、廊下を歩き始めた。

「『氷の沼』へ行ってみよう」

その声は、小さかった。

85　喜遊曲《ディベルティメント》（究極）

氷沼家殺人事件《ザ・ヒヌマ・マーダーケース》を通して世界を描く『虚無への供物』。幻影城の『氷の沼』は、その氷沼家の一室をモデルに設計された部屋である。

壁にかかる中井英夫の額に入った写真は何を物語るのか？　……そこには、屍体がまた一つ。深夜の地震の影響《せい》だろう。部屋の隅に備えつけられた棚の上に載せられていたものが、『氷の沼』の藍色のカーペットの上に散乱している。横倒しになった椅子――。その近くには、天井からぶら下がった屍体が……。

それは、魅山薫の首吊り屍体だった。

「また自殺ですか、龍宮さん。これは、いったい――あなたはどうして、ここで魅山さんが死んでいることがわかったのです？」

捜査関係者たちの困惑の渦の中で、哲子が城之介に尋ねた。黒衣の探偵は何かを口にしかけたが、思い直したのか無言のまま屍体に近づく。

――終幕に待ち構えていた大破局……カタストロフィの波状攻撃!!　もはや、ここには『現実』も『虚構』もない。これは『幻影（言影？）』の物語だ。

首吊り屍体特有の排泄物《はいせつぶつ》の悪臭を堪えつつ、城之介は、屍体の一点――ズボンを凝視した。ズボンの後ろのポケットからはみ出している……細長い小さな紙切れ。

芸術家《アーティスト》からのメッセージではなかった。それは、どうやら遺書のようなものらしかった。鉛筆の手書きで神経質そうな字が並んでいる。

次のような内容だった。

僕はもうタエられない

■

「玄矢氏、有馬嬢。君たちは濁暑院氏の部屋をみてきてくれないか。何か、手がかりが遺されているかもしれない……」

親鍵の束を筋肉質の刑事に放り投げる城之介の声は、徹夜明けの新聞記者のように無気力なものだ。二人の刑事は神妙にうなずくと、溜水の客室の方へと走っていく。

「龍宮さん。真の芸術家は、虹川さんではなく濁暑院さんなのですか？」

理解力の乏しい生徒が教師に教えを請う口調で尋ねたのは、九冬だ。彼の語調にも脱力感がある。

皆、疲れているようだった。

「いや、佐渡氏。別に明らかな真犯人がいる以上、濁暑院氏は犯人ではないよ」

寂しそうな眼だ。城之介は、どうやらすべての答えを手にしているようだった。表情から察するに、彼らを待っているのは悲しい結末……？

「事件の最後を見届けよう。我々には、その義務がある。皆さん、ついてきて下さい」

歩き出した同僚の背中に、音夢が質問を飛ばす。

「城之介さん。今度はどこへ？」

ふり返ることなく、城之介の声だけが戻ってきた。

「終焉の地、『蜃気楼の間』だよ。龍宮の推理が正しければ、あのホールで最後の悲劇が完成しているだろう……」

■

徹夜の疲労感よりも、不可解な事件の眩暈感の方が大きかった。肉体の消耗にも増して、精神的に困憊していた一同は、頼りない足取りで事件のゴールへと歩いていた。

カッ　カッ　カッ　カッ
　カッ　カッ　カッ　カッ
カッ　カッ　カッ　カッ

廊下に響く足音の合奏は、十字架を背負った地獄の罪人たちの行進を連想させる不気味で不快な音だった。

ここに現出したのは、『幻影』の異空間だ。もはや、これまでの人生体験は意味をなさない。未知なる道を、彼らは進んでいるのだ。

仄暗い廊下の向こうに、闇が在る。これは、黄泉《よみ》への道程か。その先に広がるのは——奈落に通じた魔境か。奈落の玉座に鎮座まします芸術家《アーティスト》の正体は、はたして本当に、間もなく明らかにされるのだろうか？邪悪な仮面の下に、人間的な素顔を確認することは可能なのだろうか？

中庭に面した窓の外は、少しずつ明るくなってきている。どこかからかん高い鳥の声が響いてくる。早暁——脳髄をキリキリと締めつけてくるその音は、芸術家《アーティスト》を気取った悪魔の哄笑のようにすら聞こえる。

芸術家《アーティスト》——悪魔——奈落に通じる幻影の主——

床を見ながら城之介のすぐ後ろを歩いていた音夢は、そこからの連想で、『蜃気楼の間』の慶徳鬼の像を頭に思い浮かべた。二体の美人像に挟まれた、邪《よこしま》なるもの。身にまといしは凶《まが》つなオーラ……。

なぜ、あのような像が、あの場所に固定されているのか。壁面にびっしり長方形の鏡を張り巡らせたあの円形のホールの中心に、なぜ慶徳鬼は在る？

決して解けない謎——音夢は、幻影城殺人事件の真相を、そうファジィ推理していた。その推理の意味が、彼女にはようやくわかりかけてきたような気がした。

悪魔を召喚する有名な方法に、『合わせ鏡』というものがある。鏡と鏡を向かい合わせて置いておくと、午前零時に、鏡↓鏡と悪魔が移動するというものだ。

『蜃気楼の間』のすべての鏡は、ホールの円心、慶徳鬼像へと向けられている。午前零時、鏡の焦点が集中する像に悪魔が憑依し、生きた慶徳鬼となって犯行を続ける——これは、もはやミステリではない。ファンタジーであり、ホラーであり、伝奇だ……。

幻影城殺人事件の真犯人は慶徳鬼？　もし悪魔が犯人（犯魔？）なら、密室の謎も一気に氷解するだろう。超常現象、魔力を使えばいいのだから。

——いっそ、そんなバカげた解決にすがることができたら、どれほどに楽だろう。だが、現実問題としては、そうはいかない。この世には、論理や科学では説明できないことが多々あるが、それでも合理的な解決を追求するのが探偵の使命なのだ。

城之介が足を止めた。音夢の思考は、そこで停止した。一同は、終幕の場へと到着した。

■

『蜃気楼の間』は、幻想的な薄闇に包まれていた。

城之介を先頭に、一同はホールの中央——慶徳鬼像、羨麗像、羨涙像へと進む。暗いので、視界が制限されている。ホール内は、ボンヤリと見えるだけだ。昏い闇の中に何があるのか？　その不安が鼓動と足を速める。

三体の彫像の周辺の石畳は、なぜか水浸しだった。広い範囲にわたって、水を流したような跡がある。乾きぐあいから判断するに、石畳に水がまかれたのは一時間ほど前のようだ。

慶徳鬼の像から少し離れた場所で立ち止まると、城之介は懐中電灯の正円光を異形の彫像に向けた。

——！

スポットライトをあてられたかのように浮かび上がる慶徳鬼の魔影。邪悪な表情をたたえた生々しい彫像、その手にある紫水晶《アメジスト》を天秤の支柱にしたような形で、仰向け弓なりに体をそらし、一人の男がそこで永遠《とわ》なる眠りについていた。

紫水晶《アメジスト》が左胸を深々と貫き、傷口から飛び散ったと思われる凝固した血痕が彫像近辺に見られる。まるでそれは虚無なるものたちへの供物であるかのように、そこには調和のとれた終末的な風景があった。三体の彫像……屍体……あまりにも妖しく、そして美しい……

——幻影城殺人事件における最後の屍体は、濁暑院溜水の骸《むくろ》だった。

■

虹川良と魅山薫は自殺と思われる状況で死に、濁暑院溜水は明らかに殺されたとわかる状況で、変わり果てた姿となっていた。

捜査陣のほとんどが虹川の部屋に釘づけになっていた昨晩、いったい何が起こったというのか？　慶徳鬼の像に葬られた溜水の屍体が意味するものは……なぜ城之介は、『蜃気楼の間』が最後の悲劇の舞台となると看破したのか？

その辺りの疑問が、謎を突破する重要なポイントとなりそうだった。哲子は、『氷の沼』と『蜃気楼の間』の様子を思い返し、無言で推理を重ねていた。

虹川の部屋↓『氷の沼』↓『蜃気楼の間』……

黒衣の探偵を導いた道標は、どこに隠されているのだろうか？　それは、哲子だけが不思議に思っていたわけではなく、捜査関係者たち全員が不可解に思っている問題だった。

「あら、これは……こんなものが」

舞衣が、石畳に落ちている二枚の純白のタオルを拾った。幻影城という文字《ロゴ》と、旅館の絵《イラスト》の入ったものである。殺人現場とは場違いなものだ。

少しずつ乾き始めている水浸しの床に放置されていたせいか、タオルはぐっしょりと湿っていた。一見、事件と無関係に思えるものだが、ここに残されていたということは、おそらく何か意味があるのだろう。現時点の混乱した頭でそれを整理するのは難しかったが、とりあえず手がかりらしきものを得られたのは収穫だった。

廊下の方からこちらへ走ってくる二つの足音が響き、ホールに居合わせる全員の注目がそちらに集まった。

玄矢孝志と有馬みゆきだ。

玄矢は、小さな長方形の紙切れを。みゆきは、大きな紙を持っている。手を振って労をねぎらう城之介に、二人の刑事は報告した。

「龍宮さん、濁暑院さんは客室にはいませんでした。部屋には鍵がかかっておらず、机の上にこんな紙切れと、プリントアウトされた『華没』の原稿が残されていました」

既に溜水の死を知っている者たちにとっては、彼が室内にいなかったというのは間抜けな報告だった。場の雰囲気から、慶徳鬼の像に視線を向けたみゆきは、思わぬ方向から奇襲を受けてたじろぐ。

「えっ、これは！　……濁暑院さんですか？」

みゆきに促され、玄矢も驚きの声をあげる。『華没』の最終原稿と謎めいた紙切れを受け取った城之介は、困惑した眼で同僚の女探偵二人と顔を見合わせている。

城之介は哲子に『華没』の原稿を託すと、掌におさまりそうな小さな紙切れに注視した。その両隣から、舞衣と音夢が彼の手元を覗きこむ。

長方形の紙には、ボールペンでぎっしりと数字が書き込まれていた。横に九列、縦に十一列であるから、合計九十九個の数字が並んでいることになる。左下の方にある『1』という数字の右下には、カギカッコがつけられていた。

5	13	8	1	1	24	9	1	1
8	1	8	2	1	2	1	1	1
4	4	6	1	1	3	1	4	5
7	5	9	1	1	10	3	4	1
1	1	4	6	3	1	3	2	2
1	10	5	3	6	5	6	1	6
2	9	4	2	3	3	1	5	1
2	9	5	9	1	2	1	2	1
1	2	5	8	3	1	1	4	1
1」	4	3	1	4	4	9	3	1
5	14	7	11	5	2	9	11	19

「これは暗号でしょうか？」

九十九個の数字……まさか九十九音夢とは関係がないだろうが、音夢自身は不安な声を漏らしている。

ミスディレクションが多い事件とはいえ、名前を暗に示されるというのは気持ちのいいものではない。

「龍宮さん——、芸術家《アーティスト》は虹川ではなかったの？」

詰問するように、強い調子で舞衣が問い詰める。舞衣だけではない。音夢も、哲子も、九冬も、玄矢も、みゆきも、空席も、その他大勢も皆、城之介に答えを求める視線を向けていた。

終幕の直前に出現した三つの屍体、そして謎の山。事件の真相は、このまま闇に隠されてしまうのだろうか？

ただ一人、芸術家《アーティスト》の意図に気づいているらしい城之介だけが捜査陣一同の希望だった。真相に一番近いところにいる城之介に謎が解けなければ、おそらくこの事件を解決できるものは誰もいないだろう……少なくとも、この幻影城の中には。

城之介は溜水の遺した（?）暗号表のような紙切れを音夢に渡し、諦観してふっ切れた表情で言った。

「事件は終わった。すべてをお話ししましょう。ただし——」

黒衣の探偵は、黒手袋をはめた手で哲子の手元にある原稿を指差す。

「……『華麗なる没落のために』を読んでからね」

華麗なる没落のために、龍宮城之介は幻影城殺人事件最後の謎に挑戦する。

幻影城に、終幕のボレロが流れ始めていた。

86　六夢《りくむ》の前

屍体が発見された順番は、虹川→魅山→濁暑院であったが、死亡推定時刻によると、三人が死んだ順番は、魅山→濁暑院→虹川とのことだった。
死亡推定時刻は、それぞれ次の通りである。

魅山　薫　……午前三時前後
濁暑院溜水……午前四時前後
虹川　良　……午前五時前後

■

『第14番目の屍体』　10月31日――I

●虹川良（本名＝虹川良）
利腕＝左　職業＝作家　性別＝男　年齢＝43
屍体発見現場◎虹川良の部屋

現場の状況1◎現場は、一晩中、すべての方位から警察に監視されていた。虹川は一歩も外に出ていないし、誰も、部屋の中に入った者はいない。

2◎屍体は左の手首を切って死んでいた。右手のカミソリからは、虹川以外の指紋は検出されていない。

3◎現場の状況から判断して、虹川の自殺であると思われる。ただ、手首の傷は一つで、自殺者特有のためらい傷はなかった。

■

『第15番目の屍体』　10月31日——Ⅱ

●魅山薫（本名＝久能薫）
利腕＝左　職業＝作家　性別＝女　年齢＝22
屍体発見現場◎『氷の沼』

現場の状況1◎魅山は、天井から首を吊って死んでいた。

2◎魅山のズボンの後ろポケットには、『僕はもうタエられない』という遺書のような紙切れが残されていた。

3◎現場の状況から判断して、自殺であると思われる。

■

『第16番目・最後の屍体』

10月31日――Ⅲ

●濁暑院溜水（本名＝溜井秀鷹）

利腕＝右　職業＝作家　性別＝男　年齢＝24

屍体発見現場◎『蜃気楼の間』

現場の状況1◎被害者は、慶徳鬼の像が手に持つ紫水晶《アメジスト》で左胸を貫かれ、殺されていた。

2◎紫水晶《アメジスト》は像に固定され、取り外すのは不可能だった。

3◎『蜃気楼の間』の石畳は水に濡れ、その中に二枚の白いタオルが落ちていた。

■

十月三十一日の三つの事件からも、決定的な手がかりは得られなかった。……ただ、屍体を調べる過程で意外な事実が判明した。『華麗なる没落のために』の中でも男として描かれ、事件関係者の誰もが男だと思っていた魅山薫は、実は女だったのである。

薫は生まれは男で、戸籍謄本にも『男』として記録されている。だがどうやら彼女は、数年前、人知れず性転換手術を受けていたらしい。

『華没』の原稿の中では、実は男である薫を女だと誤認させる性別トリックが使用されていたが、皮肉にも、薫は本当に女だったのだ。彼女の中性的な雰囲気も、今となってはその理由も明らかだった。魅山薫は、男と女の二つの性を経験していたのだから。性別トリックに彼女を使用した溜水は、そのことを知っていたのだろうか？　――それも、今となっては謎である。永遠に……。

■

二十年前……一九七三年十月三十一日。九十九十九は、この世に誕生した。昭和四十八年十月三十一日《よはてんさい》――余は天才。後年、『天才の日』と定められることになる十九の誕生日は、不世出の探偵にふさわしいものだった。

人間の赤子は、一般的に十月十日《とつきとおか》で誕生する。十九の誕生日に、十ヵ月と十日を加えると昭和四十九年《1974》八月九日（――四苦八苦の日――）となり、ＪＤＣが創設された日と一致するのも暗示的と言える。

彩紋家の当主・彩紋流水は、その父・十 蔵《じゅうぞう》と自らの妻・美九《みく》の名を一文字ずつとり、『十九』と名づけた。名は体を表すという言葉の通り、十九はそれから重苦の連続の人生を歩むことになる……。

幼年期はむろん、彼は旧姓の彩紋十九である。

一九七九～一九八〇年。六歳の時、十九が経験したのはかつてないタイプの新犯罪だった。奇術の道具を使った不可能犯罪の殺人魔術《マーダーマジック》。後にも先にも他に比肩するもののない彩紋家殺人事件は、昭和の十大犯罪の中でも一際異彩を放つ、独創的で刺激的な事件だった。

感情のかけらも持ち合わせていないかのように、犯人『白夜叉』は、毎月一人ずつ殺し、前代未聞の事件は十九ヵ月にわたって続いた。悪夢に満ちた連続殺人の渦の中で十九は鴉城蒼司と知り合い、少しずつ探偵としての天才を明らかにしていく。

毎月十九日、事件関係者の一人が必ず殺される――どこに逃げても、どんな対策をとっても、一人は必ず殺される。それが、いつ終わるとも知れず、延々と続く。……想像力のある者なら、その恐怖の凄まじさをわかったつもりになることぐらいはできるかもしれない。もちろん、当事者たちの絶望は、第三者の予想するレヴェルを遥かに超越した、感情が破壊される危機すら孕んだものだったのだが……。

　警察も探偵もなす術もないまま、事件は進行し続ける。大人たちでさえもが理性を喪失して、発狂する一歩手前まで怯える中、十九は落ち着いて、自らの過酷な運命に立ち向かい続けた。鴉城と協力して、進んで捜査に協力した。

　決して解けない謎――。時代を代表する大探偵・鴉城蒼神にそう評された究極の犯罪は、捜査陣を嘲弄するかのようにペースを崩さず着実に続いていった。一年と七ヵ月の間、様々なドラマと悲劇が繰り返される。祖父を殺され、鴉城蒼司さえもがついに解決を諦め、白夜叉に屈するところまで事件は行き着く。……そこで、十九が『神通理気《じんつうりき》』という能力を発現し、空前絶後の惨劇に幕を引かなければ、あの事件はどういう結末へと辿り着いていたのだろう？

　その答えは誰にもわからない。なぜなら、鴉城の援護射撃を受けた十九が、わずか六歳にして決して解けない謎に解決をつけてしまったから。

　異常な極限状況で、十九はメタ探偵として覚醒した。犯罪の創造者を『作者』と定義すれば、さしずめ、メタ探偵は、『作者』の意図を知り得る者たちということになる。通常の思考では手にすることのできない超越《メタ・レヴェル》した次元の解答……メタ探偵とは、それを知る権利を『作者』に与えられた者なのだ。

　この現実世界を推理小説に見立ててやれば、十九ほど探偵らしい探偵役も、他にはいないだろう。推理小説を読む時、我々は、『探偵』が『作者』の代弁者でしかないことを知っている。考えたり悩んだりするフリをしても、しょせん、奴らは二次元世界で『作者』に利用される駒にすぎない。『作者』の用意した手がかりをわざとらしく発見し、操られているとも知らず、時には自分が他人より優れた推理力を持っていると自惚れ、偉ぶる滑稽なピエロたち。どんなに人間を描きこんでも、『探偵』は単なる『登場人物』の一人にすぎない、『作者』の玩具でしかないのだ。だから『読者』は推理小説をホラ話として読む。

――十九は、それをこの現実世界でやってしまうのだから恐れ入る。世界の法則に反逆した、『作者』の声の代弁者、メタ探偵。もっとも、その能力も、まだ完全に極めたわけではない。

DOLL（国際立法探偵機構）に登録された世界最高のS探偵の中には、勃発する前に事件を防ぐ、リバース推理を駆使する恐るべきメタ探偵がいるが、さしもの十九もまだ、その域にまでは達していない。

メタ探偵は、この先どこまで進化していくのか？　世界（物語）そのものを解体する危険すら備えたメタ探偵たちは、今後、どのような道を歩いていくのか……それを知るのは、今のところ『作者』のみだろう。ちなみに、現在までに日本で確認されているメタ探偵は、JDCに属する三探偵――すなわち、第一班副班長の九十九十九を筆頭に、同じく第一班の天城漂馬、第三班のピラミッド・水野がいるだけである。

神通理氣。『理氣』とは中国宋代の儒学説《じゅがくせつ》にある言葉で、宇宙を生成する理《ことわり》を意味し、何も存在しない宇宙の無限の原始状態『無極（太極）』に、現象としての『氣』が生じていることを示すものだ。

メタ探偵たる十九の捜査は、推理というよりも、開悟《かいご》に近いものがある。事件に接し、必要なデータが出揃うと瞬時に真相を悟《さと》ってしまうのだ。つまり、事件という『無極』に推理という『氣』を生じさせる、神（『作者』）に通じる理氣――神通理氣である。

その特殊能力ゆえに、十九の捜査は他の探偵たちとはまったく異なるものだ。必要なデータが揃いさえすれば（――構成《プロット》通りに解決篇に達すれば――）、その瞬間、十九は神通理氣によって真相を悟る。十九にとって捜査とは、必要なデータを収集する行為なのだ。

……それは、完成した時の絵柄の知れないジグソーパズルを作るようなものかもしれない。必要最小限のピースが揃えば、十九には隠された「絵柄《こたえ》」は見える。

だから、十九の活躍を推理小説化するのはしごく難しい。なぜなら、十九が最初から登場しては、その推理小説は一ページ（犯人告発の一行？）で終わってしまうからだ。十九が捜査をしつつ、なかなか事件が解決しない。そのような事件が存在するとすれば、それは決して解けない謎を持つ、彩紋家殺人事件と同等のレヴェルの犯罪でしかありえない。

新犯罪元年と定義されるあの惨劇の年より十四年。その間、かの事件を越えるものは現れていない。奈落の闇から生じたかのごとき最凶の謎……それを秘めた事件がついに完全復活する時が到来した。悪夢は、まさに今、ふたたび繰り返されようとしている。

その名は、幻影城殺人事件——。

歴史的な事件を解決するために、九十九十九は海を越え、飛翔する。海外出張から帰国した彼を待ち受ける運命は……いかに？

■

地平線に肩を並べる山脈の一点から、朝日がキラリ☆と覗いた。最初はごく僅かな光の点にすぎなかったが、闇を裂く剣は放射状に拡がり、やがて東の空全体が明るくなっていく……藍色から青を経て、清涼な水色に空が染まっていく。

十月三十一日は、快晴だった。

京都府京都市。ＪＤＣ本部ビルの広い屋上に一人立ち、葉巻をくゆらせているのは総代・鴉城蒼司だった。

――朝日とはこんなに眩しいものだったか？

神々しい光のシャワーを全身に浴びていると、それだけでめくるめく聖刻《とき》を愉悦することができる。冬の早朝の乾いた風と、まだ弱い太陽の光のヴァランスが体に心地よい。

落ち着いた無我の境地で、鴉城はここに至るまでの道程を――探偵人生の想い出を回想していた。

祖父・蒼神と共に過ごした私立探偵時代、螽斯太郎と出会った新・獄門島殺人事件での悪戦苦闘の日々、蒼神のパートナーである不知火善蔵に師事し、集中考疑という推理法を完成させ、ＪＤＣを創設した当時の頃……彩紋家殺人事件で初めて苦杯を嘗めさせられそうになった時、彩紋十九に助けられて新しい探偵人生を歩き始めたこと――。

犯罪革命とさえ称されるあの伝説の事件以来、凶悪犯罪は進化の階段を昇り、新犯罪時代の扉を開けた。事件の捜査を通して鴉城もいったんは白紙還元され、ゼロからスタートすることができた。そのおかげで、これまでずっと慢心することなく、絶えずハングリーに犯罪と格闘し続けてきた。

十四年間、鴉城はＪＤＣを拡大し、その揺るぎない礎《いしずえ》を築き、磐石の組織とした。初めて会った時は六歳の神童だった十九も、養父・九十九乱馬の名を受け継ぎ、九十九十九として天才性を研磨し続け、今日で二十歳を迎える現在は、日本屈指のメタ探偵となっている。

自分が歩いてきた道の長さを考えると、どうしても昔を懐かしむ気持ちが生じる。組織のことなど考慮する必要もなく、一人の私立探偵として謎と無邪気に向かいあうことのできた若い頃のことが……。探偵として成功するにつれ、鴉城は大事なものを失った。メガ・スター、メガ探偵として祭り上げられていくにつれ、『鴉城蒼司』は実体を伴わない空洞の存在になってしまった。一つのブランドとなってしまったのだ。

手に入れるまでは欲しいと思っていたものも、実際、自分のものとなってしまえば大したものではない、というのは世の真理だ。

狭い視野しか持たなかった私立探偵時代、鴉城は日本中の凶悪犯罪と格闘することを夢見ていた。が、電話探偵として情報の洪水を泳ぎ、日夜、数百数十の事件に接していると、自分の居場所を見定めることができなくなる。一つ一つの事件を、もっと大事に扱いたいと思ってしまう。

社会の隅々まで伸びる情報という魔物は、それを操る立場にあるはずの鴉城でさえ、時に恐怖を覚える不気味な生物だった。情報が世界を支配する。コミュニケーションはコンピューター。個人のいない無機的な世界……この先、人類の未来を大きく左右するのは、おそらく情報だろう。人々の噂でさえ、パニックの元となるのだ。情報をうまく使えば、世界を大混乱させることができる。そのことを充分に承知しているからこそ、鴉城は恐ろしいのだ。人類の進化の階段の先に待ち受けているかもしれない、奈落の深い闇が……。

鴉城のその不安は、それからわずか三年後、実現することになる。『ビリオン・キラー（十億人を殺す者）』を名乗る犯人が、インターネット情報を巧みに操り、地球全土を絶望の色に染める。全世界を舞台にした、一度限りの世紀末最凶犯罪、人類の総決算、弱肉強食の壮絶な生き残りゲーム——犯罪オリンピック事件がそれであるが、その物語が語られるのは、まだ先のことである。

——失われた自分を取り戻すために、というわけではない。人は変わり続ける。だから昔に戻りたいと思うわけではない。

それでも、十四年の歳月を越えて蘇った決して解けない謎、幻影城殺人事件は鴉城を引きつけていた。

もう、鴉城はあの頃の未熟な探偵ではない。これまでの経験と実績が、不惑の自信を培った。ＪＤＣ総代という看板を背負うメガ探偵は、凶悪犯罪を撲滅する使命を持っている。彩紋家殺人事件が新犯罪時代の扉を開けたように、幻影城殺人事件によって犯罪が進化するのは食い止めねばならないのだ。

——もう犯罪革命は起こさせない。

そう自分に言い聞かせ、鴉城は長くなった灰を落とした。……そこで不意に人の気配を背後に感じた彼は、ふり返った。九十九十九がそこに立っていた。

「お待たせしてしまいましたね、鴉城さん」

サングラスをかけた美しい探偵の長髪が、風を受け、華麗に揺れる。ファッションモデルのように不自然な動きではなく、自然体の限りなく優美な歩調で、十九は鴉城に歩み寄る。屋上で向かい合う二人。

「ご苦労だったな、九十九。……待ち兼ねたぞ。これで俺は、心置きなく幻影城へと赴くことができる。

——電話探偵の方は、よろしく頼む」

「鴉城さん……そのことですが、幻影城には私を送っていただけませんか？」

鴉城は驚いて、年下の友人を見た。十九がそのような申し出をするのは初めてのことだった。

「それは——なぜだ？」

十九は軽く頭を下げると、申し訳なさそうに言う。

「飛行機の中で、私は『華没』を読みました。……そして、真相を悟ってしまったのです。幻影城殺人事件の一〇〇〇年にまたがる動機に。あの事件は、ある意味では彩紋家殺人事件以上にデリケートなものだと思います。——世界が崩壊してしまう前に、私はあの惨劇に幕を下ろしたいのです」

鴉城は、しばらく無言で葉巻をくゆらせていた。二人の間に緊張が流れる。やがて——ＪＤＣ総代は、十九の肩を叩くと、階下に通じる階段の方へと歩き始めた。

「鴉城さん？」

十九に背を向けたまま、鴉城は立ち止まり答えた。

「俺はずっと迷っていた。幻影城殺人事件の意味するものにな。息子を殺されたからかもしれない、祖父を喪った昔の事件の時と同じだ。——自分に言い訳をして、ＪＤＣ総代としての立場を捨て、あの事件を解決することしか考えていなかった。迷いは、何も生まないのに……」

鴉城はそこまで言うと、ふり返った。その表情に迷いはなかった。清々しい笑顔が、そこにあった。

「九十九——。もう一度……お前の世話になるよ。決して解けない謎に幕を引いてやってくれ。息子《あいつ》のためにも」

「感謝します。いつもご面倒をおかけします」

「何を言う、水臭いぞ。——早く戻れよ。今夜は、極上のワイン《ジェネラル・ドゴール》を用意しておく。祝杯をあげよう。お前さんの言う、一〇〇〇年の謎に決着をつけてな」

鴉城は十九に手を振ると、屋上を去った。

広い空間に一人残された十九は、天空を仰ぎ、幻影城殺人事件の犯人を想った……。

すべての幕が降りる時は近い——

犯人は限られた『登場人物』の一人。「君」はもう、答えを手にしているだろうか？

最終章　六夢のち終幕

来てはいくだけでなんの甲斐があろう？
この玉の緒の切れ目はいったいどこであろう？
罪もなく輪廻の環の中につながれ、
身を燃やして灰となる煙はどこであろう？

87　幻影城殺人事件終幕

さらに三人の推理作家が殺されたという報せを耳にした時、残された事件関係者たちの反応は様々だった。生気を喪失した表情で虚空を見つめる者、絶句して呆然と立ちつくす者、ショックのあまりの巨大さに泣き崩れる者……最初、十人いた『関西本格の会』メンバーのただ一人の生き残りとなってしまった星野多恵は、悲しんでよいのか憤っていいのかすらわからず、人形のように気の抜けた様子で、言葉を発することも、動くこともできないようだった。喜怒哀楽の感情の起伏は、彼女の中で崩壊していた。廃人同然となってしまった彼女が立ち直るには、かなりの時間が必要だと思われた。

正夢《しょうむ》、愕夢《がくむ》、思夢《しむ》、寤夢《ごむ》、喜夢《きむ》、懼夢《くむ》……

まるで六夢の中を彷徨っていたかのような、破天荒な一週間だった。様々な物語を生んだ幻影城殺人事件――偉大なる詐欺師が演出した殺戮の七日間も、ついに終幕の時を迎えようとしている。

もうすぐ、すべてが終わる。

すべてが……

終幕《ジ・エンド》。

■

1	水野一馬	絞殺		26日
2	柊木司	圧殺		26日
3	平井華	斬殺		27日
4	平井麗	斬殺		27日
5	氷龍翔子	電気殺	★完全密室	27日
6	榊一郎	射殺		28日
7	佐藤一郎	射殺		28日
8	料所拓治	斬殺	★雪&氷密室	28日
9	風紋寺光世	斬殺	★雪&甲冑密室	28日
10	葵健太朗	溺殺	★水密室	29日
11	鴉城蒼也	毒殺		30日
12	螽斯太郎	毒殺		30日
13	虹川恵	撲殺	★純密室	30日
14	虹川良	自殺？	★究極密室	31日
15	魅山薫	自殺？		31日
16	濁暑院溜水	刺殺		31日

■

事件七日目（最終日）、十月三十一日。

沈んだ空気が流れる朝食が終わると、霧華舞衣がゆっくりと立ち上がった。隣席から見守る龍宮城之介と九十九音夢に軽く会釈し、舞衣は、食堂に会した事件関係者の全員に頭を下げ、真の解決篇開始の挨拶をする。

……一昨日の晩、かりそめの解決篇を担当した作家探偵・虹川良も、もうこの世にはいない。そして今、真の名探偵たちによる最終解決篇が始まろうとしている。

深海の静けさを思わせる濃密な空気が、場を支配していた。皆、無言で探偵に注目している。この事件に対する想いをそれぞれ清算するためにも、真相を聞き漏らすまいとしているようだった。

「龍宮さんが、芸術家《アーティスト》の正体を暴く前に、残された密室の謎をまず解明しておきましょう。……実は、あたしたちは、密室トリックは少し前から看破していました。ただ、トリックの実行に難点があり、公表を控えていましたわけですが——純然たる消去推理によって、他の可能性が否定されたので、この場をお借りして真相を発表させていただきたいと思います。龍宮さんの推理の前座と思って、軽い気持ちで聞いてください」

舞衣のくだらない冗談に、城之介が鋭く嚙み付く。

「前座ということはないだろう。密室の謎も、重要な問題だ。幻影城殺人事件を完全に終幕させるためにも、疑問点を余さず解決しておくことは大事だ」

「……そうね。では、まず雪密室の謎から」

事件三日目。料所拓治と風紋寺光世は共に、首を斬られて殺されていた。二人の首と胴体が発見された場所は次の通りだ。

料所拓治　（首）厨房の冷凍庫・（胴体）温室
風紋寺光世（首）『武具の間』・（胴体）『暗室』

　それぞれの首、胴体が発見された四ヵ所の現場には、血痕があまりなかった。そのため、捜査陣は犯行現場が別の場所であると考え、中庭の『光の舞台』で、おびただしい血痕を発見したのである。

　料所&風紋寺の死亡推定時刻（直接の死因は首を斬られたことであるから、つまり首切断推定時刻）は午前五時前後であるが、気象台の観測結果によると、押田市（京都府北部）では、その二時間以上前に雪はやんでいた。……一面雪景色の中庭には、足跡がまったくついていない。そして、血痕があったのは『光の舞台』の石畳の上だけ。

　芸術家《アーティスト》は、いかにして足跡をつけずに二人を『光の舞台』まで運んだのか？　そして、首を切断した後、血を一滴もこぼさずに首と胴体を持ち、いかにして足跡をつけずに城内へ戻ったのか？

　――食堂にいる事件関係者は、数十人。起立した自分に注意が集中するのを感じると、授業をしている教師のような心境になる。

　少し間をとり、一同が雪密室の状況を頭の中で回想する時間を確保し、舞衣は解説を再開した。

「『光の舞台』の雪密室は、実に単純なものでした。なぜ、芸術家《アーティスト》はそうしなくてはならなかったのか、犯人の行動に必然性を探っていけば自ずと答えはわかります。……中庭で二人の被害者を殺害し、城内に屍体を運んだはずなのに、なぜ雪の上には血の跡が一滴もなかったのか。そして、なぜ、犯行現場は『光の舞台』でなければならなかったのか？」

沈黙。一同は考えをめぐらせる。

全員が答えを出すのを待つわけにもいかないので、舞衣は適当に待ち時間を切り上げ、あっさり答えを発表する。まだまだ解決篇は始まったばかりだ。最初はテンポよく進むつもりの彼女である。

「逆転の発想ですね。通常の思考を百八十度転換させてやれば、答えは明らかです。――つまり、『光の舞台』は犯行現場ではなかった、とね」

「いや、ですが霧華さん。確かに血痕はあそこに」

異議を申し立てるのは玄矢孝志。舞衣は筋肉質の刑事に軽く頷いて、説明を続ける。

「ここで、もう一つの手がかりです。『光の舞台』の血痕から抗凝固剤が検出されたという事実がありましたね。なぜ、犯人は血液に抗凝固剤を混入したのか？　――これも、必然性を考えれば解答は瞭然でしょう。それは、血が凝固するのを防ぐため。ここで手がかりがすべて結びついて、芸術家が血を凍らせて、城内から『光の舞台』へ放り投げたことがわかります。

おそらく、那須木さんが氷の器を作るのに使っていた例の『型』を用いたのでしょう。血を凍らせた際、抗凝固剤を混ぜておいたのは、『光の舞台』で血が溶ける最中に凝固してしまわないようにです。仕上げに血のついた鉄斧を投げてやれば、虚構の犯行現場の完成です。……真の犯行現場は、これから城内をさらに詳しく調べればわかるかもしれませんし、わからないかもしれません。まあ、それはあまり重要なことではないでしょう。大事なのは、あの雪密室は、実は先入観に創られた幻想の産物だったということなのですから――」

「霧華さん、それはおかしくありませんか？　『光の舞台』の周囲の雪が溶けていないのに、都合よく血だけが溶けるなんて……」

すかさず哲子が指摘すると、舞衣は女警部にウインクを飛ばし、明るい声でその疑問に答えた。

「いい質問だわ、鮎川さん。そう、それこそが偽装犯行現場に『光の舞台』が選ばれた理由だから。——『華没』にも明記されている重要な手がかりを思い出して下さい、皆さん。早朝と夕方の一回ずつ、東西南北の塔の彫像が反射する陽光が集中するスポット、それが『光の舞台』なのです。芸術家《アーティスト》は血を溶かすために、あそこを殺しの舞台にしたのですよ」

おおっ！　という感嘆の吐息に続いて、拍手の波が舞衣を包み込む。素直に感心する聴衆の中で、ただ一人、哲子だけは舞衣の推理に納得できないわだかまりのようなものを感じていたが、自分でもそれが何なのかわからなかったので、とりあえず拍手しつつ、静聴を続ける。

密室第一問、了。続いて、密室第二問……。

「続いては、葵さんが殺害された水密室の謎です」

事件四日目。『水密室』に満たされていた水の中で、葵は天井から吊されて溺殺されていた。あの印象的な密室殺人は、幻影城殺人事件全篇を通じてもかなりインパクトのあるものだった。城之介が扉を開いた直後、戸口全面から流れ出してきた大量の水……芸術家《アーティスト》はいかなる魔術を用いて、密閉された部屋の中に水を満たしたのか？

捜査陣や事件関係者は、そのあまりに現実離れした密室に閉口し、論理的な思考で推理を試みることを半ば放棄していたのだが、ＪＤＣチームの探偵たちは意外にも、水密室の謎はあの事件後早々に看破していたようだ。

謎を解いていながら、それを公表しなかった（できなかった？）のは、何か理由があるのだろう。

「『密室の間』の水密室も、考えられる可能性を順番に消去していけば、自ずと答えは明らかでした」

そこで、舞衣はちらりと那須木料理長に視線を向けた。那須木は思わずビクッと身を引く。舞衣はそんな料理長のリアクションがおかしいのか、苦笑して視線を逸らし、推理を展開する。

「扉を開いたまま室内に水を入れれば、すぐに水は流れ出してしまいます。また、扉を閉めたままでは、室内に水を入れるのは絶対に不可能です。――では、扉を開けたまま室内に水を満たすのにはどうすれば良いか？

そこまで思考が到着すれば、答えは見えてきますね。すなわち、室内の扉のすぐ近くに、仕切りを造ってやればいいのです。部屋を即席の壁で仕切れば、室外から室内へ、その仕切りの上から水を満たすことができます――水は、バケツに入れるなりして、仕切りを作る前に『密室の間』に運んでおいたのでしょう」

そこで佐渡九冬が挙手し、素朴な疑問を述べる。

「それではその壁はどうするのですか、霧華さん？　屍体が発見された時には、そのような壁はありませんでした。『密室の間』の扉を閉める前に、仕切りを取り除かねばならないはずですけど、それでは扉を閉める前に水が流出してしまいませんか？」

「その通りね、佐渡くん。――ここで、皆さんに思い出していただきたいのは、小さな氷の密室に入れられていた料所警部の首です」

厨房の冷凍庫で発見された料所拓治捜査主任の頭部は、透明な氷の箱に入れられていた。密室、と呼ぶほどのものではないかもしれないが、氷の箱には蓋がなく、いかにして首を箱の中に入れたかという小さな謎があった。

その謎は単純で、幻影城の厨房で使用している直方体の氷棒を組み合わせたものであることはすぐに捜査陣に見破られていた。

舞衣自身も、頭の中で料所の変わり果てた最期の姿を回想しつつ、少し間を置いて解説する。

「――氷の箱は、氷棒を組み合わせて作成されたものでした。あれと原理は同じです。直方体の小さな氷棒を幾つも積み重ね、芸術家は、氷の仕切りを室内に造ったのです。……時間が経てば、氷は溶けてしまいます。証拠は残りません」

どよめきは、急速に拡がった。魔術《マジック》と同じで、タネを聞いてしまえば、大したことのない密室トリックだった。だが、これはすべてのエンターテインメントに共通する方法論で、見せ方さえうまく決まれば、驚愕（による感動）を限界にまで高めることができる。……実際、ＪＤＣの探偵以外の者たちは、その真相に辿り着くことができなかったのだ。

推理小説の『読者』の中には、漠然と真相を予感していただけなのに、自分はトリックを見破っていた！　とオメデタク勘違いなさる方々が多くいらっしゃるが、食堂に集まった聴衆たちもそれに近いものだった。探偵の推理を聞く者たちの中には、考えていた通りの真相だと、身の程知らずに自惚れる者たちも幾人かいた。

なんとなく予感していたのと、はっきりとわかっていたということの間には、百万光年以上の開きがあることを、彼らは知らないのだろう。そんなこともわからずに自分の能力を過信するのは、無知を通り越して罪悪に近いものだ。……犯人や『作者』に失礼だろう。

聴衆の雰囲気が鎮まるのを待ち、舞衣は最後に少し、補足説明を加えた。

「——ただ、この推理にも問題点があります。水密室が発見された時、水の中に氷はまったくありませんでした。はたして限られた時間で、仕切りに使うほどの大量の氷が溶けきるのか？　……もしかすると、この密室には別解釈が存在するのかもしれませんが、まあ解決と直結する問題ではありませんので、その場合はご容赦願いたいと思います。

これで残る密室は、三つ。『武具の間』の甲冑密室に、虹川親娘の密室がそれぞれ一つずつ。これらの密室のトリックは、どうやら解決と密接な関係があるらしいので、龍宮さんにお任せしたいと思います——」

舞衣が頭を下げて着席すると、大きな拍手が女探偵を賞賛した。舞衣が隣に座る黒衣の探偵に目配せをすると、彼は頷いて静かに立ち上がった。

潮が引いていくように、拍手の音が小さくなっていき……やがて、沈黙が食堂に戻る。

城之介は、ここ数日で見違えるように逞しくなったように一同には感じられた。あるいはそれは、皆が彼のことを捜査陣の牽引者《けんいんしゃ》として認識していることに由来しているのかもしれないが、今日の城之介はいつになくシリアスな表情で、頼もしく見えた。

いつもの（笑）を感じさせる表情はなく、真摯に謎と向かい合う情熱を窺わせる顔色である。

幻影城殺人事件に幕を下ろすのは、——黒衣の推理貴公子・龍宮城之介である。

■

フェルト帽をとって頭を下げ、城之介は一同を見回す。幻影城に到着した当時の余裕の表情はそこにもはやなく、是が非でも謎を解いてやるという切羽つまった心情が表れている。

「——霧華嬢の指摘した通り、残る密室は三つです。まずは甲冑密室ですが、実をいうとこの密室の謎だけは、まだ解けていません」

意外そうな、残念そうな吐息が幾つか聞こえる。

「誠に申し訳ありません。いずれ必ず解明を、とは考えていますが、あの甲冑密室はシンプルながら究極的な完璧さを備えたもので、現時点では手も足も出ない、本事件最大の超難問だといえます。幸い、芸術家《アーティスト》を導き出すのには関係ありませんので、構わず話を進めさせていただきたいと思います」

風紋寺の首が隠された甲冑の密室。シンプルだが、確かに攻めにくい。城之介でさえ攻略できない、その難攻不落の謎が解明される時は、はたして本当に訪れるのだろうか？

「虹川恵嬢と虹川良氏の親娘。……その二つの密室は、真相と直結していますので、犯人を告発してからトリックをご説明しましょう。まずは、芸術家《アーティスト》の正体から発表してしまいたいと思います」

甲冑密室の謎が解けていないという失望感も、城之介のその一言で払拭され、室内の緊張感は一気に跳ね上がった。

芸術家《アーティスト》の正体が、ついに明かされる。関係者全員（犯人を除く）が待ち望んだ瞬間が、ついに到来するのだ――

「鍵となったのは、『八つの生贄』という言葉でした」

城之介は焦らずに、ゆっくりと語り始めた。

――聖なる眠りにつく前に、我は八つの生贄を求める。

事件序盤では、その言葉の解釈が重要視されていたが、屍体の数が増え、九、十、十一……と積み重ねられていくにつれ、関係者たちの頭の中から忘れられていた。

幻影城殺人事件では、十四人と二匹が殺害された。八つ、どころではない。

「昨晩、『華没』を読み返していた最中に、龍宮はようやく見落としていた一つの可能性に気づいたのです。『華没』をお持ちの方は、お手元の原稿を御覧ください」

城之介は卓上の『華没』をめくると、問題の箇所を探し出し、一同に示した。コピー原稿を持つ者たちがそのページを開き、周囲の者がその手元を覗きこむ。

「この箇所は、龍宮自身が濁暑院氏に報告した話を基にして書かれたのですが、『46　深夜の名探偵』……ここで龍宮は、『八つの生贄』から四つの解釈を導き出しています（『46　深夜の名探偵』参照）。

——注目すべきは、この解釈①です。

解釈①　『八つの生贄』は、八人の推理作家を示すものである。

真相は、まさにこれでした。そう……メイン・マーダーのターゲットは、『関西本格の会』の八人の作家だったのです」

「そんな——城之介さん！」

真っ先に驚きの声をあげたのは、音夢だった。彼女だけではない、舞衣も、その他の者も意外そうな表情になっている。

メイン・マーダーが八人の作家だけだとすれば、残りの六人と二匹がサブ・マーダー？

「龍宮も一時は完全に否定していた推理だったのだが、……今では、これこそが真相だと確信している」

「証拠はあるの、龍宮さん？」

舞衣が厳しく問い詰める。城之介はかすかに頷いて、衝撃的な事実を発表した。

「八人の作家たちの八つの死の風景をよく思い出せば、霧華嬢にもわかるだろう。それにしても、昨晩の時点では五つだが、八つの殺しを見直してみて、このことに気づいた時には正直にいって驚いたね。戦慄を禁じえなかった。――敵さんもやってくれる。まさか、もう一つの見立てが存在するとはな……」

落ち着いた響きの声だったが、その『言《ことば》』は無形の爆弾だった。食堂の中心で炸裂し、一同の理性を吹き飛ばす。

「もう一つの見立て――？」

全員の声が重なる。城之介は、悲しそうな眼で聴衆を順番に見て、最後に深々と頷いた。

「その通り。見立ては、『黒死館殺人事件』だけではなかった」

■

『言』は魔物だ。人間を支配する化物だ。

城之介の発した『言』は、一同を驚愕のどん底に叩き落とし、それぞれの体を見えない鎖で縛り、硬直させた。誰も、言葉を発することも、動くこともできなかった。ただ、探偵の解説が耳に流れてくるのに従うだけだった。

「見立て、という言い方は正確さを欠いているかもしれません。それは、言うなればマーダー・テーマ。八人の作家殺しは、マーダー・テーマに基づいた、殺人芸術《マーダー・アート》だったのです。

――なぜ、水野氏は口の中にオレンジを含まされていたのか？　なぜ、柊木氏は『流血の間』で殺されていたのか？　なぜ、氷龍嬢は『審判の間』で殺されていたのか？　なぜ、風紋寺氏は、温室で、首のあるべき位置にベンジャミンの鉢植を置かれていたのか？　なぜ、葵氏は水密室で殺されていたのか？　さらに――今朝の事件では、なぜ、魅山氏は『氷の沼』で死んでいたのか？　なぜ、濁暑院氏は慶徳鬼の彫像に胸を貫かれていたのか？」

？？？？？？？

まだ、誰も城之介の暗示する答えに気づいていないようだ。黒衣の探偵は、真相を告げる前に、さらにわかりやすいヒントを出すことにした。

「なぜ、葵氏を水密室で殺したのか？　……それは、マーダー・テーマを暗示する最大のヒントだ」

「そうか！　なんてこと……こんな簡単なことに気づかなかったなんて‼」

舞衣が叫んだ。他の者たちは、まだ怪訝そうな表情をしている。

「まあ無理もないさ、霧華嬢。誰もが『黒死館』の見立ての意外さに注意を奪われ、その裏に、真のマーダー・テーマがあるところまでは気づけなかった」

「龍宮さん、マーダー・テーマは色だったのね？」

さすがに舞衣の推理力は鋭い、その思考の確かさを頼もしく思い、城之介は満足げに頷いている。

「そうなんだ。重要なのはオブジェではなく、カラーだった。葵氏が殺された時に、我々は気づくべきだったな、あの青い密室に……。柊木氏殺しから、最後の濁暑院氏が殺された事件までをふり返ってみましょう。それぞれの殺人に隠された色は——

柊木殺し——『流血の間』の赤色。

水野殺し——オレンジの橙色。

氷龍殺し——『審判の間』の黄色。

風紋寺殺し——温室と鉢植の緑色。

葵殺し——水密室の青色。

魅山殺し（？）——『氷の沼』の藍色。

濁暑院殺し————紫水晶の紫色」

誰もが驚きに眼を丸くしている。だが、城之介の表情に勝ち誇った色はない。それよりも、今まで真相に気づくことができなかったという敗北感が色濃く表れていた。

「見事なものですね。まさか、『黒死館殺人事件』の陰に、こんなマーダー・テーマが隠されているとはね……。『流血の間』、オレンジ、『審判の間』、温室とベンジャミン、密室の水、氷の沼の藍色のカーペット、さらに、慶徳鬼の持つ紫水晶。赤・橙・黄・緑・青・藍・紫——」

「マーダー・テーマは虹の構成色だったのね？」

「そう、そしてこの悪魔的に狡猾な殺人芸術《マーダー・アート》こそが、芸術家《アーティスト》のサインだったのです。芸術家《アーティスト》・『虹』川良氏のね……」

88　芸術家《アーティスト》の聖なる眠り

「……それでは、龍宮さん。やはり、自殺した虹川が犯人だったのですか？」

平井老人が、城之介に最後の確認を求めた。ある意味で、この事件最大の被害者とも言える幻影城の主人の瞳には、憤りの激しい光が見えた。旅館を魔境とされたこと、そして何より華と麗を殺されたことに対する憤怒。「さん」を取って虹川を呼び捨てにするところに、彼の怒りの強さが表れている。

城之介が無言で頷くと、今度は有馬みゆきが聴衆を代表して質問する。

「でも、『八つの生贄』というのはどうなるのです、龍宮さん？　虹川を除くと、ターゲットは七人でしょう。それに、芸術家《アーティスト》が偽装自殺に見立てるとは考えにくいですから、魅山さんはやはり自殺したのではありませんか？」

「おそらく……魅山氏は何らかのきっかけで、昨晩までに虹川の犯行に気づいてしまったのでしょう。だからこそ、彼――いや失礼、彼女は、芸術家《アーティスト》こと虹川の見立てに従って、『氷の沼』で首を吊ったと思われます。単に自殺するだけなら、別に『氷の沼』である必要はないですから、あれは明らかに彼女のメッセージですよ。偶然にしてはできすぎですから。虹の構成色というマーダー・テーマを看破していればこそ、魅山嬢は、『氷の沼』で自らの命を絶った。この幻影城で、藍色といって真っ先に思い浮かぶのは、『氷の沼』のあの印象的なカーペットだ」

今にして思えば、虹川良の屍体を発見したあと、城之介がすぐに『氷の沼』に行こうと提案したのも、ようやく捜査関係者には頷けた。次の見立てが藍色であることを、探偵は知っていた。……要は、そういうことだったのだ。

打ちのめされた一同のために、城之介はさらに丁寧に解説する。

「『僕はもうタエられない』という遺書は、敬愛する虹川良が殺人という罪深き行為を重ねていくのに耐えられない、という意味かもしれません。自らの命を犠牲にしてまで、彼女は虹川の犯行を食い止めようとした。――断言はできませんが、そこまで思い詰めるからには、二人は男女の関係にあったとも考えられます。魅山嬢は虹川を愛していた。だからこそ、身を呈して彼の蛮行を防ごうとした、充分に考えられることです。

『八つの生贄』……その言葉から察するに、虹川のターゲットには、自分自身も含まれていたのでしょう。動機は不明ですが、虹川は自殺という手段によって自らを裁き、聖なる眠りについたのです――」

『聖なる眠り』。芸術家《アーティスト》・虹川良の自殺は、おそらくあの殺人予告の時から決定していたのだろう。事件の最後に殺人の業《ごう》を背負った自分を裁く――それこそが、華麗なる没落のために必要な、神聖なる行為だったのかもしれない。

「ですが、その推理には致命的な矛盾がありませんか？　昨晩、虹川は自分の部屋を一歩も出ていません。魅山さんはともかく、濁暑院さんをどうやって殺したのです？」

哲子が城之介の推理の最大の問題点を指摘する。虹川は昨晩、全方位を警察に囲まれた密室の中に閉じ込められていた。

事件の後に、現場が密室であることを確認するケースにおいては、幾らでも密室トリックを創ることができる。だが……虹川の部屋は、リアルタイムに監視され続けていたのだ。これは、密室から出入りした方法だけが問題ではない。密室の外には、さらに捜査陣の人の壁（人間密室）があったのである。彼らの眼を、犯人はいかにしてかいくぐる？

ある意味では甲冑密室より不可解……これ以上の難問はありえないとさえ思える。――それは、まさに究極の密室だった。

しかし、城之介は動じることなく、あくまでクールだった。静かに、厳かに、密室の秘密を推理する。

「確かにあの部屋は究極の密室ですが、虹川が犯人だとすれば、考えられる可能性が一つだけあります……」

厳粛な沈黙。究極の密室を崩壊させる城之介の言葉に、全員が注目している。

「虹川は、扉から堂々と出入りしたのですよ」

「――何ですって？」

「――そんなバカな！」

舞衣や玄矢が思わず大きな声で反応する。食堂は、困惑の乱気流に翻弄されるがままになる。

「中庭に面した窓から出ていたなら、こうはいかなかったでしょう。だが、彼は扉から堂々と出入りした。――鮎川嬢、あなた方は虹川が部屋からこそこそと出てくると予想していたはずです。それに加えて、意識は日中ほどはっきりしていなかった。虹川があまりにも自然すぎたために、かえってあなた方は見落としてしまった。夢と思ったかもしれません」

それまで無感情の表情で解決篇を聞き流していた星野多恵が、その時、誰にも聞こえないほど小さな声でこう呟いた。

「……チャトリック……」

従来の常識を皮肉るような、痛烈なひねりのきいたトリックを量産したことで知られるG・K・チェスタトンという有名な作家がいる。彼が、そのブラウン神父シリーズで考案したトリックは、『関西本格の会』では、『チャ（ブラウン）・トリック』と呼ばれていた。

城之介の推理がブラウン神父の某短篇とよく似ていることに、読書家の多恵は気づいたようだ。エラリー・クイーンなども使用している、人間の盲点をついた、その心理トリックに――。

推理小説だからこそ可能な奇抜なトリックが、現実空間に再現される。誰も言葉を口にすることすらできず、言語を絶する驚愕を味わわされている。動揺する一同の中、なんとか哲子は、確認の意味で質問することができた。

「あんなに多くの人間が張り込んでいたのに。――龍宮さん、それが真実なのですか？」

「そうです。よく考えてください。虹川は見立ての一部であり、事件の重要のパーツなのです。もし仮に彼が犯人でないとしたら、殺されたということになる。……ですが、あの究極の密室は、逆のシチュエイションでも究極なのだということをお忘れなく。犯人があの部屋に侵入することは、絶対に不可能でした。それこそ、あなた方捜査陣に気づかれないはずがない。――よって、芸術家《アーティスト》は虹川良なのです」

演説も長くなってきた。城之介は卓上の清涼飲料水で喉を潤し、最後の解説に入る。

「虹川恵嬢殺しも、虹川が犯人だと考えれば、あの部屋は密室でも何でもない。虹川は実の娘を殺害し、何くわぬ顔で客室を施錠し、空席巡査に見張りまで頼んで事情聴取へ向かったのです。――自分の子供を手にかけたのは、おそらく、この事件の凶気から解放してやるため、そして、自分が死んだ後に残された娘が一人で苦しむことのないようにでしょう。それから、昨日の二重毒殺事件についてもご説明しておきます……」

城之介の表情が苦々しげに歪み、口調は滞《とどこお》る。自分の油断から、探偵助手を殺されてしまったあの毒殺事件は、彼にとって、この幻影城殺人事件で、もっとも辛い体験だった。

最後に残されたカップの謎。あの時、十七個のカップのうち、二つにだけ毒が塗られていた。ただ、虹川良にもカップは配られていた。芸術家《アーティスト》が、自分も毒死する可能性のある危険な賭けをするだろうか？　確率は十七分の二とはいえ、自分が死ぬ可能性はゼロではないのだ。

「芸術家《アーティスト》——虹川の智謀には感服します。二つのカップに毒を塗ること……それこそが、あの二重毒殺事件のトリックだったのです」

「どういうことです？」

ずっと静聴していた多恵が、そこでタイミングよく質問した。彼女の瞳は、長き苦闘に疲れきった探偵を労るように、かすかに潤んでいるように見えた。城之介は、力をわけてもらったような気がして、少しだけ元気づけられた。

「一つではなく、二つのカップに毒を塗った。ということは、仮に自分のところに毒入りのカップが回ってきたとしても、すぐに飲まなければ良いだけの話なのです。毒入りのカップはもう一つあるわけですから、待っていればそのうち誰かが死ぬでしょう。ジギトキシンは速効性の毒物ですから。……そうなれば大騒ぎになり、コーヒーや紅茶どころではなくなる。しかも、もし彼のカップからも毒が見つかったら、誰も彼がやったとは思わないでしょうから、自分から容疑の矛先を逸らす、というメリットもあります。自分が毒入りのカップにあたらなかった場合は、二人が死ぬのを確認してから、無用の疑いを招くことのないように、そこで飲み物に手をつければ良いのです。——完璧ですね。実に巧緻だ！」

城之介は悔しそうな鋭い声で解説をしめくくった。芸術家《アーティスト》の悪魔的な狡猾さを、聴衆は俄かには信じることができないようだった。城之介の解説が真実であると納得するには、もう少し時間がかかるかもしれない……。

「以上が龍宮の提示するすべての解決です。残念ながら、甲冑密室の謎だけは解明できませんでした。虹川は現行犯で捕まえ、自供を求めるつもりだったのですが……そうできなかったのは悔しいですね。我々捜査陣の完敗ですよ。事件の主導権は、常に敵の方にあった。——しかしまあ、芸術家《アーティスト》の正体もようやく判明したわけですし、いい点は貰えなくても、落第点ではないでしょう」

最後にもう一度頭を下げ、帽子をかぶると城之介は着席した。幻影城殺人事件の、意外な意外な解決。拍手は、アンコールを求めるように、しばらく食堂に鳴り響いていた。

■

着席した城之介に、舞衣は気になっていたことを尋ねた。

「で、龍宮さん。濁暑院さんの部屋に遺されていた、あの暗号表のようなメモの謎は解けたの？」

九十九個の数字が記された紙切れ。あの存在が、舞衣にはずっと気にかかっていた。芸術家《アーティスト》が偽造した手がかりにしては、意味がわからない。濁暑院溜水の何らかの意図によって遺された、あれは重要なメッセージではないのか？　……彼女は、ずっとそう考えていたのだ。

だが、城之介の回答はあっさりとしたものだった。

「いや、あれに意味はないよ」

「意味はないって、そんな——」

「これは、龍宮が常々言っていることだが、暗号解読は、つきつめると、三十七の基本パターンに行き着くんだ。あの紙切れは、そのどれにも該当しなかったんだよ。……霧華嬢、これは推理小説ではない。手がかりは、手がかりのための手がかりではないんだ。我々は、手がかりを取捨選択しなくてはならない、常にな。——もし、あの紙切れに深遠な意味があったとすれば、それは前代未聞の暗号ということになり、龍宮には手が出せない。その場合は、謝るしかないよ」

「そう……そうなのね。それが、この物語の解決なのね」

悲しそうに呟くと、舞衣は眼を閉じて静かに頷いた。甲冑密室だけではない。『蜃気楼の間』の濡れた床、そして落ちていた二枚のタオル……虹川は、なぜ溜水を殺害する現場に、タオルを落としていったのか？

――まだまだ未解決の謎は多いように思われた。深く探ってやれば、この事件の闇には果てがなさそうだった。

ロスに出張しているはずの、九十九十九のことを、舞衣は想った。彼女の命の恩人であり、生きる指標を与えてくれた『救いの神』であるあのメタ探偵のことを……。

――もし、九十九くんがここにいたら、彼はこの事件にどんな結末を与えるだろう。

それが実現しない可能性であると承知しても、ついそう考えてしまう。

複雑な表情の自分に、音夢が心配そうな視線を向けているのに気づくと、舞衣は無理に笑った。

幻影城殺人事件は幕を閉じた。

とりあえずは、この結末に妥協するしかない……

『読者』が納得しなくても、推理小説は終わる。『作者』の終わらせたいところで、物語は強制的に閉幕させられるのだ。

■

何が虹川良をこのような破壊的で、どこか神聖な狂気へと駆り立てたのか？　深遠な動機があったのか、それとも……単なる精神の錯乱か？　――あるいはそれは、幻影城の瘴気に冒された者の、哀れな末路だったのかもしれない……。

答えは永久に出ない。すべての真相は、闇の中の謎として、いつまでも謎宮に影をとどめる。

――しかし、我々は決して、虹川良を悖徳症《モーラル・インサニティ》とは呼ばないだろう。彼もまた、ブラウニングの言う運命の子《チャイルド・オブ・デスティニィ》、この事件は、一つの生きた人間の詩――に違いないのだ。

それは、華のない詩？　それとも、華のある詩？

……その判断は、常に『読者』に委ねられている。

■

ツァラトゥストラいわく――、

「わたしも、あなたのように没落しなければならない。わたしがいまからそこへ下りて行こうとする人間たちが言う没落を、果たさなければならない」

華麗なる没落のために、芸術家《アーティスト》は天空神《ウラーノス》に八つの生贄を捧げた。

それは、芸術家《アーティスト》にとっての、虚無への供物《オフランド・オウ・ネアン》。

そして、今――

幻影城という棺の中で、彼はようやく聖なる眠りについたのである。

……CURTAIN FALL（閉幕）

89　九十九十九《つくもじゅうく》の神通理気《じんつうりき》（最後の挑戦）

――すべてが終わった……その次の行から、もう一つの物語が幕を上げる。

■

龍宮城之介は卓上の『華没』をパラパラと見ていたが、深呼吸を一度すると、立ち上がった。事件が終わった今となっては、探偵がこの幻影城にとどまる理由もない。部屋の荷物を整理して、この旅館と共にある嫌な想い出から、早く逃れたかった。甲冑密室に関しては、後日、再調査するなり、資料を検討するなり、何とかなるだろう。とにかく、城之介は、この呪われた紅の城を立ち去りたい思いでいっぱいだった。

事件終幕にともなう静寂により、食堂にも穏やかな空気が漂い始めている――。

この後、鮎川哲子捜査主任から今後の捜査の説明があり、事件関係者たちはようやく解放される。すべてが本当に完結してしまう時は、もう、すぐそこまで迫っていた。

鮎川哲子、佐渡九冬、玄矢孝志、有馬みゆきは、ＪＤＣの三探偵と簡単な打ち合わせをすませると、それぞれ捜査関係者たちに指示を出している。

食堂を移動しながら、城之介は数瞬、多恵に注意を奪われて舞衣とぶつかった。『華没』の原稿と一緒に彼が持っていた溜水のメモが、探偵の手からこぼれ落ちる……ヒラリ～ヒラリ～と小さな紙きれは虚空を舞い、滑るように床の上を流れていく。

……いつからそこにいたのだろう？

食堂の扉の陰に立っていた人物が、床の一点で停止した紙切れを優雅に拾いあげた。

そこには、二人の人物が立っていた。一人は、理想的な体軀の長髪の男。完璧に整った顔に、サングラスをかけている。いま一人は、サングラスの男より少し背の低い、年若い青年だった。右手にノート型パソコンをぶら下げたその青年は、城之介と眼があうと微笑して頭を下げた。

黒衣の探偵は、驚きに眼を丸くする。

「九十九《つくも》氏！　――それに、氷姫宮《ひきみや》氏！　いつ幻影城に……？」

城之介の声で、食堂全体の注目が戸口に集まった。ほとんどの者は新しい『登場人物』の出現に驚いていたが、舞衣と音夢の二人は、喜色溢れる表情で、彼らの元へと駆け寄った。

人差し指と中指、しなやかな二本の指で挟んだ紙きれを顔の前でかざし、サングラスの探偵――九十九十九は美笑した。

「見事な推理でしたね、龍宮さん」

聞く者を恍惚境《こうこつきょう》に誘う、心地よい音楽のような美声だった。JDC第一班副班長・九十九十九、その助手で第二班の氷姫宮幽弥。龍宮城之介、霧華舞衣、九十九音夢の三探偵は、到着の遅すぎた同僚と再会の挨拶を済ませ、事件関係者たちに紹介した。

事件解決後に突如姿を見せた二人の探偵に、皆、戸惑いを隠せない様子だ。人の輪の中から歩み出て、平井氏が厳しい表情で尋ねる。

「これは、どういうことですかな、龍宮さん？　事件は確かに終わったのでは？」

「平井氏、どうかご心配なく、幻影城殺人事件は解決したのです。九十九氏と氷姫宮氏は、捜査の最後の詰めを手伝うために援軍として来てくれたのですよ」

城之介の言葉には、あまり説得力がなかった。捜査の仕上げをするために、わざわざＪＤＣ第一班の副班長が出向いてくるとは思えない。

探偵たちの表情は、悲哀の色が薄くなり、希望に染まっていた。九十九十九、その男がそこにいるだけで、場の雰囲気が和むようだ。サングラスの探偵の存在感に圧倒され、最初は不審を抱いていた者たちも、少しずつ理解を示すようになっていった。

鮎川哲子捜査主任と握手を交わし、刑事たちと挨拶している十九と幽弥に、舞衣が明るい声で尋ねる。

「九十九くん、氷姫宮くん。……でも、いつからいたの？　解決篇に夢中で、全然気づかなかったわ」

「ロスの事件から解放されて、ぼくたちは今朝、帰国したところです。――幻影城には、つい先程到着しました」

氷だけが入っているグラスを指で弾いたような、心地よい音律の声だった。統計探偵として知られる幽弥は、ムースで髪を綺麗にまとめていた。丁寧に後ろへなでつけ、何本かを額に垂らしている。

黒と黄のチェックの目立つセーターを着ており、手には、指先のあいた手袋《ドライバー・グローブ》をはめている。若者らしく、街でよく見かける流行のファッションを自分なりにアレンジしているのだろうが、おおよそ『探偵』というイメージからはかけ離れた派手な格好だった。

幽弥に続いて、刑事たちと挨拶を交わし終えた十九も、優美な歩調で探偵の輪の中へ歩いてくる。

「五ページほど前から、ここにいました。龍宮さんの推理も、拝聴させていただきましたよ。ただ――」

そこでいったん言葉を切ると、サングラス越しに食堂に居合わせる事件関係者たちを見回し、十九は、悲しげな美声で意外な事実を口にした。

「安堵なさった皆さんには誠に申し訳ございませんが、龍宮さんの推理は、まだ完璧ではないのです。虹、川良さんは、芸術家ではありません」

驚きの声が、次々にあがる。『登場人物』たちは顔を見合わせ、虚を突かれた表情で、美貌をサングラスで隠した探偵に注目している。

十九に接近すると、平井氏が慎重に尋ねた。

「九十九さんとおっしゃいましたね――、では、あなたは真犯人は別にいると言われる？」

初老の男の鋭い視線は、十九のサングラスに吸い込まれる。ブラックホールのような吸引力を備えた、神秘的なサングラスだ。――もっとも、他の者がかけていればおそらく、そうは感じないだろう。十九のまとった神々しい雰囲気が、見る者にそう錯覚させるのだ。

風格ある幻影城の主と正対しても、微動だにしない。十九は申し訳なさそうに、美しく首を縦に振る。

「龍宮さんが推理の果てに手にされた解決は、真の真相ではなかったのです。あれこそが、真のダミーの解決でした……」

芸術家《アーティスト》のシナリオを見破ったかに見えた龍宮城之介も、しょせん、真の黒幕の掌の上で踊るピエロでしかなかった――その事実は、関係者の全員を失望の闇の底へと叩き落とした。

何という厚みと深みを備えた防御陣。芸術家《アーティスト》の用意した布陣は、かつて誰も経験したことのないほどに、重厚で濃密なものだった。幻影城殺人事件は、紛れもなく歴史に不滅の名を刻む大犯罪となるだろう、今ではもう、皆がそう確信している。未曾有の事件は、どこまで奥が深いのか？ そして、究極的には、どんな終着駅に『登場人物』たちを運んでくれるのか？

あらゆる事象が複雑に絡みあい、難解さを極めた世紀末最凶犯罪を解決できる者が、もしいるとすれば、

――それは、城之介の敗北を知っていた九十九十九ただ一人だろう。

どんでん返しの連続、連続、連続に感動すら覚えつつ、事件関係者たちは、畏怖の念に満ちた視線を十九にぶつける。

一同を代表して、哲子が十九に確認した。

「それでは、九十九さん。あなたも、これからその真の真相を暴くために努力してくださるのですね?」

食堂全体の注目が、遅れてきた探偵に集中する。十九が首を左右に振って哲子の言葉を否定すると、希望は失われ、絶望が場を覆う——かに見えたが、そのすぐ後の十九の言葉で、感動の波が食堂に押し寄せることとなる。

「残念ながら、捜査をすることはできません、鮎川さん。——私はもう、事件を解決していますから。幾つかの事実を確認する時間さえいただければ、すぐにでも真の真相を発表いたしますよ」

名探偵、警察捜査陣、推理作家が束になっても解決できなかった難事件を、九十九十九という探偵は、幻影城に到着した時点で既に解いていた!?

おおっ——!! 飾り気のない賞賛の声が巻き起こり、世紀末を代表する天才探偵を祝福する。

「だが、九十九氏。お前は今、ここに来たところだろう?」

城之介の言葉で、ようやく興奮の波もおさまっていく……。黒衣の探偵の疑問は当然のものだった。自らの解決を否定されたことに対する憤慨や、他人が事件を解決する嫉妬とは城之介は無縁だったが、十九の人間離れした解決予告に、彼はそう尋ねずにはいられなかったのだ。

個人的に十九&音夢の九十九義兄妹と親交のある城之介も、その天才をここまで遺憾なく発揮されたケースには、かつてお眼にかかったことがない。……真に優れた人物は、大舞台でこそ、その力量の凄まじさを見せつける。そういうことだろうか?

事件に接する前に解決する――冷静に考えればおかしいことなのだが、彼なら不可能ではないかもしれない、そう人々に思わせるだけのものを十九は備えていた。カリスマ性と言い換えてもいい。それは、溢れる暖かみと……限りない希望。

「龍宮さん、私は濁暑院さんがお書きになった『華麗なる没落のために』のコピーを飛行機の中で読みました。――あの原稿のおかげで、真相に達することができたのです」

『華没』による事件の解決……昨晩の最終原稿はまだ眼を通していないので、十九は「君」よりも少ない材料から究極の真実に到達したということになる。

恐るべきは、メタ探偵の神通理氣。さすがは、『神』に最も近い力を持つ探偵・九十九十九である。物語の『神』は、あくまで『作者』であるはずだが、十九は事件のすべてを裏から支配しているかのように超越的だった。……彼岸に佇む探偵は、ある意味では、『作者』以上の存在とも言える超越者なのだ。

『神』に最も近い探偵による最後の解決篇が、もうすぐ始まる。

■

十九は『華没』の最終原稿を読了すると、最新の犯行現場（昨晩の三つの事件）を一つずつ検証していく。……その間、統計探偵・氷姫宮幽弥は十九の依頼で『知識の間』に籠り、『華没』のページをめくりながら、原稿の中の何かを熱心に数えていた。

現場から現場へと移動する最中、十九は、空席巡査を近くへ呼び、若い巡査の婚約者の名前が『瀬美子《せみこ》』であることを聞き出していた。事件と関係のない雑談のようだったが、十九の行動にはすべて意味があるように見えるから不思議だった。

昨夜の事件現場をチェックし終えると、十九は最後に音夢と二人で『美画の間』を調べ、調査を終えた旨を鮎川哲子捜査主任に伝えた。

事件関係者たちが、ふたたび食堂に集められる。

正真正銘、最後の解決篇が、始まろうとしている。

食堂へと歩を進めながら、音夢は義兄に尋ねる。

「十九兄さま、本当に、この事件の謎は解けるのですか？」

周囲に人はいない。彩紋家殺人事件でほとんどの血縁者を失った義兄妹は、二人だけの世界にいた。

「音夢さん、あなたの推理は、この事件が決して解けない謎を持っているというものでしたね？　……それはまさに真実を突いています。ですが――、決して解けない謎にも、解き方はあるのですよ。私は、そのことを彩紋家の事件で学びました。それを、これから証明いたしますよ」

十九は空約束をしない男だ。彼がそう言う以上、幻影城殺人事件の解決は絶対だった。もう、どんでん返しはないのだ。

音夢が敬愛する義兄に微笑を返すと、十九は、解決を宣言するかのように言った。

「謎など、ありませんよ。あるのは常に、論理的な解決のみなのです」

自分に言い聞かせるような調子だった。
■

『読者』への最後の挑戦

……間もなく、最後の解決篇が始まる。

その前に「僕」は、先人の例に倣って、ここまで物語に耳を傾けてきてくれた「君」に最後の挑戦をしようと思う。

幻影城殺人事件の究極の真犯人・芸術家の正体は誰なのか——「君」は、この難問に答えることができるだろうか？

論理的な思考が推理のすべてではないので、勘などに頼っていただいても結構である。

念のために確認しておくが、芸術家《アーティスト》は『登場人物』の一人で、共犯はない。

卑怯な手段を使えば、犯人はどこまでも意外にできるのだが、敢えて「僕」はフェアに「君」に挑戦する。そして、「君」が真相を看破してくれることを祈っているが、おそらくそれは無理だろう。

これまでに死んだということになっている人物や、既に一度、犯人ではないと言われている人物が犯人である可能性もある。一見、真相とは無関係そうな人物が犯人かもしれないし、裏の裏をかいて、怪しすぎる奴が犯人かもしれない。

——とにかく、芸術家《アーティスト》は『登場人物』の一人であることは確かなので、登場人物表とにらめっこをしながら、真犯人の推理を楽しんでいただきたい。アンフェアなことはしていないので、『登場人物』をすべて疑えば、その中に必ず犯人がいるのである。

——それでも、すべての結末において、「君」は必ず驚きの声をあげることになるだろうと「僕」は確信している。

最後の一行を読み終えるまでは、どんな逆転劇があるかわからない。最後の最後まで、くれぐれも、油断することのないように……

「君」の健闘を祈る。

それでは、物語を始めよう。

「僕」の正体？

——それは、気にしなくていい。

■

頭上には清涼な天空が広がっている。雲一つない、澄み切った初冬の青空だ。陽光を受け、美奈湖が煌めいている。その黄金の光に包まれた幻影城は、陰惨な事件を終えて、今まさに祝祭の刻を迎えようとしているかのようだった。

十九の登場から数時間後。食堂には、事件関係者が勢揃いしている。彼らは一様に、期待のこもったまなざしを十九に向けている。サングラスをかけたあの探偵なら、きっとこの悪夢に決着《けり》をつけてくれるに違いない——一同の眼には、そんな十九への信頼が現れていた。

十九は限りなく美しい仕種で一礼すると、関係者たちを見回し、美しすぎる声で最後の解決篇の幕を上げた。

「犯人・芸術家《アーティスト》の正体を探るにあたり、我々が注目しなくてはならないのは、鴉城・螽斯二重毒殺事件です。あの殺人こそが、真犯人を示す道標《メルクマール》であり、最大の手がかりでした」

幻影城殺人事件の終幕にふさわしいBGM——十九の美声は、いかなる音楽もかなわない、この場にふさわしい完璧なメロディだった。

「——『華没』によれば、龍宮さんは、鴉城さんと螽斯さんが殺害された直後、佐渡九冬さんのお名前から、砂糖に毒が入っていると推理されたようですが……」

サングラス越しに、十九は黒衣の探偵に視線を向けた。城之介は静かに頷いて肯定の意を示した。

佐渡九冬——佐「渡九」冬（サ「ドク」トウ）。その名前がミスディレクションに使用できることから、城之介は砂糖に毒物が混入されていると推理したのだ。

「結果だけみれば、毒が塗られていたのはカップの方で、砂糖には入れられていなかったわけですが……。龍宮さんの推理は、真相をかすっていたのです。

——芸術家《アーティスト》の殺人傾向から判断するに、あの状況であれば、砂糖に毒を入れたはずなのです。頭のいい犯人が、佐渡九冬さんを示す格好のミスディレクションを見逃すとは思えませんからね。

では、なぜ芸術家は砂糖ではなくカップを選んだのでしょう？　そこには当然、何らかの必然性があると考えなければなりません」

砂糖に毒を入れなかった理由——!?

この時、突然、舞衣の頭にある恐ろしい考えが浮かんだ。その推理の示すあまりにも予想外の真相に、彼女は精神の均衡を失いそうになった。

城之介の方を舞衣が見ると、滅多なことでは感情を表さない黒衣の探偵が怯えた表情になっているのがわかった。二人の探偵の視線があい、顔面蒼白の両者は震えながら、頷いた。

人智を超越した、究極の恐怖を呼び覚ます真相。

城之介と舞衣は、自分が発狂していないことを不思議に思った。それほどに、真犯人は意外な人物だった。

「十九兄さま、まさか――!!」

そう叫んで、音夢が義兄に不安な視線を向けている。彼女も、答えに辿り着いてしまったようだ。

十九は、義妹に美しく頷いて見せ、真相を告げた。

「そうです。信じ難いことですが、それが真相なのですよ、音夢さん。砂糖に毒を入れなかったのは、それが芸術家のサインであると推理されることを真犯人が恐れたからなのです。真の芸術家《アーティスト》の正体は……」

一同は、ゴクリと唾を飲み込んだ。

「砂糖に毒を入れることによって疑われる人物――佐渡九冬さんではなく、それは佐藤一郎巡査です」

90　悪魔《デモン》の演出・悲劇的終幕《カタストロフィ》

「そんなバカな！　――ありえない」……皆、口々に驚きの声をあげている……「彼は死んだはずだ。そんなことが――」……無理もない、あの『美画の間』で殺された（？）二人の巡査の片方が真の芸術家《アーティスト》など、誰が予想できるだろう……「そうなのか、本当に」……佐藤一郎巡査は死んだはずだった、もし生きているのなら、今までどこに潜伏していたのか……「俺は耳が悪くなったのか？」……究極的な衝撃が爆発し、食堂は混沌の風が吹き荒れる無法地帯と化す……「あいつが芸術家《アーティスト》!!」

――これが最後の真相とは限らないが、「君」ははたしてこの答えを予期していただろうか？

死んだと思われた人物が、真犯人として復活する。エラリー・クイーンの得意技だ。クイーン研究家のフランシス・ネヴィンズJr.の命名によって、『バールストン・ギャンビット』と呼ばれている。

最後の最後に待ち受けていた恐るべき悲劇的終幕《カタストロフィ》。

「説明は長くなります。昼食の後に、すべてをお話ししましょう」

十九ははたして、本当にその真相を論理的に証明することができるのだろうか？

■

昼食の間、事件関係者は終始、心ここにあらずといった様子だった。佐藤巡査が真の芸術家《アーティスト》と聞かされたのだ、それも当然のことかもしれない。

やがて昼食が終わると、雅《みやび》やかに起立した十九は、最後の解決篇を再開する。かすかに俯き、十九は恐縮した響きの美声で切り出した。

「まず皆さんにお詫《わ》び申し上げなくてはならないことがあります——」

ついに究極の真相を聞かされた衝撃さめやらぬ聴衆に、十九はさらに追い討ちをかける事実を告げる。

逆転につぐ逆転。どんでん返しは、いったいどこまで続くというのか。

「これしか手段がなかったとはいえ、故人の名誉を傷つけるようなことを申し上げなくてはならなかったというのは、慚愧《ざんき》の念に耐えないことです。……実は、佐藤巡査は芸術家ではありません。先ほどの推理は、偽りの真相でした」

「あれは嘘だったのですか！」

誰かが叫ぶ。佐藤巡査が犯人と告発された時以上の驚愕が全員に襲いかかり、神経をしたたかに攻撃する‼

「どういうことですか、九十九さん？」

自席にパソコンを置き、十九の解決篇の要点を記録しながら静聴していた幽弥が、すぐ隣の席に立つパートナーを見上げて尋ねる。彼も、先ほど十九の導き出した解答に驚いていた。十九から何も聞かされていないところをみると、あれは演技ではなかったのだろう。

幽弥だけでなく、ＪＤＣの探偵たちは皆、十九が意味もなく人を傷つける嘘をつく男ではないことは承知している。十九は、何らかの必然性に基づいて、虚偽の真相を示したのだ。

十九は心から申し訳なさそうに首を左右に振り、弁解するのではなく、詫びる調子で（——あくまで美しく——）偽推理の理由を明かした。

「実は、推理の完全さを期するために、私は一芝居打たせていただきました。さももっともらしく皆さんを誤導し、食事の最中、関係者の方々の反応を窺《うかが》わせていただくために……」

現実事件でなく、推理小説の探偵の話になるが、アメリカ推理小説界を「一夜にして成人にした」功労者、S・S・ヴァン・ダインは、第二作『カナリヤ殺人事件』の中で、探偵のファイロ・ヴァンスに奇抜な推理法を用いさせている。ヴァンスと容疑者たちをポーカー勝負させ、ゲーム中の各人の心理状態から犯人を推理する、というものである。

今回の十九の推理も、いわばそれに類するものだった。……物的証拠からの論理的推理には必ず限界があり、探偵は心理的捜査法を重視すべきである——これは江戸川乱歩の弁であるが、まさに十九はその言葉を実行してみせたのだ。神通理気のみに溺れるのでなく、状況に応じて、必要とあらば普段では選択しないような推理法で攻める。本能的にそれをやってしまうあたりが、十九が超一流として認められている所以《ゆえん》であろう。

「私の提示した偽の解決は、突拍子もないものである必要がありました。なおかつ、すぐにでっち上げとわかるものではなく、もしかしたら、あり得るかもしれない……そんな絶妙のバランスを持った偽の推理でなくてはならなかったのです。その条件を満たすのは、佐藤さん犯人説だけでした。そして、私は、佐藤さんにご協力いただいたのです。

——犯人でない方は、途方もない解決に困惑されることでしょう。そして、犯人ならば、自分から推理の矛先が逸れたと、どうしても安堵してしまうことでしょう。どれほど厚顔な人物でも、大きな心理の揺れを表情から隠すことはできないのです。

食事中の観察の結果、私は自らの推理を裏づける答えを得ました……」

そこでまたしても室内の緊張がピークに達する。十九は関係者たちを観察し、推理通りの答えを手にしたという。真犯人が、自分たちの中に紛れこんで何食わぬ顔をしていると考えるのは、えもいわれぬ恐怖を喚起した。

「——犯行現場が幻影城ということで、地の利のある旅館関係者の方々は容疑が濃いと思われていたようですが……幻影城関係者の中に、犯人はいません。今度は嘘ではありません」

安堵の溜息。とりあえず、多くの人間が犯人候補者のリストから消去された。となると、残りは……警察関係者かＪＤＣの探偵であるとは考えにくいので、星野多恵だけということになってしまう。

事件によってぼろぼろにされたように見えたのは演技だったのか？　純粋で大人しそうな薄幸の美姫が芸術家《アーティスト》??——常識的に考えれば、とてもありえないことだが、シャーロック・ホームズの至言を借りるなら、「ありえないことを除去して残ったものは、どんなにありそうにないことでも、真実に違いない」のである。この世には、犯人たり得ない人間などいない。すべての人は平等だからこそ、環境と条件さえが整えば、誰もが凶悪犯罪者となり得るのである。

全員の注目が集まる中、美しすぎる探偵は、麗しい声で真相に肉薄する。

「真の芸術家《アーティスト》は、『関西本格の会』関係者の唯一の生存者である星野多恵さん——ではありません。そして、もちろん、警察関係者でも、ＪＤＣの探偵でもありません」

びくびくしていた多恵はもちろん、食堂にいる全員が胸を撫でおろした。これで、現在、この場に集まっている関係者たちの中には犯人がいないということになった。

——外部犯ではありえず、それでもあくまで犯人は『登場人物』の一人。ということは、真犯人は……既に死んでいる人物の中にいる！

バールストン・ギャンビットふたたび‼

そのことに気づいた者たちは慄然とする。十四人と二匹——いや、十三人と二匹を殺した芸術家《アーティスト》が、既にこの世の人間でないと考えると慄然《りつぜん》とした。

いよいよ究極の真犯人の名を告げようとする十九を遮るように、城之介が手を挙げて発言した。

「九十九氏、真犯人が告発される前に確認しておきたいんだが、例の甲冑密室の謎をお前は解いているのか？」

城之介の言葉によって、解決篇に絶妙の緩急がつけられた。このまま増幅し続ける緊張に身を委《ゆだ》ねていたら、精神がどうにかなっていたかもしれない。大きすぎる山を登るには、時には一服も必要なのである。短距離走と長距離走のペース配分が違うのと同じことだ。

黒衣の探偵の意図を察して、十九は艶やかな微笑を口元に浮かべた。

「ええ、それはもちろん。……そうですね。真犯人の告発は少し説明が長くなりそうです。先にその謎の方から解いておきましょう」

少し脇道に逸れたおかげで、聴衆はリラックスした心境で推理を傾聴することができそうだった。

■

『武具の間』の西洋甲冑は、鉄兜と鎧がボルトで固定され、錆びついて離れなかった。X線検査でも、鉄兜と鎧は長い間、分離されていないことが判明している。鉄兜の隙間は、眼の部分の空洞のみである。もちろんそれは、風紋寺の頭部が入るほど大きくない。

『華没』の中では、溜水が『匣の中の失楽』に言及し、不確定性原理のトンネル効果を引き合いに出し、粒子が壁を通り抜ける可能性について述べていたが、さて、真相は……

「本筋とは関係ありませんので、簡単に済ませましょう。——皮肉なことですが、あの密室は科学が裏づけた超常密室とでも言うべきものですね。科学的な捜査の結果、首を甲冑の中に入れるのは絶対に不可能だと判明しています。その条件を与えられ、皆さんはいかに犯人は甲冑密室の中に首を封じたかということを推理しておられたようですが、そこまで複雑に考えることはなかったのですよ」

「どういうこと、九十九くん？」

興味深そうに舞衣が尋ねる。彼女の『救いの神』とも言える探偵は、いつも彼岸に佇み常人とは違う世界を見ている。……それが頼もしかった。

「あの密室は解く必要のない密室、解けない密室なのです。それが真相です。言い方を変えるならば、さしずめこうなりますね。奇跡が起こったか、トンネル効果で首が甲冑を通過してしまった、と。……ひょっとしたら、別の物語で謎が解かれることがあるかもしれませんが、とりあえず今出せる解決は、そういうことになります」

皆、あまりのこと絶句している。人をバカにした解決だったが、誰も反論できなかった。確かに、他の可能性がすべて否定された以上、それが解決ということになるのだろう。甲冑密室——それもまた、決して解けない謎だったのである。関係者としては、いずれ別の機会、他の物語でこの謎が解かれることを信じて妥協するしかなさそうだった。

強引な説明、との感は拭いようもないが、そこはそれ。ジョン・ディクスン・カーは、探偵ギデオン・フェル博士の口を借りてこう言わせている。「われわれが探偵小説を好むのも、おおむね、ありうべからざるものに対する嗜好にそもそもの源があるのだ。意外性を求めながら、なおかつリアリティを求めるなどというのは、虫がよすぎる」と——。

多少の飛躍した論理は、黙認してもいいだろう。いずれ、その謎が解かれる時が来るかもしれないのだから……。

91　さらに華麗なる没落のために

「さて、話を本題に戻しましょう。真犯人についてですが。ところで龍宮さん、あなたはなぜ昨晩、虹川さんの部屋を見張るように進言なさったのですか？」

その言葉で、一同の注目は十九↓城之介と移動する。城之介は、まるで自分が犯人と告発されたような形容し難い後ろめたさを感じつつ、弁解するように言った。

「犯人は一人（虹川良）、そしてターゲットが二人（魅山薫&濁暑院溜水）である以上、それは当然のことじゃないか。虹川氏の狙いが、どちらに向けられるかわからなかったからな。敵が二人のうちどちらを先に狙うか、まさか当て推量でいくわけにもいかないだろう……人命がかかっているのだから」

「そうですか――」

十九は残念そうにうなだれた。美声は悲哀のメロディとなって、城之介の耳に痛く突き刺さる。十九は、わずかにもどかしさを感じさせる口調で、意外な事実を告げた。

「では、やはりあなたは殺人予告状の真の意味に気づいておられなかったのですね？」

愛帽をとり、城之介は血相を変えて身を前に乗り出した。

「殺人予告状――!?　最初に『逆転の間』の扉に貼りつけられていた、あの紙切れのことか？」

聖なる眠りにつく前に、我は八つの生贄を求める。

すべては、(華麗なる没落のために)。

芸術家《アーティスト》

「……そうです。あの予告状は、殺人を予告するだけでなく、ターゲットを殺す順番も予告していたのですよ」

「何ですって!」

全員の声が綺麗に重《ハモ》なった。押し寄せる畏怖と感動。それは芸術家《アーティスト》に対するものか、それとも十九に捧げられたものなのか。もはや、誰にもわからない。

驚愕の連打は、聴衆をなかなか休ませてくれそうになかった。

「龍宮さんのご指摘なさった通り、殺人事件の裏には、虹の構成色というマーダー・テーマが隠されていました。そのテーマは、八人の推理作家を暗示するものでした。――ただ先ほど、龍宮さんは『葵さんは、青い密室で殺された』とおっしゃいましたが、あれはまったくの偶然なのです。青い密室があるから葵さんが殺されたわけではなく、彼は五番目に殺されると決まっていたのですよ」

ターゲットを殺す順番も予告されていた……それが本当なら、芸術家《アーティスト》は実に大胆不敵な犯罪者である。捜査陣に看破されないという自信があったのか、それとも、見破られてもなお殺人を完遂する目算があったのか？　今となっては、それも謎だ。

「八人の推理作家と、その本名を考えてみましょう。――まずは屍体が発見された順番に」

①第1番目の屍体　水野一馬　（＝礼石和也）
②第2番目の屍体　柊木司　（＝梶洋介）
③第5番目の屍体　氷龍翔子　（＝成瀬翔子）
④第9番目の屍体　風紋寺光世　（＝星野健治）
⑤第10番目の屍体　葵健太朗　（＝氷柱木真二）
⑥第14番目の屍体　虹川良　（＝虹川良）
⑦第15番目の屍体　魅山薫　（＝久能薫）
⑧第16番目の屍体　濁暑院溜水　（＝溜井秀鷹）

「今にして思えば、捜査陣を混乱させるために、水野さんと柊木さんを殺した順番を誤認させようとした理由も瞭然です。――なぜ、『麗しき華のごとく、没落は夢のように』ではなく、『華麗なる没落のために』なのか？　その答えがここにあります。死亡推定時刻の早い順に作家を並べ替え、その本名の頭文字に注目してください」

①柊木司（梶洋介）……かじ・ようすけ
②水野一馬（礼石和也）……れいし・かずや
③氷龍翔子（成瀬翔子）……なるせ・しょうこ
④風紋寺光世（星野健治）……ほしの・けんじ
⑤葵健太朗（氷柱木真二）…つららぎ・しんじ
⑥魅山薫（久能薫）……くのう・かおる
⑦濁暑院溜水（溜井秀鷹）……ためい・ひでたか
⑧虹川良（虹川良）……にじかわ・りょう

「……梶洋介さんの『か』、礼石和也さんの『れい』、成瀬翔子さんの『なる』、星野健治さんの『ほ』、氷柱木真二さんの『つら』、久能薫さんの『くの』、溜井秀鷹さんの『ため』、虹川良さんの『に』――そう、『華麗なる没落のために』こそが、殺人の順番だったのです」

十九を核《コア》として、驚愕は無限に膨脹していく……。濁暑院溜水の『華没』を示しているのではなかった。『華麗なる没落のために』こそが、この連続殺人事件の道標《メルクマール》だったのである。

もし昨晩までに、誰かがこのメッセージに気づいていれば、惨劇はどこかで食い止めることができたかもしれない。……それだけに、捜査陣は自分たちの能力不足を呪った。悔やんでも悔やみきれなかった。特に、助手を殺された城之介などは、帽子を食卓に叩きつけ、珍しく感情を顕《あらわ》に憤っていた。他の誰にでもなく――自分自身に。

だが、十九の推理攻撃はまだ終わらない。さらに意外な真相が明らかにされる。

「もちろん、このままでは完全でなく、『かれいなるほつらくのために』でしかありません。ですが皆さん、思い出してください。『ほ』を表す、星野健治さんの首なし屍体には、料所警部のコートが着せられていました」

あっ!! 食堂のどこかで誰かが絶叫する！

「……あのコートには、血の濁点がつけられていました。あの濁点は、濁暑院さんを示すミスディレクションであり、『武具の間』を示すメッセージであり、『黒死館』のアナグラムに濁点をつけて小杉寛さんを示すものであり、――そして、『かれいなるほつらくのために』の『ほ』に濁点をつけて、『華麗なる没落のために』を完成させる四重の含意《フォース・ミーニング》だったのですよ」

もう、誰も驚かなかった。

いや、驚けなかった。

正常な感覚は麻痺しつつあったのだ。

ここまで『言《ことば》』が『迷』い続ける『謎』物語は、おそらく後にも先にも、これっきりだろう。誰にとっても生涯一度きりの、壮絶な体験……それが、この幻影城殺人事件だった。

92　驚愕的終幕《サプライズエンディング》へのダイヴィング

いよいよ事件は佳境に入った。

せっかくかぶり直していた帽子を脱ぎ、十九の推理に脱帽したことを示すと、城之介は全員が最も気にしている質問を発した。

「しかし、九十九氏。この食堂にいる者の中に犯人がいないなら、やはり芸術家《アーティスト》は虹川氏ではないのか。殺人予告でも最後になっているし、虹川氏が犯人で最後に自殺したと解釈するよりないだろう？」

「いえ、虹川さんは犯人ではありません。その決定的な理由も二つあります」

放心状態にあった一同も、その言葉でふたたび緊張に身を引き締めた。いよいよ解決篇も大詰めである。

皆、最後の推理を聞き漏らすまいと、十九の言葉に熱心に耳を傾けている。

「まず第一に、虹川さんの自殺は偽装自殺でした」

『言《ことば》』の衝撃波が、食堂の秩序を破壊する！

「偽装自殺……なのですか？」

捜査主任であり、昨夜、自らも虹川の部屋の前に張り込んでいた哲子がそう呟いた。虹川の死が偽装自殺だとすると――彼もまた、真の芸術家《アーティスト》に殺されたということになるだろう。だが、あの部屋は究極の密室だったのだ。犯人は、いかにして密室内の虹川に偽装自殺をさせたのか？

「まず、これを御覧ください」

十九のしなやかな手が、卓上に置かれていた幻影城のブックマッチ（――根元で一つになっている紙マッチ――）を摑み、聴衆に見えるように示した。

「それは――？」

戸惑った顔で、平井氏がおずおずと尋ねる。十九は、全員がマッチを視認したのを確認すると、頷いて説明した。

「虹川さんの最初の部屋（虹川親娘の部屋）にあった幻影城のブックマッチです。『華没』の中で、虹川さんがこれを使ってタバコに火を点けるシーンがありました（『36 ワッセルマンの画』参照）ので、調べてみると案の定でした。このマッチは、左側からちぎりとられています。……捜査ファイルにも明記されていますが、つまり虹川さんは左利きなのです。――マッチだけの手がかりでは弱いですが、『華没』の中にも、そのことを示す伏線（記述）が随所に見受けられます。虹川さんが右手首の腕時計を見ているシーンや、鍵を左後ろのポケットから取り出すシーンなどがそれですね。私が確認できたのはそれだけですが、まだ他にもあったかもしれません」

「そういうことなのですか、十九兄さま？」

すべてを承知した口調で、音夢が聞く。城之介や舞衣も驚いた表情をしていたが、彼らの驚きはその事実よりもむしろ、事件の急展開に翻弄されて重要な手がかりに気づけなかった自分たちに対するもののようでもあった。

十九の推理は真相を目指して驀進《ばくしん》する。もう、誰にも止められない。

「虹川さんが左利きだったことは了解していただけたことと思います。さて、そこで問題となるのは、虹川さんの屍体の状況です。なぜ、虹川さんは左利きなのに右手にカミソリを持って死んでいたのでしょうか？　自殺者特有のためらい傷が手首にないこととあわせて、彼の死は偽装自殺だったと断定してしまって構わないでしょう」

明快な解説に、一同は虹川の死が偽装自殺であったことを認めないわけにはいかなかった。だが、彼が自殺を装って殺されたのだとしたら、究極の密室を攻略しなくてはならない。十九ははたして、その答えを持っているのだろうか。そのことを不安に思う者も、少なからず存在した。

「以上が、虹川さんが犯人ではない第一の理由です。そして、もう一点、これこそが虹川良犯人説を決定的に否定する材料となるのですが……」

全員が息を飲んで十九を見つめている。

「虹川さんは、色盲だったのです」

あまりにも論理が飛躍しすぎたために、皆、一瞬、その言葉の意味が理解できなかったようである。十九の発言を解するにつれ、食堂に巨大な驚愕がじわじわと拡がっていく……。

「鍵となったのは『美画の間』に展示されている、ワッセルマンの『シャッテンブルク』という画でした。――私は、画家の友人がいるので知っていたのですが、平井さん、あなたは隠し画というものをご存じですか？」

「隠し画!?　……騙し画のことですかな？」

騙し画（錯視画）というのは、人間の錯視を利用した絵画のことである。一枚の画に二つの解釈が成り立つものでは、向かい合った二つの顔のシルエットが花瓶に見える『FACE TO FACE』、永遠に昇り続ける階段、落ち続ける滝などが有名である。

「いえ、騙し画ではありません。隠し画です。隠し画としても世界で最も有名なのは、ダ・ヴィンチの『モナリザ』でしょうね。つまり、画の中にもう一つの画を隠したものなのですが、そのヴァリエーションの一つに、『色盲の隠し画』というものが存在する、と聞いたことがあります。……それは、色盲の人物が下描きし、別の画家が色付けしたもので、この画の中には色盲の人物にしか見えない隠された画が存在するといいます。夫が色盲で妻が通常色覚者のワッセルマン夫婦には、この隠し画を描くことが可能であり、あの『シャッテンブルク』の画こそが、まさにそれだったのです」

十九が予期していたことだったが、画の持ち主である平井氏は強く反発した。

「そんな――そんなバカな話は聞いたことがない！　だいたい、九十九さん。あの画は、オリジナルではなくレプリカですぞ」

「では、複製を描いた人物も色盲と通常色覚者のコンビだったのでしょう。あるいは、そこに複雑な背景(別の事件？)があるのかもしれません。――平井さん、あなたはあの画をどう御覧になります？」

「どう、と申されましても、あれは緑色の森に囲まれた紅の城の画でしょう」

十九は美笑して満足げに頷く。

幻影城を彷彿させる紅の城――『影の城《シャッテンブルク》』。

「それが普通のとらえ方でしょうね？　先ほど、『シャッテンブルク』の画を見てきましたが、やはり通常色覚者である私にも、そのように見えました」

そこで十九は、音夢の方をちらと見てから続けた。

「しかし、それは裸眼で見た場合です。……サングラス越しに見た場合は、世界はまったく変わってしまいましたよ。あの画の中の紅の城に覆いかぶさるように、巨大な悪霊のような影が描かれているのがはっきりとわかりました。

――『華没』をお読みになった方は、覚えておられるかもしれませんね。虹川恵さんは、あの画の中に、常人にはわからないお化けを見ていたのです。Ｘ線でチェックしてやれば科学的に明らかにすることができるでしょう。そして、虹川家を調べればこれもすぐに判明すると思われますが——もう、おわかりですね？　そう、虹川恵さんは色盲だったのです。……そして、メンデルの遺伝の法則に従うならば、女性が色盲であった場合、その父親は必ず色盲です。つまり、虹川良さんもまた色盲であり、この事実により、彼が芸術家《アーティスト》である可能性は否定できるのです。色盲の人物に、虹の見立てはできません」

　これまでバラバラに散在していた複数の事象が、今、一つにまとまって大輪の真実の華を咲かせた。

　虹川良が色盲であれば、彼が芸術家《アーティスト》ではありえない。虹の見立ても絶対に不可能ではないが、色盲であれば臨機応変な対応は無理となる。警備の網をかいくぐっての難条件をクリアするのは厳しいだろう。そこで屁理屈をこねては、単なる揚げ足とりとなってしまう。

「そこまではわかったよ、九十九氏。問題ない。ＯＫだ。——しかし、虹川氏が偽装自殺によって殺されたのなら、最後の究極の密室はどうなる？　あの密室に関しては、龍宮の推理が正しかったのかな」

　卓上に置いていた大学ノートらしきものを手にとり、十九は城之介にそれを手渡した。

「龍宮さんのご質問には、後ほどお答えしましょう。それよりもまず、皆さんに知っていただきたいのが、このノートの存在です。龍宮さん、恐縮ですが、それを読んでいただけますか」

「九十九くん、そのノートは何なの？」

　十九はノートを一瞥し、舞衣に美笑した。

「虹川良さんの遺書です。星野多恵さんの部屋に巧妙に隠されていたのを先ほど発見いたしました」

「虹川良氏の遺書——？」

　そのようなものが存在すること自体、驚きだったが、さらなる驚愕は、それが星野多恵の部屋から見つかったということである。

城之介がページを開くと、『遺書』という見覚えのある筆跡が飛び込んできた。薄い鉛筆で記したのだろう、毛筆体の活字を連想させる神経質そうな文字が並んでいる。

咳払いをして、城之介は朗読を始めた。

93 遺《のこ》（されたのは魅《はか》しの偽《ぎ》）書《しよ》

遺書

——これを発見された方には、真相を知って欲しいと思う。見えない『読者』にあてて、僕は語らずにはいられない。ここに、僕の犯した罪業を告白する。

おそらくこの遺書が他人の眼に触れる時には、事件は終わっていることと思うが、これが発見されるのは、はたしていつのことなのだろうか？　事件が終わった直後か、それとも何年も後のことになるのか……ひょっとしたら、永久に発見されないかもしれない。

いつ見つかっても良いように、念のために明記しておくが、これは一九九二年の十月二十五日から、ここ幻影城で起こった一連の殺人事件に関する告白である。

僕は今日（十月三十一日）までに、既に十人と二匹の命を奪った。そして、あと一人、これから殺すつもりの人物もいる——。

十月二十六日は、二人の人間を殺した。

僕と同じく『関西本格の会』に属する推理作家の、柊木司くんと水野一馬くんだ。柊木くんは『流血の間』で、シャンデリアを用いて圧殺した。その際、陳腐なアリバイ工作を施したのは、逆転の発想で、強固なアリバイを持つ人たちが疑われるように仕向けるためだった。水野くんは『逆転の間』で絞殺し、口の中にオレンジを含ませて逆さまに吊した。

……最初の晩は誰も警戒心を抱いていなかったので、スムーズに事は運んだ。

十月二十七日は、一人と二匹を殺した。

猫はもともと殺す予定ではなかったが、やたらにすりよってくるうえに、なき声をあげるので仕方なしに殺した。猫などに邪魔をされるわけにはいかなかったのだ。

氷龍さんは、『審判の間』の電気椅子で殺した。

……警察は事件が連続殺人に発展するとは考えていなかったので、この晩もそれほど苦労することはなかった。

十月二十八日は、四人も殺してしまった。

二人の警官を殺す必要はまったくなかったが、行動の自由を得るためには、あれは仕方のないことだった。

料所警部を殺したのはカモフラージュのためだ。僕の真の狙いが推理作家であることを感づかせないために、そして、ダミーの解決への伏線として、誰かを殺さねばならなかった。彼を選んだのは気紛れだ。本当に、今にして思えば、彼には悪いことをした。

……そして、風紋寺くんも殺した。

十月二十九日――。

さすがに警備が強化されるだろう、と覚悟していたが、幸運にも、葵くんの進言で巡回にあたるのは彼ただ一人ということになった。次は、ちょうど葵くんを殺す予定だったので、ラッキーだった。これこそ、僥倖《ぎょうこう》というものだろう。

……運は、我に味方していた。この事件では、常に――。

深夜になると、僕は頃合を見計らって『蜃気楼の間』へと赴き、鏡を剝がしてその裏に隠れ、葵くんを待ち受けた。スキを見て彼を気絶させ、そして、『密室の間』で殺した。

――この時点で、事件を終わらせることも可能だった。推理作家を五人も殺せばもう充分だし、これ以上犯行を続けると、思わぬボロを出さないとも限らない。僕としては、是非、あそこで事件を終わらせたかった。

真相を探り当てたような顔をして、自ら探偵役を買って出たのもそのためだ。

しかし、龍宮さんと霧華さんに『黒死館』の見立ての不完全さを指摘され、スケープゴートとして僕が告発したダミーの犯人、那須木さんの容疑も（とりあえず）晴れてしまった。

……ダミーの犯人がいなくなってしまい、僕は犯行を続けることを決意した。だれも自らの宿命には逆らえない。これも運命だと思った。

十月三十日。

前の日の晩、カップに塗りつけていた毒で、ＪＤＣの人間が二人死んだ。魅山くんか濁暑院くんのどちらかを殺せれば、と思って仕かけておいた毒だったが、結果的に、あれは無意味な殺人になってしまった。

そして、恵……。

恵は、僕が殺したのではない。僕が事情聴取から部屋に戻って来た時、恵は既にあのような姿で息絶えていたのだ。

天罰がくだった、と思った。

誰かが、彼女を殺した。この事件の犯人である僕以外の者が。芸術家《アーティスト》ではない、もう一人の『犯人』が、僕の愛しい娘を殺したのだ。

その正体はわからないが、僕の犯行への警告のようなものではないようだった。僕には、『犯人』が人間であるとは思えなかった。何か超越的な存在（『作者』？）が彼女を殺したのだ、とでも考えなければ気持ちにおさまりがつかなかった。

僕はこの事件で初めて、涙を流した。

命の重みが身にしみた。


恵が日本語以外に使用できる言語はドイツ語しかない。ダイイング・メッセージ『Ｖ―』が何を示しているのかは明らかだった。

恵は『ファーター（VATER・父親）』ではなく、『フィオーレ（VIOLE・スミレ）』と書こうとしていたのだ。僕は、父親としての信頼を喪失していたのだろう。子供というものは敏感なものだ。あるいは恵は、僕の行っている殺人に、薄々感づいていたのかもしれない。

小杉くんや魅山くんに娘と遊んでもらいながら、僕は推理をすると称して自室にこもって、深夜の活動のせいで極端に不足している睡眠を補っていた。……そのことに娘が気づいていたとしてもおかしくない。

死に際し、恵が僕のことでなく魅山くんのことを記そうとしていたのは、紛れもない事実なのだ。恵が魅山くんに抱いていた、兄を慕うような気持ちは、いつの間にか、恋慕の情にまで発展していたのか。――父親であるはずの僕は、娘のことを何一つわかってやれず、娘は父ではなく年上の友を選んだ……。悲しくなった、だが、後戻りはできなかった。

犯罪の沼は底なしだ。一度、足を踏み入れたら、もう脱出することはできない。

あのダイイング・メッセージを眼にするまで、僕は魅山くんにも死んでもらうつもりだった。だが、今では――彼を殺すのはやめようと思っている。恵が最期まで慕っていた魅山くんまで殺してしまったら、娘への申し訳が立たない。

僕のサインである虹の見立ても無意味なものとなるが、それも仕方ない。

濁暑院くんが提唱した『推理小説の構成要素三十項』を網羅しようなどというつもりは、僕には毛頭なかった。

ただ、本能的に殺人に趣向を凝らしてしまう、推理作家としての性《さが》が、構成要素の制覇を目指しているように見える殺人を演出していたのだろう……。

調査では永久にわからない、動機についても述べておこうと思う。

——僕の父も……推理作家だった。

その父が、僕が小学生の頃、母を殺したのだ。

推理作家という職業上、父は紙面上で何人もの人間を殺していた。……そのあげく、人間の生命の尊さというものを、いつしか彼は忘れてしまったようだ。経験した者でなくてはわからないだろうが、食事の時まで殺人の話をするというのは、子供の眼から見ても異常なことだった。

その日。夜遅くに酔って帰宅した父は、何かの原因で(——たしか、とてもつまらないことだったと思う——)、母と口論していた。

父と母が口論するのは、何もその日に始まったことではない。だが母は、推理作家にとって禁句である、あの言葉を口にしてしまったのだ。

「人殺しの商売なんかしているから、頭がおかしくなるのよ——!」

父は逆上した。母を殴り、蹴り、引きずり回し、最後に首を絞めて殺してしまった……。

襖の陰から一部始終を見ていた僕は、脚をガタガタ震わせながら、父が母を殺すところを見ていた。

逃げたかった。――でも、恐怖に足がすくんで、一歩も動けなかった。

……やがて、父は自分を見つめる息子の姿に気づいた。

「お前、そこで何をしている！　見たな！　見ていたんだな⁉　――こっちへ来い‼」

父の声じゃない、殺人鬼の声がそう叫んだ。僕の知っている父は、もう、どこにもいなかった。

父が襖を開けると、僕の中で何かが弾けた。

恐怖を上回る、生きたい！　という意志が体を動かした。僕は必死で逃げた。しかし、息をきらせて階段をかけ上がったところで、僕は父の手に肩を摑まれてしまった‼

「良、こっちへ来るんだ！　……父さんと話をしよう」

怒鳴り声の後の、猫撫で声が不気味だった。

こいつは、完全犯罪に見せかけて僕を殺すつもりなんだ――子供心に、そんな予感がした。

「離せ……離せ！　お前は、父さんじゃない‼」

僕はもがいた。無我夢中で、父を突き飛ばした。

殺人鬼は、体のバランスを崩し、人間のものとは思えないもの凄い悲鳴をあげながら階段を転げ落ちていった。


父の死は事故として片づけられた……。

その日からだ。――僕が、推理小説というものを呪うようになったのは。

父の人格を支配していた推理小説が、父や母を殺したのだ……そうとでも考えなければ、当時の僕のやりきれない想いは、どうにもならなかった。

推理小説を憎む僕は、成長するにつれ、推理作家も憎むようになった。そして、その憎悪の感情が殺意へと発展するのに、それほど時間はかからなかった。

——僕にとって、すべての推理作家が虐殺の対象だった。

多くの推理作家と知り合うために、僕は苦労して作家になった。どうにか、作家になることができた。いつか彼らを殺せることを夢に見て、僕は推理小説界での信頼を培っていった。


二年前、魅山くんの紹介で幻影城を初めて訪れた。噂には聞いていたが、実際に訪れてみると、ここは、まさに僕の計画に最適の場所だった。機が熟したのを僕は知った。

二度の合宿の間に幻影城の内部を徹底的に調べあげ、推理作家たちを殺す綿密な計画を練った。僕のすべてをかけた、最高傑作ができあがった。僕の畢生《ひっせい》の大作といわれている『サオシュヤントの殺意』とは比べものにならないほどに、納得のいく仕上がりだった。——自信はあった。

推理作家たちを殺すことを考えた時、僕はこれまで生きてきた甲斐があったと実感した。準備に費やした三年の日々は、あっという間に過ぎ去った。

時が来て、僕は計画を実行に移した。


本当はすべての推理作家を殺してやりたかったが、それは不可能なことだし、僕は『関西本格の会』に属する作家を殺すことでささやかな満足を得ようと思った。

だが、実際に人の命を奪って実感したが、これは、とても許されない罪業である。命を失った屍体を見るたびに、自分はとんでもないことをしてしまったのではないか、と後悔の念が込み上げてきた。これでは母を殺した父と同じではないか、そう自分を叱責したことも幾度もある。罪の重さを考えると、恐怖で体が張り裂けそうになることもあった。それでも、犯行をやめることはできなかった。探偵の推理が自分に辿り着くのが怖かった。追いつかれないように、走り続けなくてはならなかった。

僕が追いかけられていたのは、自らの狂気ではないかとも思った。この事件の最中だけではない。ここまで生きてきた間ずっと、父から受け継いだ狂気に縛られていたような気がしてならないのだ。血の呪縛、というものか。遺伝子に操られていたわけではないにしても、僕は父と何も変わらなかった。同じ過ちを繰り返してしまったのだ。

弁解がましく言い逃れをするつもりはない。僕は自分の犯した罪の重さを十二分に認識しているつもりだ。濁暑院くんを殺したら、僕は自らの命を絶つ。

——もう、何もいらない。ただ、眠りが欲しい。いつまでも続く眠りが。

ひたすら迷い続けていた人生だった……

結局、人間というものは何なのか？　僕にはわからない。僕が殺した者たちの、生命を停止した肉の塊を見ながら、命の儚《はかな》さを痛烈に思い知らされた。歩くのも嫌になり、今ではただひたすらに、死にゆくことを想っている。永劫に続く安らかな時空に眠ることを祈り、僕は自裁する。

人としての道を誤ってしまったものには、けじめをつける方法は、それしか残されていないだろう。

もう、筆をとることもない。
僕の最期の作品であるこの遺書を読んでくださったあなたに感謝して――

――僕は永遠に筆をおく。

虹川良敬白

一九九三年十月三十一日

94　究極の真犯人の正体は？

城之介が遺書を朗読する間、聴衆は、虹川良という人物と幻影城殺人事件を重ねて回想していた。虹川という落ち着いた雰囲気の好中年《ナイス・ミドル》……作家仲間に慕われ、面倒見の良い人好きのする男。血の呪縛に操られ、彼が一連の事件の犯人だというのは実に意外な真相だった。

だが、さらに意外なのは、どうやら虹川良が真犯人ではないらしい、という十九の推理である。これまでのところ、十九は説得力のある推理を積み重ね、着実に関係者の信頼を増していたが、それでも……すべての状況が虹川犯人説を支持しているように、一同には思えてならなかった。

城之介はパンツとノートを閉じると、それを隣席の舞衣へと回す。清涼飲料水で喉を潤し、黒衣の探偵は、さっそく十九を質問攻めにした。

「——虹川氏の遺書は以上だ。九十九氏、これは虹川氏が芸術家《アーティスト》である絶対的な証拠ではないのか？　あの几帳面な文字は、魅山嬢の『僕はタエられない』という遺書の筆跡と似ているような気さえする。彼女の遺書は、虹川氏が偽造したものではないのか？　それに、解せないのは……」

城之介は、多恵の方を横目で見ながら、詰問口調で同僚に迫る。

「なぜ、虹川氏の遺書が星野嬢の部屋から出てくるんだ？　それに——遺書の中で最も不可解なのは、虹川恵殺しだ。虹川氏は、自分が芸術家《アーティスト》であることは認めつつも、娘は自分が殺したのではない、と記している。……虹川恵嬢を殺したのは誰なんだ？　別にもう一人、犯人がいるのか？」

「まあまあ、龍宮さん。そんなに一度にまくしたてたんじゃあ、九十九くんも答えられないわよ。ね？」

舞衣がフォローし、十九は恐縮の体で頭を下げる。華麗な黒髪が美しく揺れ、見る者を魅了した。

「一つずつ、順番にお答えしましょう。——まず、遺書に関してですが、これは虹川氏が記したものではありません。先ほど申し上げた理由によって、虹川さんは芸術家《アーティスト》たり得ませんから。他にも根拠はあります。虹川さんは昨晩、一歩も部屋を出ていないので、星野さんの部屋に遺書を隠せるはずがないのです」

「九十九さん、そろそろわたしたちにも教えていただけませんか。いったい、真犯人は誰なのです？」

十九は静かに、しかしどこまでも美しく頷いた。

真犯人の名が、ついに明らかにされる——？

「いいでしょう、この先の推理をご説明しやすくするためにも、ここで犯人を告発させていただきます」

瞬時に、食堂の空気が引き締まる。待ち焦がれたその聖刻が、ようやく訪れた。

「真犯人・真の芸術家《アーティスト》は、蜜柑で示された風紋寺さんでもなく、聖母の画で示された有馬さんでもなく、華で示された霧華さんでもなく、濁点で示された濁暑院さんでもなく、『ひまわり』の画で示された葵さんでもなく、おまわりで示された料所警部でもなく、『黒死館殺人事件』の見立てで示された小杉さん、那須木さん、玄矢さん、螽斯さんでもなく、間違って告発されそうになった金井さんでもなく、毒入りの砂糖によって示されそうになった佐渡さんでも、ましてや佐藤さんでもなく、虹の見立てと遺書によって示された虹川さんでもありません。

……そう、芸術家《アーティスト》は、自分のサインを一度も残さず、遺書の中で自己の無罪と逃げ道を確立している人物、魅山薫さんです」

■

長い長い苦闘、の果てに見えた真実。

「そんな……」

さすがにショックの連続に耐えられなくなったのか、間宮てるが崩れ落ちる。平井太郎に支えられた女の嗚咽が食堂に響き渡っていた。

「いや、しかし。魅山さんは、最後の二つの殺人の時、既に死んでいたのでは……」

九冬が疑問を提示する。十九は、平井氏の腕の中で泣き続けるてるの方を見ながら、最後の解説を始めた。

「あの魅山さんの首吊り屍体を見て、すぐに気づくべきだったかもしれませんね……」

卓上の『華没』を一同に示しながら、十九は残念そうな口調で言う。

「『華没』の原稿の中では、魅山さんは信心深いクリスチャンだったと幾度も記されています。自殺を固く禁じられたクリスチャンが、はたして首を吊るでしょうか？」

「ですが、それだけの理由では――」

てるの頭に優しく手をあてる平井氏は、なぜか納得できないようだ。芸術家の正体を誰よりも知りたがっているはずの老人が、犯人告発に否定的な姿勢を示すのは初めてだった。それだけ魅山犯人説が意外だということか？

「一人称ですよ、平井さん」

「一人称……!?」

何人かが、十九の言葉を繰り返す。

「十月三十一日の時点で生きておられた三人の推理作家の一人称を考えてみましょう」

一人称比較	相手が目上の時	相手が同等の時	相手が目下の時
魅山薫	私	私	私
濁暑院溜水	僕	俺	俺
虹川良	僕	僕	僕

「一人称に限らないことですが、呼称というものは大事です。呼び方一つで、誰の会話かわかってしまうこともありますからね」

濁暑院溜水を例にとると、呼称は次のようなものがあげられる。

『濁暑院溜水の呼称表』

溜水……葵健太朗の場合
溜水さん……星野多恵の場合
溜井くん……氷龍翔子の場合
濁暑院さん……一般人の場合
濁暑院くん……溜水の先輩作家の場合
濁暑院氏……龍宮城之介の場合

「一人称は個性を表すと言われますが、今回の場合も、重要な手がかりとなってくれました。――魅山さんの一人称は『私』で統一されていました。しかし……彼女のポケットに入っていた遺書の一人称は、『僕はもうタエられない』だったのです」

驚愕……暗転……混沌……。

わずかに間をとり、十九は続ける。

「あれは魅山さんの遺書ではなかったのです。魅山さんは、『氷の沼』で死ぬはずではありませんでした」

「では、九十九さん。なぜ、魅山さんは首を吊って死んでいたのですか？」

有馬みゆきが訊く。十九は即座に答える。

「不慮の事故です」

「事故、そんな……」

てるが泣き腫れた眼を十九に向ける。十九は彼女と顔を見合わせ、続けた。サングラスのせいで、まったく表情はわからない。

「濁暑院さんが『昏気楼の間』で殺されていたことから考えると、魅山さんは、あの『氷の沼』で虹川さんを自殺に見せかけて殺そうとしていたのでしょう。虹川さんの一人称は『僕』で統一されています。そして、先ほど龍宮さんがご指摘なさった通り、二つの遺書は似通った筆跡でした。それも証拠の一つになりますね。あの『僕はもうタエられない』という遺書も、魅山さんが虹川さんのために用意したものだとすれば、辻褄はあうでしょう。もちろん、ノートの遺書も魅山さんが偽造したもの。虹川さんの遺書は、二つあったのです」

城之介の指摘は正しかった。二つの遺書は、同一人物の手によるものだった。――ただ、皮肉なことに、虹川が魅山の遺書を偽造したのではなく、真相はその逆だったのだ。

「でも、十九兄さま。不慮の事故というのは、どういうことです？」

珍しく、音夢が質問した。よほど、不思議に思っているのだろう。だが、彼女の義兄は、問題なく、いつも通り鮮やかに謎を解体してみせる。

「魅山さんの死亡推定時刻は、午前三時……お忘れですか、音夢さん？　昨晩の午前三時には――」

空席巡査が絶叫する！

「――地震だ！」

「そうです、地震がありました。おそらく、ちょうどその時、魅山さんは、虹川さんに首を吊らせるためのロープの輪を作っていたのでしょう。――そこへ地震が起き、立っていた椅子が揺れて彼女はバランスを崩し……そして、椅子を踏み外した時、不幸にもロープの輪の中に自分の首を突っ込んでしまい、そのまま首を吊ってしまったのです」

恐ろしい話だ。殺人の準備をしている最中に、自らの作っていた偽装自殺の道具立てに葬られる。昨晩のあの地震の時、魅山薫がそのような形で首を吊っていたと誰が予期できただろう。

魔境の神秘を覆う霧の中から、今、隠された事実が次第に明らかにされようとしていた……。

95　作者に愛された登場人物

「じゃあ、九十九くん。濁暑院さんと虹川さんの死は、どう説明するの？　それに……恵ちゃんが殺された事件についてでは、魅山さんはアリバイから絶対に犯人ではないはずだけど、やっぱり、あの事件だけ別に『犯人』がいるの？」

今度は舞衣が、先ほどの城之介のように、まとめて尋ねた。十九は、いつも質問に対する答えを用意していた。……答えられないことがないからこそ、何でも聞きたくなる。そして、すべての謎を解きあかして欲しくなる。

昨晩殺された三人の死亡推定時刻は、魅山薫……午前三時前後、濁暑院溜水……午前四時前後、虹川良……午前五時前後、である。芸術家《アーティスト》が本当に魅山薫なら、彼女はどのようにして、自分の死後に二人の人物を殺害したのか？

「魅山さんは事故死した時、虹川さんを殺す準備をしていました。順番から言えば、殺すのは濁暑院さんの方が先のはずです。――ということは、あの時点で既に、濁暑院さんは事実上殺されていた、と考えるべきでしょう」

十九は微妙な表現を用いた。眉をひそめて質問したのは、今度は玄矢孝志である。

「事実上殺されていた――それは、どういう？」

「遠隔殺人ですよ」

「……遠隔殺人!?」

何人かの声が重なり、驚愕のハーモニーを奏でる。

「最後のアリバイ工作をするためか、それとも、何か他に意図があったのかどうかは不明ですが、あの時、濁暑院さんを殺すための仕掛けは既に完成していたと考えるべきでしょう。……現場に落ちていた二枚のタオルと、石畳を濡らしていた水がそれを示しています」

タオルと水と『蜃気楼の間』が結びつき、真実の風景を聴衆の頭の中に描き出す。

「つまり芸術家《アーティスト》は、那須木さんが料理に使われている氷の器を用いたのです。慶徳鬼の像の両隣には、背中合わせに立つ、二体の美人像がありましたね。あの美人像はどちらもまったく同じデザインで、頭上に水瓶を支えていました。しかも、像の間隔は、人間一人分程度です。

——美人像の水瓶の中に氷の器を少し傾けるように立て、体のバランスが崩れないように、真っ直ぐに紫水晶《アメジスト》の上に落下するように、角度を調整し、氷の表面にタオルを置いて、その上に濁暑院さんを寝かせたのですよ」

図で示すと、次のようになる。

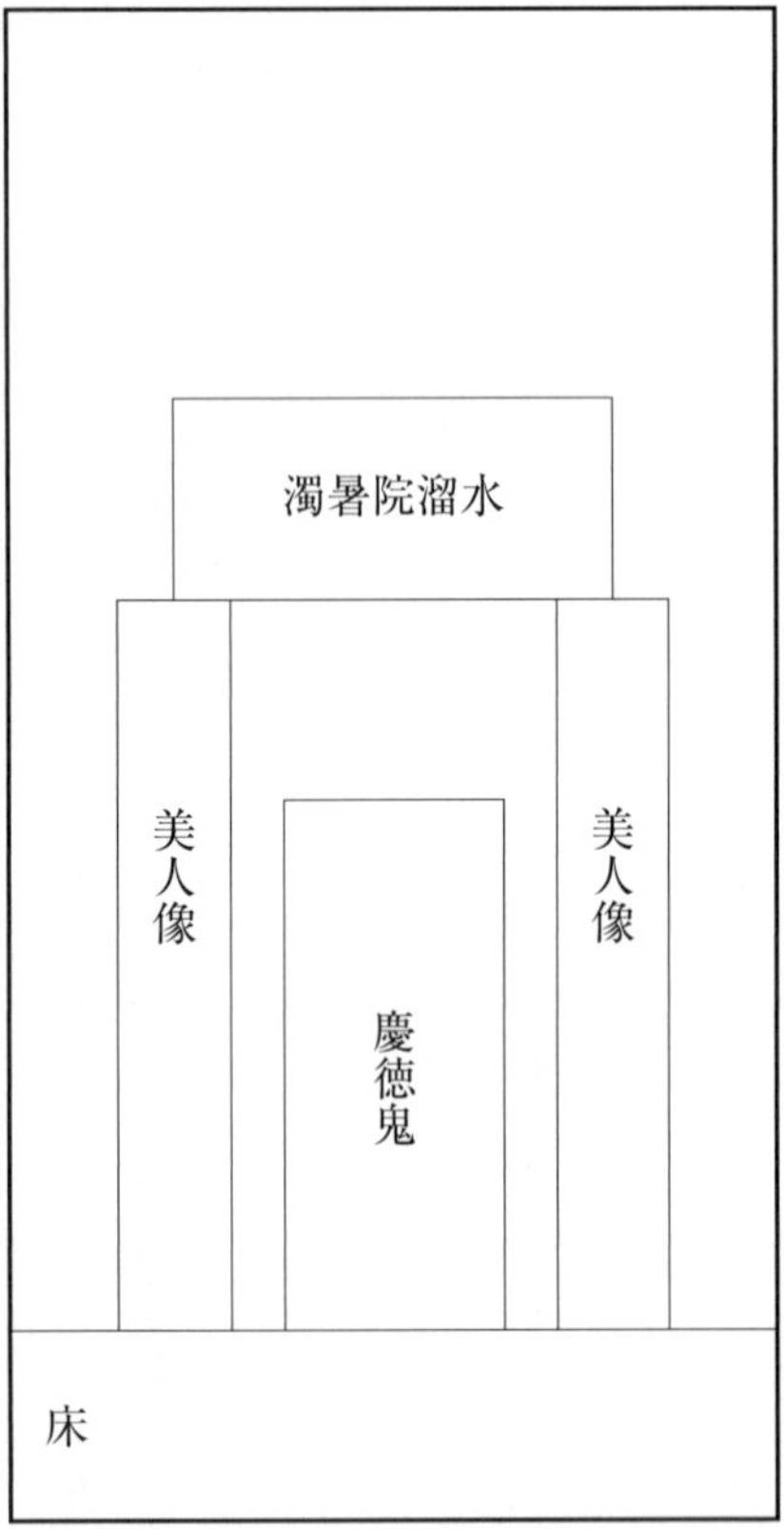

「まだ検屍の結果待ちですが、おそらく、濁暑院さんも、柊木さんがそうであったように、強力な睡眠薬で眠らされていたのでしょう。この仕掛けが完成していたからこそ、午前三時、魅山さんは『氷の沼』で次の殺人の準備をしていたのです。

やがて氷は溶け、濁暑院さんは万有引力の法則に従って、慶徳鬼が手に持つ紫水晶《アメジスト》へと落下したのです。氷の器とタオルも、この時、床に落ちたことでしょう。現場に手がかりが残されたままだったのも、芸術家《アーティスト》が既に死んでいる人物である証しと言えます。……皮肉なことですが、こうして濁暑院さんは、自分を殺すものの死に遅れること一時間、永遠の眠りについたのです」

死者の遺した仕掛けに殺される男……悲しい話だ。

――しかし、これで事件の謎は九割は解明された。残るは虹川親娘の死と密室の謎だ。

ワープロのキイを叩く手を休め、十九の探偵助手・氷姫宮幽弥が新たな疑問を提出する。

「九十九さん、では、虹川良さんの死はどういうことなのですか。虹川さんを殺す準備をしている最中に魅山さんは死んだのですから、彼女にはもはや誰も殺すことはできなかったはずでしょう」

「氷姫宮さんのおっしゃる通りですね。魅山さんには、究極の密室の中にいる虹川さんは殺せません。――難しく考えることはありません。純然たる消去推理で、答えは簡単に導き出せますよ。つまり、虹川良さんの死こそが自殺だったのです」

それは、十九らしくない矛盾した推理だった。先ほどの虹川偽装自殺説と明らかに食い違っている。十九の解決篇を静聴していた城之介も、さすがに、その点を指摘しないわけにはいかなかった。

「九十九氏は、虹川氏の死は偽装自殺だと言っていなかったか？」

「ええ。確かに私は、虹川さんの死が偽装自殺だとは申し上げました。ですが、自殺でないとは明言していません。あの死は、偽装自殺を装った自殺だったのですよ」

その解説には、誰もが首を傾げている。不可解極まる話だった。そのようなことが、はたしてあり得るのだろうか？

「あの部屋は密室でもなんでもありません。あの晩、虹川さんは一歩も外に出ていないだけなのです。娘さんがあのようなことになり、生きる支えを失ってしまったのでしょうか……虹川さんは自殺する道を選んだのです」

「でも、九十九くん。それならなぜ、自殺を偽装する必要があるの？」

　サングラスをかけた美貌探偵の推理の美しい連鎖に魅惑されながら、舞衣は探偵としての本能からか、気がつくとそう質問していた。

「虹川さんは、芸術家《アーティスト》が誰であるかを知りませんでした。彼は自殺を決意しましたが、自分の名誉のためにも、恵さんの名誉のためにも、自分が芸術家だと思われるわけにはいかなかったのです。あの状況で自殺すれば、おそらく捜査陣は虹川さんこそが芸術家《アーティスト》だと断定するでしょう……その危惧は現実のものとなり、彼は芸術家《アーティスト》の汚名を着せられていました」

　城之介や哲子ら、これまで捜査をリードする立場にあった者たちは、苦い表情になっている。別に糾弾されているわけではなかったが、十九の言葉は耳に痛かった。

「虹川さんは自殺はしたかったが、容疑をかけられるわけにはいかなかったのです。そこで彼は、自分が芸術家《アーティスト》に殺されたと見せかけるために、自殺を偽装自殺に見せかけたのでしょう。遺書を遺さなかったのも、おそらくはそのためです。……捜査陣が自分の部屋の周りを包囲し、究極の密室状況を創り出しているとも知らず、彼は安らかに永遠の眠りについたのですよ」

　驚くべき真相——！

　見る角度を変えるだけで、事件はそれまでとはまったく異なる顔を見せる。幻影城殺人事件が奇跡的な重層構造を有しているからこそあり得る、めくるめく逆転劇の連続だった。

　……しかも。まだ、これですべてが終わりとは限らないのだから、その奥の深さは恐ろしい。

「幻影城殺人事件は、最後の最後になって芸術家《アーティスト》の手を離れ、独自の解決へと辿り着いたのです。数々の偶然に助けられ、事件は自ら真相と異なる解決へと我々を誤導していきました。

　考えてみてください。虹川恵さんの死がなければ、虹川良さんの部屋は他の作家たちの部屋と並びのままでであり、深夜厳重な警備体制を敷く捜査陣の方々が魅山さんを摑まえ、勝利していたことでしょう。最期の瞬間こそ、偶然によって、運命を司る者から死を賜ることとなりましたが、魅山さんはその死の直前まで、運を味方につけていたのです」

エラリー・クイーンの父は、自著の中でこう記している。「完全犯罪人は、運命の寵児でなくてはならない」、と……。

最期の瞬間まで――いや、死を迎えた後も、魅山薫は運命の寵児だった。事件は彼の手を離れた後も、ダミーの解決へと一人歩きしたのである。

芸術家《アーティスト》のシナリオ	現実の事件
①濁暑院溜水を殺す仕掛けを作る。	①濁暑院溜水を殺す仕掛けを作る。
←	←
②虹川良を自殺に見せかける準備をする。	②魅山薫が地震によって事故死。
←	←
③濁暑院溜水が死ぬ。	③濁暑院溜水が死ぬ。
←	←
④虹川良を自殺に見せかけて殺す。	④虹川良が自殺する。

魅山薫の死後も、多少のアレンジが加わっているとはいえ、事件は（芸術家《アーティスト》にとって）理想的な展開を見せた。

……魅山薫にとって唯一、だが決定的に不運だったのは、捜査する側に、運命などを超越した存在、九十九十九がいたことだろう。魅山薫が才知のすべてを結集して創造した大いなる殺人芸術も、十九の前では、儚く崩れ去ってしまったのだ。

「――『小椅子の聖母』の画が逆さまになっていた理由……ひょっとすると、本人が意図していなかったとはいえ、それこそが芸術家《アーティスト》のサインと言えるものなのかもしれませんね。ここで言う聖母とは、マリアのことではありませんが、魅山さんもきっと、龍宮さんたちが誤解なさったように、そのタイトルから判断して聖母マリアの画であると錯覚してしまったのでしょう。

『逆転の間』――たとえ、その部屋のルールに従うためとはいえ、クリスチャンである魅山さんにとって、逆さまになった聖母の画は正視に耐えぬものでしょうね。魅山さんは、いわば本能的に逆さまに……本来あるべき方向に戻してしまったのです」

有馬（マリアの逆）みゆき刑事を示すミスディレクションではなかった。あの逆しまの聖母の画は、芸術家《アーティスト》がクリスチャンである象徴だったのだ。

「そして、遺書ですが――。『僕はもうタエられない』という遺書は、芸術家《アーティスト》の筋書きでは、虹川さんの遺書として発見されるはずのものでした。なぜ、あの遺書では『耐えられない』の『耐え』が『タエ』とカタカナになっていたのでしょう？　それは、あれが、芸術家《アーティスト》が偽造した虹川さんの遺書の隠し場所を露骨に示すためのメッセージだったからです。『タエ』……と言われれば、誰でも星野『多恵』さんを連想するでしょう。――私が遺書のノートを発見できたのは、そういった理由からです。

魅山さんは、おそらく昨晩より前に、一昨日の日中にでも、スキを見て彼女の部屋にノートを隠したのでしょうね」

「それで、九十九氏。虹川恵嬢を殺した『犯人』の謎と、あの密室のトリックは解明できたのか？」

城之介が最後の難問を十九にぶつける。だが、美形の探偵は、余裕だった。動揺することなく、美笑して頷き、最後の解説に入る。

「あの謎も、違った角度から眺めてやれば答えは意外に単純であることがわかります。犯人は、強いて言うならば、『神』……運命ですね。あれもまた殺人ではなく、虹川恵さんの自殺でした」

今まで俯いて推理を傾聴していた者も、さすがにその言葉には顔を上げずにはいられなかった。

虹川恵は、花瓶で頭を殴打されたのだ――自殺というのは、実にバカげている。

「自殺、という表現は正確さを欠いていますね。まあ、私がそう申し上げたのにも理由があるのですが、それはまた後ほど……。事故死、と言い換えましょう。あの現場の状況をよく思い出してください（『80血文字を読む』参照）。虹川恵さんは部屋の隅の棚のすぐ近くで死んでいて、後頭部だけでなく、前頭部にも打撲痕がありました。

——捜査のファイルによれば、彼女は左利きでした。ですが、現場写真によると、恵さんは右手でダイイング・メッセージを記しています」

そこで舞衣が鋭く反応する。

「それは、あたしも龍宮さんも音夢ちゃんも気づいていたわ、九十九くん。だからこそ、二人の巡査が射殺された事件と同じで、芸術家《アーティスト》が恵ちゃんの利腕を知らずにダイイング・メッセージを偽造したと最初は推理したわ。……でも、あれだけ明敏な犯人が二度も同じ過ちを繰り返すとは思えないし、それに、屍体をよく調べたところ、恵ちゃんが左手首を捻挫していたことがわかった（ファイル参照）から、彼女が右手を使ってもおかしくなかったと推理したのよ」

「霧華さん、それはわかります。ですが、犯人に抵抗する時に捻挫をするでしょうか？ あり得ないことはありませんが、それなら手首だけでなく、体の他の部位にも打撲の跡があるはずです。私が彼女の死を自殺（事故死）と確信した理由も後で詳しくご説明いたしますが、あれは事故だったのですよ。

虹川恵さんは、何かの拍子にカーペットに足を引っかけて転び、左手首を捻挫して、前頭部を強打した。そこへ棚の上から花瓶が落ちてきて……後頭部にとどめの一撃を加えたのです。——虹川恵さんの髪が結ばれていたのは、超常的な推測を排するなら、彼女自身の気まぐれによるものと解釈するよりありませんね。そのことについては、後ほどまたご説明いたします」

十九が遠回しな言い方をしたのが城之介には気になった。何かの拍子——それはひょっとして、小杉勝利が少女を呼ぶために部屋の扉を強く叩いた時に、驚いて……？

少年を悲しませないための僚友の思いやりを察し、城之介は帽子のつばをさげ、誰にも見えないところで俯いたまま微笑した。

城之介は、僚友のそういうところが好きだった。

——十九は、必要もなく自らの功績を誇ることのない男なのだ。

様々な驚愕を生んだ最終の解決篇も、ようやく一区切りついたという感じだった。

……だが、真の終幕はまだ先に在る。

九十九十九の神通理気が本領を発揮するのは、これからだ。十九の推理は、間もなく一〇〇〇年の闇を切り裂き、幻影城殺人事件の壮大な背景を暴く!!

96　犯罪神《はんざいしん》を葬《ほうむ》る呪禁《じゅごん》の言《ことば》

事件は解決した。しかし、十九はまだ着席しない。メタ探偵として解明しなければならないことが、彼にはまだまだ残されていた。

悲愴な音楽を思わせる響きの良い美声で、十九はさらなる驚愕を食堂に現出させる。

「――以上で殺人事件に関する問題は解明できたと思います。これをもって、幻影城殺人事件解決篇は終幕とさせていただきますが……ただ、私にとって残念でならないのは、濁暑院溜水さんが真相に気づいていながらそれを黙っていた、ということです」

それまで、自分の部屋で発見されて遺書に言及されても沈黙を保っていた多恵さえもが、思わず呟く。

「溜水さんは、真相を知っていた……？」

これまでは、幻影城殺人事件は芸術家《アーティスト》という超越者が人外魔境に創り出した虚構的な物語なのだ、と諦観に似た複雑な心境の者も多かった。この事件は、犯罪の天才による、自分たち（人間）にはどうしようもない天災のようなものなのだ、と――。

だが、そういった人々も、十九が超絶推理で不可能犯罪から『不』の字をとり、超常的な謎を現実レヴエルの解決まで解体していくにつれ、少しずつ考えを変え始めていた。

これは、芸術家《アーティスト》による殺人芸術などではない。人生の道に迷った者の手による、罪深い犯罪なのだ……そう認識を改めつつあった。

多恵も、その一人だった。不可解な超常事件は、実は単なる不快な事件だった。――そう自分に言い聞かせることによって着実に、失いかけていた『自分』を感じることができるようになった。

人間らしい感情を取り戻しかけた矢先のカタルシス……それによってまた鬱な気分に染まるわけではなかったものの、驚愕は、あまりに巨大だった。事件の真相以上に驚くべきものだった。

多恵とその兄の風紋寺は、溜水と個人的につきあいがあった。彼女は、幻想的な雰囲気を持つあの作家のことを、よく知っているつもりだった。

濁暑院溜水は、すべてを知っていた？ そして、それを黙っていた？

信じられない話だった。真相を看破しているなら、なぜ溜水は魅山薫に殺されたのか？ ……多恵だけでなく、十九を除く全員が、そのことを疑問に思っている。

打ちのめされた聴衆は、喉もとまで出かかった質問を口にすることさえできないようだった。

「濁暑院さんはすべてを知っていました。この事件のすべてを。『華没』を読めば、それは明らかでしょう。あの記録物語の中には、魅山さんが犯人であることを示す多くの手がかりが存在しています。例えば、『光の舞台』の雪密室について考えてみましょう。あの密室の解決は、霧華さんが推理なさった通りです。……ですが、あの密室にはもっと重要な意味がありました。犯人の特徴を示すという意味が——。霧華さん、あなたはあの密室の推理に違和感を覚えられたようですが、それはどこにです？」

「雪密室のトリックは、芸術家が実際には『光の舞台』へと行っていない——つまり、真の犯行現場はあそこではない、というものだったわ。犯人は、被害者たちの血を凍らせたものと鉄斧を『光の舞台』へと放り投げた……」

「それだ、霧華嬢！」

舞衣の言葉を遮るように、城之介が鋭く叫ぶ。黒衣の探偵が十九に視線を向けると、サングラスをかけた美しい探偵は、微笑して頷き、城之介の考えが正しいことを示した。

「龍宮さんはお気づきになったようですね。そう、あの密室を作るには、かなりのコントロール、……ピッチングが要求されます。なぜなら、幻影城から『光の舞台』までの距離は数十メートル、さらに犯人は、血の器と鉄斧を限られた空間の中に見事に放り投げなくてはならなかったのです。『光の舞台』から、それらがはみ出してしまっては意味がありませんからね。

——『華没』の読者たる皆さん、思い出してください。あの原稿の『59　壮麗なる空間』には、魅山さんがキャッチボールをしているシーンがありました。そして、魅山さんは中学・高校と野球部でピッチャーをしていたと明記されていたのです。

あの記録物語は、幻影城殺人事件のすべてのシーンが描かれているわけではありません。記述者である濁暑院さんの判断で取捨選択され、重要と思われるシーンのみが記されたのです。あの一読、意味のない場面は、魅山さんが犯人であることを暗示するために意図的に描かれたシーンなのですよ」

まさか、あのキャッチボールに意味があったとは……『読者』でもある『登場人物』たちは、もはや何も発言できなかった。

「それだけではありません、すべてを確認したわけではありませんが、中にはもっと大胆な伏線もあります。例えば……」

十九は卓上の『華没』をとり、チェックしていた箇所を開いて美声で朗読する。

「もし、僕が芸術家《アーティスト》だったらどうするんだ」

「私は子供じゃありません。それに、虹川さんが芸術家《アーティスト》でないのは私が一番よく知っています」


「……これは、『42　デフォルマシオン』からの引用です。デフォルメ、とも言われますがデフォルマシオンとは、つまりは歪曲のことですね。その小見出しの通り、この箇所は実際あった会話を歪曲し、犯人を露骨に示したフィクションだったのですよ。

　虹川さんが芸術家《アーティスト》でないのを一番よく知っている——というのは、魅山さん自身が芸術家《アーティスト》であるからに他なりません」

「では、十九兄さま。もし濁暑院さんが真実を手にしていたのなら、なぜ黙っていたのですか？　どうして犯人に殺されてしまったのですか？」

　敬愛する兄の推理だからといって、音夢は十九の推理を鵜呑みにするわけではない。感情的な捜査しかできないのであれば、ＪＤＣの出世競争を勝ち上がることはできない。ＪＤＣ上位班の探偵ならば誰でも知っている——大切なのは、自分で考え、確認することなのだ、と。

「あくまで仮説ですが、濁暑院さんは、仲間の罪業を暴くに忍びなかったのかもしれません。——幾重にも張り巡らされた伏線からもわかりますが、彼が誰かに自分の知る真相を気づいて欲しがっていたのは確かでしょう。

『華没』の最後のシーンである『82　「華没」の終わり』には、こんな記述があります」

　手元に原稿がある者は、十九の指摘した箇所を探す。原稿をめくり、十九はまた朗読した。

龍宮さんは遂に真相に辿りついてくれたのだ。

城之介が舌打ちをした。それは怒りではなく、悔しさのためだった。濁暑院が真相を彼に語らずに、むざむざ殺されてしまったこと。そして、自分が彼の期待に応えられずに偽の真相を摑まされてしまったことが、無性に悔しかったのだ。

「……これは、濁暑院さんの偽らざる心境だったのでしょうね。彼は是が非でも真相を誰かに伝えるために、『華没』という記録物語を利用して、時には暗示的に、時にはあからさまに、魅山さんのことを告発し続けていたのですよ。龍宮さん、あなたは『79　ソネット・無題の殺詩』をどう解釈されましたか？」

「ソネット……!?　ああ、あの短い詩だな。ずっと異常な事件の渦中にあり、しかも睡眠を削って疲労しながら濁暑院氏は極限状況での執筆を続けていた。あれは一時的に筆が滑ったものだと龍宮は解釈していたんだが」

事件ではなく、『華没』という原稿の最大の謎をあげるとすれば、あの短詩《ソネット》だろう。それは解読不能の不可解なものとして、大半の『読者』には見過ごされていた。

「あたしは、体外離脱した虹川恵ちゃんの幽魂の視点（?）で、彼女が自分が殺された現場を冷静に視ているという超常的なシーンを描いているのだと思ったわ。――詩の中には、『キャハハ』という笑い声が幾つか出てくるわよね。『華没』の他の箇所では、恵ちゃんの笑い声で『キャハハ』というのがあったから。……確か、恵ちゃんと小杉くんが温室で星野さんに遭う場面だったと思うけど」

舞衣が自己の見解を述べると、哲子が冷静さを欠いた口調で尋ねる。

「まさか……九十九さん、あの詩にも深い意味があったのですか？」

狂人が記した詩のような、あの破綻したソネットに意味があるとすれば、それもまた芸術と呼べるものかもしれない……。

「鮎川さん、先ほど申し上げた通り、『華没』はすべて選ばれたシーンで構成されています。無駄なシーンは一つもありません。もちろん、あのソネットにしても同じです。

ソネット、というのは近世ヨーロッパの叙情詩の一形式で、一般に、四行の節二つと三行の節二つからなる十四行の短詩のことだったと記憶しています。まあ、それは余談ですが、注目すべきはあの詩の最後に添えられた一文、『どうか頭にお構いなく』というメッセージですね。……あれこそが、事件の重要な手がかりとなる三重《トリプル・ミーニング》の含意でした」

『どうか頭にお構いなく』――『この詩の内容は狂っていますが、私の頭は正常です。どうかご心配なく』とも解釈できる内容であるが、その真の意味とは、……

「濁暑院さんは敢えて逆説的表現を用いることによって、注意を喚起しようと思ったのでしょう。……もっとも、残念ながらその試みはほとんど無駄に終わってしまったのですが。つまりそれは、『頭に注目しろ』ということです。殺人予告状の『華麗なる没落のために』というメッセージがまず一つ――濁暑院さんは、あの殺人順番予告に気づいていました。そして第二の含意は……ソネットの隠しメッセージです。

――詩の最後の行の『ルルル』という言葉も、意味のわからない抽象的なものです。あの言葉自体に意味があるとは考えられませんから、重要なのはその『音』ではないか？　私はそう考え、ソネットの各行の頭の文字を拾い出してみました」

交錯するフラッシュ
濃紅色の泉に眠る一
花瓶が屍体の横に転
呆然とする薫、泣き
次は誰が殺されるの
はてしない恐怖がこ
真実を知るのはただ
実をいうと探偵は何
つかみ得たのは虚構
ただ暗澹たる未来が
えもいわれぬ奇想。
手がナニかヲ書いて
意味がわからないよ
ルルル……

▼

こうさくするふらっ
のうこうしょくのい
かびんがしたいのよ
ぼうぜんとするかお
つぎはだれがころさ
はてしないきょうふ
しんじつをしるのは
じつをいうとたんて
つかみえたのはきょ
ただあんたんたるみ
えもいわれぬきそう
てがなにかをかいて
いみがわからないよ
るるる……

「『このかぼつはしんじつをつたえている』――『この「華没」は真実を伝えている』、これこそが濁暑院さんの陰なる告白でした。これによって彼は、自分が真実を知り、『華没』というメディアによってそれを伝えようとしているということを誰かに気づいて欲しかったのです」

濁暑院溜水は、記録物語『華麗なる没落のために』によって、常に真実を訴え続けていたのだ……。

いくら仲間であるとはいえ、彼が魅山をかばって自分の胸の内だけに真相を隠していた、という点が解せないところだったが、ここまで明らかなメッセージ（溜水の意思）を事実として突きつけられれば認めないわけにはいかなかった。

「さて――。『華没』の内容で真実をアピールしようと伏線をちりばめるのはもちろん、『読者』がなかなか真相に達してくれないのに焦った彼は、最終的には犯人を告発することまで決意していたようです。犯人の名前をあからさまに示す大胆なメッセージでね。……それが、三つめの含意なのです。

濁暑院さんは、原稿の中のもっとも眼につく場所に、メッセージを潜ませていました。物語で真っ先に注目される章題がその隠し場所です。

序章から、事実上の終章である六章まで、『華没』の各章の『頭』を拾ってやると――」

序章	煩雑なる序幕
第一章	任地は幻影城
第二章	夜想曲の調べ
第三章	謎めいた探偵
第四章	魔境の四重殺
第五章	永夜破境の嘆
第六章（終章）	魅された閉幕

序章　はんざつなるじょまく
第一章　にんちはげんえいじょう
第二章　のくたーんのしらべ
第三章　なぞめいたたんてい
第四章　まきょうのよんじゅうさつ
第五章　えいやはきょうのたん
第六章（終章）　はかされたへいまく

「『はんにんのなまえは』——『犯人の名前は……』。濁暑院さんが殺され『華没』が未完で終わってしまったため、文章は途中で終わっています。しかし、この章題の頭文字が彼のメッセージなのは明らかでしょう？　——いや、これは『犯人の名前』で区切って読むのかもしれませんね。第六章、『魅された』の『魅（はか）』は、『魅山』の『魅（み）』でもあります。最終章の章題を『山』で始まるものにして、『犯人の名前・魅山』としようとしていた、という可能性もあります。……いずれにせよ、濁暑院さんが真相に気づいていたのは、このことからもご理解いただけると思います」

濁暑院溜水は『華没』の原稿で、信じ難いことに、冒頭一行目の章題から犯人を告発していた……。死角は大きすぎて、完全な盲点となっていた。そのため、誰もそのメッセージの存在に気づけなかった。ただ一人の例外——『作者』の意図を知るメタ探偵を除いては。

驚愕が突き抜けた感動に縛られ、身動きのとれない一同をゆっくりと見回し、十九は最後に視線を幽弥のところで止めた。

十九の助手を務める統計探偵は、ワープロのキイを打つ両手を休め、メタ探偵に頷きを返し、ワープロの隣に置いてあった一枚の紙切れを手渡した。

九十九個の数字が並べられた長方形の紙……。

1	1	5	1	2	6	1	1	1	1	19
1	1	4	4	2	1	5	2	4	3	11
9	1	1	3	3	6	1	1	1	9	9
24	2	3	10	1	5	3	2	1	4	2
1	1	1	1	3	6	3	1	3	4	5
1	2	1	1	6	3	2	9	8	1	11
8	8	6	9	4	5	4	5	5	3	7
13	1	4	5	1	10	9	9	2	4	14
5	8	4	7	1	1	2	2	1	1」	5

濁暑院溜水の部屋に遺されていた、あの紙切れである。城之介はそれを意味のないものと判断していたが、メタ探偵は、はたしてそこにいかなる遺志を読みとるのか？

「九十九さん、その紙にはやはり意味があったのですか？」

返答が容易に予想できる質問だった。九十九十九が持ち出してきた以上、そこには必ず意味がある。そうと承知してはいても、その意外さに九冬は尋ねずにはいられなかった。

『言《ことば》』を司る探偵、暗号解読の天才・龍宮城之介を越える十九……さすがは『作者』の意志を伝える者、この世界では、誰もメタ探偵にはかなわない。

「——この暗号表は、犯人の名前と動機を表したものです」

いい加減に驚くことに疲れた聴衆だったが、漠然と予期していた答えを遥かに越える十九の言葉には、やはり驚嘆せずにはいられなかった。

——いよいよ、『意外な動機』が明らかにされる時が来た！

97　奈落《ならく》の業風《ごうふう》は千歳《ちとせ》の闇《やみ》

サングラスの下に隠された素顔は、いったいどこまで美しいのだろう？　九十九十九は、呆れるほどに美しい顔を縦に振り、最後の解説を始めた。

「龍宮さんは、暗号解読にかけては当代随一の探偵であらせられます。柔軟な思考で複雑な暗号を分解し、既存の三十七の基本パターンの組み合わせとして攻略していくその手腕において右に出る者はいません。ですが……」

十九は城之介を見て、さも残念そうに続ける。

「この左下のカギカッコを見落とされたのは、あなたらしくない失策でした」

「見落としていたわけではないさ、九十九氏。重要視しなかっただけだ。全体の意味もまったく解読できないのに、カギカッコだけに注目しても仕方がないだろう」

悲しむような、哀れむような響きの美声で、十九は意外な事実を告げる。

「それは違います、龍宮さん。このカギカッコこそが、この暗号表の謎を解く手がかりなのですよ」

城之介の腕組みがとかれる。黒衣の探偵は、表情に動揺の色を隠せなかった。

「な⁉　――なんだと。それは……本当なのか？」

城之介のひらめきも、十九の神通理気の前では、子供の推理のように幼稚に感じられる。推理合戦は成立しない。さしもの推理貴公子も、メタ探偵が相手では分が悪すぎた。相手は、この世界の『神』に最も近い探偵なのだから。

「このカギカッコは、なぜ、『1』という数字の右下についているのでしょう？　それは、この暗号表が左上から右へと読むものだからです」

十九に指摘されてみると、それは当然のことだった。しかし、暗号表全体の不可解さに注意を奪われた一同は、盲点となっていたその手がかりの意味に気づくことができなかった。

「この暗号表は、横九行縦十一行、全部で九十九の数字があります。カギカッコがついているのは左上から数えて、九かける九たす一、八十二番目の数字です。濁暑院さんに関係のある数字で、『82』と言えば、連想するものはもう一つしかないでしょう」

十九の麗しい指の先が、卓上の『華没』に添えられる。それを眼にして、誰かがポツリと呟いた。

「『華麗なる没落のために』……」

「――そうです。『華麗なる没落のために』は、八十二番目の小見出しで終わっていました。このメモの八十二番目の数字にカギカッコで印がつけてあるのは、八十二番目の小見出しまでは進んだというチェックでしょう」

「それではなぜ、数字は九十九個もあるのです？」

わざわざ口に出して聞くほどのこともなかったが、会話を円滑に進めるために、音夢は疑問を述べた。

「『華麗なる没落のために』――『華没』の小見出しの数に注目してみると……序章が四つであるのを除いて、あとはすべての章が十三個ずつです。おそらく、すべてを知る濁暑院さんは、あと二章で『華没』を完結させるつもりだったのでしょう。小見出しが四個の章と十三個の章を一つずつ執筆すれば、小見出しは合計ちょうど九十九個になります。実際には、八十二番目で終わってしまったのですがね」

暗号が解体されていく……十九の推理が、数字の羅列から死者のメッセージを露呈させようとしていた。

九十九十九と濁暑院溜水。幻影城殺人事件の真相を看破していた探偵役の共演によって、事件に幕が下ろされようとしている。

二人の天才が、すべての謎《ミステリ》にとどめをさす!!

「先ほどの『頭』の三重の含意《トリプル・ミーニング》から察するに、この暗号も隠し文字によるメッセージであることは容易に推測できます。暗号表の左上から順に読んでいくと、5、13、8、1、1、24、9、1、1、8……まず考えられるのは、小見出しの上から何文字めが隠し文字になっているか、ということを示しているという可能性です。しかし、『24』となっている『6　推理小説構成要素三十項の回覧』は二十四文字もありません。

こうなるともはや、答えとして予想される可能性は一つですね。すなわち、小見出しを平仮名にして数え、上から何文字め（つまり、上から何音め）が隠し文字になっているかを示す数字である、というものです。私は最初の小見出しから、最後の八十二番目の小見出しまでをすべて列挙し、予想通り隠されていたメッセージを発見したのです」

	小見出し	暗号表の数字	隠し文字
1	華麗なる幻影城	5	る
2	濁暑院溜水と葵健太朗	13	あ
3	螽斯《きりぎりす》との出会い	8	で
4	鬱屈《うっくつ》した二人の作家	1	う
5	ノックスとヴァン・ダイン	1	の
6	推理小説構成要素三十項の回覧	24	か
7	感嘆・反論・概言《がいげん》	9	が
8	烏夜《うや》・第一の被害者	1	う
9	巨細《こさい》の彫像	1	こ
10	空席は二つ	8	つ
11	人外魔境・第一の屍体	1	じ
12	探偵倶楽部第二班の探偵	8	に
13	連続殺人の予感	2	ん
14	舞台上の覇者・芸術家《アーティスト》	1	ぶ
15	捜査主任・料所警部	2	う
16	幽玄なる謎	1	ゆ

17	条件反射としての菫《すみれ》	1	じ
18	漠然とした予感	1	ば
19	フロイライン・恵	4	ら
20	新たなる謎	4	な
21	惨劇の黎明期	6	れ
22	華麗なる双子姉妹	1	か
23	八人の被害者	1	は
24	雷雨の夜	3	う
25	光彩陸離《こうさいりくり》たる美	1	こ
26	風紋寺の憂鬱	4	ん
27	空席は一つ	5	は
28	双子姉妹の屍体	7	の
29	閉ざされた扉	5	た
30	第一の密室	9	つ
31	三聖誦《サンクトゥス》	1	さ
32	ジャイナの教え	1	じ
33	その植物の名は……	10	は
34	暗室の闇	3	し
35	二人の約束	4	の

36	ワッセルマンの画	1	わ
37	解決に至る道	1	か
38	時間差のトリック	1	じ
39	見立てに注目する	4	に
40	完全なる密室	6	る
41	思《し》遣《い》ある情景	3	あ
42	デフォルマシオン	1	で
43	壁の向こう側	3	の
44	二人の巡査	2	た
45	夢の浮橋	2	め
46	深夜の名探偵	1	し
47	悲劇は『美画の間』から	10	ら
48	二つの屍体	5	し
49	謎は謎を呼ぶ	3	は
50	芸術家《アーティスト》の名前	6	と
51	絶望への落下	5	へ
52	血の濁点	6	ん
53	ジークフリートの影	1	じ
54	鮎川哲子登場	6	つ

55 ささやかな美景 2 さ
56 『華麗なる没落のために』 9 く
57 悲劇続演 4 ぞ
58 天の啓示 2 ん
59 壮麗なる空間 3 れ
60 芸術家《アーティスト》への挑戦 3 て
61 死出の旅 1 し
62 生還を誓う 5 を
63 鎮魂歌《レクイエム》 1 れ
64 摩訶不思議 2 か
65 水密室と鏡の謎 9 が
66 哀愁漂う幻影城 5 う
67 解決への飛翔 9 よ
68 消え去る影 1 き
69 幻影城の幻影 2 ん
70 解決篇・第一幕 1 か
71 カナイ・ヒデタカ 2 な
72 ゆらめく蜃気楼 1 ゆ
73 示すものは二つ 1 し

74	毒の盃	2	く
75	吉報と凶報	5	と
76	毒殺者のたわむれ	8	た
77	芸術家《アーティスト》の魔性	3	て
78	第五の密室	1	だ
79	ソネット・無題の殺詩	1	そ
80	血文字を読む	4	を
81	弑逆者《レジサイデス》の荊冠	1	れ
82	『華没』の終わり	1	か

「……本当に、見事なものですよ。濁暑院さんはすべてを計算して『華没』を執筆していたのです。

一番目から八十二番目まで、小見出しを順番に読んでも、意味のある言葉にはなりません。ですが、八十二番目から一番目へと逆に読んでやれば、事件の真相を表す文章になります――『彼を育てた特殊な環境が、彼をして、連続殺人へと走らしめたのである。虹川の死は自殺。他の犯行は彼ならば充分に実行が可能である』、とね。

ここでの『虹川』とは、もちろん虹川恵さんのことです。虹川良さんの死は濁暑院さんの死後ですから。まあ、虹川良さんも自殺してしまいましたから、結果的に『虹川の死は自殺』という言葉は二重の含意《ダブル・ミーニング》になってしまいましたがね。

濁暑院さんは、恵さんの死が自殺（事故死）であることに気づいていたのでしょう。魅山さんに不可能な犯罪は、恵さん殺しだけでした。あれが事故死だとすると、濁暑院さんが記されているように、他の犯行は彼女ならば充分に犯行が可能だったのです。

濁暑院さんは、魅山さんが女性であることを知らなかったはずですから、『彼女』でなく『彼』であったとしても問題はありません――」

開いた窓から吹き込む夕方の微風で、食堂の辛子《からし》色のカーテンが静かにそよいだ。その涼しげな風に乗って、十九の美声は一同に感動を運んでいた。

「今では幻ですが、八十三番目から九十九番目までの十七個の小見出しで、濁暑院さんは真犯人・魅山薫の名を明かすつもりだったのでしょう。動機はここに書かれている通り、特殊な環境で育ったことによる、殺人への興味でした。

『華没』の中に、『薫は特殊な環境で育った』という記述があることも、濁暑院さんが魅山薫犯人という真相を看破していた証しの一つと言えるでしょう」

長く陰惨な連続殺人の根底にあった動機は、意外にも、『殺人への興味』という単純なものだった。少なくとも今のところは、そういう結末に落ち着きそうだった……。

――しかし――

「記録物語の中に多くの伏線を張っていたことから、濁暑院さんが真犯人の正体を見破っていたのは確かなのですが、彼の推理も完璧ではありませんでした。この事件は、歴史に他に類を見ない複雑な犯罪です。壮大な事件の動機は、もっと深いものであると推理できます。私の神通理気は、こう教えてくれました。一〇〇〇年にまたがる因縁こそが、幻影城殺人事件を陰で操っていた狂気なのではないか、と……」

「一〇〇〇年の因縁!!」

誰もが、耳を疑った。だが、十九は確かにそう言ったのだ……。

一九九三年十月、幻影城殺人事件――。

そのルーツは、一〇〇〇年の昔?

終幕寸前で、事件は混迷を極め、見えつつあった謎宮の出口は、まったく見えなくなってしまった。

■

「偶然の符合が暗合ですが……これは、偶然を越えた奇跡的な符合ですね。遥か一〇〇〇年の昔に、この事件は端を発しているとも言えます。闇の符合、闇合《あんごう》とでも呼びましょうか。ある意味では、この事件の究極の真犯人は魅山薫さんではなく、平安時代の、一人の名もなき女性なのです」

一〇〇〇年の時を越え、幻影城殺人事件を操っていた女性――あまりにもバカげた話だった。意外すぎて、もう驚くこともできない。

「九十九さん、それは誰なのです?」

弱々しい声で平井氏が聞いた。信じることはできなくても、彼らは答えを知りたかった。どうしても、メタ探偵から歴史の闇合を聞き出したかった。

「『源氏物語』の作者であり、紫式部として知られている女性が、この事件を操っていた黒幕です」

紫 式部《むらさきしきぶ》が芸術家《アーティスト》――?

その瞬間、現実と虚構のすべてが消滅し、幻影城は虚無なる歴史の闇の彼方へ、幻影の異空間へと飛翔する……。

「平安時代――女性は名を持たず、官職のみで呼ばれていました。式部とは、女官の呼称。『紫』は、ニックネームのようなもので、『源氏物語』に登場する『若紫』という女性に由来したものです。

これが推理小説であれば、このような嘘臭い符合も『作者』が意図的に創造したものだと割り切ることができるのですが、……恐ろしいのは、我々が現実世界の住人であるということです。先ほどの小見出しの隠しメッセージからわかるように、濁暑院さんの推理は、犯人の動機は、特殊な環境で育ったことによる殺人への興味、でした。それはつまり、彼が闇合に気づいていなかったことの証左です。

もちろん――たとえ濁暑院さんがそれに気づいていたとしても、地名や実名など、実在の名称は変えることができませんから、この闇合が彼の作為のみで築かれたものではないことは明らかなのですが」

「いったい何なの？　九十九くん、その闇合は何？」

数瞬、間があいた。十九は珍しく躊躇しているようだった。実際に自分がそれを口にすることによって、この世界が崩壊し、虚構の時空へと吸い込まれてしまうのではないか、と……。

決心がついたのか、十九は美しい唇をきつく結んで深々と頷く。

そして、告白した。

「幻影城殺人事件も、『華麗なる没落のために』も、すべては『源氏物語』の五十三の物語に操られていたのですよ。――私は氷姫宮さんにも協力していただいて、この事件と物語の随所に、『源氏物語』の巻名が偶然にもすべて含まれていたことを発見したのです」

十九の隣席でワープロを打っていた幽弥は、机の上に置いてあった紙切れをメタ探偵に手渡した。

「九十九さんに依頼されて、僕は『知識の間』でずっと『華没』を分析していました。『源氏物語』の闇合をすべて見つけ出すのは、なかなか大変でしたが、有意義な作業でした。発見の喜びがありましたからね。……もっとも僕には、『源氏物語』がいかなる意味を持つか、まだわかっていないのですが」

十九は、調査事項が箇条書き形式にプリントアウトされた紙を受け取り、助手に頭を下げた。

「ありがとうございます。ご苦労さまでした、氷姫宮さん。おかげで助かりました。

それでは皆さん、一つずつ確認していきましょう、一〇〇〇年前に紡がれた夢物語と、この事件との接点を……。

『第一巻　桐壺《きりつぼ》』

『32　ジャイナの教え』……サラダのドレッシングが入っている美濃壺は、小さなものでした。美濃壺の小さなものは、切壺と呼ばれています。

『第二巻　箒木《ははきぎ》』

『22　華麗なる双子姉妹』……葵さんと廊下で遭った使用人Cさんは、ホウキを持っておられました。箒木とは、ホウキの意があります。

『第三巻　空蟬《うつせみ》』

『78　第五の密室』……空席巡査に、婚約者がいると記されています。私は先ほど確認いたしましたが、空席さんの婚約者は、瀬美子というお名前でした。お二人が結婚したあかつきには、奥さんのお名前は、空瀬美子。ここには、空蟬が含まれます。

『第四巻　夕顔《ゆうがお》』

『74　毒の盃』……夕方に咲く華、それはつまり夕顔のことです。

『第五巻　末摘花《すえつむはな》』

『32　ジャイナの教え』……切壺に入ったドレッシングは、紅花油が美味でした。末摘花とは、紅花の古名です。

『第六巻　紅葉賀《もみじのが》』

『44　二人の巡査』……『紅葉の雅やかな季節』という記述があります。『雅』を『ガ』と音読みすれば、『紅葉の雅→紅葉の賀』となります。

『第七巻　花宴《はなのえん》』

『33　その植物の名は……』……温室で、星野さんが花宴を想うシーンがありました。

『第八巻　葵《あおい》』

葵健太朗さんですね。

『第九巻　賢木《さかき》』

『美画の間』で殺された巡査の一人は、榊一郎さんでした。

『第十巻　花散里《はなちるさと》』

『51　絶望への落下』……料所警部に見せかけた風紋寺さんの首なし屍体が発見され、温室は花散里となりました。

『第十一巻　須磨《すま》』

『22　華麗なる双子姉妹』……『楽奏の間』で間宮てるさんが爪弾かれていたのは、弦が一本の一弦琴でした。一弦琴の別称は、須磨琴のようですね。

『第十二巻　明石《あかし》』

『11　人外魔境・第一の屍体』……水野一馬は、口の中にオレンジを含まされていました。そして、そのオレンジには、『イサカ』という製造元のシールが貼られていました。現場は、『逆転の間』でしたね。『イサカ（ＩＳＡＫＡ）』をアルファベットにして、逆転させてやると、『アカシ（ＡＫＡＳＩ）』となります。

『第十三巻　澪標《みおつくし》』

『30　第一の密室』……『身を尽くしても』という記述があります。

『第十四巻　蓬生《よもぎう》』

『1　華麗なる幻影城』……山道は、まさに蓬生でした。

『第十五巻　関屋《せきや》』

『78　第五の密室』……空席巡査の空耳です。彼は、亡くなったお母さんに呼びかけられていました。『席、や、席や』、と。

『第十六巻　絵合《えあわせ》』

『36　ワッセルマンの画』……『美画の間』で、魅山さんは、数々の名画の絵合を想像しています。

『第十七巻　松風《まつかぜ》』

『2　濁暑院溜水と葵健太朗』……二人の作家が、『静寂の間』で食べていた和菓子は『松風』でした。

『第十八巻　薄雲《うすぐも》』

『25　光彩陸離たる美』……空には、薄くたなびいている雲があります。

『第十九巻　槿《あさがお》』

『10　空席は二つ』……濁暑院さんは、眠そうな朝顔で食堂に入室して来てました。

『第二十巻　乙女《おとめ》』

『47　悲劇は「美画の間」から』……星野多恵さんが、『乙女』と表記されています。『少女』と書いて『おとめ』と呼ぶ場合は虹川恵さんが該当します。

『第二十一巻　玉かずら』

『25　光彩陸離たる美』……小杉勝利さんが虹川恵さんに渡したのは、紛れもなく玉かずらですね。

『第二十二巻　初音《はつね》』

間宮てるさんの本名は、はつねさんでしたね。

『第二十三巻　胡蝶』

『39　見立てに注目する』……荘子の『胡蝶の夢』の故事が引き合いに出されています。

『第二十四巻　蛍《ほたる》』

葵さんが高校時代交際していた女性は、更級蛍子さん……そのニックネームは、『ホタル』でした。

『第二十五巻　常夏《とこなつ》』

『71　カナイ・ヒデタカ』……『常夏』が文中に登場しています。

『第二十六巻　篝火《かがりび》』

『62　生還を誓う』……深夜の警備の際、中庭には篝火が置かれていました。

『第二十七巻　野分《のわき》』

『59　壮麗なる空間』……『台風』は、もちろん野分と同意です。

『第二十八巻　行幸《みゆき》』

有馬刑事のお名前は、みゆきさんです。

『第二十九巻　藤袴《ふじばかま》』

藤袴は、秋の七草の一つで、キク科の多年草ですね。藤袴の古名は、蘭。オランダ料理が幾度も登場しましたが、オランダの略称は蘭です。

『第三十巻　真木柱《まきばしら》』

『42　デフォルマシオン』……『湯の泉』は、御影石とヒノキがゴージャスな浴場でした。真木柱とは、ヒノキで作った柱のことです。

『第三十一巻　梅《うめ》ケ枝《え》』

間宮てるさんが螽斯太郎さんにお聞かせになった箏曲の題名は、『梅ケ枝』でした。

『第三十二巻　藤裏葉《ふじのうらば》』

『美画の間』の名画の一つ、ロバート・サリヴァン・氷室の画は、『薔薇の封時』でした。この画の題名は、『藤裏葉』のアナグラムになっています。

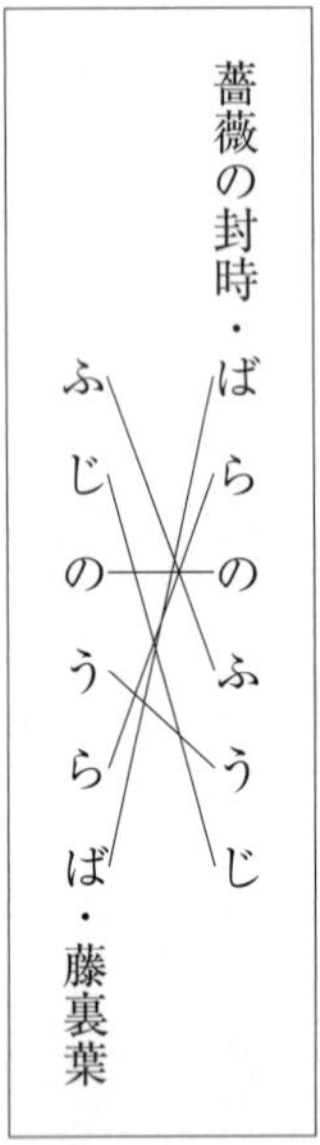

『第三十三巻　若菜《わかな》（上）』

『第三十四巻　若菜（下）』

『41　思遣ある情景』……星野多恵さんは、風紋寺さんの部屋で島崎藤村の若菜集を読んでおられました。

『第三十五巻　柏木《かしわぎ》』

ＪＤＣ第一班班長・刃仙人さんの旧名は、『柏木杣人』でした。

『第三十六巻　横笛《よこぶえ》』

『33　その植物の名は……』……小杉勝利さんが、温室で横笛を吹いておられました。

『第三十七巻　鈴虫《すずむし》』

鈴虫は、コオロギ科の昆虫。そして、キリギリス（螽斯太郎）の古名は、コオロギです。

『第三十八巻　夕霧《ゆうぎり》』

『81　弑逆者の荊冠』……幻影城に夕霧が出ています。

『第三十九巻　御法《みのり》』

『82「華没」の終わり』……濁暑院溜水さんにとって、『華没』の執筆は『実り』あるものだったようです。本来、御法とは仏法のことですね。

『第四十巻　幻《まぼろし》』

幻影城には、様々な幻が存在していました。

『第四十一巻　雲隠《くもがくれ》』

『源氏物語』では、この巻は、巻名だけで物語は存在しません。それによって、紫式部は、光源氏の死を暗示したわけですが、『華没』にも『雲隠』だけは存在しません。これは偶然ではなく、もちろん闇合の一部だと考えるべきでしょう。

『第四十二巻　匂宮《におうのみや》』

『45　夢の浮橋』……濁暑院さんの先輩の斜村なる人物が登場しています。作中人物に方言を話させないのは濁暑院さんの一貫した創作方針だったようですが、斜村さんだけは関西弁を話しておられます。最初に『華没』を読んだ時、私は、現実と夢を区別するテクニックではないかと推測していたのですが、これもやはり闇合によって意味を与えられていましたね。斜村さんの台詞に注目してみましょう。「嘘臭さが匂うのみやから」……匂宮が含まれています。

『第四十三巻　紅梅《こうばい》』

慶徳鬼の台座は、紅梅色でした。

『第四十四巻　竹河《たけかわ》』

『22　華麗なる双子姉妹』……葵さんに好きな作家を尋ねられ使用人Cさんは、竹河聖さんを挙げておられました。

『第四十五巻　橋姫《はしひめ》』

『1　華麗なる幻影城』……橋を守護する玉姫とは、橋姫のことです。

『第四十六巻　椎本《しいがもと》』

『25　光彩陸離たる美』……使用人Cさんの本名は、椎野木はじめさんです。『はじめ』に『一』という漢字をあて、これを『木』と重ねると『椎野本』。

『の（野）』を略して『椎本』となります。

『第四十七巻　総角《あげまき》』

『80　血文字を読む』……虹川恵さんは、髪を麻紐で縛っていました。その奇妙な結び方の名を調べたところ、揚げ巻結びでした。

『第四十八巻　早蕨《さわらび》』

『44　二人の巡査』……二人の巡査が勤務していたのは洞島署。洞島署は、早蕨町にありました。

『第四十九巻　宿木《やどりぎ》』

鴉城蒼也さんは、宿り木のように生きていくことを嫌っていたようです。

『第五十巻　東屋《あずまや》』

幻影城には、『光の舞台』という四阿《あずまや》がありましたね。

『第五十一巻　浮舟《うきふね》』

『45　夢の浮橋』……夢の中、濁暑院さんは湖に浮かんだ舟の上を飛び移りました。

『第五十二巻　蜻蛉《かげろう》』

『77　芸術家の魔性』……『かげろう』と文中にあります。さらには、電気焜炉の陽炎があります。

『第五十三巻　夢の浮橋』

……既にお気づきでしょう。『45　夢の浮橋』の小見出しがそのまま巻名となっています。

——以上ですべてですね。実に恐ろしい闇合です。濁暑院さんの意思だけでは決してできない、偶然を越えた世界の奇跡ですよ」

誰も何も言わなかった。突拍子もない推理に呆れてしまったわけではない。何も、言えなかったのだ。一〇〇〇年の時を越えて再現された『源氏物語』。それは、いったい、何のために存在しているのか？　そして、いったい、何を暗示しているものなのか？

十九はついに、世界の神秘が示す幻影城殺人事件の究極の真実に推理の矛先を向ける。

「……ここから先は、私にも、推理の確信があるわけではありません。ですが、『源氏物語』の奇跡の闇合を発見したことは、『作者』という大いなる超越存在が、私に真相を伝えてくださったような気がしてならないのです。

——たとえ推測に過ぎないとはいえ、私はこの推理に自信を持っています。『源氏物語』が示す、この事件の動機こそが究極の真実であると信じています」

十九は、そこで聴衆の中の一人に、サングラス越しに鋭い視線を飛ばした。視線を受けたのは、平井太郎の隣に立つ間宮てるだった。

「間宮さん――。芸術家こと魅山薫さんは、あなたと螽斯太郎さんの息子さんではありませんか？　……魅山さんは性転換されてしまったので、今では娘さんといった方が正確になるのでしょうが」

十九の放った言葉は驚愕の暴風となり、食堂にいる全員の感覚中枢を破壊する‼――これはまさに、世界の終末で起こるという、奈落の業風だ。

あり得ないことだった。間宮てると螽斯太郎は、今回の事件で初めて知己を得た。二人の年齢を考えると、肉体関係を結んでいるとさえ考え難いのに……ましてや、魅山薫が二人の息子（娘）だなどというのは、狂気の沙汰だった。

「何を――何を言われる。九十九さん、失礼ですぞ」

平井太郎が間宮てるの肩を抱きながら、激昂して一歩前へ出る。だが、十九はまったく動じることなく、風が凪いだ湖面のように静かで落ち着いた美声で続けた。

「あなたはいつお気づきになったのですか……あの螽斯太郎さんが平井玄次さんであるということに？」

意外な真相に慣れているはずの探偵たちでさえもが、十九のその言葉には絶句した。いわんや、他の聴衆に至っては――

間宮てるに視線が集中する！　――過去の罪を背負って生きる老女は、ずっと俯いたままだった顔を上げ、サングラス越しに十九を見返した。その表情はどこか清々しく、ふっ切れたような印象を受ける。

その眼は語っていた。……メタ探偵の言葉は真実であると。

「すぐに気づきました。平井さまをはじめ、昔から幻影城にいる数少ない方々は、誰もあの方が玄次さんであるとはわからなかったようです。無理もありません。……数十年の間に、彼の印象は大きく変わっていました。玄次さんと永遠の愛を誓ったわたし以外、誰も気づくことができなかったとしても不思議ではありませんでした。

運命の分岐点でわたしと別れ、それまでとは別の人生を歩んできた彼の話を聞き、わたしは、何も言えませんでした。記憶を失った彼に、本当のことを話すことはできませんでした……」

螽斯太郎は、五十九歳。平井太郎は、七十一歳。そして、平井玄次は、兄のちょうど一回り下の年齢であるから、五十九歳。——計算は合っている。

「……それでも、あの方が選んだ奥さんがわたしに似ていたということを知った時には、嬉しさのあまり涙が出ました。たとえ記憶を失っても、玄次さんは心のどこかでわたしのことを想っていてくれたのだと、自分に都合のいい解釈をして——。わたしは螽斯さんに過去を打ち明けました。自分から言い出すのではなく、あの方自身に記憶を取り戻していただこうと。……とこしなえに、その機会が訪れることはなくなってしまいましたが」

次第に声を落としつつ、そう述懐すると、間宮てるは、最後には平井太郎の胸に顔をうずめ、また泣き出してしまった。

彼女の告白から、聴衆は筆舌に尽くし難い衝撃を受けていた。そんな困惑の流れの中で、多恵は、『華没』で得ていた螽斯太郎の情報が、頭の中で綺麗に反転するカタルシスに身を委ねていた。

螽斯は、華乃を愛していた。そして、華乃に酷似した容貌を持つ間宮てるに惹かれた。——記憶を失った彼はそう考えていたようだが、事実を知った者たちには、真実はその逆であることが明らかだった。

螽斯太郎こと平井玄次は、間宮てるを愛していた。そして、潜在意識にある彼女への愛に操られ、てるに酷似した容貌を持つ華乃を妻に選んだのだ。てるが華乃に似ているわけではない。華乃こそが、てるに似ていたのだ！

——でも、それじゃあ、愛情っていったい何？　人間は結局、様々な感情の流れに、思考の洪水に翻弄されているだけじゃ……意識の大河に溺れ、自分を見失い、藁にもすがる想いで目先の感覚にしがみついているだけじゃないのかしら？

そう考えると、『愛』や『死』という正負の極にある概念でさえもが、大したことのない滑稽なものであるように思えた。——むろん、それは極論なのだが、今の多恵には、もう冷静な思考はできなかった。ただひたすらに、休息が欲しかった。永遠に続く時空と無限の幸福よりも、聖なる眠りだけを求めた。……本当に、彼女は疲れきっていた。

眼を閉じると、世界が遠ざかっていた。眠っているわけではなかったが、意識はどこかの闇を漂っていた。何かを語る九十九十九の美声が、遥か彼方に、小さく聞こえた。

「これは一つの賭けでした。間宮さんに直接尋ねるしか、確認の術はありませんでした。私の推理が誤っていた時は、謝るしかありませんでした。

——ですが、『源氏物語』の闇合は、真実が少し手を伸ばせば届くところに存在することを私に強く訴えていました。神通理気の出した答えを私は信じました。推測は、間違っていませんでした。

幻影城殺人事件と『華麗なる没落のために』を陰から支えていたのは、『源氏物語』です。しかし、この物語には主役が欠けていました。主人公である光源氏がいませんでした。事件に関係のある方々の中で、光源氏の役を演じるものがいるとすれば、それは、平井玄次さんでしょう。

平井玄次さんは、この幻影城にいなくてはならなかったのです。そして、実際、螽斯太郎さんとして、彼はここに来ていました——」

『華麗なる没落のために』は、脇役の登場から始まるのではなかった。螽斯太郎こと平井玄次……主役が幻影城に帰ってくることによってすべての準備は整い、あそこから幻影城殺人事件は開幕したのだ。

「――最大の闇合が答えを示しています。平井ゲンジと久能カオル（魅山の本名）。『源氏物語』を知る者なら、誰にでもわかることでしたね。一〇〇〇年前のあの物語の後半。宇治十帖の主人公・薫の父は、源氏の君です。

間宮さん、あなたと玄次さんの息子さんが、魅山薫さんなのですね？」

泣きながら、てるはかろうじて首を縦に振る。ようやく、事件の真の動機らしきものが見えてきた。

一〇〇〇年の時を経て、紫式部の成し得た芸術の残照が、幻影城殺人事件の闇を、今ついに照らし出そうとしている……。

「何かのきっかけで、おそらく魅山さんは知ってしまったのでしょう。自分を捨てた真の親の正体を。魅山（ミヤマ）――（マミヤ）間宮……偶然というには、できすぎた暗合ですね。

先ほど、魅山さんが犯人だと私が告発した時、間宮さんは過剰な反応をされました。あの時、私は自分の推理に賭けてみようという気になったのですよ。あれは、母親のリアクションでした。

魅山さんは母の存在を知り、それをもじったペンネームをつけ、自分を捨てた者たち、そして、その者たちが住む幻影城を憎悪するようになった……。

おそらく、真相はこうでしょう。魅山さんを産んだ後、平井玄次さんと間宮てるさんは駆け落ちした。その際、子供は幻影城に残していった。未婚の身でありながら子供を託された平井太郎さんは、やむなく、その子供――魅山さんの養育を親友の久能啓輔さんに任せられた。

この事件の真の動機は、殺人への興味などという薄っぺらいものでなく、魅山薫さんの生涯を賭した幻影城への復讐だったのです」

もはや何も言えないてるに代わって、平井太郎がすべてを認めた。

「参りましたよ、九十九さん。確かに、薫くんは、玄次とてるの子です。警察の警備によって、事件が玄次（外部犯）の可能性はないとわかり、わたしは身内の不名誉な過去を隠していた。申し訳ない。……それにしても、まさかあの螽斯さんが玄次だったとは！　わたしには、まったくわからなかった」

それは、あたかもすべての終幕の挨拶のようだった。すべての謎は跡形もなく消え去り、意外な『事実』がその真の姿を見せた。

幻影城に生まれ、幻影城に死ぬ――。

恐ろしく長期戦となった幻影城殺人事件は、二十二年前にこの城で生を授かった一人の男の成した大芸術だった。

魅山薫……確かに彼女は狂気に支配されていたかもしれない。だがそんな彼女も、芸術を愛した正真正銘の芸術家《アーティスト》だったのである。

あまりに長引いた解決篇もようやく終わり、夕焼けで西空が朱に染まり始めている。

鮮やかな黄昏の中、幻影城殺人事件は終幕した。

■

「いろいろと考えさせられる事件でしたね……」

九十九十九は、感慨深げにそう呟いた。

窓から差し込む西陽が、食堂を黄昏の黄金の輝きで優しく包み込んでいる。事件関係者たちは、既に散会した。現在、室内にいるのはＪＤＣの五人の探偵だけである。

「魅山さん——芸術家《アーティスト》は、『推理小説の構成要素三十項』を網羅するつもりはなかった、と偽造した遺書の中で告白しておられました。……わざわざそう言及した以上はその通りなのでしょうが、考えようによっては、『構成要素』はこの事件ですべて制覇されていたとも言えます」

十九は幽弥から『推理小説の構成要素三十項』を受け取ると、軽く一礼して、その内容を分析した。あいかわらず美しい声であることは変わりないが、誰に言うでもなく、独言のような調子だった。

「『1◎不可解な謎（奇想）』——は、全篇にちりばめられていました。

『2◎連続殺人』——十四人と二匹が殺害されたこの事件は、紛れもなく連続殺人事件ですね。

『3◎遠隔殺人』——『流血の間』のアリバイ工作トリックと、氷の器を使った『蜃気楼の間』の美人像の殺人装置が挙げられます。

『4◎密室』——『審判の間』、『厨房』、『光の舞台』、『武具の間』、『密室の間』、そして虹川親娘の部屋が一つずつ。表面的な密室状況は七つありました。

『5◎暗号』——殺人予告状の『華麗なる没落のために』というメッセージ、そして、濁暑院さんの遺された暗号表、さらには『華没』の原稿に暗号が多く存在しました。

『6◎手記』——虹川さんの偽造された遺書です。

『7◎見立て』——『黒死館殺人事件』の見立てと、虹の構成色のマーダー・テーマが該当します。

『8◎首斬り』——華&麗の双子猫殺しと、料所警部と風紋寺さんが首を斬られて殺されました。

『9◎作中作』——『華没』の『63　鎮魂歌』、そして『82　「華没」の終わり』の短編ですね。

『10◎不在証明（アリバイ工作）』——先ほどあげた、『流血の間』の遠隔殺人は、単純ですが確かにアリバイ工作でした。

『11◎死体装飾』――全篇に溢れていましたね。

『12◎死体交換』――風紋寺さんと料所警部の首なし屍体が交換されたものでした。

『13◎アナグラム』――これも、多く存在しました。

『14◎殺人予告状』――最初の事件で、『逆転の間』の扉に貼りつけられていたのがそれですね。

『15◎意外な犯人』――犯人告発時既に死んでいた人物、そして、自分の死後に二人の人間が死ぬこととなった魅山薫さんです。

『16◎意外な動機』――二十二年前に自分を捨てた両親に対する憎悪です。

『17◎意外な人間関係』――魅山さんが平井玄次さんと間宮てるさんの息子であったということ。さらには、螽斯さんが平井玄次さんであったという事実です。

『18◎ミッシング・リンク』――一見、殺される共通の理由のない被害者の方々にも、殺される理由となった共通の条件を見つけることもできます。すなわちそれは、この幻影城という魔境にいた、ということ。魅山さんの計画に都合よく選ばれてしまった、というものですね。まあ、これらは強いてあげるならばこういう理由が考えられる、というもので、こじつけとの感もありますがね。

『19◎ミスディレクション』――敢えて述べる必要もないでしょう。

『20◎ダイイング・メッセージ』――虹川恵さんの『VI』というメッセージです。

『21◎特殊トリック』――氷トリックは、雪密室と美人像の殺人装置。鏡トリックは、『蜃気楼の間』で葵さんを待ち伏せするのに使われました。これは最初、龍宮さんの推理で証拠はありませんでしたが、偽造遺書の中で犯人自らが認めていることです。

『22◎物理トリック』――陳腐なものですが、『流血の間』のロープと電気焜炉を使ったトリックがありました。

『23◎叙述トリック』――『華没』の中では幾つか叙述のテクニックが駆使されているところがありました。性別トリックと共通する部分もあります。

『24◎人物トリック』――多重人物トリックは、螽斯太郎さんと平井玄次さんの一人二役。……それから、これは先ほど星野さんにご指摘いただいたことなのですが、『45　夢の浮橋』に登場する斜村寿さんというのは、実は双子らしいですね。翻訳家&評論家の兄・斜村寿夫さんと、作家の斜村寿子さんを濁暑院さんは一人の人間として描いておられたのです。これは二人一役になりますね。――性別トリックは、まず叙述トリックで魅山さんの性別を誤認させ、さらに彼女が性転換していたという事実によって性別はもう一度、ひっくり返されました。

『25◎動物トリック』――これは、双子猫を人間と誤認させる叙述トリックのみが確認されていますが、私たちが動物を利用した何らかの動物トリックを見落としている可能性もあります。その辺りは、『華没』を読み返して、またじっくり研究してみたいですね。

『26◎名探偵』――JDCの皆さん、それに、警察の捜査陣、推理作家の方々も、多くの推理を提出してくださったようです。

『27◎呼称のある犯人』――『芸術家《アーティスト》』ですね。

『28◎双子』――黒猫の華と麗。……濁暑院さんも、水無瀬なぎさという双子の妹さんがおられました。さらに言えば、さきほどあげた斜村さんも双子でした。

『29◎色盲の人物』――画家のワッセルマン、そして虹川親娘です。

『30◎結末の逆転劇（ダミーの犯人）』――虹川良犯人説は、よく練り上げられたダミーの真相でした」

──たとえ犯人が意図していなくとも、『推理小説の構成要素三十項』は完全に攻略されていた。濁暑院溜水が夢に描いた幻の大作『麗しき華のごとく、没落は夢のように』を現実空間に現出させたかのような悪夢の惨劇、幻影城殺人事件。『黒死館殺人事件』～『ドグラ・マグラ』～『虚無への供物』～『匣の中の失楽』～古《いにしえ》の推理小説の闇の水脈にも操られ、深い奈落の闇を孕んだ謎物語は、今、遂に完成した──アンチ・ミステリ、メタ・ミステリ、意味のない定義をぶち壊すファイナル・ミステリは、世界を崩壊させる危険すら感じさせながら、意外にも無難な終着駅へと辿り着いた。既存のものを少しひねっただけの、ありふれた結末に落ち着いた。

物語は終わった……本当に？　終わったのか？

この世界は、はたして夢か現実か？　『麗しき華のごとく、没落は夢のように』か、それとも、『華麗なる没落のために』なのか？

今、ここにいない原稿を読むだけの『読者』にはそれを判別する方法はない。──しかし、いつだってそれを決めるのは「僕」ではない。

物語を判断するのは、常に「君」なのだ。

■

食堂の椅子に腰かけて、城之介は窓の外を眺めていた。変わることのないように見えて、どこまでも変わり続けるあやふやな世界。その中に自分を見失いそうになりながら、人々は歩き続ける──いつまでも。

「この数日。本当に、いろいろなことがあったよ。得るものも少なからずあったが、失うものも多かった。

──いや、多すぎた」

黒衣の探偵の瞳には、拭いようのない大きな喪失感が浮かんでいた。

城之介がもし、十九に匹敵する能力を有していたら——そんな仮定は無意味だと承知していても、考えずにはいられなかった。自分にもっと力があれば、鴉城蒼也、螽斯太郎をはじめ、多くの被害者が死を免れていたのではないかと……。

城之介だけではない。舞衣も音夢も、そういう自省の念は抱えていた。探偵を続けている限り、逃れようのない業《カルマ》のような感情を、彼女らは背負い続けて歩いている。だが、探偵たちは決して過去に執着することはなかった。自分たちのミスで命を喪っていった者たちの死を無駄にせぬためにも、屍の山を乗り越えて歩いていく断固たる決意が求められる。過去よりも未来に重きを置くことが、必要とされる。

——そのことを探偵たちは、よく承知していた。だから悲しみにくれ、『自分』という頼りない存在を失うことはなかった。

……それでも。探偵は『神』ではない。血の通った人間なのだ。そして、ヒトである以前に、動物なのだ。悲しい時は悲しい。いくら痩せ我慢してみたところで、悲しさは心の中から消えないのだ——決して。

愛帽をゆっくりと押し上げると、城之介は視界を覆う前髪をしなやかな手で左右にわけた。長い前髪のカーテンの向こうには、食堂の窓の辛子色のカーテンが見える。

窓から差し込む西陽が眩しい。

まばゆい黄金の輝きの中、足を組んだ膝の上で両手の指を組み合わせ、城之介は今生きている奇跡に感謝した。

幻影城に、最後の幻影が現れる。

城之介は、一瞬、わが眼を失った。

『龍さん——事件は終わったんだな』

陽光に視覚を鈍化され、窓際に立つ氷姫宮幽弥の姿が、その時、記憶の中の鴉城蒼也の残像と重なって見えたのだ。

「鴉城氏……⁉」

かすれる声でかすかに呟く。眼をこすると、鴉城蒼也の幻影は消えた。そこに立っていたのは、氷姫宮幽弥だった。

「龍宮さん、何か？」

「いや……何でもないよ」

──『作者』からの、ささやかな贈物だよ。

「氷姫宮氏、そろそろカーテンを閉めてくれないか」

終幕にはちょうど良い頃合だった。

「──そうですね。もうすぐ、夜が来ますよ」

幻魔作用《ドグラ・マグラ》は、もう跡形もない。暗黒の死の館と化した幻影城という匣の中──

虚無への供物《オフランド・オウ・ネアン》は捧げられた。

幽弥がカーテンの飾り紐を引く。

──朱いろから橙いろに薄れかかった夕日をその上にあてどなく漂わせながら、辛子色のカーテンは、そのとき、わずかにそよいだ。小さな痙攣めいた動きがすばやく走りぬけると、やおら身を翻すようにゆるく波を打って、少しずつ左右からとざされてゆき、立ちつくす黒い影を、いま、まったく隠し……終った。

98　華《はな》ある詩《うた》◎永遠《とわ》の輪廻《りんね》

九十九折《つづらお》りの坂道を、タクシーのライトが下ってくる……。

深闇。十月三十一日。

既に太陽は地平線の山なみの向こうへ姿を消した。天上からは、優しくも頼りない、新月に近い月の光と、星々の煌めきが地上を照らしている。所々、光を反射しているものの、闇によって濃藍色に見える美奈湖の波打つ湖面は、一つの巨大な生命体であるように感じられ、不気味だった。蠢く闇は、水が人間に襲いかかろうとうねっているように錯覚させる。不快で底のない恐怖を覚えさせられる風景だった。

――一人でここにいたら、わたしはきっと歩くことさえできなかっただろう。体がすくんでしまっていただろう……。

星野多恵は、巨泉大橋を霧華舞衣と並んで歩きながら、そんなことを考えていた。

これまで多恵は、両親と兄の庇護下にあり、自分だけの力で生きていくということを知らなかった。人生の過酷さと、簡単なようで実は難しい、死なないで歩き続けることを幻影城殺人事件で学んだ。

運命は、時に悪戯を好む。罪もない人間を、想像を絶する極限状態に放り出し、その生きていく才能を試す――。

殺人事件が始まった当初、多恵はまだ兄に甘えることができた。兄を奪われても、溜水や葵という自分を支えてくれる人たちがいたから、自分を失わずに歩くことができた。……葵や溜水が奪われ、世界に一人で残されて初めて、彼女は心の底から生きなければならないと思った。生きたい、ではなく、生きなければならない、と思った。生きなければならない、生きなければならない、という強い感情である。

生きていくことは、死ぬことの何倍も大変だ。しかし、それでも、生きていれば喜びを見つけられる。いつか自分に訪れるであろう祝福を信じていれば、希望を持っていることができる。

死ねば、時は止まる。毎日、多くの人間が死に、無数の夢が散っている。だからこそ、生きている人間は、死んでいく人々の生命と想いを背負って歩き続けねばならないのだ。

そんな風に、多恵は考えるようになった。

運命は、時に祝福を好む。歩き続けてきた人間に、思いもかけない贈物を与え、これまで生きてきた功績を祝う——。

平坦な道など、どこにもない。山があれば、谷があり、絶望があれば、希望がある。今日という日のことを忘れずに歩いていれば、いつかきっと、幻影城での経験がプラスとなる日が来る。

そう信じて、多恵は一人で生きていく決意を固めていた。——もう何も、迷うことはない。たとえ今はまだ闇に包まれた人生の道を一人で歩けないとしても、いずれ必ず……誰の助けもなく歩いてみせる。

——暇をもらった旅館の使用人たち、そして警察関係者のほとんどは、既に幻影城を去った。まだ残っているのは、ＪＤＣの探偵たち、警察の居残り組、幻影城の住人たちだけである。

迎えのタクシーが、橋の向こうに停止した。

橋の端で足を止めると、多恵はわざわざ見送りに来てくれた女探偵に丁寧に頭を下げた。

「それでは、わたしはこれで——。霧華さん、ありがとうございました」

舞衣は曖昧に頷くと、ここまでずっと黙っていた多恵を案じたのか、思い切ってあの言葉を口にした。

時の河を逆流させ、すべての死者に命を吹き込み、ひょっとしたら、世界そのものを崩壊させる危険を持つ、禁断の呪文を最後に唱えた。

「星野さん、……これはミステリなのよ」

謎？　超常現象？　それとも、推理物語？

多恵は、その言葉をどう受け止めたのだろう。とにかく、世界は崩壊しなかった。多恵も、舞衣も、巨泉大橋も、美奈湖も、幻影城も――すべてが、元のままだった。

何一つ変わっていなかった。

バッド・エンドは、ハッピー・エンドとなったのか？　……それは、わからない。ただ、多恵は舞衣の伝えたかったことをしっかりと受け止めたようだ。

戸惑うような沈黙の後、多恵は微笑して頷いた。

この七日間で最高の笑顔だった。

――舞衣は、橋を引き返していく。探偵たちは、いましばらく、幻影城での事後処理、事件の再検討にあたるようだった。

動き出したタクシーの後部座席から、小さくなっていく女探偵の背中を見送りながら多恵は、幻影城の塔の上からこちらを見ている、豆粒のように小さな人影に気づいた。

最初は、眼の錯覚だと思った。しかし、彼は確かにそこにいた。世界の闇をまとい、暗黒に溶け込みながらも、こちらを見ていると彼女にはわかった。

タクシーが山道を登る。幻影城が見えなくなる。

――龍宮さん……。

隣町に着くまでの数十分、多恵はずっと、あの黒衣の探偵のことを考えていた。

……星野多恵は、幻影城を去る。

……霧華舞衣は、幻影城へ戻る。

……龍宮城之介は、車《タクシー》を見送り塔を降りる。

――そして、誰もいない、い、い、い、い、いなくなった――

■ ■ ■ ■ ■ ■

――その時まで彼は、こんなに深い霧を経験したことがなかった。周囲のもの総てが、厚くたれこめたミルク色に鎖され、深海の光景のようにどんよりと沈みこんでいる、こんな霧を――。

過ぎてみるまではまだまだ存在していると錯覚した時間も、いざ過ぎてみればまるで一瞬の出来事であったかのように感じる。それが、時の流れというものの厄介で、不思議で、魅力的なところだ。

――早いもので、あの陰惨な事件から二ヵ月が過ぎ、一九九三年も、もう間もなく終わろうとしていた……。

この六十日の間に、様々なことがあった。幻影城殺人事件で探偵たちもその名を知ることとなった推理作家の中井英夫が十二月十日逝去。その日は、奇しくも『虚無への供物』の物語が始まる日だということで、兄の知人の編集者からそう聞かされた星野多恵は、その暗合にかなり驚いたようだった。

彼女から連絡を受けた探偵たちは伝説の作家の冥福を心より祈り、ＪＤＣを代表して龍宮城之介がその葬儀に参列した。

それから二週間後、十二月二十四日。クリスマス・イヴ……。

日本では——その年人気爆発《ブレイク》し、国民的ロックバンドとなった『ＷＩＮ《ウィン》』というグループが新曲《ニュー・シングル》『WINTER☆WINDOW』を発表し、史上初の発売日当日、予約のみのミリオン・セラーを達成し、聖夜に明るい話題と心地好いメロディを提供していたが、その同日イギリスでは——大変な惨劇が勃発し、世界中の耳目を集中させることとなっていた。

一八八八年の切り裂きジャック《ジャック・ザ・リッパー》事件の性質を継承しつつ、そのスケールを数十倍に拡大した未曾有の大惨劇がスタートしたのだ。

元祖・切り裂きジャック事件では被害者は娼婦に限られていたが、今回の事件は老若男女、あらゆる階層の人々が殺される。しかも、ロンドンだけでなく、イギリス各地で……その数は一日必ず四人。決して途絶えることなく、毎日、屍の山が築かれ続けていく。四人、八人、十二人、十六人、二十人、二十四人……事件開始後一週間で、既に二十八人もの人間が殺されていた。

被害者の状況はどれも共通していた。全身をバラバラに切り裂かれており、現場に積み上げられた体の各部の一番上に被害者の首がちょこんと乗せられているのだ。さらに被害者の額には、血文字の算用数字《アラビア》で被害者の番号が、また現場には、必ず血文字で切り裂きジャッキー《ジャッキー・ザ・リッパー》という犯人のサインが記されており、血文字はすべて被害者自身のものであった。

英国政府の要請に従い、ＩＣＰＯ《インターポール》（国際刑事警察機構）やＤＯＬＬ《ドール》（国際立法探偵機構）も全力をあげて捜査にあたっていたが、これまでのところ、手がかりらしきものはまったく発見されておらず、有力な推理もあがっていなかった……。

——イギリスの事件の解決が遅れているのも、幻影城殺人事件の場合と似通ったところがあり、高度に進化した情報社会に縛られたS探偵たちが、世界各国に足止めをくらっているという苦い現状にその原因があった。

世界に六人いるS探偵たちは、誰もイギリスの連続切り裂き殺人を捜査できない。かろうじてスケジュールを空けることができそうなのは、『犯人当て魔術師《フーダニット・マジシャン》』の称号を持つ世界最高の論理的推理の使い手、ロンリー・クイーンただ一人であり、事態の悪化は避けられない。A探偵を遥かに超越した推理力を有すると称されるS探偵であるがゆえに、鴉城蒼司のように多くの事件の推理に忙殺され、なかなか大事件の指揮をとることができない。

いよいよ行き詰まったDOLLは、ついに、幻影城殺人事件の英雄・九十九十九に白羽の矢を立て、一九九四年一月一日付けで美貌のメタ探偵を七人目のS探偵と認定すると発表した。

十九は、まだ二十歳。『密室の女帝』ことフィランヌ・メイルネシアの持つ記録を一歳更新する史上最年少のS探偵の誕生に、世界探偵界は期待に胸を膨らませると同時に、新しいS探偵のお手並み拝見とばかり十九の言動に注目し、眼を光らせている。

一九九四年が始まる日。日本人としては鴉城蒼司に続いて二人目のS探偵となる九十九十九は、連続切り裂き殺人を捜査するためにイギリスへと旅立つ。

——だが、その前に十九には、済ませておかなければならないことがあった。

■

一九九三年十二月三十一日。あの惨劇からちょうど二ヵ月が経ったその日、九十九十九は押田市門城町の共同墓地へとやって来た。——新しい大事件と格闘する前に、気持ちの整理をつけておくために。

その墓地は、幻影城殺人事件の被害者の多くが眠る聖地だった（宗教上の都合などの理由で他の場所に葬られた者も、むろん幾人か存在する）。

深い深い霧の中を十九は美しい歩調で進み、被害者たちの墓が並んでいる墓地の一角を目指した。大晦日の夕方であるせいか、他に人影はないようだ。霧のせいもあって、世界からただ一人孤立したような錯覚を覚えつつ、十九は歩いていた。

目的の場所が近づくに従って、やがて、霧の向こうにボンヤリと人影が見えてきた。事件関係者の一人かと十九は思ったが、予想外にも、その人物は彼の同僚だった。

「なぜ、あなたがここに……刃さん？」

男は、ＪＤＣ第一班班長の刃《やいば》仙人《そまひと》だった。

三十四歳の刃は、探偵というよりも学者的な雰囲気を備えていた。ボーッと本を読んでいるのが似合いそうな愛嬌のある顔立ちに、鼻先までずれ落ちた金縁の角眼鏡がよく似合っている。若々しく、二十代後半でも通じるだろう。身長は低くはなかったが高くもなく、腹は出ておらず適度に痩せている。

第一班班長という肩書きにしては威厳が微塵も感じられない容姿だったが、他人に好かれやすい風体であることは間違いなかった。刃仙人《そまひと》には、それこそ仙人《せんにん》のように世俗を超越したところがあった。

「君がイギリスへ出張する前に、どうしても確認しておきたいことがあってね。総代に九十九くんのスケジュールを聞いて、ここで待っていたんだよ」

他人に安心感を与える、柔らかい声だった。十九は手に持っていた華束を墓に供え、サングラス越しに同僚を見た。刃の瞳は優しかったが、その中には謎に対する妥協を許さぬ探偵としての真摯な輝きが宿っていることをメタ探偵は知っていた。

「……刃《やいば》さんは、昨日、出張からお戻りでしたね？　例の北極圏の連続イヌイット殺人事件ですか、大変でしたね。ご苦労さまでした」

ＪＤＣの探偵たちは、ほとんどの者が刃を『ジンさん』とアダ名で呼んでいる。十九は、『ヤイバ』と呼ぶ数少ない人間だった。

刃は日曜日の父親のような微笑で十九に応えた。

「いやいや。あの事件も、思っていたよりスケールが大きかったので時間がかかってしまったけど、本当の敵は、謎よりも寒さだったよ。わたしは寒いのはどうも苦手で。

——それより、九十九くん。明日、Ｓ探偵に認定されるそうじゃないか。おめでとう。いよいよ君も世界を舞台にはばたくわけだな」

「ありがとうございます。ですが、私に勤まりますかどうか……イギリスの事件は、かなり手強そうです。もしかすると」

「——幻影城の事件以上に、かな？」

十九の言葉の最後を刃が継ぐ。その瞬間、二人の間で、緊張感が高まり、空気が張り詰めた！

墓地には二人しかいない。霧に包まれた二人だけの世界、声は他に誰もいない空間に吸い込まれていく……。

流麗な長髪をかき上げると、十九は刃に向き直り、厳かな口調で尋ねた。

「刃さん、本当のことを教えていただけませんか。あなたはなぜ、ここにいらしたのです？」

「はは……やはり君の眼はごまかせないか。いや実はね、幻影城殺人事件のファイルを読んだんだよ。幾つか気になる点があって、先ほど、幻影城を実際に見てきたところだ。『華没』にもざっと眼を通したけど――そうだ、濁暑院という作家は胃ガンだったらしいね」

事件終了後、司法解剖に回された濁暑院溜水の遺体の胃から、睡眠薬とモルヒネが検出されていた。睡眠薬は、芸術家《アーティスト》が彼に飲ましたものだろうが、モルヒネの方は、恐らく彼自身が痛み止めに使用していたのではないかと推測された。――解剖の際、溜水は末期の胃ガンに体を蝕まれていたのが発見されたのだ。

「ガンの転移状況は、もってあと一ヵ月の命だったようです。――『華没』を読んで私もどこかおかしいとは感じていたのですが、まさかガンだとは予想できませんでした。濁暑院さんが『華没』にすべてを賭けていた情熱も、最後の仕事だと彼が覚悟を決めていたのだとしたら頷けるものです。短期間で、あれだけの膨大な量の原稿を執筆したというのは超人的な偉業です。彼はおそらく、記録物語の執筆によって、生命を燃焼し尽くそうとしたのでしょう。二十四年の人生に悔いの残らないように……。

刃さんが確認されたかどうかはわかりませんが、『華没』には、夜中に濁暑院さんが自分の部屋の壁を蹴るというシーンがありました（『43　壁の向こう側』）。今にして思えば、あれはガンの劇痛に堪えている、ということを示す伏線だったのかもしれませんね。真相を承知してから原稿を読み返すと、もっと露骨な伏線がありましたよ。

『逆転の間』で、水野一馬さんの屍体が発見され、関係者たちが部屋を出る時、濁暑院さんは『……なぎさ……』と呟いておられます。彼の双子の妹さんのお名前がなぎささんですから、あれは意味のないものともとれたのですが、やはり、あれにも深い含意がありました」

「ほう、わたしは原稿を読み流しただけだけれど、あれは妙に気にかかっていたんだよ。どんな意味があったんだい？」

『なぎさ』を、『なぎ、さ』と区切ります。そして『なぎ（NAGI）』をアルファベットにして逆転させて続けてよめば、『胃ガン、さ（IGAN、さ）』となります。『さ（SA）』もアルファベットで逆転させることができます。その場合は、『AS　IGAN（胃ガンとして）』という意味になります。

――これも見事な『言《ことば》』の魔術《マジック》ですね。彼は自らが残り少ない命であることを自覚しておられた。おそらく濁暑院溜水さんもまた、あの事件で華麗なる没落を達成しようとした一人なのでしょう……」

悲しそうに十九が私見を述べると、刃は同僚を励ますような暖かい口調で言った。

「華麗なる没落、ね。でも、九十九くん。『華没』はあれで完成していたんじゃないかな。だからこそ、彼は真相を知りながら犯人に殺されたのでしょう？」

「『華没』の完成!?　……どういうことです？」

「『華麗なる没落のために』は未完で終わるべきだった。筆者自身が非業の死を遂げ、執筆が中断される――そのことによって、あの記録物語は華麗なる没落をより演出しやすくなるから。

つまりだね、九十九くん。あの未完で放り出された『華没』こそが、真の作中作だったんだよ。少し調べてわかったことなんだけど、君は『永遠の輪廻』という濁暑院氏の代表作が存在しないことを知っていたかい？」

十九の口元に、驚愕の色が閃いた☆

「なんですって、それは存じませんでした……」

推理作家の間では、それは周知の事実だったらしい。『永遠の輪廻』は、濁暑院溜水がいつか書く予定の幻の大作として広く知られていた。星野多恵なども、むろんそのことは知っていたようだが、十九は解決後、あの事件と接する機会がなかったので、そのことを今日まで知らなかったのだ。

『麗しき華のごとく、没落は夢のように』だけではない……『永遠の輪廻』もまた、存在しない大作だった。

「『麗しき華のごとく、没落は夢のように』こそが、『永遠の輪廻』となる作品だったのかもしれないね。ただ、そこで現実の殺人事件が起こり、彼は計画を改めた。彼の考えでは、『永遠の輪廻』こそが『華麗なる没落のために』――いや、『華麗なる没落のために』は『永遠の輪廻』の一部として構想していたんじゃないかな？　いずれ『華麗なる没落のために』が発表されれば、彼の遺志を継ぐ者が出てくる。彼はきっと、そう計算していたはずだよ。『華没』を作中作とした、彼の死後の事件をも描く小説。誰かが執筆するその作品こそが『永遠の輪廻』となるだろうとね……」

「なぜ、ご自分で完成されなかったのでしょう？」

「それはたぶん、華麗なる没落のためにだろうね。濁暑院溜水は胃ガンなどで死んではならなかったんだよ。彼は、未完の原稿を遺して、非業の死を遂げなくてはならなかった。『華没』の中に出てきた『小椅子の聖母』の話を覚えているかな？　画の中の女性は、絵画の中にその姿をとどめることによって、永遠の生命を手にした。彼の真の狙いもその辺りにあったとわたしは思う。

誰かの書いた『永遠の輪廻』という作品が『華没』の後に完成する。しかし、『華没』の中には、『永遠の輪廻』が一年前に完成したと明記されている。ここにパラドックスが生じ、物語の結末と冒頭が連鎖する壮大な輪廻の輪が完成するだろう。しかも、本当の『作者』は誰で、作品の本当のタイトルが何なのか、誰にもわからない。

永久に続く、謎と物語の輪廻の中で、彼は聖なる眠りにつき、永劫の命を手に入れようとしたと考えることができる」

「永遠の輪廻の中に、濁暑院さんは自らを葬られた、ということですか？」

「――そういうことだね。実は、彼の作家エージェントと連絡をとって、もう確認してあるんだ。『華没』を作中作とする作品が刊行される予定があるらしい。……版元は講談社だというんで、そちらにも電話をしてみたけど、担当の編集者がなかなか愛想のいい人でね、鈴木さんというんだけど、いろいろ教えてくれたよ。その作品のタイトルは、『華ある詩』。作者はなんと、先ほど話が出た彼の双子の妹、水無瀬なぎささんらしい」

少し間があいた。驚愕を嚙みしめ、十九は聞き返した。口調は滑らかだったが、困惑は隠せなかった。

「『永遠の輪廻』がタイトルではないのですか？　それに、作者は水無瀬なぎささん――？」

「うん、どうも濁暑院氏は、『永遠の輪廻』という概念には拘っていたが、タイトルには重きを置いていなかったらしいね。……むしろ、そのまま作品の題名とするのは避けたがっていたようだ。水無瀬さんが言うには、彼は一度『ハナシ』という名の話を書きたいと、常々漏らしていたそうだよ――純粋にお話として面白い物語を創りたい、という意味で。それで彼女は、タイトルにはそちらの方を選んだ」

「『華ある詩』。省略すると、『ハナシ（華詩＝話）』ですか……なるほどね」

「面白い仕掛けが、もう一つばかりある。これも鈴木さんから教えてもらったんだけど、ペンネームは、『濁暑院溜水』でも『水無瀬なぎさ』でもなく、『清涼院流水』というらしい。――純粋な物語に作者はいらないという亡き兄の遺志を水無瀬さんが汲み取り、そう提案したそうだよ。大文字の作者を殺すため、とか言っていたけど、つまりは、作者の正体をわからなくするため、完全に作者を消し去ってしまうための仕掛けだろうね」

「清涼院流水は、濁暑院溜水の裏返しですね。そうですか……幻影城殺人事件は、表の歴史から抹殺されたし犯罪。その作品が発表されれば、誰もそれが現実か虚構か判断できないでしょう」

この物語は？

……『麗しき華のごとく、没落は夢のように』？

……『華麗なる没落のために』？

……『永遠の輪廻』？

……『華ある詩』？

そして作者は？

——濁暑院溜水？

——水無瀬なぎさ？

——清涼院流水？

——それとも……まったく別の、誰か？

■

しばらく沈黙が流れた。どちらから何を切り出すべきか、迷っているようだった。やがて、先に切り出したのは年長者の方だった。

……誰もいない大晦日の墓地……

刃仙人が、九十九十九に最後の挑発を送る。

「ところで、九十九くん。なぜ君は、魅山薫を**芸術家に仕立て上げたのかな？**」

99　完結世紀末旧約探偵神話《かんけつせいきまつきゅうやくたんていしんわ》

九十九十九の表情は変わらなかった……。きつく結ばれた唇はピクリとも動かない。サングラスに隠されているため、瞳に動揺の色が差したかどうかは刃にはわからなかった。

「刃さん、あなたは何をおっしゃりたいのです？」

静かな声だった。感情を殺した、機械的な音色だった。あいかわらず美しかったが、その声には、いつもの暖かさがなかった。

刃は鼻先の眼鏡を押し上げ、明日、史上最年少のＳ探偵となる同僚に鋭い視線を向けた。

「魅山薫は芸術家《アーティスト》ではないよ。君の言う『源氏物語』の闇合は、彼を告発しているわけではない」

厳しい口調でそう言うと、刃は十九に、一通の封筒を差し出した。十九はしばし逡巡《しゅんじゅん》したが、刃がその姿勢のまま身動《みじろ》ぎもしないので、しなやかな指でそれを受け取った。

差出人の名前はない。宛名は、刃仙人の旧名である『柏木杣人様』となっている。

「刃さん……これは？」

「幻影城殺人事件の最中、あの旅館からＪＤＣへ送られたものだよ。警察の警備が厳重になる前に、おそらく事件初日に投函されたものだ。——中をみてもらえないかな」

言われるがままに、十九は、封筒の中から細長い一枚の紙切れを取り出した。そこには、毛筆の女文字でこう書かれていた。

助けてください。　TEL

「これが幻影城から送られてきたとは、どういうことです。宛名はありませんし、文面はこれだけですか？

——まさか……このTELとは！」

「その通り、それは間宮てるさんのサインだよ。彼女は、わたしに助けを求めていたんだ。わたしが海外出張していると知らずに、その手紙はJDCに送られてきた。わたしがそれを開封したのは、昨日のことだ」

「間宮さんとお知り合いだったのですか——？」

刃は、過去をあまり語りたがらない男だ。何でも幼い頃からかなり悲惨な人生を歩んできたらしく、普段明るく振る舞っているのも、その精神外傷《トラウマ》に負けないように努力しているからだと、十九は聞いたことがあった。

他人の過去ほど神秘的なものはない。なぜなら、そこにはどんな挿話《SOWA》が隠されているとしても不思議ではないから……。

刃は悲しそうに頷くと、十九の解決篇を崩壊させる驚愕の真実を告白した。

「魅山薫は、わたしと間宮さんの子供なんだ」

刹那、空間が凍りついた。あたかも時が流れを止めてしまったかのようだった。

「——二十二年前、わたしの家族は幻影城で働いていた。わたしの父は、小杉寛さんの前の執事だった。当時、十二歳だったわたしは、間宮さんに性的悪戯をされたんだよ……。間宮さんは知らなかったようだが、わたしは平井玄次さんから直接聞いていたので知っていた。彼には子種がなかった。つまり、魅山薫の父親ではあり得ない。あの頃、間宮さんが関係を持ったのは二人だけ、純然たる消去推理で、魅山薫の父親はわたししかいないんだよ」

「そんな――それは、本当の……ことなのですか？」

十九の鉄壁のガードは、脆くも崩れ去った。刃の語る過去は、意外性が突き抜けていた。作り話では決してかなわない迫力と、真実味を帯びていた。

「九十九くん、君が言うようにあの恐ろしい闇合は完璧だったんだよ。『源氏物語』では、確かに薫大将の父親は光源氏だということになっている。しかし、あの一〇〇〇年前の物語の中でも、真相は別だった。薫の実の父親は、柏木中将なんだよ」

「それで、あなたは『柏木』という姓を捨てられたのですか。でも、信じられません、私には――」

「わたしも、まさか翕斯さんがあの玄次さんだとは思ってもみなかったよ。運命の悪戯というやつかな、幻影城殺人事件は、一〇〇〇年前の物語の完璧な再現だった。そして、その構想の中には、わたしも組み込まれていたんだ……。魅山薫の父親はわたしだ。彼――いや、今となっては彼女か。彼女がたとえ真相を知ったとしても、君の推理したような動機は成り立たない。もっとも、それは君の神通理気が歴史の闇に敗れたわけではない。君は真相を知りながら、聴衆を偽の解決へと誤導した。それはなぜなのか、わたしはそれが知りたかった。そして、ここへやってきた。君と二人だけで話をするために。

――君はかばっているのか、九十九くん？　真犯人である、あの人物を――」

十九は俯き、刃から視線を逸らした。彼が答えたがっていないのは明らかだったが、刃は先を続けた。

「君の神通理気は『源氏物語』の闇合を看破し、真の動機は過去にあると推理した。だが、それは君も言っていたように一つの可能性に過ぎない。他にも犯人がいる可能性は存在した。そして君は生者の世界で心理的探偵法を用いた。偽の解決法を突きつけ、安堵している真犯人を探すために。――九十九くん、君はあの事件最終日の昼食の席で、何を見たんだ？　君は、偽の解決へと探偵が辿り着き、安堵している真犯人の姿を確認したんじゃないのか？　彼をかばうために、君は敢えて魅山薫犯人説を選択した。だが、魅山薫は犯人ではないんだよ、九十九くん。となると、君が確認した彼こそが真犯人であると考えるしかないだろう」

「…………」

十九は、整然と並ぶ墓の列を見ながら、沈黙を続けている。刃は仕方なく、自分の口から究極の真犯人を告発した。

「魅山薫が犯人ではあり得ない以上、もはや考えられる人物は一人だ。芸術家《アーティスト》であるための重要な条件は、雪密室を創るだけのコントロールとピッチングを備えている人間だった。――それを満たせるのは、魅山薫とキャッチボールをしていた小杉勝利だ！」

再序章　彰顕した犯人
最終章　六夢のち終幕

再序章　しょうげんしたはんにん
最終章　りくむのちしゅうまく

「思えば、あの事件は巧緻さの裏側に常に幼稚さが存在していた。『言《ことば》』遊びに異常なまでに執着していたところもそうだし、一つ一つのトリックに陳腐ともとれる幼稚さが窺えた。風紋寺の屍体の頭部がベンジャミンの鉢植にすげ替えられていたのは、その象徴だね。あの事件の前日、偶然ベンジャミンに興味を持った小杉少年は、悪戯心から鉢植を用いた。あれに必然性はないよ。芸術家《アーティスト》は少年の無邪気さを持ち続けていなければならないと言われているが、幻影城殺人事件の芸術家《アーティスト》は、まさに少年だったんだ……」

■

どれほどの時間が流れたのだろう。そのままの姿勢で、無音のまま時が経過していった。刃は、今度は自分から発言するつもりはなかった。十九がすべてを認めるのを、いつまでも待つつもりだった。

やがて、十九が諦めたように口を開いた。美声は悲しげな調子だったが、澱みなく彼の言葉は空間を流れていった。十九は最後の説明を始めた。

「あなたが魅山さんの実の父親でなければ、きっと誰も気づかなかったのでしょうが、皮肉なものですね、運命の偶然とは。このミステリの『作者』は、どうやら平凡な解決で終わることを許してくれないようです——。

あなたが推理された通り、あの事件の真犯人は、小杉勝利さんです。それは、間違いありません。ですが、それは真相ではないのです」

肯定と否定の並立する発言に、今度は刃が戸惑う番だった。

「……それは、どういうことかな？」

十九は、そこでようやく刃の方に視線を戻した。サングラスを挟んで二人の探偵の視線が衝突する。

もう後戻りはできないと観念したのか、十九の声は力強く、しっかりと芯の通ったものになっていく。

「小杉勝利さんは、真の実行犯であるに過ぎません。刃さん、あなたもそれはご承知でしょう。幾ら幼稚なところがあるとはいえ、幻影城殺人事件は紛れもなく巧緻な大犯罪なのです。十三歳の少年が一人で計画を練り上げたと考えるのには無理があります。たとえ彼が、犯罪の天才であったとしても……」

「黒幕がいるということだね。それは、わたしも考えてはみたが、答えを出す術がなかった。九十九くん、君は、神通理気で真相を摑んだのではないのかい？　だからこそあの時、聴衆を誤導したのだろう。いったい、真の黒幕は誰なんだ？」

「――音夢さんは、あの事件を決して解けない謎だとファジィ推理されていました。それは、まさに真実を突いていました。……幻影城殺人事件は、世界、物語、謎《ミステリ》のすべての根底にある神理《しんり》――『神《かみ》の理《ことわり》』を暗示するものだったのです。

　濁暑院さんも、そのことには漠然と気づいておられたようですね。だから彼は、魅山薫犯人説を真相と推理しつつも、『華没』でもう一つの仮説を示しておられたのです」

「――もう一つの仮説!?　あの原稿には、まだメッセージが隠されていたのかい？」

「ええ。一つは、『45　夢の浮橋』で、濁暑院さんが夢の中へと入っていくシーンです。あの場面では、ワープロと融合した濁暑院さんの思考がデジタルに転じ、数字とアルファベットの羅列が呈示されていました。

　AB・10101011・AB・10101011・AB・10101011・AB・10101011・AB・10101011………

　――デジタルの思考ということから、それらはコンピューターのプログラムを支える二進法と十六進法であると推理できます。『AB』という十六進法を十進法に直してやると、『171』。『10101011』という二進法もまた、十進法では『171』です。

続いて、『82「華没」の終わり』に登場する短篇です。あの作品のタイトルは、『君〜½「話」(華&死)』でした……」

思い出したように刃が相槌を打つ。

「ああ、あの短篇か。あれはわたしも分析を試みたんだが、タイトルの意味もわからないし、内容に関しても、何かを暗示したものとは思えなかった……」

「『171』というメッセージを承知していれば、あのタイトルを解読することも容易だと思いますよ。『171』という数字文字を日本語に翻訳するならば、さしずめ『イナイ』となりますが、これだけでは意味を成しません。これをふまえた上で短編のタイトルを二つに分けてみましょう。前半は、『君〜1/2』。君を人間と考えれば、1/2の人は『半人』……『犯人』です。後半は、『「話」(華&死)』……これは、並列ですね。丸括弧の中(華&死)は、カギカッコの中「話」の読み方を示しています。つまり、『ハナシ』となります。——これらの二つを合わせてやれば、『犯人ハナシ(犯人は無し)』となり、『イナイ』もまた犯人がいないことを暗示していることがわかります」

「犯人がいない!? そんなバカなことはありえないんじゃないかな。いくら何でも、それはおかしい。あれだけの人が殺されたんだ。誰も犯人がいないなどということは……」

刃の困惑も当然のものだった。もし、あの事件に犯人がいないというなら、幻影城殺人事件は、いったい何だったというのか？ 『虚構』どころか、それは『幻影』ですらない。

「おっしゃる通りです。殺人事件がそこに存在している限り、犯人がいないはずがありません。濁暑院さんの推理は極論の域を出るものではないのです。

ですが……彼の推理は、真相をかすめています。恐ろしい天才の直観ですよ。彼は推理で究極の真相に肉薄し、その上、例の最後の短篇『君〜1／2「話」（華&死）』の中で無意識の内に神理を——『神の理』を露呈させていたのです」

そこで十九は、ふたたび視線を落とした。幻影城殺人事件で散っていった者たちが眠る墓の列を見回し、最後に天を仰いで視線を止める。

十九たちは、霧の中にすっぽり包まれていた。ドーム状に二人を包み込むミルク色の蒸気の流れは、視界を極端に制限している。上天の一角、白い幕の、とある部分に丸い光の穴が空いている。神秘の霧を貫通して、夕方の太陽は、二人だけの世界を照らしていた。

「九十九くん、教えてくれないか？　最後の神理を」

「あなたの過去の秘密は、私だけの胸の内にしまっておきましょう。——ですから——『神の理』の秘密も誰にも口外しないでいただきたいと思います。その約束を守っていただけるのなら……お教えします。幻影城殺人事件の最後の解答を」

十九は、刃を横目で見た。サングラスの隙間から、かすかにその瞳が見えたように刃には思えた。いつも真実を見つめ続ける『神』の瞳……。

刃は頷いた。すべてが奈落の闇に包まれた事件の究極の真相、『神の理』を賜われるなら悪魔とさえ取り引きしたい気分だった。幻影城は、刃仙人という探偵のルーツとも言える秘境だ。それだけに、彼はすべてを知っておきたかったのだ。

——十九は、悪魔ではない。それどころか、この世で最も『神』に近い探偵なのだ。探偵としてのプライドなどに興味はないから、真相を知る同僚に教えを請うこともいとわない。刃はただ……、真相が聞ければそれで良かった。

十九は、刃の表情からその言葉に嘘がないと確認すると、美笑して、真に最後の解説を始めた。

「幻影城殺人事件、あの犯罪の性格を突き詰めて考えてやれば、答えも明らかなのですよ。なぜ、芸術家《アーティスト》はミスディレクションをあれだけ多発したのか？　なぜ、あれほどどんでん返しが続く巧妙なプロットが用意されていたのか？　すべては、『神の理』の暗示でした。

――私も最初から答えを悟っていたわけではありません。あの事件の後、氷姫宮さんにお願いして私は彼に最後の統計をとっていただいたのです」

「最後の統計!?　――それは？」

「『華没』の登場人物たちの統計ですよ。実は氷姫宮さんが感じられた違和感が、そもそもの発端でしてね。……推理小説愛好家でもある氷姫宮さんは、濁暑院溜水さんのファンでもありました。その彼が、『華没』の登場人物の名前の表記がおかしいと言い出したのです。フル・ネームの表記、名前の表記、名字だけの表記が混在しているのですよ。まるで、何かの意図があるかのように――。そこで私は、彼にそれらのすべての統計をとっていただきました」

「濁暑院氏は、あの極限状況でそこまで計算して執筆していたのかい？　登場人物の名前の表記にまで拘って……」

「いえ、それは違うでしょうね。これもまた、彼の天才の直観が潜在意識で超越的に作用して出現した闇合なのです。登場人物の中でも特に重要な推理作家たちのフル・ネームの登場回数は、『神の理』を表すものでした」

柊木司	37回
水野一馬	37回
氷龍翔子	37回
風紋寺光世	37回
葵健太朗	37回
魅山薫	37回
濁暑院溜水	37回
虹川良	37回

「すべての回数が同じだって？　それは……」

　刃にも、少しずつ結末が見え始めてきているような気がしていた。だが、依然として真相は神秘の霧の向こう側にある。

「——三十七という数字そのものには意味がありません。重要なのは、すべての回数が重なっていること、全員が同じなのだ（37《みな》同じ）ということです。

　幻影城殺人事件のキャストの中には、人間の名を持つ猫がいました。自分でも気づかずに、二つの名を持つ人がいました。誰もが男性と思っていた女性がいました。——刃さん、この世界では、すべての『差別』が無意味なものなのですよ。名前も年齢も性別も種族も……結局、誰も他人のことは何一つ知らないのです。そして、この世界が記録物語である以上、地の文の真偽もまた、あやふやです。つまりは、誰が誰であってもよい――皆、同じなのです。

このことをふまえた上で、濁暑院さんが最後に遺された『君～1／2「話」（華＆死）』を読み返してみてください。作品の中の一文として、真相はあまりにも露骨に示されているのが確認できるでしょう。暗号表の残りの十七の数字で示されていたかもしれない『神の理』を知ることができるでしょう。

――私から申し上げられるのは、ここまでですね」

たとえそれが『神』の論理であったとしても、それが『言《ことば》』に頼ったものである以上、平面《2D》の思考――机上の空論を超越するものではない。いくらでもアラ探しできる、不完全なものだ。……所詮、『紙』の域を出ることはできない。

究極の真実――『神の理』は『言《ことば》』を封印したその先にある。立体《3D》的な『最後の真相』は『読者』が悟るしかないのである。

……いつの間にか、少しずつ霧は晴れ、視界は開けていた。辺りはすっかり薄暗くなり、空からは雪が降り始めている。

探偵たちは墓地を去る……物語を去る。

時が流れ、一九九三年が終わる時が近づいてくる。長い物語が終わる時が近づいてくる。

■■■■■

一九九四年一月一日、平安神宮。

初詣客の人込みの中、群衆に溶け込んだ星野多恵は、新しい決意を胸に秘め、高揚感に顔を輝かせていた。すべての終わりはすべての始まりに通じている。年末は新年に、一つの物語の終幕は別の物語の開幕へと続いている。

——彼女は歩き始める。

……ＰＰＰＰＰ……

どこかで、腕時計のアラームの鳴る音がする。

平安神宮に、悲鳴があがった。

犯罪は、いつも唐突に日常生活の扉をノックする。

こうしている瞬間も、新しい事件が次々と創り出されていく……。

日本の幻影城殺人事件、イギリスの連続切り裂き殺人——これからは厄介な事件が増えていくことだろう……。

■

世紀末の騒がしい未来が、「僕」らを待ち受けている。苦難の時代を乗り越え、何十年か後に笑っていられたら、その時は、また「僕」と「君」で話をしよう……その時まで、元気で。

こうして、「僕」はすべてを語り終える……。

まもなく物語が終わる。

「君」は今、幻影の城を出ていく。

……曲がりくねった山道を「君」は歩いていく。

どこまでも歩いていく。
どこかに隠された答えを探しにいく。
地図は両手の中に、しっかりと存在している。

……TO BE CONTINUED → "COSMIC" ☆

1994年1月1日午前0時1分、

マスコミ各社、警察庁、

日本探偵倶楽部に、

次のようなFAXが送られた。

『犯罪予告状』

今年、1200個の密室で、
1200人が殺される。
誰にも止めることは
できない。

密 室 卿

このFAXを送信したのは、

東京都内某所のレンタルビデオショップ。

バイトの店員は、FAXを利用した人物を

記憶していない。

幻影章

流水殺害事件

戸惑うわれらをのせてめぐる宇宙は、
たとえてみれば幻の走馬燈だ。
日の燈火を中にしてめぐるは空の輪台、
われらはその上を走りすぎる影絵だ。

0　浄《きよ》めの華《はな》・釈迦の指は偶像破壊《アイコノクラズム》

——そして、物語はひとまず幕を下ろした。

……しかし、本当の意味では物語は終わっていない。そもそも、物語とはどこまでも不連続な存在。終わりや始まりは幻影でしかない。いつまでも、物語は続く。語り継がれていく……。

序章の前には、語られなかった物語がある。『読者』は、それを想像することができる。最終章の後には、語られていない物語がある。それもまた、『読者』は想像することができる。

比類なき想像の翼を得た時、そこで初めて物語は完成する。起源も終末もなく、前も後ろもなく、永遠に続く物語を、『読者』は感じることができる。

□

既に語られている物語には、様々な局面があった。逆転につぐ逆転、犯人はもう誰でもいいと思えるまでに、どんでん返しは連打された。

真犯人に仕立てあげられたダミー犯人。ダミー犯人の後ろに存在している、ダミーの真犯人。さらには、真のダミーの犯人、真の真犯人……。

物語は『読者』の両手の内にある。秘密の謎のありかが記されている地図の読み方は、『読者』自身が決めることができる。

別に、最後までページをめくる必要はない。物語の退屈さに嫌気がさし、そこで本を閉じれば、その『読者』にとっての真犯人は別のものとなる。

また、読み終えた後に、気に入らない部分だけを忘却の剣で斬り捨ててやれば、物語はまた違った顔を見せる。そして、その『読者』にとっての真犯人は、また別のものとなる。

『神』たる探偵が下した最後の答えは、絶対ではない。絶対など、どこにもない。そのことを承知していれば、『読者』は自分で判断――解釈することができる（例えば、すべての誤導《ミスディレクション》が署名《サイン》？）。

すべての孫悟空は、この密室のように区切られた小さな世界の中を、觔斗雲《きんとうん》（金と運？）だけを頼りに旅している。

ある者は、自分が釈迦の掌に遊んでいることをよく知っている。またある者は、世界の果てに釈迦の指があることを知っている。そこに、禁断の文句が記されていることを知っている。

世界の最果てで、すべての『読者』は何を読む？

……それは、まさに禁句《タブー》だ。

初めてそれを読んだ者は、世界が崩壊するのを知る。もはや、物語は何ら意味をなさないのを悟る。そして、既にそれを知っていた者たちがこれまでそうしてきたように、天の涯《はて》から忘却の闇へと、嫌なことを如意棒で押し出す。――それでいい。『果て』を承知していれば、道を誤ることはないのだから。

真犯人は、（？？？？？？？）である。

83	震える城	4	る
84	蒼鴉《そうあ》の城	3	あ
85	喜遊曲《ディベルティメント》（究極）	1	で
86	六夢《りくむ》の前	4	？
87	幻影城殺人事件終幕	4	？
88	芸術家《アーティスト》の聖なる眠り	9	？
89	九十九十《つくもじゅうく》　九の神通理気《じんつうりき》	3	？
90	悪魔《デモン》の演出・悲劇的終幕《カタストロフィ》	1	？
91	さらに華麗なる没落のために	5	？
92	驚愕的終幕《サプライズエンディング》へのダイヴィング	14	？
93	遺《のこ》（されたのは魅《はか》しの偽《ぎ》）書《しょ》	7	は
94	究極の真犯人の正体は？	11	ん
95	作者に愛された登場人物	5	に
96	犯罪神《はんざいしん》を葬《ほうむ》る呪禁《じゅごん》の言《ことば》	2	ん
97	奈落《ならく》の業風《ごうふう》は千歳《ちとせ》の闇《やみ》	9	は
98	華《はな》ある詩《うた》◎永遠《とわ》の輪廻《りんね》	11	ん
99	完結世紀末旧約探偵神話	19	し

この世界で禁じられている、最後の『言《ことば》』……。

□

その後、『作者』の中でタイトルは変わっていた。『華ある詩』→『話』というアイディアは、確かに故・濁暑院溜水の遺志を受け継いだものであるかもしれない……だが、それはいささか直接的過ぎたのだ。この世界はすべて抽象的——であれば、抽象的なタイトルの方が、すべてを表現しやすいのでは？すべては、どこまでも続く。それは、タイトルの思考錯誤一つとってもいえることだ。

『作者』は、『華ある詩』というタイトルを没にした。それからすぐに浮かんだのは、『浄《きよ》めの華《はな》』という新タイトルだった。

前のタイトルの意味を含有し、なおかつより抽象的なそのタイトルは、この作品にピッタリであるように思えた。

——それでも、まだ何か違うような気がする。わだかまりのようなものは依然として胸の内にあった。もっと漠然とした言葉でいい。抽象的なイメージを伝えるためには、もっと『言《ことば》』を壊さなくてはならない！

やがて、一つの納得いく答えが『作者』に降りた。

『浄めの華』を省略するだけでいい。そんな単純なことで、『言』はまったく別の顔を魅せる。これは作者にとって……幻影城下での浄化の浄火。あるいは情火のための情歌（華ある詩？）。

『浄めの華』を省略すれば——『浄華《ジョーカー》』。

□

誰も知らないあの惨劇から、三年の時が流れた。

一九九七年一月五日——。

疾風怒濤《シュトゥルム・ウント・ドランク》の時代は、間もなく終わる。今世紀も残すところあと四年となったその年のはじめ。全国の書店に、一冊の本が並べられた。

濁暑院溜水の名は、もう過去のもの。そんな男のことは、もう誰も覚えていない。万物流転……。

一人の無名創作家（男？　女？）の名を刻んだ本は、世界の闇の片隅に、ひっそりと存在していた。自分を慎むように謙虚に、だが、その浄めの華は、あくまで可憐に咲いていた。

幻影城という暗黒の死の館における、虚無的な事件の記憶——幻魔作用《ドグラ・マグラ》の数々を真空パックした……、禁断の魔書《ネクロノミコン》。

読者《あなた》はその時、何気なく、その本を手にとった。

弁当箱のように分厚い。パラパラと中を確認してやると、ノベルスで約一五〇〇ページあった。

これはもう、本ではない。……その正体は魍魎《もうりょう》を飼う檻？　それとも、ウロボロスの匣《はこ》？

しばしの逡巡の末、読者《あなた》はレジに向かった。その手には、一冊の本がしっかりと握られていた。

講談社ノベルスの最新刊。作者は、『清涼院流水』。

タイトルは——

『コ、ズ、ミ、ッ、ク、・、ジ、ョ、ー、カ、ー、　世、紀、末、旧、約、探、偵、神、話、』……だった。

□

天啓《てんけい》の宴《うたげ》に続くのは、溜水の中のDARK SHOW。

清涼院流水は死んだ？　殺された？　——その、どちらでもない。『清涼院流水』は虚像。最初からそんな奴はいない。『清涼院流水殺害事件』は、所詮、幻影の物語なのだ。

……それでも、ここには確かに物語が在る。

語られ、記された物語は、しっかりと「君」の両手の中に存在している。この物語の正体は何だ？

――「僕《WHO・AM・I》」は誰なんだ――？

浄めの華を世界に捧げるために、「僕」は最後の詩を吟ずる。

魔術《マジック》は仕掛け《トリック》に気づかない観衆の幻想が創る。人間が消失するはずがない？　――その通り。だが……消えたと「錯覚する」ことはできる。だからこそエンターテインメントを楽しむことができる。

人類に与えられた最大の武器「想像力」を用いて『読者』が『作者』と握手を交わした時、そこで初めて超越物語《メタ・フィクション》の罠は壊され、真の永遠の輪廻が完成する。

幻《ゆめ》を想《おも》う「君」の力に、この頼りない「僕」という存在は期待して祈り続ける。そして、終焉を迎えた世界に、静かに最後の詩を贈る――。

ここにあるのは『言《ことば》』――唯言《ゆいごん》（遺言）のみ。

ほら、最後の『言』が流れてくる……

□

逃げ続ける時を追う、追いかける、追い続ける。

ようやく読者《あなた》は、今――。

現実の時間に追いつき……

この本を読み終えた。

――読了、

最後の詩

変わり続ける世界を彷徨う時の旅人
物語が終わるとまた「君」は旅立つ
「僕」も「僕」の物語ももうここにはない
でも「君」の中に「僕」の物語は語り継がれている
「君」は「君」の物語をいつまでも忘れない
だから「僕」の物語も永遠に「君」から語られる

……「君」は「僕」となる
「僕」となった「君」は今度は別の「君」を探す

さあ「僕」の物語を聴かせてくれ
さあ「君」の物語に耳を傾けてくれ

新しい旅が始まれば「君」もいなくなる
「世界」が閉じられた跡に遺されるのは
儚《はかな》い夢物語を封印した一冊の書物

……それでも……
流離《さすら》う「君」は時にふと立ち止まる
そしていつまでも忘れない「君」の物語を想い出す
——人は永遠の謎物語——

出口

お疲れさまでした。

お帰りはお気をつけて……。

1996年6月3日——1996年8月31日（執筆58日）

（＊……この作品の原形となった中篇『華麗なる没落のために』は、
1993年に同人誌に発表されたものです。
清涼院流水拝）

『涙』　水から生まれた物語は自ら水に返る

長い旅の果てに、ここへ辿りついたのか？　それとも、謎宮の入口を見つける前に、ここへ来てしまったのか？　――何にせよ、君は、この砂漠へやって来た……。

後ろには、ひたすら謎宮の壁。見渡す限りずっと、石壁が続いている。そして、前方には、無限に広がっているように見える砂の海、砂漠がある。

――これから、君はどうしよう？

謎宮の壁沿いに、ずっと歩いていこうか？　あるのかないのかわからない、入口（出口？）を探して、旅を始めようか？

それとも……。

どこまでも続く、この砂の海に足を踏み出そうか？　いつ終わるとも知れない新しい旅を、また始めようか？

乾燥した風には、砂が混じっている。君は少しずつ、砂の流れに沈んでいく。

――さあ、どうしよう？　進むか……それとも、引き返すか？

華麗なる没落のための執筆後記『蛇の足』

完璧な人間（九十九《つくも》十九《じゅうく》？）が三次元の世界では存在できないのと同じで、誰もが絶賛する作品などというものは、ありえません。作品によってその比率は自ずと異なるでしょうが、一つの作品がそこにあれば、必ず賛否両論が聞こえてくるはずなのです。価値観というものが人それぞれである以上、それは当然のことだと思います。

前作『コズミック　世紀末探偵神話』も、その例外ではありません。この数ヵ月、ある時は直接的に、またある時は間接的に、僕の耳にも読者の皆さまのお声が届いてきました。本当に様々なご感想がありました。――もっとも、僕の持つささやかな情報の網は地獄耳とはほど遠いものですから、すべてをチェックできるはずもないのですが……あの作品に関する限り、お褒《ほ》めに与《あず》かるのも、お叱りを受けるのも最大級のお言葉でなされたようで、作者としましては素直に喜んでおります。

たとえ『無邪気な邪鬼』などと呼ばれようとも、いい意味で『悪童《わるガキ》』は卒業し、天狗になるでも、ましてや修羅になるでもなく、あくまで『流水』として自然体で耳を傾けさせていただきました。

肯定的なものも、そして、もちろん否定的なものも。わざわざ送ってくださったお手紙やアンケート葉書から、新聞や雑誌の書評、同人誌、さらにはインターネットのホームページなど……拙作に触れてくださった皆さま、本当にありがとうございました。

賛辞に自分を見失うことも、批判に耳をとざすこともなく、読者の方々からのありがたいご意見は、真《しん》摯《し》に受け止めていきたいものだと考えています。今後も作品を創っていく上で、ぜひ参考にさせていただきたいので、何かお気づきの点やご要望などございましたら、講談社文芸図書第三出版部気付でお寄せください（アンケート葉書に簡単なご意見を書いてくださるだけでも、大変ありがたいです）。

□

当初、この執筆後記では、前作でご質問の多かったことの中で、おそらく作品を読むだけではわからないこと（僕自身の『ミステリ』や『流水大説』の定義など）にお答えさせていただこうと考えていたのですが、どうも言い訳めいた記述になってしまう上に、何度書き直してもつい饒舌《じょうぜつ》になり数十ページになってしまうので、結局、没にしてしまいました。

……『執筆後記』自体を完全に消し去ってしまうというのも考えましたが、前作の執筆後記がなかなか好評だったということに加え、編集部の方からもＪＤＣのシリーズについて説明を求められましたので、簡単にお話しししようかと、ワープロのキーに指を走らせております。

『コズミック』→『ジョーカー』というＪＤＣシリーズに関して、様々なご質問をいただきました。その幾つかに、お答えしておきます。

現在、構想がある作品、既に原形が完成している作品は五つあります。

密室連続殺人（前作『コズミック』）＆幻影城殺人事件（本書）を含む『四大悲劇』の残り二つの事件（そのうち一つは、彩紋家殺人事件です）。そして、本書でも言及されている、犯罪オリンピック事件。さらには、人類最後の事件と新人類最初の事件があります。

――しかし、このまま早々にマンネリ化してしまうのでは面白くないので、次作以降は、とりあえずJDCシリーズを離れるつもりでいます。

もちろん……JDCとはまったく別の話といっても『流水大説』のスピリットは同じですので、『ジョーカー』や『コズミック』を楽しんでくださった方には満足していただける内容になるのではないかと思います。また、マニアックな部分を極力排することによって、次なるシリーズではJDCシリーズに拒否反応を示された方にも楽しんでいただけるのではないか、などと愚考しております。

読者の皆さまに、決して安価ではないお金を出して買っていただく以上、ひとりよがりな作品や、中途半端な作品であって良いはずがありません。『ジョーカー』も『コズミック』も、幾つかの謎を残しながらも、あくまでその中で完結しているものです。……ですが、いずれ運良くその機会が与えられれば、すべての謎を解明できる日が来るかもしれません。その時のことも考えて、シリーズを通しての伏線もかなり張り巡らせてあるのですが、すべては読者の皆さまのご要望あってのことですので、必ず書く、とここで誓約することはできません。

編集者との打ち合わせで、それぞれの探偵が主人公となって事件を解決する『探偵一人一話』の短編集シリーズなどという企画も出てきてはいるのですが、JDCという設定自体が（自慰的ともとられかねない）かなりマニアックなものです。僕自身の中ではやはり、一人でも多くの方に楽しんでいただけるものを書きたいという切なる想いがありますので、先のことは何もお約束できないのです。――そういった意味からも、読者の皆さまから率直なご意見をいただけるとありがたいです。

……なお、前作では「探偵が多すぎて、推理や人物関係が把握できない」とのごもっともなご指摘を賜りました。深く反省しつつ、お詫びの意味をこめて、執筆後記の最後に探偵たちの情報を整理した表をつけさせていただきましたので、少しなりともそちらを参考にしてくだされば幸いです（『ジョーカー』でもたくさん出てくるんですよね……スミマセン）。

□

スタッフロールなどと言われてしまいましたが、前作でお名前を記してお礼を申し上げた方々には、『ジョーカー』という作品を創る上でもお世話になりました。その他に、この作品を創るまでに様々な形で助けていただいた皆さまに、感謝の意を表させていただきます。


我孫子武丸さま。親身になって、適切なご助言を幾つもくださったことに。

中村泰三さま、山本楢宜さま。熱いエールを送ってくださったことに。

北原ルミさま、森太郎さま。ステップ・アップの契機を与えてくださったことに。

慶徳仁さま、六反田良平さま。本格ミステリ読者として多くの示唆をくださったことに。

伊藤慎二さま。多くの出来事があったあの夏、創作漬けの日々を共有できたことに。

川根公樹さま。無茶な創作ライフを続ける悪友を、いろんな形で助けてくれたことに。

安藤美佐さま。いろいろとお世話になったことと、ご迷惑をおかけしたことに。

大江元さま。人生の道を歩く上で欠かせない大事なものをくださったことに。

合田真さま。無限に思えた一瞬の時間に夢を語ってくれたことと、悪夢からの救済に。

福田正吾さま。ご迷惑をおかけした上に、ご心配いただいたことに。

鎌田昌一さま。本作の原形に過分な賛辞をくださったことと、激励のお言葉＋万能薬《アルコール》に。

太田太郎さま。いつも楽しませてくれる、その純粋な人柄に。

竹入詔三さま。いつも楽しませてくれる、その愉快な人柄に。

山岡末治さま。『清涼印』を作ってくださったことに。

杉本琢磨さま。長期にわたる、縁の下からの得難いバックアップに。

大山誠一郎さま。気を抜かず走れるよう、暖かい言葉で鞭打ってくださったことに。

佐藤誠一郎さま。前作を執筆する直接のきっかけを作ってくださったことに。

小石沢昌広さま、熊谷博人さま。物語を密室の中に封じ込めてくださったことに。

小森健太朗さま。流水大説に、ミステリの新しい可能性を見出だしてくださったことに。

辰巳四郎さま。臨機応変、変幻自在、絢爛豪華。感服させてくださる、その超絶職人芸に。

島田荘司さま。創作への「想い」をしっかりと受け止め、投げ返してくださったことに。

山口雅也さま。昔《かつて》、悪童《キッド》の潜在意識に見えない楔《くさび》を打ち込んだ『十三人目の名探偵』に。

西澤保彦さま。前作に懇切なご意見をくださり、暖かい言葉で激励してくださったことに。

京極夏彦さま。妖《あやかし》を自在に操り、肥沃な土壌へと通じる道を拓き続けてくださることに。

大森望さま。様々な形での貴重なお心遣いに。

森博嗣さま。すぐ前方を走りながら感動を贈ってくださる、その創作への情熱に。

読者の皆さま。書籍の洪水に手を伸ばし、本書を手にされた奇蹟に。

　ＡＮＤ

前作でお名前をあげたすべての皆さま。水が流れる路《みち》を確保し続けてくださることに……。

不肖、流水めが溜水とならぬように精進できるのも、皆さまのお力添えあればこそです。

謹んで御礼申し上げます。ありがとうございました☆☆☆

□

三年前。十九歳になったばかりの一人の若造が試みたのは、ミステリ・クーデターでも、ましてやミステリ・ハルマゲドンでもなく、物語という形式を利用してミステリに愛を告白する、という単純なことだったのでしょう。きっと……。

最近は、映像やマンガによる、視覚に強く訴えるミステリの勢力が凄まじいので、それに挑戦する意味もあって、『コズミック』では小説（のような大説）でしかできないミステリ的な仕掛けを用いました（活字の世界でしか存在できない、二次元世界の住人『登場人物』を意識的に多用するのもそのためです）。――そして、その企みは『ジョーカー』でも共通のテーマであります。

『コズミック』と『ジョーカー』はシリーズなのですが、双方向に伏線を張ってあるので、どちらから読んでも楽しめます。また、読んだ順番によって驚き方が異なるようにも設計しましたので、そういったところに注意して読んでくだされば、作者としては、それにまさる喜びはありません。

本書がこの（とりあえずの）最終形へと結実するまでの三年の間に、イメージの幾つかは完全に風化してしまいました。また、この作品の核となるアイディア（犯人当て《フーダニット》の先にあるもの）は、近年、敬愛する何人かの先達が既に挑戦されたテーマであります（もちろんアレンジは人それぞれです……僭越《せんえつ》ながら、僕もそのつもりです）。

――それを承知の上で、敢えて僕は今、おずおずと『ジョーカー』を提出いたします。

『作者《ぼく》』たちをミステリの犯人と定義すれば、さしずめ『読者』の皆さまは探偵。それぞれの探偵《あなた》たちは、どのように真相を導き出し、どんな独自の解決篇をお創りになるのでしょうか？

□

作者が作品の後ろに顔を出すのはみっともない、とお叱りを受けるかもしれませんが、執筆後記は、顔の見えない『作者』と『読者』の唯一のコミュニケーションの場なので、僕は大事にしたいと思っています。

　それにしても、今回は……書き直すこと十数回。ある意味で、作品以上にエネルギーを注いでしまったのではないかと、わが事ながら呆れております。この長さに閉口された方には、ひたすら平身低頭するよりありません。お気に障った読者さま。申し訳ありませんでした。

　ただ、本当のところ、僕自身も、こんな執筆後記はどうでもいいのかもしれません。僕が大切にすることはただ一つ、いかに読者の皆さまに楽しんでいただくか？　……『作者』など消し去って、皆さまが物語を純粋に楽しんでくださることのみを望んでおります。まさにこれは、蛇の画に描かれた、存在するはずのない足なのですから——。

□

　目的地は遥か彼方。延々と続く砂漠の中で、水は涸れずに流れることができるのか？

　砂の向こうにちらついて見えるものが蜃気楼（壮大な隠し画《コズミック・ジョーカー》）でないことを祈りつつ——ここでワープロのキーを打つ指を休めさせていただきます。

　……運に恵まれ、機会があれば、次なるオアシスでまたお目にかかりましょう♪

一九九六年十一月十一日　日本にて

清涼院流水拝

風が頬を撫で、君は我に返った。

無限のような刹那の時間に、夢を見ていたようだった。蜃気楼は流れ過ぎていった――。

辺りは一面、闇■、闇■、闇■……■■■■■■■■■■■■■■■■■■。

砂漠はすっかり夜になっていた。昼の熱さが嘘のように、冷気が世界に降りてくる。寒さに身を震わせながら、君は宇宙を想う。元々、宇宙は闇に包まれた存在。そこには熱などない。

もう長い間、水分を口にしていなかった。気がつくと体が乾燥し、喉が渇いていた。

水ガ欲シイ――それ以外は何もいらない。ただ水が欲しい。

だが、ここは砂漠だった。水もなければ、君を助けてくれる慈悲深い人もいない。これは、オアシスのない砂漠の挿話――世界の巨大さ、生きていくことの過酷さに思考がいくと、孤独感に君は押し潰されそうになる。

何かが頬を濡らしている。指先で触れてみると、それは涙だった。人間が水から生まれた物語であることを思い出させてくれる、生命《いのち》の奇蹟だった。宝《たから》の石《いし》も、真《まこと》の珠《たま》もかなわない、美しい輝きを放っていた。

君は泣いていた。

始まりも、終わりもない。物語はまた水に返り、そこから新しい物語が始まる。それが永遠に続いていく。どこまでも、どこまでも……。

――読むことに疲れた君は、新しい旅に出ることを決意する。世界を完全に閉じて自らを白紙還元し、『創る』旅に出ることにする。君の前には何もない砂漠が広がっている。可能性は無限に転がっている。

気持ちを新たに歩き始めた君の頬に、誰かが接吻《KISS》した。今度は……君の涙じゃない。

天を見上げる。闇に包まれた世界に、落ちてくるものがある。

君の旅立ちを祝福する天の涙——
……それは、雨だった。

了

新装版あとがき

本書の原型となる作品『華麗なる没落のために』を執筆したのは、筆者が大学1年生だった1993年の夏のことでした。10代最後の夏に懸命に書いた原稿用紙700枚のその作品を京都大学推理小説研究会の機関誌『蒼鴉城』で発表したところ、のちにメフィスト賞を創設される伝説の編集者・宇山日出臣《うやまひでお》さんの目にとまり、お会いした際に「また自信作が書けたら送ってきてね」と何度も言っていただきました。宇山さんの呼びかけにお応えする形で投稿したのが、のちにデビュー作となる『コズミック 世紀末探偵神話』で、宇山さんが「2作目は、あれを出させてください」と言ってくださったのが本書です。サブタイトルの「旧約探偵神話」には「宇山さんとの旧約（昔からの約束）」という意味を込めています。

第2作として刊行していただくにあたり加筆し、本作は原稿用紙1500枚にまで膨れ上がり、初めて公表する話ですが、執筆時の仮タイトルは『華ある詩　HANASHI』というものでした。『コズミック』と統一感のあるタイトルにするのはかっこ悪いと思い、最初は、あえてそれを避けていたのです。

筆者が『コズミック』で第2回メフィスト賞を受賞してデビューした1996年9月、同年の4月にデビューしたばかりの第1回メフィスト賞受賞者の森博嗣《もりひろし》さんは、すでに第3作『笑わない数学者』を刊行していました（森さんはデビュー前に5作目まで完成させていました）。筆者の第2作が1997年1月に森さんの第4作『詩的私的ジャック』と同時発売になると知った時、「森さんがジャックなら、こちらはジョーカーだ！」と思いついて提案したところ、絶賛されて即採用となりました。そのような経緯でしたので、筆者が生まれた１９７４年に活動していたドイツのロックバンド「コズミック・ジョーカーズ」を意識してつけたタイトルではありません（関連を信じている方がいらっしゃるので明記しました）。

その後、デビューから４年が経過した２０００年の暮れ、当時の筆者は京都に住んでいたのですが、修学旅行の自由行動の時間にわざわざ会いに来てくれた、ひとりの男子高校生がいました。作家志望だという彼と「いつかいっしょになにかやりたいですね」という話をしました。それから約四半世紀、メフィスト評論賞の法月綸太郎賞《のりづきりんたろうしょう》を受賞し、評論家として活躍しつつ、今も小説の創作を続けているのが、本書に解説を寄せてくれた長年の友人・坂嶋竜さんで、本書は彼との「旧約」の書にもなりました。

また、『コズミック』でデビューし、第2作『ジョーカー』が刊行されるまでのわずか数か月のあいだに宇山さんから紹介されてお会いしたのが、当時、講談社の新入社員だった太田克史さんでした。それから28年が経過して、まさか太田さんが『コズミック』と『ジョーカー』を復刊してくださることになろうとは、人生や運命の不思議を思わずにはいられません。太田さんとは別の道を選んだ時期もありましたが、今ふたたび道が交わり、『ジョーカー』での「旧約」を経て生み出される筆者の人生最高の作品『神探偵イエス・キリストの冒険』こそ、宿命づけられていた「新約探偵神話」なのかもしれません。

本作を「新装版」として復刊していただくにあたり、星海社の太田克史社長と前田和宏さんに大変お世話になりました。また、文庫版の解説を書いてくださった大塚英志《おおつかえいじ》さんと、新装版に解説を寄せてくださった坂嶋竜さんにも心より感謝と御礼を申し上げます。ありがとうございました。

２０２４年８月９日　ＪＤＣ創設50周年の記念日に

清涼院流水　拝

大塚英志

清涼院流水という小説家はミステリーという領域にとってはどうやら鬼っ子のようだということに気づいたのはぼくが自作のノベライズで多少なりともこの業界の編集者なり作者なりと関わりが出来てからのことだ。彼らが一様に深い屈託を持ってこの作家を語ることがぼくには何より奇妙に思えた。なるほど、歩いて右脳を刺激することで推理をする「理路乱歩」だとか、常識に縛られず頓知を働かせる「傾奇《かぶき》推理」であるとか名探偵たちが車田《くるまだ》正美《まさみ》のまんがのキャラクターのような「必殺技」を持っていて、それで推理を全うしてしまうというのは確かに反則かもしれない。けれどもミステリー小説のマニアではないぼくでもポアロといえば「灰色の脳細胞」というフレーズを思い出すし、これは映画からのインプットかもしれないが金田《きんだ》一耕助《いちこうすけ》がぼさぼさの髪を掻いて雲脂《ふけ》がぱらぱらと落ちるという仕草は彼の「推理する」という行為と一体化したイメージとしてある。流水はただそれに必殺技的な「名」を与えただけではないか、とぼくには思えた。

だが恐らくはその「名付け」てしまうことが問題だったのだ、とは思う。「名付け」てしまうことで探偵小説を探偵小説たらしめている「推理」という論理的リアリズムが「現実」と乖離《かいり》していることを流水は顕わにしてしまった。探偵小説がこの国の文学の歴史の中で特異なのはその内的世界を支えるリアリズムの質で、つまり、探偵小説以外の小説は自然主義的というか写生的なリアリズムが当たり前だが基調にある。それは意識するとかしないとかいう以前の問題なのだが、しかしこの写生的リアリズムはあくまで「見たるまま、聞きたるまま」という自然主義小説の運動のキャッチフレーズが端的に示しているように「見た」り、「聞い」たりする主観、すなわち、「私」の存在を暗黙の内に成立させる。けれども探偵小説のリアリズムを支えるのは論理であり、だからこそ探偵という「客観」の主体が必要とされる。けれども探偵小説を語るその日本語自体は「近代」の日本語であるから二つのリアリズムは常に乖離する運命にあり、その乖離を贖《あがな》いあるいは隠蔽することが探偵小説をめぐる「運動」であった気もするのだ。つまり論理的リアリズムと自然主義リアリズムの齟齬をどうやって埋めていくのか、という極めて実践的なふるまいが探偵小説のこの国に於ける歴史なのではないかと部外者であるぼくは思ったりもする。

だが、ぼくがある意味で疑問だったのは例えばディテールに於けるリアリズムを執拗に再構築し、あるいは語り手の「主観」を問題とすることでこういった問いに真摯に向かい合ってきた「新本格」と呼ばれる人々が、しかし、何故、そもそも近代の日本語が探偵小説に強いたリアリズムの呪縛の中で進んでもがこうとするのか、ということだった。いや、より正確に言えばその心情そのものは痛いほどに理解できる質のものであった。同じ混迷はまんがという非リアリズム的装置の中で原作者として日本語で物語を書くというぼく自身が抱えてきた問題であったからだ。

だが同時にぼくは薄々、自分が格闘しているリアリズムの問題というのはまんがというジャンルと日本語の齟齬という問題などではないことに気づいていた。気づいていながらジャンルの問題としていたのである。この二つのリアリズム、つまりぼくたちが暗黙の内に依存している近代の日本語に所与するリアリズムとは違うリアリズム、旧いリアリズムでは記述し得ない異質の「現実」がぼくたちの日々のそこかしこに成立しているということが本当は問題ではなかったのか。それをジャンルという制度と日本語との齟齬の問題にいわば矮小化してぼくは処理しようとしていたのではなかったか。

そう考えた時、流水の小説の意味合いがようやく見えてくる。つまり彼はそういう日本語が暗黙の内にミステリーに強いた呪縛に全く依存していないのだ。うまくは言えないがリアリズムをめぐる分水嶺の位置が日本の小説の歴史の中にこれから何年か何十年か後に見出される時、流水はそれを越えていった最初の一人として初めて配置されるように思う。そして多分「新本格」はその変容の直前に於ける苦悶の歴史として思い起こされるのではないか。

誤解を招かないように言っておきたいが、だからといってぼくは「新しい」流水が正しく、「旧い」新本格が正しくない、と言っているのではない。例えばぼくが書く自作のノベライズもまた分水嶺の遥かこちら側にある。ぼくは流水のいる側に多分、たどり着けないし、こちら側でずっと物語を書いていくような気がする。せいぜいちょっとだけ流水のふりをして自分の日本語を延命させるぐらいが関の山だ。

だから綾辻行人《あやつじゆきと》が流水の翌年に出てきた谺健二《こだまけんじ》の『未明の悪夢』を高く評価した気持ちはとても良くわかる。神戸震災を徹底してリアルに書く一方でその中に「密室」という探偵小説的リアリズムをも配置するこの小説は二つのリアリズムの関係をうまくとりまとめている。ぼくもこの作品を同じ意味で評価する。

しかし同時に忘れてはならないのは流水も〝「神戸」以降の小説家〟だ、ということだ。ぼくは流水が物を書く、探偵小説を書く直接的な動機に「神戸」があったのか否かについては何の情報も持たない。だが『コズミック』は「神戸」の翌年、メフィスト賞を受賞している。一方で彼が兵庫の出身である、ということはそんなに重要ではない。そういった出身地の特権性に関わらず「神戸」は日本語による所与のリアリズムの衰退を否応なく小説全般に喚起させる事件であった。その時以降、小説はいかにリアリズムを回復するのか、という試練にさらされ、同じ「神戸」で起きた小学生殺害犯の「十四歳」に強引にリンクすることでリアリズムの根拠を見出そうとした「文学」が続出したが、流水はそこで探偵小説を単独のものとして構築し直すことで「神戸」に抗そうとしたのではなかったか。つまり「日本語」のリアリズムから意図して乖離し、探偵小説的リアリズムで世界を埋め尽くすことで彼は新しい小説の形を示そうとしたように思うのだ。だから『コズミック』は探偵小説的リアリズムによる全体小説なのだ、と言える。

そう考えた時、何故、流水が一二〇〇人分の密室殺人を描こうとしたのか、あるいはＪＤＣという圧倒的な数からなる探偵たちを登場させようとしたのかは自ずと明らかになる。例えばＪＤＣのうちの一人と、一二〇〇のうちの一つの密室によって一編の探偵小説は成立してしまう。しかもそのキャラクター立てのおいしさは「キャラ萌え」系の読者を充分に刺激するものだし、「密室」は金田一少年が解決するよりはるかに難解だ。というよりはＪＤＣのうちの一人と一つの挿話を取り出せば『多重人格探偵サイコ』ぐらいは出来上がってしまうのであり、だからぼくなどは勿体なくて流水のような真似はできない。けれども、彼の小説の断片を単独で取り出せばキャラクター小説化するミステリーの一つの典型例となる、ということとは流水への批判にならない。キャラクター化、すなわち度の過ぎた個性化というものは逆に固有性を喪失させる仕掛けである。それは密室についても同様で大量に反復されることによって「密室」という特別な死は特別ではなくなる。

つまり流水は数千人という「神戸」に於ける死者に対して、「一二〇〇の密室」を配することでこれを記述しようとした、とぼくには思える。探偵小説は「死」をそのようにしか描き得ないのだとすれば、もはや近代の日本語がもたらすリアリズムと半端に妥協などせず、ただ度を過ぎて過剰な数の密室を並べることでしか「神戸震災」を描き得ない自分たちのジャンルにとっては根源的なリアリズムの作法でこれを描くしかない。流水がとった手続きはぼくにはそのように思える。そうやって近代小説のリアリズムの分水嶺の向こうに流水は否応なく足を踏み入れたのである。去っていったのである。

だからそれは決して「現実」からの逃避ではない。『コズミック』のようにしか描き得ない「現実」の登場にむしろ流水はあまりに素直に反応したのだと言える。探偵も密室も特権を剝奪され「数」からなる全体のパーツとして回収される。その「全体」の輪郭こそが清涼院流水という「神戸」以降の小説家が必死で示そうとした新しい「現実」の記述の作法であり、だから分水嶺のこちら側からぼくは羨望を持って彼の小説の行く末を見守ろうと思うのだ。

ということで今、気がついたのだが、この解説は『ジョーカー』の巻末に収録されるものらしい。だが、どの書物の巻末に収録されようとそれが流水の小説に対してなされた「解説」である限りは何ら問題はない。流水の小説は彼のリアリズムが世界をおおいつくすまで無限に連鎖するものなのだから「解説」の収録場所など、繰り返すが「どうでもいい」ことなのだということは少なくとも『コズミック 流／水』『ジョーカー 清／涼』の四巻を読み終えた読者には納得してもらえることのように思う。

新装版解説　ジョーカー・トゥ・ザ・ワールド

坂嶋竜

一、幻影城殺人事件

犯人はこの大旆を掲げて、陰微のうちに殺戮《さつりく》を宣言している。或は、僕等に対する、挑戦の意志かも知れないよ。（中略）つまり、左の方から云って、富貴の英町旗《エーカーばた》――信仰の弥撒旗《ミサばた》となっていたのが、逆になったのだから……そこに怖ろしい犯人の意志が現れて来るんだ

僕が自宅近くのスーパーに入っている小さい本屋で、棚に並んだノベルスの中から『ジョーカー 旧約探偵神話』を購入したのは一九九八年の一月下旬のことだったように思う。

一九九七年一月に発売されてからちょうど一年が過ぎたころで、『コズミック 世紀末探偵神話』だけでなく、『19ボックス 新みすてり創世記』もとなりに並んでいた。一九八三年生まれの僕は当時、中学二年生。その年の一月前半に生まれて初めて海外へと旅行し、オーストラリアの雄大な自然の中で有栖川有栖《ありすがわありす》『46番目の密室』を読み、天上の推理小説なるものを書きたいと夢想していたところだった。嗚呼、まさに中二病（当時はそんな言葉はなかったが）。

そんな折、近所の本屋のノベルス棚を眺めているときに、その本が目についた。

黒と赤のコントラストが目立つ表紙。帯には〝華麗なる飛翔〟という印象的な言葉。

裏表紙に書かれた梗概に〝すべてのミステリの総決算〟や〝推理小説のありとあらゆる構成要素をすべて制覇すべく犯行を続ける「犯人」〟とあったため、これを読めば本格ミステリを書く参考になるだろうと思い、『ジョーカー』を手に取ってしまったのだ。

そのとき棚前の平台にはS&Mシリーズの既刊がずらりと並べられていたのもはっきりと記憶に残っている（あまりにも洗練されているタイトル&装丁に、ミステリだと思えなかったのはここだけの話だ）。

説明しておくと、当時は新書サイズで出された小説が華やかに注目を浴びていた時期であり、それは同時に出版業界のバブルがマックスまで膨らんでいた時期でもあった。だから岩手の地方都市の小さな本屋でもノベルスが揃っており、中学生の僕でも容易に新刊を手に取ることができたのだ。そのころは麻耶雄《まやゆ》嵩《たか》も全作ノベルスで並んでいたし、西澤保彦《にしざわやすひこ》や二階堂黎人《にかいどうれいと》も並んでいた。中でも一番幅を取っていたのが京極夏彦《きょうごくなつひこ》であることは言うまでもない（その点だけは今も昔も変わらないかもしれない）。

というわけで、僕は幸か不幸か、『ジョーカー』を購入した。

これはのちにはっきりするのだが、この一冊の出会いが僕の人生を捻じ曲げたことは間違いない。

それまで少年探偵団やホームズ、ポワロを好んで読み、金田《きんだ》一《いち》少年を経て綾辻行人《あやつじゆきと》、横溝正史《よこみぞせいし》、有栖川有栖のファンになり、エラリー・クイーンにも手を出し始めていた純真なミステリ読みの少年が、このとき出会った一冊のせいで、足を踏み外してしまったのだ。

読了した日ははっきりしていて、一九九八年二月三日。

当時の僕は右手首を脱臼していたのだが、通院した帰りの車中で読み終えた記憶がある。

今思えば手首を脱臼した状態で約八〇〇ページもの分厚いノベルスを読むのは大変なことだが、夢中でページを繰り続け、一気に読了した。

それは、本当に、めくるめく読書体験だった。

ミステリ好きのために作られた幻影城という舞台で、本格ミステリの構成要素を網羅すべく芸術家《アーティスト》と名乗る犯人によって行われる装飾的な連続殺人と、それに対抗する作家集団および名探偵集団・ＪＤＣ（日本探偵倶楽部）。『逆転の間』や『流血の間』、『審判の間』などのミステリミステリした現場で、自分に繋がる証拠をまったく残さない犯人と、その犯人が残したメッセージに対し、魅力的な推理方法を持つ探偵たちが立ち向かう姿。暗合に次ぐ暗合、見立てに次ぐ見立て——それは犯人のサインなのかミスディレクションなのか、推理が口にされるたびにひっくり返る事件の様相。そして最終的に明らかになる、一〇〇〇年にまたがる因縁。すべてが新鮮で、すべてが魅惑的に感じられた。

そして、前代未聞で誰にも予想できない——常識的には絶対にありえない犯人の正体は、ミステリを読み始めたばかりの中学生に対しても、「ミステリはここまで来てしまったのか」と、『『ジョーカー』こそがミステリの最前線なのか」とまで思わしめたのだ。

当時の僕が下した評価はミステリに対する知識も読書量も少ない時期に世紀末という背景の下、ほぼリアルタイムで読んでしまったがゆえの幸運な事故であり、平成すら終わって令和となり、多くの清涼院流水（ＪＤＣ）フォロワーによって力作が生まれている現在だと高評価にはならないのではないか——そんな意見もあるかもしれない。

しかし、一九九七年（平成九年）に刊行された『ジョーカー』は、二十七年もの時間が経過した二〇二四年（令和六年）現在の知識や経験を踏まえた上で読み返してみてもいまだに問題作であり続け、いつまで経っても前代未聞のままなのだ（絶後と書かないのは今後の推理作家、そして清涼院自身への期待の表れである）。

清涼院流水のデビューからもうじき三十年が経とうとしている今になっても清涼院といえば異口同音に『コズミック』ばかり語られがちだが、地に足のついたデビュー作よりむしろ『ジョーカー』の方がミステリの極限へと到達している。それこそ、小森健太朗《こもりけんたろう》が言うところの〝『コズミック』をはるかに凌ぐ、「華麗なる飛翔」〟（講談社ノベルス版『ジョーカー』帯文より）なのである。

二、幻影作用

その構想の不可思議さがまた、普通人のいわゆる推理とか想像とかを超越しておりまして、読んでいるうちにこなたの頭が、いつのまにか一種異様、幻覚錯覚、倒錯観念に巻き込まれそうになるのです。（中略）要するにこの一文は、標題から内容にいたるまで、徹頭徹尾、人を迷わすように仕組まれているものとしか考えられませぬ。

本書の最後にも書かれているが、『ジョーカー』は一九九三年に発表された「華麗なる没落のために」を原型としている。

これは『コズミック』の原型である「一二〇〇年密室伝説」が書かれた一九九四年よりも前であるため、原型としては『コズミック』より『ジョーカー』の方が先に書かれている（とはいえ、「華麗なる没落のために」は原稿用紙七〇〇枚程度だったので、『ジョーカー』になるまで実に倍以上の加筆が行われている）。そのころの清涼院は京都大学の一年生で京都大学推理小説研究会に所属していたわけだが、この長編をきっかけに少数の賛成派と多数の否定派による大論争が起こったのだという。

当時も今も京都大学推理小説研究会といえば、綾辻行人や法月綸太郎《のりづきりんたろう》、麻耶雄嵩らを輩出した新本格における名門中の名門であり、筆者のように中高生で新本格に触れてしまうと、必然的に憧れを抱いてしまう存在だった。その後も円居挽《まどいばん》、森川智喜《もりかわともき》、方丈 貴恵《ほうじょうきえ》といった本格ミステリ作家を輩出していることから考えると、本格ミステリファンからの憧れは現在でも変わらないように思う。

会の活動としては、同人誌「蒼鴉城」の発行と犯人当て小説の朗読が有名だが、一九七四年の設立以来、積み重ねられてきた伝統と議論によって本格ミステリ観の共有とアップデートが会員のあいだで行われてきたであろうことは想像に難くない（と外部からは思われている）。

そんな会で「華麗なる没落のために」は大論争を起こした。

要は〝本格の要素を数多く詰め込んだ、本格にしか見えないミステリ〟にもかかわらず、本格のルールからの逸脱が多かったことが、本格を愛するひとたちから反感を買ったのではないかと思われる。

私見では本格ミステリとは伝統芸能に近く、歌舞伎で受け継がれていく〝型〟のようにある程度決められた枠組みの中で自分なりの物語（謎とその解決）を組み立てていくジャンルである。そんな中、『十角館の殺人』から始まった新本格という文芸運動はかつての本格ミステリの復興に加え、新たに本格の枠を広げていこうとする運動でもあった。実際、その試みは京大の先輩である綾辻行人「どんどん橋、落ちた」に、法月綸太郎『パズル崩壊』、麻耶雄嵩作品の数々でも見られ、発表時にはそれらの作品にも反発の声はあがっていた。

だが、『コズミック』や『ジョーカー』に対する批判の声はその比ではなかった。本格のコアは失われ、周縁《エッジ》にあたる装飾的な部分だけが肥大化しているとの声が相次いだ。謎とその論理的解決という遵守すべき部分ではなく、枠を広げるために用いた要素ばかりを増大させているように思われたのだ。

一例として、「どんどん橋、落ちた」が作中作なのは鮎川哲也《あゆかわてつや》「達也が嗤う」のように犯人当て小説をメタの視点から語ることで地の文の正確性を保証し、読者による謎解きを可能とするのが第一の目的である。後輩の方丈貴恵も竜泉家の一族シリーズでは同じ目的のためにメタな存在としてマイスター・ホラを登場させている。だが、『ジョーカー』は事件の渦中にいる作家がリアルタイムで現実を記述するという構造をとっているため、作中作であることが地の文の記述は正しいという保証に繋がっていない。これは明らかに先人とは異なる用い方だ。

あるいは『ジョーカー』に登場する数々の暗合やアナグラムも同様である。

綾辻作品や法月作品にもアナグラムや暗合は登場し、効果的に使われている。ただし、ここでの使い方はあくまで論理的な謎解きがあった上に積み重ねられるものであり、『ジョーカー』のようにアナグラムから犯人を指摘したり、暗合から真実を模索するわけではない。本格の型としては、使い方が真逆であり、論理的な推理ではないという批判が出るのもわからなくはない。

ただし『コズミック』同様、『ジョーカー』における本格の部分について、これまであまり検証されてこなかったからこそ、この作品に本格ミステリのコアが本当にないのかという点は検証してみる必要があるはずだ。だがそれを考察する前に、まずは本格ミステリのルールを数多く逸脱しながらも、本格ミステリ読者（および作者）から支持されている麻耶雄嵩と清涼院を比較しておこう。

これまで京大推理小説研究会出身作家として綾辻や法月の名前を出してきたが、清涼院が一時期、もっとも好きな新本格作家に麻耶をあげていたこと、そして清涼院が行った本格の枠を広げる行為（ひとによっては破壊活動にも見えたかもしれない）とよく似たことを、麻耶はあくまで本格ミステリの枠組みの中で行っており、実に対照的な存在であることが理由である。

麻耶のデビュー作『翼ある闇』における密室殺人の真実も、『コズミック』の密室殺人の真実も、ネタだけを見れば同じ方向性のトリックであり、本格サイドからの批判を浴びたという意味では似通っている一方、両作ともにアマチュアリズムならではのたしかな輝きもある。加えて、麻耶の二作目である『夏と冬の奏鳴曲《ソナタ》』で明かされた驚天動地ともいえる密室の真相は、『ジョーカー』でよくやり玉にあげられる甲冑密室の〝解決〟よりもありえなさの度合いでいえばはるかに高い。

だからデビューから二作目までに関していえば、麻耶も清涼院も大差はないように思える。筆者自身の周囲の話をすると、麻耶作品は第四長編『あいにくの雨で』や初の短編集『メルカトルと美袋のための殺人』、そして『鴉』で一気に評価が上がり、その時点から遡って『翼ある闇』や『夏と冬の奏鳴曲』も評価されるようになっていったように思う。

あるいは同じメフィスト賞受賞作で『コズミック』以来となる最大級の罵倒を浴びせられた古野《ふるの》まほろ『天帝のはしたなき果実』についても、一作目では何がしたいのか、どの方向を向いているのかわからなかったのが、最初に書かれた短編「敲翼同惜少年春《センチメンタル・レヴォリューション》」と第二長編『天帝のつかわせる御矢』では本格ミステリのコア部分に力を入れたプロットだったため、論理的な本格探偵小説を書きたいという方向性が読者に伝わり、ファンが集まったという経緯がある。

そのように毀誉褒貶の激しいデビューだったとしても、その後の作品次第では本格ファンに受け入れられる余地もあったのかもしれない。しかし清涼院は三作目として大説としての方向性をより進化させた『19ボックス』、さらには『コズミック』や『ジョーカー』を質・量ともに極大化させた『カーニバル』三部作を発表し、その姿勢が揺らぐことはなかった。

むろん、探偵小説よ。それも、本格推理長編の型どおりの手順を踏んでいって、最後だけがちょっぴり違う――作中人物の、誰でもいいけど、一人がいきなり、くるりとふり返って、ページの外の〝読者〟に向って〝あなたが犯人だ〟って指さす、そんな小説にしたいの。

三、奇書への供物

本格ミステリの定義はそれぞれだが、最大公約数的な言い方としては〝謎とその論理的な解明〟とまとめられる。もちろんこれは基本的なものであり、解決まで何が謎か明かされなかったり、犯人の名前だけ明かされて推理はないものなど、革新的な試みは何度も行われてきた。

清涼院が『ジョーカー』で描こうとした本格のコアと、革新的な試みは重なり合っているがゆえに、たとえファンであってもなかなか気付きづらいのが、これまで語られてこなかった一因だろう。むしろ清涼院はそのコアにできる限り気付かれないように本作を書いたのではないかという節さえある。

普通であれば読者は全知全能の作者が書いた文章を読み進めるのだが、本作の場合、読者が読む文章は濁暑院溜水《だくしょいんりゅうすい》という登場人物がリアルタイムで書いたものでしかない。彼の小説を読んで探偵たちは推理を行うため、現場に残された証拠というよりも、小説に書かれた事柄を根拠にあげる機会が増えていく。最終的にはほとんど捜査をせずに原稿を読むだけの探偵も出てくる始末。だから『ジョーカー』は探偵が小説を読んで論理的な解明を目指すミステリと捉えることが可能だ。

しかし、である。

濁暑院による幻影城殺人事件のリアルタイム執筆は「どんどん橋、落ちた」などの一般的な作中作とは異なり、作者が真犯人や真相を知っているわけではないのだ。

真相を知らない濁暑院が事件の描写をしたとしても、犯人に繋がる証拠を必ず記述できるとは限らない。そんな状況下で書かれた小説という物語形式を選んだため、清涼院は『ジョーカー』における謎解きを〝連続殺人事件の犯人を当てること〟ではなく、〝作者（＝濁暑院溜水）が想定している連続殺人事件の犯人を当てること〟と設定しているのだ。

その設定で謎を解こうとすると、どうしても論理的な推理は不可能となる。

濁暑院は基本的に、本格ミステリではなく現実の事件を記録した事件記録物語《ノンフィクション・ノベル》として原稿を執筆しているからだ。小説内に犯人へと繋がる伏線があるかもしれないし、ないかもしれない――そんな原稿を読んで行われる推理は曖昧なものになり、アナグラムや解釈合戦になるのもむべなるかなである。例の甲冑密室にしても「とりあえず今出せる解決」と言っているのはそれを含んでいるのだろう。

そのような構造だからこそ、犯人・芸術家《アーティスト》は証拠らしい証拠を残さない一方、見立てとも異なる数々の装飾を現場に残さざるをえない。死体の口に蜜柑を入れ、絵に銃弾を撃ち込み、コートに血のあとをつける――犯人に繋がるわけでもなく、トリックに利用するためでもない、それらの装飾を、探偵たちは犯人のサイン、もしくはミスディレクションだと判断し、解釈合戦を行っていく。

小説を読んで解釈を披露するのはよくあることだ。そして新たな根拠を元に既存の解釈を否定するのもまた、よくあることである。小説を謎とし、それを解こうとする以上、厳密な論理の先には解釈のみが存在する――それが『ジョーカー』の本格ミステリとしての核心であり、革新的な試みでもある。

その一方で『ジョーカー』がアンチ本格であることもまた正しい。リアルタイムで書かれた原稿から犯人を当てようとしているからこそ、探偵としての結論と言うよりも、あくまで読者としてたどり着いた結論として、最後の真実〝×××××〟があるのだ、ということは明記しておきたい。

本格ミステリ的な事件を扱った上で、このような最終結論にたどり着くために、リアルタイム作中作という設定が必要だったとも言えるだろう。それは森博嗣《もりひろし》に〝一番順当な解決〟〝決して突飛ではない〟と評された『コズミック』の真相よりはるかな先を進んでいる。

余計なお世話かもしれないが、『ジョーカー』の結論を十分に堪能するため、清涼院が『ボックス』のなかがきで提唱した『コズミック』前半→『ジョーカー』→『コズミック』後半という読書順（文庫版における清涼in流水読み）を筆者は推奨しない。好みの問題ではあるのだが、本作の〝華麗なる飛翔〟を堪能したあとで地に足のついた『コズミック』の解決編を読んでしまうと、感動を打ち消してしまう可能性があるからだ（逆に言えば、本作の最終結論に納得できない場合は『コズミック』へと進んでみるべきかもしれない）。

かつて清涼院は自作や小森健太朗が書く作中作ミステリのことを《本書く》ミステリと名付けていたことがある。この用語はほぼ死語となっているのだが、その一方で、作中作ミステリは辻真先《つじまさき》や芦辺拓《あしべたく》のようなベテランから紺野天龍《こんのてんりゅう》や陸秋槎《ルーチュウチャ》のような新鋭の手によって力作が年々発表され続けており、二〇二一年度版のこのミスでは千街晶之《せんがいあきゆき》に「今年は作中作ミステリーの当たり年だった」と言わしめたほどである。細々と続いていたはずの作中作ミステリもいつしか、いちジャンルとして確立しているのだ。

そのように清涼院が『ジョーカー』で作中作に対する異様とも言えるこだわりを発揮したのも元を辿れば四大ミステリにある。

元々は『黒死館殺人事件』『ドグラ・マグラ』『虚無への供物』の三冊がミステリ界の三大奇書と呼ばれていたのだが、『匣の中の失楽』が発表されたことで第四の奇書とする声が増え、四大奇書とまとめられていた。その四冊を四大ミステリという呼称で広めたのはおそらく『ジョーカー』である。

ノベルス版の『ジョーカー』が出た当時、これらの四作品をまとめて紹介するような案内は存在せず、一冊を手に取ったからといってほかの作品へと続く導線がなかったように思う。そのため、本作で取り上げられたことで四大ミステリの存在を知った若いミステリ読者は多いのではないだろうか。ちなみに本作の本文中には四大ミステリの文章を借用した部分が数カ所あるので、興味を持たれた方は探してみるのも一興だろう。

そんな四大ミステリの中でも『黒死館殺人事件』は麻耶雄嵩『翼ある闇』の舞台である蒼鴉城に大きな影響を与えているのだが、黒死館も蒼鴉城も装飾的すぎる内装と怪しげな住人たち、そして図面に起こしえない館というように、『ジョーカー』における幻影城の舞台設定にも大きな影響を与えている。もちろん舞台だけでなく装飾的な連続殺人という意味でも本作への影響は大きい。

また、残りの三冊から最大公約数的な清涼院への影響を取り出してみると、それぞれが独特な形で現実と非現実――現実と小説とが入れ替わったり境界が曖昧になるような作中作形式のミステリであるため、『ジョーカー』の特殊な作中作形式はそれらの先を見据えて考えられたのではないだろうか。

そもそも『ジョーカー』に書かれているように、四大ミステリはミステリが持つ構成要素をほかの作品に比べて多く内包している。清涼院が〝すべてのミステリの総決算〟という構想を得たときに参考にしたのは「十戒」や「二十則」のように作品を縛るものではなく、ミステリを彩る豊穣な構成要素の数々であり、その結果として濁暑院による「推理小説の構成要素三十項」が考えられたのだろう。そして清涼院はそれらのミステリ要素を謎として読み解くため、事件に多大な装飾を施したのである。その装飾と類例のない作中作形式とが『ジョーカー』の中心に据えられた大きな試みなのである。

四、匣の外の楽園

それで、僕の考えたのは設定も登場人物も、何もかも現実そのままの実名小説なんだ。舞台は、勿論僕達ファミリーだよ。まだ実際には書いちゃあいないけどさ、いちばん大きなトリックはできてるし、エピローグの印象的な幕切れもちゃんとあるんだ。

僕はこれまでに流水大説が備えている魅力を過剰性やデータベース性、あるいは反則的な側面に現れていると評してきたし、この解説では装飾的な部分と作中作形式にあるとしてきた。

そんな流水大説の中心には常に〝常識を疑う〟というシンプルなメッセージが存在しているが、清涼院がそのような意識を持ち始めた背景に阪神大震災があることは周知の事実だろう。阪神・淡路大震災と流水大説の繋がりについては二〇〇〇年に書かれ、本書にも併録されている大塚英志《おおつかえいじ》氏の解説に詳しいが、二〇〇六年に行われた清涼院へのインタビューで僕は「ＪＤＣからは二十一世紀のイメージが湧いてこない」という意味のことを口にしてしまっている。

当時の感覚としては間違っていなかったと思っているのだが、今改めて考えると違う意味が見えてくる。その発言からは十八年――大塚氏の解説からは四半世紀――が経過した今、周りを見渡して欲しい。

大塚氏の作品の言葉を借りれば、〝終わってないじゃん、世紀末〟である。

僕が初めて『ジョーカー』と出会ったころ――オウム真理教が跋扈《ばっこ》し、阪神・淡路大震災が発生し、ワールドトレードセンターに旅客機が激突したあのころ――よりも、ＪＤＣ的な世紀末感は日常へと溶け込んでしまっているのではないか。カルト宗教も、災害も、テロや戦争も日常化し、ゼロ年代もテン年代も世紀末に覆われたまま過ぎ去っていった――僕はそんな風に感じるときがある。

楽園を追放された先にある荒野《ノド》のような、そんな未来が選ばれてしまった今だからこそ、ナザレのイエスを探偵役とし、世紀末と定義される以前の世紀末を舞台とした『神探偵イエス・キリストの冒険』が書かれていることは実に喜ばしい。

その一方で、エデンの東ならぬニホンの西へ目を向けてみよう。

華文ミステリの最前線に立ち、『13・67』『ディオゲネス変奏曲』を書いた陳浩基《チェンハオジイ》は清涼院流水を好きな作家にあげ、〝勇敢にも北極点まで向かった〟と評している。

というのも、中国語圏では二〇〇四年に簡体字版『コズミック』、二〇〇六年に繁体字版『コズミック』&『ジョーカー』、さらに二〇一二年には再び簡体字版『コズミック』が出版されているため、読む機会もあったのだろう（二〇一一年三月には『コズミック・ゼロ』も出版されている）。ちなみにとなりの韓国では二〇二一年に『コズミック』、二〇二三年には『ジョーカー』が刊行されている（中国より韓国の方が高評価なのは興味深い）。

それに加え、僕の知り合いには新装版『コズミック』『ジョーカー』を取り寄せようとしているメキシコ人もいる。そんなアジア圏の出版や北米にもいる読者、そしてこの新装版自体が示すように、世界はいまだJDCを、流水大説を必要としている。

だから——

世界《ジョーカー・トゥ・ザ・ワールド》へと本作は放たれ、主イエス《ロード・イズ・カム》は来ませり。

参考文献

小栗虫太郎『黒死館殺人事件（上）（下）』講談社、一九七六年
夢野久作『ドグラ・マグラ（上）（中）（下）』講談社、一九七六年
中井英夫『虚無への供物』講談社、一九七四年
竹本健治『匣の中の失楽』講談社、一九八三年

甲影会「別冊シャレード37号 清涼院流水特集」同人誌、一九九八年
筑波大学ミステリー研究会「清涼院流水 in 禁忌 on Web Ans.」筑波大学ミステリー研究会ウェブサイト
（https://tmys.nobody.jp/ans.html 閲覧日：二〇二四年八月九日）
京極夏彦、森博嗣「特別対談箱と動機とミステリー」
『メフィスト一九九七年五月号』講談社、一九九七年
小森健太朗、西澤保彦、清涼院流水、大森望「特別座談会これがミステリフロンティアだ！」
『メフィスト一九九七年九月号』講談社、一九九七年
千街晶之「読者の知力に挑む眩惑の作中作ミステリー」
『このミステリーがすごい！２０２１年版』宝島社、二〇二〇年
「陳浩基先生インタビュー」稲村文吾『陳浩基の本』同人誌、二〇一七年
大塚英志『リヴァイアサン』講談社、二〇〇二年

ＪＤＦＣ（日本探偵ファン倶楽部）本部資料室

1—鴉城蒼司《あじろそうじ》〈ＪＤＣ総代〉
1948/04/05生まれ。179cm、69kg、Ａ型、左利き
集中考疑（しゅうちゅうこうぎ）
……事件の要点に集中して超絶推理

2—刃仙人《やいばそまひと》〈第１班班長〉
1958/08/18生まれ。176cm、66kg、Ａ型、右利き
ジン推理
……弁証法的思考で推理を展開する

3—九十九十九《つくもじゅうく》〈第１班副班長〉
1973/10/31生まれ。180cm、59kg、ＡＢ型、右利き
神通理気（じんつうりき）
……必要なＤＡＴＡが揃うと真相を悟る

4—不知火《しらぬい》善蔵《ぜんぞう》〈第１班〉
1925/05/24生まれ。173cm、64kg、Ｂ型、左利き
懐疑推理（かいぎすいり）
……懐疑を徹底し、推理を繰り返す

5—龍宮城之介《りゅうぐうじょうのすけ》〈第１班〉
1968/07/07生まれ。172cm、56kg、Ｏ型、左利き
傾奇推理（かぶきすいり）
……常識に縛られず、頓智を働かす

6—霧華舞衣《きりかまい》〈第１班〉
1969生まれ（推定）。169cm、？kg、ＡＢ型、右利き
消去推理
……可能性のないものを消去して真相に迫る

7—天城漂馬《あまぎひょうま》〈第１班〉
1970/09/29生まれ。182cm、72kg、Ｏ型、右利き
潜探推理（せんたんすいり）
……潜在意識探索で真相を閃かせる

8—雨霧冬香《あまぎりふゆか》〈第２班班長〉
1969/06/09生まれ。167cm、？kg、ＡＢ型、左利き
悟理夢中（ごりむちゅう）
……眠りに落ちて思考能力を高める

9—蠡斯太郎《きりぎりすたろう》〈第２班副班長〉
1934生まれ（推定）。164cm、68kg、Ｂ型、右利き
俯瞰流考（ふかんりゅうこう）
……事件を俯瞰して、自然体で思考

10—氷姫宮幽弥《ひきみやゆうや》〈第２班〉
1972/01/01生まれ。177cm、64kg、Ｂ型、右利き
統計推理
……あらゆるＤＡＴＡから、事件を分析

11—九十九音夢《つくもねむ》〈第２班〉
1974/11/15生まれ。160cm、？kg、Ａ型、両利き
ファジイ推理
……女の勘で、漠然と真相を感じる

12—鴉城蒼也《あじろそうや》〈第２班〉
1972/02/29生まれ。166cm、58kg、Ａ型、右利き
理路乱歩（りろらんぽ）
……歩いて右脳を刺激、発想を得る

13—ピラミッド・水野《みずの》〈第３班〉
1965/12/25生まれ。184cm、70kg、ＡＢ型、左利き
超迷推理（メタめいすいり）
……漠然と推理し、必ず真相を外す

白抜き数字はメタ探偵を示す。

（清涼院註……ＤＡＴＡはすべて、1993年12月31日現在のものです。）

自分は自分でない自分になりにゆくところの自分である　埴谷雄高

本書は、『ジョーカー 旧約探偵神話』（講談社ノベルス、1997年）を底本とし、再編集して出版したものです。

講談社文庫版解説は、『ジョーカー 涼』（講談社文庫、2000年）の「解説」を再録したものです。

新装版あとがきと新装版解説は、書き下ろしです。

◎各章の頭の四行詩は、すべて、オマル・ハイヤーム作（小川亮作訳）『ルバイヤート』（岩波文庫）より引用させていただきました。記して御礼申し上げます。
ありがとうございました。

◎作中に言及されている四大ミステリなくしては、この作品は存在しえません。
改めて四人の偉大なる先人に感謝の意を捧げます。

◎なお、この物語に登場する個人、団体等はすべて架空のもので、実在するものとはまったく関係がありません。

使用書体
本文――――A P-OTF 秀英明朝 Pr6N L＋游ゴシック体 Pr6N R〈ルビ〉
柱――――A P-OTF 凸版文久ゴ Pr6N DB
ノンブル――ITC New Baskerville Std Roman

星海社
FICTIONS
セ3-02

ジョーカー 旧約探偵神話《きゅうやくたんていしんわ》 新装版《しんそうばん》

2024年9月17日 第1刷発行

定価はカバーに表示してあります

著者 ―――― 清涼院流水《せいりょういんりゅうすい》

梗概構成 ―――― 水無瀬真弥《みなせまや》
発行者 ―――― 太田克史《おおたかつし》
編集担当 ―――― 太田克史
編集副担当 ―――― 前田和宏《まえだかずひろ》

発行所 ―――― 株式会社星海社
〒112-0013 東京都文京区音羽 1-17-14 音羽 YK ビル 4F
TEL 03(6902)1730 FAX 03(6902)1731
https://www.seikaisha.co.jp

発売元 ―――― 株式会社講談社
〒112-8001 東京都文京区音羽2-12-21
販売 03(5395)5817 業務 03(5395)3615

印刷所 ―――― TOPPAN株式会社
製本所 ―――― 加藤製本株式会社

ISBN978-4-06-537087-2 N.D.C.913 920p 19cm Printed in Japan

ゼロ年代きっての〈鏡家《マスターピース》サーガ〉がいま蘇る……！

2021年
11月刊行

本書は「ああっ、お兄ちゃーん」と云う方に最適です（嘘）。

『フリッカー式
鏡公彦にうってつけの殺人』

2021年
12月刊行

そんな目で本書を見ないで下さい。

『エナメルを塗った
魂の比重
鏡稜子ときせかえ密室』

ラインナップ

『幽霊列車とこんぺい糖 新装版』

木ノ歌詠

Illustration／椎名くろ

絶望を生きる少女たちの、
ひと夏の
甘き死と再生の物語。

飛び込み自殺をするはずのローカル線が廃線となり、生理不順で味覚障害な中学二年生・有賀海幸の保険金自殺計画はムダになってしまった。途方に暮れる彼女は、タガログ語で“幸せ”を意味する名を名乗る年上の少女・リガヤと出会う。「ボクがこいつを『幽霊鉄道』として、甦らせてみせる！」――謎めいた彼女は、廃棄列車の復活と自殺志願者の海幸に〈死〉を与えることを誓うのだった。海幸とリガヤの、忘れられない夏が始まる。

SEIKAISHA

星々の輝きのように、才能の輝きは人の心を明るく満たす。

その才能の輝きを、より鮮烈にあなたに届けていくために全力を尽くすことをお互いに誓い合い、杉原幹之助、太田克史の両名は今ここに星海社を設立します。

出版業の原点である営業一人、編集一人のタッグからスタートする僕たちの出版人としてのDNAの源流は、星海社の母体であり、創業百一年目を迎える日本最大の出版社、講談社にあります。僕たちはその講談社百一年の歴史を承け継ぎつつ、しかし全くの真っさらな第一歩から、まだ誰も見たことのない景色を見るために走り始めたいと思います。講談社の社是である「おもしろくて、ためになる」出版を踏まえた上で、「人生のカーブを切らせる」出版。それが僕たち星海社の理想とする出版です。

二十一世紀を迎えて十年が経過した今もなお、講談社の中興の祖・野間省一がかつて「二十一世紀の到来を目睫に望みながら」指摘した「人類史上かつて例を見ない巨大な転換期」は、さらに激しさを増しつつあります。

僕たちは、だからこそ、その「人類史上かつて例を見ない巨大な転換期」を畏れるだけではなく、楽しんでいきたいと願っています。未来の明るさを信じる側の人間にとって、「巨大な転換期」でない時代の存在などありえません。新しいテクノロジーの到来がもたらす時代の変革は、結果的には、僕たちに常に新しい文化を与え続けてきたことを、僕たちは決して忘れてはいけない。星海社から放たれる才能は、紙のみならず、それら新しいテクノロジーの力を得ることによって、かつてあった古い「出版」の垣根を越えて、あなたの「人生のカーブを切らせる」ために新しく飛翔する。僕たちは古い文化の重力と闘い、新しい星とともに未来の文化を立ち上げ続ける。僕たちは新しい才能が放つ新しい輝きを信じ、それら才能という名の星々が無限に広がり輝く星の海で遊び、楽しみ、闘う最前線に、あなたとともに立ち続けたい。

星海社が星の海に掲げる旗を、力の限りあなたとともに振る未来を心から願い、僕たちはたった今、「第一歩」を踏み出します。

二〇一〇年七月七日

星海社　代表取締役社長　杉原幹之助
代表取締役副社長　太田克史